KIM NINA OCKER

One of Six

Vertrauen

Die Bücher von Kim Nina Ocker bei LYX:

Die *One Of Six*-Dilogie:
1. One Of Six – Verrat
2. One Of Six – Vertrauen

Die *Secret Legacy*-Dilogie:
1. Every Little Secret
2. Every Little Lie

Die *Kingsbay-Secrets*-Reihe
1. Tainted Dreams *(erscheint 27. 09. 2024)*
2. Shattered Palace *(erscheint 28. 02. 2025)*
3. Shining Fragments *(erscheint 25. 07. 2025)*

Die *Everything*-Dilogie:
1. Everything I Didn't Say
2. Everything I Ever Needed

Exklusiv als E-Book erschienen:
Die *Upper Eastside*-Reihe:
1. Nothing Like Us
2. Like You And Me
3. Like Nobody Else

Weitere Bücher der Autorin sind bei LYX in Vorbereitung.

KIM NINA OCKER

ONE OF SIX

Vertrauen

Roman

LYX

LYX in der Bastei Lübbe AG

NACHHALTIG PRODUZIERT

Die Bastei Lübbe AG verfolgt eine nachhaltige Buchproduktion. Wir verwenden Papiere aus nachhaltiger Forstwirtschaft und verzichten darauf, Bücher einzeln in Folie zu verpacken. Wir stellen unsere Bücher in Deutschland und Europa (EU) her und arbeiten mit den Druckereien kontinuierlich an einer positiven Ökobilanz.

FSC www.fsc.org MIX Papier | Fördert gute Waldnutzung FSC® C014496

Originalausgabe:

Dieses Werk wurde vermittelt durch
die Langenbuch & Weiß Literaturagentur.

Textredaktion: Larissa Bendl
Umschlaggestaltung: © SO YEAH DESIGN unter Verwendung
von Motiven von © masalskaya / shutterstock.com;
tofutyklein / shutterstock.com; Lemonsoup14 / shutterstock.com
Satz: Greiner & Reichel, Köln
Gesetzt aus der Adobe Caslon
Druck und Verarbeitung: GGP Media, Pößneck

Printed in Germany
ISBN 978-3-7363-2019-2

3 5 7 6 4 2

Weitere Informationen unter:
lyx-verlag.de
luebbe.de | lesejury.de

Liebe Leser:innen,

wir möchten euch darauf hinweisen,
dass ihr hier den zweiten Band der
»ONE OF SIX«-Dilogie in der Hand haltet.
Deswegen beginnt dieses Buch auch mit Kapitel 49.
Solltet ihr Band eins noch nicht gelesen haben,
legt dieses Buch zur Seite und beginnt mit
»ONE OF SIX – Verrat«, dann wird alles viel
mehr Sinn ergeben.

Außerdem möchten wir darauf hinweisen,
dass dieses Buch folgende Themen beinhaltet:
*Symptome einer Posttraumatischen
Belastungsstörung (PTBS), Schilderungen von Mobbing,
Stalking, Depressionen, Gewalt und Mord.*

Wir wünschen uns für euch alle
das bestmögliche Leseerlebnis.

Eure Kim und euer LYX-Verlag

Für Marita

PROLOG

ONE OF SIX

In der menschlichen Hand stecken neununddreißig Muskeln, und jeder einzelne der meinen verkrampft sich in Ekstase, als ich die Überschrift des Artikels lese. Das graue Papier der Zeitung, das meiner Meinung nach schon vor Jahren von der Digitalisierung in die ewige Verdammnis hätte geschickt werden sollen, zittert kaum merklich zwischen meinen Fingern. Noch nie zuvor in meinem Leben habe ich mir eine Zeitung gekauft, bis heute Morgen. Als wäre ich einer amerikanischen Filmszene entsprungen, bin ich mit einem geschmack- und farblosen Drei-Dollar-Hotdog durch die Stadt gelaufen und wurde von den reißerischen Schlagzeilen ausgebremst, die mich von unzähligen, mit Wäscheklammern angepinnten Zeitungen eines Straßenkiosks beinahe angeschrien haben:

BLUTIGER BERGKRIMI
STATT TRAUMKARRIERE

GIPFEL DES SCHRECKENS –
NUR FÜNF ÜBERLEBENDE

MOUNTAIN-MASSAKER
IM ORTIZ GRAND RESORT

Schnaubend starre ich auf das Foto, das vor mir an der Pinnwand hängt und neben Kassenbons, Flugtickets und Hotel-Reservierungsbestätigungen um meine Aufmerksamkeit buhlt. Ich habe es mit meinem Handy aufgenommen und ausgedruckt. Für gewöhnlich bin ich kein Mensch mit Hang zur Selbstdarstellung, aber als Dokumentation meines ersten Erfolges – und gleichzeitig meiner Niederlage – brauchte dieses Bild den Schritt von einer digitalen Nichtigkeit zu einem handfesten Beweis für mein schöpferisches Werk. Das ist untypisch für mich. Weicht ab von meiner üblichen Wachsamkeit und meiner Vorliebe, die Realität, in der ich aktuell zu leben gezwungen bin, zu kontrollieren. Digitale Spuren lassen sich leicht verwischen. Für mich jedenfalls, da mein Intelligenzquotient, meine Auffassungs- und Verarbeitungsgabe und meine Problemlösungsmechanismen effizienter arbeiten, als es bei einem durchschnittlichen Menschen der Fall ist.

Trotzdem hatte ich das Bedürfnis, dieses Foto aus dem mechanischen Gefängnis, das die Speicherkarte meines Telefons darstellt, zu befreien. Ihm einen Körper, eine Form, eine Existenz zu schenken. Die Schlagzeilen, für die irgendein bedeutungs- und gesichtsloser rasender Reporter mutmaßlich ein funkelndes Goldsternchen für Kreativität verliehen bekommen hat, amüsieren mich. Sie alle sind überzogen, spielen mit der Fantasie und der Vorstellungskraft der Lesenden und schaffen ein Narrativ in deren Köpfen, das viel zu häufig rein gar nichts mit der Realität gemeinsam hat. Natürlich ist dieser Effekt kalkuliert und keinesfalls ein unbedachter Zufall, dennoch überrascht es mich jedes Mal aufs Neue, mit welch unverschämten Lügen die Presse heutzutage durchkommt. *Massaker. NUR fünf Überlebende. Bergkrimi.* Lächerlich.

Bedächtig hebe ich die Zeitung, die ich noch immer in der Hand halte, als wäre sie eine scharfe Handgranate. Diese Überschrift ist meine liebste. Die schwarzen Buchstaben, deren Druckertinte bereits auf meine Fingerspitzen abfärbt, legen sich um mein Herz wie eine aus Silben gewebte Decke. Sie schmeicheln mir. Sie heben mich und meine Taten auf einen aus Illusionen, Übertreibungen und Hyperbeln bestehenden Thron, der weit über der Gesellschaft mit ihren allgegenwärtigen Ängsten schwebt und mich zu einer albtraumhaften Schattenfigur manifestiert:

JUNGE MENSCHEN ÜBERLEBEN ALBTRAUM: FLUCHT VOR MÖGLICHEM SERIENMÖRDER AUF BERGGIPFEL

Serienmörder. Dieses Wort gleicht eher einem Sonett als einer einfachen Aneinanderreihung von Buchstaben. Es ist faktisch absolut inkorrekt, und für gewöhnlich betrachte ich unfähige Schreibende als eine Abscheulichkeit der Gesellschaft. In diesem speziellen Fall allerdings deute ich es als Zukunftsvision. Als Prognose einer Realität, die ich schon sehr bald heraufbeschwören werde.

Mein Blick wandert von der Aufmerksamkeit heischenden Überschrift zu dem Text, der sich in kleinen, gedrungenen Wörtern aneinanderreiht.

Eagle Creek, Colorado – *Es begann als eine vielversprechende Karrierechance, endete aber in einem Albtraum, der einem der fünf Opfer einen eisigen Tod bescherte. Fünf Bewerber*innen wurden zu einem fünftägigen Assessment-Center in die exklusive Ski-Anlage des* Ortiz Grand Resort *eingeladen. Doch was als unschuldiger Wettbewerb begann, verwandelte sich schnell in eine Tragödie voller Geheimnisse und Gefahr – und endete für einen von ihnen tödlich.*

Die fünf Auserwählten, wie die Studierenden von den Medien inzwischen genannt werden – Luca Murphy (20), Devan Sandoval (22), Leander Cole (23), Christine Parker-Bell (21) und Paul Barnes (21) –, reisten in der Erwartung nach Eagle Creek, ihre Fähigkeiten zu demonstrieren und um den begehrten Nebenjob zu konkurrieren. Doch schon bald wurde die Idylle des Resorts erschüttert, als ein Unbekannter begann, die Social-Media-Accounts von Paul Barnes zu infiltrieren und dort persönliche Informationen preiszugeben. Dieser Eingriff gefährdete nicht nur seine Privatsphäre, sondern auch seine Beziehung zu Christine Parker-Bell.

*Die malerische Landschaft verwandelte sich rasch in einen schaurigen Ort, als Barnes spurlos verschwand, ohne eine*n seine*r Konkurrent*innen oder den Inhaber des Resorts über seinen Plan zu informieren. Die Situation verschlechterte sich weiter, als die Gruppe zusammen mit Jacob Gullingham, dem Neffen des Resortinhabers, und Ana Kasakow, einer Servicemitarbeiterin, durch einen plötzlichen Schneesturm eingeschneit wurde.*

Im Folgenden versetzten ein Stromausfall und ein beinahe verheerender Angriff auf Luca Murphy die Gruppe in Angst und Schrecken. Die Überlebenden flohen in die Berge und machten dabei eine grausame Entdeckung: die Leiche von Paul Barnes, halb im Schnee vergraben und auf einem kleinen Plateau zurückgelassen.

Den Verbliebenen gelang die Flucht über einen geschlossenen Skilift, von dem sie schließlich mithilfe von Jacob Gullingham gerettet und in ein nahe gelegenes Krankenhaus gebracht wurden.

In der darauffolgenden Polizeiuntersuchung geriet Matthew I., ein Techniker des Ortiz Grand Resort, unter Verdacht und wurde schließlich festgenommen. Laut nicht weiter definierten Quellen wurden Beweise eines eindeutigen Erpressungsver-

suchs gegen das Todesopfer auf dem Telefon des Verdächtigen gefunden. Gegenstand der Erpressung war angeblich unter anderem ein Fremdgeh-Beweis seitens Parker-Bells, persönliche Informationen, die kriminelle Vergangenheit Barnes' Vaters betreffend, und Veruntreuungs-Vorwürfe gegenüber Jacob Gullingham, dem Neffen des Ortiz-Besitzers Gregory Ortiz. Anfragen bezüglich eines Interviews wurden wiederholt von Ortiz' Büro abgelehnt.

Keiner der Beteiligten stand bislang für eine Stellungnahme zur Verfügung.

Während die Ermittlungen andauern, bleiben viele Fragen unbeantwortet, und die Wunden der Überlebenden werden nur langsam heilen.

49

LUCA

Freitag, 03. November 2023

Ich sitze im Schneidersitz auf meinem Bett und beobachte Riley, die allen möglichen Kram in ihre Handtasche schmeißt.

»Du musst echt nicht abhauen«, sage ich, allerdings aus reiner Höflichkeit. »Wahrscheinlich bleiben wir sowieso nicht die ganze Zeit hier. Wir gehen bestimmt was essen oder …«

Sie winkt so energisch ab, dass es aussieht, als wolle sie eine Fliege verscheuchen. »Ich bin alleine von dem, was du erzählt hast, traumatisiert. Wenn ihr das alles noch einmal durchkaut, will ich sicher nicht danebensitzen.«

Statt einer Antwort verziehe ich nur das Gesicht. Ehrlich gesagt würde ich es ihr gerne gleichtun: meine Sachen packen und abhauen, bevor Ana kommt. Als sie mir vor ein paar Tagen geschrieben und mich gefragt hat, ob sie vorbeikommen kann, habe ich sofort zugestimmt. Aber nicht, weil ich sie sehen will. Im Gegenteil. Unser Versprechen, in Kontakt zu bleiben und uns gegenseitig auf dem Laufenden zu halten, haben wir alle gebrochen. Vielleicht weil wir einander nur noch mehr an das erinnern, was vor vier Wochen dort oben in den Bergen von Colorado geschehen ist. Die Tragweite der ganzen Sache ist mir erst richtig bewusst geworden, als ich wieder zu Hause war. Die knappe Woche, die ich nach Eagle Creek bei meinen Eltern verbracht habe, war die Hölle. Die Geschehnisse sind über mir zusammengebrochen wie eine Sturzflut, haben mich unter sich begraben und mir eine Zeit lang die Luft genommen.

Ich bin mir nicht sicher, welcher Aspekt dieser Geschichte mich mehr belastet hat: Pauls Tod, die Tatsache, eine tiefgefrorene Leiche gefunden zu haben, oder die Erkenntnis, dass wir einem Mörder entkommen sind? Vielleicht war es die Summe der Dinge. Als ich zurück in Portland war, habe ich mich zusammengerissen und meinen Alltag wieder aufgenommen, aber die Angst und die Beklommenheit schwelen noch immer im Hintergrund, als würden sie nur darauf warten, mich in einem schwachen Moment zu erwischen und mir erneut den Boden unter den Füßen wegreißen zu können.

Von Leander, Jacob oder Christine habe ich nichts mehr gehört, dafür aber von Ana. Sie wollte wissen, ob die Polizei sich gemeldet hat, fragte nach Details aus meinem Verhör durch die Polizei im Krankenhaus, nach meinen Theorien. Meine Antworten waren größtenteils einsilbig, was vor allem daran lag, dass die Gespräche meine Erinnerungen mit voller Wucht zurückkehren ließen. Wie die Geister, die ich rief.

Ich reiße mich selbst aus meinen Gedanken, bevor ich mal wieder in den Strudel aus Erinnerungen gezogen werden kann. Riley schultert gerade ihre Handtasche, dann dreht sie sich zu mir um und mustert mich kurz. »Ich kann auch bleiben«, sagt sie ernst. »Du musst es nur sagen, falls du emotionale Unterstützung brauchst.«

Energisch schüttle ich den Kopf. Trotz des ganzen Chaos, das in mir tobt, habe ich nie so richtig mit Riley darüber gesprochen, wie es mir geht. Gegen welche Dämonen ich seit dieser Nacht kämpfen muss. Und das soll auch so bleiben. »Es ist okay, wirklich. Ich mag Ana. Du kannst gehen, wenn du willst.«

Sie nickt noch einmal, dann zwinkert sie mir zu, weist mich an, sie anzurufen, sollte ich sie brauchen, und verschwindet anschließend durch die Tür auf den Flur unseres Wohnheimes.

Geräuschvoll atme ich aus, sobald die Tür hinter ihr ins Schloss fällt. Ich werfe einen Blick auf die Uhr. In zwanzig Minuten sollte Ana hier sein, das ist einfach nicht genug Zeit, um mich emotional darauf vorzubereiten. Während ich bei Jacob, Devan und mir das Gefühl habe, wir alle wollen die Ereignisse dieser Nacht so weit wie möglich von uns wegschieben, scheint Ana genau das Gegenteil zu tun. Sie lässt die Sache einfach nicht ruhen, hinterfragt jedes Detail und verbeißt sich in die kleinsten Vermutungen und Spekulationen. Sie hat mir nicht genau gesagt, warum sie mich besuchen will. Aber ein ungutes Gefühl in meiner Magengegend ist sich sicher, dass es nicht um ein einfaches Kaffee-Date geht.

Ich greife nach meinem Handy, das neben mir auf der Bettdecke liegt, und öffne die Seite einer Nachrichtenagentur. Das Telefon ist neu, genau wie sämtliche Social-Media-Profile, die darauf angemeldet sind. Nach allem, was in Colorado passiert ist, wurde jeder von uns regelrecht gestalkt: Es kamen unzählige Interviewanfragen von der Presse, Freunde wollten unsere Version der Geschichte hören, und irgendwelche Leute, die uns höchstens vom Sehen kannten, haben versucht, Tratsch aus erster Hand zu ergattern. Nachdem unsere Namen bekannt wurden, haben wir uns alle von Instagram und Co. zurückgezogen, wenig später wurden auch unsere Handynummern geleakt. Keine Ahnung, von wem, aber es spielt eigentlich auch keine Rolle.

Vor einer Woche war Christine bei *The Late Show* zu Gast und hat ein Interview gegeben. Das hat mich nicht wirklich überrascht. Wir hatten keinen Pakt oder etwas in der Art, aber ich bin von Anfang an davon ausgegangen, dass Jacob, Devan und Leander nicht mit den Medien sprechen oder Interviews geben wollen. Bei Christine habe ich allerdings mit so was gerechnet. Danach war die Aufmerksamkeit noch einmal deutlich größer, doch zum Glück ist sie gerade dabei, wieder abzuflachen. Irgendwo auf der Welt gibt es sicher einen neuen Skandal, ein neues, grausameres Verbrechen, und die Aufmerksamkeit der Menschen richtet sich auf jemand anderen.

Zum Glück. Je schneller Gras über diese ganze Geschichte wächst, desto besser. Matthew Ismar sitzt hinter Gittern. Es gibt keinen Grund, alles immer und immer wieder zu durchleben. Paul ist tot, und das ist furchtbar. Er hat Vergeltung und Aufklärung verdient. Aber wir anderen leben, und man sollte uns zumindest die Chance geben, zurück zur Normalität zu finden.

Mit zusammengebissenen Zähnen rutsche ich vom Bett und halte den Atem an, als ich mich aufrichte. Die verdammte Prellung an meinem Oberschenkel und meiner Hüfte tut immer noch ziemlich weh. Meine ganze linke Seite sah bestimmt drei Wochen lang so aus, als hätte ein Kind mit grünen und gelben Filzstiften darauf herumgemalt. Die Ärzte haben mich vorgewarnt, dass eine solche Verletzung locker bis zu acht Wochen lang schmerzen kann, trotzdem bin ich jedes Mal sauer, wenn mein Bein unter meinem Gewicht protestiert. Ich bin vor einem Mörder geflohen, und die einzige Verletzung, die ich davongetragen habe, ist eine Prellung von einem Sturz auf eine verdammte Laterne. Das ist doch ein Witz.

Leise vor mich hin fluchend schlurfe ich ins Bad, um meine Haare zu kämmen und mir die Zähne zu putzen. Mir ist bewusst, dass ich mich ein wenig gehen lasse. Ich tue das Nötigste: besuche meine Kurse, erledige meine Aufgaben, esse, trinke … ich überlebe. Aber meine Haare sind stumpf, weil ich sie nicht richtig pflege, und ich müsste ganz dringend Wäsche waschen. Ich habe das Gefühl, ein bisschen die Kontrolle verloren zu haben, was womöglich daran liegt, dass mir der Alltag auf einmal unfassbar belanglos vorkommt.

Als ich fertig bin, ziehe ich mich schnell um. Gerade schließe ich den Knopf meiner Jeans, da klopft es laut an der Tür. Ich zucke zusammen, und ein paar Sekunden lang schlägt mein Herz viel zu schnell. Ich atme tief ein, durchquere den Raum und öffne die Tür.

Ana steht mit einem breiten Grinsen im Flur und schaut auf mich herunter. Im ersten Moment bin ich verwirrt, weil sie so anders aussieht, dann fällt mir auf, dass ihre Haare deutlich kürzer sind als noch vor ein paar Wochen und eine andere Farbe haben. Vermutlich ist das ihre ganz persönliche Reaktion auf das, was wir erlebt haben. Ihr Anblick löst eine Lawine an Erinnerungen aus und befeuert das ungute Gefühl, das sich seit meinem Aufenthalt in Eagle Creek in meiner Magengegend eingenistet hat. Aber Anas Veränderung hilft, die Gefühle im Zaum zu halten. Als hätte mein Verstand Schwierigkeiten damit, die Verbindung zwischen dieser neuen Ana und der aus Colorado zu ziehen.

»Du siehst heiß aus«, sage ich, während sie mich in eine kurze Umarmung zieht. »Komm rein.«

Ana macht ein paar Schritte in mein Wohnheimzimmer und sieht sich um. »Nett hier.« Sie deutet auf die Seite, auf der sich Rileys Habseligkeiten befinden, und wirft mir einen amüsierten Blick zu. »Warum weiß ich, dass das nicht deine Seite ist?«

Riley ist ein bunter Mensch: Batik-Bettwäsche, ein Kunstdruck von Roy Lichtenstein an der Wand, ein Regal voll mit einer wilden Mischung aus Funko Pops, Büchern und einer beeindruckenden Kotztütensammlung. Ihre Seite sieht nach Spaß aus, meine nach Klosterschule.

Ich zucke mit den Schultern und lasse mich auf den Stuhl vor meinem Schreibtisch fallen. »Die Zimmer hier werden teilweise jedes Semester neu vergeben. Irgendwie habe ich es nie eingesehen, mir für so kurze Zeit so viel Mühe zu machen.«

»Sympathisch«, kommentiert Ana, dann setzt sie sich auf mein Bett. »Ich habe auf dem Weg hierher übrigens Kaffee bestellt. Wusstest du, dass dein Campus einen Kaffee-Lieferservice hat?«

»Ja«, lache ich. »Das wusste ich. Haben ein paar Studierende letztes Jahr gegründet.«

»Verrückt.« Sie schüttelt den Kopf. »Ich habe zwei Latte bestellt, ich hoffe, das ist okay.«

»Klar.« Ich lege den Kopf schief und mustere sie. Ana wirkt irgendwie nervös. Als wüsste sie nicht so richtig, was sie mit ihren Händen anfangen soll oder was sie normalerweise mit ihren Füßen tut. Die schlägt die Beine übereinander, stellt sie dann aber wieder auf, streicht sich eine Haarsträhne aus dem Gesicht, schiebt sich die Ärmel ihres Hoodies hoch, nur um sie dann wieder herunterzuziehen.

»Was ist los?«, frage ich, als ihr Herumgezappel mich allmählich nervös macht.

»Was soll los sein?«

»Versteh mich nicht falsch, ich freue mich, dass du da bist.« Lüge. »Aber du bist doch nicht gekommen, um dir mein Zimmer anzugucken. Von New York hierher fährt man sicher … ich würde sagen, fünf Stunden?«

»Ich bin geflogen«, sagt sie und grinst, als ich die Augen verdrehe. »Ist nicht so kompliziert, es gibt eine Direktverbindung.«

Ich mache eine abwehrende Handbewegung. »Du weißt, was ich meine.«

Sie beißt sich auf die Lippe und seufzt dann. »Ich bin nicht von New York aus hergekommen.«

»Sondern?«

»Ich war beim *Ortiz*.«

Allein der Klang des Namens dieses verdammten Resorts sorgt dafür, dass mir der Schweiß ausbricht. Paradoxerweise wird mir heiß, auch wenn ich diesen Ort eher mit Kälte, Schnee und Tod verbinde. »Warum?«, frage ich, obwohl ich mir sicher bin, dass ich die Antwort auf diese Frage gar nicht hören will.

Ana verschränkt die Arme vor der Brust und sieht mich ein paar Sekunden lang an, als würde sie überlegen, was genau sie darauf antworten soll. Dann seufzt sie. »Mich lässt die ganze Sache einfach nicht los.«

»Mich auch nicht, Ana«, antworte ich trocken. »Aber genau deswegen kann ich mir nichts Schlimmeres vorstellen, als dahin zurückzugehen … jemals.«

Sie schüttelt den Kopf. »Du verstehst nicht, was ich meine.«

»Dann klär mich auf.«

»Ich glaube, wir haben etwas übersehen«, beschwört sie mich. »Es gibt so unfassbar viele Fragen, die niemand beantwortet hat, und ich will nicht einfach darüber hinwegsehen. Ich will nicht einfach so tun, als wären nicht super viele Sachen in dieser ganzen Geschichte unlogisch.«

Bemüht ruhig atme ich aus. Um ehrlich zu sein, überrascht ihr Geständnis mich nicht. Ich hatte zwar damit gerechnet, dass Christine diejenige sein würde, die nicht abschließen kann, aber auch Ana wirkt wie ein Mensch, der jedem kleinen Rätsel auf dieser Welt auf den Grund zu gehen versucht.

»Das ist die Aufgabe der Polizei, Ana«, erinnere ich sie sanft. »Wenn es Dinge gibt, die sie uns nicht erklären, dann vermutlich, weil es uns nichts angeht.«

»Wen sollte es etwas angehen, wenn nicht uns?«, schnaubt sie.

»Das sind laufende Ermittlungen, und das Ganze ist gerade einmal einen Monat her. Was auch immer sie gegen diesen

Matthew in der Hand haben, wird nicht wenig sein. Ansonsten könnten sie ihn nicht die ganze Zeit über festhalten.«

Ich unterdrücke ein Schaudern, weil sich vor meinem inneren Auge ein Bild manifestiert, wie eigentlich immer, wenn ich an diesen Mann denke. Ich habe sein Foto nur ein Mal gesehen, während des Verhörs, trotzdem hat sich das Gesicht in mein Gedächtnis eingebrannt. Ich bin mir fast sicher, dass der Typ grundsätzlich nicht unheimlich aussieht. Wenn ich mich recht erinnere, hat er auf dem Foto sogar ganz freundlich dreingeschaut. Trotzdem ist dieses Gesicht meine ganz persönliche Personifikation des Teufels.

»Sind wir uns sicher, dass er immer noch im Knast ist?«

»Ja. Der eine Polizist, Hadad, hat mir versprochen, sich zu melden, sollte er entlassen werden.« Ich balle die Hand zur Faust. »Devan und ich sind ihm begegnet, schon vergessen? Sie würden es uns sagen, sollte er freikommen. Oder wenn sie sich geirrt hätten.«

Ana legt den Kopf kaum merklich schief. »Devan hat auch nichts Neues gehört?«

»Nicht, dass ich wüsste.« Ich sehe Ana an, dass sie nachhaken will, doch in diesem Moment klopft es an der Tür. Ein wenig zu abrupt stehe ich auf, verziehe kurz das Gesicht, als Schmerz von meiner Hüfte bis ins Bein schießt, und öffne dann die Tür, um den Kaffee entgegenzunehmen. Nachdem ich Ana einen der Pappbecher gegeben habe, lehne ich mich gegen den Schreibtisch und nehme einen Schluck. Für meinen Geschmack ist der Latte zu süß und nur noch lauwarm, aber immerhin ist es Koffein.

Auch Ana schneidet eine Grimasse, kommentiert den Kaffee jedoch nicht und legt stattdessen den Kopf schief, als sie mich wieder anschaut. »Also. Habt ihr …« Sie zögert und lächelt dann. »Habt ihr Kontakt? Du und Devan, meine ich.«

Diesen Punkt der Unterhaltung würde ich eigentlich ungern vertiefen. Aber es gibt keinen Grund, Ana anzulügen, und ich will das Thema nicht unnötig aufbauschen … auch vor mir selbst nicht. »Mehr oder weniger.« Langsam nehme ich den Deckel ab und trinke einen Schluck. »Er wollte vorbeikommen, aber … keine Ahnung. Ich kann mich damit im Moment nicht beschäftigen.«

Ihr Blick ist nachdenklich geworden. Sie legt den Kopf schief. »Was ist los?«

Ich zucke mit den Schultern. »Nichts eigentlich. Es ist nichts passiert oder so. Aber nach unserer Rückkehr … ich weiß auch nicht. Ich wollte nicht reden, und ich brauchte eine Pause, verstehst du? Worüber sollen Devan und ich uns unterhalten, wenn wir uns sehen? Er würde mit Sicherheit über das sprechen wollen, was im *Ortiz* passiert ist. Ich kann mir nicht vorstellen, dass wir uns einfach in ein Café setzen und uns über unsere Kurse austauschen würden oder darüber, was er am Wochenende gemacht hat.«

»Warum nicht? Wenn du ihm sagst, wie du dich fühlst, würde er sicher Rücksicht darauf nehmen, oder nicht?« Sie lächelt. »Devan ist mir wie ein rücksichtsvoller Kerl vorgekommen. Zumindest dir gegenüber.«

»Ja, das würde er sicher.« Ich seufze. »Aber das will ich auch nicht. Es wäre irgendwie gezwungen, und wir müssten die ganze Zeit den rosa Elefanten im Raum ignorieren.«

Ana nimmt einen weiteren Schluck, dann fängt sie an, an dem Aufkleber herumzuknibbeln, auf dem die Bestellung und meine Zimmernummer notiert sind. »Darf ich ehrlich sein?«

»Lieber nicht.«

Sie grinst. »Für mich klingt das, als hättest du Schiss. Fragt sich nur, wovor.«

»Klar habe ich Schiss«, antworte ich mit einem trockenen

Lachen. »Devan ist … ein guter Kerl. Und ich habe die Angewohnheit, mich zurückzuziehen, wenn es mir zu viel wird. Du hast es selbst gesagt: Er ist rücksichtsvoll und fürsorglich. Er soll sich nicht um mich kümmern müssen oder ständig aufpassen, was er sagt oder tut. Das ist zu anstrengend, vor allem so früh in dieser … *Beziehung*. Solche Probleme sollten frühestens nach der Honeymoon-Phase kommen.«

»Und hast du ihm das erklärt?«, fragt sie skeptisch.

Ich beiße mir auf die Lippe und schüttle den Kopf. »Halb. Ich habe ihm gesagt, dass ich ein bisschen Zeit brauche. Und er hat das akzeptiert.«

»Natürlich hat er das.«

Mir ist klar, dass Ana noch deutlich mehr zu sagen hat, doch zu meiner Erleichterung fügt sie nichts weiter hinzu. Ich bin nicht naiv, ich weiß sehr genau, was ich tue. Mir liegt etwas an Devan, und ich habe Angst davor, unsere Chance auf eine Beziehung – sollten wir die überhaupt haben – zu verpassen, nur weil ich gerade emotional nicht in der Lage dazu bin. Sollten Devan und ich es versuchen, will ich auf unbeschwerte Dates gehen, Spaß haben, ich selbst sein. All das machen, was wir während unserer stürmischen Kennenlernphase übersprungen haben. Und vor allem will ich, dass er er selbst ist. Nicht rücksichtsvoll, vorsichtig und zensiert. Sollten unsere Gefühle füreinander tatsächlich echt sein und nicht nur das Ergebnis eines Urlaubsflirts in Kombination mit Todesangst, dann bestehen sie auch noch in ein paar Wochen. Wenn ich die Zeit auf dem Berg verarbeitet habe und in der Lage bin, mich auf ihn und mich selbst zu konzentrieren. Ich erwarte nicht, dass er auf mich wartet, aber mehr kann ich im Moment einfach nicht bieten.

Doch das sage ich Ana nicht. Auch wenn es sich ganz natürlich anfühlt, mit ihr zu reden, kenne ich sie kaum. Das vergesse ich manchmal. Unsere gemeinsame Zeit im *Ortiz* hat uns zusammengeschweißt, und ich sehe sie, Devan, Leander, Christine und Jacob eher wie entfernte Verwandte als wie Menschen, die ich gerade mal ein paar Wochen kenne und mit denen ich nur ein paar Tage gemeinsam verbracht habe. Aber für eine Therapiestunde reicht das Vertrauen dann doch noch nicht.

»Was ist mit Leander?«, frage ich stattdessen, um vom Thema abzulenken.

Ihre Reaktion ähnelt meiner ziemlich stark: Sie senkt den Blick und reißt abrupt ein Stück des Etiketts vom Kaffeebecher. »Schwieriges Thema.«

»Ach ja?«, lache ich. »Wie überraschend.«

Sie schüttelt den Kopf. »Nicht so, wie du denkst. *Ich* habe keine Angst vor meinen eigenen Gefühlen. Leander ist es, der nicht mit mir reden will.«

Überrascht sehe ich sie an. Ihre und Leanders Beziehung war schon während unserer Zeit im Resort ein Rätsel für mich, trotzdem hatte ich das Gefühl, dass sie etwas miteinander verbindet. Und wenn ich mich recht erinnere, haben sie Händchen gehalten, während wir am Flughafen aufs Boarding gewartet haben.

»Was ist passiert?«

Auf einmal verändert sich ihr Blick und wird beinahe vorsichtig. »Deswegen wollte ich mit dir reden, Luca.«

»Du bist hergekommen, um über Leander zu reden?«, frage ich verwirrt. Ich bin gerne bereit, Ana bei ihren Beziehungsproblemen, oder wie auch immer sie es nennen will, zu helfen, aber damit habe ich ehrlich gesagt nicht gerechnet. Ich habe Ana im *Ortiz* als freundlichen Menschen kennengelernt – offen, herzlich, witzig. Ich gehe also schwer davon aus, dass sie zu Hause Freunde oder Freundinnen hat, mit denen sie über Leander sprechen könnte. Warum kommt sie mit diesem Thema ausgerechnet zu mir?

»Nicht direkt«, antwortet sie, dann zieht sie ihr Handy aus der Hosentasche und wirft einen Blick darauf. Erst denke ich, dass sie abzulenken versucht, doch dann bemerke ich die Röte, die sich auf ihrem Gesicht ausbreitet. »Aber vorher müssen wir noch mal kurz auf Devan zurückkommen, fürchte ich.«

»Nee, nee, nee. Bleib schön beim Thema. Was ist mit Leander?«

»Ich meine es ernst«, sagt sie kleinlaut und steht auf. »Ich wusste nicht, dass es zwischen euch schwierig ist.«

»Zwischen mir und Leander?«

»Zwischen dir und Devan! Ehrlich, das tut mir leid.«

Meine Überforderung ist mir wahrscheinlich deutlich anzusehen. Stirnrunzelnd schüttle ich den Kopf. »Ich habe keine Ahnung, wovon du sprichst, Ana. Warum bist du hier?«

Sie zieht den Kopf ein. »Es tut mir wirklich, *wirklich* leid«, fleht sie beinahe. »Hätte ich gewusst, wie es dir geht, hätte ich dich vorgewar...«

Ein lautes Klopfen an der Tür unterbricht sie. Ihre Augen werden groß, und ich bemerke den entschuldigenden Ausdruck in ihrem Gesicht, als sie sich zur Tür umdreht und darauf zugeht.

Mein Herz bleibt einfach stehen. Sämtlichen medizinischen Regeln zum Trotz bin ich mir sicher, dass es aufhört, zu schlagen. Denn mir ist klar, wer dort vor der Tür steht, schon bevor Ana sie öffnet und Devan in mein auf einmal viel zu kleines Wohnheimzimmer tritt.

50

ONE OF SIX

Das Knarzen meiner Stuhllehne klingt wie ein vertrautes Wiegenlied. Mir ist aufgefallen, dass das Geräusch sich verstärkt, wenn es kälter ist. Sinkende Temperaturen verkleinern die mikroskopischen Fugen des Kunststoffes und machen ihn spröde. Es ist erstaunlich faszinierend, wie sehr ein solch kostengünstiges und gewöhnliches Möbelstück sich mit den Gemütszuständen meiner verbliebenen Fünf vergleichen lässt. Auch ihnen hat die Kälte zugesetzt, hat sie erschüttert und morsch werden lassen. Vielleicht wurden auch die Fugen ihres Verstandes verändert. Ich leide nicht an Selbstüberschätzung, dennoch halte ich es für möglich, dass ich einen Einfluss auf die Kernessenz dieser Menschen hatte. Dass ich ein Teil von ihnen geworden bin wie ein Parasit, der sie von innen heraus verzehrt und bis zur allerletzten Sekunde unbemerkt bleibt.

Ich wende den Kopf und schaue hinüber zu dem geöffneten Fenster. Dann werfe ich einen Blick auf die Uhr am unteren Rand meines Bildschirms. Seit mittlerweile achtzehn Stunden, sieben Minuten und schätzungsweise fünfundvierzig Sekunden habe ich das Fenster nicht mehr geschlossen. Die Autos unten auf der Straße trotzen der Kälte, den Minusgraden, die die Luft erfrieren und einen Teil der Welt erstarren lassen. Im Zimmer ist es eiskalt. Das hat eine erstaunliche Wirkung auf mich, wie ich überrascht festgestellt habe. Meine vor Kälte tauben Finger, die Eisblumen, die vor etwa zwei Stunden begonnen haben, auf der Scheibe zu sprießen, der fadenscheinige Nebel, der sich bei jedem meiner Atemzüge vor meinem Mund materialisiert und dann wieder verschwindet – all das katapultiert mich zurück. Durch die Zeit, durch den Raum. Zurück zu der Nacht, in der die erste Runde endete. Oder zu der, in der ich Paul aus dem Spiel genommen habe. Oder zu der, in der ich herausgefunden habe, dass das angebliche One-Way-Glas der Fenster in den Chalets nicht einmal annähernd so effektiv ist wie die Erbauer dieser Anlage es sich versprochen haben. In dieser Nacht habe ich mich gefragt, ob jemals einer von ihnen nahe genug an das Fenster herangetreten ist, das Gesicht gegen das eiskalte Glas gedrückt hat, so fest, dass die Scheibe unter seinem heißen, erwartungsvollen Atem beschlagen ist. Ob jemals einer von ihnen dort verharrt hat, beobachtet hat. Abgewartet.

Vermutlich nicht. Hätten sie das getan, wäre ihnen bewusst geworden, dass das großgeschriebene Versprechen auf Privatsphäre eine scheinheilige Lüge ist. Dass nichts in dieser papierdünnen Welt so solide, so unfehlbar ist, dass es sich einem entschlossenen Verstand mit einem festen Ziel vor Augen in den Weg zu stellen vermag. Aber wie so oft in meiner vergleichsweise kurzen Zeit auf Erden musste ich wieder einmal feststellen, dass der einfache Geist der breiten Masse nicht damit rechnet, eine Lücke im System zu finden, eine Lüge in einem Versprechen. Sie wollen sie nicht finden und sich damit eingestehen, dass die Realität, in der sie leben, auf einem Grundgerüst aus bunten, wunderschönen Illusionen besteht.

Luca Murphy wollte es in dieser Nacht auf jeden Fall nicht sehen. Das Offensichtliche. Dabei habe ich liebevolle Spuren hinterlassen. Einen Gruß aus der Unsichtbarkeit, wenn man so will.

Sie hat geschlafen, ohne zu bemerken, dass ich jeden ihrer

Träume beobachte. Sie in mich aufsauge, vergifte und als Albträume in ihren unschuldigen Verstand zurücksende. Xoxo.

Das durchdringende Geräusch des Freizeichens reißt mich so abrupt aus meinen Gedanken, als wäre ich plötzlich aus tiefem Wasser an die Oberfläche aufgetaucht und in gleißend hellen Sonnenschein getreten. Ich setze mich auf und richte den In-Ear-Kopfhörer in meinem linken Ohr. Die einschläfernde Musik der Warteschleife hat mich einen Moment lang beinahe benommen werden lassen, aber während die freundliche Stimme am anderen Ende sich meldet, schärft mein Verstand sich, als würde ich an einem Regler drehen.

»Sir? Sind Sie noch bei mir?«, fragt die gesichtslose Frau, Sofia Jiménez.

»Selbstverständlich.«

»Vielen Dank, dass Sie gewartet haben.« Ich verdrehe die Augen, behalte das Lächeln aber bei, weil man dieses kleine Arrangement der Gesichtsmuskeln im Tonus der Stimme erkennen kann. »Ich habe mich besprochen und kann Ihre Buchung sehr gerne entgegennehmen.«

Langsam hebe ich die Augenbrauen. »Ach, wirklich?«

»Unser Hotel eröffnet am zwölften November. Habe ich Sie richtig verstanden, dass Sie gerne eines unserer Luxuschalets, den Biberdamm, beziehen möchten?«

»Ja.« Meine Stimme klingt kälter als noch vor ein paar Sekunden, aber das liegt außerhalb meiner Kontrolle. »Ich bin ehrlich gesagt überrascht, dass Sie Ihre Tore so schnell wieder öffnen.«

Ein kurzes Schweigen. »Ich fürchte, ich verstehe nicht.«

Natürlich nicht. »Ich habe den Namen Ihres Resorts in allerlei Schlagzeilen gesehen. Ich hatte kaum Hoffnung, so schnell nach den Ereignissen eine Buchungsbestätigung zu erhalten.«

Wieder Schweigen. Vermutlich, um die richtigen Worte zu sortieren oder den Zettel zu finden, auf dem die akkurate Antwort auf derlei Fragen notiert ist. »Wir freuen uns, unsere Gäste wieder begrüßen zu dürfen. Falls Sie die Buchung vornehmen möchten, bräuchte ich bitte Ihren Namen.«

Unwillkürlich verengen sich meine Augen zu Schlitzen. »Ich habe außerdem gelesen, dass die Chalets aufgrund eines Problems mit der Zufahrtsstraße außer Betrieb genommen wurden.«

»Wie gesagt. Ich bestätige die Buchung sehr gerne für Sie. Ich versichere Ihnen, dass es keinerlei Probleme geben wird.«

Die ungesagten Worte schweben zwischen uns in der Luft, versuchen, das nicht enden wollende Nichts zwischen unseren Realitäten zu überwinden, und verpuffen dann doch. Es wird keine *weiteren* Probleme geben. Keine Probleme, verglichen mit dem im Schnee vergrabenen Toten, den Stromausfällen ... all dem Grauen, das dieser Ort gesät und geerntet hat.

»Verzeihung, sind Sie noch dran?«

»Ja.«

»Ich brauche bitte Ihren Namen, Sir. Sie erhalten die Buchungsunterlagen per E-Mail oder postalisch. Wie es Ihnen lieber ist.«

Ich werde nicht gerne überrascht. Aber dass das *Ortiz* und sein Handlanger es tatsächlich vollbracht haben, das Hotel zu reanimieren, trifft mich zugegebenermaßen unvorbereitet. Mit kalten, tauben Fingern fahre ich über das Mousepad und öffne die Website des *Ortiz Grand Resort*. Ich navigiere mich selbst durch die verschiedenen Menüs, bis ich das Gästebuch finde. Es erhebt sich wie eine irreführende, tödliche Fata Morgana.

»Mein Name ist Barnes«, antworte ich glatt. Meine Stimme klingt freundlich, beinahe heiter. Als hätte sie niemals in ihrer gesamten Existenz einen trübseligen Ton angeschlagen. »Bitte reservieren Sie auf Barnes.«

51

LUCA

Devan umarmt Ana, dann kommt er auf mich zu. Er kann höchstens zwei, drei Sekunden brauchen, um die Entfernung zwischen uns zu überwinden, dennoch kommt mir diese Zeit vor wie Stunden. Devans üblicher Bartschatten ist zu einem nachlässigen Dreitagebart geworden, seine Haare sind länger. Er trägt ein T-Shirt und Jeans, in der einen Hand hält er eine Sportjacke. Insgesamt wirkt sein Aussehen irgendwie unordentlicher als während unserer Zeit in Colorado. Ich habe ihn vier Wochen lang nicht gesehen. Wir haben einmal videotelefoniert, aber das war direkt nach meiner Ankunft bei meinen Eltern. Mir ist nicht klar gewesen, wie sehr ich sein Gesicht vermisst habe. Ich habe vielleicht sogar vergessen, wie es sich anfühlt, in seiner Nähe zu sein. Mein Herz nimmt mit einem schmerzhaften Stolpern seinen Dienst wieder auf, nur um sofort doppelt so schnell wie gewöhnlich weiterzuschlagen.

Ich habe keine Ahnung, was ich tun soll. Aber bevor ich überhaupt einen klaren Gedanken zu fassen bekomme, ist Devan bei mir und zieht mich an sich. Einfach so. Er fragt nicht um Erlaubnis, sagt kein Wort zu mir. Stattdessen greift er nach meinen Schultern und zieht mich an seine harte, warme Brust. Den Bruchteil einer Sekunde bin ich wie erstarrt, dann scheint mein Körper ein Eigenleben zu entwickeln und meinen Verstand ganz einfach abzuschalten. Ich atme geräuschvoll aus, schlinge die Arme um seine Taille und schließe die Augen. Lehne mich einen Moment lang an ihn und ignoriere sämtliche Einwände, die ich vorhin noch Ana und mir selbst gegenüber angebracht habe.

Nach ein paar Sekunden spüre ich Devans Wange auf meinem Kopf. »Hi, Kittycat«, murmelt er.

Ich lache erstickt. »Hi. Das ist der bescheuertste Spitzname bis jetzt.«

»Ich nehme das als Kompliment.«

Widerstrebend mache ich mich los. Am liebsten würde ich mich einfach für immer in seine Arme kuscheln und die Welt da draußen ausschließen, aber das macht die ganze Sache nur noch komplizierter. Ich sehe ihn an, dann Ana. »Was soll das alles hier?«

Hätte Ana nicht vor ein paar Minuten beteuert, dass sie keine Ahnung hatte, wie es zwischen mir und Devan steht, hätte ich befürchtet, sie würde irgendeine ganz unangenehme Intervention durchziehen.

»Ich habe keinen blassen Schimmer«, antwortet Devan. Auch er hat mich losgelassen, doch er steht immer noch dicht neben mir. Dichter, als es auf platonischer Ebene normal ist, würde ich sagen. »Ana hat gefragt, wann ich am Campus bin, und mir dann gesagt, dass ich herkommen soll. Ich dachte, du wüsstest Bescheid.«

Ich runzle die Stirn. »Du wärst heute sowieso gekommen?«

Er weicht meinem Blick aus. »Ich bin bis Mittwoch hier. Bei einer Klausur herrscht Anwesenheitspflicht, und ich muss mit ein paar Professoren sprechen.«

In meinem Inneren streiten sich zwei Gefühle miteinander: Einerseits bin ich enttäuscht, dass er sich nicht bei mir angekündigt, sondern mit Ana über seinen Besuch gesprochen hat, andererseits weiß ich, dass ich kein Recht habe, mich über sein

Verhalten zu beschweren. Ich war diejenige, die sich Zeit und Abstand gewünscht, seine Anrufe ignoriert und einsilbig auf Nachrichten reagiert hat.

Also lächle ich einfach nur und versuche, die Nervosität und das Kribbeln in meiner Magengegend zu ignorieren. Ich wende mich an Ana und schaue sie auffordernd an. »Was ist los?«

Plötzlich steht ihr die Nervosität ins Gesicht geschrieben. Sie beißt sich auf die Lippen, so fest, dass sie weiß werden, dann nickt sie Richtung Bett. »Setzt euch. Ist 'ne längere Geschichte.«

Ein Teil von mir will einfach aus dem Zimmer rennen. Oder mir wie ein Kind die Hände auf die Ohren pressen und so tun, als wären Devan und Ana gar nicht da. Ich will feige sein und das Problem so lange ignorieren, bis es von selbst verschwindet. Weder habe ich Lust darauf, mit Ana über das zu sprechen, was in Eagle Creek passiert ist, noch will ich mich neben Devan setzen und fürs Erste so tun, als stünde nichts zwischen uns. Ich mag ihm aus dem Weg gegangen sein, trotzdem bin ich der Meinung, dass wir miteinander sprechen sollten. Jetzt, da er ohnehin hier ist. Das ist das Mindeste, was er verdient hat.

Aber ich tue oder sage nichts von alledem. Nicht, weil ich gut oder stark bin, sondern weil ich weiß, dass es ohnehin keinen Sinn hätte. Ich gehe an Devan vorbei und setze mich aufs Bett. Ich rutsche auf die Matratze und ziehe die Beine an, während er sich auf die Bettkante sinken lässt und Ana uns gegenüber auf meinem Schreibtischstuhl Platz nimmt. Sie klemmt die Hände zwischen die Knie und atmet einmal geräuschvoll aus.

»Du machst mich echt nervös«, sage ich und werfe Devan, der Ana stirnrunzelnd mustert, einen kurzen Blick zu.

»Ist etwas passiert?«, fragt er ruhig.

Ana schüttelt den Kopf. Sie lächelt, doch das Lächeln erreicht nicht ihre Augen. »Nicht wirklich. Ich weiß, dass du das

Thema meidest, Luca, aber ich fürchte, wir müssen darüber reden.«

Mir schießt das Blut ins Gesicht, als Devan sich zu mir umdreht. Er schweigt, trotzdem erkenne ich die tausend unausgesprochenen Fragen in seinem Blick.

»Schon gut«, murmle ich.

»Ich weiß nicht genau, wie ich es am besten sagen soll, deswegen mache ich es kurz und schmerzlos, okay?« Sie sieht uns an und wartet offensichtlich auf eine Reaktion, also nicke ich nur. »Ich denke nicht, dass Matthew Ismar der Mörder von Paul ist.«

Das war's. Keine Erklärung, keine Ausführungen nichts. Ana sitzt einfach nur da und starrt uns an.

Ich hebe auffordernd die Augenbrauen. »Was?«

»Ich glaube nicht, dass Matthew Ismar der Mörder ist«, wiederholt sie sachlich, als würde das bloße Echo ihrer Worte irgendetwas ändern. »Zumindest nicht er allein.«

»Okay, langsam«, sagt Devan und hält mich davon ab, einen wirklich unfreundlichen Kommentar über unnötig dramatische Gesprächsführungen abzugeben. »Von Anfang an: Du hast mich herzitiert und Luca überfallen, weil du denkst, die Polizei hätte den Falschen verhaftet?«

»Ja.« Als sie mit den Schultern zuckt, sieht sie beinahe ein wenig eingeschüchtert aus. »Ich weiß, wie das klingt. Ehrlich, ich habe mir wirklich, wirklich viele Gedanken darüber gemacht. Aber hätte ich mit euch am Telefon darüber gesprochen, hättet ihr mir nicht richtig zugehört. Und es ist wichtig, dass ihr mir zuhört.«

»Ana«, beginne ich erschöpft, »das hatten wir doch alles schon. Ich meine das nicht böse, aber denkst du ernsthaft, dass du besser im Ermitteln bist als die Polizei? Dass die nicht alles, worüber du dir anscheinend Gedanken gemacht hast, schon selbst in Betracht gezogen haben? Hier geht es um Mord. Ich glaube wirklich nicht, dass die Beamten das auf die leichte Schulter nehmen und einfach den Nächstbesten verhaften. Die haben Beweise.«

»Was für Beweise?«

»Nachrichten, in denen Ismar Paul erpresst hat«, sage ich eindringlich. »Die hatten sie bereits in der Nacht, in der sie uns aus dem Lift geholt haben, schon vergessen? Der Typ war der Haustechniker und konnte locker diesen ganzen Stromausfall inszenieren. Er hatte ein Motiv. Das ergibt alles zu viel Sinn.«

Sie richtet sich ein wenig auf. »Was, wenn ihm diese Nachrichten untergeschoben wurden? Nur weil jemand Schulden hat, bedeutet das nicht, dass er jemanden erpressen oder sogar töten würde. *Ich* habe Schulden, und ich habe nicht vor, irgendjemanden in ein Eis am Stil zu verwandeln.«

»Leute haben schon aus viel weniger wichtigen Gründen gemordet, Ana«, wirft Devan ein, immer noch mit zum Verrücktwerden ruhiger Stimme. Wie kann er bei diesem Thema so entspannt sein? »Jacob meinte, dass der Typ Familie hat. Ich glaube nicht, dass er von Anfang an vorhatte, Paul zu töten, aber wenn er Geld brauchte, um seine Familie zu versorgen, ist es nicht der schlechteste Plan, jemanden wie Paul oder Christine zu erpressen. Die Sache ist einfach aus dem Ruder gelaufen.«

»Er hat nicht einfach nur die Gelegenheit genutzt, Devan!« Ihre Stimme klingt jetzt eindringlich, beinahe beschwörend. »Er hat nicht einfach im Resort gearbeitet, uns gesehen und sich gedacht, dass das eine gute Chance wäre, seine Schulden loszuwerden. Es war geplant. Aufwändig geplant. Das ist ein bisschen viel Aufwand für ein paar Tausend Dollar! Mehr wollte er von Paul laut dieser Nachrichten nämlich nicht haben.«

»Woher weißt du das?«, frage ich skeptisch. »Die Typen, die unsere Aussage aufgenommen haben, meinten, Matthew hatte wahrscheinlich vor, uns alle zu erpressen. Er ist nur nicht so weit gekommen.«

Ana schnaubt und schiebt sich die Haare aus der Stirn. »Christine hat mir die Nachrichten gezeigt. Matthew Ismar hat darin zweitausend Dollar verlangt. Erscheint euch das wie eine Summe, die man von einem millionenschweren Nepo-Baby erpresst? Die Barnes besitzen Geld wie Heu. Paul hätte locker das Zehnfache innerhalb von vierundzwanzig Stunden klarmachen können, wahrscheinlich ohne dass seine Eltern auch nur mit der Wimper gezuckt hätten.«

»Wie gesagt. Die Polizei meinte, dass er uns alle erpressen wollte.«

»Leander muss am Ende des Monats jeden Penny umdrehen, Devan ist ein verdammter Influencer und hatte seit Wochen keine Kooperationen mehr. Jeder Zwölfjährige mit einem Internetzugang kann herausfinden, wie viel er mit seinen Videos verdient.« Sie verzieht das Gesicht und sieht Devan entschuldigend an. »Nicht böse gemeint, aber ich gehe davon aus, dass du mit deiner Creator-Agentur keine Millionen verdienst. Und du, Luca, magst wohlhabende Eltern haben, aber du finanzierst dich selbst, richtig?«

Ich sehe sie fassungslos an. »Woher weißt du das alles?«

Ana klatscht in die Hände. »Genau das ist der Punkt! Genau das! Ich habe euch gestalkt, und ich bin nicht einmal gut darin! Social Media, Google und so weiter, dafür waren echt keine krassen Skills notwendig.«

»Moment mal«, grätscht Devan dazwischen und hebt die Hände, als wolle er einen fahrenden Wagen anhalten. »Zuerst einmal: Ich kann sehr gut von meinem Einkommen leben, aber danke, dass du dir Gedanken darum machst. Ich habe keine

Schulden, nicht einmal einen Studienkredit, und ich habe mir vor einer Woche eine neue Couch gekauft.«

Seufzend sehe ich ihn an. »Darum geht es hier nicht wirklich, Devan.«

»Die Couch hat 'ne Schlaffunktion und zwei wireless Charger, also doch, darum geht es irgendwie schon.« Er zwinkert mir zu, was ich nur mit einem Augenverdrehen quittiere. Dann wird er wieder ernst. »Worum geht es hier, Ana? Schön und gut, dass du so eine krasse Hackerin bist, aber das sind keine sensiblen Daten. Was hat das mit Matthew oder Paul zu tun?«

»Wenn ich das alles ohne großen Aufwand rausgefunden habe, dann konnte Ismar das auch, oder nicht? Wenn man schon das Risiko eingeht, jemanden zu erpressen, wird man seine potenziellen Opfer doch wenigstens googeln.«

»Und?« Ich zucke mit den Schultern. »Vielleicht kommen Leander, Devan oder ich nicht infrage – trotz der mit Sicherheit sehr beeindruckenden Couch. Auf der Liste standen auch noch Christine und Jacob, und bei denen gab es sicher etwas zu holen.«

Ein paar Sekunden lang sieht Ana mich an, während sie auf ihrer Unterlippe herumkaut. »Ich weiß, dass du am liebsten nicht mehr an die ganze Sache denken würdest, okay? Ich will dich nicht ärgern. Aber wir müssen etwas unternehmen.«

»Warum?«, frage ich eindringlich. »Hör auf, um den heißen Brei herumzureden, und komm zum Punkt!«

»Ihr alle habt eine Mail bekommen, richtig? Von dieser Vermittlungsagentur, *educationcare.* Ganz am Anfang, als die Stelle im *Ortiz* ausgeschrieben wurde.«

»Einen Newsletter«, berichtige ich sie verwirrt. »Nicht von der Agentur selbst, sondern von der Uni.«

Sie nickt langsam. »Der Newsletter kam nicht von der Uni. Auch nicht von der Agentur, sondern von einer unbekannten

Adresse. *Educationcare* hat die Stelle zwar ausgeschrieben, aber nur auf ihrer eigenen Homepage.«

»Aber warum … was?« Verwirrt schüttle ich den Kopf. »Ehrlich, Ana, ich verstehe nur Bahnhof.«

»Die Stellenanzeige wurde bei *educationcare* aufgegeben, ja. Aber sie wurde nur auf der Website gepostet, weil sie kein lokales Angebot war. Die Newsletter, die ihr erhalten habt, gab es offiziell nicht. Und sie wurden offenbar an niemand anderen verschickt als an euch fünf.«

»Quatsch.« Ich lache trocken, doch weder sie noch Devan stimmen ein. »Das ist doch Blödsinn. Diese Stelle war der Wahnsinn. Es gab Tausende Leute, die sich darauf beworben haben.«

»Nenn mir eine Person«, antwortet Ana herausfordernd. »Gibt es eine Freundin oder einen Kommilitonen, von denen du weißt, dass sie sich ebenfalls beworben haben?«

Ich öffne den Mund, schließe ihn dann jedoch wieder. Riley hat sich nicht beworben, aber darüber habe ich mich nicht gewundert, weil sie Geschichte im letzten Semester studiert und die Semesterferien jedes Jahr bei ihrer Familie in Europa verbringt. Ich hatte von Anfang an nicht erwartet, dass sie an diesem Job interessiert ist. Ein Mädchen aus meinem Literaturkurs hat sich auf die Stelle beworben, allerdings nur, weil ich ihr den Kontakt weitergeleitet habe. Ich habe ihr von der Ausschreibung erzählt, und sie meinte, dass Newsletter in ihrem Spam-Ordner landen. Keine von uns hat sich darüber gewundert. Keine von uns hat hinterfragt, warum eine Mail von der Uni im Spam …

»Das ist doch Blödsinn«, sage ich erneut, diesmal weniger energisch. »Wie stehen die Chancen, dass wir die Einzigen waren, die diese Mail bekommen haben, und wir alle uns beworben haben?«

Ana sieht von mir zu Devan. »Devan hat sich nicht beworben. Keine Ahnung, ob er die Mail gelesen hat oder nicht, aber die Agentur hat sich angeblich bei ihm gemeldet, oder nicht?«

Ich folge ihrem Blick. Devan sieht mich nicht an, sondern mustert mit zusammengezogenen Augenbrauen Ana. »Ich habe keine E-Mail bekommen. Auch nicht in meinem Junk-Ordner, den checke ich regelmäßig.«

»Genau. Auch Paul hat sich nicht selbst beworben, sondern Christine für ihn und sich zusammen. Pauls Vater hat direkt ein Bestechungsgeld mit überwiesen, damit beide einen Platz im Assessment-Center bekommen.«

Es würde mich überhaupt nicht wundern, wenn man die Rädchen in meinem Kopf rattern hören könnte. Ich bin vollkommen überfordert mit Anas Ausführungen.

»Sag mir einfach, worauf du hinauswillst, Ana«, sagt Devan, der genauso verwirrt klingt, wie ich mich fühle.

»Ich will darauf hinaus, dass jemand diese Stelle meiner Meinung nach gefakt hat. Wobei, nein, das stimmt so nicht. Das Auswahlverfahren wurde inszeniert. Die Stellenausschreibung war von Anfang an darauf ausgelegt, dass ihr fünf ins Assessment-Center eingeladen werdet.«

»Ich sage es gerne noch einmal: Das ist Blödsinn.«

»Ist es nicht. Ich habe mit Jacob gesprochen.« Ana redet jetzt so schnell, dass es mir schwerfällt, ihre Worte zu verstehen. »Angeblich hat die Agentur eine Vorauswahl getroffen und nur zehn Bewerbungen an die Assistentin seines Onkels weitergeleitet. Fünf davon waren Schrott, unvollständig oder die scheinbaren Bewerber haben nicht reagiert. Ihr fünf wart die einzig ernst zu nehmenden Kandidaten. Das soll nicht gemein klingen oder so, aber Jacobs Onkel hatte quasi keine andere Wahl, als euch einzuladen. Jacob hat sogar gefragt, ob er noch weitersuchen soll, weil die Resonanz zu klein war. Aber bis zur Neueröffnung war nicht mehr viel Zeit, also hat er euch eingeladen.«

»Warte, warte, warte!« Devan fährt sich mit den Händen über das Gesicht. »Das ergibt alles immer weniger Sinn, Ana. Wenn nur wir die Mail bekommen haben, woher kommen dann die anderen fünf Bewerbungen? Und was soll das bitte für ein abgefahrener Plan sein, jemanden erpressen zu wollen, sich dafür wahllos fünf Leute auszusuchen *und* eine Ausschreibung über eine real existierende Agentur zu manipulieren, dann darauf zu hoffen, dass sich die richtigen fünf auch bewerben, danach anzunehmen, dass diese fünf von Jacob oder seinem Onkel genommen werden, einzig und allein mit dem Ziel, sie ins Resort zu locken, um dann zwei von ihnen zu erpressen? Heilige Scheiße, Ana, was hast du geraucht?«

»Woher weißt du das überhaupt alles?«, frage ich erneut.

»Ich habe mit Leuten gesprochen«, erwidert sie achselzuckend. »Mit Jacob, mit jemandem von der Agentur. Ich sage ja nicht, dass das für mich Sinn ergibt. Aber wenn wir das mal alles zusammenfassen – dass die Newsletter gefakt waren, die ihr bekommen habt, dass Devan extra angefordert wurde und so weiter –, dann ist diese ganze Matthew-Ismar-Theorie einfach nicht schlüssig. Hätte er jemanden erpressen wollen, wäre es ihm nur um das Geld gegangen, hätte es definitiv einen einfacheren Weg gegeben. Und – noch mal, das ist nicht böse gemeint – dann hätte er dich, Devan und Leander nicht ins Boot geholt. Im *Ortiz* gehen während der Saison jeden Tag unzählige reiche Säcke ein und aus. Wir haben einen Haufen reiche Stammgäste. Es hätte einfachere Wege gegeben, glaubt mir.«

Angespannt rutsche ich vom Bett und verschränke die Arme vor der Brust. Am liebsten würde ich im Zimmer auf und ab gehen, doch ich brauche nicht noch mehr Unruhe in diesem kleinen Raum. »Du willst mir also sagen, dass du denkst, wir wurden *absichtlich* in dieses Resort gelockt?«

»Ja. Das denke ich.«

»Warum?«, fragt Devan, während er sich das Kinn reib. »Jacob stand auch auf dieser Liste, und er hat sich offensichtlich nicht auf den Job beworben.«

»Genau deswegen denke ich, dass derjenige, der dafür verantwortlich ist, Beziehungen zum Resort hat.« Sie sieht uns ein wenig hilflos an, als wolle sie uns mit bloßer Willenskraft überzeugen. »Vielleicht war es sogar Matthew, aber dann hatte er ein völlig anderes Motiv als das, welches die Polizei ermittelt hat. Jacobs Onkel hat ja tatsächlich nach einem Social-Media-Manager gesucht. Gut möglich, dass Matthew oder wer auch immer einfach die Gelegenheit genutzt hat.« Sie hebt die Hände und lässt sie geräuschvoll auf ihre Oberschenkel fallen. »Aber der Grund dafür war sicher nicht Erpressung!«

»Das ist eine ziemlich wilde Geschichte, Ana.« Ich kneife mir in den Nasenrücken und versuche, den stechenden Schmerz zu ignorieren, der sich hinter meiner Stirn zusammenbraut. Seit ich wieder zu Hause bin, hatte ich zwei Migräne-Attacken. Vorher hatte ich die nicht. Noch eine Nebenwirkung, die mir dieser verdammte Ort in Colorado eingebracht hat. »Ich verstehe, dass du die ganze Geschichte hinterfragst, aber ich denke immer noch, dass die Polizei solchen Sachen durchaus nachgegangen ist. Das ist ihr Job. In alle Richtungen zu ermitteln und so weiter.«

»Sie haben bei unseren Befragungen nur die Erpressung und die Schulden angesprochen, oder nicht?«

»Das war nicht einmal vierundzwanzig Stunden, nachdem das alles passiert war«, erinnere ich sie erschöpft. »Ich denke, seitdem haben sie mehr gemacht.« Ich werfe Devan einen

Blick zu, der immer noch nachdenklich die Augenbrauen zusammengezogen hat. »Was denkst du denn?«

»*Falls* das alles mit der Agentur stimmt«, beginnt er und hebt die Hand, als Ana protestierend den Mund öffnet. »Ich meine damit nicht, dass du lügst, also entspann dich. Aber du hast nur mit Mitarbeitenden gesprochen, oder nicht? Du hast keinen Einblick in die Fallakte oder in irgendwelche Interna. Es gibt die Möglichkeit, dass sich deine Einwände logisch erklären lassen, und ich bin der gleichen Meinung wie Luca: Die Polizei wird sicher mit der Agentur gesprochen haben und der Sache nachgegangen sein.«

»Also wollt ihr das alles ignorieren?«, fragt Ana ungläubig.

»Nein. Mir kommt die ganze Sache auch komisch vor. Aber ehrlich gesagt finde ich die Erklärung, dass es einen großen, komplizierten Plan hinter alledem gibt, unwahrscheinlicher als die, dass du falsche Informationen hast oder irgendjemand von *educationcare* sich nur ein bisschen wichtigmachen wollte und die Geschichte aufgebauscht hat.«

Angespannt greife ich nach meinem Kaffeebecher und nehme einen großen Schluck. Ana ist deutlich anzusehen, dass sie wütend ist. Vielleicht auch nur frustriert oder überfordert. Ich mache ihr sicher keinen Vorwurf. Wir haben heftige Dinge erlebt auf diesem Berg, und zumindest mir ist all das erst richtig bewusst geworden, als ich wieder zu Hause war. Als hätte das Adrenalin mich aufrecht gehalten und wäre abrupt abgefallen, sobald ich zurück in der normalen Welt war. Jeder geht anders mit so einer Erfahrung um – tagsüber versuche ich, das Geschehene zu ignorieren, und erhalte nachts dafür die Quittung, indem ich schweißgebadet aus Albträumen aufwache. Gut möglich, dass Anas Bewältigungstrategie darin besteht, etwas zu unternehmen. Irgendetwas zu tun, das eigentlich außerhalb unserer Handlungsmöglichkeiten liegt.

Genau das ist das Problem und der Grund dafür, dass ich nachts diese ganze Hölle noch einmal erlebe und Matthews Gesicht in meinen Träumen auftaucht: Keiner von uns hatte in der Hand, was in dieser Nacht auf dem Berg passiert ist. Wir wurden gejagt, getrieben. Egal, was dahintersteckte oder welches Motiv Matthew gehabt haben könnte – er hat mit uns gespielt. Keiner von uns hat wirklich eine Ahnung, ob es uns schlimmer hätte treffen können, ob wir unserem Jäger tatsächlich entkommen sind oder unwissentlich nach seinen Regeln gespielt haben, weil er uns entkommen lassen *wollte*. Und das ist ein wirklich widerliches Gefühl. Ich fühle mich machtlos, und ich bin mir sicher, dass es den anderen ganz genauso geht.

»Ana«, sage ich und versuche, einen versöhnlichen Ton anzuschlagen. »Denk bitte nicht, dass wir dich nicht ernst nehmen oder so. Wenn du willst, können wir zusammen nachforschen oder mit der Polizei reden. Aber ich glaube wirklich, du verrennst dich da in etwas.«

Wütend starrt sie mich an. Ihre Brust hebt und senkt sich ein wenig zu heftig, dann steht sie auf. »Ihr macht euch etwas vor«, sagt sie mit zitternder Stimme und zeigt erst auf mich, dann auf Devan. »Ihr könnt euch ja gerne weiter einreden, dass alles gut ist. Ich verstehe, dass ihr das glauben *wollt*. Wirklich. Aber ich weiß, dass ihr nicht wirklich überzeugt davon seid. Ist es nicht so? Dieses Gefühl, beobachtet zu werden, die Angst, dass bald wieder etwas Schlimmes passiert ... ich weiß, dass ihr das auch spürt! Und es wird nicht verschwinden, nur weil ihr es ignoriert!«

Devan erhebt sich ebenfalls. »Ana ...«

»Nein«, fährt sie ihm dazwischen. Sie verschränkt fest die Arme vor der Brust. »Denkt darüber nach. Das ist alles, was ich will.«

Dann dreht sie sich um und stürmt hinaus, so schnell, dass ich kaum etwas unternehmen kann. Als die Tür hinter ihr ins Schloss fällt, hallt der Klang in meinem Inneren nach wie ein Donnerschlag. Meine Kehle schnürt sich zu. Egal, was der rationale Teil meines Verstandes sagt, egal, was ich Ana gerade eben versichert habe – eine kleine Stimme in meinem Kopf erinnert mich daran, wie ich vor dieser schicksalhaften Nacht versucht habe, die anderen davon zu überzeugen, dass auf dem Gelände etwas vor sich geht. Und dass keiner mir geglaubt hat. Sie flüstert mir zu, dass sich unser Fehler auf keinen Fall wiederholen darf. Unser Fehler, den verdammten Unbekannten auf dem Berg zu unterschätzen.

52

DEVAN

Luca nimmt einen weiteren großen Schluck von ihrem Kaffee, dann kneift sie die Augen zusammen und atmet einmal tief durch die Nase ein und aus.

»Alles okay?«, frage ich zögernd. Alles in mir schreit danach, zu ihr zu gehen und sie in den Arm zu nehmen. Vorhin habe ich mir das erlaubt, aber jetzt zwinge ich mich dazu, auf Abstand zu bleiben. Auch wenn es beinahe körperlich wehtut. Luca hat mich gebeten, ihr Raum zu geben. Das habe ich zu respektieren, weil es mir nicht zusteht, zu entscheiden, was das Beste für sie ist. Dabei spielt es keine Rolle, dass *ich* überzeugt davon bin, ihr helfen zu können.

Sie legt den Kopf schief, bevor sie die Augen wieder öffnet und mir einen merkwürdigen Blick zuwirft. »Was hältst du davon?« Sie deutet über die Schulter zur Tür. »Von dem, was Ana herausgefunden hat.«

»*Falls* es stimmt, was sie herausgefunden hat. Ich verstehe, dass sie sich Sorgen macht, wenn sie es glaubt.« Eigentlich wechsle ich das Thema nur ungern, doch ich spiele mit. Solange Luca redet und mich nicht rausschmeißt, bin ich fürs Erste zufrieden. »Aber das alles ist für mich ein bisschen zu schwammig. Ich denke eher, dass sie sich in etwas reinsteigert.«

»Stimmt es, dass du keine Mail bekommen hast?«, fragt sie tonlos. »Mit dem Stellenangebot, meine ich.«

»Ja.« Ich zucke mit den Schultern. »Vielleicht habe ich sie auch nur nicht gesehen, und sie ist irgendwie durchgerutscht. Aber bis heute habe ich mir darum keine Gedanken gemacht.«

»Du wurdest direkt vom Hotel angeschrieben, richtig?«

Ich schüttle den Kopf. »Nein. Von einer Mitarbeiterin der Agentur. Sie meinte, ich wurde ihr von einem meiner Professoren empfohlen.«

»Und das hast du geglaubt?«

»Warum nicht?« Während ich sie ansehe, verlagert sie das Gewicht von einem Fuß auf den anderen. Ihre Haltung wirkt angespannt, und ich wünschte, sie würde sich hinsetzen. »Das war ein verdammt guter Job, und die Agentur arbeitet mit den Colleges zusammen. Ich ging davon aus, dass die Stellenausschreibung einfach an ein paar geeignete Kandidaten rausgeschickt wurde. Aber wie gesagt, ich habe mir darüber keine Gedanken gemacht.«

Sie beißt sich auf die Lippe, wie immer, wenn sie nachdenkt. »Das ist komisch«, sagt sie schließlich, ohne mich anzusehen. »Gerade *weil* es ein verdammt gutes Angebot ist, hätten sie eigentlich keinen Bewerbern hinterherlaufen müssen.«

»Ich bin halt wirklich gut. Ich verstehe, dass sie sich die Chance nicht entgehen lassen wollten.«

Sie wirft mir einen seltsamen Blick zu, bevor sie sich wieder abwendet.

»Was ist, Luca?«, frage ich angespannt.

Ihr Schulterzucken wirkt beinahe überzeugend beiläufig. »Ich bin einfach nervös.«

Ich glaube ihr nicht. Wir haben vielleicht nur ein paar Tage miteinander verbracht, und die Erinnerungen daran werden überlagert von all den düsteren Ereignissen, die während unserer letzten Nacht im Resort passiert sind. Trotzdem kenne ich Luca. Vielleicht kenne ich sie sogar besser als viele ihrer

Freundinnen oder Kommilitoninnen. Denn ich habe jede Seite von ihr gesehen, war bei ihr, während sie Freude, Angst und Trauer erlebt hat. *Wir* kennen *einander*. Und deswegen bemerke ich diesen Funken in ihren Augen, bei dem ich mir nicht sicher bin, ob es sich dabei tatsächlich um Misstrauen oder um grundsätzliche Anspannung handelt.

Natürlich verstehe ich, was gerade in ihr abgeht. Die Wochen nach unserer Verabschiedung am Flughafen waren eine beschissene Hölle, auch für mich: die Aufmerksamkeit der Medien, die Angst und Sorgen meiner Familie und Freunde, das Gedankenkarussell, das sich immer und immer wieder um all das gedreht hat, was in Colorado passiert ist. Dass Luca mich ignoriert hat, hat das Fass beinahe zum Überlaufen gebracht. Nach einer knappen Woche bei meinem Vater habe ich die nicht enden wollenden Fragen und die forschenden Blicke nicht mehr ausgehalten und bin nach Hause gefahren. Ich habe viel mit Leander und auch hin und wieder mit Jacob geredet, trotzdem war Luca diejenige, mit der ich eigentlich sprechen wollte.

»Luca«, sage ich leise und mache einen Schritt auf sie zu. Ich beobachte sie, als erwarte ich, dass sie wie ein scheues Reh im Scheinwerferlicht davonrennt. »Können wir reden, bitte?«

»Wir reden doch.« Ihr zaghaftes, freudloses Lächeln beweist, dass ihr durchaus klar ist, was ich meine. Als ich sie nur auffordernd ansehe, seufzt sie. »Ich will nicht gemein sein, Devan, wirklich nicht. Ich weiß, dass ich dir hundertachtzigtausend Entschuldigungen schulde.«

»Du schuldest mir gar nichts.«

Sie fällt ein kleines bisschen in sich zusammen, dann setzt sie sich wieder aufs Bett. Ich bin ein wenig erleichtert. Ihr Gesicht ist ein wenig blass und die Augen groß und glasig. Irgendetwas ist im Busch. Ich habe mich dazu entschieden, dieses Zimmer nicht zu verlassen, bis sie mit der Sprache herausgerückt ist.

Ich gehe zu ihr hinüber und setze mich neben sie. »Du hast mir gesagt, was Phase ist, dass du Zeit brauchst und so weiter. Du hast nichts falsch gemacht.«

Sie schweigt ein paar Sekunden lang, den Blick auf ihre Hände gerichtet, die den Kaffeebecher umklammern. »Ich habe das Gefühl, ich muss das hinter mir lassen, verstehst du? Und wenn ich dich angucke, denke ich an diese Nacht und an Paul und den ganzen Scheiß.«

Das zu hören, tut weh. Wenn *ich sie* ansehe, sehe ich deutlich mehr als diese beschissene letzte Nacht. »Was kann ich tun?«

»Nichts«, antwortet sie mit einem freudlosen Lachen. »Ich weiß ja selbst nicht, was ich tun soll. Ich habe Albträume, jede Nacht. Manchmal wache ich auf und kann mich ein paar Minuten lang nicht bewegen. Manchmal rede ich im Schlaf. Riley ist schon zweimal mitten in der Nacht ausgezogen, weil ihr das zu gruselig war. Ich bin ein emotionales Wrack.«

»Bist du nicht«, versichere ich ihr und räuspere mich, weil meine Stimme auf einmal brüchig klingt. Ihre Worte schneiden tief und schmerzhaft in mein Herz und werden dort vermutlich eine Narbe hinterlassen. »Das ist doch normal, Luca. Wir haben wahnsinnig viel erlebt, du vielleicht noch mehr als ich oder Ana und Leander. Du hast diesem Arschloch gegenübergestanden, wir nicht.«

»Das weiß ich.«

Ich lehne mich zu ihr hinüber. »Aber du hast überlebt, Luca«, erinnere ich sie eindringlich.

»Dank dir«, bemerkt sie lächelnd.

»Darum geht es nicht.« Obwohl ich mir geschworen habe, ihr Freiraum zu geben, lege ich vorsichtig den Arm um ihre Schultern. Als sie keine Anstalten macht, zurückzuweichen, ziehe ich sie sanft an mich. »In Colorado hatten wir kaum Zeit, diese Nacht zu verarbeiten. Es wäre eher seltsam, wenn das alles *keine* Auswirkungen auf dich hätte.«

»Ana wirkt ziemlich unbeeindruckt.«

Ich schnaube. »Nein, tut sie nicht. Diese Besessenheit davon, alles zu hinterfragen, ist ein ziemlich deutliches Zeichen, findest du nicht?«

Wieder zuckt sie mit den Schultern. »Ich bin mir nicht sicher, ob es wirklich nur das ist. Ihre Geschichte ist wild, ja, aber mit ein paar Punkten hat sie recht.« Als ich nichts erwidere, zieht sie überrascht die Augenbrauen hoch. »Findest du nicht?«

»Ich bezweifle, dass alle ihre Informationen stimmen.« Ich versuche, mich an jedes ihrer Argumente zu erinnern, aber ihre Ausführungen waren wirklich etwas wirr. »Es würde mich echt nicht wundern, wenn die Mitarbeiterin der Agentur, mit der sie gesprochen hat, die ganze Sache ein bisschen dramatisiert hat. Leute haben gerne das Gefühl, an Dramen beteiligt zu sein. Vielleicht war sie einfach nur aufmerksamkeitsgeil oder wollte Ana ein paar Insiderinformationen aus den Rippen leiern, die sie dann weitererzählen kann.«

»Ja, vielleicht.« Luca lacht trocken und schüttelt den Kopf. »Ich glaube nicht, dass ich jemals wieder *nicht* misstrauisch sein kann.«

»Das kann dir niemand vorwerfen.« Ich beiße die Zähne so fest zusammen, dass mein Kiefer schmerzhaft protestiert. »Hätten wir früher auf dich gehört, wäre das alles vielleicht anders ausgegangen.«

Langsam dreht sie den Pappbecher in ihren Händen. »Das würde ich mir auch gerne einbilden, aber nein, wäre es nicht.«

»Ach nein?«

»Ich habe euch nicht gesagt, dass ein durchgeknallter Mörder auf dem Gelände rumläuft. Selbst *wenn* wir vor dem

Stromausfall die Polizei gerufen hätten, oder sogar schon, als wir die Fußspuren vor der Hütte gefunden haben … Ich glaube nicht, dass es anders gelaufen wäre. Die hätten nichts unternommen. Vielleicht hätten sie das Gelände abgesucht oder so, aber Paul wäre sicher trotzdem gestorben.«

Mag sein. Vielleicht hätte es nichts geändert, trotzdem würde ich mir rückwirkend sehr gerne dafür in den Hintern treten, dass ich Lucas Befürchtungen heruntergespielt habe. »Dein Bauchgefühl war richtig, darum geht es. Also solltest du jetzt nicht damit anfangen, es zu hinterfragen.«

Ein paar Sekunden lang sagt sie gar nichts, doch immerhin scheint sie sich allmählich ein bisschen zu entspannen. Die Finger krallt sie nicht mehr so energisch um den Becher, und ihr Atem geht wieder gleichmäßiger. Ich würde sie gerne näher an mich heranziehen oder ihr diese eine Haarsträhne aus dem Gesicht streichen, die schon die ganze Zeit immer wieder in ihre Stirn fällt. Aber ich reiße mich zusammen. Ihr wieder so nahe zu sein, löst einen wilden Strudel an Gefühlen in meiner Brust aus.

Ich bin gefährlich nahe dran, mich in Luca Murphy zu verlieben … wenn es dafür nicht schon zu spät ist. Sie hat mir gefehlt.

Am Flughafen habe ich sie beschworen, bei mir zu bleiben. Das hat sie nicht getan. Ich mache ihr keinen Vorwurf, trotzdem gibt es da eine kleine Stimme in mir, die mich anschreit, das nicht noch einmal zuzulassen.

»Wir reden schon wieder um den heißen Brei herum«, sagt Luca irgendwann leise. Sie richtet sich auf, damit sie mich ansehen kann.

Ich zwinge mich zu einem hoffentlich unbeschwerten Lächeln. »Ach ja?«

Sie nickt ernst. »In Colorado haben wir immer nur halbgare

Vermutungen angestellt und irgendwie … ich weiß nicht. Wir haben reflexartig gehandelt, statt vorher nachzudenken.«

Stirnrunzelnd erwidere ich ihren Blick. »Was meinst du damit?«

»Ich will ein klares ›Ja‹ oder ein klares ›Nein‹, okay?«

Verwirrt nicke ich.

Luca mustert mein Gesicht, als würde sie darin nach einem Anzeichen dafür suchen, dass ich lüge. »Glaubst du an die Erklärung der Polizei oder nicht? Glaubst du, dass Matthew Ismar Paul und vielleicht Christine – wen auch immer – erpressen wollte und die Sache einfach aus dem Ruder gelaufen ist?«

Alles in mir schreit danach, einfach »Ja« zu sagen, aber ich antworte trotzdem nicht sofort. Das, was Deputy Chief Hadad Luca während des ersten Verhörs erzählt hat, ergibt Sinn. Alles, was die Cops bislang gefunden haben, passt zu der Theorie mit dem Erpresser, der irgendwann die Kontrolle verloren hat. Vielleicht hat Paul ihn erwischt oder irgendetwas herausgefunden und ihn zur Rede gestellt. Pauls Tod muss kein eiskalter Mord gewesen sein, sondern möglicherweise die Folge eines Streits, eines Kampfes oder einer Verzweiflungstat.

Trotzdem gibt es da den Hauch eines Zweifels, den ich nicht genau erklären kann.

»Ich weiß es nicht«, sage ich schließlich, auch wenn ich selbst höre, wie unzufrieden meine Stimme klingt.

Lucas Gesicht bleibt unberührt. »Warum nicht?«

Jetzt ist es an mir, mit den Schultern zu zucken. »Vielleicht, weil wir noch nicht die ganze Geschichte kennen? Wir wissen nicht genau, wie Paul gestorben ist und warum er so weit weg von den Chalets gefunden wurde. Oder warum er nach den ersten Erpressungsversuchen nicht zu den Cops gegangen ist.«

Sie legt nachdenklich den Kopf schief. »Was würde das ändern?«

»Möglicherweise nichts. Aber ich mag keine offenen Fragen. Vielleicht hat Ana recht, und wir haben deswegen das Gefühl, dass die Sache noch nicht abgeschlossen ist. Trotzdem muss es nicht gleich eine große Verschwörung sein.«

Ihre Mundwinkel heben sich kaum merklich, dennoch fühle ich mich sofort ein bisschen besser. Die Farbe ist wieder in ihr Gesicht zurückgekehrt, und ihre Augen wirken nicht mehr so ... trostlos. »Du bist sehr weise heute, Devan.«

»Ich bin jede Sekunde des Tages weise, Zuckerschnute«, versichere ich ihr und lache, als sie das Gesicht verzieht. »Aber manchmal überspiele ich es, damit die gewöhnlichen Menschen sich nicht so flach vorkommen.«

Sie blinzelt ein paarmal schnell hintereinander. »Flach?«

»Das Gegenteil von tiefgründig. Ich hätte auch ›kleingeistig‹ sagen können, aber das kam mir unnötig gemein vor.«

Luca lacht einmal laut auf, dann seufzt sie schwer und wirft ihren leeren Becher in Richtung Mülleimer. Sie verfehlt ihn um einen guten Meter, scheint sich aber nicht weiter darum zu kümmern. »Vielleicht hast du recht. Ich glaube, diese ganze Matthew-Geschichte war mir einfach zu simpel.«

»Stimmt. Er hätte wenigstens mit der Axt durch Türen schlagen können, wie Jack Nicholson in *The Shining*.«

Ich sehe, dass sie sich ein Grinsen verkneift. »Weißt du noch, dass wir darüber gesprochen haben, dass es sich anfühlte, als würden wir in einem Horrorfilm mitspielen?«

»Klar.« Als könnte ich auch nur eine Sekunde dieser Zeit vergessen.

Ihr Blick wird eine Spur herausfordernd. »Würde ich im Kino sitzen und dann käme dieses Ende – mit der fehlgeschlagenen Erpressung und so weiter –, würde ich mein Geld zurückverlangen.«

Obwohl ich es zu verhindern versuche, lache ich laut auf.

»Wow. Ich hoffe, du hast dieses Argument bei den Cops vorgebracht.«

»Sei kein Arsch«, fährt sie mich grinsend an und stößt mir ihren Ellbogen in die Seite. »Ich meine es ernst. Ich hatte einfach mit einem persönlicheren Motiv gerechnet, das ist alles.«

Nachdenklich mustere ich ihre Gesichtszüge. Ja, sie wirkt entspannter, trotzdem bemerke ich die dunklen Ringe unter ihren Augen. Wir drehen uns hier im Kreis, und ein Teil von mir hasst Ana dafür, dass sie Luca mit ihrem Besuch anscheinend derart brutal zurück in ihre Ängste katapultiert hat.

Zeit, daran etwas zu ändern.

Ich mache mich von ihr los und stehe auf. Sie folgt meinem Blick, doch ich kann ihren Gesichtsausdruck nicht richtig deuten.

»Komm mit«, sage ich und strecke ihr die Hand entgegen.

»Wohin?«

»Raus«, antworte ich grinsend. »Die Sonne scheint, lass uns ein bisschen rumlaufen.«

Geduldig warte ich ab, während sie kurz meine ausgestreckte Hand ansieht. Es ist eine Einladung, und wir wissen beide, dass Luca mit ihrer nächsten Entscheidung eine Art Zeichen setzen wird: ob sie unsere Funkstille aufrechterhält oder mir eine Chance gibt – worauf auch immer.

Zu meiner Erleichterung schlägt sie ein und lässt sich von mir hochziehen. Sie sieht nicht wirklich glücklich aus, nicht so, wie ich sie mir bei unserem ersten Wiedersehen vorgestellt habe. Sie hatte einen Kaffee, wir gehen spazieren – das hier könnte man beinahe als Date bezeichnen. Nicht, dass wir uns bislang an die Gesellschaftsnormen eines anständigen Kennenlernens gehalten hätten, trotzdem fehlen wahrscheinlich auch hier ein paar Schritte, um es gänzlich als Verabredung bezeichnen zu können. Allen voran, dass Luca von unserem

Treffen hätte wissen sollen. Aber das sind Details, mit denen ich mich jetzt nicht beschäftigen kann.

»Wie kalt ist es draußen?«, fragt sie, während sie eine Schublade ihrer Kommode aufzieht und unschlüssig den Inhalt mustert.

»Warst du noch nicht draußen?«

»Nein«, erwidert sie knapp. »Brauche ich 'ne Mütze?«

Trotz der Herbstsonne haben wir immerhin November, und es ist ziemlich kalt. Also beobachte ich Luca ein paar Minuten lang dabei, wie sie sich in ein wandelndes Michelin-Männchen verwandelt. Zwar zieht sie keine Schneeklamotten an, trotzdem erinnert ihr Anblick mich so sehr an Colorado, dass es mir einen Moment lang den Hals zuschnürt. Wie lange es wohl dauern wird, bis wir alle wieder unbefangen unseren Alltag meistern werden? Wir werden es vermutlich niemals vergessen, aber eines Tages wird der Moment kommen, in dem wir bemerken, dass das Leben diese düstere Zeit endlich wieder überstrahlt. Dass wir uns nicht mehr von den Erinnerungen auffressen lassen.

Als sie fertig ist, greift Luca nach ihrem Handy und dem Schlüssel, und wir verlassen endlich das kleine Zimmer. Das Wohnheim ist groß und weitläufig, die Flure schmucklos – hohe, beigefarbene Wände, die nur von den unzähligen schwarzen Zimmertüren und ein paar Pinnwänden unterbrochen werden, an denen verschiedene Lost-and-Found-Aufrufe, Stellenanzeigen und -gesuche, Terminankündigungen und Ähnliches hängen. Von den hohen Decken strahlt bläuliches, kaltes Licht aus LED-Leuchten, und der PVC-Boden in Holzoptik hat definitiv schon bessere Zeiten erlebt. Über allem hängt ein Geruch, den ich als Mischung aus Putzmittel und den Ausdünstungen der Schuhe, die überall vor den Türen auf dem Boden stehen, beschreiben würde. Es ist ziemlich … aromatisch. Als ich noch auf dem Campus gewohnt habe, war ich in einer Studentenverbindung und habe in einem der Verbindungshäuser gelebt. Diese Gemeinschaftsduschen und Wohnheimwände, die kaum dicker sind als Papier, waren nie mein Fall.

Von der Seite werfe ich Luca einen Blick zu. Nach allem, was sie erzählt hat, weiß ich, dass ihre Eltern nicht gerade arm sind. Sie hat mal erwähnt, dass sie sich von Mom und Dad finanziell nicht tragen lässt, trotzdem frage ich mich unwillkürlich, warum sie in diesem Wohnheim lebt und sich keine WG oder ein kleines Apartment gesucht hat.

Am zweiten oder dritten Tag unserer Zeit im *Ortiz* habe ich Luca gegoogelt, jedoch nichts wirklich Interessantes herausgefunden. Ihre Eltern besitzen ein Architekturbüro mit internationalen Referenzen, was vermutlich der Grund dafür war, dass Lucas Familie in ihrer Jugend oft umgezogen ist. Die Fotos, die ich von Luca, ihrer Schwester und ihren Eltern gefunden habe, sahen harmonisch aus. Eine glückliche Familie. Dass es lediglich wegen Lucas Berufswahl zum Bruch zwischen ihr und ihrem Vater gekommen sein soll, ist verdammt traurig.

Als wir nach draußen in die kalte Novemberluft treten, bemerke ich, dass Luca einen Moment lang innehält und tief Atem holt. Sie scheint erleichtert, der angespannten Stimmung in ihrem Zimmer entkommen zu sein, und ich kann es ihr nicht verdenken.

»Was willst du machen?«, fragt sie, während sie sich die Hände reibt. Sie schaut mich nicht an, sondern beobachtet stattdessen eine Gruppe von Leuten, die ein paar Meter entfernt in einem lockeren Halbkreis zusammenstehen. »Einen Kaffee trinken oder einfach rumlaufen?«

»Lass uns ein bisschen laufen. Ich habe die letzten Stunden genug gesessen«, sage ich und biete ihr meinen Ellbogen an, auch wenn ich mir ein bisschen komisch dabei vorkomme. Im *Ortiz* sind wir entspannt miteinander umgegangen, was wahrscheinlich daran lag, dass wir keinerlei Erwartungen aneinander hatten. Jetzt ist die Stimmung zwischen uns irgendwie gestelzt, als würden wir beide nicht richtig wissen, was genau wir miteinander anfangen sollen.

Zu meiner Erleichterung hakt sie sich unter und schlägt einen kleinen Trampelpfad ein, der zu einer Art Rundweg über den Campus führt – an den Universitätsgebäuden entlang, zu den anderen Wohnheimen und den Verbindungshäusern. Obwohl es draußen kalt ist, scheint die Sonne, und die rotbraun verfärbten Blätter an den umstehenden Bäumen, die dem Winter noch trotzen, verleihen der Landschaft einen warmen Ton. Der Kontrast zu Eagle Creek ist ziemlich beeindruckend – dort war alles farblos und gespenstisch, ganz anders als hier. Vor ein paar Tagen hat es in Portland geschneit, aber nur ein paar Stunden lang, und der Schnee ist nicht liegen geblieben, sondern hat sich erst in grauen Schneematsch verwandelt und ist dann in den Abflussschächten versickert. Unwillkürlich frage ich mich, wie Luca damit umgehen wird, wenn es hier bald genauso weiß und verschneit ist wie auf dem *Ortiz*-Gelände.

»Weißt du«, beginne ich nach ein paar Minuten, in denen wir schweigend nebeneinanderher gelaufen sind, »das hier hat wirklich etwas von einem Date, oder? Das ist für uns doch mal was Neues.«

Luca schnaubt und wirft mir einen empörten Blick zu. »Das hier ist für dich ein erstes Date?«

»Warum nicht?«

»Ein bisschen mehr Mühe solltest du dir schon geben, Devan.« Sie macht eine Handbewegung, die die gesamte Umgebung mit einschließt. »Wenigstens einen Kaffee. Oder eine schönere Kulisse für einen Spaziergang.«

»Du hattest einen Kaffee.«

»Den hat Ana mir mitgebracht. Also hatte ich eher ein Date mit ihr als mit dir.«

»Okay, Amor.« Ich sehe sie herausfordernd an. »Dann klär mich auf. Was mache ich falsch?«

Ihre Antwort kommt nicht direkt, stattdessen runzelt sie die Stirn und scheint tatsächlich darüber nachzudenken. Ich verziehe den Mund zu einem Lächeln. »Das kann man nicht generalisieren. Ein perfektes Date ist eine komplizierte Sache. Es kommt auf die Begleitumstände an.«

Langsam hebe ich eine Augenbraue. »Du willst also wirklich eine Wissenschaft daraus machen.«

»Du hast gefragt.« Sie zuckt mit den Schultern. »Es kommt darauf an, ob du dein Date schon kennst oder ob ihr euch bei *Tinder* oder so kennengelernt habt. Das ist die erste Frage.«

»Warum?«, frage ich ehrlich verwirrt.

Sie verdreht die Augen. »Wenn ihr euch noch nicht kennt oder nur mal irgendwo im Club gesehen habt, trefft ihr euch das erste Mal an einem öffentlichen Ort. Wenn du mit ihr schon befreundet warst, geht's auch bei ihr oder dir zu Hause.«

»Verstehe. Aber wir kennen uns schon. Was wäre *unser* perfektes erstes Date?«

53

DEVAN

Wir weichen ein paar Männern aus, die in Sportklamotten an uns vorbeirennen. Footballspieler, ihrer Ausrüstung und den Trikots nach zu urteilen.

»Wir sind ein spezieller Fall«, sagt sie und lacht, als ich eine Grimasse schneide. »Wir haben alles falsch gemacht, deswegen denke ich, wir sollten *back to the roots*. Zurück zu den Klassikern, verstehst du?«

Ich nicke langsam. »Also hole ich dich um sieben von zu Hause ab, wir gehen ins Kino und dann etwas essen?«

»Genau. Und du bringst eine Rose mit. Und fragst meinen Dad, um wie viel Uhr ich spätestens zu Hause sein muss.«

»Liebeskomödie oder doch eher ein Horrorfilm, damit wir uns aneinanderkuscheln können, wenn es zu gruselig wird?«

»Gute Frage.« Im Gehen tritt Luca einen kleinen Stein beiseite, dann mustert sie mich gespielt nachdenklich. Ich find's lustig, wie ernst sie die Sache nimmt. Das hier ist die Luca, die ich im *Ortiz* kennengelernt habe. Sie wirkt immer noch eine Spur zu ernst für meinen Geschmack, aber immerhin ist der sorgenvolle Ausdruck in ihren Augen verschwunden. »Ich denke, du bist der Typ für Horrorfilme. Und ich mag gruselige Sachen, deswegen ist das okay.«

»Aber ich habe kein Auto«, werfe ich ein. »Und auch keine Eltern in der Nähe, von denen ich mir eins leihen kann.

Dich mit der U-Bahn abzuholen ist irgendwie weniger romantisch.«

Sie schnalzt mit der Zunge. »Das ist nicht mein Problem, Devan. Wenn du es nicht schaffst, die U-Bahn-Fahrt romantisch zu gestalten, dann solltest du es vielleicht gar nicht erst versuchen.«

Lachend ziehe ich sie zur Seite, um eine ziemlich tief aussehende Pfütze zu umrunden. Wir sind inzwischen auf dem kleinen Schotterweg angekommen, der durch die Parkanlage hinter dem Wissenschaftstrakt führt. Während der kurzen Zeit, in der ich auf dem Campus gewohnt und studiert habe, habe ich hier oft mit Freunden gesessen oder gelernt. Ich kann mich nicht daran erinnern, Luca jemals gesehen zu haben.

Ich deute auf ein kleines Amphitheater aus Stein, das ein paar Meter weiter weg unter einer dicken Eiche steht. »Da hatte ich mal ein Date. Es lief nicht gut, aber ich finde, den Platz habe ich gut ausgesucht.«

Luca folgt meinem Blick. Der Ort ist tatsächlich ziemlich schön, vor allem im Sommer. Das Steingebilde liegt ein wenig abseits und außer Hörweite des Weges und der Picknickbänke, die am anderen Ende der Wiese stehen. Die Blumenbeete, die links und rechts des Amphitheaters angelegt wurden, sind jetzt tot und vertrocknet, aber ich hatte mein Date im Sommer, weshalb alles bunt war und geblüht hat.

»Stimmt«, sagt sie schließlich. »Das ist ein guter Platz. Habt ihr gepicknickt?«

Schuldbewusst verziehe ich das Gesicht. »Ich habe uns einen Kaffee geholt, zählt das?«

Grinsend wirft sie mir einen Blick zu. »Das zählt. Wie gesagt, es kommt auf die Umstände an.«

»Es war kein gutes Date«, wiederhole ich. Ich habe das Bedürfnis, diese Sache klarzustellen. »Sie war älter als ich und total außerhalb meiner Liga. Ich hatte ein bisschen Angst vor ihr.«

Luca lacht. »Sie kann wohl kaum außerhalb deiner Liga gewesen sein, wenn sie sich mit dir getroffen hat.«

»Sie dachte, ich würde Gras verkaufen«, gebe ich grinsend zu. »Ich hatte ein einziges Mal auf einer einzigen Party Gras dabei, und das war nicht einmal meines. Deswegen dachte sie, sie könnte was von mir bekommen. Wahrscheinlich umsonst, wenn sie nett zu mir ist.«

Auch wenn sie sich offensichtlich alle Mühe gibt, ihre Belustigung unter einem Husten zu verbergen, prustet Luca los. »Oh nein«, sagt sie erstickt. »Das ist ein bisschen traurig. Aber in dem Fall lag das dann nicht an deiner Planung, sondern an ihr, Devan. Du hast dir nichts vorzuwerfen.«

»Das bedeutet mir viel.«

Als der Weg sich gabelt, zieht Luca mich nach links und umfasst meinen Arm dann ein wenig fester. »Wie lange hast du hier studiert?«, fragt sie, nachdem sie sich wieder beruhigt hat. »So richtig, meine ich.«

»Knapp drei Jahre«, antworte ich wahrheitsgemäß. Ich will sie nicht anlügen, trotzdem wäre es mir lieber, wir würden das Thema wechseln. »Hab mit neunzehn angefangen, mit zweiundzwanzig bin ich weggezogen.«

»Jetzt bist du dreiundzwanzig, oder?«

Ich nicke.

»Warum bist du weggezogen? Und warum hast du nicht einfach die Uni gewechselt?«

Weil ich keine unnötige Aufmerksamkeit auf mich ziehen wollte.

Unwillkürlich versteife ich mich und hoffe, dass Luca die Veränderung durch meine dicke Daunenjacke nicht bemerkt. »Meine Eltern hatten Probleme, und ich wollte in ihrer Nähe sein. Ich hätte natürlich wechseln können, aber mein Studium lief gut, und ich stand kurz vor meinem Bachelorabschluss. Die UPP hat gute Inhalte für *Game Development and Research*. Das Fernstudium wurde mir angeboten, und ich fand das eigentlich ganz cool. Für manche Prüfungen muss ich anwesend sein, und es gibt eine Professorin, die in ein paar ihrer Kurse Anwesenheitspflicht durchgesetzt hat. Aber das macht mir nichts aus.«

»Dir fehlt das hier nicht?«, fragt sie und macht eine ausladende Handbewegung. »Nicht unbedingt das Wohnheim oder wo auch immer du gewohnt hast, aber der Kontakt zu deinen Kommilitonen? Ich will ja nicht darauf rumreiten, aber du scheinst sozial ziemlich gut … eingegliedert gewesen zu sein.«

»Schön ausgedrückt«, erwidere ich grinsend. »Ja, manchmal ist es ein bisschen einsam. Wobei das ja eigentlich zu meinem Beruf gehört, daran sollte ich mich also gewöhnen.«

Luca sieht mich nicht an, doch ich merke, dass sie nachdenkt. Nervös balle ich die Hand in meiner Jackentasche zur Faust.

»Du arbeitest neben dem Studium, richtig? Als Content Creator und für dieses Creator-Network. Was genau machst du da?«

Schmunzelnd mustere ich sie von der Seite. »Ich fühle mich wie bei einem Bewerbungsgespräch.«

»Ein Date ist irgendwie eine Art Bewerbungsgespräch«, kommentiert sie knapp, lächelt mich jedoch trotzdem an. »Also?«

Seufzend fange ich an, ihr von meinem Job zu erzählen. Dieses Thema ist mir lieber als das vorherige, und wenn Luca mich kennenlernen will, dann werde ich mich sicher nicht beschweren. Ich erzähle ihr von ein paar Kooperationen mit verschiedenen Spieleherstellern, für die ich Spiele testen und reviewen durfte, von meiner Arbeit im Creator-Network, in dem ich vor allem für die Vermittlung zwischen den Creatorn und Firmen verantwortlich bin. Ich erzähle ihr von meiner Zusammenarbeit mit einem Erlebnis- und Event-Anbieter, der allerdings vor Kurzem bankrottgegangen ist.

»Das willst du langfristig machen«, sagt sie. Es ist keine Frage, sondern eine Aussage. Ich bin ein bisschen überrascht, dass sie sich daran erinnert. »Du willst ein rasender Reporter werden.«

Ich grinse. »So ähnlich. Ehrlich gesagt habe ich ein bisschen Angst, mich für eine Richtung zu entscheiden.«

Sie sieht auf. »Warum?«

Ein wenig unschlüssig hebe ich die Schultern. »Ich interessiere mich für Spieleentwicklung, und das beruflich zu machen, würde am meisten Sinn ergeben. Immerhin studiere ich dafür. Aber ich kann mir auch nicht vorstellen, mein Leben lang an einem Rechner zu sitzen und zu programmieren, verstehst du? Ich würde gerne reisen und Dinge ausprobieren und am liebsten auch dafür bezahlt werden. Aber beides gleichzeitig ist vermutlich schwierig.«

»Du willst herumreisen, Dinge ausprobieren und dafür bezahlt werden?«, hakt sie amüsiert nach. »Das klingt ein bisschen zu gut, um wahr zu sein.«

»Du klingst wie meine Eltern«, antworte ich knapp. »Ich meine damit nicht, dass ich Influencer werden will. Sondern Reise-Guide oder etwas in der Art. Aber vielleicht habe ich auch nur Panik, nach meinem Studium in einem langweiligen Job zu versauern.«

Luca schüttelt den Kopf. »Nein, du hast recht. Wenn du reisen willst, dann solltest du das tun. Wir sollten arbeiten, um zu leben, und nicht andersrum.«

Wir erreichen eines der Altbau-Wohnheime, und einen Moment lang lasse ich den Blick an der schmutzig weißen Fassade entlangwandern. In diesem Gebäude wohnen zwei Freunde von mir, dementsprechend bin ich hier auch schon auf einer ganzen Menge Partys gewesen.

»Was ist mir dir?«, frage ich, in der Hoffnung, das Gesprächsthema endlich von mir wegzulenken. Viel dringender will ich über Luca sprechen. All die Dinge erfahren, für die wir während der Tage im *Ortiz* keine Zeit hatten.

»Was willst du wissen?«

Alles. Aber vielleicht sollte ich klein anfangen. »Ich weiß, dass du Journalismus studierst und deine Eltern nicht wirklich glücklich darüber sind. Was willst du nach dem College machen?«

Als sie mich ansieht, liegt in ihren Augen ein Funkeln. »Am liebsten würde ich herumreisen und Dinge ausprobieren und dafür bezahlt werden.«

Ich stoße leicht mit der Schulter gegen ihre, sodass sie lachend einen Ausfallschritt machen muss.

»Ich will Reisejournalistin werden. Ich habe überlegt, ob ich einfach einen eigenen Blog eröffne oder meine Social-Media-Profile auf dieses Thema fokussiere und dann selbstständig arbeite. Aber ich glaube, das ist mir zu unsicher.«

»Und was ist stattdessen der Plan?«

Sie zuckt mit den Achseln. »Ich denke, dieses Freelancer-Leben ist nichts für mich. Über kurz oder lang arbeitet man dann meistens für Bewertungsportale, und da habe ich keine Lust drauf. Ich möchte für ein Magazin schreiben. Ich weiß, dass das ziemlich hochgegriffen ist, aber die *Vogue* beispielsweise hat eine Reisekolumne. Es muss nicht unbedingt so luxuriös sein, aber so was könnte ich mir vorstellen.«

Ich mustere Luca von der Seite und versuche, sie mir als Reisejournalistin vorzustellen. Das passt. Sie sie neugierig und abenteuerlustig genug für diesen Job, kann gut mit Menschen umgehen und ist ehrgeizig. Sie würde die Orte, über die sie schreibt, mit ihrer bloßen Anwesenheit schöner machen, und die Menschen würden sie lieben.

»Vielleicht sollten wir uns zusammentun«, schlage ich unschuldig vor. »Du schreibst Artikel über Hotels und die Location, und ich teste die Freizeitangebote. Ich bin nicht gut im Schreiben, aber das musst du dann halt übernehmen. Würde sich gut ergänzen.«

Ein wenig unbestimmt nickt sie. Als wäre sie sich nicht sicher, was sie darauf antworten soll. »Eigentlich lustig, dass wir beide in eine ähnliche Richtung gehen wollen, oder? Wie stehen die Chancen?«

»Ehrlich gesagt habe ich aufgehört, was uns beide angeht mit Wahrscheinlichkeiten zu rechnen.«

»Stimmt. Wir sind ja Rebellen.«

Ich merke, wie ich mich ein bisschen entspanne. Die seltsame Stimmung verfliegt von Minute zu Minute mehr und macht der Vertrautheit Platz, die wir im *Ortiz* miteinander geteilt haben. Ich überlege, das Thema noch einmal anzusprechen – Luca nach ihren Albträumen zu fragen oder ihr meine Hilfe anzubieten, wie auch immer die aussehen mag. Doch ich halte den Mund. Ziemlich sicher würde sie wieder dichtmachen, und wir wären zurück am Anfang.

Zwanzig Minuten spazieren wir noch über das Gelände, unterhalten uns über unwichtige Dinge und tun beide verzweifelt so, als wäre alles gut. Als stünde nichts zwischen uns und als würden wir nicht beide heimlich über Anas Worte nachdenken. Immer wieder erwische ich mich dabei, wie ich Lucas Gesicht mustere und an ihren Lippen hängen bleibe. Ich würde sie verdammt gerne küssen. Sie in meine Arme ziehen, sie halten, ihr nahe sein. Sie spüren. Aber ich werde nichts davon tun. Ich habe den ersten Schritt gemacht, der nächste muss von ihr kommen.

Als ich mich später unten vor der Haustür von Luca verabschiede, ringe ich ihr wenigstens das Versprechen ab, sich später bei mir zu melden. Alles in mir sträubt sich dagegen, sie alleine zu lassen. Ich habe sie abgelenkt, aber in ein paar Minuten werden ihre Gedanken sie einholen. Und ich habe ein bisschen Angst davor, dass ihr dann wieder all die Gründe einfallen, sich von mir zurückzuziehen.

Ich warte noch, bis die trübe Glastür sich hinter ihr geschlossen hat und sie aus meinem Blickfeld verschwunden ist. Dann schiebe ich meine Hände in die Jackentaschen und gehe den kleinen Weg entlang Richtung Terramare Hall, in der unter anderem die Büros der Campusleitung und der Studierendenberatung liegen. Ich muss über meinen Kursplan sprechen und ein paar Termine koordinieren.

Während ich einen großen, matschigen Laubhaufen umrunde, lasse ich den Blick über das Gelände schweifen und mustere die Studierenden, die mit eingezogenen Köpfen über den Campus laufen. Hin und wieder hebe ich die Hand, weil ich jemanden erkenne, aber ich bleibe nicht stehen oder spreche einen von ihnen an. Mir ist nicht nach Small Talk. Etwas, was Luca vorhin gesagt hat, geht mir einfach nicht mehr aus dem Kopf.

Ob ich das *richtige* Studentenleben auf dem Campus vermisse.

Bislang habe ich das nicht getan. Ich bin gerne unter Leuten, ich feiere gerne und so weiter, aber das kann ich auch zu Hause tun, mit meinen Freunden dort. Als ich Luca vor ihrem Wohnheim verabschiedet habe, ist mir jedoch kurz der Gedanke gekommen, wie entspannt es wäre, wenn ich immer noch auf dem Campus wohnen würde. Ich hätte nicht den Druck, so viel wie möglich in diese zwei Tage quetschen zu müssen, bis ich wieder abreise und zurück nach Arizona fliege. Ich könnte mich mit Luca verabreden oder ihr einfach nur während einiger Kurse, auf den Gängen und dem Gelände begegnen. Es wäre weniger gezwungen, weniger verkrampft.

Andererseits sollte ich mich hin und wieder daran erinnern, wie lange – beziehungsweise wie kurz – ich Luca kenne. Über einen Umzug nachzudenken, um in ihrer Nähe zu sein, ist möglicherweise ein bisschen übereilt.

Gedankenverloren mustere ich ein kastenförmiges, schmuckloses Gebäude zu meiner Linken, in dem sich ziemlich sicher das Chemikalien-Außenlager befindet und dahinter die Freifläche für die Biologiekurse. Beides Fachbereiche, mit denen ich nie etwas zu tun hatte. Könnte ich mir vorstellen, wieder hier zu leben? Im Moment gibt es keinen Grund mehr für mich, in der Nähe meiner Eltern zu wohnen. Das Argument, weswegen ich vor eineinhalb Jahren weggegangen bin, zählt dementsprechend nicht mehr. Die Frage ist also eher, ob mein plötzliches Interesse an einer Rückkehr eine ernsthafte Überlegung ist oder ob mein absolut zielorientiertes Herz dabei eine entscheidende Rolle spielt.

54

LUCA

Gedankenverloren stelle ich meine Kulturtasche auf die kleine Ablage in der Duschkabine und hänge das Handtuch auf den Haken an der Tür. Ich bin alleine im Waschraum, was mich nicht wirklich überrascht, denn es ist Nachmittag. Die meisten Leute duschen in der Regel entweder abends oder morgens, bevor der Tag anfängt oder endet. Da mir Duschen und Routinen im Allgemeinen jedoch in letzter Zeit schwerfallen, ist es egal, *wann* ich dusche. Hauptsache, ich tue es.

Als mein Blick auf den Spiegel an der Wand fällt, verziehe ich das Gesicht. Die schlaflosen Nächte hinterlassen ihre Spuren und manifestieren sich als dunkle Schatten unter meinen Augen. Ich sehe echt scheiße aus. Gegen Lachfalten oder solche, die beweisen, dass ich hin und wieder meine Gesichtsmuskeln benutze, habe ich nichts. Seit ein paar Wochen zeichnet sich allerdings eine feine Linie zwischen meinen Augenbrauen ab, die mich aussehen lässt, als wäre ich rund um die Uhr wütend. Oder besorgt. Das entspricht zwar der Wahrheit, aber vielleicht muss man es mir nicht unbedingt auf den ersten Blick am Gesicht ablesen können.

Frustriert presse ich die Lippen zusammen. Eine sehr pessimistische, unsichere Seite an mir fragt sich, warum Devan sich überhaupt solche Mühe gibt. Er hat offensichtlich versucht, sich zurückzuhalten und mir Freiraum zu geben, trotzdem war es ziemlich deutlich, dass er sich mehr wünschen würde. Vielleicht einen Kuss, vielleicht auch einfach mehr emotionale Nähe. Sein offensichtliches Interesse in unserer aktuellen Situation ist mir echt ein Rätsel. Devan sieht gut aus, ist gut gebaut, hat tolle Oberarme, ist witzig, charmant und aufmerksam. Er sollte keine Probleme damit haben, jemanden zu finden, der sich voll und ganz auf ihn einlässt. Ich hingegen benehme mich verschlossen und kompliziert, außerdem sehe ich aus wie ein verdammtes Schlossgespenst.

Hin und wieder überkommen mich solche Gedanken. Das war schon immer so. Weil ich einfach nicht verstehen kann, warum ein anderer Mensch ein solches Interesse an mir haben sollte. Was kann ausgerechnet ich jemandem geben, das er nicht auch von jeder anderen Person bekommen könnte? Was zur Hölle macht mich für diesen einen Menschen einzigartig? Solche Zweifel sind vermutlich normal, wenn man nicht gerade mit einem unglaublich beeindruckenden Selbstbewusstsein gesegnet ist. Heute kicken sie allerdings auf einem ganz anderen Level. Am liebsten würde ich Devan einfach direkt auf den Kopf zusagen, dass er sich jemand anderen suchen soll. Jemanden, der aktuell nicht allein schon mit sich selbst überfordert ist.

Seufzend schließe ich die Tür und schiebe den Riegel vor, dann werfe ich einen Blick auf mein Handy. Ich sollte mich bei Devan melden, und das habe ich vor einer halben Stunde tatsächlich getan. Es war nur ein Foto von einer Seite aus dem Buch, das ich im Moment lese und in dem über Treibsand geschrieben wurde. Ich musste lachen und an ihn denken, also bin ich über meinen Schatten gesprungen und habe diesen kleinen Moment aus meinem Alltag mit Devan geteilt. Ich bin ein bisschen stolz auf mich, immerhin habe ich in den letzten Wochen den Großteil der Zeit so getan, als würde er nicht existieren.

Zum unendlichsten Mal frage ich mich, ob ich *wirklich* will, dass Devan aus meinem Leben verschwindet. Die Antwort ist immer die gleiche und ziemlich simpel: nein. Nein, ich will nicht, dass er mich in Ruhe lässt. Nicht wirklich. Ich weiß, dass dieses Gefühlstief nur eine Phase ist, ein Echo dessen, was auf dem verdammten Berg passiert ist. Dass ich es bereuen würde, Devan aus meinem Leben verbannt zu haben. Auf der anderen Seite gibt es da etwas in mir, eine Barriere oder eine unsichtbare Mauer, die mich davon abhält, einfach dort weiterzumachen, wo wir aufgehört haben.

Als mein Handy vibriert, werfe ich einen Blick darauf. Allein bei dem Anblick von Anas Namen durchzuckt mich ein ungutes Gefühl, als würde sich mein Herz gemeinsam mit meinen restlichen Organen zusammenziehen. Sie hat sich nicht mehr gemeldet, und ich habe mich schon gefragt, ob sie wieder nach Hause geflogen ist. Auf der einen Seite würde es mich verdammt erleichtern, auf der anderen Seite hätte ich ein ziemlich schlechtes Gewissen. Immerhin hat sie den weiten Weg auf sich genommen, und Devan und ich haben sie ziemlich herzlos abgebügelt.

Ich öffne die Nachricht und seufze, als ich den Text lese.

Ana: *Es tut mir leid! Ich wollte euch nicht überfallen … ich bin ein harmoniebedürftiger Mensch. Ich brauche Frieden!*

Mein erster Impuls ist, die Nachricht unbeantwortet zu schließen, aber ich halte mich davon ab. Ja, Anas Theorien stressen mich, weil sie die Erinnerungen und die Angst aus Colorado wieder heraufbeschwören und mich nervös machen. Das Einzige, was mich in den vergangenen vier Wochen vorm Durchdrehen bewahrt hat, ist die Tatsache, dass der Täter hinter Gittern sitzt. Ana davon reden zu hören, dass sie an dieser Sicherheit zweifelt, löst ein widerliches Gefühl in meiner Magengegend aus. Aber es geht hier nicht nur um mich, und ich muss allmählich aufhören, mich in meinem Loch zu verkriechen.

Ich: *Alles gut. Wir verstehen beide, warum du damit zu uns kommst, Ana, ehrlich. Ich will nicht gemein sein, aber ich will die ganze Sache einfach nur vergessen, verstehst du? Das ist schwer, wenn du mit deinen wilden »Verschwörungstheorien« um die Ecke kommst.*

Hastig schicke ich ein Emoji hinterher, um meinen Worten die Spitze zu nehmen. Ich mache Ana keinen Vorwurf, immerhin kann sie nichts dafür, dass ich und mein Nervenkostüm sich als bemitleidenswerte Feiglinge herausgestellt haben. Ich habe selbst mit Riley oder meinen Eltern kaum über das gesprochen, was auf dem Berg passiert ist – zum einen, weil ich den Reaktionen aus dem Weg gehen wollte, zum anderen, weil mir klar war, dass sie nicht nachvollziehen können, wie ich mich fühle. Dass Ana also zu Devan und mir gekommen ist, als sie Redebedarf hatte, kann ich nachvollziehen.

Ich warte ein paar Sekunden, doch Ana antwortet nicht sofort. Darum lege ich mein Handy neben meine Tasche auf die Ablage, ziehe mich aus und stelle die Dusche an. Mir entfährt ein Seufzen, als das heiße Wasser auf meine verspannten Schultern trifft. Eine Weile stehe ich einfach nur da und lasse mich berieseln, versuche, meine kreisenden Gedanken zum Stillstand zu bringen. Dann wasche ich mir zweimal die Haare, als würde ich damit die Tage wiedergutmachen, an denen ich auf eine Dusche verzichtet und meine fettigen Haare in einem Messy Bun versteckt habe. Ich rasiere mir die Beine und die Achseln, peele mein Gesicht und creme mich von Kopf bis Fuß ein, bevor ich mich in das Handtuch wickle und mich tatsächlich besser fühle.

Während ich mich abtrockne, vibriert mein Handy. Ana fragt, ob wir uns noch einmal sehen können, bevor sie sich wieder auf den Weg nach Hause macht, verspricht jedoch gleichzeitig, nicht wieder von ihren Theorien anzufangen. Das schlechte Gewissen versetzt mir einen Stich. Vielleicht bilde ich mir das nur ein, aber in ihren getippten Worten scheint ein bittender, vielleicht sogar entschuldigender Unterton mitzuschwingen.

Schnell tippe ich eine Antwort, dass ich mich freuen würde, sie morgen noch einmal zu sehen. Grundsätzlich stimmt das sogar. Ich mag Ana, und unter anderen Umständen und vor allem über andere Themen kann ich mich mit ihr superentspannt unterhalten. Würden wir näher beieinander wohnen, bin ich mir sicher, dass wir gute Freundinnen werden würden.

Mit dem Handtuch wische ich über die kleine Bank in der Kabine, dann setze ich mich darauf und greife nach meiner Unterwäsche. Ich bin immer noch allein im Waschraum, und ich hasse die drückende Stille, also öffne ich eine neue Podcastfolge und höre den beiden Hosts dabei zu, wie sie sich über irgendeinen Skandal bei der letzten Oscar-Party unterhalten. Gerade als ich mich nach unten beuge, um meine Socken überzustreifen, höre ich die Tür aufschwingen und anschließend geräuschvoll ins Schloss fallen. Hastig greife ich nach meinem Handy und drücke auf Pause, dann ziehe ich meine Socken an. Keine Ahnung, warum, aber solche Situationen machen mich immer ein bisschen nervös, und ich schwanke jedes Mal zwischen laut »Hallo« rufen und die Luft anhalten, damit diejenige nicht bemerkt, dass ich da bin.

Schritte auf den feuchten Fliesen, die näher kommen.

Ich warte darauf, dass ein Wasserhahn aufgedreht wird oder ich das leise Geräusch einer sich öffnenden Kabinentür höre. Aber nichts. Meine Hände halten inne, und ich hebe den Kopf. Mein Blick sucht den schmalen Spalt zwischen Tür und Fußboden, als die Schritte sich nähern. Während ich lausche, stolpert mein Herz einmal, dann rast es in meiner Brust wie die Flügel eines aufgeregten Kolibris.

Erschrocken ziehe ich die Luft ein, als die Spitzen eines Paares schwarzer Turnschuhe in dem schmalen Spalt meiner Duschkabinentür erscheinen. Vielleicht hat die Person da draußen nicht gesehen, dass die Kabine besetzt ist?

»Hey«, sage ich atemlos. Meine Stimme klingt fremd und bebt kaum wahrnehmbar. »Sorry, hier ist schon jemand drin.«

Die Schuhe bewegen sich nicht. Keinen Millimeter.

Unwillkürlich ballen sich meine Hände zu Fäusten. Panik drückt auf meine Brust und droht mir die Luft zu nehmen. In dem Versuch, mich zu beruhigen, schließe einen kurzen Moment lang die Augen und beginne, zu zählen: *hundert, siebenundneunzig, dreiundneunzig, neunzig, sechsundachtzig … sechsundachtzig. Siebenundachtzig, zweiundachtzig … fuck!*

Frustriert reiße ich die Augen auf. Die Schuhe haben sich noch immer nicht bewegt. Ganz automatisch tauchen Bilder vor meinem inneren Auge auf – Bilder von Matthew, der schief grinsend vor der Tür der Kabine steht und darauf wartet, dass ich öffne. Ich sehe die kleinen, wässrigen Augen vor mir, das gespenstische Lächeln, das mich in meinen Träumen verfolgt. Der Druck auf meiner Brust wird größer, und meine geballten Fäuste beginnen, zu beben.

Ich schließe die Augen und atme zittrig ein.

»Das ist doch bescheuert«, zische ich, während ich versuche, mich auf meine Wut zu konzentrieren. Die Therapeutin, bei der ich bislang zwei Termine hatte, meinte, ich solle anderen

Gefühlen Vorrang geben, statt mich auf meine Panik zu fokussieren. Und sie hat recht. Wütend zu sein fühlt sich eindeutig besser an, als vor Angst zu erstarren.

»Hallo?«, rufe ich noch einmal, deutlich energischer und vor allem deutlich unfreundlicher als das erste Mal. »Kann ich dir irgendwie helfen?«

Nichts. Keine Antwort, keine Bewegung.

Überfordert sehe ich mich in der kleinen Kabine um. Hier gibt es nichts, was ich als Waffe benutzen könnte. Der Duschkopf ist an der Wand befestigt. Dass ich abgesehen von den Socken immer noch vollkommen nackt bin, versuche ich, einfach zu ignorieren. Leise rutsche ich von der Bank und knie mich auf den nassen Boden. Jetzt kann ich die Schuhe besser sehen – ein Paar ausgelatschte schwarze Sneaker mit grauen Schnürsenkeln. Ich halte den Atem an, während ich mich noch weiter hinunterbeuge.

»What the …«, flüstere ich.

In den Schuhen stecken weder Füße noch Beine. Dort, auf den weißgrauen Fliesen, steht lediglich ein Paar einsame, leere Sneaker.

Einen Moment lang hocke ich einfach da, ohne mich zu bewegen. Meine Gedanken rasen, kommen jedoch zu keinem Ergebnis. Ich habe die Tür kein zweites Mal gehört, aber das Geräusch meines rasenden Herzschlags hat zusammen mit dem Sturm der Panik möglicherweise jedes Geräusch übertönt.

Langsam stehe ich auf, ohne die Schuhe aus den Augen zu lassen. Mechanisch ziehe ich mich an und stopfe meine Waschsachen nachlässig in den Kulturbeutel. Meine Hände zittern. Tausend Fragen kämpfen in meinem Verstand um Aufmerksamkeit, doch ich kann und will mich auf keine von ihnen konzentrieren. Ich bewege mich wie auf Autopilot, bevor ich meine Hand an den kleinen Riegel der Tür lege und zweimal tief durchatme.

Mir ist klar, dass der- oder diejenige, die die Schuhe dort platziert hat, theoretisch noch immer im Raum sein kann. Sich womöglich in einer der Kabinen versteckt hält oder an einem Waschbecken lehnt und auf mich wartet. Aber wenn ich dieser Vorstellung Raum gäbe, würde ich mich vermutlich niemals wieder hier heraustrauen. Also beiße ich die Zähne zusammen, entriegle die Tür und reiße sie mit einer einzigen schnellen Bewegung auf.

Für den Bruchteil einer Sekunde fällt mein Blick auf das einsame Paar Sneaker, dann mache ich einen großen Schritt darüber hinweg und renne durch den Raum, als wäre der Teufel hinter mir her.

Zurück in meinem Zimmer drehe ich die Musik auf und versuche schlicht und ergreifend, mich abzulenken. Denn meinem rationalen Verstand ist absolut klar, dass es sich bei den herrenlosen Schuhen um einen dummen Streich gehandelt hat. Haben *muss*. Mein Gott, ich wohne in einem verdammten Studierendenwohnheim. So etwas passiert nun mal, und normalerweise fände ich dergleichen auch lustig. Vor einem Jahr haben Riley, eine Freundin und ich am Saint Patrick's Day die Duschköpfe der Jungs mit grünem Farbpulver gefüllt. Ein paar Stunden lang hat das Zeug gehalten, und die Hälfte der Studenten sind mit grünen Haaren zu unseren Kursen aufgetaucht.

Aber wer auch immer sich diesen Spaß mit den Schuhen erlaubt hat, wusste vermutlich nicht, dass ich vor nicht einmal vier Wochen durch die Hölle gegangen bin und minimal empfindlicher auf solche Scherze reagiere als sonst.

Um mich auf andere Gedanken zu bringen, flechte ich mir meine feuchten Haare zu zwei dicken Zöpfen, sortiere meine

Unterlagen für die nächsten Kurse … mache alles, um meine außer Kontrolle geratenen Gedanken davon abzuhalten, die ganze Situation tot zu analysieren.

Gerade, als ich überlege, einfach nach draußen zu fliehen und doch noch einkaufen zu gehen, klopft es laut an meiner Zimmertür. Nur einmal, dann wird die Tür aufgerissen, bevor ich antworten kann.

»Devan!«, keuche ich, als er hereinkommt. »Du hast mich erschreckt!«

Sein Grinsen fällt ein wenig schief aus. »Tut mir leid, war nicht meine Absicht. Bist du so weit?«

Verständnislos sehe ich ihn an. »So weit für was?«

»Unser Date«, sagt er so langsam, als wäre ich schwer von Begriff. »Ich sollte dich um sieben abholen.«

Ich blinzle ein paarmal schnell hintereinander und sehe dabei wahrscheinlich aus wie eine Comicfigur. »Was?«

Devan runzelt die Stirn. Er sieht aus, als wäre ich diejenige, die wirres Zeug redet. »Ich sollte dich um sieben abholen, weißt du noch? Ich muss zugeben, ich wusste nicht genau, wie ich deinen Vater erreichen sollte, aber ich habe stattdessen Riley gefragt.«

Beim Sprechen hat er sein Handy aus der Tasche gezogen und es entsperrt. Jetzt hält er es mir entgegen, sodass ich den kurzen Chatverlauf zwischen ihm und meiner Mitbewohnerin lesen kann. Fassungslos nehme ich ihm das Telefon ab.

Devan: *Hi, hier ist Devan. Ich will Luca heute ausführen, ist das okay? Bis wann soll ich sie wieder nach Hause bringen?*
Riley: *Devan?*
Devan: *Ich bin mir sicher, dass sie dir von mir erzählt hat. Also?*

Fassungslos schaue ich auf. »Du bist dir sicher, dass ich ihr von dir erzählt habe?«

Er zuckt mit den Schultern. »Da ich Teil unserer kleinen *List of Six* war, wäre es seltsam, wenn du nicht wenigstens einmal meinen Namen erwähnt hättest, oder nicht?«

»Oh, ich bin mir ganz sicher, dass du das genau so gemeint hast«, erwidere ich sarkastisch, runzle dann aber die Stirn. »Was zur Hölle ist eine *List of Six?*«

»Die Liste mit unseren Namen drauf.« Er winkt ab. »Egal. Riley hat uns auf jeden Fall ihren Segen gegeben, also sollten wir los.«

Ohne darauf zu antworten, senke ich wieder den Blick auf Devans Handy und lese weiter.

> **Riley:** *Ich hab ehrlich keine Ahnung, was du von mir willst, Devan. Wenn du mit Luca auf ein Date gehen willst, dann frag sie!*

In Gedanken klopfe ich Riley auf die Schulter. Ich werfe Devan einen argwöhnischen Blick zu, der immer noch völlig ungerührt grinst. Ich lese den Rest des Nachrichtenverlaufs, in dem die beiden eine Weile diskutieren, bis Riley schließlich zustimmt, dass Devan mich auf ein Date ausführen darf, und ihn anweist, mich um spätestens Mitternacht wieder nach Hause zu bringen. Ich bin ein bisschen überrascht, dass meine Mitbewohnerin mich nicht direkt angerufen und gefragt hat, was zum Teufel da los ist, doch dann lese ich die letzte Nachricht, in der Devan sie bittet, mir nichts zu sagen. Ich schnaube. Das Riley sich daran gehalten hat, überrascht mich ein bisschen und fühlt sich an wie Verrat. Eine Vorwarnung wäre wirklich nett gewesen.

Ich blicke wieder auf und gebe Devan sein Handy zurück.

»Ich habe nicht erwartet, dass du unser Gespräch so wörtlich nimmst.«

»Du solltest mich wirklich besser kennen, mein Herz.« Er zwinkert mir zu, als ich das Gesicht verziehe. »Also, können wir?«

Demonstrativ deute ich auf mein gesamtes Erscheinungsbild – ich bin ungeschminkt, meine Haare sind noch nicht komplett getrocknet, und mein Outfit eignet sich gerade mal dafür, schnell einkaufen zu gehen. Sicher nicht für ein Date. Ich sehe mir Devan genauer an und würde am liebsten aufstöhnen. Er trägt Jeans und ein schwarzes Hemd, dessen Ärmel hochgekrempelt sind. Nichts Aufregendes, aber er sieht verdammt gut aus … und macht den Unterschied zwischen ihm und mir nur noch offensichtlicher.

»Ich muss mich umziehen«, stelle ich klar. Es überrascht mich selbst ein wenig, dass ich überhaupt nicht protestiere – gegen mein Outfit, ja, aber nicht gegen den grundsätzlichen Plan, mit Devan auszugehen. Im Gegenteil. Ein aufgeregtes Kribbeln hat sich in meiner Magengegend ausgebreitet, das sogar die Gedanken an den geschmacklosen Scherz mit den Schuhen aus meinem Bewusstsein vertrieben hat. »Gib mir zehn Minuten.«

Auf Devans Gesicht erscheint ein Lächeln, das mir einen Moment lang den Atem raubt. Ich bin mir ziemlich sicher, dass er selbst daran gezweifelt hat, dass ich zustimme.

Er deutet eine Verbeugung an. »Zehn Minuten, keine Sekunde länger.«

»Warte einfach unten. Ich komme dann runter, wenn ich fertig bin.«

»Selbstverständlich werde ich das nicht tun«, antwortet er und verdreht die Augen. »Ich warte vor deiner Zimmertür auf dich, wie es sich gehört.«

Ich erhebe keine Einwände – hauptsächlich, weil mir klar ist, dass es keinen Sinn hat. Stattdessen winke ich demonstrativ, und er dreht sich lachend um, bevor er aus der Tür verschwindet. Kurz stehe ich da und starre auf die Tür, dann schließe ich hinter ihm ab, nur um sicherzugehen.

Ein wenig überfordert renne ich zu meiner Kommode und reiße ein paar Schubladen auf. Ein Kleid kommt nicht infrage, weil ich keine Strumpfhose ohne Laufmasche besitze und es draußen eindeutig zu kalt ist, um ohne zu gehen. Also ziehe ich eine hohe, hellgraue Mom-Jeans heraus, dazu ein passendes Crop-Top und ein Hemd in der gleichen Farbe, das ich drüberziehen kann. Das hier wird sicher nicht der Date-Look des Jahres, andererseits hat Devan mich schon in deutlich nachlässigeren Outfits gesehen. In der Nacht, in der wir Sex hatten, habe ich eine Jogginghose und einen Hoodie getragen, unter dem man meine Rundungen nicht einmal erahnen konnte. Und das hat ihn ganz offensichtlich auch nicht gestört.

Nachdem ich mich umgezogen habe, werfe ich einen Blick auf die Uhr. Noch vier Minuten. Das reicht auf keinen Fall, um mich um mein Make-up und meine Haare zu kümmern. Also behalte ich die Zöpfe, die zwar ein bisschen messy aussehen, aber eigentlich ganz gut zu meinem restlichen Look passen, und trage lediglich ein wenig Mascara auf, damit ich etwas wacher aussehe. Dann greife ich nach einem Paar goldener Ohrringe, werfe mein Zeug in eine Handtasche und renne mit vor Aufregung klopfendem Herzen zur Tür, vor der Devan wartet.

55

LUCA

Ich fühle mich wie eine Teenagerin, die zum ersten Mal von einem Jungen zu einem Date abgeholt wird. Was lächerlich ist, vor allem, wenn man bedenkt, was Devan und ich schon alles miteinander erlebt haben. Und damit meine ich nicht den Sex oder die viele gemeinsame Zeit, die wir sowohl in der Gruppe als auch zu zweit verbracht haben. Wir haben einander das Leben gerettet, sind zusammen einem verdammten Mörder entkommen. Das sollte eindeutig mehr Gewicht haben als eine simple Verabredung.

Das hält mein Herz allerdings nicht davon ab, aufgeregt in meiner Brust zu schlagen, während Devan mir den Arm anbietet und mich durch die schäbigen Flure meines Wohnheims nach draußen führt. Beinahe wäre ich vor Überraschung gestolpert. Es ist lange her, dass mein Herz vor Freude aus dem Rhythmus gekommen ist statt vor Angst oder Trauer. Das hier ist neu … und fühlt sich so verdammt gut an!

Rückwirkend betrachtet bin ich dankbar dafür, dass er mich nicht vorgewarnt oder mich bei WhatsApp oder am Telefon um eine Verabredung gebeten hat. Wahrscheinlich hätte ich mir irgendeine fadenscheinige Ausrede überlegt und mich selbst davon überzeugt, dass es nicht der passende Zeitpunkt ist.

»Wie hast du eigentlich das Problem mit dem Auto gelöst?«, frage ich ihn, während wir auf die Tür zugehen.

Seine Mundwinkel zucken. »Wart's ab. Gut, dass du 'ne Hose angezogen hast.«

Ein leicht makabrer Teil von mir befürchtet, dass Devan von irgendwoher ein Quad organisiert hat. Das wäre eine süße Idee, hätte unser Kennenlernen in den Bergen nicht so katastrophal geendet. Jetzt hätte es eher einen unguten Beigeschmack.

»Hast du deine fancy Couch für einen Leihwagen verkauft?«, rate ich unbeeindruckt.

Er lacht, dann löst er sich kurz von mir, um mir die Tür aufzuhalten. Ich deute einen Knicks an und gehe voran, bleibe aber abrupt stehen. Auf dem kleinen Platz vor dem Eingang steht ein verdammtes Tandem-Fahrrad.

Mit offenem Mund drehe ich mich zu Devan um, der die Lippen zusammengepresst hat, als wolle er sich ein Lachen verkneifen. »Ein Fahrrad?«

»Das ist romantisch!«, sagt er, während er an mir vorbeigeht und einen braunen, geflochtenen Korb auf dem Gepäckträger öffnet. Er greift hinein und holt eine Ansteckblume heraus. »Komm her.«

Kopfschüttelnd gehe ich auf ihn zu. »Du bist unglaublich.«

»Schön, dass du das auch endlich einsiehst.« Sein Blick ruht auf meinem Gesicht, als er den Abstand zwischen uns überbrückt und nach meiner Hand greift, um das kleine Gesteck aus künstlichen Vergissmeinnicht daran zu befestigen.

»Eigentlich trägt man so etwas nur zu Abschlussbällen, glaube ich«, bemerke ich, lächle ihn aber an, um nicht allzu kritisch rüberzukommen.

Er erwidert meinen Blick für den Bruchteil einer Sekunde, dann löst er die Hand von meinem Arm, legt sie sanft an meine Wange und küsst mich auf die Stirn. Kurz, seine Lippen berühren meine Haut kaum einen Herzschlag lang. Trotzdem reicht es aus, um das Gefühlschaos in meinem Inneren auf den Kopf zu stellen. Wir haben einander bereits geküsst, *richtig* geküsst. Dass er sich in diesem Moment auf diese verhältnismäßig kleine Geste beschränkt, bedeutet mir unglaublich viel. Er gibt mir Raum, er bedrängt mich nicht. Falls ich noch einen Beweis gebraucht habe, dass Devan einer von den Guten ist, dann hat er damit den Nagel auf den Kopf getroffen.

Als er sich von mir löst, brennt mein Gesicht, und ich versuche unauffällig, tief ein- und auszuatmen, um meine außer Kontrolle geratenen Hormone zu beruhigen. Ich sehe mich kurz um. Ein paar Studierende sind stehen geblieben, um abwechselnd mich und Devan und das Tandem anzustarren. Das hilft nicht wirklich, um mich zu beruhigen. Natürlich kann ich Fahrrad fahren, aber ich habe noch nie auf so einem Ding gesessen, und ich bin wirklich nicht scharf darauf, vor all diesen Leuten und vor allem vor Devan den Asphalt zu knutschen.

»Willst du vorne oder hinten sitzen?«, fragt Devan und sieht mich über die Schulter hinweg an. Er greift nach dem Lenker. »Vorne musst du lenken. Hinten eigentlich nur strampeln.«

»Ich sitze vorne«, antworte ich und grinse, als er die Stirn runzelt. »Hast du etwa ein Problem damit, die Kontrolle abzugeben, Sandoval?«

Schulterzuckend macht er Platz. »Ich habe gesehen, wie du Schneemobil fährst. Ich würde gerne unverletzt beim Kino ankommen.«

Schnaubend greife ich nach dem Lenker und richte das Ding auf, was gar nicht so leicht geht. Es ist verdammt schwer, und um ehrlich zu sein, zweifle ich plötzlich ein kleines bisschen an meinem Plan, das Steuer zu übernehmen. Devan tritt hinter mich und hält das Fahrrad fest, als ich ein Bein darüber schwinge und mich in Position stelle. »Soll ich zuerst aufsteigen oder du?«

»Gleichzeitig.« Ich höre das Grinsen in seiner Stimme.

»Okay, auf drei!« Die Zuversicht in meiner Stimme ist genauso falsch wie die Blumen an meinem Handgelenk. Ganz nach dem Motto: *Fake it till you make it.* Ich werfe einen prüfenden Blick über die Schulter, gehe sicher, dass Devan bereit ist, und steige dann auf. Das Fahrrad gerät in besorgniserregende Schieflage, doch dann spüre ich einen Ruck, als Devan in die Pedale steigt. Hinter uns höre ich ein paar einzelne Studierende jubeln.

»Lenken!«, ruft Devan von hinten. Ich umfasse den Lenker fester, gerade noch rechtzeitig, und reiße ihn herum, bevor wir gegen eine der kleinen umzäunten Buchen krachen, die den Vorplatz vor dem Wohnheim vom Gehweg trennen.

Ich lache laut auf, als wir ein paar Schlangenlinien fahren und ich Devan hinter mir fluchen höre. Einer der Studierenden hinter uns klatscht laut, als ich das Fahrrad wieder unter Kontrolle bekomme und wir halbwegs sicher auf den schmalen Radweg steuern. Meine Finger umklammern den Lenker so verkrampft, als hielte ich eine Handgranate. Gut möglich, dass es tatsächlich besser gewesen wäre, hätte ich Devan das Steuer überlassen, aber jetzt werde ich garantiert keinen Rückzieher machen. Er flucht in meinem Rücken, als ich noch einmal einen Schlenker fahre, bevor sich das Ding beruhigt und tatsächlich ein paar Meter in einer geraden Linie auf dem Fahrradstreifen fährt. Vorsichtig entspanne ich meinen Griff etwas, bevor ich mich zu Devan umsehe, ohne die Straße vollkommen aus den Augen zu lassen.

»Wo fahren wir eigentlich hin?«

»Guck nach vorne!«, ruft er beinahe panisch. Ich lache und drehe mich wieder zurück. »Wir fahren ins Kino. Preston Center. Und ich fürchte, wir müssen uns ein bisschen beeilen, ich habe Karten für den Acht-Uhr-Film.«

Ich schnalze mit der Zunge, auch wenn ich mir nicht sicher bin, ob er dieses kleine Geräusch überhaupt hören kann. »Schlechte Planung.«

Darauf antwortet er nicht, aber das ist schon okay. Ich bin mir beinahe sicher, dass er immer noch befürchtet, jeden Moment gegen einen Baum oder in den neben uns vorbeiziehenden Verkehr zu fahren. Ich sehe mich um und nicke dann in Richtung der Kreuzung, an der wir abbiegen müssen. Nach ein paar Minuten haben Devan und ich es ganz gut raus, das Fahrrad zu lenken und uns mit dem Treten irgendwie zu synchronisieren, und wir schaffen es zu meiner eigenen Überraschung ohne größere Komplikationen oder Personenschäden zum Shoppingcenter, an dessen Rückseite das Kino liegt. Ein ziemlich zufriedenes Grinsen stiehlt sich auf mein Gesicht, als ich das Rad bremse und absteige, während Devan es festhält.

»Für die Kreativität bekommst du neun von zehn Punkten«, sage ich und gehe ein wenig in die Knie, um meine Beine zu lockern. »Für den Komfort allerdings nur drei.«

Er wirft mir einen amüsierten Blick zu, während er das Rad in einen der wenigen Fahrradständer schiebt und abschließt. »Ich wusste nicht, dass du ein Bewertungssystem hast.«

»Man konnte sich schlecht unterhalten«, füge ich hinzu, ohne auf seine Bemerkung einzugehen. »Ich bin mir aber noch nicht sicher, ob das ein Plus- oder Minuspunkt ist.«

Schnaubend richtet er sich auf und kommt dann zu mir herüber. »Du überlegst, ob es eine gute Sache ist, dich nicht mit mir unterhalten zu müssen?«

»Dieser anfängliche Small Talk beim ersten Date ist die Hölle«, sage ich und lache, als er das Gesicht verzieht. »Nicht mit dir! Wenn unsere unkonventionelle Kennenlerngeschichte etwas Gutes an sich hatte, dann dass wir das übliche Höflichkeitsgeplänkel am Anfang übersprungen haben.«

»Du bist so romantisch.«

Ich verdrehe die Augen. »Ich meine, dass es *grundsätzlich* fürs erste Date eine gute Sache ist, wenn man am Anfang etwas zu tun hat, statt sich nur anzustarren und sich über seine Lieblingsfarben auszutauschen.«

Während wir auf den Eingang des Kinos zugehen, hake ich mich bei Devan unter. Kurz meldet sich die kleine, skeptische Stimme in meinem Kopf und erinnert mich daran, dass ich auf Abstand gehen und ihm keine Hoffnungen machen sollte, solange ich noch nicht einmal für mich selbst herausgefunden habe, wie es mit uns beiden weitergehen soll. Dennoch entziehe ich mich ihm nicht, was hauptsächlich daran liegt, dass diese Szene irgendwie unecht wirkt – dieses gestellte, geplante und völlig überdramatisierte erste Date fühlt sich beinahe an wie ein Theaterstück, wie eine Rolle, die ich spiele. Als würden Devan und ich *so tun*, als hätten wir ein Date. Vielleicht ist es auch nur eine Ausrede für meinen Verstand, damit er die Klappe hält. Denn Tatsache ist, dass es sich verdammt gut anfühlt, Devan wieder so nahe zu sein. Im *Ortiz* hat seine Anwesenheit dafür gesorgt, dass ich mir ein winziges bisschen sicherer, beschützter vorkam. Der Sturm hat um uns herum getobt, doch in seiner Nähe habe ich mich die meiste Zeit über gefühlt, als würden wir im Auge des Orkans stehen, wo der Wind uns nichts anhaben kann. Und offensichtlich hat diese Wirkung, die er auf mich hat, nicht an Kraft verloren. Es ist, als könnte ich das erste Mal seit Wochen wieder befreit durchatmen.

Devan streckt den Arm aus und öffnet die Tür. Wahrscheinlich würde er mich jetzt normalerweise loslassen, um mich vorgehen zu lassen, aber sein Griff lockert sich keinen einzigen Millimeter. Vielleicht bin ich nicht die Einzige, die die Bedeutung dieser so unscheinbaren Berührung ein wenig überbewertet.

»Welchen Film gucken wir eigentlich?«, frage ich, während wir den Vorraum betreten, in dem die Ticketautomaten stehen. Es ist bereits ziemlich voll, was an einem Freitagabend im Winter allerdings auch keine wirkliche Überraschung ist.

Als wir an der Bildschirminstallation mit den Filmplakaten vorbeigehen, deutet er auf eines, das aussieht wie das Cover eines verdammt schnulzigen Nackenbeißer-Romans. »Ich habe die kitschigste Romcom ausgesucht, die ich finden konnte.«

Ich sehe ihn gespielt schockiert an. »Keinen Horrorfilm?«

»Ich hab mein Bestes gegeben«, verteidigt er sich und deutet auf ein anderes Plakat, das eigentlich nur aus einem Foto von einem dunklen Waldweg besteht. »Allerdings ist das ein reiner Splatterfilm, und Splatter ist nicht meins.«

Meine Lippen verziehen sich zu einem Grinsen, aber ich kommentiere das nicht weiter. Devan ist für mich immer noch eine Wundertüte, auch wenn wir uns vermutlich deutlich besser kennen, als man es bei einem ersten Date erwarten würde. Devan ist tough, witzig und schlagfertig, ohne dass er sich bemüht. Er versucht nicht, Eindruck zu schinden, rückt sich nicht selbst ins beste Licht. Ich mag das. Abgesehen von meinen Selbstzweifeln und dem kleinen Knacks, den ich von unserer Zeit in den Bergen davongetragen habe, fühle ich mich neben ihm wohl. Irgendwie frei und gleichzeitig, als würde er mich die ganze Zeit in eine warme, schützende Decke einwickeln.

Devan lässt mich kurz stehen, um Popcorn und Getränke zu holen, dann suchen wir unsere Plätze. Weil Devan mit Snacks und Getränken beladen ist, musste er mich wohl oder übel loslassen, doch nachdem wir uns hingesetzt und die Becher in die Halter gestellt haben, beginnen meine Gedanken, zu kreisen. Meine linke Hand liegt brennend leer auf meinem Oberschenkel. Sollte ich nach seiner greifen? Oder die Arme verschränken, um die Frage nach Körperkontakt einfach wortlos zu verneinen? Innerlich schnaubend rutsche ich auf dem Sitzpolster hin und her. Ich habe keine Ahnung, warum ich so verdammt unsicher bin. Das hier ist nicht mein erstes erstes Date, und Devan und ich hatten bereits Sex. Die Situation sollte mich wirklich nicht so nervös machen.

Tut es aber. Weil das hier anders ist als unsere Zeit in Colorado. Dort mussten wir uns keine Gedanken um die Zukunft machen oder unsere Absichten. Wir hätten uns voneinander verabschieden und die Nacht in der Hütte als skurrilen Urlaubsflirt oder One-Night-Stand abtun können. In Extremsituationen handeln Menschen nicht rational. Aber zu diesem Date haben wir uns bewusst entschieden, und meiner Interpretation zufolge bedeutet das, dass wir etwas füreinander empfinden. Oder nicht?

»Ich kann deine Gedanken hören, Pumpkin«, raunt Devan. Ich habe überhaupt nicht gemerkt, dass er sich zu mir herübergelehnt hat, und fahre unwillkürlich zusammen.

»*Pumpkin* klingt irgendwie nicht niedlich«, antworte ich, während ich mir die Hand auf die Brust drücke und ihn vorwurfsvoll ansehe. Im Halbdunkel des Kinosaals wirken seine Augen beinahe schwarz. Hastig wende ich den Blick ab.

Er zuckt mit den Schultern. »Ich habe meine Liste nicht im Kopf. Ich musste improvisieren.« Als er auf die Leinwand deutet, muss ich grinsen. Dort läuft gerade ein Trailer für eine Halloween-Mystery, und in jeder Szene ist irgendwo ein Kürbis zu sehen.

»Einfallsreich«, kommentiere ich trocken. »Ist diese Liste imaginär, oder trägst du ein Notizbuch mit dir rum?«

»Ich habe sie auf meinem Handy, Luca. Willkommen im einundzwanzigsten Jahrhundert.« Als er die Sitzposition ändert und sein Oberarm dabei ganz leicht meine Schulter streift, beiße ich mir unwillkürlich auf die Lippe. Diese Sitze sind nicht schmaler als gewöhnlich. Wir können absolut nebeneinandersitzen, ohne einander zu berühren. Ein Teil von mir will ein wenig abrücken, ein anderer noch näher an Devan heranrutschen. Die kleine Stimme in meinem Kopf ist offensichtlich zwiegespalten.

»Aber zurück zu deinen Gedanken«, macht er ungeduldig weiter. »Ich will wissen, was in deinem Kopf vorgeht.«

»Man bekommt nicht immer, was man will, Devan«, antworte ich, den Blick weiterhin starr auf die Leinwand gerichtet. »Das solltest du allmählich mal lernen.«

Er schweigt ein paar Sekunden. »Okay, Vorschlag: Ich sage dir, was ich denke, und dafür sagst du mir, was du denkst.«

Schnaubend verschränke ich die Arme vor der Brust. »Du sagst mir ständig, was du denkst«, erinnere ich ihn. »Meistens, obwohl ich es nicht wissen will. Deine Gedanken sind also kein wirkliches Geheimnis.«

»Du willst nicht wissen, was ich über *uns* denke?«, hakt er nach. Ich könnte mich irren, aber ich bin mir zu neunundneunzig Komma neun Prozent sicher, dass ich ein Grinsen oder Schmunzeln in seiner Stimme höre. »Ich mache hier einen emotionalen Striptease, Luca. Niemand ist gerne der Erste, der über seine Gefühle spricht. Red das nicht klein.«

Und damit ist der unbeschwerte Teil dieser Unterhaltung auch schon wieder vorbei. Der Spot, der gerade läuft, verschwimmt vor meinen Augen, und die Stimmen der Schauspieler und der Menschen um mich herum vermischen sich zu einem monotonen Hintergrundrauschen. Überfordert drehe ich den Kopf und sehe ihn an. »Du scheinst dir deiner Sache ziemlich sicher zu sein.«

Das Lächeln auf seinem Gesicht bleibt unverändert, doch in seinen Augen liegt plötzlich ein ernster Ausdruck. »In deinem

Tempo, Luca. Wenn du wissen willst, was ich denke, sage ich es dir. Wenn nicht, dann nicht.«

Ich unterdrücke ein Stöhnen. Mir ist klar, dass er rücksichtsvoll sein will, und ich weiß das zu schätzen, aber am liebsten würde ich ihm sagen, dass er die Entscheidungen treffen soll. Dass er mir die Verantwortung für das abnehmen soll, was auch immer sich da gerade zwischen uns entwickelt. Das Ruder in der Hand zu haben, die Kontrolle zu haben, überfordert mich in diesem Moment ein wenig. Das ist ein neuer Charakterzug, den Matthew Ismar mir als kleines Abschiedsgeschenk mit auf den Weg gegeben hat. Ich laufe vor Entscheidungen davon, kann es kaum ertragen, Verantwortung zu übernehmen. So war ich vorher nicht, und diese ganze Situation macht mir noch einmal deutlich, dass ich einen Weg finden muss, wieder ich selbst zu werden.

Auf dem Tandem habe ich die Kontrolle übernommen, auch wenn es sich um eine Kleinigkeit gehandelt hat. Trotzdem war es ein Schritt nach vorne – ich war einen Moment lang unbeschwert, habe meinen Gedanken keine Chance gegeben, zu kreisen. Jetzt falle ich zurück in alte Verhaltensmuster, und ich verachte mich selbst ein klein wenig dafür.

Ein paar Sekunden lang suche ich nach den richtigen Worten, die mir aber einfach nicht einfallen wollen. Dann gebe ich auf. »Devan«, sage ich leise, während ich mich dazu zwinge, ihn weiter anzusehen. »Ich weiß nicht, was ich will. Das sage ich nicht, um mich interessant zu machen oder dich hinzuhalten oder so was. Ich weiß es wirklich nicht. Ich will in deiner Nähe sein, ich will Zeit mit dir verbringen, aber wenn ich an die Zukunft denke … wenn ich nur an die nächste Woche oder den nächsten Monat denke … dann weiß ich nicht, was ich mir vorstellen soll. Ich bin überfordert. Mit allem. Wenn ich dir jetzt sagen würde, dass ich mit dir zusammen sein und Babys machen will, dann kann ich das in diesem Moment absolut ernst meinen und doch morgen wieder anders fühlen.« Hilflos zucke ich mit den Schultern. »Ich will nicht gemein sein. Aber ich kann im Moment nicht mehr Verantwortung übernehmen als für mich selbst.«

»Also nicht«, erwidert er, ohne zu zögern. Ich sehe ihm prüfend ins Gesicht, kann darin aber weder Wut noch sonst irgendeine negative Emotion erkennen. Im Gegenteil, sein Blick ist warm.

Vermutlich habe ich diesen Mann nicht verdient. Doch ich werde den Teufel tun, ihn darauf hinzuweisen.

56

DEVAN

Der Film war furchtbar, genau wie ich erwartet habe, und ich sehe Luca an, dass es ihr ähnlich geht. Aber das ist okay, weil wir uns ständig zusammen über die völlig übertriebenen Szenen lustig gemacht haben und ich mir sicher bin, Luca hatte Spaß. Erfolg auf ganzer Linie also.

Während wir zu Fuß vom Kino zum Restaurant gehen, reden wir über Belanglosigkeiten – unsere ersten Haustiere, Orte, an denen wir schon gewesen sind oder die wir noch besuchen wollen, ihre Eltern, die Einrichtung ihres Zimmers in ihrem Elternhaus … Keine tiefgründigen Themen, trotzdem sauge ich jedes Wort aus ihrem Mund auf, als wäre ich ein beschissener Schwamm. Wir lernen einander kennen, und das ist meiner bescheidenen Ansicht nach verdammt wichtig. Luca hatte recht damit, dass wir die Dinge in der falschen Reihenfolge angegangen sind. Und wenn das einer der Punkte ist, die sie davon abhalten, sich voll und ganz auf mich einzulassen, dann bin ich mehr als glücklich darüber, dass wir dieses Problem aus der Welt schaffen.

Denn Tatsache ist, dass Luca mit jeder Information, die sie mit mir teilt, schöner wird. Wie ein Puzzle, dessen Teile man nach und nach zusammensetzt und dessen Bild sich immer mehr vervollständigt. Mir war schon in Colorado klar, dass ich mich in Luca verlieben kann. Aber mit jedem kleinen Detail, das ich von ihr erfahre, werde ich tiefer in ihren Bann gezogen. Ich habe keine Wahl, und wenn ich ehrlich zu mir selbst bin, will ich auch schon lange keine mehr haben.

Beim Restaurant angekommen setzen wir uns auf die kleine Terrasse, auf der neben jedem Tisch ein Heizpilz steht. Unsere Unterhaltung bricht kein einziges Mal ab, wir schauen lediglich auf, als die Kellnerin uns nach unserer Bestellung fragt oder sich erkundigt, ob alles in Ordnung ist. Immer wieder mustere ich Lucas Gesicht. Sie sieht glücklich aus, beinahe unbeschwert. Ihre Hände hat sie locker um ihr Glas gelegt, ihre Haltung ist entspannt, und sie lacht öfter, als ich es gewohnt bin.

Das hier ist das perfekte Date. Nicht sonderlich kreativ, vielleicht nicht einmal romantisch, doch das ist mir egal. Ich versuche, meine Gedanken bewusst nicht zu unserem Gespräch im Kino wandern zu lassen – das Gespräch über *uns*. Weil es eigentlich keine Rolle spielt. Ich brauche keinen Stempel für das, was auch immer da zwischen uns vorgeht. Ich brauche kein Label, keine Definition. Solange sie sich wohl in meiner Gegenwart fühlt, solange sie mir vertraut und mich in ihrer Nähe haben will, werde ich da sein.

»Was machen deine Eltern?«, fragt Luca irgendwann, nachdem sie eine halbe Ewigkeit von irgendeinem ehemaligen Kindheitsfreund erzählt hat, mit dem sie verbotenerweise Baumhäuser in einem Park gebaut hat und dafür von der Polizei verwarnt wurde. »Du redest nie über dein Zuhause.«

Plötzlich muss ich mich ein wenig anstrengen, das entspannte Lächeln auf meinem Gesicht aufrechtzuerhalten. »Vielleicht will ich mysteriös bleiben.«

Sie zieht langsam eine Augenbraue hoch. »Das wirkt nicht mysteriös, tut mir leid. Eher, als wärst du irgendwann einfach aus einem Ei geschlüpft.«

»Ich bin gespawnt«, kläre ich sie todernst auf. »Ich bin dein Sidekick. Ich existiere nur, um den Unterhaltungsfaktor dieser Geschichte zu erhöhen, indem ich ein bisschen Humor liefere.«

Als sie losprustet, verschluckt sie sich an ihrem Wein und beginnt, so sehr zu husten, dass ich einen Moment lang ernsthaft überlege, ob ich den Heimlich-Griff hinbekommen würde.

»Dieser Geschichte?«, keucht sie, sobald sie wieder Luft bekommt.

Ich wackle mit den Augenbrauen. »Unserer großen und vielleicht tragischen Liebesgeschichte.«

»Wenn du nur der Sidekick bist, ist das eine lausige Liebesgeschichte«, bemerkt sie schmunzelnd. »Wirklich. Das wäre erbärmlich.«

Ich grinse, ein wenig stolz darauf, so elegant vom Thema abgelenkt zu haben. »Du bist der Main Character, Darling.«

»Okay, das reicht.« Luca legt ihre Gabel zur Seite und lehnt sich in ihrem Stuhl zurück. »Ich brauche einen Absacker.«

»Lässt sich einrichten.« Ich greife nach der Getränkekarte und blättere sie durch, während Luca den letzten Schluck aus ihrem Weinglas nimmt. »Bist du eher so der süße Typ oder irgendwas Richtung Kräuterschnaps?«

Über den Rand der Karte hinweg sehe ich, wie sie das Gesicht verzieht. »Weder noch.« Sie richtet sich ein Stück auf, und plötzlich erscheint ein beinahe schüchternes Lächeln auf ihrem Gesicht. »Was war noch mal in diesem Zeug, das Jacob uns gegeben hat?«

»Bei dem Kennenlern-Abendessen?«, hake ich nach, woraufhin sie nickt. Angestrengt bemühe ich mich, keine Miene zu verziehen. Die meiste Zeit hat Luca das Thema *Ortiz* gemieden wie die Pest. Ich bin vorsichtig optimistisch, dass ihr Vorwagen in schwierige Gefilde ein gutes Zeichen ist. »Ich glaube, das war Kräuterschnaps in Energydrink, oder?«

»Meinst du, die haben das hier?«

»Ich denke nicht«, sage ich lachend und schüttle den Kopf. »Ich hatte eigentlich auch den Eindruck, dass du das eklig fandest. *Ich* fand es widerlich.«

Sie hebt eine Schulter, sieht mich aber immer noch ungerührt an. »Auf die guten alten Zeiten?«

Ich bin immer noch ein bisschen verwirrt, klappe die Karte aber trotzdem zu und winke, als einer der Kellner in unsere Richtung schaut. Er kommt zu uns herüber und runzelt die Stirn, als wir ihm zu erklären versuchen, was genau wir haben wollen. Es überrascht mich nicht wirklich, dass er noch nie davon gehört hat, trotzdem räumt er unsere Teller ab und verschwindet mit einem gelangweilten Schulterzucken. Sobald er weg ist, richte ich meinen Blick wieder auf Luca und mustere ihr Gesicht. Ihre Wangen sind gerötet, was an der Hitze liegen könnte, die der Heizpilz über uns ausstrahlt. Oder aber an den zwei Gläsern Wein, die sie während des Essens getrunken hat.

»Bist du betrunken?«, frage ich sie grinsend.

»Nein.« Luca lächelt und legt den Kopf schief. »Warum?«

Langsam beuge ich mich nach vorn und stütze die Ellbogen auf den Tisch vor mir. Sie sieht mich eine Sekunde lang an, dann ahmt sie meine Bewegung nach, bis unsere Gesichter nur noch ein paar Zentimeter voneinander entfernt sind. »Weil ich will, dass du bei vollem Verstand bist, Luca.«

»Ach ja?«

»Ja.« Ich nicke langsam, während mein Blick über ihr Gesicht wandert. Ich werde sie nicht küssen, ich werde ihr keinen Millimeter näher kommen. Aber ich werde sicher auch nicht zurückweichen. »Das hier läuft gut. Du magst mich. Ich will nicht, dass du das später auf den Alkohol schieben kannst.«

Ihre Mundwinkel heben sich kaum merklich. »Spricht es dann nicht irgendwie gegen deinen Plan, dass wir uns gerade Schnaps bestellt haben?«

»Scheiß drauf«, raune ich. »Aber fürs Protokoll: *Du* wolltest einen Absacker.«

Keine Ahnung, woran genau es liegt, doch ich habe den Eindruck, dass ihr Blick sich intensiviert. Als würde er durch meine Haut dringen, durch meine Knochen, direkt in mein Innerstes. Vielleicht versucht sie, meine Gedanken zu lesen. Soll sie ruhig. Ich bin ein offenes Buch, habe nichts, was ich vor ihr zu verbergen versuche … gut, fast nichts. Aber das gehört hier nicht her. Wieder fühle ich mich wie ein Magnet, der von dieser Frau angezogen wird. Ich will nichts dringender, als ihr Gesicht in meine Hände zu nehmen, sie an mich zu ziehen und sie zu küssen. Vielleicht könnte ich ihre Zweifel zum Schweigen bringen, vielleicht könnte ich sie davon überzeugen, dass sie bei mir in Sicherheit ist – körperlich und emotional. Ich sehe die blassen Sommersprossen auf ihrer Nase, die hellen Sprenkel in ihren Iriden, die kleine Unebenheit in ihrer linken Augenbraue. Ihr Gesicht ist wie eine Landkarte, und ich will jeden verdammten Winkel davon erkunden, bis mir kein Millimeter mehr fremd ist.

»Bin mir nicht sicher, ob ihr das hier meint«, unterbricht uns eine Stimme.

Ich sehe auf. Der verdammte Kellner hat mich so unsanft aus meinen Gedanken gerissen – und Lucas und meinen Blickkontakt unterbrochen –, dass sich ein genervtes Seufzen aus meiner Kehle löst. Grinsend weicht Luca zurück, und ich tue es ihr nach, als der Typ zwei Gläser von seinem Tablett nimmt und jeweils eins vor uns abstellt. Er hat wirklich ein beschissenes Timing, aber immerhin verschwindet er wortlos wieder.

»Das sieht anders aus«, kommentiert Luca, während sie ihr Glas hin und her dreht. Ich bin mir verdammt sicher, dass ihr Gesicht eine Spur geröteter ist als noch vor ein paar Minuten, aber das ist vielleicht auch nur Wunschdenken.

Um meinen Händen etwas zu tun zu geben, greife ich ebenfalls nach meinem Glas und mustere den Inhalt. Der Energydrink sieht normal aus. Statt eines Shotglases schwimmt darin eine geöffnete kleine Glasflasche ohne Etikett. Vermutlich der Kräuterschnaps. »Ich schätze, der ist nicht selbst gebrannt, oder?«, frage ich Luca und spiele damit auf die kleine Rede an, die Jacob während unseres ersten Abendessens im Chalet zu diesem Getränk gehalten hat – dass es hochwertig sei und nichts mit der Plörre zu tun habe, die man normalerweise beim Après-Ski serviert bekommt. Nun, das hier ist wohl die von ihm erwähnte Plörre.

Luca schnuppert an ihrem Glas und verzieht das Gesicht. »Das wird furchtbar.«

»Runter damit.«

Es stellt sich heraus, dass das Trinken mit der Glasflasche anstelle des Shotglases noch um einiges komplizierter ist als damals im *Ortiz*. Die Hälfte von dem Zeug landet auf meiner Jacke, und der Teil, der es tatsächlich in meinen Mund schafft, schmeckt absolut abartig. Luca stellt sich deutlich geschickter an als ich – immerhin bleibt ihr Shirt trocken –, aber auch sie hustet und kneift die Augen zusammen.

»Bah«, macht sie, nachdem sie geschluckt und das Glas behutsam auf dem Tisch abgestellt hat. »Das war 'ne beschissene Idee.«

»Stimmt.« Ich schneide eine Grimasse und schüttle den Kopf. Mein Magen wird warm, als der Schnaps sich darin ausbreitet. »Ich hasse dich ein bisschen dafür.«

Sie lacht, immer noch hustend. »Ich mich auch.« Dann wedelt sie mit der Hand vor ihrem Gesicht herum, als wolle sie eine Fliege verscheuchen. »Zurück zu unserem Small Talk.«

»Nur zu«, sage ich und mache eine auffordernde Geste, bevor ich erneut nach der Getränkekarte greife. Ich brauche dringend etwas, womit ich diesen Geschmack in meinem Mund herunterspülen kann. »Soll ich dir von dem einen Weihnachtsgeschenk erzählen, das ich mir jedes Jahr gewünscht, doch nie bekommen habe?«

»Das klingt nach einer traurigen Geschichte.«

»Der Schmerz sitzt tief. Es waren diese Kreisel, die man abschießen und gegeneinander antreten lassen konnte. Ich wollte die Arena haben, aber niemand hat sie mir geschenkt.«

Luca schiebt die Unterlippe vor. »Du hast mein volles Mitgefühl. Bei mir war es eine Steinschleifmaschine.«

»Was?«, frage ich lachend. »Du wolltest eine Steinschleifmaschine?«

Sie runzelt die Stirn. »Ich glaube, so heißen die nicht. Das ist so ein Becher, in den man Sand und Steine schmeißen kann, und dann kommen die ein paar Tage später poliert wieder raus.«

»Ein Tumbler?«, rate ich, alles andere als überzeugt. »Das ist ein seltsam spezifischer Wunsch. Wie alt warst du da?«

»Sieben oder acht«, antwortet sie schulterzuckend, grinst jedoch. »Ich hatte bestimmt zehn verschiedene Steinregale und wollte, dass sie glänzen. Das ist pädagogisch deutlich wertvoller als eine Kreiselarena.«

Ich halte eine Kellnerin im Vorbeigehen an und bestelle zwei weniger riskante Shots, bevor ich Luca wieder ansehe. Ihre Wangen haben noch immer einen zartrosa Ton, der sie, wer hätte das gedacht, noch hübscher aussehen lässt. »Ich schenke dir eine«, sage ich und nehme das Gespräch wieder auf. »Zu Weihnachten. Um dein inneres Kind zu heilen, du weißt schon.«

»Die sind wahrscheinlich gar nicht so teuer«, gluckst sie. »Aber ich bin mir nicht sicher, ob ich jetzt genauso viel Spaß damit hätte wie mit sieben.«

»Du wirst Steine polieren, Luca«, sage ich gespielt ernst, während ich sie eindringlich ansehe. »Es wird passieren.«

Sie sieht mich ein paar Sekunden lang beinahe nachdenklich an, dann fährt sie sich mit der Hand durch die Haare und lehnt sich zurück. »Okay.«

Das ist eine schlichte Antwort, ein einziges, unbedeutendes Wort. Aber immerhin hat sie keine Einwände erhoben. Nichts in der Art, dass wir abwarten müssen, ob wir Weihnachten überhaupt noch Kontakt haben, oder sonst irgendeinen Blödsinn. Sie hat es angenommen, und das lässt mich ein klein wenig breiter grinsen.

»Du lenkst ständig ab«, wirft sie mir vor, nachdem uns die Shots gebracht wurden und wir neue Getränke bestellt haben. »Ich wollte was über deine Familie wissen! Bist du im Zeugenschutzprogramm oder so?«

Ich unterdrücke ein Seufzen. »Das ist einfach kein spannendes Thema. Ich will dich nicht langweilen.«

»Ich habe dir vorhin bestimmt zwanzig Minuten von meiner entlaufenen Katze erzählt«, schnaubt sie. »Ich hätte es verdient, dass du mich ein bisschen langweilst.«

»Ich liebe meine Mom, ich liebe meine Eltern. Ich habe keine Geschwister, es gibt kein angespanntes Verhältnis, wir haben noch Kontakt, alle haben sich lieb. Kein Kindheitstrauma. Tut mir leid, es gibt da wirklich nichts zu erzählen.«

Luca greift nach dem Cocktail, den die Kellnerin vor ihr abstellt, und nimmt einen Schluck, ohne mich aus den Augen zu lassen. »Wo leben sie?«

»In Scottsdale«, antworte ich knapp. Ich versuche, zu lächeln, doch das schlechte Gewissen lässt meine Mundwinkel zucken.

Ich hasse es, Luca anzulügen. Es bereitet mir beinahe körperliche Schmerzen, aber im Moment habe ich nicht wirklich eine Wahl. Um sie abzulenken, deute ich auf ihren Cocktail. »Vielleicht sollten wir noch Brot bestellen, zum Aufsaugen.«

Sie winkt ab. »Du wohnst auch in Scottsdale, richtig?«

»Ja.«

»Warum bist du noch gleich hingezogen?«

Ich verenge die Augen und beuge mich ein Stück zu ihr hinüber. »Wie wär's, wenn du mir etwas über deine Eltern erzählst?«

Ihr Gesicht bleibt ungerührt, aber ich bin mir verdammt sicher, dass die Belustigung aus ihrem Blick verschwindet. »Was willst du wissen?«

»Alles, was du mir zu erzählen bereit bist. Du hast mal gesagt, dass du ein schwieriges Verhältnis zu deinem Dad hast.«

»Er hat mir den Geldhahn zugedreht, weil er mit meiner Studienwahl nicht einverstanden war. Das ist nicht lustig, und ich bin auch nicht begeistert darüber, aber es ist keine so große Sache. Viele Studierende müssen aus vielen unterschiedlichen Gründen ohne die finanzielle Hilfe ihrer Eltern zurechtkommen. Ich hätte es schlimmer treffen können.«

Da hat sie vermutlich recht, trotzdem sind wir definitiv nicht einer Meinung bezüglich ihrer finanziellen Situation. Ich bin mir hundertprozentig sicher, dass Luca es mir gegenüber niemals zugeben würde, wenn sie Geldprobleme hätte. Und der Gedanke macht mich ein bisschen … unruhig.

Ich nehme einen Schluck von meiner Cola. »Vertragt ihr euch wieder?«

»Ich denke schon.« Sie beißt sich auf die Lippe und seufzt dann. »Meine Mom ist nicht seiner Meinung, denke ich, aber sie schlägt sich auf keine Seite. Sie ist neutral wie die Schweiz. Das nervt mich.«

»Zu Recht.«

»Findest du?«, fragt sie und lächelt leise, als ich sie fragend ansehe. »Ich bin erwachsen, oder nicht? Es ist ihr Geld. Es ist nicht ihre Pflicht, mich zu versorgen.«

»Das sehe ich anders«, antworte ich ein bisschen zu forsch. »Wenn sie finanziell dazu in der Lage sind, sollten sie das tun. Punkt.«

»Willst du Kinder?« Als ich eine Augenbraue hochziehe, lacht sie. »Keine Sorge, deine Antwort hat keinen Einfluss auf mein Bild von dir. Ich wollte nicht herausfinden, ob du Heiratsmaterial bist oder so.«

»Keine Ahnung, ob ich Kinder will. Ich war nie so der Kinder-Typ, aber ich bin mir sicher, dass sich das noch ändern *kann*. Und du?«

»Ich denke nicht.« Luca klingt nachdenklich. »Ich kann mir das nicht vorstellen. Und ehrlich gesagt glaube ich nicht, dass sich das noch ändert.«

Ich zwinkere ihr zu – auf die unangenehme, schmierige Art und Weise. »Heiraten?«

»Ich denke schon.« Sie wackelt mit den Augenbrauen und nimmt einen Schluck. »Wenn *der Richtige* kommt.«

Diese Aussage beinhaltet so viele Steilvorlagen, dass ich das Gefühl habe, mir auf die Zunge beißen zu müssen, um nichts Dämliches zu antworten. Also belasse ich es bei einem unbestimmten Lächeln und nehme einen Schluck von meiner Cola, während sie erneut an ihrem Cocktail nippt. Inzwischen ist es dunkel. Das Licht der Laterne hinter Luca lässt ihre Haare wie zu einem kleinen Heiligenschein erstrahlen. Auch wenn ihr Gesicht größtenteils im Schatten liegt, erkenne ich den deutlichen Unterschied zu heute Vormittag. Die Sorgen sind daraus verschwunden – zumindest die, die ich an ihren Augen ablesen konnte.

»Wann musst du wieder zurück?«, fragt sie irgendwann und sieht mich an. Ihre Stimme klingt beiläufig, vielleicht ein bisschen *zu* beiläufig.

»Morgen«, antworte ich und ahme ihren Tonfall nach. »Ich muss mich um ein paar Dinge kümmern, sonst wäre ich länger geblieben.«

Luca zuckt mit den Schultern. »Du musst dich nicht entschuldigen oder so. Ich wusste ja nicht mal, dass du kommst.«

»Du hättest es gewusst, wenn du an dein Handy gegangen wärst.« Ich grinse sie an, um ihr klarzumachen, dass ich den Vorwurf als Witz gemeint habe. Ich habe echt keine Lust mehr auf schwierige Themen. Für heute hatten wir davon wirklich genug.

Ihre Augen verengen sich kaum merklich. Sie rutscht ein wenig auf ihrem Stuhl herum, weicht meinem Blick aber immerhin nicht aus. »Das wird sich ändern«, seufzt sie und hebt einen Mundwinkel. »Versprochen.«

»Ich werde dich daran erinnern.«

Obwohl sie daraufhin schweigt, macht mir das nichts aus. Denn immerhin weist sie mich auch nicht in meine Schranken. Alles in allem ist sie heute Abend deutlich zugänglicher als in den vergangenen Wochen nach Colorado. Und mein dummes, leicht zu begeisterndes Herz schöpft unwillkürlich Hoffnung. Dass wir noch eine Chance haben … auf was auch immer.

Nachdem wir beide ausgetrunken und uns noch eine Weile über die Uni und unsere anstehenden Deadlines unterhalten haben, bezahle ich, und wir machen uns auf den Weg zu Lucas Wohnheim. Keiner von uns schlägt vor, ein Taxi zu nehmen, oder das Tandem, das immer noch vorm Kino steht. Darum muss ich mich noch kümmern, aber ehrlich gesagt bin ich froh darüber, dass wir zu Fuß gehen, denn so dauert der Heimweg länger, und wir können uns weiterhin offen unterhalten. Wenn ich ehrlich bin, habe ich Probleme damit, sie gehen zu lassen. Denn völlig egal, was sie mir heute versprochen hat, bin ich mir alles andere als sicher, dass dieses Date irgendetwas zwischen uns verändert hat. Es besteht absolut die Möglichkeit, dass Luca die Schotten erneut dicht macht, sobald sie allein ist und Zeit zum Nachdenken hat. Also will ich jede verdammte Sekunde auskosten, bis die harte Realität wieder über uns hereinbricht.

Immer wieder kommen uns kleine Personengruppen entgegen, manche eindeutig betrunken. Es ist Freitagabend, und wir befinden uns in der Nähe des Unigeländes, also ist das nichts Ungewöhnliches. Trotzdem bemerke ich, dass Luca jeden Einzelnen beäugt, als würde sie befürchten, derjenige würde versuchen, ihre Handtasche zu klauen. Sie rückt immer wieder an mich heran, bis ich irgendwann nach ihrer Hand greife. Sie erwidert meinen Blick.

Als die Lichter des Campus in Sicht kommen, sinkt meine Stimmung. Ich will gerade den Mund aufmachen, um Luca zu fragen, ob wir einen Umweg machen sollen, da klingelt mein Handy in meiner Hosentasche. Ich will es ignorieren, aber das Summen ist verdammt laut, und es wäre irgendwie seltsam, es nicht zu beachten. Also löse ich mich von Luca und ziehe es hervor. Das Display zeigt eine unterdrückte Nummer an.

»Was denkst du? Wollen sie mir was verkaufen oder mir erzählen, dass meine lang verschollene Tante mir ein Erbe hinterlassen hat?«, frage ich Luca, während ich ihr das Handy hinhalte.

Sie grinst. »Ich hatte neulich 'ne Nachricht von jemandem, der meinte, er sei mein Sohn.«

Ich gehe ran und halte mir das Handy ans Ohr. »Hallo?«

Ein paar Sekunden lang höre ich nichts außer einem Rauschen, das fast klingt, als säße der Anrufende am anderen Ende im Auto. Dann spricht er, und mein Magen sackt ein paar Etagen tiefer.

57

LUCA

Samstag, 04. November 2023

Die Veränderung in Devans Gesicht, als er den Anruf annimmt, ist ziemlich offensichtlich. Der belustigte Ausdruck in seinen Augen verschwindet, seine Augenbrauen ziehen sich zusammen, und er löst seine Hand aus meiner, bevor er sich abwendet. Das klingt dramatisch, aber meine Hand fühlt sich plötzlich verdammt leer an. Ich krame in meiner Tasche und bleibe kurz stehen, um meine Haare zu einem Knoten zu binden. Ich lasse Devan vorausgehen, um ihm ein bisschen Privatsphäre zu gönnen. Auch wenn ich mich vorhin über ihn lustig gemacht habe, bin ich mir verdammt sicher, dass mehr hinter seiner angeblich so paradiesischen Familiengeschichte steckt, als er zugibt. Und das ist vollkommen okay. Wir kennen uns noch nicht lange und haben verhältnismäßig wenig Zeit miteinander verbracht. Wenn er über bestimmte Themen jetzt noch nicht mit mir sprechen möchte – oder niemals –, dann ist das seine Entscheidung.

Ich höre kaum, was er sagt, trotzdem bemerke ich die Kälte in seiner Stimme, während er redet. Um mir etwas zu tun zu geben, hole ich ebenfalls mein Handy aus der Tasche und beantworte eine Nachricht von Riley, in der sie fragt, ob Devan sich als Kettensägenmörder herausgestellt hat. Ein paar Minuten lang checke ich meine Benachrichtigungen auf Instagram und lese ein paar unbeantwortete E-Mails, dann höre ich, wie Devan sich verabschiedet, und schaue auf. Als er sich zu mir umdreht, liegt ein seltsamer Ausdruck in seinen Augen. Ich kann ihn nicht genau benennen – er sieht nicht direkt wütend aus, eher … keine Ahnung, verunsichert vielleicht.

»Alles okay?«, frage ich vorsichtig und schließe wieder zu ihm auf.

Er lächelt, doch das Lächeln erreicht seine Augen kaum, das kann ich selbst bei der spärlichen Beleuchtung der Straßenlaternen erkennen. »Alles gut. Nur ein bisschen Stress bei der Arbeit, der mich nervt.«

»Sind das die Dinge, die du morgen erledigen musst?«

»Unter anderem.« Er seufzt und schüttelt dann den Kopf. »Sorry, ich wollte nicht die Stimmung crashen.«

»Hast du nicht«, versichere ich ihm. Ohne darüber nachzudenken, greife ich wieder nach seiner Hand. »Wirklich alles okay?«

Ein paar Sekunden lang mustert er mich von oben bis unten. Ich bin mir sicher, die Rädchen hinter seiner Stirn rattern zu hören. Worüber auch immer er da am Telefon gesprochen hat, es scheint ihn wirklich zu beschäftigen. »Dir ist kalt«, sagt er schließlich. »Komm, wir bringen dich nach Hause.«

Ich protestiere nicht. Klar, ein Teil von mir will ihn mit Fragen durchlöchern und wirklich, *wirklich* wissen, was da bei ihm los ist. Aber es geht mich verdammt noch mal nichts an. Ich habe kein Recht auf seine Geheimnisse.

Während wir zum Wohnheim gehen, läuft das Gespräch eher schleppend weiter. Die Leichtigkeit, die den ganzen Abend zwischen uns geherrscht hat, ist verschwunden. Ich spüre, dass Devan irgendetwas belastet, auch wenn er sich offensichtlich wirklich Mühe gibt, es zu überspielen. Vielleicht würde es sogar funktionieren, wenn ich ihn nicht so gut kennen würde. Ich mag nicht jedes Detail über sein Leben kennen oder nicht wissen, was seine Lieblingsfarbe ist. Aber nach allem, was wir zusammen durchgemacht haben, kenne ich *ihn*.

Als wir uns der Eingangstür nähern, spüre ich, wie ich nervös werde. Ich bin mir ziemlich sicher, dass er mich bis hoch zu meiner Zimmertür bringt, aber dann wird der Moment kommen, in dem wir uns voneinander verabschieden müssen. Das hier war technisch gesehen unser erstes Date, aber durch unsere Vorgeschichte läuft die Rechnung mit Sicherheit irgendwie anders.

Ich will Devan küssen. Ich bin mir nicht sicher, ob es an dem Alkohol liegt oder daran, dass ich mich mit ihm einfach wahnsinnig wohlgefühlt habe. Aber ich bezweifle, dass ich selbst den nötigen Mut aufbringen kann, um den ersten Schritt zu machen.

»Dein Wohnheim braucht 'ne Renovierung«, sagt Devan und reißt mich damit aus meinen Gedanken, während er die Eingangstür für mich öffnet. Sie stoppt nach ungefähr der Hälfte mit einem wirklich unschönen Quietschen. »Ich wette, du bezahlst nicht wenig für dieses Zimmer.«

Lachend gehe ich an ihm vorbei. Sofort umfängt mich warme Luft, und ich erschaudere unwillkürlich. »Die Tür war schon kaputt, als ich eingezogen bin. Ich mache mir keine Hoffnungen, dass sich daran vor meinem Abschluss etwas ändern wird.«

»Wo willst du nach deinem Abschluss hin?«

Ich presse die Lippen zusammen und drücke auf den Knopf für den Fahrstuhl. »Frag mich das nicht.«

»Okay, verstanden«, sagt er lachend, und ich bin erleichtert, dass er nun schon ein bisschen gelöster klingt als noch vor ein paar Minuten.

Oben angekommen verlangsame ich meine Schritte, ohne darüber nachzudenken. Vielleicht bin ich feige, vielleicht will ich auch nur den Moment hinauszögern, in dem er verschwindet. Als er gesagt hat, dass er morgen zurück nach Hause fährt, hat er nicht gefragt, ob wir uns noch einmal sehen wollen. Ich gehe davon aus, dass er morgens aufbricht oder vielleicht noch Freunde besuchen will. Ich habe keine Ahnung, wann wir uns wiedersehen, und ja, das macht mich ein bisschen nervös.

Als meine Tür in Sicht kommt, werfe ich Devan einen unruhigen Blick zu. Ein paar Meter fühlen sich auf einmal an wie Meilen, in denen mein Gehirn zwanghaft versucht, eine Ausrede zu erfinden, ihn noch ein winziges bisschen länger bei mir zu behalten. Denn Tatsache ist, dass ich mich in der Zeit, die ich heute mit Devan verbracht habe, gelöster gefühlt habe als in den ganzen vergangenen letzten Wochen. Die innere Unruhe, die mich so fertiggemacht hat, ist verschwunden, die Stimmen in meinem Kopf verstummt. Ich hatte so eine Angst davor, Devan wiederzusehen und mich mit all den verwirrenden Gefühlen in meinem Herzen auseinandersetzen zu müssen, dass ich vergessen hatte, was für eine Wirkung seine Nähe auf mich hat: Wenn die Welt um uns herum aus den Fugen gerät, gibt er mir das Gefühl, dass es in unserem eigenen kleinen Universum trotzdem ruhig und friedlich ist.

Dem rationalen Teil von mir ist klar, dass das nur eine Illusion ist und die Realität über kurz oder lang über uns hereinbrechen wird. Aber meinem Herzen ist das egal. Mein Herz will in dieser kleinen ruhigen Zone bleiben, solange es möglich ist.

Ich bleibe stehen, und Devan sieht den Flur hinunter, bevor er sich zu mir umdreht.

Es fühlt sich an wie ein Kurzschluss in meinem Verstand, der all mein rationales, logisches Denken lahmlegt. In dem Moment, in dem der tiefe Blick aus Devans Augen auf meinen trifft, mache ich einen Schritt auf ihn zu, lege die Hände an seine Wangen und ziehe sein Gesicht zu meinem herunter. Ich fühle mich wie eine Erstickende, der gerade eben klar geworden ist, dass Devan die einzige Möglichkeit ist, ein letztes Mal frei atmen zu können.

Ich spüre Devans Verwirrung, sehe die unausgesprochenen Fragen in seinem Blick. Doch noch bevor meine Lippen seine berühren, schlingt er seine Arme um meine Taille und zieht mich an sich. Ich schließe die Augen und endlich, endlich spüre ich seinen Mund auf meinem. Ein leises Seufzen entfährt mir, das mir unter anderen Umständen womöglich peinlich gewesen wäre. Aber ich habe nicht einmal ansatzweise genügend Hirnkapazitäten übrig, um mir darüber Gedanken zu machen. Alles, was ich wahrnehme, ist Devan. Seine Arme, die mich umfangen, seine Brust, die sich gegen meine drückt, seinen Herzschlag, der sich mit meinem synchronisiert. Ich spüre die Wärme, die von ihm ausgeht und mich einhüllt wie eine schützende Decke, und seinen Atem, der sanft über mein Gesicht streicht.

Der Kuss ist nicht sanft oder forschend, nicht bittend. Von einer Sekunde auf die andere fallen wir übereinander her, als wären wir beide hungrig nach der Nähe des anderen. Und so ist es verdammt noch mal auch. All die Zweifel, über die ich mir in den letzten Wochen den Kopf zerbrochen habe, sind im Laufe des Abends immer unbedeutender geworden, und in dem Moment, in dem Devan mich noch ein kleines bisschen dichter an sich zieht, weiß ich überhaupt nicht mehr, worüber ich mir eigentlich Sorgen gemacht habe.

Ich will nicht, dass das aufhört. Ich will nicht wieder anfangen, zu denken.

»Schlüssel«, keucht Devan irgendwann zwischen zwei Küssen. Seine Lippen bewegen sich an meinen, und ich bin froh, dass er sich nicht zurückzieht. Ich nicke, nehme eine Hand von seinem Gesicht und taste damit ungeschickt in meiner Handtasche herum, bis ich mit den Fingerspitzen meine Schlüssel ertaste. Das Klimpern des Bundes dringt wie durch dichten Nebel an meine Ohren, als er ihn mir abnimmt. Ich höre das Türschloss klicken. Den Bruchteil einer Sekunde denke ich an Riley und schicke ein kurzes Stoßgebet gen Himmel, dass sie irgendwo auf einer Party ist oder bei ihrem Freund übernachtet.

Das Zimmer ist dunkel, als die Tür aufschwingt, und ich atme erleichtert auf. Es ist definitiv nicht spät genug, dass Riley schon pennt. Was bedeutet, dass Devan und ich alleine sind. Niemand, der uns stört, niemand, der uns von dem abhält, was ich so verdammt dringend brauche. Nur aus der Ferne nehme ich wahr, dass er die Tür hinter uns schließt, dass ich mit dem Unterschenkel gegen irgendetwas Hartes knalle – vielleicht der Stuhl. Keiner von uns macht sich die Mühe, das Licht einzuschalten oder auch nur ein Wort zu sagen. Und ich bin froh darüber. Ich hätte Angst, dass der Klang unserer Stimmen die fragile Blase zum Platzen bringt, die alle Zweifel von uns fernhält.

Auf einmal wird der Griff um meine Taille fester, und im nächsten Moment spüre ich, dass meine Füße den Kontakt zum Boden verlieren. Ich lache keuchend, klammere mich fester an Devans Hals und schlinge die Beine um ihn, als er mich hochhebt. Vielleicht ist es der Alkohol in meinem Blut oder der Haufen Glückshormone, der in meinem Inneren eine Party feiert, aber einen Moment lang fühle ich mich, als würde ich fliegen.

Mit großen Schritten durchquert Devan das Zimmer, ohne dass unsere Münder auch nur den Bruchteil einer Sekunde den Kontakt verlieren. Scheiße, ich liebe es, Devan zu küssen. Ich liebe das Gefühl seiner Lippen, seinen Geschmack. Ich bin mir verdammt sicher, dass ich einen großen Teil meiner Tage damit verbringen könnte, Devan zu küssen. Ein unruhiges Kribbeln hat sich in meiner Brust eingenistet, und jetzt wandert es tiefer, breitet sich zusammen mit einer fast unerträglichen Hitze in meinem Bauch aus, wandert noch tiefer. Und tiefer …

»Devan«, flüstere ich atemlos, als wir das Bett erreichen. Ich brauche ihn, brauche mehr von ihm. Jeden Zentimeter.

»Ich weiß.«

Mehr sagt er nicht, trotzdem glaube ich ihm. In seiner Berührung liegt die gleiche verzweifelte Dringlichkeit wie in meiner. Wir brauchen einander, um die Dämonen zu vertreiben, die sich nach Colorado in uns eingenistet haben.

Die Matratze knarzt leise, als Devan ein Knie darauf abstützt, dann lässt er mich sanft mit dem Rücken darauf sinken. Sofort ist er über mir, ragt wie ein dunkler Schatten über mir auf. Ich ziehe scharf die Luft ein, als ich die Beine auseinanderschiebe und er sich dazwischen sinken lässt. Wir sind beide vollständig angezogen, eine viel zu große Menge Stoff trennt uns voneinander. Trotzdem erschaudere ich unwillkürlich. Meine Finger krallen sich in sein Hemd.

Als sein Mund sich von meinem löst und an meinem Hals hinabwandert, hebe ich den Kopf, um es ihm leichter zu machen. Meine Lider flattern. Ungeduldig taste ich nach seinem Shirt und zerre daran. Ich höre Devans raues Lachen, als er sich ein Stück aufrichtet und sich das Shirt über den Kopf zieht. Ich will, dass uns nichts mehr trennt. Ich will seine Haut spüren, alles von ihm nehmen, was er mir zu geben bereit ist.

Kaum eine Sekunde später ist er wieder über mir. Obwohl es dunkel ist, reicht das Licht der Laternen, dass durch die Fenster sickert, um den glühenden Blick zu erkennen, mit dem Devan mich ansieht. Er wandert über mich, über mein Gesicht, meinen Hals, meine Brüste. »Sag mir, was du willst«, flüstert er.

Ich erwidere seinen Blick. Selbst wenn ich wollte, wäre ich dazu nicht in der Lage. »Ich will alles.«

»Bist du dir sicher?«

Als Antwort schlinge ich die Beine um seine Taille und ziehe ihn zu mir herunter. Seine Erregung ist ziemlich deutlich zu spüren, und auch ich erschaudere, als sein Körper sich an genau der richtigen Stelle gegen meinen presst. »Ich bin mir sicher, Devan. Ich will das hier. Ich will … dich. Jetzt.«

Er flucht ziemlich derb, doch der Klang seiner Stimme bringt jeden Nerv in meinem Inneren zum Summen. Ich will so dringend, dass er mich berührt, dass ich das Gefühl habe, jeden Moment explodieren zu müssen. »Fuck, Luca. Ich …«

»Was?«, frage ich, als er zögert.

»Ich … will nichts falsch machen.«

Mein Herz schwillt in meiner Brust an. Wie kann ein Mann so perfekt sein, zur Hölle? Ich habe vorher schon befürchtet, dass Devan Sandoval zu gut für mich ist, dass ich ihn mit all meinen Selbstzweifeln, all meinen Problemen nicht verdient habe. Jetzt bin ich mir fast sicher. Aber das ist etwas, mit dem ich mich morgen beschäftigen werde.

Ich taste nach Devans Hand und lege sie auf meine Brust. Er schnappt nach Luft, und auch ich beiße mir auf die Lippe. Es ist beinahe erbärmlich, wie kurz davor ich bin, über die Klippe zu stürzen. Normalerweise brauche ich deutlich mehr für einen Orgasmus als ein bisschen Gefummel, vollständig bekleidet. Aber das hier … das ist anders als alles, was ich bis jetzt erlebt habe. Anders als in der Hütte im *Ortiz*, anders als der Sex, den ich bislang hatte.

In der Dunkelheit suche ich nach Devans Blick. »Ich *brauche* dich.«

Erneut flucht Devan. Dann sind seine Lippen wieder auf meinen, und er stößt einen Laut aus, der beinahe wie ein Knurren klingt. »Du bringst mich um den Verstand, Luca Murphy.«

»Tut mir leid«, keuche ich. Die Hand, die gerade eben noch auf meiner Brust lag, schiebt sich jetzt unter mein Shirt und berührt nackte Haut.

»Entschuldige dich nicht«, presst er hervor. »Das hier ist … alles.«

Ich lache, doch es klingt eher wie eine Mischung aus Stöhnen und Husten und endet in einem abrupten Japsen, als seine Hand den Knopf meiner Hose öffnet und sich langsam hineinschiebt. Ich schließe die Augen und werfe den Kopf zurück. Seine Berührung ist nicht länger vorsichtig oder forschend. Er bittet nicht um Erlaubnis. Er nimmt. Seine Hand schiebt sich in meinen Slip, und im nächsten Moment dringt einer seiner Finger in mich ein.

Mein Schrei wird von seinem Mund erstickt, und das ist auch gut so. Denn sobald er mich berührt, sobald seine Hand sich bewegt, falle ich. Keine Ahnung, wohin ich falle, ob ich etwas sage oder mich überhaupt bewege. Alles, was ich wahrnehme, ist Devans Keuchen, seine Hitze, seine rauen Fingerkuppen, die mich Welle um Welle weitertreiben. Ich höre, wie er meinen Namen seufzt, bin aber schlicht und ergreifend nicht in der Lage, irgendetwas zu erwidern.

Ein Zittern durchfährt mich, als mich kalte Luft trifft. Devan richtet sich auf und kämpft sich verdammt umständlich aus seiner Hose, bevor ich etwas rascheln höre. Im Stillen danke ich Gott oder wem auch immer, dass Devan offensichtlich entweder optimistisch oder einfach gut genug vorbereitet war, um ein Kondom einzupacken. Allein der Gedanke, jetzt aufhören zu müssen …

Als er sich wieder auf mich legt, durchlaufen mich noch immer die letzten Wellen des Orgasmus. Unter anderen Umständen wäre es mir vielleicht peinlich, dass ich so wenig gebraucht habe, um zu kommen. Aber hier und jetzt sind Devan und ich in unserer eigenen kleinen Welt, und mein Verstand denkt nicht einmal darüber nach, etwas anderes als Lust zu empfinden. Ich strecke die Arme aus und greife nach Devans Schultern, um ihn enger an mich heranzuziehen, nachdem ich meine eigene Hose losgeworden bin. Wieder öffne ich die Beine, und als er sich dieses Mal an mich presst, trennt uns nichts mehr. Ich beiße die Zähne zusammen, als er aufstöhnt. Verdammte Scheiße. Devans Stöhnen, das dunkle Brummen in seiner Stimme, ist so ziemlich das heißeste Geräusch, das ich jemals gehört habe. Ich hebe die Hüften, presse mich enger gegen ihn.

»Devan«, keuche ich, als er sein Becken bewegt. Meine Fingernägel krallen sich wahrscheinlich inzwischen in seine Haut. »Jetzt.«

Als hätte er auf mein Kommando gewartet, weicht er ein paar Zentimeter zurück und dringt dann mit einer einzigen Bewegung tief in mich ein.

Die Welt um mich herum verschwindet. Vielleicht ist sie implodiert, vielleicht hat sie sich auch einfach nur im Nichts aufgelöst. Das schmucklose Wohnheimzimmer, das dämmrige Licht, das durch die Fenster hereinfällt, die hässliche grüne Zeitanzeige meines Weckers … nichts davon existiert mehr.

Devan hält einen Moment inne. Seine Arme, mit denen er sich abstützt, zittern vor Anstrengung, und er erbebt ein paarmal, während er auf mich herunterschaut.

»Scheiße, Luca«, raunt er atemlos. »Du fühlst dich so gut an. Ich kann …«

Weiter kommt er nicht. Keine Ahnung, ob ihm einfach die Worte fehlen oder die Kraft, aber es ist mir auch egal. Er küsst mich hart, bevor er sich zurückzieht und sich zu bewegen beginnt. Ich liebe gefühlvollen Blümchensex, ich mag es langsam und liebevoll. Aber jetzt, in diesem Moment, brauche ich die Eindringlichkeit, die in seinen Küssen liegt. Ich klammere mich an ihm fest, komme ihm entgegen, keuche immer wieder seinen Namen. Meine Stimme klingt beinahe flehentlich, als würde ich ihn bitten, nicht aufzuhören.

Und das tut er nicht.

Eine nie da gewesene Hitze breitet sich in meinem Bauch aus, nimmt mich ein, uns beide, während seine Stöße schneller werden. Ich schlinge wieder meine Beine um ihn und hebe das Becken, um ihn tiefer in mich aufzunehmen. Devans Hand streicht über meinen Bauch, meine Taille, dann greift er nach meiner Hüfte und zieht mich näher an sich heran.

Als die Welle zum zweiten Mal über mir zusammenbricht, folgt er mir. Ich spüre, wie er erbebt, wie seine Finger sich in meine nackte Haut graben.

Er verliert die Kontrolle, zusammen mit mir.

58

LUCA

Als ich am nächsten Morgen aufwache, ist Devan verschwunden. Ich fühle mich wie in einer schlechten Romcom – verschlafen tastet meine Hand über das Kissen, findet jedoch nichts außer dem kalten Stoff des Bezuges. Als ich mich aufsetze, entdecke ich einen kleinen Zettel auf meinem Nachttisch und erkenne Devans Handschrift sofort.

> *Ich habe ganz ehrlich, wirklich versucht, dich zu wecken. Aber du hast geschnarcht wie ein Holzfäller, und ich musste um sieben meinen Mietwagen abholen. Ruf mich an, wenn du wach bist, Babygirl.*

Als ich den Spitznamen lese, verziehe ich unwillkürlich das Gesicht, muss dann aber sofort wieder grinsen. Ich muss mit ihm eindeutig mal über diesen Drang sprechen, mir dämliche Kosenamen zu verpassen.

Sorgfältig falte ich den Zettel zusammen und verstaue ihn in der obersten Schublade meines Nachttisches. Ich bin mir nicht so richtig sicher, wie ich darüber denken soll, dass er verschwunden ist. Einerseits bin ich ein bisschen erleichtert darüber, dass er uns diesen unangenehmen Morgen-danach-Moment erspart hat. Andererseits weiß ich, dass er heute nach Hause fährt, und ich frage mich, ob wir vielleicht einen Abschluss gebraucht hätten – in welche Richtung auch immer dieser gegangen wäre. Jetzt frage ich mich nämlich, was genau die letzte Nacht eigentlich zu bedeuten hatte. Sind wir zusammen, sind wir … *mehr?* Oder war das einfach nur ein weiterer One-Night-Stand, den wir beide so dringend gebraucht haben, um die Stimmen in unseren Köpfen wenigstens für eine Weile zum Verstummen zu bringen?

So oder so habe ich so gut geschlafen wie seit der Nacht im *Ortiz* nicht mehr. Egal, wie das hier ausgeht, konnte ich also immerhin etwas Positives daraus mitnehmen.

Stöhnend kämpfe ich mich aus dem Bett – mein Körper schmerzt an ziemlich vielen, ziemlich empfindlichen Stellen –, schreibe Riley eine kurze Nachricht, frage, wo sie sich schon wieder herumtreibt, und springe dann unter die Dusche. Um mich zu waschen, aber vor allem, um meine Gedanken zu sortieren. Denn Tatsache ist, dass ich eine sehr deutliche Meinung zu dem habe, was in der letzten Nacht passiert ist. Auch wenn ich diejenige war, die sich von Devan ferngehalten hat, würde ich ihn am liebsten anflehen, nicht zu fahren. Er ist mein Safespace, das ist mir gestern erst so richtig klar geworden. Und ein Teil von mir will sich schlicht und ergreifend weigern, ihn gehen zu lassen.

Das einzige Problem in dieser ganzen Gleichung bin ich. Das Päckchen, das ich im Moment mit mir herumtrage, ist einfach zu groß und zu kompliziert, um es jemand anderem aufzubürden. Ich habe keinerlei Zweifel daran, dass Devan mehr als bereit wäre, mir dabei zu helfen. Aber das wäre nicht fair.

Ich muss meinen Scheiß in den Griff bekommen, bevor ich ihn in mein Leben lasse. Um es nicht zu vermasseln.

Nachdem ich mich abgetrocknet und angezogen habe, gehe ich zurück in mein Zimmer und hänge mein Handtuch zum

Trocknen auf. Als ich nach meinem Handy greife, bemerke ich unter anderem eine ungelesene Nachricht von Devan. Allein der Anblick seines Namens in der kleinen Benachrichtigungsleiste lässt mein Herz für den Bruchteil einer Sekunde aus dem Tritt geraten. Ein vermutlich ziemlich dümmliches Grinsen breitet sich auf meinem Gesicht aus, während ich auf die Nachricht tippe.

Devan: *Ich klinge vermutlich wie ein Stalker, aber ich habe gesehen, dass du schon online warst. Und du hast nicht angerufen. Ich will nicht lügen, ich bin enttäuscht.*

Ich lache auf und sehe mich hastig um, was dämlich ist, weil ich alleine im Zimmer bin. Mir ist klar, dass ich mich wie eine verknallte Teenagerin benehme, aber das ist mir egal. Einen Moment lang überlege ich anzurufen, tippe jedoch stattdessen eine schnelle Antwort, dass ich mich melde, sobald ich einen Kaffee hatte. Keine Ahnung, warum, aber ich fühle mich noch nicht bereit, mich seiner Stimme zu stellen. Ich brauche ein bisschen Zeit, um nachzudenken. Um mir einen Plan zu überlegen, bevor ich mit ihm spreche. Das bin ich ihm schuldig nach dem ganzen Mist, den ich in den vergangenen Wochen mit ihm abgezogen habe. Das Mindeste, was ich tun kann, ist, mir dieses Mal sicher zu sein.

Ein lautes Klopfen reißt mich aus meinen Gedanken und lässt mich so heftig zusammenfahren, dass ich beinahe das Handy fallen lasse. Einen winzigen Moment lang bin ich mir sicher, dass Devan vor der Tür steht. Doch dann höre ich, wie der Schlüssel von außen ins Schloss gesteckt wird, und eine Sekunde später betritt Riley unser Zimmer, die Hand dramatisch über die Augen gelegt.

»Ist jemand nackt?«, ruft sie und späht durch ihre Finger.

Ich verdrehe die Augen, lege das Handy auf meinen Schreibtisch und verschränke die Arme vor der Brust. »Witzig. Wo bist du gewesen?«

»Bei Ralph.« Als ich fragend die Augenbrauen hochziehe, macht sie eine Handbewegung, als wolle sie Fliegen verscheuchen. »Von dem hab ich dir erzählt, aber vergiss es. Wie ich höre, warst du ein schlimmes Mädchen gestern Nacht.«

»Selbst wenn es so gewesen wäre, wärst du ja anscheinend kaum die Richtige, um mir eine Moralpredigt zu halten, oder?« Ich schaue demonstrativ auf die Knopfleiste ihres Kleides, die so falsch geknöpft ist, dass ich mich frage, wie sie sie überhaupt schließen konnte. »Ich bin mir sicher, dass du und Ralph nicht die ganze Nacht Scrabble gespielt habt.«

Riley reagiert überhaupt nicht auf meine Worte, stattdessen wirft sie ihre Handtasche aufs Bett und setzt sich dann auf den freien Stuhl, auf dem sich normalerweise unsere schmutzige Wäsche häuft. Sie schlägt die Beine übereinander und stützt das Kinn auf die geballte Faust, während sie mich auffordernd ansieht. »Also. Du und Devan.«

»Woher weißt du das überhaupt?«, frage ich sie. Ich habe nicht vor, meine Nacht mit Devan zu leugnen. Warum auch? Ich bereue sie nicht, und ich schäme mich sicher nicht dafür.

»Nessi.« Sie nickt nach links, wo sich das Zimmer einer Kommilitonin befindet. »Die Wände sind dünn. Sie meinte, die Geräusche hätten sie an das Paarungsverhalten von Waschbären …«

»Okay!«, rufe ich, bevor sie den Satz beenden kann. »Okay, danke. Ich versteh schon.«

Riley wackelt mit den Augenbrauen. »Ich bin stolz auf dich.«

»Ach ja?«

»Ja!« Sie hebt die Hände und lässt sie geräuschvoll auf ihre

Oberschenkel fallen. »Du hattest ein bisschen Ablenkung nötig, oder nicht? Und nach allem, was du über Devan erzählt hast, scheint er der Richtige dafür zu sein.«

Müde reibe ich mir über die Augen. Der Sex war fantastisch, der ganze Abend und die Nacht waren fantastisch, aber sie sitzen mir eindeutig immer noch in den Knochen. »Ja, du hast recht.«

»Großartig!« Riley strahlt so stolz, als hätte ich ihr gerade erzählt, dass ich alle meine Prüfungen mit einem A+ bestanden habe. »Freut mich für dich, wirklich. Dein Abend war offensichtlich deutlich besser als meiner.«

»Ach ja? War Ralph nicht so der Hammer?«

Ihr trockenes Lachen klingt mehr wie ein Husten. »Glaub es oder nicht, aber da lief wirklich gar nichts. Ich habe bei ihm übernachtet, weil irgendein Penner mir meine Brieftasche und mein Handy geklaut hat.«

»Was?«

»Jap.« Kopfschüttelnd lehnt sie sich zurück. »Ich war bei Ralph im Verbindungshaus, weil das Hockeyteam da gefeiert hat und ich nicht wusste, wie lange du sturmfrei brauchst.«

»Riley, du hättest echt nicht …«

»Das war kein Vorwurf«, unterbricht sie mich und wirft mir ein beruhigendes Lächeln zu. »Wirklich, Luca, alles gut. Du hast mir nicht gesagt, dass ich wegbleiben soll, also kein Grund, dich zu entschuldigen. Auf jeden Fall wollte ich eigentlich nur bis zehn oder so bleiben, aber als ich loswollte, waren mein Handy und mein Portemonnaie weg. Keine Ahnung, wer das getan haben könnte, die Party war nicht so groß, und die meisten Leute kannte ich.«

Fassungslos sehe ich sie an. Sie sieht ein bisschen geschafft aus, allerdings tatsächlich nicht so, als hätte sie gestern Nacht bis zur Besinnungslosigkeit gesoffen. »Sicher, dass du es nicht einfach irgendwo liegen gelassen hast? Oder hat einer der Verbindungsleute es weggeräumt?«

Sie schüttelt den Kopf. »Wenn ja, dann kann sich keiner dran erinnern. Na ja, auf jeden Fall war ich dann mies drauf und hab mir die Kante gegeben. Und hab neben Ralph im Bett gepennt, aber ich schwöre dir, unsere Hände waren die ganze Zeit über der Bettdecke.«

Ich mache eine abwehrende Handbewegung. »Selbst wenn ihr die ganze Nacht gevögelt hättet! Was machst du jetzt?«

»Ich hab schon Kopfschmerzen vom Drandenken«, seufzt sie und steht dann auf. »Ich muss meine Dokumente neu beantragen und brauche ein neues Handy. Ich fahre gleich in die Stadt. Willst du mit?«

Kopfschüttelnd stehe ich ebenfalls auf. »Sorry, ich muss noch was erledigen. Aber sag Bescheid, wenn du Hilfe brauchst.«

Sie wirft mir eine Kusshand zu, dann greift sie nach ihrer Duschtasche und einigen Klamotten und verschwindet aus dem Zimmer. Ich bin gerade dabei, ein paar schmutzige Kleidungsstücke einzusammeln, um später eine Maschine Wäsche anzustellen, als mein Handy auf dem Schreibtisch vibriert. Einmal, dann noch einmal und dann ein drittes Mal, schnell hintereinander. Seufzend lasse ich die Klamotten fallen und greife nach meinem Telefon, um es zu entsperren. Offensichtlich leidet mein Gehirn ein bisschen unter dem fehlenden Koffein, denn ich brauche ein paar Sekunden, um zu verstehen, was an den drei neuen Nachrichten nicht stimmt.

Sie stammen von Rileys Nummer. Von dem Handy, das laut ihrer eigenen Aussage vor ein paar Stunden gestohlen wurde.

Mein Magen fühlt sich an, als hätte er einen Salto geschlagen. Ich sehe keine Vorschau, also tippe ich mit dem Daumen auf die Benachrichtigung. Unwillkürlich halte ich die Luft an, als der Chat sich öffnet.

Unter meinem eigenen Text von heute Morgen stehen zwei Textnachrichten, darunter ein Bild, das noch verschwommen ist, weil ich es nicht heruntergeladen habe.

Riley: *Sorry, bin spontan weggefahren. Mit Ralph.*
Riley: *Er ist ein Arsch. Kannst du mich abholen? Ist 'n bisschen weit weg, aber ich brauche echt deine Hilfe.*

Mein Atem geht viel zu schnell, und ich spüre, dass meine Hände feucht werden. Ich will das Foto nicht öffnen, egal, was es ist. Ich weiß, dass diese Nachrichten nicht von Riley stammen. Wer auch immer sie geschickt hat, denkt anscheinend, dass ich noch nichts von dem Diebstahl weiß. Vor meiner Zeit im *Ortiz* wäre ich vielleicht von einem dämlichen Scherz ausgegangen, aber jetzt nicht mehr. Jetzt rechne ich mit dem Schlimmsten, und vor allem: Ich glaube nicht länger an Zufälle.

Leise vor mich hin fluchend tippe ich auf das Bild. Es dauert eine gefühlte Ewigkeit, bis das Foto heruntergeladen ist und sich öffnet. Als es das tut, erkenne ich es sofort: ein Screenshot von Google Maps. Und der gepinnte Standort zeigt einen Ort, dessen Name allein mir das Blut in den Adern gefrieren lässt.

Mein Körper reagiert reflexartig, ich habe keinerlei Kontrolle darüber. Als hätte ich mich daran verbrannt, werfe ich das Handy beiseite, und es landet mit einem unangenehmen Knacken irgendwo hinter dem Schreibtisch auf dem Boden. Schwer atmend drehe ich mich im Kreis, scanne das Zimmer, als würde ich nach einem Fluchtweg Ausschau halten. Meine Haut scheint auf einmal zu eng, zu straff über meinen Knochen zu sitzen. Ein leises Wimmern entfährt meiner Kehle, doch ich schlage mir hastig die Hand vor den Mund.

Das muss ein dummer Scherz sein. Es muss eine logische

Erklärung geben! Es ist fast erbärmlich, wie verzweifelt mein überforderter Verstand nach einer Lösung sucht, obwohl ein Teil von mir sehr genau weiß, dass es keine gibt. Zumindest keine, die nicht bedeutet, dass meine Welt schon wieder in tausend Stücke zerschlagen wird.

Zu viele Gedanken rasen in meinem Kopf hin und her, doch keiner von ihnen schafft es, wirklich Anerkennung zu finden. Natürlich könnte ich die Polizei rufen – wegen Rileys gestohlenem Handy. Die Nachrichten werden sie nicht interessieren. Ich könnte Devan anrufen, aber auch er könnte nichts unternehmen. Es gibt niemanden, der mir helfen kann. Diese Dämonen sind beschissen unsichtbar, und ich habe einfach keine Ahnung, wie ich sie besiegen kann.

Vielleicht habe ich es mir nur eingebildet. Vielleicht war die Nacht mit Devan zu gut, und mein Verstand versucht, dieses kleine bisschen Glück wieder auszugleichen. Oder mich daran zu erinnern, dass ich vor nicht einmal achtundvierzig Stunden noch ein nervliches Wrack war und diese gute Laune einfach nicht verdient habe. Vielleicht hat Riley mich verarscht und … nein. Das würde sie nicht tun. Sie ist öfter, als mir lieb ist, Zeugin meiner Albträume geworden. Sie würde mir das nicht antun.

Ich bin mir nicht sicher, wie lange ich so herumstehe und die Wand anstarre, während sich in meinem Kopf die Gedanken überschlagen. Wahrscheinlich sehe ich ein bisschen seltsam aus, aber das ist mir egal. Wie durch dichten Nebel dringt das Geräusch meines vibrierenden Handys an mein Ohr, doch ich werde sicher nicht nachsehen, wer schreibt oder anruft. Ich sollte es verbrennen, verdammte Scheiße.

Ich habe keine Ahnung, was ich tun soll. Was ich mit der Erkenntnis, die diese Nachrichten in mir ausgelöst haben, anfangen soll.

Irgendwann, nach einer gefühlten Ewigkeit, erwache ich aus meiner Starre. Ich muss mich bewegen, irgendetwas tun, bevor Riley zurückkommt. Muss nachdenken, mir einen Plan zurechtlegen. Unruhig schaue ich zur Tür hinüber. Ich höre Stimmen und Schritte vom Flur her, aber das ist nichts Ungewöhnliches – immerhin leben auf diesem Stockwerk um die achtzig Studierende. Ohne die Tür aus den Augen zu lassen, gehe ich zu meinem Handy und hebe es auf. Den Riss, der sich über den Bildschirm zieht, ignoriere ich einfach, während ich es entsperre, die ungelesene Nachricht von Devan zur Seite wische und Anas Kontakt heraussuche.

Dreimal lausche ich dem Freizeichen, dann nimmt Ana ab.

»Ich brauche deine Hilfe.«

59

ONE OF SIX

Ich verziehe das Gesicht, als der kalte Schluck Kaffee meine Kehle hinabrinnt. Ich brauche dringend eine Mikrowelle, wobei ich mir nicht ganz sicher bin, ob in der Mikrowelle aufgewärmter Kaffee überhaupt genießbar ist.

Während ich den verbliebenen Inhalt der Tasse in den Abfluss kippe, um ihm seinem erbärmlichen, stinkenden Schicksal in der städtischen Kanalisation zu überlassen, wandert mein Blick immer wieder hinüber zu meinem Bildschirm. Als wäre er ein Magnet und ich das Metall, das trotz aller Anstrengung niemals in der Lage sein wird, dem Sog zu widerstehen. Ich will die Kameras überprüfen, meine E-Mails, meine sorgsam eingerichteten Google-Alerts. Ich will sehen, was meine kleinen Ratten in ihrem Labyrinth veranstalten, jetzt, da ich sie nicht länger auf Schritt und Tritt überwachen und ihnen ihre handverlesenen, höchstpersönlichen Köder direkt vor die Nasen halten kann.

Warten zählt zu meinem eigenen Bedauern nicht zu meinen unzähligen Stärken. Warten ist für mich gleichbedeutend mit dem Gefühl, eingesperrt zu sein: Die Zeit vergeht langsamer, als würde sie von einem kosmischen Gummiband zurückgehalten. Was bedeutet, dass jede Sekunde dieser verabscheuungswürdigen Aktivität mir wie eine Ewigkeit erscheint. Und so gerne ich dieser Zeit des Stillstandes auch ein Ende bereiten würde, ist sie notwendig. Für den größeren Plan. Sie brauchen eine Pause, um sich zu sammeln und das zusammenzusetzen, was nach Colorado von ihnen übrig geblieben ist. Ein schnelles Ende hat keiner von ihnen verdient. Ich bin wie eine Katze, die mit ihrer Beute spielt, bevor sie sie frisst.

Um meinen Händen etwas zu tun zu geben, greife ich nach einem silbernen Kamm und fahre mir damit durch die Haare. Wie immer, wenn mein Blick auf dieses Meisterwerk türkischer Handwerkskunst fällt, fährt ein stechender Schmerz durch meine Brust, hinunter in meinen Bauch bis zu meinen Zehenspitzen. Als hätte man einen Teil dieser in den Kamm verwobenen Silberfäden um mein Herz gewickelt und würde jetzt Zentimeter um Zentimeter, Millimeter um Millimeter zuziehen. Bis ich nach Luft schnappe und das Organ nicht mehr in der Lage ist, auch nur einen Milliliter Blut durch meinen Körper zu pumpen. Er war ein Geschenk aus einem anderen Leben. Von einem Menschen, dessen Geist noch immer präsent ist, obwohl die Person schon viel zu lange kein Teil meines Alltags mehr ist.

Mit zusammengebissenen Zähnen knalle ich den Kamm zurück auf die Kommode. Das Geräusch von Metall auf Sperrholz klingt in meinen Ohren lauter nach, als es seiner Natur entsprechen sollte. Wie das unheilvolle Klicken eines Sargdeckels in alten Schwarz-Weiß-Filmen von Tod Browning, in denen hoffnungslose Seelen ihrem Schicksal nachjagen, nur um früher oder später Tristesse und Ausweglosigkeit aus unzähligen metaphorischen Wunden zu bluten. Und daran früher oder später zu verrecken.

Für mich selbst habe ich definitiv ein alternatives Ende vorgesehen.

Warten. Ich muss einfach nur warten.

Kopfschüttelnd trete ich von der Kommode zurück, während ich mich aus meinem eigenen Gedankensumpf zerre. Ich mag einen Hang zur Melancholie und womöglich sogar zum Weltschmerz haben, doch sicher nicht zum Selbstmitleid.

Ein lautes Klopfen an der Tür lässt mich zusammenfahren. Für ein paar schmerzhaft lange Sekunden stehe ich da und lasse meine Gedanken Achterbahn fahren, ohne mich zu bewegen. Die beiden Nachbarinnen, die gerade genug Kenntnis von meiner Person genommen haben, um sich möglicherweise mal ein Ei oder einen Becher Mehl auszuleihen, arbeiten um diese Uhrzeit. Ich bestelle mir keine Pakete zu dieser Adresse, und der einzige Mensch, der weiß, wo ich meine Zeit aktuell verbringe, ist meine Tante. Meine ans Bett und einen Sauerstofftank gefesselte Tante, die auf ihre begrenzte verbliebene Lebenszeit geschworen hat, niemandem meinen Aufenthaltsort zu verraten, um meine angebliche Rehab nicht zu gefährden.

Ich stehe noch immer da, nicht fähig, meine sich wie durch zähflüssigen Honig kämpfenden Gedanken zu sortieren, als es ein zweites Mal klopft. Lauter dieses Mal, eindringlicher. Als würden die Knöchel, die das Geräusch verursachen, direkt durch den billigen Kunststoff der Eingangstür stoßen wollen. Hinein in meine Wohnung, in meine ... Privatsphäre. Das Klopfen wird zu einer Art Melodie, einer beschissenen Sinfonie, direkt aus einem verdammten Horrorfilm.

»Verschwinden Sie«, rufe ich, weil mein ansonsten so verlässlicher Verstand mich vollkommen im Stich lässt. Überraschungen sind meine einzige Schwachstelle, und diese Offenlegung meiner Unzulänglichkeit lässt die Wut in meinem Magen zu einer giftigen Pilzwolke explodieren. »Ich kaufe nichts, ich habe kein Interesse daran, über Gott zu reden, und ich will auch keine Petition für eine Treppenhausreinigung unterschreiben.«

Ein paar Sekunden vergehen, in denen nichts als das Hämmern meines Herzens die Stille erfüllt. Dann ein trockenes, freudloses Lachen. Wie Fingernägel auf einer aus der Mode gekommenen Schultafel.

»Du bist es wirklich.«

Donnerschläge. Kugelhagel. Stromstöße. Die gezielten Treffer eines Profiboxers. So fühlt es sich an, als diese vier so lächerlich unscheinbaren Worte auf mich einschlagen, obwohl sie durch die Barriere zwischen uns gedämpft klingen. Denn ich kenne diese Stimme. Sie verfolgt mich in meinen Träumen – in den guten und den bösen. Sie ist ein Teil der Partitur, die mein Leben in den vergangenen Wochen wie eine Art nervtötender Soundtrack untermalt hat.

Unwillkürlich wandert mein Blick zum Fenster. Eine irrationale, rein körperliche Reaktion. Ich befinde mich im fünften Stock über einem Highway – kein geeigneter Fluchtweg, und selbst wenn er eine Option wäre, weigere ich mich, mir vorzustellen, wie ich aus einem Fenster vor jemandem zu fliehen versuche, über den ich die Oberhand habe. Nicht andersherum.

Während ich die paar wenigen Schritte zur Tür überwinde, mache ich meine imaginären Schotten dicht. Verriegle meine Emotionen hinter dicken schmiedeeisernen Schlössern, auf die der Kerkermeister von Philippi stolz gewesen wäre. Als ich schließlich die Hand nach der Klinke ausstrecke, bin ich ein gefühlloses Wesen. Eine Mauer aus festem, kaltem Stein.

Ich öffne die Tür und gebe den Blick auf die Person frei, die diesen mittelmäßigen Tag zu einem katastrophalen gemacht hat. Wie Thanos und sein Fingerschnipsen. Nur, dass dieser Mensch in meinem Hausflur nicht ansatzweise so beeindruckend, so machtvoll aussieht wie der muskelbepackte Schurke mit seinem goldenen Handschuh. Im Gegenteil. Die dunklen Ringe unter den Augen, die Falten um die Mundwinkel, das ungemachte Haar, der knittrige Stoff seines Shirts, der Kaffeefleck auf der Brust: alles Anzeichen für Stress. Stress, den mit an Sicherheit grenzender Wahrscheinlichkeit *ich* verursacht habe.

Bei dieser Erkenntnis hebt sich meine Laune gleich ein bisschen.

Für den Bruchteil eines Momentes überlege ich, mich dumm zu stellen. Meine Rolle zu spielen und so zu tun, als könnte ich der logischen Konsequenz der Situation nicht ganz folgen. Doch ich verwerfe den Gedanken, noch bevor ich ihn ernsthaft in Erwägung ziehen kann – verbanne ihn zu all den anderen nicht ausgesprochenen, nicht in die Tat umgesetzten Plänen dieser Welt. Ich werde mir nicht selbst diese Blöße geben, mich nicht erniedrigen, indem ich meine eigene Intelligenz hinter einer schimmernden Maske der Ahnungslosigkeit verberge.

»Ich bin richtig überrascht«, sagt er nach ein paar Sekunden, legt den Kopf schief und mustert mich von oben bis unten, als würde er nach einem Detail suchen. Als würden seine Augen für seinen Verstand einen Beweis fordern. Das ist nicht unüblich bei einfältigen Menschen: Sie brauchen eine Weile, um das Offensichtliche zu akzeptieren. Wie ein alter Router, dem es eine nervtötende Ewigkeit abverlangt, eine Verbindung herzustellen. Ich beobachte die Mimik meines Gegenübers, gebe ihm Zeit, das zu verarbeiten, was sein Unterbewusstsein vermutlich lange vor ihm begriffen hat.

»Freut mich«, antworte ich glatt, während ich mit einer Hand den Türrahmen umfasse. Eine unwillkürliche Geste, deren Wirkung mir jedoch bewusst ist – sie stellt eine Barriere dar. Zwischen meinem unwillkommenen Besucher und meiner Welt, meiner Wirklichkeit. Auch wenn diese Welt aktuell aus schäbigen vierzig Quadratmetern besteht.

Er späht scheinbar unauffällig an mir vorbei. Ich würde ihm gerne die Sicht versperren, doch ich rühre mich nicht vom Fleck. Eine Reaktion auf seine Bewegung wäre ein Eingeständnis von

Unterlegenheit. Als er den Blick wieder auf mich richtet, hat sich nichts darin verändert. Ich habe keine Zeit, die Gefühle, die über sein Gesicht zucken, genauer zu analysieren, spontan würde ich jedoch auf Argwohn tippen. Vorhersehbar.

»Kann ich reinkommen?«, fragt er tonlos und deutet mit dem Kinn auf den Raum hinter mir.

Ich zwinge mein Gesicht zu einem Lächeln. »Ich freue mich, dass du vorbeigekommen bist, aber du hättest vorher anrufen sollen. Es passt mir leider überhaupt nicht.«

»Es wäre toll, wenn du dir die Zeit nehmen könntest.«

»Ich erwarte Besuch.«

»Zum Glück bin ich der gesellige Typ.«

Immerhin schlagfertig. Das macht dieses Gespräch möglicherweise ein wenig interessanter. »Klingt nett, leider muss ich in diesem Fall unhöflich sein. Aber ich kann dir eine Flasche Wasser für den Rückweg anbieten.«

Der Mund meines Besuchers verzieht sich kaum merklich. Es ist kein richtiges Lächeln, eher eine Mischung aus Feixen und dem Gesichtsausdruck, den man macht, wenn man auf eine Zitrone beißt. Er korrigiert seine Körperhaltung, indem er sich ein wenig breitbeiniger hinstellt und die Arme vor der Brust verschränkt. Damit erinnert er mich lachhafterweise an einen Türsteher.

»Wir müssen uns unterhalten«, sagt er schließlich.

Ich bin kurz davor, die Augen zu verdrehen, weil dieser Spruch so unfassbar abgedroschen klingt. Wobei ich von diesem Menschen ehrlich gesagt auch kein Übermaß an Kreativität erwartet habe.

»Worüber genau?«, frage ich und lasse mich damit auf sein sprachliches Niveau sinken.

»Neben den offensichtlichen Dingen?«, fragt er, und jetzt muss ich mir tatsächlich ein Grinsen verkneifen.

Ich nicke nur.

»Du bist nicht dumm, nehme ich an«, macht er schließlich weiter. »Um das alles auf die Beine zu stellen, musst du was draufhaben. Also gehe ich davon aus, dass du verstehst, was meine Anwesenheit hier bedeutet. Lass uns dieses Spielchen nicht spielen.«

Mein Grinsen wird mühsamer. Als würden meine Gesichtsmuskeln sich gegen dieses Symptom der Sorglosigkeit wehren. Ich versuche, meine Möglichkeiten durchzugehen, die Konsequenzen in jedem möglichen Licht zu betrachten. Jede denkbare Zukunftsversion in Betracht zu ziehen und mich für eine zu entscheiden. Ohne Erfolg.

Also trete ich zurück und mache den Weg frei. Alles an dieser Bewegung fühlt sich nach Niederlage an, und es zerreißt mich innerlich. Als würde ich mit einem glühenden Schwert zweigeteilt. Möglicherweise hatte ein kleiner Teil von mir die Hoffnung, ihn abwimmeln zu können. Ein unfassbar naiver, dummer, emotionsgesteuerter Teil, den ich am liebsten aus meinem Inneren herausreißen würde.

Aber er geht nicht. Und ich werde, was auch immer er will, ganz bestimmt nicht im Flur besprechen.

Ich weiche gerade genug zurück, dass mein Besucher an mir vorbeigehen kann. Ich spüre seine Wärme, seinen unerträglichen Gestank nach Triumph. Meiner kleinen Ratte ist es gelungen, aus ihrem Labyrinth zu entkommen. Sie ist aus der Reihe getanzt, hat meine Regeln gebrochen. Zeit, sie über die Konsequenzen solch eines Handelns aufzuklären.

60

LUCA

Ich treffe mich mit Ana auf dem Campus, in einer ruhigen Ecke, die uns zumindest ein wenig vor potenziell neugierigen Blicken schützt. Dass Ana überhaupt noch in Portland ist, hat mich aus irgendeinem Grund nicht wirklich überrascht. Vielleicht bin ich inzwischen einfach derart abgestumpft, dass mich kaum noch etwas so richtig verblüffen kann.

»Also, noch mal langsam«, sagt sie, nachdem sie einen großen Schluck von ihrem Latte Macchiato genommen hat. »Die Nachrichten kamen von dem Handy von deiner Freundin, das ihr ein paar Stunden zuvor geklaut wurde.«

»Richtig.«

Sie legt den Kopf schief und mustert mich ein paar Sekunden lang. »Und du bist dir sicher, dass das stimmt?«

»Du meinst, ob ihr das Handy wirklich geklaut wurde?«, hake ich ruhig nach. Ich hatte mit der Frage gerechnet. »Ja, ich bin mir sicher. Ich kenne Riley seit Jahren. Sie hat keinen Grund, mich anzulügen.«

Während Ana mich weiter mustert, kaut sie auf ihrer Lippe herum. Ich habe den Eindruck, als würde sie Worte zurückhalten, bei denen sie sich noch nicht entschieden hat, ob sie sie laut aussprechen sollte oder nicht. »Wenn du meinst. Du kennst sie besser als ich.«

Seufzend stelle ich meinen Kaffeebecher neben mich auf

die Bank und reibe mir mit der Hand über die Stirn. Ich habe widerliche Kopfschmerzen und befürchte allmählich, dass sie psychischer Natur sind. »Vertrau mir einfach, okay?«

»Okay«, sagt sie schlicht und zuckt mit den Achseln. »Was machen wir jetzt?«

Ich schlucke schwer. »Du hattest recht. Devan und ich waren richtig scheiße zu dir, obwohl du die ganze Zeit recht hattest.«

»Danke.« Ihr Lachen klingt hart und freudlos. »Das bedeutet mir viel, auch wenn ich ehrlich wünschte, dass es anders wäre. Was hat dich überzeugt?«

»Das *Ortiz*«, flüstere ich. Es ist total albern, aber den Namen dieses Ortes laut auszusprechen, kommt mir falsch vor. Als läge ein Fluch darauf. »Der Screenshot, der angehängt war. Das ist kein Zufall, Ana.«

»Nein, das glaube ich auch nicht.«

Verzweifelt lasse ich den Blick über den kleinen Campuspark schweifen. Es sind eine ganze Menge Studierende unterwegs, und obwohl mir klar ist, dass jeder von ihnen seine eigenen Probleme mit sich rumschleppt, würde ich eine ganze Menge dafür geben, mit einem von ihnen tauschen zu können. Stress mit den Prüfungen, den Eltern oder in der Beziehung erscheinen mir gerade verdammt verlockend.

»Du glaubst also auch nicht daran, dass es ein dummer Scherz ist?«, frage ich Ana, ohne sie anzusehen. Ich selbst höre die Verzweiflung in meiner Stimme.

»Tut mir leid«, antwortet sie schlicht. »Hätten wir dich damals im Hotel ernster genommen, wäre Paul vielleicht nicht tiefgefroren auf diesem Berg geendet. Also, nein, ich gehe inzwischen definitiv vom Schlimmsten aus.«

Mir ist klar, wovon sie spricht. Als sich die komischen Zufälle im Hotel gehäuft haben – herrenlose Fußspuren im Schnee,

Pauls Verschwinden, der Stromausfall –, habe ich versucht, die anderen davon zu überzeugen, dass etwas nicht stimmt. Ich will nicht behaupten, dass ich wusste, was vor sich geht, aber ich hatte definitiv kein gutes Bauchgefühl. Ich mache den anderen keinen Vorwurf, dass sie nichts davon ernst genommen haben, doch im Nachhinein wäre es tatsächlich besser gewesen, nicht darauf zu vertrauen, dass es für alles eine logische, harmlose Erklärung gibt.

Mein Blick fällt auf einen Studenten, der allein unter einer blattlosen Eiche steht und eine Zigarette raucht. Er hat eine dunkelgrüne Mütze tief ins Gesicht und die Schultern hochgezogen. Ziemlich sicher ist ihm einfach nur kalt, und er wartet auf jemanden, trotzdem frage ich mich sofort, ob er etwas mit den mysteriösen Nachrichten von Rileys Handy zu tun hat. Oder vielleicht der Typ, der in der Schlange im Coffeeshop hinter uns stand. Vielleicht der Professor, der ein paar Meter entfernt auf dem kleinen Schotterweg auf und ab geht und anscheinend telefoniert. Oder die blonde Frau, die etwas auf ihrem Handy tippt, ohne ihren Begleiterinnen auch nur ansatzweise Beachtung zu schenken. Es könnte verdammt noch mal jeder sein. Selbst der Hausmeister, der auf der anderen Seite des Parks einen Mülleimer leert. Vielleicht ist die Uniform fake, vielleicht nur gute Tarnung.

»Ich werde paranoid«, seufze ich, greife erneut nach meinem Kaffee und nehme einen großen Schluck.

Wieder lacht Ana, und wieder klingt es so freudlos, dass ich erschaudere. »Frag mich mal. Nimm's mir nicht übel, aber ich habe jeden von euch schon mindestens einmal verdächtigt.«

Ich lächle schwach. »Ach ja? Was hat dich davon überzeugt, dass ich unschuldig bin?«

»Nichts«, antwortet sie und zuckt mit den Achseln, als ich

sie ansehe. »Aber du stehst ziemlich weit unten auf der Verdächtigenliste, also bist du fürs Erste okay.«

»Wie beruhigend.« Stirnrunzelnd mustere ich sie. »Wer steht ganz oben?«

Ein paar Sekunden lang erwidert sie meinen Blick, und erneut habe ich das Gefühl, dass sie darüber nachdenkt, welche ihrer Gedanken sie laut aussprechen und welche sie lieber für sich behalten sollte. »Ich hab mich noch nicht entschieden«, antwortet sie schließlich ausweichend und grinst, als ich die Augenbrauen hochziehe. »Du bist noch nicht ausgeschlossen, vergiss das nicht.«

Schnaubend lehne ich mich zurück. »Wie auch immer. Also, Sherlock, was machen wir jetzt?«

»Hast du Devan davon erzählt?«

»Nein.«

Die Überraschung ist ihr deutlich anzusehen. »Und zwar weil …?«

Gute Frage. »Weil ich bei mir selbst aufräumen muss, bevor ich das mit ihm angehe«, versuche ich zu erklären. Als sie den Mund aufmacht, hebe ich die Hand, um sie zu stoppen. »Ich weiß, dass es hier nicht um uns geht, okay? Aber er will mit der ganzen Sache abschließen, und solange ich keinen Beweis dafür habe, dass hier ganz sicher irgendetwas vor sich geht, will ich ihn aus dem Drama raushalten, verstehst du?«

Anas skeptischer Gesichtsausdruck verwandelt sich in ein beinahe wissendes Grinsen. »Du magst ihn!«

Ich zucke mit den Schultern. »Ja. Und ich habe es ihm echt nicht leicht gemacht. Ich muss meinen Scheiß auf die Reihe kriegen, und dann kann ich mich auf ihn konzentrieren. Und gucken, du weißt schon … wo das hinführt.«

Als sie seufzt, klingt sie wie eine Prinzessin aus einem Disney-Film. »Das ist so romantisch, Luca. Ihr lernt euch im Angesicht des Todes kennen und kämpft für eure Liebe, wenn sich euch die Hürden des Alltags in den Weg stellen.«

»Die Hürden des Alltags?«, wiederhole ich skeptisch. »Du nennst posttraumatischen Stress und creepy Stalker-Nachrichten *Hürden des Alltags?*«

Sie winkt ab. »In unserer Welt schon, ja. Aber jetzt konzentrier dich.«

Ich sage ihr nicht, was ich wirklich denke: dass ich deutlich lieber weiter über unsere absurde Realität Witze machen würde, als mich den wirklichen Problemen zu stellen. Aber ich habe es mir versprochen – mir und Devan, zumindest in Gedanken. Kein Weglaufen mehr, kein Verstecken unter der Bettdecke und Hoffen, dass all meine Dämonen einfach von alleine verschwinden. Ich muss das hier tun. Um einen Schlussstrich zu ziehen und endlich wieder frei atmen zu können.

»Weißt du, was ich nicht verstehe?«, frage ich Ana, die sich inzwischen die Reste ihres Nagellacks von den Fingernägeln kratzt. Sie schaut auf und sieht mich fragend an. »Du denkst, die Polizei hat damals den Falschen festgenommen, oder? Zumindest, dass er nicht der einzige Täter war.«

»Ja.«

»Warum sollte, wer auch immer die Nachrichten geschrieben hat, auf sich aufmerksam machen?« Ich ziehe die Augenbrauen zusammen. »Das ergibt doch keinen Sinn. Er wäre davongekommen, oder nicht?«

Ana überlegt einen Moment, macht jedoch nicht wirklich den Eindruck, als würde sie das erste Mal über diese Frage nachdenken. »Du hast mir gestern sehr eindeutig gesagt, dass du mit der Sache abschließen willst, Luca. Hast du deine Meinung geändert?«

Ich schnaube. »Eigentlich nicht. Aber du wolltest doch, dass wir dir zuhören.«

»Ich will mich auch gar nicht beschweren.« Sie stellt ihren Kaffee ab und dreht sich ein Stück zu mir herum, um mich besser ansehen zu können. Etwas Eindringliches liegt in ihrem Blick, als wolle sie sich versichern, dass sie meine volle Aufmerksamkeit hat. »Aber ich weiß, dass dich das alles belastet hat. Ich will nicht verantwortlich dafür sein, dass du … na ja, irgendwie rückfällig wirst.«

»Das ist nett, wirklich. Aber um ehrlich zu sein, glaube ich nicht mehr, dass ich wirklich eine Wahl habe.«

Wieder mustert sie mich. Ich bin mir nicht sicher, ob ihre Sorge schmeichelhaft ist oder nicht. Offensichtlich beschäftigt sie sich schon eine ganze Weile mit ihren Theorien, und irgendwie gefällt es mir nicht, dass sie anscheinend bezweifelt, ob ich dem Ganzen gewachsen bin. Ich habe diesen Berg überlebt. Ich habe mich bewiesen.

»Okay«, sagt sie schließlich, während sie ihre Handflächen aneinanderreibt. Ob sie die Kälte zu vertreiben versucht oder einfach nur ihren Händen etwas zu tun geben will, kann ich nicht sagen. »Ich glaube nicht daran, dass es bei der Sache in Eagle Creek um Geld ging. Ich glaube auch nicht, dass es je darum gegangen ist. Ich denke, dass es etwas Persönliches war und dass der Täter oder die Täter einfach noch nicht fertig sind.«

Ich unterdrücke ein Schaudern. »Noch nicht fertig?«

»Ich denke, dass ihnen die Zeit weggelaufen ist. Wir sollten länger im *Ortiz* bleiben, und ich glaube, dass wir nicht ganz nach ihrem Plan gespielt haben, indem wir zum Skilift gelaufen sind.« Als ich nichts erwidere, legt sie nachdenklich den Kopf schief. »Ich habe in der ganzen Zeit keine Drohungen bekommen. Du hattest die Fußspuren vor der Hütte, Christine und Paul diese Sachen auf Instagram. Jacobs Kontoaktivitäten wurden geleakt, und bei Leander wurde versucht, sich in seine

Social-Media-Accounts zu hacken. Devan … ehrlich gesagt habe ich eigene Theorien zu Devan, aber das sind nur Spekulationen, deswegen spielt das jetzt keine Rolle. Aber verstehst du, was ich meine? Ihr alle wart mehr oder weniger betroffen, ich nicht. Ohne mich wärt ihr nicht auf die Idee gekommen, zum Skilift zu gehen, richtig? Ihr wärt wahrscheinlich entweder in den Hütten geblieben oder runter zum Hotel gefahren oder gelaufen. Dort wärt ihr viel einfacherere Zielscheiben gewesen.«

Mir schwirrt der Kopf. »Was willst du damit sagen?«

»Dass ich ihnen einen Strich durch die Rechnung gemacht habe.« Sie lächelt beinahe verlegen. »Damit will ich nicht sagen, dass ich die Heldin war, die euch alle gerettet hat oder so was in der Art. Nur, dass sie mit mir nicht gerechnet haben und ich Informationen für euch hatte, zu denen ihr ohne mich keinen Zugang gehabt hättet. Ich denke, dass diese Typen nicht eingeplant hatten, dass ihr über den Berg und den Lift entkommen könntet.«

»Warte ganz kurz«, unterbreche ich sie, als sie Luft holt. »Du meinst also, dass sie … dass, wer auch immer das war, uns alle umbringen wollte? Nicht nur Paul?«

»Nein!«, ruft Ana schnell und hebt die Hände, als wolle sie ein fahrendes Auto anhalten. »Nicht umbringen. Ich denke, dass sie dazu eine Menge Gelegenheiten gehabt hätten, wäre das wirklich das Ziel gewesen.«

»Wie beruhigend.« Meine Stimme klingt seltsam, als käme sie aus einem alten Radio, das nicht richtig eingestellt ist.

Ana legt mir eine Hand auf die Schulter, doch ich spüre sie kaum. Ihre Worte scheinen etwas in mir zu triggern. Etwas, das ich sehr gut und sehr sicher irgendwo in meinem Unterbewusstsein verschlossen habe. Etwas, das mich nur nachts in meinen Albträumen heimsucht.

»Ich denke nicht, dass derjenige wirklich vorhatte, euch zu töten, okay?«, sagt sie noch einmal, diesmal langsamer. »Wenn du mich fragst, war Paul ein Unfall. Aber ich bin wirklich der Meinung, dass wir – oder ihr – dem Typen früher als von ihm geplant entkommen seid. Und dass er jetzt etwas nachholen will.«

»Aber was?«, frage ich überfordert. »Und warum?«

»Ich hab keine Ahnung.«

»Immerhin bist du der Sidekick, oder nicht?«, frage ich mit einem matten Lächeln und denke unwillkürlich an die Unterhaltung mit Devan während unseres Dates. »Diejenige, die unerwartet dazukommt und einen genialen Plan präsentiert, um die Bösen aufs Kreuz zu legen.«

»Wow«, lacht sie, doch das Lachen erreicht ihre Augen nicht richtig. »Ich bin mir nicht sicher, ob ich das nett finden soll oder nicht.«

»War nett gemeint.«

»Nett ist die kleine Schwester von scheiße.«

Ich grinse. »Okay, also das *Warum* klammern wir jetzt einfach mal aus. Du denkst also, dass der Typ uns mit Absicht darauf hinweist, dass er noch da ist, weil er nicht fertig ist mit uns.«

»Genau.«

»Das ist eine wirklich wilde Theorie, Ana«, sage ich seufzend. Ich nehme meinen Kaffeebecher in die Hand und trinke den letzten Schluck, der inzwischen eiskalt ist. Irgendwie hatte ich gehofft, dass Koffein mein Gehirn wieder ein bisschen in Fahrt bringen würde, aber ich fühle mich immer noch wahnsinnig überfordert. »Ich bin mir echt nicht sicher, ob ich mich der Theorie anschließe, aber …«

»Aber?«

»Ich denke auch, dass hier etwas nicht stimmt«, gebe ich widerstrebend zu. »Und dass wir herausfinden müssen, was da los ist.« In erster Linie, um einen Schlussstrich zu ziehen. Ich glaube nicht so richtig an die großen Theorien von Ana, aber das spielt eigentlich auch keine Rolle. Wer auch immer dahintersteckt, muss aufhören, mein Leben durcheinanderzubringen.

Mein Blick wandert erneut über den Park, ich mustere die anderen Studierenden, die keine Ahnung wohin unterwegs sind. Es ist Samstag, was bedeutet, dass heute nur eine Handvoll Nachhilfekurse und Lerngruppen stattfinden. Die meisten von ihnen sind wahrscheinlich auf dem Weg zu einer Verabredung, zur Arbeit oder nach Hause zu ihren Familien. Meine Mom hat kein einziges Mal gefragt, ob ich übers Wochenende nach Hause kommen möchte. Was womöglich daran liegt, dass ich in den letzten Wochen jedes Mal deutlich gesagt habe, dass ich meine Ruhe will. Trotzdem tut es ein bisschen weh. Würde ich von heute auf morgen verschwinden, würde es vermutlich niemandem auffallen. Riley würde denken, ich sei bei meiner Familie oder irgendwelchen Freunden. Devan … Devan würde wahrscheinlich davon ausgehen, dass ich mich wieder einmal eingeigelt habe und ihn ignoriere. Keine wirklich schöne Vorstellung.

»Was ist der Plan?«, frage ich Ana, ohne den Blick vom Park zu lösen. Ich spüre, dass sie mich beobachtet.

»Ich denke, wir sollten nach Belville fahren.«

Verwirrt drehe ich mich zu ihr. »Warum?«

Sie zuckt mit den Schultern. »Ergibt für mich am meisten Sinn. Das ist die einzige Konstante, die mir aufgefallen ist. Außer dem *Ortiz*, aber ehrlich gesagt bin ich nicht so scharf darauf, da herumzuschnüffeln.«

Unwillkürlich durchläuft mich ein Schaudern. »Nein, ich auch nicht. Aber Belville?«

»Der Typ hat ein persönliches Problem mit euch, oder nicht?«, fragt sie herausfordernd. Ich antworte nicht, doch das stört sie offenbar nicht. »Du bist in Belville zur Schule gegangen, genau wie Christine und Paul. Allein das ist verdammt auffällig, wenn du mich fragst. Leanders Eltern haben einen Laden in der Nähe, und er jobbt dort immer noch während des Studiums.«

Überrascht ziehe ich die Augenbrauen hoch. »Das wusste ich nicht.«

»Nicht einmal zwanzig Minuten von dort entfernt«, erklärt sie sachlich. »Wie stehen die Chancen, dass vier von euch sich einen Großteil ihres Lebens quasi am selben Ort aufgehalten haben und sich dann bei einem Bewerbungsverfahren in Colorado wiedertreffen?«

Kopfschüttelnd lasse ich das Gesicht in die Hände sinken und stöhne laut. »Das ist so verwirrend, Ana.«

»Es ist nur eine Idee. Zugegeben, ich habe auch keine Ahnung, was wir dann dort machen sollen.«

Dieser ganze Plan hört sich so wackelig an, dass ich mir sicher bin, er würde zusammenbrechen, sobald man zu genau darüber nachdenkt. Aber ehrlich gesagt ist die Vorstellung, das ganze Wochenende hier herumzusitzen, nichts zu tun und zu grübeln, tausendmal schlimmer, als einem Gespenst nachzujagen.

»Ich hab nichts vor«, sage ich achselzuckend und grinse, als Ana mich überrascht ansieht. »Im Ernst, lass uns fahren. Ich drehe durch, wenn ich hierbleibe und Löcher in die Luft starre.«

»Was ist mit Devan?«

Ich versuche, mir den Stich des schlechten Gewissens nicht anmerken zu lassen, den Devans Name in mir auslöst. »Was soll mit ihm sein?«

Sie macht eine Geste mit der Hand, die ich allerdings nicht so recht deuten kann. »Sollen wir ihn einweihen oder …«

»Nein«, sage ich, bevor sie den Satz beenden kann. »Ich will mir sicher sein, dass es überhaupt etwas gibt, in das wir ihn einweihen können. Das hier ist unsere Mission, okay?«

Ein paar Sekunden lang habe ich den Eindruck, dass Ana widersprechen will, aber was auch immer sie zu sagen hat, sie hält es zurück. Ziemlich gute Entscheidung, denn ich könnte den Spieß auch umdrehen und sie nach Leander fragen. Ich weiß, dass im *Ortiz* irgendetwas zwischen ihnen gelaufen ist, und bin mir ziemlich sicher, dass sie auch danach Kontakt hatten. Ich bin zugegeben neugierig, im Grunde geht mich das jedoch nichts an. Und ich bin ein bisschen erleichtert, dass er uns offensichtlich nicht begleitet.

Während dieser Nacht in den Bergen hat Devan mich immer wieder beschworen, niemandem zu vertrauen, auch den anderen nicht. Seine Worte geistern noch immer in meinem Verstand herum.

Ich vertraue Devan, aber ich weiß auch, in welcher Rolle er sich selbst sieht: Er ist mein Ritter in schimmernder Rüstung. Dafür liebe ich ihn, und mir ist klar, dass ich ohne seine Hilfe auf dem Plateau, als er mich von dem maskierten Mann weggezogen hat, möglicherweise nicht mehr am Leben wäre. Doch in den letzten Wochen habe ich so viel von mir verloren – mein Selbstbewusstsein, meinen Mut, meinen Kampfgeist –, dass ich das Gefühl habe, das hier alleine erledigen zu müssen. Wenn Devan an meiner Seite ist und sich bei jeder Gelegenheit schützend vor mich stellt, werde ich es nicht schaffen, die Angst zu überwinden, die mich seit unserer Rückkehr aus Colorado lähmt.

Nein, solange ich mir nicht sicher bin, dass Ana und ich tatsächlich etwas – oder jemandem – auf der Spur sind, werde ich Devan nicht einweihen.

Mein Blick wandert zu Ana, die eine Gruppe Studierende

beobachtet, die an uns vorbeigehen. Ich frage mich unwillkürlich, was Devan zu ihrer Rolle als Joker sagen würde, der uns alle durch den Schnee geführt und uns damit vor dem großen Unbekannten gerettet hat.

61

LUCA

Ana stellt sich als beeindruckend effiziente Reisebegleiterin heraus. Mit dem Auto nach Belville zu fahren, wäre mit knapp elf Stunden Fahrzeit eine verdammte Weltreise. Daher hat Ana, bevor ich auch nur an unserem Plan und dem ganzen Vorhaben zweifeln konnte, zwei Flugtickets gebucht und uns ein Taxi zum Flughafen bestellt.

Während ich zurück ins Zimmer laufe und schnell ein paar Sachen in einen Rucksack werfe, gehe ich immer wieder meine Packliste durch, einfach nur, um meine Gedanken beschäftigt zu halten. Denn ansonsten, befürchte ich, würde mich die schlichte Schwere der Argumente, die gegen dieses Vorhaben sprechen, erdrücken. Theoretisch ist mir klar, dass wir keinen Vier-Stunden-Flug und eine Übernachtung in einem schäbigen Motel am Ortsrand auf uns nehmen müssten, um an Informationen zu kommen. Wir leben im einundzwanzigsten Jahrhundert, und ich bin mir verdammt sicher, dass ein Smartphone und ein Internetzugang reichen würden, um alles herauszufinden, was wir brauchen. Aber ich habe das Gefühl, dass Ana und ich in einem Punkt vollkommen übereinstimmen – wir müssen etwas tun.

Vielleicht liegt es daran, dass die Nacht mit Devan mir gezeigt hat, wie dringend ich zur Normalität zurückfinden muss, wie dringend ich eine Perspektive brauche, die nicht darin besteht, mir zu überlegen, ob ich heute Nacht schreiend aus einem Albtraum erwache. Vielleicht ist es aber auch nur unsere Art und Weise, mit allem fertigzuwerden, was in Colorado passiert ist.

So oder so, es fühlt sich irgendwie gut an, einen Plan zu haben, anstatt jeden Morgen wach zu werden und hilflos zu hoffen, dass der Tag wenigstens ein kleines bisschen besser wird als der letzte.

Als Riley ins Zimmer kommt und mich fragt, was zur Hölle ich da tue, sage ich ihr einfach, dass ich zu meinen Eltern fahre. Das ist eine verhältnismäßig unkomplizierte Ausrede, auch wenn ich die Verwunderung in ihrem Blick bemerke. Riley und ich sind befreundet, allerdings nicht so eng, dass sie die Adresse oder Telefonnummer meiner Eltern kennt, also wird diese kleine Notlüge niemals auffliegen. Ich frage sie noch einmal nach ihrem Handy, nur um sicherzugehen. Aber es ist nicht wieder aufgetaucht, und sie hat nach wie vor keine Ahnung, wer es geklaut haben könnte.

Eine weitere Unbekannte in Anas Gleichung, über die ich mir später Gedanken machen werde. Gut möglich, dass auch dieses Fragezeichen mich ein bisschen in unserem Trip nach Belville bestärkt – denn wenn Ana recht hat, würde der Diebstahl bedeuten, dass der Täter hier war. Auf dem Campus, in meiner unmittelbaren Nähe. Meine Gedanken wandern kurz zu den herrenlosen Schuhen, die gestern vor meiner Duschkabine standen, aber ich schiebe die Erinnerung energisch beiseite. Wenn ich darüber nachdenke, drehe ich durch. Und das kann ich gerade jetzt wirklich nicht gebrauchen.

Nachdem ich meine Sachen zusammengepackt, mich von Riley verabschiedet und mein Zimmer verlassen habe, rufe ich Devan an. Er hat mir mehrmals geschrieben, und jedes Mal wurde der Ton seiner Nachrichten ungeduldiger. Was ich nachvollziehen kann. Ich gehe nicht davon aus, dass er auf irgendeine unheimliche Art und Weise ahnt, was ich hier gerade tue. Aber mit Sicherheit fragt er sich, was los ist. Hätte ich keine dringenderen Probleme, würde ich mir auch Gedanken darüber machen, ob zwischen uns alles gut ist, ob er die Nacht bereut oder was das für uns beide nun bedeutet. Ich schultere meinen Rucksack und verziehe mich in eine stille Ecke neben dem Aufzug, weil ich nicht gerade scharf darauf bin, dass Ana neben mir steht und zuhört.

Devan meldet sich sofort. Ich höre im Hintergrund eine Autotür zuschlagen. »Ich dachte schon, du ghostest mich.«

Unwillkürlich verziehen sich meine Lippen zu einem Grinsen. »Dieses Mal nicht.«

»Gut zu wissen.« Es pfeift kurz in der Leitung, dann ist es abrupt stillt. »Wie geht es dir?«

»Fantastisch«, antworte ich, ohne zu zögern. »Ein bisschen Muskelkater vielleicht, aber ich denke, das ist kein schlechtes Zeichen.«

»Ich habe mir Mühe gegeben.«

Ich presse die Lippen zusammen, um nicht zu lachen. Denn es wäre ein verdammt nervöses Lachen gewesen. Der Klang seiner Stimme, dieses leichte Knurren, das in seinen Worten mitschwingt, löst eine Flut an Gefühlen in mir aus und beschwört zu viele Erinnerungen an letzte Nacht herauf. Erinnerungen an Devans Hände, die mich berühren, an seine Lippen, die über mein Ohr streichen, und seine Stimme, die meinen Namen stöhnt … Verdammt. Mein Körper reagiert ganz automatisch auf all das, auf *ihn*, ohne dass ich etwas dagegen tun kann. Ich habe keinen BH an, also lege ich hastig einen Arm über die Brust, bevor ich meinen Kommilitonen hier eine unfreiwillige Peepshow liefere.

»Was machst du so?«, frage ich hastig, ohne das leichte Beben in meiner Stimme ganz unterdrücken zu können. Ich hoffe sehr, dass Devan es durchs Telefon nicht registriert, da höre ich ihn leise lachen.

»Ich hole mir gerade etwas zu essen«, antwortet er trotzdem ziemlich sachlich. »Ich habe das Gefühl, ich habe nur fünf Minuten geschlafen letzte Nacht.«

»Vielleicht hättest du dich nicht rausschleichen und stattdessen mit mir ausschlafen sollen.«

»Glaub mir, das hätte ich eindeutig lieber gemacht.« Er hält kurz inne. Im nächsten Moment höre ich, wie er gedämpft einen Kaffee und einen Bagel bestellt. »Sorry, ich war dran.«

Irgendwo auf der Höhe meines Herzens spüre ich ein Ziehen. Am liebsten würde ich zu ihm fahren, wo auch immer er ist. Ihn sehen und die gleiche Ruhe spüren wie gestern, die gleiche ... Sicherheit.

»Bist du schon wieder in Scottsdale?«, frage ich stattdessen, um das Gespräch irgendwie am Laufen zu halten. Ich will seine Nerven beruhigen und ihn von seinen Zweifeln befreien, sollte er überhaupt welche haben. Aber ich werde ihm nichts von Anas und meinem Vorhaben erzählen. Weil ich mir sicher bin, dass er uns niemals alleine fahren lassen würde. Er würde absagen, was auch immer er vorhat, und uns begleiten, und ich hätte wieder das Gefühl, ein Problem zu sein, eine Aufgabe. Ich will für ihn da sein, genauso, wie er es in den letzten Wochen bei mir versucht hat. Dafür muss ich ihm allerdings beweisen, dass ich kein in der Ecke kauerndes Häufchen Elend mehr bin.

Er antwortet, dass er auf dem Weg ist, und fragt, was ich noch vorhabe. Ich antworte ihm vage, weil ich ihn nicht direkt anlügen will, habe aber nicht das Gefühl, dass er misstrauisch ist. Warum sollte er auch? Er weiß nichts von den Nachrichten und auch nichts von Anas Plan, immerhin haben wir sie gestern kaum zu Wort kommen lassen. Er vertraut mir, was mir einen kleinen Stich versetzt.

Als ich ihm sage, dass ich losmuss, zögert er kurz. Ich halte die Klappe, weil ich hören will, was er zu sagen hat.

»Luca?«, fragt er schließlich.

Ich unterdrücke ein Grinsen. »Devan?«

»Alles gut zwischen uns?«

Ich weiß nicht, warum, aber die Tatsache, dass er diese Frage direkt ausspricht, lässt mein Herz ein kleines bisschen schneller schlagen. »Ja«, antworte ich und versuche, so viel Zuversicht in meine Stimme zu legen, wie ich kann. »Ich bereue nichts, Devan.«

»Das ist gut. Ich nämlich auch nicht.« Ich höre das leise Klingeln einer Türglocke, dann pfeift der Wind wieder durch die Leitung. »Bleib in meiner Nähe, Sweetheart.«

Trotz meines Lachens verdrehe ich die Augen, dann verabschiede ich mich knapp und lege auf, bevor ich noch etwas wirklich Schnulziges sagen kann. Wir müssen langsamer machen, und zwar dringend. Stürmische Mit-dem-Kopf-durch-die-Wand-Liebesgeschichten sind zwar aufregend und machen sich gut in Filmen, sind aber eher selten für die Ewigkeit bestimmt. Devans und meine hatte bereits genug Drama für ein ganzes Leben.

Ungefähr vier Stunden später lehne ich meine Stirn gegen das kalte Glas des Fensters und lasse meinen Blick über die Wolkendecke unter uns schweifen. Sie türmen sich auf wie Zuckerwatte, während der Schatten des Flugzeugs über sie hinwegschwebt. Ich bin kein Fan vom Fliegen, aber ich vermute, dass meine Gedanken schlicht und ergreifend Wichtigeres zu tun haben, als sich darüber Sorgen zu machen, ob wir abstürzen könnten oder nicht.

Ana neben mir schläft – der vermutlich einzige Weg, ihren Planungseifer zumindest eine Zeit lang lahmzulegen. Auf der Fahrt zum Flughafen und während wir am Gate aufs Boarding gewartet haben, war sie unablässig an ihrem Handy, hat das Motel gecheckt, sich den Stadtplan angesehen und verschiedene Adressen herausgesucht. Außerdem haben wir mit Jacob telefoniert, ohne ihm zu sagen, worum es wirklich ging. Ana hat versucht, herauszufinden, ob auch er eine Verbindung zu Belville hat. Ohne Erfolg. Ihn danach zu fragen, ohne ihn in unseren Plan einzuweihen, war ziemlich unmöglich.

Nervös werfe ich einen Blick auf die Uhr. In circa zwei Stunden müssten wir landen. Es fällt mir schwer, mir vorzustellen, wieder in Belville zu sein. Meine Schulzeit war okay, aber eigentlich nichts, dem ich hinterhertrauere. Ich habe nur noch zu ein paar Leuten aus meiner Highschool Kontakt, und meine Eltern sind nach meinem Abschluss nach Washington gezogen, um arbeitstechnisch besser aufgestellt zu sein. Ich war seit Jahren nicht mehr hier, und irgendwie ist es ein seltsames Gefühl, unter diesen Umständen zurückzukehren.

Meine Heimatstadt ist im Vergleich zu Portland ein Dorf – irgendetwas um die sechsunddreißigtausend Einwohner, ein einzelnes kleines Kino, ein paar Schulen und Einkaufsmöglichkeiten und Touristenfallen. Belville liegt an einem großen Meeresschutzgebiet am Pazifik, das jedes Jahr Tausende Touristen anlockt. Jeder von ihnen will seinen eigenen Schnappschuss von einem der vorbeiziehenden Grau- oder Blauwale, Delfine oder Seelöwen machen und hinterher ins Album kleben. Wir hatten alles, was ein gutes Küstenstädtchen ausmacht: einen malerischen keinen Leuchtturm, von Wetter und Brandung gezeichnete Steinküsten, eine Marine-Station, unzählige Fischrestaurants und Hotels, die das maritime Thema bis zum Erbrechen durchgezogen haben.

Das Aufregendste, an das ich mich aus meiner Kindheit erinnern kann, ist die Zeit, als eine große Reederei und Speditionsfirma aus Florida versucht hat, einen Frachthafen an der Küste zu bauen. Aus dem Deal ist nichts geworden, aber eine Zeit lang hatten wir die Hoffnung, dass in unserem verschlafenen Küstenstädtchen tatsächlich mal etwas Spannendes passiert. Ich bin gerne dort aufgewachsen, war jedoch verdammt froh, nach meinem Abschluss nach Portland zu ziehen. Kleinstädte sind anstrengend und kräftezehrend – vor allem, wenn man kein besonders engagiertes Mitglied der Gemeinde ist, was weder meine Mom noch mein Dad waren.

Wieder beobachte ich die Wolken, die gemächlich unter uns vorbeiziehen. Auch wenn ich Fliegen nicht mag – an diesem Anblick kann sich wahrscheinlich niemand wirklich sattsehen. Ich denke an Ana, an Leander und was zwischen den beiden wohl vorgefallen ist. Denke an Devan, lenke meine Gedanken aber hastig in eine andere Richtung, als mir das schlechte Gewissen einen schmerzhaften Stich versetzt. Mit dieser Aktion versuche ich, einen Schlussstrich zu ziehen und vielleicht eine vernünftige Basis zu schaffen, damit Devan und ich eine Chance haben. Diese Basis mit einer Lüge zu beginnen, ist allerdings vermutlich eher der falsche Weg.

Ich frage mich, ob Christine sich unserer kleinen Mission wohl angeschlossen hätte, hätten wir sie darum gebeten. Das Letzte, was ich von ihr mitbekommen habe, war ihr Fernsehauftritt. Sie scheint das Scheinwerferlicht durchaus zu genießen, aber ich darf nicht vergessen, dass Paul ihr Verlobter war. Von uns allen hat sie mit Abstand am meisten verloren. Ob sie wohl dieselben Zweifel hat wie Ana und inzwischen auch ich? Oder hat sie sich mit der Erklärung der Cops und der Verhaftung von Matthew Ismar zufriedengegeben? Ich versuche, mich zu erinnern, wie Paul damals war. Denn immer wenn ich an ihn denke, beschwört mein Verstand das Bild seines Gesichts herauf, das wie eine blau schimmernde, leblose Maske aus dem Schnee ragt. Ich würde es gerne durch eine Erinnerung an Paul aus unserer Highschool-Zeit ersetzen, doch es gelingt mir einfach nicht.

Schaudernd verschränke ich die Arme vor der Brust und checke zum gefühlt hundertsten Mal mein Handy, um mich dann wieder daran zu erinnern, dass ich den Flugmodus eingeschaltet habe. Mir ist klar, dass die meisten Passagiere diese Sicherheitsvorkehrung, wenn überhaupt, nur beim Start und bei der Landung aktivieren, aber ich bin zu paranoid dafür. Ich hoffe, dass Devan nichts davon mitbekommt. Wenn seine Nachrichten und Anrufe vier Stunden lang nicht durchgehen, wird er vermutlich misstrauisch. Und ich will ihn nicht noch mehr anlügen als unbedingt notwendig.

Als der Steward uns auffordert, unsere Plätze einzunehmen, und den Landeanflug ankündigt, berühre ich Ana leicht an der Schulter, um sie zu wecken. Sie richtet sich abrupt auf, schaut sich um, und einen Moment lang bin ich mir sicher, dass sie keine Ahnung hat, wer sie ist und wo sie sich befindet. Wir klatschen brav für die Pilotin, als die Räder die Landebahn berühren, und holen dann hastig das Handgepäck aus den oberen Gepäckfächern, um vor den Familien und Touris das Flugzeug zu verlassen. Nach vier Stunden tun mir der Hintern und der Rücken weh, und die Nacht steckt mir immer noch in den Knochen. Ein bisschen bereue ich die Entscheidung, mitgekommen zu sein. Ich könnte jetzt in meinem warmen, gemütlichen Bett liegen und irgendeine Serie bingen.

Stattdessen schlägt mir der kalte, feuchte Wind entgegen, als wir das Flugzeug verlassen und die kleine Gangway hinabsteigen. Sofort rieche ich das Salz und das Meer, das hier an der Küste überall in der Luft liegt. Es riecht nach zu Hause. Unter diesen Umständen bin ich mir allerdings nicht sicher, ob das etwas Gute oder etwas Schlechtes ist.

»Wow«, murmelt Ana neben mir, während sie sich die Kapuze ihres Parkas über den Kopf zieht. »Riecht wie auf 'nem Fischmarkt.« Ich bin ein wenig irritiert, dass sie die Nase krauszieht. Der Geruch ist vielleicht ein bisschen gewöhnungsbedürftig, aber ich mochte ihn immer ganz gerne.

Wir folgen dem kleinen Strom an Leuten über das Rollfeld und steigen in den Bus, der uns zum Gebäude und damit zur Gepäckausgabe bringt, die Ana und ich dank unseres Handgepäcks zum Glück ignorieren können. Der Flughafen von Monterey Grove ist nicht sehr groß und nicht sehr voll, wofür ich verdammt dankbar bin. Mein Kopf dröhnt noch immer, und ich will endlich ankommen. Wir steigen in eines der wenigen Taxis, die vor dem Departure-Ausgang warten, und nennen dem Fahrer die Adresse des Motels. Er zuckt nicht einmal mit der Wimper oder gibt die Straße ins Navi ein, was mir wieder einmal beweist, dass diese ganze Region hier ein verdammtes Nest ist.

»Bleiben Sie übers Wochenende in Belville?«, fragt er, nachdem er den wuseligen Verkehr des Flughafens hinter sich gelassen und auf den Highway eingebogen ist. »Schauen Sie sich die Blauwale an? Die Locals treiben sich gerade vor der Küste rum, und man kann sie beinahe jeden Tag sehen.«

Ich muss schmunzeln. *Locals* haben die Einheimischen die Walfamilie genannt, die nicht mehr weiterzieht, sondern stattdessen ganzjährig in der Nähe der Carmel Bay lebt.

Ana beugt sich ein wenig nach vorn, ihre Augen funkeln beinahe. »Ach wirklich? Wie aufregend.«

»Hast du noch nie einen Wal gesehen?«, frage ich sie, ehrlich neugierig. Ich weiß, dass sie in New York lebt, aber Whale Watching ist quasi ein Nationalsport in den Küstenstaaten der USA.

Ungeduldig schüttelt sie den Kopf, sieht mich jedoch nicht an. Ihre Aufmerksamkeit ist voll und ganz auf den kahlköpfigen Taxifahrer gerichtet. »Gibt es sonst noch etwas in der Gegend, das Sie uns empfehlen können, Sir?«

»Kommt drauf an, wofür Sie hier sind«, erwidert er platt und wirft uns im Rückspiegel einen Blick zu. »Sie sind ein bisschen zu jung für das Touri-Programm auf der Fähre, oder nicht?«

Ana lacht so glockenhell, dass ich ein Grinsen unterdrücken muss. »Oh, wir wollen das volle Touri-Programm«, versichert sie ihm strahlend. »Wir würden auch gerne etwas über die Stadtgeschichte lernen. Wir wollen das richtige Kleinstadt-Erlebnis!«

»Kommen Sie aus New York? Los Angeles? Chicago?«

Ich runzle die Stirn. »Warum fragen Sie?«

»Das ist keine Kritik oder so«, versichert er hastig. »Aber in der Regel sind es die Großstädter, die so scharf auf die kleinen Küstenorte sind, verstehen Sie? Raus aus dem Trubel und so weiter. Oder Backpacker, aber dafür haben Sie beide zu wenig Sachen dabei, würde ich sagen.«

»Sie haben recht, wir kommen aus New York«, sagt Ana, bevor ich auch nur den Mund aufmachen kann. »Also, können Sie uns einen Ort empfehlen, wo wir etwas über die Stadt erfahren? Und ihre Einwohner?«

Im Rückspiegel sehe ich, wie er die Stirn runzelt. Mir ist klar, dass Ana anscheinend schon im Taxi mit ihrer Recherche angefangen hat, aber ich denke nicht, dass der Fahrer auch nur einen Gedanken an ihr Verhalten verschwendet. Menschen sind seltsam und Touristen noch einmal eine ganz eigene Spezies. Und er hat in seinem Job vermutlich schon so einiges mit ihnen erlebt. »Sie können es bei den bekannten Adressen versuchen«, antwortet er schließlich nachdenklich. »Belville hat 'ne große Stadtbibliothek und ein Archiv. Und ein Konferenzzentrum, das mal ziemlich groß war, aber nicht mehr in Betrieb ist. Da war mal das Sommerlager der *YMCA*. Ich glaube, das Zentrum ist inzwischen sowas wie 'n Museum, das können Sie sich sicher anschauen.«

»Der *YM*... was?«

»Das war so eine christliche Jugendgruppe für Männer«, erkläre ich leise.

»Jep«, bestätigt der Fahrer und nickt mir anerkennend im Rückspiegel zu. »Die *Young Men's Christian Association*. Fragen Sie mich nicht, warum ich darüber Bescheid weiß. Als Taxifahrer ist man heutzutage auch gleichzeitig 'ne Art Fremdenführer.«

»Verstehe«, sage ich und lächle entschuldigend, weil wir ihn gerade als genau das benutzen.

Ana scheint das nicht peinlich zu sein, denn sie beugt sich noch ein Stück weiter vor. »Bis wann war diese Gruppe hier aktiv, wissen Sie das zufällig auch?«

Er zuckt mit den Schultern. »Keine Ahnung. War wie gesagt nur ein Sommerlager. Aber das Zentrum ist direkt neben der Innenstadt, Sie können es also gar nicht verfehlen.«

Ich hebe eine Augenbraue und sehe Ana an, die zufrieden nickt und sich wahrscheinlich gerade in Gedanken ein paar Notizen macht. Ich kenne das Zentrum und auch diese Jugendgruppe, finde aber beides nicht sonderlich spannend. Ich habe keine Ahnung, welchen Plan Ana genau verfolgt, frage aber auch nicht nach. Ziemlich sicher, dass ich ihn früher oder später erfahren werde.

62

DEVAN

Unruhig trommle ich mit den Fingern auf die Tischplatte, so lange, bis ich mich selbst damit nerve. Ich habe meinen dritten Kaffee getrunken, und das Koffein rauscht inzwischen durch meine Venen wie in einer verdammten Achterbahn. Ich bin ruhelos und irgendwie nervös, und die Schuld dafür schreibe ich voll und ganz Luca zu.

Ich bin … verwirrt. Sie hat sich komisch verhalten, am Telefon aber gleichzeitig ziemlich entspannt geklungen. Dennoch. Ich bin mir fast sicher, dass irgendetwas im Busch ist. Seit mittlerweile beinahe fünf Stunden war sie nicht mehr online, und auch wenn ich klinge wie ein beschissener Stalker, mache ich mir Gedanken darüber.

»Hörst du mir überhaupt zu?«

Ich sehe auf und bemerke ein bisschen zu spät, dass Jacob und Leander mich fragend ansehen. Offensichtlich habe ich den letzten Teil des Gespräches nicht mitbekommen, denn sie sehen mich beide an, als würden sie auf eine Antwort warten.

»Sorry«, murmle ich und drehe mein Handy um, um nicht die ganze Zeit auf das schwarze Display zu starren. »War in Gedanken. Was habt ihr gesagt?«

»Christine«, erinnert Jacob mich. »Sie muss aufhören, Interviews zu geben.«

Ich zucke mit den Schultern. »Und wenn schon. Bald wird sich keiner mehr dafür interessieren, oder nicht? Klar, ein Toter ist aufregend, aber im Vergleich zu allem, was sonst so in der Welt passiert, wird das die Leute nicht allzu lange beschäftigen. Vor allem nicht, wenn der Fall aufgeklärt ist.«

Jacob runzelt die Stirn. Er sieht wütend aus. »Mein Onkel ist angepisst. Jeden Tag rufen irgendwelche Leute im Hotel an und fragen die Angestellten aus.«

»Da kannst du nichts für, Jacob«, erinnere ich ihn. Allmählich höre ich mich an wie eine gesprungene Schallplatte. Aus den Augenwinkeln sehe ich, dass Leander zustimmend nickt. »Dein Onkel wollte, dass du uns im *Ortiz* betreust, oder nicht? Du hast dir das nicht ausgesucht und dafür, dass du quasi keine Ahnung hattest, was du da tust, hast du die Situation doch ganz gut gelöst.«

»Ach ja?«

»Es ist nur einer von fünf gestorben. Von sechs, wenn man Ana mitzählt«, kommentiert Leander trocken. »Das ist 'ne Mortalitätsrate von zwanzig Prozent.«

»Ich glaube nicht, dass man die Mortalität so berechnet, Leander«, sagt Jacob völlig emotionslos.

Leander zuckt mit den Schultern. »Ich will damit nur sagen, dass dein Onkel kein Recht hat, dir Vorwürfe zu machen. Er hätte keinen Anfangzwanzigjährigen auf eine Führungsposition setzen sollen, wenn die Zufahrtsstraße unzuverlässig ist und so ein beschissener Kontakt zur Außenwelt besteht. Selbst wenn kein Mörder hinter uns her gewesen, sondern einfach nur einem von uns ein Baum auf den Kopf gefallen wäre, wäre die Kacke am Dampfen gewesen. Das Ganze war grob fahrlässig. Von deinem Onkel, *nicht* von dir.«

Darauf antwortet Jacob nicht, und auch ich halte die Klappe, um dieses Fass nicht schon wieder aufzumachen. Etwa eine

Woche nach unserer Rückkehr in die Realität hat Leander uns andere davon zu überzeugen versucht, das *Ortiz* beziehungsweise Jacobs Onkel auf Schadensersatz oder Schmerzensgeld zu verklagen. Christine war Feuer und Flamme, Luca haben wir gar nicht erst gefragt, weil uns klar war, dass sie sich damit nicht würde beschäftigen wollen. Letztendlich haben wir den Plan nicht durchgezogen, hauptsächlich Jacob zuliebe. Den Stress, den dieses Verfahren in seiner Familie und bei ihm persönlich ausgelöst hätte, wollten wir ihm nicht antun. Zumindest vorerst nicht. Unser Recht auf eine Klage gilt noch Jahre, daher haben wir uns entschieden, Jacob eine kleine Schonfrist zu geben.

»Also,«, sagt Jacob schließlich und sieht mich an, vermutlich verzweifelt bemüht, das Thema in eine weniger heikle Richtung zu lenken, »wo bist du so mit deinen Gedanken?«

Ich erwidere seinen Blick und überlege, ob ich lügen soll. Dann seufze ich. »Ich war gestern bei Luca.«

»Und?«, fragt Leander.

»Es geht ihr besser.« Es fühlt sich komisch an, mit den beiden über Luca zu sprechen. Als würde ich Geheimnisse ausplaudern. Aber ich weiß, dass Leander und Jacob ehrlich besorgt waren, weil Luca sich dermaßen zurückgezogen hat, und irgendwie habe ich das Gefühl, ihnen ein Update schuldig zu sein. »Ich glaube, sie kommt besser damit klar. So gut es eben geht.«

»Das ist gut.« Jacob lässt sich in seinem Stuhl zurückfallen und schüttelt den Kopf. »Vielleicht rufe ich sie mal an oder so. Ich wollte sie nicht nerven, aber es kommt mir auch komisch vor, sie einfach zu ignorieren.«

Unwillkürlich beiße ich die Zähne zusammen. Die Worte, die mir auf der Zunge liegen, schlucke ich mühselig herunter: dass er sie nicht kontaktieren muss. Gut möglich, dass in diesem speziellen Fall meine Unsicherheit ein wenig kickt, aber die Vorstellung, dass Luca mit diesem reichen, gut aussehenden Typen tiefsinnige Gespräche führt, gefällt mir nicht. Allerdings habe ich kein Recht, mich in ihre Freundschaften einzumischen. Also halte ich mich zurück.

»Sie weiß nicht, dass wir uns treffen«, erinnere ich ihn trotzdem und schaue ihn eindringlich an. »Das soll so bleiben, klar? Ich will nicht, dass sie sich hintergangen fühlt.«

»Ich weiß echt nicht, warum du so ein Problem damit hast«, sagt Leander und mustert mich. »Wir haben Ana und Christine doch auch nicht jedes Mal gefragt, ob sie kommen wollen. Ist ja nicht so, als würden wir hier einen geheimen Exklusivclub gründen, zu dem nur Luca nicht eingeladen ist.«

Ich winke ab. »Darum geht's nicht.«

»Worum dann?«

»Dass ich es ihr nicht erzählt habe.« Als Leander grinst, verdrehe ich die Augen. »Ich will nicht, dass sie denkt, ich würde das hinter ihrem Rücken machen. Oder dass wir sie in Watte packen. Mehr nicht.«

»Klar«, sagt er sarkastisch. »Mehr nicht.«

»Lass gut sein.«

Jacob fährt sich durch die Haare und greift dann nach seinem Portemonnaie. »Wie auch immer. Wenn du das mit Luca regeln willst, dann mach das. Ich kümmere mich um Christine … oder versuche es zumindest.«

Mein Lachen klingt eher wie ein Husten. »Viel Glück dabei.«

Er verengt kurz die Augen, dann richtet er seine Aufmerksamkeit auf Leander. »Was ist mit Ana?«

Unwillkürlich schaue ich ihn ebenfalls an. Auch wenn ich keine Ahnung habe, was genau zwischen Ana und Leander vorgefallen ist, habe ich sehr wohl mitbekommen, dass er nicht über sie reden will. Das ist offensichtlich.

»Hat sie dich nicht angerufen?«, fragt Jacob sichtlich irritiert. Entweder ist er wahnsinnig schlecht darin, die Stimmung zu deuten, oder es stört ihn schlicht und ergreifend nicht, schwierige Themen anzuschneiden. »Sie hat sich letzte Woche bei mir gemeldet und wollte mit mir über Ismar sprechen. Ich hatte den Eindruck, sie ist auf einer Mission.«

»Sie war gestern bei uns«, sage ich, ohne weiter darüber nachzudenken. Wenn Ana es auch bei den anderen versucht hat, ist es kein Geheimnis, dass sie mit Luca und mir gesprochen hat. »Ich denke, sie steigert sich da in etwas rein.«

»Sie dreht durch. Und nimmt von niemandem Hilfe an. Glaubt mir, ich habe es mehr als einmal versucht«, präzisiert Leander. Seine Stimme klingt gepresst, als würde er durch zusammengebissene Zähne sprechen. Als Jacob und ich ihn ansehen, schüttelt er den Kopf. »Vergesst es.«

»Nope.« Ich schiebe meinen Kaffee zur Seite und lehne mich zu Leander hinüber. Das kleine Café, in dem wir uns getroffen haben, ist schlecht besucht, trotzdem will ich nicht riskieren, dass jemand uns zuhört. Unsere Gesichter waren eine Weile in fast jeder Zeitung, und es besteht immerhin die Chance, dass jemand uns erkennt. »Das klingt, als wüsstest du mehr, als du sagst«, vermute ich leise und sehe ihn auffordernd an.

Leander mustert mich. Ich kann die Rädchen, die sich hinter seiner Stirn drehen, beinahe rattern hören. Mir ist vollkommen klar, dass er gerade abwägt, ob er mich anlügen soll oder nicht. Aber ich kann beim besten Willen nicht sagen, für was er sich entscheidet. »Nicht meine Angelegenheit. Sie hat sich mir anvertraut, und ich bin mir verdammt sicher, dass ihr das nicht leichtgefallen ist«, sagt er schließlich achselzuckend. »Spielt keine Rolle, wie Ana und ich im Moment zueinander stehen, ich verrate sicher nicht ihre Geheimnisse. Sie hat mir vertraut, und ich habe nicht vor, sie in die Pfanne zu hauen, aber … passt einfach auf, okay? Wegen dem, was sie euch erzählt, meine ich. Mehr sage ich nicht.«

Ich will gerade nachhaken, da schnaubt Jacob. »Du klingst wie ein Dreizehnjähriger auf Facebook früher. *Es geht mir so schlecht, aber ich will nicht drüber reden.*« Er wirft erst mir, dann Leander einen genervten Blick zu. »Wenn du etwas zu sagen hast, dann sag es, Mann. Aber mach bitte keine zweideutigen Andeutungen. So einen Scheiß habe ich allmählich wirklich satt.«

»Entspann dich, Jacob.« Jedes Mal, wenn Jacob so unbeherrscht ist, bin ich wieder ein bisschen überrascht. Den Stock, den er während unserer Bewerbungsrunde im *Ortiz* noch im Arsch hatte, ist er inzwischen eindeutig losgeworden. »Aber er hat irgendwie recht«, sage ich dann, dieses Mal an Leander gewandt.

»Ihr könnt das gerne sehen, wie ihr wollt«, erwidert dieser, dann steht er auf. »Ich wollte keine mystischen Andeutungen machen. So dramatisch ist es nicht. Ich habe lange darüber nachgedacht, aber ich denke, es würde im Nachhinein nichts ändern. Deswegen muss ich mich aus der Sache raushalten. Vertraut mir einfach.«

Es fällt mir wirklich, wirklich schwer, nichts darauf zu sagen. Ich habe das Gefühl, dass mein Misstrauen in Menschen – in die ganze verdammte Welt – seit Colorado tausendmal schlimmer geworden ist, als es ohnehin schon war. Solche vagen Aussagen machen mich nervös. Aber ich kenne Leander mittlerweile gut, und ich weiß, dass er nicht nur einen sehr starken Moralkodex hat, er ist auch kein Tratschmaul. Gut möglich, dass Ana ihn scheiße behandelt oder ihn verarscht hat. Sollte das der Fall sein, wird Leander sich sicher nicht zu uns setzen und über sie lästern.

Zu meiner Überraschung lässt auch Jacob das Thema fallen,

und die beiden verabschieden sich. Dieses Treffen zwischen uns dreien steht schon seit Wochen, aber wir alle haben nur wenig Zeit, weil Jacob und Leander beide zurück nach Hause müssen. Bisher haben wir uns per Videochat ausgetauscht, und es war reiner Zufall, dass wir uns dieses Mal persönlich sehen konnten. Jacob war beruflich unterwegs, und Leander hat Freunde in Vancouver besucht und konnte einen Abstecher machen.

Es hat gutgetan, mit den Jungs zu sprechen. Wir alle sind wahnsinnig unterschiedlich, doch die Dinge, die wir miteinander erlebt haben, haben uns zusammengeschweißt. Ich bin mir nicht sicher, dass wir unter normalen Umständen Freunde geworden wären, aber jetzt würde ich die beiden definitiv als solche bezeichnen. Vielleicht mehr als bloße Freunde, eher Verbündete. Wenn ich versucht habe, mit meinen anderen Freunden oder meiner Familie über die Zeit im *Ortiz* zu sprechen, hatte ich nie das Gefühl, dass sie mich wirklich verstehen. Sie haben es sicher versucht, doch nachempfinden konnte es niemand.

Das ist bei Leander und Jacob anders. Wir bemitleiden einander nicht, sind nicht vorsichtig in unserem Umgang oder packen einander in Watte. Wir haben die Phase der Höflichkeit übersprungen, und das weiß ich absolut zu schätzen. Wenn wir zusammen sind, fühle ich mich wie in einer Art Safezone – ich muss keine Angst haben, zu viele Informationen zu teilen oder sie mit Sorgen vollzulabern, die sie ohnehin nicht nachvollziehen können.

Mein Flieger zurück nach Scottsdale geht erst morgen, und wenn ich ehrlich bin, bereue ich es sehr, Luca gesagt zu haben, ich würde heute wieder abreisen. Allerdings war ich zu dem Zeitpunkt auch nicht davon ausgegangen, dass wir die Nacht zusammen verbringen. Ich war davon ausgegangen, dass sie mir die kalte Schulter zeigen und mich von sich schieben würde, wie in den Wochen zuvor.

Als Jacob sich verabschiedet, zieht er mich in seine Arme, und ich klopfe ihm ein paarmal auf den Rücken. Ich bin eigentlich kein Mensch für ausschweifenden Körperkontakt, aber ich will ihn nicht vor den Kopf stoßen. Leander zögert kurz, dann zieht er mich ebenfalls an sich. Über diesen Gefühlsausbruch muss ich grinsen, und er verdreht die Augen, bevor er sich abwendet und Jacob nach draußen folgt.

Sobald die beiden weg sind, entsperre ich mein Handy und checke meine Nachrichten. Nichts. Die drei unbeantworteten Anrufe brennen ein Loch in meinen Bildschirm. Wahrscheinlich ist es lächerlich, aber ich mache mir Sorgen um Luca. Unwillkürlich beschwört mein Gehirn Bilder von ihr herauf, auf denen sie von einer dunklen Gestalt durch den Schnee von mir weggezogen wird. Meine Albträume der letzten Woche haben sich immer entweder um diese Szene oder um Pauls Leiche gedreht. Mehr als einmal habe ich in dieser Nacht auf dem Berg daran gezweifelt, dass wir es heil wieder herunterschaffen. Ich hatte Angst um die anderen, Angst um Luca, Angst um mich. Und diese Angst hat Spuren hinterlassen, die ich noch immer nicht ganz losgeworden bin.

Sie wird sich melden. Ihr ist nichts passiert. Soviel ich weiß, ist sie zu Hause, in ihrem Wohnheimzimmer, das sie sich mit ihrer Mitbewohnerin teilt. Ich habe ihre Nummer, also könnte ich Riley schreiben und fragen, ob es Luca gut geht. Aber auch in dieser Vorstellung klinge ich wie ein Stalker, also verschränke ich meine Finger ineinander, um mich selbst davon abzuhalten, wieder nach meinem Handy zu greifen.

Ein paar Sekunden lang sitze ich noch da und starre mein Telefon an, dann stehe ich auf und schiebe es in die Hosentasche. Ich muss an die frische Luft.

63

LUCA

Sobald wir an dem Ortsschild von Belville vorbeifahren, klebe ich mit dem Gesicht beinahe an der Autoscheibe. Ich mag bei dem Gedanken, zurückzukehren, keinen überschwänglichen Gefühlsausbruch empfunden haben, trotzdem ist es irgendwie spannend, wieder hier zu sein. In den wenigen Jahren, seit wir von hier weggezogen sind, hat sich kaum etwas verändert. Keine Ahnung, warum ich damit gerechnet habe. Vielleicht, weil meine Highschool-Zeit sich wie ein anderes Leben anfühlt und *ich* nicht mehr dieselbe Person bin, die ich damals war. Vermutlich bin ich unterbewusst einfach davon ausgegangen, dass auch die Stadt sich verändert haben muss.

Ein paar Minuten lang fahren wir durch die kleineren Wohngebiete am Ortsrand. Hier liegt ein bisschen Schnee, aber bislang hat er es noch nicht geschafft, richtig liegen zu bleiben – worüber ich ganz erleichtert bin. Insgeheim befürchte ich, Schnee nie wieder wirklich genießen zu können, weswegen ich überhaupt kein Problem damit habe, wenn er noch eine Weile fernbleibt.

Irgendwann wird die Umgebung malerischer, irgendwie idyllischer. Wir erreichen das Stadtgebiet, in dem jedes Jahr wahnsinnig viele Steuergelder dafür verwendet werden, den Ort so touristenfreundlich und im Zuge dessen so maritim wie möglich zu gestalten. Die kleinen Restaurants an der Hauptstraße legen alle verdammt viel Wert darauf, dass man ihnen ihre Fischkarte bereits von Weitem ansieht – überall in den Fenstern hängen Fischernetze und Seesterne aus Plastik, auf den Schildern ist mindestens ein Fisch, eine Welle oder wenigstens eine Muschel abgebildet. Als ich noch hier gewohnt habe, hat eines dieser Restaurants sogar mal einen frischen Fisch vor einen Ventilator auf die Terrasse gelegt. Er sollte in Sachen Meeresbrise ein wenig nachhelfen. Allerdings wurde der Fisch dann doch ein bisschen zu schnell ranzig, und die ganze Straße hat gefühlt noch Wochen später gestunken, also wurde diese geniale Idee nicht weiterverfolgt.

Wir fahren an dem Konferenzzentrum vorbei, von dem der Taxifahrer gesprochen hat, an einem größeren, luxuriöseren Hotel als unserem und einem Park, der im Sommer beinahe flächendeckend mit Lavendel bepflanzt wird und deswegen den melodischen Namen *Lavender Fields* trägt. In Wahrheit ist er jedes Jahr voll mit Moskitos und Wespen, und nach zehn Minuten hat man das Gefühl, in einen Topf ätherischer Öle gefallen zu sein. Aber ich bin sicher, dass er schöne Instagram-Bilder liefert, also ist er vermutlich trotzdem gut besucht.

Die einzige wirkliche Überraschung liefert das Motel, vor dem wir schließlich halten. Das kenne ich tatsächlich noch nicht, genau wie das Neubaugebiet drumherum, das offenbar in den letzten Jahren aus dem Boden gestampft wurde. Ana bezahlt den Fahrer, und wir checken ein – ein Zimmer mit Doppelbett, weil wir arme Studentinnen sind. Das Hotel und die Zimmer sind klein und schmucklos, aber sauber und zweckmäßig. Am liebsten würde ich mich direkt ins Bett legen und eine Runde Schlaf nachholen, doch Ana hat wenig überraschend andere Pläne.

Wenn ich ganz ehrlich bin, zweifle ich immer mehr an unserer kleinen Mission. Ich neige dazu, aus einer Stimmung heraus etwas übereilte Entscheidungen zu treffen, und ich bin mir ziemlich sicher, dass dieser Ausflug in meine Vergangenheit rückblickend zu diesen Entscheidungen zählen wird. Ja, ich bin immer noch der Meinung, dass hier etwas Seltsames vor sich geht, und ich will der Sache noch immer auf den Grund gehen. Den Kopf einzuziehen und die Welt da draußen zu ignorieren, hat mich nicht weitergebracht. Das Frustrierende an Problemen ist, dass ihnen nicht einfach langweilig wird, wenn du sie ignorierst. Sie geben nicht auf und verschwinden, wenn du nur lang genug wartest. Nein, sie warten und werden mit jeder Sekunde größer. Ich muss also etwas tun. Ich bin mir nur nicht sicher, ob Belville dafür der richtige Ort ist.

»Wo sollen wir anfangen?«, frage ich, nachdem ich aus dem kleinen Badezimmer komme und Ana bemerke, die bereits in Daunenjacke und mit geschultertem Rucksack auf mich wartet.

»In eurer Highschool«, antwortet sie, ohne zu zögern. Als sie meinen zweifelnden Gesichtsausdruck bemerkt, seufzt sie. »Ich weiß, was du von meiner Idee hältst, Luca.«

»Ach ja?«

Sie grinst ein wenig matt. »Ja. Ehrlich gesagt hatte ich gehofft, dass du ein bisschen länger brauchst, um das hier infrage zu stellen, aber das ist schon okay.«

»Ich glaube dir«, versichere ich ihr ein wenig entschuldigend. »Im Ernst. Ich weiß, dass … na ja, dass irgendetwas vor sich geht. Ich habe nur das Gefühl, dass wir planlos in der Gegend rumlaufen werden.«

Ana zuckt mit den Schultern. »Selbst wenn. Ich meine das nicht böse, Luca, ehrlich nicht, aber ich bin schon seit Wochen dabei, alles, was geschehen ist, und alle Informationen, die ich gesammelt habe, auf links zu drehen. Ich verliere den Verstand, wenn ich nicht irgendetwas tue.«

Während sie redet, steige ich in meine Schuhe und greife nach meinem Parka. »Darf ich mal ehrlich sein?«

»Klar.«

»Wieso kniest du dich so in diese Ermittlungen rein?«, frage ich sie und spreche damit endlich aus, worüber ich mir schon direkt nach unserem Gespräch mit Devan den Kopf zerbrochen habe. »Ich weiß, dass das fies klingt, aber das ist wirklich nicht so gemeint. Ich meine nur … du weißt schon, dein Name stand nicht auf der Liste. Und du hast selbst gesagt, dass der Täter, oder die Täterin oder was auch immer, es vermutlich nicht auf dich abgesehen hatte. Also könntest du doch auch denken, dass dich die Ereignisse eigentlich nicht persönlich betreffen, oder?«

Ihr Gesicht nimmt einen seltsamen Ausdruck an. Ich kann nicht genau sagen, welche Emotionen sich in ihren Augen spiegeln, und kurz frage ich mich, ob ich das vielleicht auch gar nicht wissen will.

Sie schiebt die Hände in die Jackentaschen und zieht erneut die Schultern hoch. »Willst du die ehrliche Antwort oder die, die ich irgendwann mal in der Netflix-Doku über diesen Fall geben werde?«

Gegen meinen Willen muss ich lachen. »Erst die Netflix-Antwort, dann die ehrliche.«

Ana räuspert sich. »Ich hatte das Gefühl, dass der Gerechtigkeit nicht Genüge getan wurde. Dass Mr Ismar nur verhaftet und der Fall abgeschlossen wurde, weil die Menschen dazu neigen, den einfachsten Weg und die offensichtlichste Antwort zu bevorzugen.«

Ich pfeife durch die Zähne. »Achte drauf, dass deine Augen glasig werden, wenn du das sagst. Oder dass du dabei eine Hand aufs Herz legst.«

»Werde ich mir merken.«

»Und jetzt die ehrliche Antwort.«

Sie atmet einmal tief durch. »Ich hab Schiss«, gibt sie eindeutig widerstrebend zu. »Mag sein, dass ich in diesem großen Masterplan nicht vorgesehen war, aber ich habe euch geholfen, oder nicht? Jemand hat mein Mailkonto gehackt, und meine Social-Media-Kanäle wurden alle zweimal gesperrt, wegen irgendwelcher Verstöße gegen die Richtlinien. Das war ich sicher nicht selbst. Ich hab Angst, und ich kann nicht einfach herumsitzen und warten, dass ich wie Paul ende.«

Ein Schauder durchfährt mich. Ich erinnere mich dumpf, dass Ana mal erwähnt hat, dass jemand sich in ihren E-Mail-Account einloggen wollte, aber ehrlich gesagt war ich zu dieser Zeit zu sehr mit mir selbst beschäftigt, um dem groß Beachtung zu schenken. Der Award für die beste Freundin in dieser Zeit geht sicher nicht an mich.

»Es tut mir echt leid«, sage ich, auch wenn meine Worte hohl und bedeutungslos klingen. »Ich hätte dir besser zuhören und einfach mit dir reden sollen.«

»Hättest du«, bestätigt sie grinsend. »Aber das ist okay, du warst nicht ganz du selbst. Jetzt bist du ja hier.«

Da hat sie recht. Auch wenn ich immer noch nicht so richtig überzeugt von der Notwendigkeit unserer Anwesenheit hier bin, ziehe ich mir die Jacke an und die Kapuze über den Kopf, weil vor unserem Fenster Schneeregen fällt. »Okay«, sage ich, nachdem ich mir meine Tasche umgehängt habe. »Dann los. Wir gucken uns die alten Jahrbücher an, richtig?«

»Und suchen nach jemandem, den wir kennen, ja«, bestätigt sie und hält mir die Tür auf. »Wenn wir Glück haben, sehen wir jemanden, den wir aus dem Hotel kennen oder so.«

Da müssten wir schon verdammt viel Glück haben, doch ich behalte meine Zweifel für mich. Ich kann mich noch daran erinnern, wie frustriert ich im *Ortiz* war, weil keiner mir geglaubt hat. Ich will mir also gar nicht vorstellen, wie Ana sich in den letzten Wochen gefühlt haben muss.

Wir gehen zu Fuß zu meiner alten Highschool, und auf dem Weg bringt Ana mich auf den neusten Stand. Matthew Ismar wurde ins Gefängnis in Dillon überführt, wo er bis zu seiner Verhandlung bleibt. Er hat einen Anwalt, der auf unschuldig plädiert, trotzdem wurde die Kaution auf eine Million Dollar festgesetzt, die offensichtlich keiner von Ismars Angehörigen bezahlen konnte – nicht sehr überraschend.

»Ist eine Million nicht verdammt viel?«, frage ich Ana, die neben mir läuft.

»Ich glaube schon. Vielleicht, weil ihr davongekommen seid, aber das ist nur meine Vermutung. Vielleicht hatten sie Angst, dass er euch nachstellt.«

Ich schürze die Lippen. »Schöne Vorstellung.«

Ana erzählt, dass sie mehrfach mit den Cops aus Eagle Creek telefoniert hat, die ihr aber entweder keine neuen Informationen geben *wollten* oder konnten. Sie hat es auch bei der Staatsanwaltschaft versucht, aber da hatte sie ebenso wenig Erfolg. Zwei Wochen nach dem Vorfall wurde ihr im *Ortiz* gekündigt, was mich nicht wirklich überrascht. Ich kann mir gut vorstellen, mit welcher Art von Schlagzeilen und Katastrophentourismus das Resort sich im Moment herumschlagen muss – eines der Opfer am Empfangstresen stehen zu haben, wäre dabei sicher keine Hilfe.

»Immerhin konnten sie mir ein für alle Mal sagen, warum der Sessellift gestoppt hat«, erzählt sie weiter. Sie wirft mir einen triumphierenden Blick zu. »Es lag nicht an uns, und es war wohl auch keine Sabotage. Es war ein ganz normaler Stromausfall.«

»Was bedeutet, dass der Täter entweder keine Ahnung hatte, dass wir in dem Lift saßen, oder nichts dagegen tun konnte, weil er … ich weiß auch nicht, zu weit weg war.«

»Denke ich auch«, sagt Ana nachdenklich. »Wir wissen, dass er bei den Hütten war, oder? Ich glaube nicht, dass er uns über das Plateau gefolgt ist. Da war eine ganze Menge freier Fläche, und du sagst, er hatte dunkle Klamotten an. Wir hätten ihn vermutlich gesehen.«

»Was auf Ismar zutreffen würde, oder nicht?«, merke ich vorsichtig an. »Er wurde zu Hause festgenommen, haben die Cops gesagt.«

»Nachdem wir gerettet wurden. Jeder hätte genug Zeit gehabt, von den Hütten runter ins Dorf zu verschwinden oder sonst wohin. Vor allem, wenn derjenige aus der Umgebung kommt und an das Wetter gewöhnt ist. Ihr wart nur so hilflos, weil ihr verwöhnte Stadtkinder seid.«

Demonstrativ strecke ich die Arme aus und deute damit auf die ganze schmuddelig graue Umgebung. »Sieht das für dich nach Stadtkind aus?«

»Nein«, gibt sie zu und grinst. »Aber auch nicht nach rauer Natur und Bergsteigen.«

Sie lacht, und ich stimme mit ein, dann ziehen wir beide gleichzeitig den Kopf ein, als uns eine besonders fiese Windböe trifft und uns eine Ladung Schneematsch entgegenschleudert. Ich deute in eine Richtung und gemeinsam rennen wir die restlichen Meter, bis wir unter dem Vordach meiner alten Schule zum Stehen kommen. Es überrascht mich nicht, dass es hier immer noch genauso aussieht wie zu meiner Zeit. Die gleichen rotbraunen Backsteinfassaden, die gleichen schmutzig grauen Fenster- und Türrahmen. Es fehlt immer noch einer der Buchstaben auf dem kleinen Schild neben dem Eingang, auf dem der Name der Schule und der des Direktors stehen. Irgendwann hat vermutlich ein Schüler den Buchstaben mit einem Edding ersetzt und aus der ehemaligen *Belville Pines High School* den beeindruckenden Schenkelklopfer *Belville Pornes High School* erschaffen. Okay, zugegeben, wir fanden das damals ziemlich witzig.

Ana und ich sehen uns um, aber der kleine Vorhof ist menschenleer. Der Parkplatz neben dem Hauptgebäude ist nicht so verlassen, daher schätze ich, dass heute irgendwelche Proben oder AGs stattfinden. Was gut wäre, weil in diesem Fall vermutlich auch die Bibliothek geöffnet ist, in der die Jahrbücher untergebracht sind.

Ich atme einmal tief durch, während ich die geschlossene Eingangstür mustere. Es fühlt sich surreal an. Vor ein paar Tagen noch habe ich den Großteil meiner Zeit in meinem Zimmer verbracht, auf meinem Bett gesessen und die Mauer aufrechterhalten, die ich um mich herum aufgebaut hatte, nachdem ich aus Colorado zurückgekehrt war. Ich habe versucht, die Welt von mir fernzuhalten. Dass ich hier stehe, drauf und dran, eigeninitiativ Nachforschungen anzustellen, ist ein verdammt großer Schritt zurück zu der Luca, die ich war, bevor ich nach Eagle Creek aufgebrochen bin. Der Abend mit Devan hat mir einen Schubs in die richtige Richtung verpasst. Vielleicht hat er mir gezeigt, wie meine Zukunft aussehen könnte, wenn ich die lähmende Panik endlich hinter mir ließe. Wie glücklich ich sein könnte ohne die ständigen Selbstzweifel. Aber für diese Version meiner Zukunft muss ich kämpfen.

Und das hier ist der Anfang, auch wenn meine Hände schweißnass sind vor Nervosität.

Ich sehe Ana an und zwinge mich dazu, mich aufs Hier und Jetzt zu konzentrieren. »Auf geht's.«

Sie nickt und schlüpft hinter mir in den schmucklosen Korridor. Mein erster Gedanke, als die Türen sich hinter uns schließen, ist, dass es hier noch genauso riecht wie früher – die gleiche unangenehme Mischung aus Deo, Aftershave, Parfüm und … Teenagern. Die Plakate und Poster an den Wänden sind immer noch da, auch wenn ihre Motive und Inhalte sich verändert haben, der Pokalschrank, der an der rechten Wand steht, beherbergt mehr Trophäen als zu meiner Zeit. Die beige Farbe blättert noch immer von den Wänden, und der Linoleumfußboden wirft das Licht der bläulichen Neonröhren an den Decken unangenehm zurück.

»Müssen wir uns im Büro melden oder so?«, frage ich Ana leise. Irgendwo in der Ferne höre ich Musik, trotzdem habe ich das Gefühl, meine Stimme klingt zu laut.

Sie sieht mich unschlüssig an. »Keine Ahnung. Ist doch deine Schule.«

»Sehr hilfreich.« Ein wenig überfordert blicke ich mich um. »Lass es uns erst mal in der Bibliothek versuchen. So wenig Aufmerksamkeit wie möglich auf uns ziehen.«

Ich deute auf den Schlauchgang, den wir früher so gehasst haben. Das hier war das Territorium der Schulbullys, zumindest war das zu meiner Zeit so. Der reinste Spießrutenlauf, vor allem für Junior-High-Schüler. Und wenn ich ganz ehrlich bin, habe ich auch jetzt ein mulmiges Gefühl, während wir durch den schmalen Korridor laufen – obwohl er abgesehen von Ana und mir menschenleer ist und ich mit über zwanzig eigentlich keine Angst mehr vor Highschool-Schlägern haben sollte.

Am Ende des Flurs gehen wir nach rechts und passieren das Chemielabor, den Bioraum und ein paar andere Wissenschaftsräume, die ich noch nie mochte. Am Ende halten wir bei einer Flügeltür, die überhaupt nicht zu dem schlichten, abgeranzten Stil der restlichen Schule passt. Sie ist stuckverziert – auch wenn der Stuck hauptsächlich aus Pressspanleisten und Pappmaschee besteht – und reicht beinahe bis zur Decke. Ich glaube, diese ganze Verzierung war irgendwann einmal ein Kunstprojekt, aber das war vor meiner Zeit.

Trotzdem bemerke ich aus den Augenwinkeln, dass Ana die Nase rümpft. »Das ist eure Bibliothek?«, fragt sie gedehnt. »Das ist wirklich … Kleinstadt.«

»Der Haupteingang ist beeindruckender«, antworte ich, ohne den leicht beleidigten Ton in meiner Stimme ganz unterdrücken zu können. Ich bin nicht sonderlich patriotisch, was diese Stadt angeht, trotzdem mag ich diese Kleinstadt-Klischees nicht. Vor allem nicht, wenn sie von Stadtkindern kommen.

Ohne auf eine Antwort zu warten, öffne ich die Tür und halte sie Ana auf. Der muffige Geruch von altem Papier, Staub und dem Inhalt unzähliger Schließfächer umfängt uns. Ich wende mich nach links und halte auf den kleinen Tresen zu, hinter dem zum Glück jemand sitzt. Schon zu meiner Zeit hatte die Bibliothek samstagvormittags geöffnet, aber ich hatte ein bisschen Angst, dass sich daran etwas geändert hat und wir vor verschlossener Tür stehen würden.

»Hi«, sagt Ana, als wir den kleinen Tresen erreichen. Sie legt die Arme auf den Tresen und setzt ein Lächeln auf, das verdammt fake und gleichzeitig verdammt einnehmend ist. »Wie geht es Ihnen?«

Die Frau, die uns entgegenblickt, kenne ich nicht. Ich würde sie auf Mitte, Ende fünfzig schätzen. Die streng zurückgekämmten Haare, die halbmondförmigen Gläser ihrer Brille und das Wildblumenmuster auf ihrer Bluse wirken, als hätte sie sich bei ihrem Look von dem Lexikoneintrag für »Bibliothekarin« inspirieren lassen. Vermutlich hat sie dort auch irgendwo gelesen, dass Unfreundlichkeit zur Berufsbeschreibung gehört, denn der Blick, den sie erst Ana und dann mir zuwirft, ist alles andere als herzlich.

»Es geht mir gut, vielen Dank«, antwortet sie trotzdem. Immerhin ist sie höflich. »Was kann ich für Sie beide tun?«

»Wir sind auf der Suche nach etwas und hoffen, dass Sie uns weiterhelfen können.«

Erneut mustert die Frau uns. Auf einem kleinen silberfarbenen Namensschild auf ihrer Brust steht »Whoopie«. Passt eindeutig nicht zu ihr, aber okay.

»Sind Sie beide Schülerinnen an der Belville Pine?«, fragt sie mit deutlicher Skepsis in der Stimme. Ich bin mir nicht ganz sicher, ob ich das als Beleidigung oder als Kompliment auffassen soll.

»Nein, Ma'am.« Ana lacht, als hätte Whoopie den Witz des Jahrhunderts gerissen. Die Bibliothekarin wirkt nicht im Mindesten beeindruckt, während meine Hoffnung mehr und mehr schwindet. »Aber meine Freundin hier ist auf Ihre Schule gegangen.« Sie greift nach meinem Arm und zieht mich ein wenig näher zu sich, als hätte die Frau mich noch gar nicht wahrgenommen. Ich lächle hoffentlich überzeugend. »Wir sind in Belville und schwelgen ein bisschen in Erinnerungen an alte Zeiten, wissen Sie?«

»Wie schön.«

»Das ist es wirklich.« Ana beugt sich noch ein Stück vor. Es sieht aus, als wolle sie über den Tresen auf Whoopies Schoß klettern. »Wir würden uns gerne ihre alten Jahrbücher angucken. Das sollte doch kein Problem sein, oder?«

Am liebsten würde ich die Luft anhalten, während die Bibliothekarin uns ein drittes Mal mustert. Das hier ist ein bisschen lächerlich. Ich bin eine ehemalige Schülerin, die sich Jahrbücher aus ihrer Highschool angucken will, keine Fremde, die um Einlass ins Nationalarchiv bittet.

Vermutlich dauert es nur ein paar Sekunden, in der die Frau uns anstarrt und ganz offensichtlich entscheidet, ob wir in Wahrheit die *Twilight*-Schmuckausgaben zu klauen versuchen oder nicht. Mir kommt es jedoch vor wie Stunden. Nach bekannten Gesichtern in meinem alten Jahrgang zu suchen, ist der beste Plan, den wir haben. Der, der selbst für mich am meisten Sinn ergibt. Sollten wir hier bereits scheitern, können wir auch wieder nach Hause fahren.

»Na gut«, entscheidet Whoopie schließlich, und ich unterdrücke ein erleichtertes Aufatmen. Vielleicht sollten wir ihr lieber nicht zeigen, wie viel uns in Wahrheit an diesen Jahrbüchern liegt. Die Gute scheint eindeutig von der misstrauischen Sorte zu sein. Sie kramt kurz in einer kleinen Kiste, dann hält sie uns zwei Besucherausweise entgegen. »Die Jahrbücher sind im Archiv. Wenn du hier zur Schule gegangen bist, Mädchen, dann weißt du, wo das ist.« Ihr schneidender Blick trifft mich, und ich nicke hastig. »Gut. Ihr habt bis 18 Uhr Zeit, dann müsst ihr wieder hier sein und euch austragen. Wenn ihr vor einer Abteilung mit geschlossener Tür steht, habt ihr dazu offensichtlich keinen Zutritt. Die Jahrbücher werden nicht kopiert, es werden keine Fotos gemacht, nichts wird ausgeliehen. Das geht nur mit einem gültigen Schülerausweis oder einer Mitgliedskarte des Fördervereins der Bibliothek. Habt ihr eines davon?«

Ana und ich schütteln beide den Kopf.

»Dann könnt ihr nichts ausleihen. Hinterlasst alles so, wie ihr es vorgefunden habt, und seid leise, um niemanden zu stören.«

Kurz will ich sie darauf hinweisen, dass sie und wir die einzigen Menschen in dieser Bibliothek sind, aber ich halte mich zurück und nicke stattdessen erneut, genau wie Ana. Der Militärton der Alten war ein kleines bisschen einschüchternd. Wir nehmen die Besucherausweise entgegen, dann greife ich nach Anas Hand und ziehe sie mit mir.

64

LUCA

Das Archiv ist im Grunde ein Nebenraum der eigentlichen Bibliothek, unterscheidet sich aber sonst nicht sonderlich vom Hauptraum. Ein Haufen deckenhohe Regale stehen in ordentlichen Reihen nebeneinander, links von uns stehen zwei von diesen Projektoren, mit denen man alte Zeitungen ansehen kann. Keine Ahnung, wie die Dinger heißen. Die ersten beiden Regalreihen beinhalten Ordner mit Zeitungsartikeln, daneben eine Reihe mit Urkunden, Karten und Lageplänen. Ich bin mir ziemlich sicher, dass ich während meiner gesamten Schulzeit nur ein einziges Mal im Archiv war, für ein Referat über die Gründerväter der Stadt.

»Ich glaube, wir müssen nach rechts«, murmle ich und folge Ana dann zu den letzten Regalen, in denen tatsächlich die Jahrbücher stehen. Unzählige Jahrbücher.

»Wie alt ist diese Schule bitte?«, fragt Ana, die stirnrunzelnd die Buchrücken mustert. »Wurde die von Steinzeitmenschen gegründet? Ihr könnt unmöglich so viele Abschlussjahrgänge gehabt haben.«

Ich deute auf eines der Bücher. »Da sind Sonderausgaben oder so was zwischen«, sage ich. »Siehst du? *Bildband Footballteam 1982.*«

Ana legt den Kopf schief, um die Titel besser lesen zu können. »Daneben steht eine Sammlung der Einreichungen für den Literaturpreis 1993. Das Zeug ist also noch nicht mal sortiert.«

»Die Pine hatte einen Literaturpreis?«, schnaube ich und überfliege die umstehenden Bücher. »Wohl nur in dem einen Jahr. Scheint nicht sonderlich erfolgreich gewesen zu sein.«

»In welchem Jahr hast du deinen Abschluss gemacht?«

»Ich habe in Jamesburg die Highschool abgeschlossen. Aber ich war bis 2017 hier. Christine und Paul waren einen Jahrgang über mir, glaube ich. Das heißt, sie müssten … 2018 ihren Abschluss gemacht haben«, antworte ich nachdenklich.

»Sie waren doch Prom Queen und King«, erinnert Ana mich gespielt genervt. »Das solltest du wirklich wissen, Luca.«

»Schade, dass ich das verpasst habe.« Ich grinse. »Aber wir sollten uns auch die Jahrgänge vor uns angucken. Wir wissen ja nicht, ob … na ja, wen auch immer wir suchen, in einem Jahrgang mit mir oder den beiden war.«

»Guter Punkt.«

Seufzend stemme ich die Hände in die Seiten. »Okay. Also fangen wir mit 2018 an und gehen dann einfach immer weiter zurück?«

Zum ersten Mal, seit wir aufgebrochen sind, erkenne ich den Anflug von Überforderung in Anas Augen. »Für den Anfang, ja.«

Schweigend machen wir uns an die Arbeit. Ich bin ein bisschen schockiert darüber, wie sehr Whoopie die Organisation dieses Archivs offensichtlich vernachlässigt hat. Es steht wirklich alles durcheinander – Jahrbücher, Fotobände und -alben, Sammlungen, gebundene Arbeiten und Präsentationen. Es dauert fast eine Stunde, bis Ana und ich die passenden Jahrbücher zusammengesucht haben.

Wir fangen mit meinem Freshmen-Jahrgang an. Unwillkürlich verziehe ich das Gesicht, als Ana auf mein altes Schulfoto tippt. Während der Zeit des Fototermins hatte ich gerade meine *bunte Phase*, wie meine Mom es nannte. Eine Menge Mustermix und Colorblocking und eine hellblaue Strähne in den Haaren.

»Du warst ja richtig *flippig*«, sagt Ana, wobei sie das letzte Wort genau so betont, wie meine Granny es getan hätte. »Wann hast du dich entschieden, so langweilig zu werden?«

Ich spare mir eine Antwort, sondern deute stattdessen vage auf die Bilder meiner ehemaligen Mitschüler und Mitschülerinnen um uns herum. »Kommt dir jemand davon bekannt vor?«

Nachdem sie jedes der Gesichter ausführlich gemustert hat, schüttelt sie den Kopf. Das überrascht mich nicht. Meine Highschool-Zeit ist gerade mal ein paar Jahre her – hätte ich einen von diesen Menschen auf dem Gelände des *Ortiz* gesehen, wäre mir das aufgefallen. Meine einzige Hoffnung bestand darin, dass der Täter sich mir einfach nie richtig gezeigt hat und ich ihn deswegen nicht wiedererkennen konnte.

Langsam gehen wir die einzelnen Seiten durch. Jedes Mal, wenn mein Bild bei der Erwähnung einer AG oder irgendeiner Sportveranstaltung auftaucht, lacht Ana. Eine Reaktion, die ich nicht unbedingt schmeichelhaft finde. Nachdem wir die Jahrbücher durchgesehen und niemanden gefunden haben, der uns verdächtig vorkommt, greift Ana nach einem weiteren Stapel Alben.

Ich sehe sie fragend an, doch sie zuckt nur mit den Schultern. »Das sind alle anderen Sachen, die deinen Jahrgang irgendwie betreffen«, erklärt sie trocken. »Da wir nicht wissen, wonach wir genau suchen, sollten wir uns so viel anschauen wie möglich.«

Widerstandslos nehme ich das Buch ganz oben auf dem Stapel und klappe es auf. Eine Sammlung von Bildern des Fotoclubs. Die Zusammenstellung ist total willkürlich und besteht zu neunzig Prozent aus Landschaftsfotografien, aber hin und wieder sind auch Menschen zu sehen. Allerdings weder ich noch Christine, Paul oder sonst jemand, der von Interesse sein könnte.

Weitere zehn Minuten vergehen. Ana und ich unterhalten uns nicht, sodass das einzige Geräusch im Raum von dem stetigen Umblättern der Seiten kommt. Irgendwann tippt sie mir auf den Arm und deutet auf ein Foto, als ich mich zu ihr umdrehe. »Wer ist das?«

Ich folge ihrem Blick zu dem Bild, das auf einem Schulbasar in der Middle School aufgenommen wurde. Ich glaube, an dem Tag haben wir für die Renovierung der Sportanlage gesammelt oder so was in der Art. Was ich aber noch weiß, ist, dass wir selbst getöpferte Blumentöpfe und so einen Kram verkauft haben. Das Zeug war so unfassbar hässlich, dass ich mich gewundert habe, dass wir überhaupt einen verkauft haben. Auf dem Foto trage ich eine Brille mit Fenstergläsern, und zu der Zeit habe ich immer ein Buch mit mir herumgetragen, weil ich dachte, das ließe mich intelligent und mysteriös wirken – dieser Fantasy-Jugendroman-Look à la Bella Swan und Elena Gilbert. Ich sitze hinter einem Klapptisch, auf dem ein paar unserer traurigen Kreationen aufgereiht sind. Meinen Arm habe ich um die Schultern eines schlaksigen Typens gelegt, der durch seine echte Brille ein wenig unsicher in die Kamera grinst.

»Das ist Osman«, sage ich, weil ich weiß, was sie wissen will. »Er war mein bester Freund als Kind.«

»Aber er war nicht in deinem Jahrgang, oder?«, hakt Ana stirnrunzelnd nach und schaut sich nach den Jahrbüchern um. »Ich glaube nicht, dass ich den Namen irgendwo gelesen habe.«

»Doch, wir waren im selben Jahrgang. Aber wir haben den Kontakt verloren, schon bevor ich weggezogen bin.« Ich beuge mich noch ein Stück weiter zu ihr hinüber und muss unwillkürlich lächeln. Ich habe schon eine ganze Weile nicht mehr an Osman gedacht, trotzdem löst unser Foto eine verdammte Flut an Erinnerungen in mir aus. Und der Großteil davon sind schöne Erinnerungen. Bis auf die Geschichte mit den Baumhäusern, wegen denen wir von den örtlichen Cops mit aufs Revier genommen wurden, von wo unsere Eltern uns abholen mussten. »Ich habe keine Ahnung, ob er den Abschluss hier gemacht hat«, murmle ich. »Das Foto ist von 2014, glaube ich.«

»Du siehst ganz anders aus«, sagt Ana grinsend, und ich muss lachen. Damals hatte ich einen Pony, bei dem ich mich rückblickend frage, ob ich durch die Fransen überhaupt etwas sehen konnte. »Hat Osman Christine und Paul kennengelernt?«

»Auf keinen Fall«, lache ich, als mir klar wird, worauf Ana hinauswill. Ich tippe noch einmal auf sein Bild. »Der Typ war das reinste Schäfchen. Keiner, der mit einer Knarre über einen Berg rennt und Leute tyrannisiert.«

»Ted Bundys Nachbarn haben gesagt, dass er der netteste, charismatischste Mensch überhaupt war«, hält sie skeptisch dagegen. »Sogar ein paar Cops haben ihm geglaubt. Das ist kein überzeugendes Argument, Luca.« Sie mustert das Foto. »Und um ehrlich zu sein, sieht dieser Osman aus wie jemand, der irgendwann durchdrehen könnte.«

»Hör auf damit«, sage ich ein wenig strenger als beabsichtigt. »Er war ein wirklich guter Kerl.«

Prüfend blättert Ana eine Seite weiter, doch dort ist ein Artikel über eine andere Spendenveranstaltung abgedruckt, ohne Foto von mir oder Osman. »Warum habt ihr dann den Kontakt verloren, wenn ihr schon in der Elementary School befreundet wart?«

Ich sehe sie an und ziehe eine Augenbraue hoch. »Tut mir leid, dich enttäuschen zu müssen, aber dahinter steckt keine mysteriöse Geschichte. Wir waren Kinder, dann nicht mehr und hatten einfach kaum noch Gemeinsamkeiten. Kein Drama, kein böses Blut oder so was.«

»Wie langweilig.« Ana seufzt und schiebt das Album von sich weg. Dann reibt sie sich über die Augen. »Hast du keine Feinde … oder Rivalen?«, fragt sie, ohne den leicht verzweifelten Ton in ihrer Stimme ganz unterdrücken zu können. »Es wäre so viel einfacher, wenn du ein krasser Schulbully gewesen wärst oder die Abschlussballkönigin.«

»Christine war Abschlussballkönigin«, erinnere ich sie schmunzelnd und deute auf das Foto von ihr und Paul, das wir in ihrem Album gefunden haben. Darauf stehen die beiden in typischer Prom-Pose – sie vorne und er hinter ihr, die Arme um ihre Taille geschlungen und mit einem grenzdebilen Lächeln auf den makellosen Gesichtern – vor einer dunkelblauen Fotowand mit angedeuteten Sternen. Christine sieht selbstverständlich perfekt aus in ihrem eisblauen, bodenlangen Kleid, den passend lackierten Fingernägeln und der Plastikkrone, die auf ihrer aufwändigen Flechtfrisur thront. Pauls Gesicht sehe ich lieber nicht so genau an, weil mein Verstand jedes Mal diese andere Version von ihm vor meinem inneren Auge heraufbeschwört. Die leblosen Augen, die ins Nichts starren, und die blau angelaufenen Lippen, die niemals wieder lächeln werden.

Hastig wende ich mich ab und sehe Ana an. »Was, wenn derjenige nicht mehr aussieht wie früher?«, gebe ich unschlüssig zu bedenken. »Wäre doch möglich.«

»Du meinst, er oder sie hat sich das Gesicht operieren lassen?«

»Nicht ganz so drastisch«, meine ich grinsend. »Aber wenn es ein Mann ist, könnte er jetzt einen Bart haben, längere Haare oder kurze, bla, bla, bla. Ich finde es nicht superweit hergeholt, dass jemand sich so verändert haben könnte, dass wir ihn nicht erkennen würden. Zumal wir davon ausgehen sollten, dass wir uns mit demjenigen nicht unbedingt intensiv unterhalten haben, oder?«

»Stimmt.«

»Was ist mit dem Housekeeping?«, frage ich. Meine Gedanken wandern unwillkürlich zu Devan. Nachdem wir die herrenlosen Fußspuren vor meinem Chalet entdeckt haben, war das Personal vom Housekeeping seine Theorie Nummer eins, und ich war so verdammt wütend auf ihn, weil …

»Fuck!«, fluche ich, als mir mein Handy einfällt. »Scheiße, verdammte!«

Ana hat sich ruckartig aufgerichtet und sieht sich hastig um. »Was ist?«

Ich ziehe mein Handy so energisch aus meiner Handtasche, dass der Stoff ein kurzes reißendes Geräusch von sich gibt, als ich an der Naht hängen bleibe. »Ich habe vergessen, den Flugmodus auszustellen.«

»Ja und?« Ihr Stimme klingt schrill. Sie sieht aus, als wäre sie sich nicht sicher, ob sie sich ducken oder wegrennen sollte. »Was ist los, Luca?«

»Nichts«, fauche ich, deutlich barscher als beabsichtigt. »Entspann dich, wirklich. Aber ich habe Devan versprochen, mich zu melden, und mein Handy ist seit Stunden offline.«

Die Verwirrung in Anas Gesicht ist unübersehbar. Sie schaut mich an, als würde sie ernsthaft an meinem Verstand zweifeln. »Scheiße, Luca, ich hab gedacht, da würde jemand hinter dem Regal stehen oder so. Du hast mich zu Tode erschreckt.«

»Sorry«, murmle ich, ohne ihr sonderlich viel Beachtung zu schenken. Ich entsperre mein Handy und schalte den Flugmodus ab, während ich innerlich ohne Punkt und Komma fluche. Mir ist klar, dass das hier ein First-World-Problem ist, trotzdem würde ich mich am liebsten selbst schlagen. Ich habe ohnehin schon ein beschissen schlechtes Gewissen, weil ich

Devan angelogen habe. Weil ich kommentarlos in einen anderen Bundesstaat geflogen bin, um einem Gespenst hinterherzujagen, ohne ihm davon etwas zu sagen.

Devan und ich haben letzte Nacht miteinander geschlafen, und wir wissen beide, dass das nicht nur ein One-Night-Stand war. Ihn jetzt zu ignorieren ist ein Schlag in die Magengrube. Zumal er sehen wird, dass seine Anrufe auf die Mailbox gehen und seine Nachrichten überhaupt nicht ankommen. Nach allem, was wir zusammen erlebt haben, und dem Zustand, in dem ich mich in den letzten Wochen offensichtlich befunden habe, ist mir klar, dass Devan sich Sorgen machen wird.

Und genau das wollte ich nicht. Ich will nicht mehr diejenige sein, um die man sich Sorgen macht. Kein Problem, kein Fragezeichen, über das man hinter vorgehaltener Hand spricht.

Mein Herz sackt irgendwo in meine Magengegend, als mein Handy die Verbindung aufbaut und quasi im selben Augenblick zu vibrieren beginnt, um mir die verpassten Anrufe und Nachrichten anzuzeigen.

»Wie konnte ich das nur vergessen?«, fluche ich leise. Während ich darauf warte, dass das Vibrieren aufhört.

»Devan ist vermutlich gerade am Durchdrehen«, kommentiert Ana trocken. Offensichtlich hat sie inzwischen verstanden, wo genau mein Problem liegt.

Ich werfe ihr einen wütenden Blick zu. »Danke, Ana. Das hilft mir echt weiter.«

»Ruf ihn einfach an. Sag ihm, du bist spontan zu deinen Eltern gefahren oder so. Das hat bei deiner Mitbewohnerin doch auch funktioniert.«

Kopfschüttelnd öffne ich meine Anrufliste. Diese Ausrede würde bei Devan nicht funktionieren, da bin ich mir sicher. Er kennt mich gut genug, um zu wissen, dass ich nicht spontan zu meinen Eltern fahre, es sei denn, es handele sich um einen

Notfall. Seufzend scrolle ich durch die insgesamt sieben verpassten Anrufe, aber er hat keine einzige Nachricht auf meiner Mailbox hinterlassen. Kurz stolpere ich über Jacobs Namen, aber er hat sich in den letzten Wochen immer mal wieder gemeldet, deswegen mache ich mir darüber keine großen Gedanken. Das kann warten. Dann tippe ich auf den Messenger, und allein bei dem Anblick der kleinen grünen Siebzehn neben Devans Chat setzt mein Herz ein paar Schläge aus.

Erneut fluche ich, dann halte ich unwillkürlich die Luft an, als ich den Chat öffne und hastig die Nachrichten überfliege.

Devan: *Ich habe diese Steinschleifmaschine gegoogelt. Das Ding heißt* Rock Tumbler *und kostet 100 $, wenn du was Vernünftiges haben willst*
Devan: *Aber ehrlich gesagt klingt das nach 'nem langweiligen Hobby. Man kann ja nichts machen, außer dieses drehende Ding anzustarren?*

Unwillkürlich muss ich grinsen und fühle mich sofort noch schlechter.

Devan: *Sorry, hab nur kurz angerufen, weil ich dich was fragen wollte.*
Devan: *Ich bin übrigens doch noch in der Gegend. Hab mich mit alten Freunden getroffen und überlege, ob ich erst morgen wieder fahre. Was sagst du?*
Devan: *Alles gut bei dir? Ich will nicht nerven, und wenn du beschäftigt bist, ist das voll okay. Aber ich mache mir ein bisschen Sorgen. Ruf mich an, wenn du das liest, okay?*

Danach kommen zwei kurze Sprachmemos und ein paar Texte, in denen nur *Test* steht. Alle anderen Nachrichten werden immer eindringlicher. Ich bin mir sicher, dass er sich zurückhält, trotzdem klingt die Besorgnis durch jede verdammte Silbe. Am Anfang hat er wahrscheinlich nur vermutet, dass ich mich wieder in mein Schneckenhaus zurückgezogen habe oder etwas Ähnliches, aber am Ende hat er eindeutig Angst um mich. Was ich ihm nicht verdenken kann.

»Ich gehe kurz telefonieren«, sage ich zu Ana, ohne sie anzusehen. Als ich aufstehe, schaben die Stuhlbeine über den Boden, und ich zucke zusammen. »Bin gleich wieder da.«

»Geh ruhig deine Beziehung retten«, antwortet sie. Ich sehe ihr Gesicht dabei nicht, doch es klingt so, als würde sie grinsen. »Oder deine *Nicht*-Beziehung. Ich organisiere uns in der Zwischenzeit eine Personalliste vom Housekeeping.«

Ich winke ihr über die Schulter hinweg zu. Keine Ahnung, wie sie das mit der Personalliste anstellen will, aber damit beschäftige ich mich später. Hastig gehe ich an dem Tresen vorbei, hinter dem Whoopie zum Glück gerade angestrengt auf ihren Computerbildschirm starrt, dann biege ich nach links Richtung Haupteingang ab, während ich auf Devans Kontakt tippe. Noch bevor die breiten Flügeltüren sich hinter mir schließen, geht er ran.

»Hi«, meldet er sich nach dem ersten Klingeln. Er klingt atemlos und irgendwie weit weg.

»Es tut mir soooo leid«, sage ich, ohne Zeit für eine Begrüßung zu verschwenden. Als ich unter dem kleinen Vordach hinaustrete, trifft mich der kalte Schneematsch, und ich weiche hastig wieder zurück. »Wirklich, entschuldige! Ich wollte dich nicht ignorieren, ich habe nur nicht gemerkt, dass mein Handy aus ist.«

Eine Sekunde vergeht, dann zwei. Ich höre kaum Hintergrundgeräusche, ich höre gar nichts außer dem Klopfen meines eigenen Herzens. »Schon okay«, antwortet Devan schließlich.

Er klingt weder wütend noch sonst irgendwie eingeschnappt, allerdings auch nicht wirklich freundlich. Er klingt … kurz angebunden. »Sorry, falls ich dich mit meinen Nachrichten genervt habe. Ich hab mir Sorgen gemacht.«

»Ich hätte mir auch Sorgen gemacht, wenn du dich …«, ich werfe einen raschen Blick auf die Uhr, »fast fünf Stunden nicht gemeldet hättest.«

Er lacht trocken. »Das beruhigt mich ein bisschen. Wo bist du denn, dass du so lange ohne Akku auskommen musstest?«

Unwillkürlich verziehe ich das Gesicht. Mein Wohnheim, der gesamte Campus scheiden als Ausrede aus – heutzutage kommt man wahnsinnig einfach an ein Ladekabel, und ich habe mein Handy immer dabei, wie vermutlich neunundneunzig Prozent der Menschen in meinem Alter.

»Ich habe mich noch mal mit Ana getroffen.« Am liebsten würde ich mir auf die Zunge beißen. Die Worte sind schneller heraus, als dass ich wirklich darüber nachdenken kann, und wahrscheinlich meinem verzweifelten Versuch geschuldet, so nahe wie möglich an der Wahrheit zu bleiben. So machen gute Lügner das. »Wir sind unterwegs, und ich hatte das Handy heute Nacht nicht aufgeladen. Daran habe ich gestern Abend wohl nicht mehr gedacht.«

»Verstehe ich«, sagt Devan, und endlich meine ich, so etwas wie ein Lachen oder zumindest ein Lächeln in seiner Stimme zu hören. »Zu deiner Verteidigung, du hattest gestern Abend auch Besseres zu tun.«

»Was deine Schuld ist«, erinnere ich ihn. »In der Ereigniskette ist das also alles deine Schuld.«

»Klingt fair. Wie kommt es, dass du dich mit Ana triffst?«

Ein Auto fährt auf der Straße vor mir an mir vorbei und genau so durch eine Pfütze, dass das dreckige Wasser in meine Richtung spritzt. Hastig weiche ich einen Schritt zurück. »Ich hab mich schlecht gefühlt, weil wir sie so abgebügelt haben. Und sie war noch in der Nähe.«

»Aha.« Er schweigt ein paar Sekunden, und ich würde eine ganze Menge dafür geben, in diesem Moment in seinen Kopf schauen zu können. »Und es ist alles okay bei euch?«

»Klar«, antworte ich hastig. Möglicherweise klingt meine Stimme eine Spur *zu* fröhlich. »Und was machst du? Warum bist du nicht in Scottsdale?«

»Es haben sich ein paar Termine verschoben, und ich habe mich stattdessen mit Freunden getroffen. Hör mal, weißt du schon, wann du wieder im Wohnheim bist?«

Morgen Abend. Ana hat einen Flieger am Nachmittag gebucht. Aber das kann ich ihm nicht sagen. »Nee, keine Ahnung. Wir gehen jetzt noch was essen und vielleicht noch ein paar Cocktails trinken.«

Im Hintergrund höre ich das Knarzen eines Stuhls. »Okay. Hast du Lust, dass ich später noch vorbeikomme?«

»Warum?«

»Ich würde gerne über etwas mit dir reden.«

Verdammt. Verdammt, verdammt, verdammt. Nicht nur, dass ich Devan gerne sehen würde, ich bilde mir auch einen Anflug von Verwirrung in seiner Stimme ein. Und die ist völlig berechtigt. Immerhin wohnt er nicht in meiner Nähe, und wäre ich nicht ins beschissene Belville geflohen, stünde gar nicht zur Debatte, ob Devan und ich uns noch einmal sehen, bevor er wieder nach Hause fährt. Außerdem will ich wissen, worüber er mit mir reden will.

Ich drehe mich Hilfe suchend zur Tür um, auch wenn ich Ana von meiner Position aus natürlich nicht sehen kann. Sie ist ziemlich schlagfertig und hätte wahrscheinlich deutlich souveräner eine Ausrede aus dem Hut zaubern können als ich.

»Kann ich mich melden, wenn ich mich auf den Rückweg

mache?«, frage ich ausweichend. Weil ich feige bin. Und mir auf die Schnelle keine Erklärung dafür einfällt, warum er nicht mehr vorbeikommen kann.

»Klar, mach ruhig. Ich bin bei einem Kumpel auf dem Campus. Ich kann einfach rüberkommen.«

Großartig. Ich zwinge mein Gesicht zu einem Lächeln, weil ich mir einbilde, dass man das durchs Telefon hören kann. »Perfekt. Bis später.«

»Bis später.« Er zögert kurz, dann seufzt er. »Luca?«

»Hm?«

»Pass auf dich auf.«

Gerade als ich den Mund öffnen und etwas erwidern will, legt er auf. Einen Moment lang stehe ich da und sehe hinab auf mein Handy, während ich mich frage, ob dieses Gespräch nun gut oder schlecht verlaufen ist. Ich hatte nicht den Eindruck, dass er sauer ist, und selbst wenn, würde er darüber hinwegkommen. Es geht mir nicht darum, dass ich ein paar Stunden lang nicht erreichbar war. Es geht um das Gefühl, Devan zu hintergehen. Vielleicht kann man das nur nachvollziehen, wenn man das Gleiche erlebt hat wie wir beide. Aber an einem bestimmten Punkt in dieser Nacht in Eagle Creek hatten Devan und ich das Gefühl, einzig und allein einander vertrauen zu können. Das Misstrauen und die Angst, die in dieser Nacht durch die Luft gewabert sind und sich auf unsere Haut gelegt haben wie ein Schweißfilm, haben uns beinahe erstickt. Vor allem Devan hat mich immer wieder daran erinnert, dass die Menschen um uns herum – Christine, Jacob, Ana, Leander und anfangs auch Paul – Fremde sind. Dass es dumm wäre, einem von ihnen zu vertrauen.

Devan und ich sind stillschweigend zu einem Team geworden. Und jetzt bin ich diejenige, die ihn verrät.

65

LUCA

Nachdem ich mein schlechtes Gewissen beiseitegeschoben habe, rufe ich kurz Jacob zurück, doch wie erwartet will er nur wissen, wie es mir geht, und den üblichen Small Talk austauschen. Ich weiß, dass er sich Sorgen um uns macht, weil er sich schuldig fühlt. Auch wenn wir im gleichen Alter sind, war er in gewisser Weise für uns verantwortlich, und obwohl ich ihm keinen Vorwurf mache und nicht glaube, dass einer der anderen es tut, verstehe ich, warum Jacob mit dem, was passiert ist, zu kämpfen hat. Also versichere ich ihm, dass es mir gut geht, erzähle ihm die gleiche Lüge wie Devan – dass ich mich mit Ana getroffen habe und wir einen Kaffee trinken – und verspreche ihm dann, mich bald zu melden.

Als er mir erzählt, dass er sich nach einer neuen Wohnung umsieht, fällt mein Blick auf ein Auto, dass ein paar Meter weiter in einer Seitengasse parkt. Grundsätzlich ist daran nichts Seltsames, aber ich bin mir verdammt sicher, dass hinter der Windschutzscheibe ein kurzes Licht aufblitzt. Ich verenge die Augen und versuche, durch den Schneeregen und die Spiegelung auf dem Glas den Fahrer zu erkennen, doch es ist einfach zu dunkel. Ich sehe nicht einmal einen Schemen oder Umriss desjenigen, der hinter dem Steuer sitzt. Unwillkürlich mache ich einen Schritt auf den Wagen zu, aber sofort trifft mich wieder der Regen, und ich weiche unter das Vordach zurück.

Gerade als ich mir sicher bin, mich getäuscht zu haben, blitzt es erneut.

»What the …«, flüstere ich.

Jacob am anderen Ende verstummt. »Was?«

Ich schüttle den Kopf, auch wenn ich weiß, dass er mich nicht sehen kann. »Ich ruf dich zurück, ist das in Ordnung? Ich habe superschlechten Empfang, und ich verstehe dich kaum.«

»Alles okay?«

»Ja, Jacob«, antworte ich gespielt fröhlich und verdrehe die Augen, dann verabschiede ich mich hastig und schiebe das Handy in meine Hosentasche, ohne das Auto aus den Augen zu lassen. Ich bin wirklich kein Autonarr, aber es reicht, um Marke und Modell zu erkennen: Es ist ein schwarzer Chevrolet Pick-up. Er parkt am Rand einer kleinen Straße zwischen einem Kiosk und einem Gebäude, in dem zumindest früher eine Anwaltskanzlei untergebracht war. Ich wage es kaum, zu blinzeln, so angestrengt starre ich die Windschutzscheibe an.

Das Licht hat ausgesehen wie ein Blitzlicht. Von einer Kamera. Sollte tatsächlich jemand Fotos von mir machen, heimlich wohlbemerkt, wäre es dann nicht unfassbar dämlich, den Blitz einzuschalten? Es ist zwar ein bisschen diesig wegen des Regens und der Wolkendecke, aber ein durchschnittliches Smartphone wäre trotzdem in der Lage, ein anständiges Foto ohne Blitz zu machen.

Vielleicht liegen meine Nerven auch einfach nur deutlich mehr blank, als ich zugeben will, und bei dem Licht handelt es sich um … keine Ahnung. Irgendein Warnlicht oder den Hinweis auf eine aktivierte Alarmanlage?

Kopfschüttelnd weiche ich weiter unter den Dachvorsprung zurück. Ein Teil von mir will rübergehen und nachsehen, ein anderer erinnert mich leicht panisch daran, dass diese Entscheidung genau der Grund ist, weshalb so viele Figuren in

Horrorfilmen sterben: weil sie alleine gruseligen Geräuschen oder von mir aus auch Lichtern folgen.

Devan würde vermutlich darauf bestehen, dass es eine logische Erklärung gibt. Dass ich mir das Licht eingebildet habe, dass es eine Spiegelung war oder dass tatsächlich jemand Fotos macht, nur eben nicht von mir.

Mit einem letzten langen Blick Richtung Pick-up drehe ich mich um und gehe wieder zurück in die Bibliothek. Ich muss aufhören, jedes Mal ein Zebra zu erwarten, wenn ich Hufgetrappel höre … ist das das richtige Sprichwort? Manchmal habe ich die Befürchtung, dass mein Ego einen kleinen Schaden genommen hat, weil ich im *Ortiz* mit meiner Paranoia recht hatte. Dass mein Verstand sich jetzt jedes Mal, wenn ich das Schlimmste vermute, auf diesen einen Moment in meinem Leben stützt, bei dem der schlimmste Fall tatsächlich eingetreten ist. Devan hatte einen Haufen logischer Erklärungen für die Dinge, die in Colorado passiert sind, und keine davon hat sich bewahrheitet.

Die Bibliothekarin schaut kurz auf, als ich an ihr vorbeilaufe. Ich hebe die Hand, mache mich jedoch hastig vom Acker und gehe zurück in das Archiv, in dem Ana immer noch am selben Tisch sitzt, an dem ich sie zurückgelassen habe. Die Seite mit dem Bild von Christine und Paul ist nach wie vor aufgeschlagen, aber ich wende den Blick ab. Ana hat den Kopf über ihr Handy gebeugt und sieht nur kurz auf.

»Alles gut?«

»Ich denke schon.« Ich ziehe meinen Parka aus und setze mich neben sie, wobei ich so beiläufig wie möglich das Album schließe, um Pauls Gesicht nicht mehr sehen zu müssen. Ich bin mir nicht sicher, ob es das Überlebensschuld-Syndrom ist oder ob ich schlicht und ergreifend Angst vor meinen Albträumen habe. »Was hast du gemacht?«

»Mir die Personalliste besorgt«, antwortet sie, immer noch in ihr Handy versunken. »Ist ein bisschen blöd, weil es nur die komplette Liste der Angestellten ist, ohne Jobbezeichnung oder so. Und ich weiß auch nicht, welche Handwerker in der Zeit, in der ihr im *Ortiz* wart, möglicherweise auf dem Gelände waren.«

Ich beuge mich ein Stück in ihre Richtung und lese mir ein paar der Namen durch, aber keiner kommt mir wirklich bekannt vor. »Die da«, sage ich, als Ana weiterscrollt, und zeige auf einen Namen. »Jane hat an der Rezeption gearbeitet, als wir angereist sind, oder nicht? Ich glaube, Devan hat mit ihr geflirtet.«

Ana nickt. »Ja, die war an einem oder zwei Tagen da, aber nicht am Ende, glaube ich. Sie hatte Urlaub, bevor die Eröffnung anstand und die Saison losging.«

»Das ergibt doch keinen Sinn.« Ich lehne mich zurück und verschränke die Arme vor der Brust. »Willst du alle Namen durchgehen und sie mit den Jahrbüchern vergleichen? Das dauert Stunden.«

Sie dreht sich zu mir um und zieht die Augenbrauen hoch. »Hast du heute noch andere Pläne?«

»Essen«, brumme ich. »Ich muss was essen und du auch. Außerdem bin ich mir ziemlich sicher, dass die Bibliothek bald schließt. Die gute Whoopie wird sicher keine Überstunden für uns machen.«

Ana sieht mich nachdenklich an. Ich erkenne die Resignation in ihren Augen und fühle mich sofort wieder schlecht. Ich will nicht die Spielverderberin sein, aber allmählich bin ich mir sicher, dass dieser Ausflug in meine Vergangenheit eine Sackgasse ist. Vermutlich wäre mir das schon früher klar geworden, hätte ich länger als fünf Minuten über all das hier nachgedacht. Doch die Wahrscheinlichkeit, dass der oder die Täterin tatsächlich mit mir, Christine und Paul auf eine Schule gegangen ist, ist doch verdammt gering. Belville ist ein kleiner

Ort. Wenn drei von uns mit dem Täter in einer Stadt gewohnt hätten, hätte einer von uns ihn oder sie erkannt. Immer vorausgesetzt, dass wir ihn oder sie tatsächlich einmal zu Gesicht bekommen haben.

»Gib mir dreißig Minuten«, sagt Ana schließlich und greift im selben Moment nach einem der Jahrbücher. »Ich fotografiere die Seiten ab. Dann können wir die im Hotel oder zur Not zu Hause vergleichen.«

Als ich mich über den Tisch beuge und mir ebenfalls eines der Alben nehme, schaut Ana mich ein bisschen verwundert an. Ich zucke die Achseln. »Ich bin dabei. Wir sind sowieso hier, also können wir auch irgendwas tun.«

Sie lächelt mich dankbar an, dann machen wir uns an die Arbeit.

Wir brauchen fast eine Stunde, um sämtliche Seiten zu fotografieren. Danach räumen wir auf und sehen uns noch einmal um, um sicherzugehen, dass wir nichts übersehen haben. Morgen wird die Schule geschlossen sein, was bedeutet, dass das hier unsere letzte Gelegenheit ist, die Unterlagen zu durchsuchen. Als jedoch nicht einmal Ana etwas Interessantes findet, gehen wir zum Tresen und geben unsere Besucherausweise ab. Whoopie schenkt uns einen schneidenden Blick und mustert uns ein paar Sekunden lang, als befürchte sie, wir hätten das Fotoalbum der Studienfahrt von 1999 unter unseren Mänteln versteckt. Zugegeben, auch das Abfotografieren ist nicht erlaubt, aber in diesem Fall heiligt der Zweck wohl die Mittel.

Ana biegt nach rechts ab, doch ich greife nach ihrem Ärmel und halte sie zurück.

»Was ist?«

»Wir gehen durch den Haupteingang«, sage ich leise, während ich sie mit mir ziehe. Ich stemme die Flügeltür auf, und sofort wandert mein Blick zu der kleinen Gasse gegenüber der Straße. Der Pick-up parkt noch an derselben Stelle wie vor einer Stunde. Inzwischen ist es dunkler geworden, aber weder die Scheinwerfer noch die Beleuchtung im Innenraum sind eingeschaltet. Ich weiß nicht, ob das etwas Gutes oder etwas Schlechtes ist.

»Was ist los?«, fragt Ana, die meinen unruhigen Blick bemerkt hat. Sie schaut ebenfalls zu der Straße hinüber, versteht aber natürlich nicht, was mein Problem ist.

Kurz überlege ich, ihr die Wahrheit zu sagen, und verwerfe den Gedanken dann wieder. Erstens, weil ich nicht überängstlich klingen will, und zweitens, weil ich befürchte, dass Ana sich auf jeden noch so kleinen Anhaltspunkt stürzen würde, der darauf hinweist, dass unsere Anwesenheit hier gerechtfertigt ist. Dass ihr Plan aufgeht.

»Da hat mal eine Freundin von mir gewohnt«, sage ich ausweichend und deute auf das Haus mit der Kanzlei, aber mein Blick wandert immer wieder wie ferngesteuert zu dem Auto. Natürlich kann ich niemanden erkennen, dafür ist es zu dunkel. Trotzdem habe ich das Gefühl, körperlose Blicke auf meiner Haut zu spüren. Als würden sie mit kalten Fingern über meine Arme streichen, meinen Nacken, mein Gesicht.

Unwillkürlich erschaudere ich, hake mich bei Ana ein und lasse mich von ihr in den grauen Schneeregen ziehen. Wir biegen nach rechts Richtung Hotel ab, und während wir darauf warten, dass wir die Straße überqueren können, redet Ana davon, woher wir uns was zu essen organisieren können. Aber ich kann mich nicht auf sie konzentrieren, denn in dem Moment, als wir uns abwenden und Abstand zwischen uns und die Schule bringen, leuchten hinter uns Scheinwerfer auf.

Mein Herz hämmert so wild in meiner Brust, dass es mich nicht wundern würde, wenn man es von außen sehen könnte. Ich steigere mich in etwas rein, da bin ich mir ganz sicher. Dass hier ist eine Szene aus einem Actionfilm oder etwas in der Art. Wir sind in Belville. Hier würde kein Stalker länger als vierundzwanzig Stunden überleben, bevor er von einer neugierigen Grandma oder einer selbst ernannten Nachbarschaftswache überführt werden würde.

Trotzdem. Mit angehaltenem Atem werfe ich einen Blick über die Schulter. Der Pick-up steht mit laufendem Motor in der kleinen Straße. Wenn mich nicht alles täuscht, hat er ein, vielleicht zwei Meter vorgesetzt, doch er macht keine Anstalten, weiterzufahren, obwohl die Straße vor ihm frei ist.

Scheiße.

Ich drehe mich wieder um und presse die Lippen zusammen, während ich verzweifelt überlege, was ich tun soll. Die Cops anzurufen wäre bescheuert, weil die mich garantiert nicht ernst nehmen würden. Ich könnte Ana sagen, dass ich so schnell wie möglich aus dem Regen rauswill und losrennen, aber aus irgendeinem Grund habe ich das Gefühl, dass das die Situation nur noch schlimmer machen würde. Wie das Beutetier, das vor seinem Jäger davonläuft und damit die Jagd selbst eröffnet.

Dann höre ich hinter mir einen Motor aufheulen, und mein innerlicher Monolog wird von Angst zum Verstummen gebracht.

»Ana«, sage ich leise. Ich zwinge mein Gesicht zu einem Lächeln, als ein Mann mittleren Alters an uns vorbeiläuft und uns abwesend grüßt. »Du musst mir mal kurz zuhören.«

»Hm?«

Ich umschlinge ihren Arm fester und ziehe sie an mich. »Ich glaube, dass uns jemand folgt.« Sie will sich umdrehen – vermutlich aus Reflex –, aber ich halte sie fest. »Nicht hingucken. Ich bin mir fast sicher, dass uns ein Truck hinterherfährt.«

Ihr Gesicht wird kurz von einer Straßenlaterne beleuchtet, und auch wenn es halb von ihrer Kapuze verborgen ist, bemerke ich die Anspannung darin. »Wie kommst du darauf?«

In knappen Worten erzähle ich ihr von dem vermeintlichen Blitzlicht und davon, dass der Wagen genau in dem Moment gestartet wurde, als wir losgelaufen sind. »Vielleicht ist das bescheuert, aber mein Bauchgefühl … du weißt schon.«

»Ich will gucken, ob der immer noch hinter uns ist«, sagt sie mit überraschend fester Stimme und zieht im Gehen ihr Handy aus der Hosentasche. Dann öffnet sie eine Navigations-App. »Schwarzer Pick-up sagst du?«

Als ich nicke, macht sie sich los, den Blick scheinbar auf ihr Navi gerichtet. Sie blickt auf, mustert die kleine Bäckerei neben uns, dann dreht sie sich einmal im Kreis. Ich bin zugegebenermaßen beeindruckt. Von außen sieht es absolut glaubhaft so aus, als wolle sie sich einfach bloß orientieren. Nur ich kann erkennen, dass ihre Augen zweimal auf derselben Stelle verweilen – der Straße hinter uns. Ein paarmal sieht sie sich um, dann kommt sie wieder zu mir herüber und hakt sich unter.

»Ein schwarzer Pick-up parkt an der Straße vor dem Kiosk«, sagt sie nervös. »Ich kann die Marke nicht erkennen. Hast du dir das Kennzeichen gemerkt?«

»Nein«, gebe ich zu und schlage mir in Gedanken selbst gegen die Stirn. Heftig. »Aber es war ein lokales Kennzeichen, ziemlich sicher.«

Ana gibt einen Laut von sich, den ich nicht genau identifizieren kann. Irgendeine Mischung aus Seufzen und Stöhnen, würde ich sagen. »Was soll das? Ich meine, wenn der Typ wirklich da drin sitzt, warum wartet er erst vor der Bibliothek auf uns, nur um uns dann zu verfolgen? Er hätte uns auch direkt vor der Tür abknallen können.«

»Weißt du, ich bin wirklich gerne mit dir unterwegs«, kommentiere ich trocken. »Du bist so herrlich positiv.« Als das widerliche Kribbeln in meinem Nacken zunimmt, mache ich einen Schritt zur Seite und strecke demonstrativ die Hand nach ihrem Handy aus. »Gib mal her.«

Sie reicht es mir, und ich ziehe die gleiche Show ab wie sie vor ein paar Sekunden. Umgebung mustern, Handy anstarren, im Kreis drehen. Als würde ich von ihm angezogen, finden meine Augen sofort den Pick-up. Er steht noch immer an derselben Stelle, wie Ana gesagt hat – in einer kleinen Parkbucht vor dem Kiosk. Aber die Scheinwerfer sind nach wie vor eingeschaltet, und ich bin mir sicher, dass der Motor läuft.

»Wenn der Typ einfach nur ausgestiegen ist, um sich Kippen zu holen, machen wir uns hier ganz schön lächerlich.«

Ana schnaubt leise. »Ich glaube nicht mehr an Zufälle, Luca, und das solltest du echt auch nicht mehr tun.«

Noch einmal werfe ich einen hoffentlich unauffälligen Blick über die Schulter, aber das Bild hat sich nicht verändert. Der Wagen parkt noch immer an der gleichen Stelle, ohne dass ich erkennen kann, ob jemand hinter dem Steuer sitzt. Inzwischen jagt mein Herz in einem viel zu schnellen, aber beinahe gleichmäßigen Rhythmus in meiner Brust. Ob es möglich ist, dass der Körper sich an Panik gewöhnt? Vielleicht ist er es allmählich einfach leid, jedes Mal in Panik zu verfallen, wenn ich verfolgt oder bedroht werde. Vielleicht bin ich desensibilisiert.

»Wir gehen zum Hotel«, sage ich zu Ana, ohne sie anzusehen. Ich sehe stur geradeaus und ziehe mir die Kapuze über den Kopf. Obwohl meine Klamotten durchnässt sind und meine Haare an meinem Gesicht kleben, spüre ich die Kälte kaum. »Schnell, nicht panisch, okay? Und dann schieben wir den Schreibtisch vor die Zimmertür oder so.«

Sie lacht, überzeugend fröhlich klingt sie jedoch nicht. Ich würde gerne in ihren Kopf hineinschauen können. Es mag morbide klingen, aber ich frage mich, ob ein kleiner Teil von ihr erleichtert ist, dass in Belville tatsächlich irgendetwas passiert. Quasi als Beweis dafür, dass wir auf der richtigen Spur sind. Möglicherweise bereut sie es inzwischen, sich in dieses undurchsichtige Spiel eingemischt zu haben. Wenn sie mit ihrer eigenen Theorie richtig liegt, galten all die Dinge, die in Colorado passiert sind, uns und nicht ihr. Sie war einfach nur zur falschen Zeit am falschen Ort. Jetzt weiter herumzustochern und trotz der Ergebnisse der Polizei weiterzuermitteln, könnte ihren Außenseiterstatus ein für alle Mal ausradieren.

Ich hake mich wieder bei Ana unter, während wir mit schnellen Schritten Richtung Hotel gehen. Im Stillen danke ich dem Regen und dem beschissenen Wetter, denn das gibt uns einen glaubhaften Grund, warum wir mehr durch die dunklen Straßen rennen, als dass wir gehen. Auch wenn der Typ im Pickup – sollte er uns wirklich verfolgen – nicht gerade Wert darauf zu legen scheint, sich irgendwie unauffällig zu verhalten, will ich nicht, dass er weiß, dass wir ihn bemerkt haben. Vielleicht wird er unvorsichtig, wenn er sich zu sicher fühlt. So oder so will ich ihm nicht die Genugtuung geben, ihm unsere Angst zu zeigen. Aus Prinzip.

Wir sind gerade mal ein paar Meter weit gekommen, als hinter uns Scheinwerfer aufleuchten. Ich stolpere unwillkürlich und halte die Luft an, warte darauf, dass uns ein Auto überholt. Die Straße, an der wir entlanggehen, ist nicht sehr stark befahren. Die Hillcrest Avenue verbindet die beiden Hauptstraßen von Belville und wird außerhalb des Schulbetriebs eigentlich nur als Durchfahrtsstraße benutzt. Dass ein Auto sich zu dieser Uhrzeit, an einem Samstag, hier so lange aufhält, ergibt einfach keinen Sinn.

»Er fährt uns hinterher«, murmelt Ana, die sich ein bisschen dichter gegen mich drängt.

»Ich weiß.«

Meine Stimme klingt blechern, als bekäme ich nicht genug Luft. Der Wagen scheint nicht näher zu kommen, aber er bewegt sich eindeutig. Vor meinem inneren Auge stelle ich mir vor, wie er langsam im Schritttempo hinter uns herfährt, auf Abstand bleibt, uns beobachtet. Ich erschaudere. Mein Blick huscht über die Umgebung. Hier gibt es nichts außer ein paar Büros und Mehrfamilienhäusern. Nichts, um sich zu verstecken, keinen verdammten Ausweg. Würden wir rennen, hätten wir keine Chance gegen ein Auto.

»Ich hab Angst, Luca.«

Mit zusammengebissenen Zähnen drücke ich Anas kalte Hand. Es ist, als hätte mein Verstand auf Überlebensmodus umgeschaltet – auf Autopilot. Ich bin kein verängstigtes Nervenbündel, was mich selbst am meisten überrascht, vor allem im Hinblick auf mein Verhalten in den letzten Wochen. »Wir müssen …« Ich breche ab, als mein Blick auf eine schmale Hinterhofeinfahrt fällt, die sich vielleicht zweihundert Meter vor uns zwischen zwei große Wohnhäuser drängt. Wenn ich mich nicht irre, führt sie in den Hinterhof eines Supermarkts, eine Art Anlieferungszone. Und ich bin mir ziemlich sicher, dass man durch einen Torbogen am Ende auf die Lighthouse Avenue gelangt – die vielbefahrene Hauptstraße, auf der sicher Menschen unterwegs sein werden.

»Ana«, sage ich leise, auch wenn mir klar ist, dass der Fahrer des Pick-ups uns bestimmt nicht hören kann. »Guck nach rechts. Hinter dem roten Wohnhaus geht eine Einfahrt rein. Siehst du die?«

»Ja.«

»Auf drei rennen wir.« Meine Stimme klingt so angespannt, wie ich mich fühle. Meine Nerven sind derart überreizt, dass sie in meinem Körper zu summen scheinen. »Da rein, okay?

Immer weiter, am Ende gibt es einen Ausgang. Ich renne vor, aber das ist nicht kompliziert. Und ich denke, dass das Auto nicht durchpasst.«

Ich merke, dass sich Anas Schritte verlangsamen. »Bist du dir sicher? Wenn wir rennen, weiß er, dass wir ihn gesehen haben.«

»Und? Er macht nicht den Eindruck, als wolle er das verheimlichen.«

»Was, wenn er aussteigt, Luca?« Jetzt zittert ihre Stimme. »Was, wenn er 'ne Knarre hat?«

Gutes Argument. Wenn wir ihn zwingen, seine sichere Deckung zu verlassen, könnte er etwas unternehmen, was deutlich gefährlicher ist, als von einem Auto verfolgt zu werden. Aber bis zum Hotel ist es noch ein Stück, und ich habe keine Ahnung, wie belebt die Gegend des Neubaugebietes ist.

»Wir sollten es versuchen.«

Ana atmet zischend ein, dann macht sie sich von mir los. »Gut. Wenn ich eine Kugel in den Rücken kriege, ist es deine Schuld.«

Ich verziehe das Gesicht. »Wie auch immer. Auf drei.« Noch einmal sehe ich mich um. Ein Teil von mir hatte die irrationale Hoffnung, dass der Pick-up sich in den letzten Minuten in Luft aufgelöst hat. Hat er aber nicht. Er ist noch immer hinter uns, fährt langsam, hält Abstand.

»Eins«, flüstere ich und schiebe mir die Kapuze vom Kopf.

»Zwei.«

Ich widerstehe dem Drang, mich wieder umzudrehen. All meine Muskeln spannen sich an, während ich die unscheinbare Einfahrt anstarre.

»Drei.«

66

DEVAN

Ich sitze auf einer Bank vor dem Studierendenwohnheim und friere mir den Arsch ab. Brian wollte vor einer halben Stunde hier sein, doch alle paar Minuten schickt er 'ne Nachricht, dass es später wird. Vielleicht sollte ich einfach nach Hause fahren. Ich habe alles erledigt, was ich tun wollte, aber … die schlichte Wahrheit ist, dass ich Luca noch einmal wiedersehen will. Irgendwie habe ich das Gefühl, dass wir uns noch einmal treffen sollten. Die Sache festigen, bevor ich wieder abreise und beschissene tausend Meilen zwischen uns bringe.

Mein Handy piept, und ich lese eine weitere Nachricht von Brian, in der er schreibt, dass er zwar zu spät kommt, aber dafür Bier mitbringt. Ich fluche. Ich könnte wirklich ein Bier gebrauchen, doch dafür, dass wir mal Mitbewohner waren, lässt der Vollpfosten mich ganz schön hängen.

Ich wische die Nachricht zur Seite und scrolle durch meine Kontakte, bis ich die Nummer meines Dads finde. Es klingelt ein paarmal, dann geht er ran.

»*¡Hijo!*«, ruft er so laut ins Telefon, dass ich unwillkürlich zusammenzucke. »*¿Cómo obtengo el honor?*«

»Tu nicht so, als würde ich nie anrufen«, antworte ich auf Englisch. Ich spreche und verstehe Spanisch, allerdings nicht besonders gut. Und da mein Vater mich gern auslacht, wenn ich Wörter vertausche, versuche ich es gar nicht erst.

Ich höre Musik im Hintergrund, dann eine Tür. Die Musik wird leiser. »Was willst du?«, fragt er, immer noch auf Spanisch. »Ich habe in den letzten Tagen so viele Nachrichten von dir bekommen, dass ich mir ziemlich sicher bin, dass du etwas von mir möchtest, *¿no es así?*«

»Nein.« Müde schließe ich die Augen und kneife mir mit Daumen und Zeigefinger in den Nasenrücken. Die Stimme meines Dads klingt ein kleines bisschen verwaschen, und ich könnte wetten, dass er betrunken ist. In Verbindung mit der Musik tippe ich auf eine kleine Party oder darauf, dass ein paar Nachbarn spontan zu Besuch gekommen sind. Alles kein Problem, aber ich hatte gehofft, vernünftig mit ihm reden zu können.

»Was ist gerade los bei dir?«, frage ich ihn.

»Nada especial«, antwortet er, und ich höre das Lächeln in seiner Stimme. »Komm her, *hijo*, Benicio und Valentín sind da.«

Das überrascht mich nicht wirklich. Benicio ist der Bruder meines Dads und Valentín sein Neffe. Mein Cousin macht über den Winter ein Praktikum in der Firma meines Dads, und da mexikanische Familien hin und wieder Probleme damit haben, ihre Kinder in die Welt hinauszuschicken, sind Valentíns Eltern quasi ständig zu Besuch. Und bringen jedes Mal kistenweise *Mezcal* mit, weil sie der Meinung sind, die Amerikaner bekämen ihn nie richtig hin.

»Ich bin in Portland, Dad.«

»¿Dónde?«

»En Portland, papá«, sage ich genervt, weil er unter Alkoholeinfluss regelmäßig Englisch verlernt, obwohl er es ziemlich gut spricht. Wobei – da es meines Wissens keine Übersetzung für Portland gibt, verliert er vielleicht eher sein Hörvermögen als seine Sprachkenntnisse.

»Ah«, macht er und zieht dabei das Wort unerträglich in die Länge. »Was machst du da?«

»Erzähle ich dir ein anderes Mal.« Mein Handy vibriert, und ich habe die wilde Hoffnung, dass Brian bald tatsächlich auftaucht. »Bist du in der Lage, dich zwei Minuten lang zu konzentrieren, *papá*?«

»*Sí, sí.*«

Auch wenn ich das zu bezweifeln wage, setze ich mich ein bisschen aufrechter hin und schaue mich um, um zu sehen, ob jemand in meiner Nähe herumlungert. Aber ich bin allein. »Okay, *escúchame*. Ich will, dass du deine Passwörter zurücksetzt. Verstehst du, wovon ich rede?«

»Nicht wirklich, Devan«, antwortet er lachend, dieses Mal auf Englisch. »Aber das klingt nach einem Thema, das wir vielleicht wirklich lieber morgen besprechen sollten, *¿sabes?*«

Genervt stütze ich die Ellbogen auf die Knie. »Ich meine es ernst, Dad. Ich will, dass du die Zugangsdaten zu allem erneuerst, wo du angemeldet bist. Aber denk dir keine aus. Nicht so was wie *Batman1972* oder so einen Scheiß. Ich schick dir ein paar Links, womit du Passwörter generieren kannst, je nachdem, was für Anforderungen du hast. Und nimm verschiedene Passwörter, nicht jedes Mal dasselbe.«

Einen Moment lang ist es still in der Leitung, und ich überlege ernsthaft, ob er das Handy einfach zur Seite gelegt hat und zurück zu seiner kleinen Privatparty gegangen ist. Mein Vater ist ein verdammt verantwortungsbewusster Mensch, doch ich habe keine Ahnung, in welchem Zustand er gerade ist. Manchmal habe ich das Gefühl, dass er sich wieder in einen kleinen Jungen verwandelt, wenn sein Bruder zu Besuch ist. Normalerweise finde ich das lustig, jetzt im Moment nervt es mich ein bisschen.

»*¿Papá?*«

»*Madre mía*, was ist denn los mir dir, Devan?«, antwortet er schließlich. Seine Stimme klingt jetzt ernster, aber nicht wirklich deutlicher. »Ist etwas passiert?«

Ich fahre mir mit der Hand über das Gesicht. Ich werde ihm auf keinen Fall die Wahrheit sagen. In erster Linie, weil ich mir nicht eingestehen werde, dass Anas Worte mich zum Nachdenken gebracht haben. Ich glaube nicht an ihre Theorien, ich glaube daran, dass Matthew Ismar im Gefängnis sitzt, weil er es verdient hat. Trotzdem – auf diesem Berg ist so viel passiert, so viel mehr *fast* passiert, dass es mir inzwischen ein bisschen dämlich vorkommt, wie unvorsichtig ich war.

»Nein«, antworte ich, vielleicht eine Sekunde zu spät, um glaubhaft zu wirken. »Aber wir wissen nicht, wer sich möglicherweise in die Konten eingehackt hat. Und falls das jemand geschafft hat, könnten immer noch Leute Zugriff darauf haben. Also ändere einfach die Passwörter, okay?«

»Geht es um das *Ortiz Grand Resort*, *hijo*?«, fragt er und bringt mich damit kurz zum Lächeln. Er spricht den Namen des *Ortiz* immer komplett aus. Als ich ihn mal danach gefragt habe, meinte er, dass es edler und deren Interesse an mir damit wichtiger klingen würde. Aber ich werde schnell wieder ernst, weil mein Dad damit den Nagel ziemlich genau auf den Kopf getroffen hat.

»Nein«, sage ich wieder, auch wenn ich weiß, dass er mir nicht glaubt. Nicht wirklich. »Wie schon gesagt, Dad, das ist echt nur eine Vorsichtsmaßnahme. Tu es einfach. *Por favor.*«

Er flucht derb. Die spanische Sprache ist wahnsinnig kreativ darin, sich Schimpfwörter einfallen zu lassen, und in seinem geht es sinngemäß darum, dass ich weggehen und Spargel braten soll. Der eigenen mentalen Gesundheit zuliebe sollte man mexikanische Flüche lieber nicht eins zu eins übersetzen – in einem anderen wünscht man seinem Gegenüber, von einem Fisch gefickt zu werden.

Ich höre, wie mein Vater sich im Hintergrund räuspert. »*Bien*, ich mache es ja. Was ist mit deiner Mutter?«

»Was soll mit ihr sein?«, frage ich, strecke mich und lasse meinen Rücken knacken.

»Sie ist in New York. Soll ich sie anrufen und ihr das Gleiche sagen?«

»Ja«, seufze ich müde. »Ich schick euch die Links, okay? *Te quiero, papá.*«

»*Te quiero más, Devan.*«

Noch bevor ich auflegen kann, höre ich die Musik im Hintergrund lauter werden. Ich bin mir hundertprozentig sicher, dass Dad sich nicht um die Passwörter kümmern wird. Jedenfalls nicht vor Montag. Mein Onkel ist bestimmt das ganze Wochenende bei ihm, und mein Vater hat einen stressigen Job in einer Maschinenbau-Firma. Ich gehe jede Wette ein, dass er es spätestens Dienstag vergessen hat und ich mich darum kümmern werde, sobald ich wieder zu Hause bin.

Ich sperre das Handy und lege es neben mich auf die Bank, dann lasse ich das Gesicht in die Hände sinken und unterdrücke ein Gähnen. Hoffentlich kommt Brian bald mit dem Bier. Ich brauche dringend etwas, das meine Gedanken zumindest für eine Weile zum Schweigen bringt.

67

LUCA

Der kalte Novemberwind schneidet mir ins Gesicht, als ich vor Ana in rasendem Tempo durch die Dunkelheit auf die Einfahrt zurenne. Die Geräusche unserer hastigen Schritte hallen zwischen den eng stehenden Häusern wider. Als mein Fuß eine tiefe Pfütze erwischt und die Mischung aus Wasser und Schneematsch meinen Schuh samt Socke durchweicht, keuche ich leise. Hastig checke ich die Straße, dann packe ich Anas Hand und ziehe sie auf die andere Seite. Hier stehen nur noch Wohnhäuser, die nächste Straßenlaterne befindet sich schätzungsweise zweihundert Meter entfernt. Hinter uns verfolgen uns noch immer die Scheinwerfer und werfen unsere Schatten überlebensgroß an die nächste Hauswand, während wir auf die Einfahrt zurennen. Ein Teil von mir rechnet damit, dass uns das Auto rammt. Dass, wer auch immer hinterm Steuer sitzt, Gas gibt und dass meine Knochen im nächsten Moment von der schwarzen Frontschürze zerschmettert werden.

Aber nichts passiert.

Ich bin bereits nach ein paar Sekunden außer Atem, mein Herz schlägt wild gegen meine Rippen. Ich werfe einen panischen Blick über die Schulter und sehe den klobigen Umriss des Pick-ups hinter den grellen Lichtkegeln der Scheinwerfer, die sich auf der nassen Straße spiegeln. Ich hab keine Ahnung, ob sich irgendetwas verändert hat – ob er schneller geworden ist oder nicht. Meine Sinne scheinen sich nur auf eine Sache auf einmal konzentrieren zu können, und im Moment ist es die verdammte Einfahrt, die einfach nicht näher kommt. Als würde sie sich mit jedem beschissenen Schritt weiter von uns entfernen.

Anas Hand verkrampft sich um meine. »Wir sind zu langsam«, keucht sie.

Wir rennen an einer dunklen Ladenfront vorbei, unsere Schuhe klatschen auf den nassen Asphalt. Mein Atem bildet weiße Wolken in der eisigen Luft. Der Klang des Motors hinter uns ist inzwischen bedrohlich nah, das Dröhnen verschmilzt mit dem Schlagen meines eigenen Herzens. Die Einfahrt ist verlassen, und die hohen Gebäude um uns herum werfen schattenhafte Muster auf den Boden. Ich kann den Motor des Pick-ups jetzt deutlich hören, das Grollen wird lauter, als der Wagen näher kommt. Meine Beine fühlen sich schwer an, die eisige Luft schmerzt in meiner Lunge, aber ich kämpfe gegen die Erschöpfung an und laufe weiter.

Ich weiche einer Mülltonne aus und ziehe Ana hinter mir her, dann entdecke ich den schmalen Durchgang, der zur Hauptstraße führt. Die Scheinwerfer des Autos erhellen ein schwarzes Eisentor. Ein verschlossenes schwarzes Eisentor, das den Weg zwischen uns und der Straße blockiert.

Ein Keuchen entfährt meinen Lippen. Ana neben mir scheint begriffen zu haben, was mein Problem ist. Sie flucht, dann macht sie sich von mir los und rennt vor. Sie rüttelt an den Eisenstäben, doch sie bewegen sich nicht. Das Tor ist abgeschlossen.

Wir sitzen in der Falle.

»Du hast gesagt, wir kommen hier durch«, brüllt sie panisch.

Ich antworte nicht. Das Tor gab es noch nicht, als ich in Belville gewohnt habe. Aber das spielt jetzt keine Rolle. Die Angst frisst sich in meine Eingeweide wie ein kalter, tödlicher Virus, als ich mich umdrehe. Die kleine Ladezone ist hell erleuchtet, und ich muss die Augen vor dem grellen Licht der Scheinwerfer zusammenkneifen. Ich kann nichts erkennen, nicht einmal mehr den groben Umriss des Wagens. Er steht schätzungsweise zehn Meter von uns entfernt – dort, wo sich die kleine Einfahrt in den Hof öffnet. Das Auto ist breit genug, um die gesamte Straße einzunehmen. Keine Chance, dass wir an ihm vorbeirennen können. Zumindest nicht, wenn der Fahrer uns daran hindern will.

»Fuck«, zische ich, und selbst bei diesem kleinen Wort zittert meine Stimme. Die Panik droht mich zu überwältigen, aber ich schiebe sie zurück. Ich muss mich verdammt noch mal konzentrieren. Ich reiße mich von dem Anblick des Wagens los und sehe mich um, kann aber kaum etwas erkennen, weil vor meinen Augen bunte Lichtpunkte flackern. Trotzdem weiß ich tief in meinem Inneren, dass es keinen Ausweg gibt außer der Flucht nach vorn. Um uns herum gibt es keine Wohnhäuser, und es ist zu spät, als dass in den Geschäften oder Büros noch jemand wäre, der uns helfen könnte. Hier gibt es nichts als glatte, unüberwindbare Hausfassaden und vergitterte Fenster, die in irgendwelche Lagerräume führen.

Ana steht wieder neben mir und greift erneut nach meiner Hand. Ihre Haut fühlt sich kalt und nass an, trotzdem erwidere ich ihren Blick.

»Hey, Arschloch!«, schreit sie so laut, dass ich zusammenzucke. Am liebsten würde ich ihr den Mund zuhalten, doch meine Muskeln scheinen mir nicht mehr richtig zu gehorchen.

Natürlich kommt keine Antwort – der Pick-up bewegt sich nicht, die Tür wird nicht geöffnet, die Lichter nicht ausgeschaltet. Der Fahrer hat sie also entweder nicht gehört oder er ignoriert sie ganz einfach. Ich tippe auf Letzteres.

»Hier sind überall Kameras!«, macht Ana weiter, ohne die Stimme zu senken. Sie hebt den Arm und deutet auf eine Hauswand, an der tatsächlich eine Überwachungskamera hängt. »Falls du uns also umnieten willst, lächle wenigstens einmal in die Kamera, okay? Ich hab gehört, die machen auch scharfe Aufnahmen durch verdunkelte Scheiben, also hast du wenigstens deine paar beschissenen Minuten im Scheinwerferlicht, bevor sie dich einbuchten.«

Unwillkürlich halte ich den Atem an, während ich das Auto anstarre. Er muss sie gehört haben. Dieser Typ oder diese Frau, was auch immer, ist unberechenbar, selbstverliebt, extrem von sich überzeugt – und dadurch gefährlich. Er oder sie würde es sich nicht nehmen lassen, zu hören, was seine kleine Ratte in der Falle zu sagen hat.

Meine Gedanken wandern zu Devan, der vermutlich gerade darauf wartet, dass ich mein Versprechen halte und mich melde. Was würde er denken, wenn die Polizei ihm mitteilen würde, man habe mich und Ana in einer Gasse in Belville gefunden? Dass wir leichtsinnig waren. Er würde denken, dass ich ihm nicht genug vertraut habe, um ihm die Wahrheit zu sagen. Dass ich mich an Ana statt an ihn gewandt habe, um einen Mörder zu stalken, der vermutlich mit einer Liste in der Hosentasche herumläuft, auf der mein Name steht. Allein bei der Vorstellung zieht mein Herz sich schmerzhaft zusammen.

Wir stehen da und warten, zehn Sekunden, zwanzig. Ehrlich gesagt bin ich mir nicht einmal selbst sicher, was ich genau erwarte. Dass er aussteigt und sich vorstellt? Wieder auf uns schießt? Keine dieser Varianten wäre verlockend, aber immerhin wäre dieser ganze Albtraum dann vorbei, und wir hätten ihn tatsächlich auf Kamera, solange diese Dinger nicht nur Attrappen sind. Vielleicht war es ein wenig unklug von Ana, ihn auf die Kameras hinzuweisen.

Doch nichts von alledem passiert. Während wir dastehen und darauf warten, dass etwas passiert, vibriert mein Handy in meiner Hosentasche, doch ich ignoriere es. Endlich, nach Minuten, die mir wie Stunden vorgekommen sind, bewegt sich der Pick-up. Der Motor heult kaum merklich auf, dann setzt er zurück. Quälend langsam, als wären wir Verliebte, die sich nicht voneinander trennen können.

Meine Hände beginnen, zu zittern, und wieder kribbelt es in meinem Nacken. Mit zusammengebissenen Zähnen starre ich die kleiner werdenden Scheinwerfer an. Ich traue mich nicht, auch nur einen Muskel zu rühren. Ich fühle mich wie das sprichwörtliche Reh im Scheinwerferlicht, das zu stark geblendet wurde, um einen Fluchtweg erkennen zu können. Der Pick-up bleibt einen Moment lang stehen, dann setzt er rückwärts aus der Gasse. Der Motor heult ein letztes Mal auf, bevor er verschwindet.

Ein paar Sekunden lang stehen Ana und ich einfach da. Auch wenn ich ihr Gesicht nicht sehen kann, bin ich mir sicher, dass sie ebenfalls auf die Stelle auf der Straße starrt, an der der Pick-up gerade eben verschwunden ist. Vielleicht befürchten wir beide, dass die blendend hellen Scheinwerfer ein zweites Mal auftauchen, weil der Typ seine Meinung geändert und beschlossen hat, dass unser Tod einen möglichen Gefängnisaufenthalt wert ist.

»Scheiße«, keuche ich irgendwann und beuge mich nach vorn, um mich auf meinen Knien abzustützen. Meine Worte klingen, als würde Luft ruckartig aus einem Ballon entweichen.

»Das war …«, beginnt Ana, bricht dann aber mit einem freudlosen Lachen ab, um nach Worten zu suchen, »wild.«

Kopfschüttelnd lasse ich meinen Blick die Straße entlangwandern. Niemand ist hier, keine Menschenseele schenkt uns Beachtung. In meinem Kopf hat diese Szene Stunden gedauert und war laut. Sehr laut. Das Geräusch des Motors kam mir wie das Dröhnen einer Kettensäge vor, das Schlagen meines Herzens wie Donnergrollen und das Rauschen meines Blutes wie die unbarmherzige Strömung eines reißenden Flusses.

Aber in Wahrheit hat niemand Notiz von uns genommen … von unserer Angst, von der Gefahr, die in dieser verdammten Gasse gelauert hat.

Atemlos lege ich mir die flache Hand auf die Brust, in dem Versuch, mein noch immer donnerndes Herz zu beruhigen. Ohne Erfolg.

»Können die Kameras eigentlich wirklich durch verdunkelte Scheiben filmen?«, frage ich Ana. Ich räuspere mich, als ich bemerke, wie rau meine Stimme klingt.

»Keinen blassen Schimmer«, antwortet sie trocken. »Aber zum Glück wusste der Kerl im Auto das offensichtlich auch nicht.«

Ich rufe ein Taxi zu dem kleinen Kiosk, und Ana und ich gehen das Stück zurück, um unter der Laterne vor dem geöffneten Ladenfenster zu warten. Keine zehn Pferde würden mich dazu kriegen, den restlichen Weg zum Motel im Dunkeln zu laufen. Meine Nervosität verwandelt jeden noch so harmlos aussehenden Schatten in Monster aus meinen Albträumen, die ihre kalten, klebrigen Fingern nach uns ausstrecken. Als der Kioskverkäufer sich beschwert, kauft Ana einen Energydrink und hält ihm eine kurze, aber wütende Rede, dass es als annähernd empathischer Mensch seine Aufgabe wäre, uns in dieser Situation ein Gefühl von Sicherheit zu vermitteln. Kurz will ich sie daran erinnern, dass der arme Mann keine Ahnung von *unserer Situation* hat, doch ich schlucke die Worte hinunter. Wenn Ana ein Ventil braucht, ist es mir lieber, dass sie diesen Fremden dafür benutzt statt mich.

Zu meiner Erleichterung ist es eine Taxifahrer*in*, die schätzungsweise fünfzehn Minuten später am Straßenrand hält. Obwohl mir vollkommen klar ist, dass es ebenso gut eine Frau sein könnte, der wir diese Hölle zu verdanken haben, ist der Täter in meiner Vorstellung immer männlich. Und die Tatsache, dass uns eine Frau nach Hause fährt, beruhigt meine völlig überspannten Nerven immerhin ein wenig.

Auf der kurzen Fahrt sprechen Ana und ich kein einziges Wort. Wir nennen der Fahrerin den Namen des Motels, bezahlen und steigen dann aus. Ich sehe, dass Ana sich anstrengen muss, eine einigermaßen normale Geschwindigkeit an den Tag zu legen. Mir geht es genauso. Am liebsten würde ich aus dem Wagen springen und den Rest der Strecke rennen. Noch immer kribbelt es in meinem Nacken, und noch immer habe ich das widerliche Gefühl, beobachtet zu werden.

Zurück im Zimmer schließe ich die Tür hinter mir ab und überprüfe zweimal das Schloss. Als ich mich zu Ana umdrehe, hält sie mir eines dieser kleinen mobilen Türschlösser hin. Auf meinen fragenden Blick antwortet sie nur mit einem Achselzucken. Es bedarf tatsächlich keiner weiteren Erklärung.

»Am liebsten würde ich direkt nach Hause fahren«, sage ich, während ich aus meinen Schuhen trete und mein Handy am Ladegerät anschließe. »Die Vorstellung, dass dieses Schwein irgendwo in Belville ist ... uargh.«

»Ich glaube nicht, dass er hier wohnt«, sagt sie und unterdrückt ein Gähnen. »Er war im *Ortiz* und anscheinend auch in Portland ... jetzt ist er halt hier.«

»Überall da, wo wir sind.«

Ana hebt die Hand und deutet mit dem Zeigefinger auf mich. »Nein, Luca. Überall wo *du* bist.«

Ich öffne schon den Mund, um ihr zu widersprechen, doch ich halte inne. Ich bin die Einzige von uns, die in Portland wohnt. »Er muss eine Möglichkeit gefunden haben, uns zu überwachen«, sage ich nach ein paar Sekunden. »Würde es dich wundern, wenn er irgendwie herausgefunden hat, dass du und Devan mich besuchen kommt? Er könnte also genauso gut dir oder Devan folgen.«

Sie lässt sich aufs Bett fallen und legt den Kopf in den Nacken. »Auch wenn ich dir keine Angst machen will: Ich stehe nicht auf der Liste, und Devan ist nicht hier.«

»Ich glaube nicht, dass es wirklich …«, beginne ich, breche dann aber ab, als ich aus dem kleinen Badezimmer ein Geräusch höre. Ein leises … Klicken.

Erschrocken schaue ich Ana an. Ich weiß, dass sie es ebenfalls gehört hat, denn ihre Gesichtsfarbe hebt sich kaum von dem Weiß der Wand hinter ihr ab. Angestrengt versuche ich, in die Stille zu lauschen, doch ich schaffe es nicht. Auf einmal scheinen mein eigener Puls, mein Blut, mein Herzschlag wieder doppelt so laut in meinem Körper zu dröhnen. Sie übertönen jedes verdammte Geräusch.

Panisch schaue ich von Ana zum Badezimmer, dann zur ordentlich versperrten Zimmertür. Wie zur Hölle konnten wir vergessen, das Badezimmer zu checken?

Tausend Gedanken auf einmal rasen durch meinen Kopf.

»Guck du nach«, zischt Ana, die immer noch auf dem Bett sitzt.

Ich verenge die Augen und sehe sie wütend an, trotzdem gehe ich leise zum Schreibtisch hinüber und greife nach einer kleinen Stehlampe. Keine perfekte Waffe, aber immerhin ist der Fuß schwer genug, dass er an einem menschlichen Schädel vermutlich eine ganze Menge Schaden anrichten kann. Ana reißt die Augen auf und steht auf, als wolle sie mir Rückendeckung geben.

Meine Hand zittert, als ich sie nach dem Knauf der Badezimmertür ausstrecke. Falls wirklich jemand dadrin ist, brauchen wir das Überraschungsmoment. Das ist unsere einzige Chance.

Stumm zähle ich bis drei, dann drehe ich den Knauf, hebe die Stehlampe über meinen Kopf und reiße die Tür auf. Ich spüre Anas Hand auf meinem Rücken, bevor ich einen Satz in den kleinen Raum hinein mache und mich hektisch umsehe.

Er ist leer. Niemand zu sehen, niemand steht hinter der Glasfront der Dusche oder versteckt sich hinter der Tür.

»Ich glaube, mein Gehirn macht das nicht mehr lange mit«, keuche ich, als ich mich zu Ana umdrehe. »Bald liege ich irgendwo in Fötushaltung in der Ecke.«

Anas Mundwinkel zucken, und sie nickt in Richtung Waschbecken. »Der Wasserhahn tropft«, sagt sie mit zitternder Stimme.

Ich folge ihrem Blick, als sich ein weiterer Wassertropfen löst und mit einer Mischung aus Klicken und Platschen im Abfluss landet. Ich vergrabe das Gesicht in den Händen. Die Spannung, die sich in den letzten zwei Stunden in meinem Inneren angesammelt hat, braucht irgendeinen Weg nach draußen. Das hier – die ganze Situation, der ganze verdammte Abend – ist die Manifestation von allem, wovor ich Angst hatte, seit ich aus Colorado zurückgekehrt bin. Dass sich die Geschichte wiederholt, dass sie mich in mein normales Leben verfolgen wird. Ich war allein von der Vorstellung gelähmt. Jetzt ist die Panik zur Realität geworden … aber ich lebe noch. Ana und ich haben uns gewehrt, wir haben uns nicht zusammengerollt und gehofft, dass es vorbeigeht. Wir haben dafür gesorgt, dass wir da rauskommen und es uns mehr oder weniger gut geht. Das ist tausendmal besser, als mich in meinem Wohnheim zu verkriechen und mir immer und immer wieder das Worst-Case-Szenario auszumalen.

Die Erleichterung trifft mich hart, und ich pruste los, als ich Ana leise glucksen höre. Theoretisch ist mir klar, dass an dieser Situation überhaupt nichts lustig ist. Dass unsere Paranoia einen echten, ernst zu nehmenden Ursprung hat. Aber in diesem Moment ist mir das egal. Das Lachen bricht aus mir heraus, ohne dass ich etwas dagegen tun kann. Weil diese ganze beschissene Situation so absurd ist. Als mein Blick auf die Lampe fällt, die ich noch immer in der Hand halte, habe ich verloren. Ich lache so lange, bis mir der Bauch wehtut und ich mich an Ana festhalten muss, um nicht zu Boden zu gehen.

»Ich kriege keine Luft«, keucht Ana. Sie hält sich den Bauch, und ihr Gesicht ist tatsächlich rot genug, um mir Sorgen zu bereiten. Tränen laufen ihr übers Gesicht. »Was hattest du mit dem Ding vor?«

Wieder blicke ich auf die Lampe. Sie ist unfassbar altmodisch – mit einem altrosa Schirm, auf den verschiedene Wildblumen gedruckt sind. »Du hast mich vorgeschickt«, erinnere ich sie und fahre mir mit der freien Hand über die Augen. »Immerhin wollte ich *etwas* tun.«

Es dauert ein paar Sekunden, bis sie sich beruhigt hat. Dann atmet sie tief durch und sieht mich im Spiegel an. »Wir sollten wirklich einen Selbstverteidigungskurs machen, wenn das hier vorbei ist. Du brauchst bessere Skills, als 'ne Nachttischlampe zu zücken.«

Da hat sie nicht ganz unrecht. Ich grinse, auch wenn mich bei dem Wort »vorbei« ein kalter Schauder durchläuft.

68

LUCA

Es dauert lächerlich lange, bis wir uns beruhigen. Gut möglich, dass Lachen eine Art Reflex ist, wenn das Gehirn oder der Verstand einfach nicht wissen, wie sie reagieren sollen. Aber wenn das die Alternative zu Panikattacken oder Weinkrämpfen ist, dann nehme ich das Lachen.

Ana geht zurück ins Zimmer. Ich warte, bis sie die Tür hinter sich geschlossen hat, dann stütze ich mich mit den Händen zu beiden Seiten des Waschbeckens ab und lasse einen Moment den Kopf hängen, um meinen verspannten Nackenmuskeln eine Pause zu gönnen. Mein Kopf tut immer noch weh, und immer wieder durchfährt meinen Körper ein Zittern – ob das an meinen nach wie vor nassen Klamotten oder an dem liegt, was gerade passiert ist, weiß ich nicht.

Meine Gedanken wandern zu dem, was Ana mir gesagt hat, bevor unsere Panik einen verdammten tropfenden Wasserhahn in einen Einbrecher verwandelt hat. Dass der Kerl *mir* folgt. Nicht uns, sondern mir. Ich leide zu wenig unter dem Main-Character-Syndrom, um das tatsächlich in Betracht zu ziehen. Alles, was er in Colorado veranstaltet hat, wäre zu viel gewesen, wenn er es nur auf mich abgesehen hätte. Das ergibt keinen Sinn. Sollte dieser Typ irgendeinen Feldzug gegen mich allein führen, dann hätte er ausreichend Gelegenheiten auf dem Campus gehabt. Mich ins *Ortiz* zu locken und dabei das

Leben von so vielen anderen aufs Spiel zu setzen, ist wahnsinnig ineffizient.

Ich drehe das Wasser auf, lasse ein bisschen was in meine Hände laufen und spritze es mir ins Gesicht. Wieder durchfährt mich ein Zittern, auch wenn ich die Kälte des Wassers auf meiner Haut kaum spüre. Meine Haare und meine Hose sind von unserer Verfolgungsjagd im Schneeregen noch immer nass. Ich mustere meine Reflexion im Spiegel, wende dann aber frustriert den Blick wieder ab. Ich sehe … fertig aus. Und genauso fühle ich mich auch.

Als ich zurück ins Zimmer komme, sitzt Ana auf dem klapprigen Stuhl und hat ihr Handy in der Hand. Sie schaut auf, nachdem ich mich aufs Bett gesetzt habe. »Alles okay?«

»Klar, alles bestens.« Ich lächle halbherzig. »Gib's doch zu, du bist ein bisschen stolz auf dich.«

»Worauf genau?«

Ich mache eine vage Handbewegung Richtung Zimmertür. »Du hattest recht, oder nicht? Wären wir hier auf dem Holzweg, hätte der Kerl sich vermutlich nicht solche Mühe gegeben, uns aufzuhalten.«

Ana mustert mich ein paar Sekunden. Ich habe den Eindruck, dass sie überlegt, ob sie die Worte in ihrem Kopf wirklich aussprechen soll oder nicht. Keine Ahnung, wie sie sich entscheidet. »Willst du weitermachen?«

»Ganz ehrlich?«, erwidere ich matt. »Ich weiß nicht, ob das eine gute Idee ist. Vielleicht sollten wir einfach die Polizei anrufen.«

»Und ihnen was sagen?«

»Alles.« Ich zucke mit den Schultern. »Dass wir verfolgt wurden, die Sache mit Rileys Handy, alles eben.«

»Ich habe mit denen gesprochen«, erinnert Ana mich. »Mehr als einmal. Und jedes Mal, wenn ich erwähnt habe, dass ich glaube, es ist noch nicht vorbei, haben sie mir eine andere Beratungsstelle empfohlen. Anlaufstellen für traumatisierte Opfer von Gewaltverbrechen, Stalking und so weiter. Oder Psychologen. Sie werden das alles hier auf ein Trauma oder Trauer schieben, das verspreche ich dir.«

Ich beuge mich vor und sehe sie eindringlich an. »Wir können das nicht alleine machen, Ana. Was, wenn das vorhin wirklich eine Warnung war? Was denkst du, was der Typ tun wird, wenn wir weiter Detektiv spielen? Was machen wir dann?«

Meine Worte erreichen irgendetwas in ihr, das kann ich sehen. Sie denkt nach, macht aber nicht den Eindruck, als würde sie im nächsten Moment aufstehen und unseren Rückflug buchen. »Dann rufen wir die Jungs an«, sagt sie schließlich, langsam. »Devan und die anderen. Du hast recht, wir sollten nicht alleine rumlaufen, aber sie geht das Ganze genauso viel an wie uns, oder nicht?«

Innerlich fluchend verschränke ich die Arme vor der Brust. Ich würde wahnsinnig gerne protestieren, doch als ich gerade eben im Badezimmer stand, habe ich dasselbe gedacht. Ich mag Ana, und ich vertraue ihr weitestgehend. Trotzdem … als uns der Typ vorhin in dem kleinen Hof mit seinem Wagen eingekesselt hat, habe ich mir gewünscht, Devan würde neben mir stehen statt Ana.

»Okay«, sage ich schließlich. »Morgen. Wir rufen ihn morgen an und sagen ihm das Nötigste.«

»Schadensbegrenzung?«, fragt sie schmunzelnd.

»Ich glaube nicht, dass der Schaden sich noch begrenzen lässt«, seufze ich, stehe dann auf und schäle mich aus meiner feuchten Hose. Devans und meine Beziehung – falls man sie überhaupt so nennen kann – steht auf wackeligen Beinen. Und nach dieser Aktion wird Devan denken, dass ich ihm nicht vertraue. Das ist die einzig logische Schlussfolgerung. Vielleicht habe ich den Karren damit an die Wand gefahren, aber das kann ich jetzt nicht mehr ändern.

Nachdem ich mich umgezogen habe, schieben Ana und ich tatsächlich den Schreibtisch vor die Tür. Sicher ist sicher. Trotzdem wage ich zu bezweifeln, dass ich auch nur ein Auge zubekommen werde. Das hier ist kein Luxushotel, und die Dame am Empfang hat uns bereits mitgeteilt, dass vom Personal ab zehn Uhr niemand mehr da ist. Unsere Eingangstür führt ins Freie, und ich habe keine Ahnung, ob die Zimmer neben uns belegt sind. Wenn hier etwas passiert, weiß ich nicht, ob wir von irgendjemandem Hilfe erwarten können. Dass der Regen von draußen gegen das einzige Fenster prasselt und der Wind an dem Gebäude zerrt wie ein wütendes Untier, macht die Sache alles in allem auch nicht wirklich besser.

Ich lege mich neben Ana aufs Bett und scrolle durch Instagram. Keine von uns schaltet den Fernseher ein, und ich bin mir ziemlich sicher, dass ich weiß, warum nicht. Um keine Geräusche zu übertönen. Keine von uns spricht es aus, aber ich lausche die ganze Zeit in die Dunkelheit und warte auf das Geräusch von Schuhen auf der Außentreppe oder vom Entsichern einer Waffe.

Das Handy vibriert in meiner Hand. Mein Magen sackt ein paar Etagen nach unten, weil ich erwarte, dass Devan sich meldet. Aber es ist nicht sein Name, der oben in der Benachrichtigungsleiste auftaucht.

»Ana«, sage ich tonlos und halte ihr das Handy so hin, dass sie es sehen kann. »*Riley* hat geschrieben.«

»Was?«, sagt sie und richtet sich ruckartig auf. »Lies die Nachricht!«

Lieber würde ich das Handy aus dem Fenster schmeißen, aber meine Finger umklammern es stattdessen nur fester und öffnen den Chat. Wer auch immer Rileys Telefon benutzt, hat ein Foto geschickt. Bereits bevor ich es heruntergeladen habe und es sich öffnet, weiß ich, was es zeigt.

»Das Schwein hat dich fotografiert?«, ruft Ana wütend. »Hat der ein beschissenes Stalker-Handbuch für Dummies verschluckt, oder was?«

Die Aufnahme ist ein bisschen körnig, weil es bereits gedämmert hat, und an der oberen linken Ecke sieht man eine Lichtspiegelung. Es wurde eindeutig aus einem Auto heraus aufgenommen. Ich stehe auf der kleinen Treppe vor der Bibliothek und telefoniere, schaue aber nicht in die Richtung der Kamera. Vielleicht war das der erste Blitz, bevor ich mich umgedreht und den Pick-up beobachtet habe.

»Hat er was dazugeschrieben?«

»Nope«, antworte ich und schließe das Foto, um ihr den Chat zu zeigen. Keine Bildunterschrift, keine separate Nachricht. Nur das Foto. »Ich bin mir nicht einmal sicher, was er mir damit zu sagen versucht.«

Sie schnaubt. »Vielleicht hatte er Angst, dass wir den Hint mit der creepy Verfolgungsjagd nicht verstanden haben.«

»Aber was …« Weiter komme ich nicht. Als das Handy in meiner Hand klingelt, fahre ich so heftig zusammen, dass ich es um ein Haar fallen lassen.

»Wer ist es?«, ruft Ana, die immer kopfloser wirkt.

»Devan.« Ich schaue vom Handy auf und werfe Ana einen überforderten Blick zu. »Was soll ich machen?«

Sie hebt die Hände. »Rangehen?«

»Gute Idee.« Ich stemme mich vom Bett hoch und nehme ab. Ich will gerade etwas sagen, da dringt seine Stimme durchs Telefon. So laut, dass ich zusammenzucke und das Handy ein paar Zentimeter vom Ohr weghalte.

»Wo zur Hölle bist du?«

Mein Blick wandert wie ferngesteuert zu Ana, als könnte sie

aus dem Nichts eine einfache Erklärung aus dem Hut zaubern. Aber natürlich sagt sie nichts, sondern schaut mich stattdessen hilflos an. »Was ist los?«

»Ich bin mit Ana unterwegs«, antworte ich, was immerhin nicht einmal gelogen ist.

»*Wo*, Luca?«

Sein Ton passt mir nicht. Ich richte mich ein Stück auf. »Unterwegs«, wiederhole ich und ziehe das Wort in die Länge. »Warum fragst du?«

»Warum ich frage?« Er ist lauter geworden. Er brüllt nicht, doch die Eindringlichkeit in seiner Stimme nimmt von Wort zu Wort zu. Verwirrt drehe ich Ana den Rücken zu. »Ich frage, weil ich vor einer halben Stunde eine Nachricht von Riley bekommen habe, dass ich *meine Freundin* an die Leine nehmen soll.«

»Wovon sprichst du, Devan?«

»Sie hat auch ein Foto geschickt«, macht er weiter. Er schreit nicht mehr, aber seine Worte werden von einem Knurren begleitet. »Und dann war ich verwirrt und bin zu deinem Wohnheim gefahren und habe mit Riley gesprochen.«

Scheiße. Scheiße, scheiße, scheiße, scheiße.

Ich weiß, worauf diese Geschichte hinausläuft. Ich fühle mich, als würde mein Denken gefrieren, ich bin zu keinem einzigen gescheiten Gedanken mehr fähig. »Devan …«

»Nein«, fährt er mir dazwischen. »Sag mir, was hier los ist, Luca. Warum meint Riley, dass du bei deinen Eltern bist und dass ihr Handy geklaut wurde? Von wem war die Nachricht?«

»Stopp!« Ich schließe die Augen und kneife mir mit der freien Hand in den Nasenrücken. »Beruhig dich mal kurz wieder, Devan.«

Eine Sekunde lang ist es still, dann höre ich, wie er geräuschvoll ausatmet. »Sorry. Aber du musst mir sagen, was hier abgeht, Luca. Ich drehe durch.«

Ich versuche gar nicht erst, mir eine Ausrede zu überlegen. Das hat er nicht verdient. Der einzige Grund, warum ich ihm nichts von diesem Trip erzählt habe, war, meinen Scheiß nicht mehr länger bei ihm abladen zu wollen. Aber so wie es im Moment aussieht, wurde mir diese Entscheidung abgenommen.

»Wir sind in Belville«, sage ich schließlich, ohne die Augen zu öffnen. »In der Stadt, in der ich mit Christine und Paul zur Schule gegangen bin. Ana wollte hier … Nachforschungen anstellen. Und ich bin mitgefahren, weil ich heute Morgen auch Nachrichten von Riley bekommen habe, nachdem ihr Handy geklaut wurde.«

»Luca«, presst Devan hörbar angestrengt heraus. Vielleicht will er wieder schreien, doch ich bin ziemlich froh darüber, dass er es nicht tut. »Warum hast du mir davon nichts erzählt?«

»Weil du gestern sehr deutlich gemacht hast, was du von Anas Theorien hältst.« Ich öffne die Augen und drehe mich um, um Ana einen entschuldigenden Blick zuzuwerfen. Sie runzelt die Stirn, sagt jedoch nichts. »Ich wollte nicht, dass du denkst, ich würde … na ja, mich in was reinsteigern und so. Ich wollte nicht, dass es schon wieder anstrengend wird.«

Es raschelt am anderen Ende, aber ich kann nicht richtig ausmachen, woher das Geräusch stammt. »Das ist echt das Bescheuertste, was ich je gehört habe«, sagt er trocken. »Was hat es mit dem Foto auf sich?«

»Ja …« Ich habe keinen blassen Schimmer, was ich sagen soll. Außer der Wahrheit. »Also, wir waren heute in meiner Schule, um die alten Jahrbücher durchzusehen, und als wir wieder zum Hotel gehen wollten, wurden wir verfolgt. Und wir denken, dass es der gleiche Typ war wie der, der für die ganzen Sachen im *Ortiz* verantwortlich ist. Oder ein Komplize.«

Die Stille, die auf diese Worte folgt, ist ohrenbetäubend. Sie drückt auf mein Trommelfell und umklammert mein Herz wie eine kalte Faust. Ganz kurz spiele ich mit dem Gedanken, einfach aufzulegen und mein Handy auszuschalten. Aber das tue ich natürlich nicht.

»Definiere *verfolgt.*«

Wieder klingt er, als würde er eine ganze Menge Emotionen zurückhalten. Deswegen mache ich ihm ganz sicher keinen Vorwurf.

Ich atme tief ein. »Der Truck stand eine Weile vor der Schule und hat uns beobachtet … denke ich. Als wir zum Hotel gegangen sind, ist er uns gefolgt, und als wir in so eine Seitenstraße gerannt sind, hat er den Weg blockiert. Das Fernlicht war an, und er stand einfach da. Ana hat ihm gedroht, er ist zurückgesetzt und hat die Biege gemacht. Das war's.«

»Das war's«, echot er tonlos. »Und hattest du vor, mir davon zu erzählen?«

»Ich weiß, das klingt, als wolle ich mich rausreden, Devan, aber ich schwöre, ich wollte dich anrufen. Morgen. Wir haben auch gemerkt, dass die Sache uns über den Kopf wächst.«

Sein Lachen klingt blechern und irgendwie erstickt. »Da bin ich ja erleichtert. Wo seid ihr jetzt?«

»Immer noch in Belville.«

»Gut. Gib mir ein paar Minuten, um die Flüge zu checken. Ich melde mich, wenn ich weiß, wann ich da sein kann.«

Ich will protestieren, will ich wirklich. Aber mir ist klar, dass es zwecklos ist. Weil er und die anderen ein Recht haben, zu erfahren, was hier vorgeht. Und weil ich Devan nicht davon abhalten könnte, zu mir zu kommen. Er hat mich auf dem Berg beschützt, und er wird es auch jetzt versuchen. So ein Mensch ist er eben, und wenn ich ehrlich bin, ist das einer der vielen Gründe, warum ich mich in ihn verliebt habe.

Er legt auf, und ich knalle das Handy ein wenig zu fest auf den Schreibtisch, der vor der Tür steht. Vielleicht sollte ich es aus dem Fenster werfen oder über Nacht ins Gefrierfach legen. Ich überlege, ob ich Rileys Kontakt blockieren soll, aber gleichzeitig frage ich mich auch, ob es nicht viel schlimmer wäre, nichts mehr von dem Täter zu hören. Zu wissen, dass er da ist, vielleicht in meiner Nähe, ohne etwas zu sehen oder mitzubekommen.

»Er kommt, nehme ich an«, sagt Ana hinter mir.

Ich drehe mich um und seufze. »Natürlich kommt er. Das Arschloch hat ihm auch ein Foto geschickt und gesagt, er solle *mich an die Leine nehmen*.«

Sie pfeift durch die Zähne. »Willkommen im neunzehnten Jahrhundert.«

»Ich kann einfach nicht glauben, dass das wieder von vorne losgeht«, sage ich und spreche damit zum ersten Mal das aus, was seit heute Morgen in meinem Kopf herumgeistert. »Wie konntest du wissen, dass dieser Matthew nicht der Richtige ist? Alles hat für ihn als Täter gesprochen, und wir haben alle daran geglaubt, dass es vorbei ist. Warum du nicht?«

Ohne mein Zutun hat sich ein misstrauischer Unterton in meine Stimme geschlichen. Ich glaube nicht ernsthaft, dass Ana etwas mit alledem zu tun hat – immerhin weiß ich, dass *sie* nicht in dem Pick-up gesessen oder das Foto von mir gemacht hat. Dennoch bin ich mir sicher, dass es sehr lange dauern wird, bis ich einem anderen Menschen wieder wirklich aufrichtig vertrauen kann. Und manchmal habe ich den Eindruck, dass Anas Instinkte oder ihr Bauchgefühl oder was auch immer einen Tick *zu* gut sind.

»Wenn du wirklich drüber nachdenkst, siehst du die Lücken in dieser ganzen Geschichte mit Ismar«, sagt sie achselzuckend. Falls sie den Unterton meiner letzten Worte mitbekommen hat, hat sie sich offensichtlich dazu entschieden, ihn zu ignorieren. »Ehrlich gesagt hatte ich den Eindruck, dass ihr das alles glauben wolltet. Ihr wolltet einfach, dass es vorbei ist.«

Schnaubend krabbele ich zurück aufs Bett und lasse mich neben ihr gegen das Kopfteil sinken. »Denkst du ernsthaft, Ismar ist unschuldig? Nach allem, was man auf seinem Handy gefunden hat?«

»Keine Ahnung. Vielleicht war er auch ein Komplize.«

Ich sehe sie von der Seite an. »Was denkst du, was der Typ will?«

»Willst du meine ehrliche Meinung?« Auch wenn ich mir alles andere als sicher bin, nicke ich. »Ich denke, ihr alle habt irgendwie Dreck am Stecken. Und dass der Typ euch von irgendwoher kennt und sich an euch rächen will. Oder ihr etwas wiedergutmachen sollt oder so.«

»Wie bei *Saw*«, sage ich skeptisch. »Vielleicht sollte ich nach einer Puppe auf 'nem Dreirad Ausschau halten.«

Sie grinst, wird aber schnell wieder ernst. »Ich glaube das wirklich. Ich weiß, dass sich das wild anhört, aber bei ein paar von euch hat er gezielte Schläge verteilt, oder nicht?«

»Christines Seitensprung, Pauls Dad und Jacobs … ähm, *Nebenverdienste*.«

»Genau.« Ein paar Sekunden lang sieht sie mich an, dann wendet sie den Blick ab. »Und ich bin mir sicher, dass er oder sie auch den Rest von euch zu erpressen versucht hat.«

Ich ziehe die Augenbrauen zusammen. »Was willst du damit sagen?«

»Ich denke, dass ihr ihm entweder gegeben habt, was auch immer er verlangt hat, um euch davor zu schützen. Oder dass er versucht hat, eure Geheimnisse zu veröffentlichen, und ihr das irgendwie verhindert oder es geschafft habt, die Informationen zu verheimlichen, die er oder sie geleakt hat. Es würde keinen Sinn ergeben, dass ihr alle auf dieser Liste steht, es aber nur Schläge gegen Christine, Jacob und Paul gab. Verstehst du, was ich meine?«

»Ich wurde nicht erpresst«, antworte ich verwirrt. »Ich habe auch nichts verhindert oder unter den Tisch gekehrt. Wenn es 'ne eindeutige Drohung gegen mich gegeben hätte, hätte ich euch davon erzählt.«

Ana sieht nicht überzeugt aus. Ungläubig erwidere ich ihren Blick und überlege, wie zur Hölle ich ihr klarmachen könnte, dass ich die Wahrheit sage.

»Ich meine das nicht böse, Luca, ehrlich nicht.« Sie hebt ein bisschen hilflos die Hände. »Aber wenn der Typ ähnliche Informationen über euch hat wie über Paul, Christine und Jacob, dann bin ich mir sicher, dass du mir nichts davon erzählen würdest, oder? Und, hey, das ist okay. Es geht mich nichts an. Aber …«

Sie bricht ab. Ich warte ein paar Sekunden, dann hebe ich fragend die Augenbrauen. »Aber?«

»Wir kennen uns nicht. Zumindest nicht gut genug. Die Einzigen, die sich hoffentlich wirklich gekannt haben, waren Paul und Christine. Und von denen ist einer tot. Ich habe keine Ahnung, was ihr in der Vergangenheit gemacht habt. Und was ihr tun würdet, um zu verhindern, dass eure dreckige Wäsche auf Social Media gewaschen wird.«

»Ana«, sage ich langsam. Ich bin gleichermaßen verwirrt und beunruhigt. »Hör auf, um den heißen Brei herumzureden, und sag, was du zu sagen hast.«

Seufzend richtet Ana sich auf und greift nach der Wasserflasche, die neben ihr auf dem Nachttisch steht. Sie dreht den Verschluss ab, trinkt jedoch nicht. Vielleicht versucht sie nur, ihren Händen etwas zu tun zu geben. »Ich glaube wirklich, dass Ismar, sollte er der Täter sein, einen Komplizen hat. Und ich glaube auch, dass Menschen einiges dafür tun würden, ihre Geheimnisse zu bewahren.«

»Du glaubst, einer von uns ist Ismars Komplize.« Dieser Satz hat sich schon in meinem Kopf lächerlich angehört, aber jetzt, da ich ihn laut ausspreche, muss ich tatsächlich lachen. Es ist ein freudloses, bitteres Lachen. »Das ist dein Ernst.«

Auch in Anas Lächeln ist keinerlei Freude zu erkennen. »Weißt du, dass du die Einzige von euch allen warst, die die Fragen der Polizei beantwortet hat? Im Krankenhaus?«

»Nein«, erwidere ich verwirrt. »Sie haben uns nacheinander reingerufen.«

Jetzt nimmt sie einen Schluck aus der Flasche. Danach schaut sie mich wieder an, und dieses Mal liegt in ihrem Blick eine Mischung aus Wut und … ich weiß nicht, Bedauern vielleicht. »Stimmt schon. Aber alle anderen haben an einem bestimmten Punkt der Befragung nach einem Anwalt verlangt und das Gespräch abgebrochen. Einige nach einer Minute, andere nach fünf. Ich frage mich, welches Thema die Cops angeschnitten haben, das so unangenehm war, um die Aussage verweigern zu wollen.«

Ich will ihre Worte nicht an mich heranlassen. Ich weigere mich, ihnen zu glauben. Aber ich komme nicht dagegen an. Sie legen sich um mein Herz wie eine in Säure getauchte Decke.

69

ONE OF SIX

Meine Faust kracht gegen den Gips, so hart, dass ein paar weiße Flocken gemächlich Richtung Fußboden segeln. Die Haut über meinen Knöcheln platzt auf wie der Kokon eines Schmetterlings. Frisches leuchtend rotes Blut benetzt die schmutzig weiße Tapete und malt innerhalb von Sekunden purpurne Linien auf meine Finger. Nur der Schmerz bleibt aus. Mein Verstand weiß, dass die Schmerzrezeptoren seinen Reiz aufnehmen und die Information an mein Rückenmark weiterleiten. Als würde ich die Impulse durch meinen Körper zucken spüren wie Ameisen, die in einer geordneten Reihe ihr Ziel anstreben. Doch ich spüre nichts. Vielleicht vernebelt die Wut die automatisierten Funktionen dieses Mechanismus, vielleicht stehe ich unter Schock. Schock besteht aus einem Missverhältnis zwischen Sauerstoffbedarf und -angebot, und das passt ziemlich gut. Ich habe das Gefühl, ein gewaltiges Gewicht drücke auf meine Brust, und gleichzeitig weiß ich, dass ich kurz vorm Hyperventilieren stehe. Ohne dass ich etwas dagegen tun kann.

Ich habe das Gefühl, mich selbst aus einer abstrakten Außenansicht zu betrachten. Als würde das, was mit meinem Körper passiert, nicht zu mir gehören – zu meinem Geist, meinem Bewusstsein. Sondern zu dem Teil von mir, der wie die Perfektion eines allwissenden Hörspiel-Erzählers über den Dingen steht und die Geschichte führt, als wäre er eine unsichtbare, allmächtige Hand über einer Schachpartie.

Ich schließe die Augen und zwinge mich dazu, kontrolliert durch die Nase ein- und durch den Mund wieder auszuatmen. Ich spüre keine Veränderung, weder physisch noch psychisch.

Als ich die Augen wieder öffne, fällt mein Blick sofort auf das Blut an der Wand. Es hebt sich ab von dem verblichenen Weiß der Tapete, das inzwischen durch die Spuren der Zeit eher einem blassen Ockerton ähnelt. Trotzdem ist der Kontrast überdeutlich. Als würde diese Mischung aus sterbenden Plasmateilchen, Wasser und Eiweiß mich auslachen, mich verhöhnen und mit aller Macht versuchen, mich an mein Versagen zu erinnern. Und ich habe es verfickt noch mal nicht besser verdient.

Die Schwäche an einem perfekten, lückenlosen Plan ist immer die gleiche: der Mensch. Menschliche Unvollkommenheit ist ein Faktor, den ich hätte berücksichtigen müssen. Auch wenn meine eigenen Schwächen im Vergleich zu so vielen anderen unbedeutend erscheinen, haben sie es einer meiner kleinen Ratten erlaubt, einen Weg aus dem Labyrinth zu finden.

Nein, falsch. Dort war keine Lücke, keine Möglichkeit, zu entkommen. Diese Ratte hat es gewagt, sich einen Weg durch die Wand zu fressen und dabei ein Chaos zu hinterlassen, dessen Ausmaß sich ihr lächerlich kleiner Verstand nicht einmal vorzustellen vermag.

Ich bin aufgeflogen und kann nichts dagegen tun, außer den Forderungen Folge zu leisten. Ich bin vom König zu einem einfachen Bauern degradiert worden. Meuterei, Revolution, nieder mit dem Herrscher. Ab mit seinem Kopf! Und lasst sein leuchtend rotes Blut in einer dreckigen, ehemals weißen Tapete versickern, bis es nichts weiter ist als ein sterbender Zeuge der Zeit.

Mit zusammengebissenen Zähnen drehe ich mich um, wende mich ab von dem Fleck an der Wand und ziehe mein Handy aus der Jackentasche. Es ist nass geworden, aber das ist im Moment nichts, woran ich meine spärlich vorhandene Energie verschwende. Nicht einmal das Blut an meiner Hand wasche ich ab. Ich lasse es trocknen, als leuchtendes Mahnmal – als Erinnerung daran, dass ich vorsichtiger sein muss. Dass ich es kein weiteres Mal wagen darf, meine kleinen Ratten zu unterschätzen. Ich öffne meine Chats und lösche die Beweise, die ich darin hinterlassen habe – nicht nur aus der App, sondern endgültig. Meine Weste ist weiß wie frisch gefallener Schnee, und das wird sie auch bleiben.

Diese kleine Routine beruhigt meine Nerven deutlich effektiver als jede Atemtechnik. Was daran liegt, dass ich mechanischer handele als die meisten Menschen, effizienter. Atmen ist eine automatische Notwendigkeit und sollte nichts sein, worauf ich mich konzentrieren muss. Das hier hingegen wird aktiv dazu beisteuern, meine Probleme zu lösen. Ich verändere die Wirklichkeit, indem ich diese Nachrichten im bodenlosen Abgrund des Nichts versenke.

Eindeutig wirkungsvoller.

Nachdem das erledigt ist, setze ich mich an meinen Schreibtisch und öffne das Profil der ach so intelligenten Ratte.

»Aus welchem Loch bist du gekrochen?«, murmle ich, während ich meine eigenen Notizen durchlese. Diese Person hatte ich nicht auf dem Schirm. Sie war kein Teil meiner Gleichung, nur eine Rechnung, die ich achtlos an den Rand meines Papiers gekritzelt hatte. Eine Art Hilfestellung, ja, aber kein ernst zu nehmendes Problem, das es zu lösen galt. Bis jetzt.

Alles in mir sträubt sich dagegen, den Forderungen nachzukommen. Als wäre ich ein gleichpoliger Magnet, gegen dessen Natur es geht, sich auch nur in deren Richtung zu neigen. Aber je länger ich das Profilbild anstarre, desto mehr bezweifle ich, eine Wahl zu haben. Die unausgesprochene Drohung, die während unseres kurzen Dialogs in jeder Silbe mitgeschwungen ist, kann ich nicht ignorieren. Es wäre dumm, sie zu ignorieren, und Dummheit steht nun wirklich nicht auf der beeindruckend kurzen Liste meiner Unzulänglichkeiten.

Ich schließe das Profil und öffne eine andere Karteikarte mit dem treffenden Titel »Weak Spot«. Das Dokument beinhaltet nur einen einzigen Satz, und auch wenn ich bereits vorm Öffnen wusste, was dort steht, entfährt mir ein wütendes Knurren, als ich ihn lese. In der Vergangenheit meiner Member zu schnüffeln und nach Skandalen zu suchen, hat sich als sehr abwechslungsreicher Zeitverstreib herausgestellt. Bei einigen war es so lächerlich einfach, den unter den Teppich gekehrten Schmutz zu finden. Als hätten sie sich nicht einmal Mühe gegeben, die klebrigen Flecken von ihren auf Hochglanz polierten Lebensläufen zu entfernen.

Bei anderen hingegen … wüsste ich es nicht besser, hätte ich den fälschlichen Eindruck bekommen können, es seien gute Menschen. Hier und da ein Strafzettel, ein Eintrag in den Schulakten wegen eines Verstoßes gegen die Kleiderordnung oder einer nicht bestandenen Prüfung. Der unabsichtliche Unfalltod eines geliebten Haustiers namens Mrs Waffles – was für ein erbärmlicher Name für eine Schildkröte. Unehrenhafte Kontoaktivitäten, unbezahlte Leihgebühren in der Universitätsbibliothek. Nichts, dessen Veröffentlichung ein Leben im Kern erschüttern würde.

Andere jedoch haben sich als wahre Goldgrube herausgestellt. Bei ihnen habe ich nicht nur eine Leiche im Keller gefunden, sondern einen ganzen historischen Friedhof. Manche waren gut versteckt, andere lediglich mit ein paar metaphorischen Ästen und ein wenig Blätterwerk bedeckt.

Es ist eine verdammte Schande, dass meine kleine Ratte ausgerechnet eine von denen sein muss, auf deren Vernichtung ich mich am meisten gefreut habe. Nicht nur wegen ihrer menschlichen Abgründe, sondern auch wegen des Effekts, den ich mir von den Schlägen gegen sie versprochen hatte. Ich fühle mich wie ein Dramaturg aus alten, glorreichen Tagen, dessen kraftvolles Finale kurz vor Aufführung des Stücks wegen Unzuverlässigkeit der Akteure gestrichen wird.

Ich brauche eine Zweitbesetzung. Einen Alternativplan, der dem ahnungslosen, aber ach so neugierigen Publikum den Atem rauben wird.

70

DEVAN

Sonntag, 05. November 2023

Das Klatschen der Leute um mich herum reißt mich so unsanft aus meinem Dämmerschlaf, dass ich ein paar Minuten brauche, um zu realisieren, wo ich gerade bin. Wer ich bin. Und was zur Hölle ich hier mache. Ich sitze im Flieger, der gerade auf der Rollbahn des Monterey Regional Airport gelandet ist. Kurz stimme ich in den Applaus mit ein, dann reibe ich mir mit den Händen übers Gesicht und versuche, wach zu werden. Was nicht einfach ist. Die knappe Dreiviertelstunde Flug hat kaum gereicht, um richtig Schlaf zu bekommen. Mein Zwischenstopp in San Francisco war das reinste Chaos – drei Stunden Aufenthalt, und trotzdem hatte der Anschlussflug eine gute Stunde Verspätung. Ich fühle mich, als hätte ich seit Tagen nicht mehr geschlafen … was sogar irgendwie stimmt. Die Nacht mit Luca war definitiv eine der besten meines Lebens, doch nicht wirklich … sagen wir *erholsam*. Und diese habe ich in Flugzeugen oder auf Flughäfen verbracht.

Während ich darauf warte, dass die Anschnallzeichen erlöschen, werfe ich einen Blick auf die Uhr. Draußen ist es noch dunkel, aber es ist definitiv morgens. Ich brauche einen großen Kaffee und ein paar Energydrinks, wenn ich den Tag überstehen will.

Sobald die Maschine steht, hole ich mein Handgepäck aus dem Fach über meinem Sitz und reihe mich zwischen den übrigen Passagieren ein, die darauf warten, den Flieger verlassen zu können. Ich stelle mich auf die Zehenspitzen und entdecke Leander weiter vorne. Er ist groß genug, um die meisten anderen zu überragen, und trägt eine rote Cap, mit der man ihn ziemlich leicht erkennen kann. Wir haben uns in San Francisco getroffen und den gleichen Flug bis nach Monterey gebucht.

Ich war nicht überrascht, als er anrief und mir besorgt erzählte, dass er ebenfalls das Foto von Luca bekommen habe, auch wenn die Nachricht darunter eine andere war. Bei Jacob war es das Gleiche. Bei Christine möglicherweise auch, aber wir konnten sie nicht erreichen, um danach zu fragen.

Leander wartet auf mich, als ich aus der Brücke in die kleine Ankunftshalle trete. Der Flughafen von Monterey ist winzig – es gibt nur zwei Gates und eine Rollbahn für die Gepäckausgabe, an der wir jedoch vorbeigehen, weil wir nur Handgepäck mitgenommen haben. Die Luft ist erfüllt von einer Mischung aus Deo, Lufterfrischer und diesem typischen Geruch nach Elektroheizung, den ich nicht genau beschreiben kann. Überall hängen Plakate und Leuchtreklamen für beliebte Reiseziele, lokale Sehenswürdigkeiten und Taxiunternehmen. Wir sind eindeutig nicht mehr in Portland.

»Home, Sweet Home«, murmelt Leander.

Statt einer Antwort deute ich auf einen kleinen Coffeeshop hinter der Gepäckausgabe. Ich werfe Leander einen kurzen Blick zu, doch es sieht nicht danach aus, als wolle er noch etwas sagen. Als er mir in San Francisco erzählt hat, dass seine Eltern in der Nähe dieses Kaffs wohnen, in dem Luca und Ana gerade sind, war ich überrascht. Dass sein Elternhaus kaum hundert Meilen von dem Ort entfernt steht, in dem Christine, Paul und Luca aufgewachsen sind – was für ein ... Zufall.

Während wir auf unsere Bestellung warten, sehe ich durch die großen Fenster. Draußen ist es noch dunkel, trotzdem erkenne ich im Licht der Laternen die Mischung aus Regen und Schnee, die vom Himmel fällt.

Ich verziehe das Gesicht. »Wir sind in Kalifornien. Das ist kein Wetter für Kalifornien.«

Leander folgt meinem Blick und zuckt mit den Achseln. »Immerhin werden wir hier sicher nicht eingeschneit.«

Demonstrativ deute ich Richtung Fenster. »Das ist Schnee.«

»Das ist mehr Regen als Schnee. Schnee haben wir hier frühestens im Dezember. Wenn überhaupt.«

Skeptisch sehe ich auf meine Uhr. In Monterey sind es aktuell neun Grad, also hat Leander vermutlich recht. Nach dem *Ortiz* habe ich ohnehin das Gefühl, dass mein Bedarf an Winter und Schnee für die nächsten zehn, fünfzehn Jahre gedeckt ist.

Als ich an der Reihe bin, bestelle ich den stärksten, größten Kaffee, den es gibt, und die schlecht gelaunte Barista füllt mir achselzuckend einen To-go-Becher mit einem fünffachen Espresso. Das sollte mich eine Zeit lang wachhalten, aber vermutlich gleichzeitig meine Magenwand durchbrennen. Das Risiko gehe ich ein und nehme einen großen Schluck. Das Zeug schmeckt widerlich, trotzdem trinke ich weiter.

Wir nehmen uns ein Taxi, und die knappe Viertelstunde Fahrt verbringe ich damit, meinen Chat mit Luca anzustarren. Seit unserem Telefonat gestern haben wir exakt drei Nachrichten ausgetauscht. Eine, in der ich ihr sage, welchen Flieger ich nehme, die nächste, in der sie antwortet, in welchem Motel sie untergekommen sind, und die letzte von mir mit einem Daumen-hoch-Emoji. Ich hätte ihr gerne geschrieben, ich hätte sie gerne noch einmal angerufen. Aber ich habe es nicht getan. Einerseits, weil ich mich schlecht fühle wegen der Art und Weise, wie ich am Telefon mit ihr gesprochen habe. Andererseits, weil ich so verdammt wütend auf sie bin, dass ich innerlich koche.

Was hat sie sich dabei gedacht? Mit Ana hierherzukommen und Nachforschungen anzustellen. Die Tatsache, dass sie sich auf diesen Trip eingelassen hat, muss bedeuten, dass sie echte, begründete Zweifel an Matthew Ismars Schuld hat. Was wiederum heißt, dass sie mich nach unserem Gespräch mit Ana angelogen hat oder dass in der Zwischenzeit etwas passiert ist, das sie vom Gegenteil überzeugt hat.

So oder so ist sie verschwunden, um einen potenziellen Mörder zu jagen oder ihm nachzuschnüffeln oder was auch immer. Einem Mörder, auf dessen buchstäblicher Abschussliste ihr Name steht!

Warum hat sie mir nicht Bescheid gesagt? Selbst wenn sie aus welchem Grund auch immer nicht wollte, dass ich mitkomme, hätte sie mir einfach die Wahrheit sagen können. Anstatt mich am Telefon mit irgendwelchen Ausreden abzuspeisen wie einen zu anhänglichen Freund. Nach unserer gemeinsamen Nacht dachte ich wirklich, dass wir über solche Spielchen hinweg wären.

Aber das, was mich am meisten an dieser ganzen Sache beschäftigt, ist, dass sie in Gefahr war. Wer auch immer für diesen ganzen Scheiß verantwortlich ist, hat Luca beobachtet. Hat Fotos von ihr gemacht. War in ihrer unmittelbaren Nähe und hat ihr Angst gemacht, während ich bei einem Kumpel auf der Couch gesessen und Bier getrunken habe. Wäre Luca etwas passiert …

»Wie weit ist es noch?«, frage ich Leander, um mich selbst abzulenken. Meine Nerven sind ohnehin schon zum Zerreißen gespannt, auch ohne dass ich diesen Gedanken zu Ende bringe, und vielleicht kann die Ruhe, die Leander neben mir ausstrahlt, ein wenig auf mich abfärben.

Als Antwort deutet Leander auf ein Schild am Straßenrand. Als wir daran vorbeifahren, lese ich den Ortsnamen, der darauf steht: Belville.

Ich fluche leise, ohne den Blick abzuwenden. »Ich fühle mich, als würde ich nach Derry zurückkehren.«

Er grinst, als ich ihn ansehe. »Aus Stephen Kings *Es?*« Ich nicke, und er lacht. »Ehrlich gesagt würde ich lieber mit diesem gruseligen Clown kämpfen als einem beschissenen Phantom hinterherzujagen.«

»Du glaubst nicht, dass an der Sache was dran ist?«

»Keine Ahnung.« Als er meinen skeptischen Blick sieht, seufzt er. »Ich habe das Bild von Luca auch gesehen, also ist mir schon klar, dass irgendjemand sie beobachtet hat. Aber ganz ehrlich, es gibt so viele Arschlöcher da draußen, und unsere Story war landesweit in den Nachrichten. Ich bin nicht überzeugt davon, dass das hier noch mit dem zusammenhängt, was im Resort passiert ist.«

»Du glaubst, es ist ein Nachahmungstäter?«, frage ich überrascht. »Im Ernst?«

»Nein, eigentlich nicht«, erwidert er seufzend und zuckt mit den Schultern, als ich ihn neugierig ansehe. »Vielleicht will ich auch nur eine Erklärung finden, die nicht bedeutet, dass wir schon wieder auf der Abschussliste irgendeines Schießwütigen stehen. Oder dass wir uns alle gegenseitig anlügen.«

Verwirrt über seine letzte Bemerkung schüttle ich den Kopf. »Ich habe dich nicht angelogen.«

Er wirft mir einen bedeutungsschweren Blick zu. »Dieser Täter oder die Täterin hat so lange Futter, solange die Person etwas gegen uns in der Hand hat. Wären wir einfach ehrlich zueinander und würden mit offenen Karten spielen, was unsere ganzen dreckigen kleinen Geheimnisse angeht, könnte er oder sie uns nicht gegeneinander ausspielen. Wir würden demjenigen den Wind aus den Segeln nehmen, und das würde uns ein ganzes Stück weiterbringen.«

Ein Teil von mir will protestieren, ein anderer fühlt sich erwischt. Ich denke an meine Familie und daran, dass ich Luca angelogen habe. Ja, ich bin wütend auf sie, weil sie mir nicht die Wahrheit gesagt hat und heimlich nach Belville gefahren ist. Aber wenn ich ganz, ganz ehrlich zu mir selbst bin … habe ich eigentlich das Recht, sauer auf sie zu sein? Luca ist klug und sensibel. Sie kann sich gut in andere Menschen hineinversetzen. Durchaus möglich, dass sie meine Unehrlichkeit gespürt hat und deswegen das Gefühl hatte, mir nicht vertrauen zu können.

Keinen dieser Gedanken spreche ich aus, weil ich befürchte, dass wir diese und ähnliche Diskussionen heute noch unzählige Male führen werden. Allein bei der Vorstellung werde ich müde und nehme einen weiteren großen Schluck Espresso. Die Brühe ist inzwischen mehr kalt als warm, aber das ist mir egal. Hauptsache, sie hält meinen Verstand einigermaßen aufnahmefähig.

Während des Flugs und der Wartezeit in San Francisco habe ich mehr als einmal versucht, eine Erklärung für die ganzen Vorkommnisse zu finden. Geschafft habe ich es allerdings nicht. Weder in der harmlosen Version, bei der es eine logische Antwort auf all die Fragezeichen gibt, noch in der Variante, in der Matthew Ismar unschuldig ist oder einen Komplizen hatte. Nichts ergibt Sinn, gar nichts. Denn sollte die Polizei in Eagle Creek tatsächlich den Falschen gefasst haben, würde das bedeuten, dass irgendjemand genug Hass auf uns alle hat, um dieses Spiel fortzuführen, obwohl er mit der ersten Runde in Colorado davongekommen ist. Ich halte mich nicht unbedingt für einen Heiligen, trotzdem wüsste ich nicht, was ich getan haben sollte, um solch einen Hass auf mich zu ziehen. Ganz zu schweigen von Christine, Leander, Luca, Jacob und Paul. Das hat keiner von uns verdient.

Als wir vor dem kleinen Motel halten, hat es aufgehört, zu schneien, stattdessen schüttet es jetzt aus Kübeln. Während Leander bezahlt, mustere ich das Motel. Es ist eines von diesen Gebäuden, bei denen die Zimmertüren ohne Zugangskontrolle über eine Treppe von außen zu erreichen sind. Es scheint relativ neu zu sein, trotzdem kann man vom Weitem sehen, dass es eher zu der preisgünstigen Kategorie gehört. Was mich nicht stört, trotzdem beiße ich bei der Vorstellung die Zähne zusammen, wie leicht es jemand gehabt hätte, in Lucas und Anas Zimmer einzubrechen.

Nachdem wir ausgestiegen sind, werfe ich einen Blick auf Lucas Nachricht und checke die Zimmernummer, dann schicke ich ihr die kurze Info, dass wir da sind. Ich folge Leander die Metalltreppe hinauf und an ein paar Türen vorbei, bis wir vor der richtigen Nummer stehen. Leander hebt gerade die Hand, um zu klopfen, als Ana uns aufmacht.

Ihre Augen werden groß, als sie Leander entdeckt. Ich habe Luca nicht gesagt, dass er mitkommt, und es ist völlig offensichtlich, dass Ana nicht damit gerechnet hat. Und dass sie nicht begeistert davon ist.

Das kann ja lustig werden.

»Hi«, sage ich, als keiner der beiden Anstalten macht, irgendetwas anderes zu tun, als einander anzustarren. Ich mache einen Schritt zur Seite, um nicht länger hinter Leander zu stehen. »Lässt du uns rein?«

Sie gibt den Weg frei, und ich schiebe mich an ihr vorbei ins Zimmer. Kurz stutze ich, weil ein kleiner Schreibtisch mitten im Raum steht. Ich bin mir ziemlich sicher, dass er dort nicht hingehört. Ich stelle meine Tasche achtlos darauf und sehe mich um.

»Geht es dir gut?«, frage ich und drehe mich wieder zu Ana um. Ja, ich bin sauer auf sie und auf Luca, weil sie offensichtlich auf eigene Faust losgezogen sind, anstatt um Hilfe zu bitten. Trotzdem hatten sie einen harten Abend, und ich will sichergehen, dass sie beide damit klarkommen.

Sie braucht einen Moment, um sich wieder zu fangen »Ja. Alles okay.«

Ich nicke kurz. »Wo ist Luca?«

Ana deutet auf die einzige andere Tür im Raum. »Pinkeln.«

Als hätte Luca auf eine Art Stichwort gewartet, öffnet sich die Badezimmertür, und sie kommt heraus. Sofort fällt mein Blick auf ihr Gesicht. Sie sieht müde aus, mindestens so müde, wie ich mich fühle. Ihre Haut ist fahl, ihre Augen gerötet. Ein paar Haarsträhnen haben sich aus ihrem Dutt gelöst und hängen ihr in die Stirn und auf ihrem riesigen blauen T-Shirt ist ein Kaffeefleck. Sie ist unfassbar schön.

Alles in mir schreit danach, zu ihr zu gehen und sie in meine Arme zu ziehen. Ich *sehe*, dass sie okay ist. Meinem Verstand ist klar, dass es ihr körperlich gut geht. Trotzdem habe ich das Gefühl, mich selbst davon überzeugen zu müssen.

»Geht es dir gut?«, frage ich sie stattdessen, genau wie vorhin Ana. Ich verschränke die Arme vor der Brust, um mich davon abzuhalten, sie zu berühren. Wieder einmal ist die Stimmung zwischen uns seltsam, und wieder einmal bin ich mir nicht sicher, wie ich mit ihr umgehen soll.

Sie zuckt mit den Schultern, als sie um Ana, Leander und den Schreibtisch herumgeht. Sie klettert aufs Bett und legt sich eine der Decken über die Schultern, dann sieht sie mich an. Ihr Blick ist fest, trotzdem glaube ich, die gleiche Unsicherheit darin zu erkennen. »Es tut mir leid, Devan.« Sie sieht kurz zu Leander und Ana hinüber. Leander steht immer noch draußen, Ana halb in der Tür. »Leute, macht die Tür zu. Es ist sowieso schon kalt hier drin.«

Ich beachte die beiden nicht weiter, sondern sehe Luca an und warte darauf, dass sie meinen Blick erwidert. Ich wäre wirklich gerne mir ihr alleine, um dieses Gespräch unter vier Augen zu führen, aber ich kann weder die anderen rausschmeißen noch Luca in diesem T-Shirt bitten, mit mir nach draußen in den Regen zu kommen. »Warum hast du nicht Bescheid gesagt?«, frage ich sie. Ich bemühe mich, meine Stimme ruhig und sachlich zu halten, um sie nicht noch einmal anzufahren.

»Weil ich nicht wusste, ob das hier überhaupt Sinn hat«, antwortet sie in demselben Tonfall. »Du hättest mich für bescheuert gehalten, und ich wollte nicht …«

Sie stockt und sucht anscheinend nach den richtigen Worten. Die Hand, die zwischen meinem Arm und meiner Brust eingeklemmt ist, ballt sich automatisch zur Faust. »Was wolltest du nicht?«

»Dass du das Gefühl hast, dich um mich kümmern zu müssen.«

Ich gebe mir wirklich Mühe, meine Emotionen in den Griff zu kriegen. Dennoch merke ich, dass die Wut, die seit dem Foto gestern in meiner Magengegend brodelt, zu kochen beginnt. Ich bin nur ein bisschen wütend auf Luca, viel mehr auf die ganze beschissene Situation. Und auf mich selbst. Weil ich sie während unseres Dates offensichtlich nicht davon überzeugen konnte, mir zu vertrauen. Auf *uns* zu vertrauen. Wie kann sie nicht sehen, dass sie mir die verdammte Welt bedeutet und es mir egal ist, wie kompliziert diese seltsame Beziehung zwischen uns ist?

Aber diese Art von Gespräch ist nicht für Anas oder Leanders Ohren bestimmt. »Du hättest es mir anvertrauen können«, erwidere ich, bemüht, das Gespräch irgendwie sachlich zu halten. In meiner Stimme liegt ein seltsames Klicken. »Außerdem betrifft das hier uns alle, findet ihr nicht?«, frage ich, dieses Mal auch an Ana gewandt. »Wann hattet ihr vor, uns zu sagen, dass der Typ immer noch hinter uns her ist?«

»Das wussten wir doch überhaupt nicht, Devan«, fährt Luca mich an. Mit ihrer Selbstbeherrschung ist es offensichtlich vorbei. »Du tust so, als hätten wir uns absichtlich in Gefahr gebracht oder so etwas. Wir hatten eine *Vermutung* und wollten gucken, ob wir irgendetwas finden, das beweist, dass mehr hinter diesem ganzen Scheiß steckt als die Erpressungs-Theorie der Polizei. Es ist nicht so, dass wir einen Mörder gejagt haben und euch nichts erzählt haben, weil uns gerade danach war. Wir wollten uns Jahrbücher angucken. In einer Highschool-Bibliothek! Wir haben uns nicht auf die Lauer gelegt, um irgendjemanden zu beschatten oder ihn niederzutackeln!«

Leander lacht trocken. »Ihr habt ihn offensichtlich sauer gemacht, oder nicht? Ich will nicht wie ein Arsch klingen, aber dieser Alleingang ist genau das Gegenteil von dem, was wir machen sollten! Wir müssen miteinander reden! Wir machen es ihm oder ihr viel zu einfach, uns gegeneinander auszuspielen, wenn wir nicht zusammenarbeiten.«

»Wir haben euch nicht ausgeschlossen, Leander«, sagt Luca. »Ana hat *uns alle* um Hilfe gebeten und versucht, uns klarzumachen, dass die Sache noch nicht vorbei ist, richtig? Es ist nicht meine Schuld, dass keiner von euch ihr lange genug zugehört hat, um sich uns anzuschließen. Ich bin auch dafür, dass wir miteinander statt gegeneinander arbeiten, aber tun wir bitte nicht so, als hätten Ana und ich uns gegen euch verschworen.«

Überrascht ziehe ich die Augenbrauen hoch. Ich weiß, dass Luca Temperament hat, und ein Teil von mir freut sich, dass ich die Kratzbürstigkeit wiederkenne, die ich aus dem *Ortiz* von ihr kenne und die ich während unserer ersten Begegnung in Portland beinahe vermisst habe. Was mich überrascht, ist die Doppelmoral, die sie hier an den Tag legt. Ich hätte sie gerne daran erinnert, dass sie Ana ebenfalls nicht geglaubt und sie abgewimmelt hat, als sie in Lucas Wohnheim mit uns reden wollte. Offensichtlich hat Luca ihre Meinung später geändert. Aber das behalte ich für mich. Egal, wie sauer ich gerade auf sie bin, meine Loyalität gilt definitiv eher ihr als Leander, und ich werde sie sicher nicht vor ihm bloßstellen. »Es gibt einen Unterschied zwischen dem Aufstellen wilder Theorien und einem Flug quer durchs Land, um irgendwelche Nachforschungen anzustellen. Das hier ist kein Spaß mehr«, hält Leander dagegen, hörbar frustriert. »Wir haben uns Sorgen gemacht! Hätte ich gewusst, was ihr vorhabt, hätte ich sicher …«

»Was?«, fährt Ana dazwischen. Das ist das erste Mal in dieser ganzen Unterhaltung, dass sie den Mund aufmacht. Sie lehnt mit dem Hintern am Schreibtisch und starrt Leander an. »Was hättest du dann gemacht, hm?«

Leander richtet den Blick auf sie, und plötzlich bin ich mir nicht mehr sicher, welche Emotionen darin liegen. Er wirkt noch immer aufgewühlt und besorgt, aber da ist noch etwas anderes. Sekundenlang starren die beiden sich an. Sekunden, die mir wie Minuten vorkommen, und die ganze Situation wird immer unangenehmer. Ich sehe Luca Hilfe suchend an. Sie zieht die Augenbrauen hoch und zuckt mit den Schultern, als wüsste sie auch nicht genau, was sie tun soll.

In dem Moment flucht Leander, wirbelt herum, öffnet mit einem Ruck die Tür und stürmt hinaus. Ana zuckt zusammen, als sie mit einem Knall hinter ihm wieder ins Schloss fällt.

Das war ja lustig.

71

LUCA

Es entsteht eine wirklich unangenehme Pause, in der Devan, Ana und ich die Tür anstarren, als würde Leander jede Sekunde wieder hereinkommen und »April, April!« rufen. Tut er aber nicht. Ich wundere mich sehr über Leanders Verhalten, doch ich gebe ihm einen Vertrauensvorschuss, weil nun mal jeder Mensch anders mit Stress umgeht. Zumal ich mir ziemlich sicher bin, dass irgendetwas zwischen ihm und Ana, von dem Devan und ich nichts wissen, seine Stimmung zusätzlich verhagelt.

»Okay«, breche ich schließlich das Schweigen, wobei ich das Wort unnatürlich in die Länge ziehe. »Das hätten wir geklärt.«

Ana hat die Arme vor der Brust verschränkt und starrt auf die Tür, als würde sie damit rechnen, dass Leander zurückkommt. Ich kann den Ausdruck in ihrem Gesicht nicht richtig einschätzen, bin mir aber relativ sicher, dass sie ihre Emotionen zu kontrollieren versucht.

»Taucht Jacob hier auch gleich auf?«, fragt sie schließlich und räuspert sich. Sie wendet sich an Devan. »Und was ist mit Christine?«

»Jacob ist wahrscheinlich schon auf dem Weg. Er musste sich freinehmen, wollte aber kommen, sobald er alles geregelt hat«, antwortet er sachlich. »Christine haben wir noch nicht erreicht.«

Ana wirft die Hände in die Luft. »Das hier wird noch eine richtige Party. Schön, dass erst eine Verfolgungsjagd notwendig war, um euch alle davon zu überzeugen, etwas zu unternehmen.«

»Vielleicht solltest du mit Leander klären, was auch immer da zwischen euch abgeht. Bevor die anderen da sind«, sagt Devan trocken. »Ich habe allmählich das Gefühl, dass wir alle hier deutlich mehr Geheimnisse haben, als gut für uns ist.«

»Devan«, sage ich leise. Er sieht mich kurz an, dann wendet er sich wieder an Ana.

»Das sehe ich ganz genauso«, antwortet sie. »Du fängst an. Wie wäre es, wenn du uns erzählst, warum du deine Aussage bei den Cops verweigert hast?«

Unwillkürlich halte ich den Atem an. Mein Blick huscht von Ana zu Devan.

»Ich habe meine Aussage nicht verweigert.« Seine Stimme klingt ruhig, aber ich kenne ihn gut genug, um die zitternde Anspannung darin zu erkennen. »Ich habe gesagt, was ich wusste. Wie wir alle.«

Anas Augen verengen sich kaum merklich. »Du hast nach einem Anwalt verlangt, als du gefragt wurdest, warum du so lange in der Hütte warst, bevor der Strom ausgefallen ist. Erinnerst du dich noch? Du wolltest dich umziehen gehen und bist ewig nicht wiedergekommen.«

»Woher weißt du das?«, frage ich sie verwirrt, doch keiner von beiden achtet auf mich.

»Ich wurde eingesperrt«, erwidert Devan knapp. »Der Strom war aus, und die Hütte hat sich automatisch verriegelt.«

Ana macht einen Schritt auf ihn zu. »*Nachdem* Luca ihr Chalet verlassen hat, ist der Strom ausgefallen«, sagt sie langsam. »Das heißt, du hast dich lange genug in deinem aufgehalten, dass sie sich auf den Weg gemacht hat, um nach dir zu gucken. Ohne dass du eingesperrt warst, Devan. Und das ist auch den Cops aufgefallen, aber als sie dich danach gefragt haben, hast du die Aussage abgebrochen und nach einem Anwalt verlangt. Richtig?«

»Ana«, fahre ich dazwischen, bevor Devan antworten kann. Ich sehe sie an. »Woher weißt du das alles?«

Sie wirft mir nur einen kurzen Blick zu. Ihre Aufmerksamkeit gilt immer noch Devan. »Ich habe die Befragungsprotokolle gelesen.«

»Und wie bist du da drangekommen?«, will Devan wissen.

»Braucht dich nicht zu interessieren.«

Er lacht so bitter, dass ich die Arme um meinen Oberkörper schlinge. So sollte das hier nicht laufen. Wir sind ein Team, auch wenn keiner von uns sich das ausgesucht hat. Die anderen sollten nach Belville kommen, damit wir gemeinsam überlegen, was wir gegen den Scheißkerl ausrichten können. Uns gegenseitig an die Gurgel zu gehen, ist genau das Gegenteil davon. Und spielt diesem Arschloch wahrscheinlich sogar noch in die Karten.

»Du bist genau die Richtige, um hier wilde Anschuldigungen aufzustellen, Ana.« Devan schüttelt den Kopf. Er grinst noch immer, doch das Grinsen wirkt so freudlos, dass sich mir das Herz zusammenzieht. »Du tauchst hier auf mit all diesen wilden Theorien und Verschwörungen und hast einen Haufen Informationen, die du eigentlich nicht haben solltest. Du standest nicht auf dieser beschissenen Liste, oder? Warum interessiert dich das alles überhaupt?«

»Devan!«

»Was?« Er guckt mich beinahe Hilfe suchend an. »Es stimmt doch! Überleg doch mal, was sie alles unternommen haben muss, um an all diese Informationen zu kommen. Wofür? Nicht für Leander und, so bitter das auch klingen mag, sicher nicht für dich, mich oder Christine. Wir kennen uns nicht genug, als dass sie solch ein Risiko für uns eingehen würde. So selbstlos ist niemand!«

»Oh, wow«, schnaubt Ana. Sie wirkt weder verletzt noch sonderlich wütend, aber ich bin mir sicher, dass es unter ihrer Oberfläche brodelt. »Dieses Cliquen-Gehabe steht dir nicht, Devan, ganz ehrlich. Findest du es geil, zu den Auserwählten zu gehören? Gibt dir dein Name auf dieser beschissenen Abschussliste irgendeinen widerlichen Kick, oder so? Brauchst du ein bisschen Abwechslung in deinem Leben?«

»Okay«, rufe ich, hebe die Hände und rutsche vom Bett. Ich stelle mich zwischen die beiden und sehe sie nacheinander an. »Das reicht jetzt. Ihr werdet gemein, und ich bin mir *fast* sicher, dass ihr das eigentlich nicht so meint.«

»Deine Meinung, nicht meine«, schnaubt Devan.

Ich sehe ihn wütend an. »Halt mal die Luft an.«

Als unsere Blicke sich treffen, zieht er langsam eine Augenbraue hoch. Einer seiner Mundwinkel hebt sich kaum merklich, und ich atme ein wenig erleichtert auf. »Sonst was?«

Kopfschüttelnd wende ich mich an Ana. »Devan meint das nicht so, okay? Und du auch nicht. Wir sind alle gestresst, das verstehe ich, aber wir sollten das nicht aneinander auslassen. Seid nett.«

»Er will nur sein Revier markieren«, sagt sie und sieht mich skeptisch an. »Das weißt du, oder? Wenn er könnte, würde er das Bein heben und in einem Kreis um dich rumpinkeln.«

»Lass das, Ana.«

»Sie hat nicht unrecht«, kommentiert Devan leise.

»Stopp jetzt!«, rufe ich und stoße ein Geräusch aus, das wie eine Mischung aus Knurren und Stöhnen klingt. Dann sehe ich Ana an. »Also, um da einen Strich drunterzusetzen: Woher hast du die ganzen Informationen? Devan hat es nicht nett formuliert, aber ich will auch wissen, was es damit auf sich hat. Wie bist du an die Aussageprotokolle gekommen?«

Anas Kieferknochen arbeiten, als sie die Zähne zusammenbeißt. »Das ist halb so spannend, wie ihr es euch vorstellt. Der Sohn von dem einen Cop ist in unserem Alter und Stammgast im *Ortiz*. Wir sind mal ausgegangen. Er hat mir geholfen.«

»Von welchem Cop?«, fragt Devan. Zu meiner Erleichterung klingt er ruhiger, *beinahe* versöhnlich.

Sie wirft ihm einen Blick zu. »Das werde ich dir nicht verraten.«

»Ernsthaft?«

»Ernsthaft. Derjenige könnte Probleme bekommen, und ich habe es ihm versprochen. Auf jeden Fall«, sagt sie laut und dreht sich demonstrativ zu mir um, »gibt es kein großes Mysterium dahinter. Ich kenne die meisten Leute vom Personal und ein paar Locals aus Eagle Creek. Das ist ein Dorf, die Leute tratschen. Ich habe mich nicht in die Polizei-Datenbank gehackt oder so, also entspannt euch.«

Ich seufze und sehe Devan an. Er steht immer noch mit verschränkten Armen da, und einen Moment lang bleibt mein Blick an seinen Oberarmen hängen. Ich habe nicht mitbekommen, dass er seine Jacke ausgezogen hat, aber unter dem vergleichsweise dünnen Stoff seines Shirts zeichnen sich seine Muskeln eine Spur zu deutlich ab. Ich habe eine kleine Schwäche für Arme, und das kann ich in diesem Moment wirklich nicht gebrauchen.

»Okay, Devan«, sage ich und zwinge mich dazu, ihm ins Gesicht zu schauen. »Jetzt du.«

»Was?«, fragt er irritiert.

Mit der Hand deute ich auf Ana. »Sie hat auf deine Fragen geantwortet, jetzt bist du dran. Was hast du in der Hütte gemacht, bevor ich zu dir gekommen bin?«

»Das geht niemanden etwas an«, antwortet er glatt. »Vor allem sie nicht.«

»Meine Güte, Sandoval«, stöhnt Ana, hörbar genervt. »Wenn du da ein Flötensolo gespielt hast, dann sag es einfach. Wir sind schon große Mädchen, wir wissen, wie das geht.«

Irritiert sehe ich sie an. »Ein Flötensolo gespielt?«

»Was auch immer.«

Devan mustert mich mich ein paar Sekunden lang, und ich kann seine Gedanken förmlich hören. Ich hoffe, dass er keinen davon ausspricht und Ana versichert, dass weder er noch ich in dieser Nacht eine Solonummer nötig hatten. Ich sehe ihn böse an, er grinst und wendet sich dann wieder an Ana.

»Nicht, dass das auch nur im Entferntesten deine Angelegenheit wäre, Ana, aber ich hatte etwas Persönliches zu tun.« Ich hebe die Augenbrauen und bin mir sicher, dass sich auf Anas Gesicht ein ähnlicher Ausdruck spiegelt. Devan zuckt mit den Schultern. »Jemand hat versucht, private Informationen über mich und … und meine Familie über mein Social-Media-Profil zu teilen. Ich habe das gesehen und konnte es abbrechen, bevor es veröffentlicht wurde. *Das* habe ich gemacht.«

»Devan …« Die Worte bleiben mir im Hals stecken. Ich öffne den Mund, schließe ihn jedoch wieder, weil ich nicht weiß, was ich eigentlich sagen soll.

»Die Polizei weiß davon«, fährt er fort, bevor Ana auch nur Luft holen kann. »Du hast hier keinen Skandal oder so aufgedeckt, Ana, sondern mich einfach nur bloßgestellt. Können wir das Thema dann jetzt bitte sein lassen?«

Ich habe davon nichts gewusst. Er hat mir nie erzählt, dass es auch gegen ihn einen Schlag gegeben hat. Ich bin nicht sauer auf ihn, nur … verwirrt. Was auch immer der Täter öffentlich machen wollte, geht mich nichts an. Es ist offensichtlich etwas, das Devan belastet, und wenn er nicht mit mir darüber sprechen möchte, dann ist das vollkommen in Ordnung. Aber er hätte mir sagen können, dass etwas passiert ist, ohne weiter ins Detail zu gehen. Das hätte ich verstanden.

Ana flucht neben mir, und als ich sie ansehe, bemerke ich den Ausdruck auf ihrem Gesicht. Diese Sache ist ihr peinlich, das ist ziemlich klar zu erkennen. Devan hat ihr den Wind aus den Segeln genommen und die ganze Situation noch tausendmal unangenehmer gemacht, als sie ohnehin schon war.

Es entsteht eine wirklich seltsame Pause, in der Devan auf seinem Handy herumtippt und Ana anscheinend immer noch nach einer passenden Antwort sucht. Ich bin mir nicht sicher, ob ihre Wut verflogen ist oder ob sie es schier für den falschen Zeitpunkt hält, sie noch weiter an Devan auszulassen. Was auch immer, ich hoffe inständig, dass sie nicht weiter darauf eingeht. Die Spannung zwischen Leander und ihr ist schon schlimm genug, da müssen nicht auch noch sie und Devan auf Kriegsfuß stehen.

Vielleicht sollte ich Jacob anrufen und ihn vorwarnen.

Nach ein paar Sekunden wird mir die Luft im Hotelzimmer zu dick. »Ich gehe mich umziehen«, sage ich leise, aber keiner von beiden reagiert. Nach kurzem Zögern greife ich mir wahllos ein paar Sachen aus meiner Tasche und schlüpfe dann an Ana vorbei ins Bad. Vielleicht ist es ein bisschen mies, die beiden alleine zu lassen – immerhin haben wir nur dieses eine Zimmer, und draußen schüttet es noch immer. Die Fluchtmöglichkeiten sind also wirklich begrenzt. Aber meine Kopfschmerzen werden immer schlimmer, und wenn ich noch eine Minute länger in dieser von Wut getränkten Atmosphäre bleibe, fange ich an, zu schreien.

Im Bad schließe ich die Tür hinter mir ab, ziehe das Shirt und meinen Slip aus und stelle das Wasser an. Ich warte vergeblich, dass es sich auf einer konstanten Temperatur einpendelt, dann steige ich seufzend über den Rand der Wanne. Das Wasser ist abwechselnd warm und kalt, aber immerhin reicht es, um meine Gedanken ein wenig zu sortieren. Während ich mir die Haare mit dem hoteleigenen Shampoo wasche, versuche ich, eine Art Ordnung in das Chaos in meinem Kopf zu bringen. In den letzten vierundzwanzig Stunden ist so viel passiert, dass ich Schwierigkeiten habe, noch durchzusteigen.

Belville ist offensichtlich von Interesse für den Täter, sonst wäre er mir und Ana nicht gefolgt und hätte Devan gesagt, dass er mich *zurückpfeifen* soll. Irgendjemand saß gestern in dem Wagen, und laut Ana ist Ismar noch in Haft, was bedeutet, dass es entweder zwei Täter gibt oder ein Unschuldiger für die Dinge einsitzt, die in Colorado passiert sind. Wer auch immer uns gestern Angst einjagen wollte, war wahrscheinlich vorher auch in Portland, um Rileys Handy zu klauen und mir die Nachricht zu schicken.

Aber warum? Das ist die große Frage. Wir können herausfinden, woher der Typ seine Informationen über uns alle hat. Wir können herausfinden, wie er sich in unsere Konten hacken konnte oder wie er es geschafft hat, uns alle ins *Ortiz* zu locken. Das alles können wir vermutlich recherchieren, darüber mit Angestellten sprechen, mit der Polizei. Aber im Endeffekt bringt uns das keinen Millimeter weiter. Zwischen Devan, Jacob, Leander und uns anderen gab es vor diesem Assessment-Center keinerlei Verbindung – zumindest keine, die wir kennen. Christine, Paul und ich waren zusammen auf einer Highschool, hatten aber kaum Kontakt und kannten uns nicht persönlich.

Warum wir? Warum jetzt? Was ist der Zweck hinter diesem Spiel, das keiner von uns so richtig durchschaut? Das ist die Information, die wir brauchen. Die Frage, auf die wir eine Antwort finden müssen.

Ich schließe die Augen und halte meinen Kopf unter den Wasserstrahl, um mir das Shampoo auszuwaschen. Die Situation ist noch um einiges verkorkster, als ich gestern Abend befürchtet habe. Meine größte Angst war, dass Devan wegen der Lügen sauer auf mich ist. Aber verglichen mit dem Chaos, das im Moment hinter dieser Tür herrscht, ist Devans und mein Streit kaum erwähnenswert.

Anas ausweichende Antworten und Devans Geheimnis beweisen, dass wir einander nicht vertrauen. Wie zur Hölle sollen wir etwas herausfinden, wenn keiner von uns sämtliche Informationen hat? Um irgendwie Ordnung in dieses Durcheinander zu bringen, brauchen wir einen klaren Überblick. Wir müssen die Karten auf den Tisch legen. Leider bin ich mir sicher, dass einige von uns nicht vorhaben, ihren Trumpf jetzt schon auszuspielen.

72

LUCA

Ich verlasse das Bad mit vom billigen Shampoo strohigen Haaren und einem Plan: Ich werde der Knotenpunkt zwischen all diesen misstrauischen Menschen sein und sie davon überzeugen, dass wir endlich unsere verdammten Zweifel vom Tisch fegen und zusammenarbeiten müssen. Die Frage, ob an Anas vermeintlich so abenteuerlichen Verschwörungstheorien irgendetwas dran ist, hat sich geklärt. Das letzte Mal, als wir uns nicht entscheiden konnten, ob wir die Hinweise ernst nehmen sollen oder nicht, ist jemand gestorben.

Leander ist offensichtlich zurückgekommen, denn als ich das Schlafzimmer betrete, telefoniert er leise in einer Zimmerecke. Ana liegt auf dem Bett und schläft oder tut zumindest so, und Devan lehnt immer noch am Schreibtisch und starrt auf sein Handy. Was für eine sympathische und harmonische Gruppe.

»Ich hole mir einen Kaffee und was zu essen«, verkünde ich leise, um Ana nicht zu wecken, sollte sie tatsächlich schlafen. Ich sehe Devan an. »Kommst du mit?«

Für den Bruchteil einer Sekunde zeichnet sich so etwas wie Verwirrung auf seinem Gesicht ab, dann nickt er, schiebt das Handy in seine Hosentasche und greift nach seiner Jacke. »Gute Idee. Ich brauche frische Luft.«

Ich erwidere nichts, sondern ziehe mir stattdessen Schuhe und meinen Parka an, öffne die Tür und trete unter das kleine

Vordach. Devan folgt mir. Sobald wir draußen sind, atme ich einmal tief ein. Die Luft da drinnen war tatsächlich schlecht, und das lag nicht nur an den ganzen Spannungen, die umhergewabert sind.

»Denkst du, die beiden reden überhaupt miteinander, solange wir weg sind?«, fragt Devan leise, während er mir die Treppe hinunter folgt.

»Hoffentlich«, murmle ich wütend. »Ich fühle mich, als wäre ich auf einer Middle-School-Klassenfahrt, kurz nachdem sich bei allen die Hormone gemeldet haben.«

Er lacht, und es klingt beinahe gelöst. Aber nur fast. Ich spüre die Anspannung darin.

»Du kennst dich hier aus, richtig?«, fragt er, als wir auf die Straße treten.

Ich habe das Gefühl, dass es ein wenig wärmer ist als gestern, trotzdem beginne ich bereits nach wenigen Minuten, zu frösteln. Ich ziehe den Reißverschluss meiner Jacke bis ganz nach oben und schlinge die Arme um mich, während ich die Straße auf und ab schaue. »Nicht in dieser Gegend, aber ich weiß, wo wir einen Kaffee bekommen.«

Devan nickt nur und schließt zu mir auf. Ein paar Minuten gehen wir schweigend nebeneinanderher, die Köpfe gesenkt, um zumindest unsere Gesichter vor dem Regen zu schützen. Obwohl es noch früh an einem Sonntag ist, sind bereits einige Autos unterwegs. Während wir die Hauptstraße entlanglaufen, erwische ich mich immer wieder dabei, wie ich die vorbeifahrenden Autos mustere. Bei jedem dunklen Pick-up ziehe ich unwillkürlich die Schultern hoch.

»Rutsch mal«, sagt Devan und wechselt auf meine andere Seite, sodass er jetzt zwischen mir und der Straße geht. Mein Herz zieht sich ein wenig zusammen. Mir ist klar, dass diese Geste kein Ausdruck dieser altmodischen Vorstellungen ist, in denen der Mann zwischen der Frau und den vermeintlichen Gefahren zu stehen hat. Nein, Devan hat meine Anspannung bemerkt und versucht, mir zu helfen. So war er von Anfang an, seit dem Tag, an dem wir uns in Colorado getroffen haben und noch so hohe Erwartungen an dieses Assessment-Center hatten. Devan macht keine große Sache draus, aber er ist mitfühlender als die meisten Menschen, die ich kenne.

»Devan«, sage ich nach ein paar weiteren Schritten und suche nach den richtigen Worten. »Noch mal zu dieser ganzen Sache hier …«

»Ist okay«, unterbricht er mich seufzend. »Versteh mich nicht falsch, ich bin wirklich angepisst. Und normalerweise würde ich wissen wollen, warum du nicht mit mir geredet hast und so weiter. Aber ich denke, diese Unterhaltung kann warten, oder nicht? Wir haben gerade wirklich wichtigere Probleme.«

»Mag sein.« Ich hebe den Kopf und sehe ihn an, aber sein Blick ist stur auf die Straße gerichtet. »Ich will trotzdem drüber reden. Ich will nicht, dass du das zerdenkst und zu falschen Schlüssen kommst.«

Er zuckt mit den Schultern. »Dann los.«

Wir kommen an einem kleinen Feinkostladen vorbei, wo ich Devan mit mir unter die Markise ziehe, damit wir wenigstens für ein paar Meter im Trockenen laufen können. Auch wenn ich bereits bis auf die Unterwäsche durchnässt bin. Ich hole einmal tief Luft. »Du weißt, dass ich … na ja, Schwierigkeiten hatte, nach dem, was in Colorado passiert ist, richtig?«

Jetzt schaut er mich an. In seinen Augen liegt eine Mischung aus Mitgefühl und Wut. »Das ist normal, Luca. Nach allem, was wir durchgemacht haben, hatten wir alle Schwierigkeiten. Wehe, du entschuldigst dich dafür.«

»Hatte ich nicht vor, aber danke«, erwidere ich trocken und grinse, als er die Stirn runzelt. »Ich will damit nur sagen, dass ich anders damit umgegangen bin als ihr. Zumindest habe ich selbst das Gefühl. Ich hab mich eingeigelt, und ich war nicht fair zu dir.«

»Luca …«

»Nein, lass mich ausreden.« Am Ende der Markise bleibe ich stehen und drehe mich zu Devan um. Seine Haare sind vom Regen dunkler als gewöhnlich, und über sein Gesicht rinnen ein paar Wassertropfen, die er jedoch nicht wegwischt. Sein Blick ist so eindringlich, so intensiv, dass ich es nicht schaffen würde, wegzusehen, selbst wenn ich es wollte. Ich habe mich in Devan verliebt, das schreit mir jede Zelle meines Körpers entgegen. Ich habe mich in diese freundlichen und zugleich ernsten Augen verliebt, in seinen Humor, seine rücksichtsvolle Seite. Ich habe mich in alles von ihm verliebt.

»Unser Date war … toll«, mache ich weiter, ohne meinen Blick auch nur für den Bruchteil einer Sekunde abzuwenden. Ich will sichergehen, dass er zuhört und versteht, wie ernst es mir ist. »Du hast mir gezeigt, dass ich nicht allein bin und dass du mich verstehst. Das hat mir wirklich viel bedeutet, Devan. Unser bisheriges Kennenlernen war so chaotisch und schwierig, und zwischendurch habe ich überlegt, ob wir vielleicht nur unter so was Ähnlichem wie Stockholm-Syndrom leiden.«

»Das ist etwas anderes, Luca.«

»Das weiß ich.« Seufzend hebe ich die Arme, lasse sie dann aber wieder fallen. »Als wir zurück zu Hause waren, habe ich das alles zwischen uns so sehr zerdacht, dass ich mir nicht mehr sicher war, ob ich genug Energie dafür habe. Für eine Beziehung oder überhaupt fürs Daten. Es war einfach alles zu kompliziert. Und nach unserem Date wusste ich, dass ich mit dir zusammen sein will, um deinetwillen und nicht, weil wir zusammen einem verdammten Mörder entkommen sind.«

Einer seiner Mundwinkel zuckt. »Das ist doch schön zu hören.«

»Sei ernst, Devan.«

»Ich bin ernst«, erwidert er ohne Zögern. »Ich nehme dich immer ernst.«

»Auf jeden Fall … als ich diese Nachricht von Rileys Nummer bekommen habe, wusste ich, dass etwas nicht stimmt. Ich wollte dir nicht davon erzählen, weil ich dachte, dass du es nicht ernst nehmen würdest, und dann wärst du wieder in dieser seltsamen Erklärbär-Rolle und müsstest mich beruhigen, und das wollte ich nicht, weil es das Gegenteil von unkompliziert wäre.« Ich halte inne und atme einmal tief durch, weil meine Worte so schnell aus meinem Mund gekommen sind, dass sie sich überschlagen haben. »Also habe ich mit Ana geredet, weil ich wusste, dass sie mich nicht sofort für paranoid halten würde. Sie hat vorgeschlagen, hierherzukommen, und ich bin ehrlich davon ausgegangen, dass du nichts davon mitbekommen würdest, Devan. Ich habe es dir verschwiegen, weil ich selbst nicht sicher war, ob das Ganze hier überhaupt etwas bringen könnte. Ich wollte für mich selbst einen Abschluss finden oder irgendetwas tun, bevor ich wieder in meinem Zimmer sitze und die Decke anstarre. Aber du musst mir glauben, dass ich dir Bescheid gesagt hätte, wenn ich wirklich geglaubt hätte, dass wir in Gefahr geraten könnten.«

Während meiner kleinen Rede hat Devan mehr und mehr die Stirn gerunzelt. Seine Schultern sind sichtlich angespannt, während er auf mich herunterschaut. Als ein älterer Mann aus dem Laden kommt, macht Devan einen Schritt auf mich zu, um ihm Platz zu machen. Keine Sekunde wendet er dabei den Blick von mir ab.

»Ich verstehe dich«, sagt er schließlich und bricht damit die unangenehme Spannung, die das Schweigen zwischen uns ausgelöst hat. »Ich verstehe, was du sagst und so weiter. Aber weißt du, was mich ärgert?«

»Vielleicht will ich es gar nicht wissen.«

»Da musst du jetzt durch.« Wieder hebt sich ein Mundwinkel, aber ich habe das Gefühl, es ist eher ein trauriges Lächeln als wirkliche Belustigung. »Ich finde es schade, dass du dir überhaupt so viele Gedanken um uns machen musst. Es wäre cool, wenn wir uns unkompliziert kennengelernt hätten, ja. Aber an unserem aktuellen Leben können wir nichts ändern, und ich würde mir wünschen, dass wir einfach ein Team sind. Ich will nicht, dass du darüber nachdenkst, ob ich genervt bin oder dich ernst nehme oder so. Außerdem …«

»Das sind verdammt viele Argumente«, unterbreche ich ihn frustriert.

»Außerdem haben wir uns bereits unkompliziert kennengelernt, weißt du noch?«

Ich nicke und denke an die Verbindungsparty, auf der er mich mal angegraben hat, als er noch am Campus studiert hat. Damals habe ich ihn abblitzen lassen, weil ich ihn für einen Macho und Frauenheld hielt. »Das war ein stinknormales Kennenlernen, und es hat offensichtlich nicht so gut funktioniert. Ich will nicht sagen, dass ich dankbar für den Scheiß bin, der in Colorado passiert ist, aber ohne das alles hätte ich dich nicht. Also nein, ich habe nichts gegen komplizierte und schwierige Umstände. Es scheint doch für uns funktioniert zu haben.«

Ich blinzle, als ich spüre, dass mir Tränen in die Augen steigen. Das hier ist vermutlich kitschig und wahnsinnig drüber, doch Devans Worte lösen Gefühle in mir aus, die ich so noch bei keinem anderen Menschen empfunden habe. Aus irgendeinem Grund hat Devan ein Talent dafür, in jeder Situation das Richtige zu sagen.

Bevor ich etwas antworten kann, macht er einen Schritt auf mich zu und greift nach meinen Schultern. Einen Moment lang denke ich, dass er mich küssen wird. Ich will, dass er mich küsst. Aber er schaut mich nur an, mit diesem intensiven Blick, dem ich mich einfach nicht entziehen kann.

»Ich habe mir Sorgen gemacht, Luca«, sagt er leise. »Ich wollte dich nicht so anfahren und Ana auch nicht. Meine Nerven sind mit mir durchgegangen. Mach das nicht noch mal, okay? Rede mit mir.«

»Und du mit mir.«

Im ersten Moment sieht er verwirrt aus, dann begreift er, was ich meine, und ein Teil der Wärme in seinen Augen verschwindet. Er lässt mich los. Die Haut an meinen Schultern fühlt sich auf einmal kalt an. »Ich will nicht gemein sein, Luca, aber darüber will ich nicht sprechen.«

Er weicht zurück, und ich mache einen Schritt vor. »Warum nicht?«

»Weil es nicht mein Geheimnis ist«, erwidert er ruhig, aber bestimmt. »Es würde Menschen schaden, die ich liebe, und das Risiko gehe ich nicht ein … noch nicht, okay? Das hat nichts mit dir und mir zu tun. Es geht nicht darum, dass ich es dir nicht erzählen will oder dir nicht vertraue. Aber bei allem, was im Moment um uns herum abgeht, will ich nicht riskieren, dass noch mehr Informationen an dieses Arschloch herangetragen werden als ohnehin schon.«

Ich hebe die Augenbrauen so weit, dass sie wahrscheinlich beinahe unter meinem Haaransatz verschwinden. »Denkst du, dass ich irgendetwas rumerzähle?«

»Nein. *Dir* vertraue ich«, präzisiert er, ohne nachzudenken. »Aber den anderen nicht. Und ich habe keine Ahnung, was der Typ alles gemacht hat, um uns zu überwachen. Das Risiko gehe ich nicht ein.«

Ich verstehe seine Argumentation, tue ich wirklich. Trotzdem kann ich nicht verhindern, dass ich einen leisen Stich der Enttäuschung spüre. Solange der Typ keine Mikros in unsere Klamotten genäht oder die Auslagen des Feinkostladens verwanzt hat, sind wir unter uns. Nur Devan und ich.

»Gut«, sage ich trotzdem und zucke mit den Schultern. »Es geht mir nicht darum, in deine Privatsphäre einzudringen, Devan. Aber ich bin der Meinung, dass wir allmählich mit offenen Karten spielen sollten. Wir machen es diesem Kerl viel zu leicht, indem wir uns alle ständig gegenseitig verdächtigen und uns irgendwelche Anschuldigungen an den Kopf werfen.«

Ich merke selbst, wie förmlich ich klinge, aber ich kann nichts dagegen tun. Jedes Mal, wenn ich denke, wir würden uns einander annähern, macht einer von uns einen Schritt zurück – metaphorisch oder buchstäblich.

Hinter Devan fährt ein Minivan viel zu schnell durch den Rinnstein und spritzt einen Schwall dreckigen Wassers gegen Devans Rücken, doch er zuckt nicht einmal zusammen. Vielleicht bemerkt er es nicht. »Lass uns diese Sache hinter uns bringen, okay?«, sagt Devan. »Wir machen dem ein Ende, danach konzentrieren wir beide uns auf uns. Dann erzähle ich dir alles, was du wissen willst. Ich schwöre es dir.«

So gerne würde ich ihm glauben. Aber im Moment liegt die Zukunft derart schwammig und ungewiss vor mir, dass es mir unfassbar schwerfällt, auf etwas zu hoffen, das weiter als ein paar Stunden vor mir liegt. Ich kann mich noch gut daran erinnern, wie ich in meinem Chalet im *Ortiz* nach unserer ersten gemeinsamen Nacht im Bett gelegen und darüber nachgedacht habe, wie es mit Devan und mir weitergehen würde – ob wir nur ein One-Night-Stand füreinander waren oder uns an einer Fernbeziehung versuchen würden. Danach ist alles den Bach runtergegangen, was jeden hoffnungsvollen Plan zerstört hat, den ich möglicherweise gehegt hatte.

Am liebsten würde ich weiter auf ihn einreden, ihn irgendwie dazu zwingen, mir alles zu erzählen, und damit die leise Stimme in meinem Kopf, die sich immer wieder fragt, was Devan vor mir verheimlicht, zum Verstummen zu bringen. Aber ich tue es nicht. Stattdessen sage ich »Okay«, zwinge mir ein Lächeln aufs Gesicht und deute die Straße hinunter Richtung Coffeeshop. Devan erwidert mein Lächeln, aber seines wirkt genauso falsch und angestrengt wie meines.

Auf dem Weg zu dem kleinen Laden und während wir auf unsere Bestellung warten, wandern meine Gedanken immer wieder zu der Frage, was Devan wirklich denkt. Ich würde so viel dafür geben, in seinen Kopf hineinschauen und seine Gedanken hören zu können, ohne den Filter des Sprechens dazwischen. Schon in Colorado war Devan deutlich misstrauischer als ich. Ich muss an seine Beschwörungen denken, in seiner Nähe zu bleiben. Das hat er mir immer und immer wieder gesagt. Es war nicht bevormundend gemeint, er hat den anderen einfach nicht über den Weg getraut. Und daran hat sich nichts geändert, nicht einmal nach Matthew Ismars Verhaftung.

Ob er wirklich, ernsthaft denkt, einer der anderen hätte etwas mit der ganzen Sache zu tun? Oder handelt es sich dabei nur um eine Art Vorsichtsmaßnahme, ähnlich der Tatsache, dass er mir das Geheimnis seiner Familie nicht erzählen will?

Ich denke an Ana, an Leander und Jacob und Christine. Keinem von ihnen traue ich zu, Paul auf diesem Berg getötet oder verletzt und in einer Schneewehe seinem Schicksal überlassen zu haben. Christines Trauer war echt, oder aber sie ist die beste Schauspielerin, die ich in meinem ganzen Leben gesehen habe. Auch Ana ergibt als Täterin keinen Sinn, immerhin wäre keiner von uns ohne sie jetzt hier. Wäre sie daran beteiligt, würde sie uns kaum davon zu überzeugen versuchen, Nachforschungen anzustellen. Leander hat schon in Colorado die ganze Zeit über mit offenen Karten gespielt – hat uns von den Hacking-Angriffen erzählt und nach Lösungen gesucht. Er war derjenige, der im Hotel versucht hat, den Strom wieder zum Laufen zu bringen. Er wollte in dieser Nacht aus der Hütte zum Skilift fliehen und damit den Plan des Täters durchkreuzen, oder nicht?

Und Devan hat mich gerettet, mehr als einmal. Nachdem ich dem Unbekannten auf dem Gelände begegnet bin, war er Derjenige, der mich weggezogen und den Typen verjagt hat. Er kann es nicht gewesen sein.

Es sei denn … Nein. Selbst mit Anas Komplizen-Theorie kann Devan nichts damit zu tun haben. Ich kenne Devan. Ich kenne ihn besser als viele meiner längsten Freunde. Ich habe sein Herz berührt und er meins. Er hat den Skilift zum Laufen gekriegt, er hat uns von dem verdammten Berg runtergebracht.

Und trotzdem. Jedes Mal, wenn ich meinen Gedanken gestatte, auf Wanderschaft zu gehen, beschwöre ich unwillkürlich die Gesichter der anderen vor meinem inneren Auge herauf, eines nach dem anderen. Und ich frage mich, ob eines davon unter der schwarzen Skimaske gesteckt haben mag.

73

DEVAN

Ich muss das Thema wechseln. Weil ich sehen kann, wie es hinter Lucas Stirn arbeitet, und meistens kommt sie dann zu einem Ergebnis, das mir nicht gefällt. Ich will weder, dass sie denkt, das zwischen uns sei mir zu anstrengend, noch, dass ich sie nicht will. Denn das tue ich, verdammt noch mal. Läge es in meiner Macht, würde ich sie mir einfach über die Schulter werfen und mit ihr weit, weit wegrennen. Irgendwohin, wo sie in Sicherheit ist und wir den ganzen Scheiß der letzten Wochen als beunruhigendes Kapitel unserer Vergangenheit vergessen können.

Aber das geht nicht. Das hier muss erst vorbei sein, dann können wir uns voll aufeinander konzentrieren und jedes Klischee der Honeymoon-Phase ausleben. Ich hätte nämlich absolut nichts dagegen, einfach ein paar Wochen gemeinsam im Bett zu verbringen. In meiner Vorstellung brauche ich für mein Glück nichts anderes als Luca, eine bequeme Matratze und einen guten Lieferservice.

Während ich den Cup Holder entgegennehme und Luca der Barista ihre Bankkarte hinhält, mustere ich ihr Gesicht. Ja, sie grübelt eindeutig vor sich hin.

Ich warte, bis sie ihre Karte wieder eingesteckt und ihren Becher mit den Händen umschlossen hat, dann sehe ich mich um. »Bist du in diesem Teil von Belville aufgewachsen?«

Sie schüttelt den Kopf. »Nein. Meine Eltern hatten ein Haus am Sandy Shore, das ist weiter östlich am Stadtrand. Aber ich bin hier in der Nähe zur Schule gegangen.«

Manchmal vergesse ich, dass Lucas Eltern Geld haben, so bodenständig, wie sie ist. »Hatte dein Kinderzimmerfenster Meerblick?«, frage ich in dem kläglichen Versuch, die Stimmung ein bisschen aufzulockern.

»Nein, leider nicht«, seufzt sie. »Das Gästehaus und unser hauseigener Tennisplatz haben leider die Sicht versperrt.«

»Im Ernst?«

Sie verdreht die Augen. »Nein, Devan. Wir haben nicht direkt am Meer gewohnt.«

Ich bin ein bisschen erleichtert, dass sie in den Joke mit eingestiegen ist. »Deine Eltern waren Architekten, oder?«

Den Blick, den Luca mir zuwirft, kann ich nicht recht deuten. Vielleicht geht es immer noch um meine Familie, und sie fragt sich, warum sie mir überhaupt etwas erzählen sollte, wo ich ihr doch gerade eben gesagt habe, dass sie von mir keinerlei Informationen bekommt.

»Ja«, sagt sie schließlich, aber ich meine, einen Hauch Ärger aus ihrer Stimme herauszuhören. »Als wir hier gewohnt haben, waren sie noch angestellt, dann haben sie sich selbstständig gemacht.«

»Hast du Geschwister?«

»Einen Bruder«, antwortet sie mit einem kleinen Seufzen. »Er arbeitet in Kanada, und wir haben wenig Kontakt. Aber er ist älter als ich. Wir hatten vorher auch kein enges Verhältnis.«

Ich überlege einen Moment, bevor ich die nächste Frage stelle, doch dann sind die Worte raus, bevor ich es mir anders überlegen kann. »Was sagen sie zu alledem hier? Was im *Ortiz* passiert ist?«

Luca sieht mich kurz an. Wir stehen noch immer auf der kleinen Terrasse des Coffeeshops, wo wir einigermaßen vor dem stetig fallenden Regen geschützt sind. »Sie glauben natürlich, dass Ismar der Täter ist. Zu dem Zeitpunkt habe ich das ja auch selbst geglaubt, also haben sie keinen Grund, daran zu zweifeln, oder? Was ist mit deinen Eltern?«

»Ich habe nur mit meinem Vater darüber gesprochen«, sage ich, auch wenn mir klar ist, dass ich damit gegen meine eigenen Regeln verstoße. Der Blick, den Luca mir zuwirft, lässt klar erkennen, dass ihr ähnliche Gedanken durch den Kopf gehen. »Meine Eltern sind geschieden.«

»Du hast gesagt, sie seien es nicht«, bemerkt Luca sofort. »Während des Dates. Du meintest irgendwas in die Richtung, dass du eine langweilige Kindheit hattest, weil deine Eltern noch glücklich und zusammen sind, bla, bla.«

»Das war gelogen.« Was bringt es an diesem Punkt noch, um den heißen Brei herumzureden? Es ist ein bisschen seltsam, wenn ich daran denke, wie sauer ich auf Luca war, als ich aus dem Flieger gestiegen bin. Das ist kaum zwei Stunden her. Lustig, wie sehr sich das Blatt in der Zwischenzeit gewendet hat. »Ich habe das nicht böse gemeint, ich wollte nur einfach nicht über meine Familie sprechen. Das war am einfachsten, indem ich so getan habe, als gäbe es nichts zu erzählen.«

»Aha.« Sie nimmt einen Schluck Kaffee, presst aber sofort die Lippen zusammen, als hätte sie sich verbrannt. »Also, warum hast du nur mit deinem Vater gesprochen?«

»Weil ich bei ihm aufgewachsen bin und zu ihm ein besseres Verhältnis habe als zu meiner Mom. Sie ist Flugbegleiterin und viel unterwegs.«

Ich spule diese Informationen herunter, als würden sie nicht zu mir gehören. Als würde ich sie aus dem Wikipedia-Artikel eines anderen Menschen ablesen. Luca scheint das zu bemerken, denn die stöhnt genervt und sieht mich an.

»Lass uns das Thema wechseln.«

»Willst du zurück?«, frage ich und deute mit der Hand über die Schulter Richtung Motel.

Langsam schüttelt sie den Kopf. »Eigentlich nicht. Aber bei dem Regen können wir nichts anderes machen.«

»Warte kurz.« Ich wende mich von ihr ab und gehe zurück zum Tresen, hinter dem die Barista abwesend Löcher in die Luft starrt. In Portland und selbst in Scottsdale sind die Schlangen vor solchen Shops immer ermüdend lang. Dass hier niemand auf seine Bestellung wartet, irritiert mich ein bisschen.

»Hey, sorry«, sage ich und warte darauf, dass die Frau mich ansieht. Sofort verschwindet der leicht träumerische Ausdruck aus ihrem Gesicht, und das typische Service-Lächeln breitet sich darauf aus.

»Was kann ich für Sie tun?«

»Ich würde Ihnen den gerne abkaufen«, sage ich so freundlich wie möglich und deute hinter sie. Dort steht ein kleiner Garderobenständer, darunter eine Art Eimer mit einem einzelnen schwarzen Regenschirm.

Sie folgt meinen Blick und sieht mich dann irritiert an. »Das ist meiner. Wir verkaufen keine Schirme.«

»Sie würden mir wirklich den Tag retten.« Ich greife in meine Hosentasche und ziehe alles an Bargeld heraus, was ich dabeihabe. »Das hier sind fünfzig Dollar. Das ist mehr als genug für einen Regenschirm, finden Sie nicht? Ich wette, neu kosten die nicht mehr als zwanzig.«

Die Frau mustert die Scheine in meiner Hand, dann ihren Schirm. Schließlich zuckt sie mit den Achseln, zieht den Schirm aus dem Ständer und hält ihn mir über die Theke hinweg entgegen. Ich verziehe kurz das Gesicht, als ich ihr die fünfzig Dollar gebe, bedanke mich aber brav und gehe zurück zu Luca, die grinst.

»Das ist der überteuertste Regenschirm, den ich je gesehen habe«, murmelt sie, als ich mich neben sie stelle und den Schirm öffne.

»Hör auf, zu meckern, wir sind immerhin trocken.«

Ich bemerke, dass sie sich ein Grinsen verkneift, als sie zu mir rückt, um vollständig vor dem Regen geschützt zu sein. Wir gehen die Hauptstraße entlang, vorbei an kleinen Geschäften und Restaurants. Man hat hier wirklich viel Wert auf maritimen Flair gelegt, an manchen Stellen vielleicht ein bisschen übertrieben. Als wir an einem kleinen Park vorbeikommen und ich stirnrunzelnd vor einer gigantischen Messingstatur irgendeines Seemanns stehen bleibe, erzählt Luca, dass die Kinder sie zu Halloween immer mit allerlei Zeugs verkleidet haben.

»Ein Jahr hatte irgendjemand die brillante Idee, das Ding komplett mit Klopapier einzuwickeln«, sagt sie grinsend. »Als Mumie, weißt du?«

»Wie viele Rollen haben die dafür wohl gebraucht?«, überlege ich und lege den Kopf in den Nacken, um den Kopf der Statue sehen zu können. Das Ding ist mit Sicherheit um die fünfzehn Fuß hoch.

»Das Problem war eher, dass es nachts geregnet und alles in so eine Art Pappmaschee verwandelt hat. War 'ne ziemliche Sauerei.«

Ich sehe sie prüfend an. »Warst du das?«

»Nein.« Sie lacht. »Da war ich fünf oder so.« Irgendetwas hinter mir erregt ihre Aufmerksamkeit, und ich drehe mich um. Ein schwarzer Pick-up hält am Straßenrand, schätzungsweise hundert Meter von uns entfernt. Reflexartig richte ich mich auf, schiebe Luca ein Stück hinter meinen Rücken und mache einen Schritt auf den Wagen zu. In der Windschutzscheibe spiegelt sich der wolkenverhangene graue Himmel. Ich kann nicht erkennen, wer hinterm Steuer sitzt. Die Scheinwerfer sind eingeschaltet, aber das trifft auf jedes Auto zu, das bei diesem Wetter unterwegs ist.

Wut flammt kochend heiß in mir auf. »Warte hier.«

»Was hast du vor?«, fragt Luca hinter mir. Ihre Stimme klingt wütend, doch ich sehe mich nicht nach ihr um.

»Gucken, wer da drinsitzt.«

Sie antwortet nicht, holt jedoch keine Sekunde später zu mir auf. »Du sollst warten, Luca.«

»Ich hab dich schon beim ersten Mal gehört, *Devan*«, sagt sie stur. »Es ist helllichter Tag, und es sind Menschen in der Nähe. Ich wage, zu bezweifeln, dass er uns hier abknallt.«

Ich werfe ihr einen wütenden Blick zu. »Lass es uns einfach nicht riskieren, okay?«

Bevor sie etwas darauf antworten kann – ihrem Gesichtsausdruck nach zu urteilen, wäre die Antwort nicht gerade freundlich ausgefallen –, werde ich von einer Gestalt abgelenkt, die durch den Park in unsere Richtung rennt. Ein Mädchen in einem Regenmantel. Doch es rennt nicht direkt auf Luca und mich zu, sondern auf den Pick-up. Kurz bevor es ihn erreicht, öffnet sich die Beifahrertür, und wir erhaschen einen schnellen Blick auf eine Frau mittleren Alters, die sich über den Beifahrersitz gebeugt hat, um das Mädchen hereinzulassen.

»Puh«, schnaubt Luca neben mir, »da bin ich ja froh, dass wir das überlebt haben. Ms Soccer Mom sah aus, als hätte sie schon ein paar Leichen im Keller.«

Geräuschvoll atme ich aus und kämpfe gegen das Verlangen an, mir die Hand auf die Brust zu pressen, um mein wild schlagendes Herz zu beruhigen. Ja, wäre das Mädchen nicht gekommen, hätte ich die Wagentür aufgerissen und mich wem auch immer gestellt. Dennoch kann ich nicht bestreiten, dass sich die Angst innerhalb dieser wenigen Sekunden tief in mein Herz gefressen hat. Ich sehe Luca an, und trotz ihres sarkastischen Spruchs erhasche ich in ihren Augen noch einen letzten Funken der abklingenden Panik.

»Bist du okay?«, frage ich leise.

Sie nickt, wenn auch ein bisschen abgehackt. »So ein Truck hat uns gestern verfolgt. Gleiches Modell, gleiche Farbe und alles.«

»Wo?«

Mit der Hand deutet sie über ihre Schulter. »Bei der Highschool. Wir sind aus der Bibliothek gekommen.«

Ich folge ihrem Blick. Der Regen hat ein bisschen nachgelassen, trotzdem sind wir beide klitschnass. Irgendwann in den vergangenen Sekunden habe ich den Schirm sinken lassen, jetzt halte ich ihn wieder hoch, auch wenn es beinahe zwecklos ist – viel nasser können Luca und ich nicht werden.

»Kannst du mir zeigen, wo das war?«

Wortlos macht sie sich auf den Weg. Ich schaue ihr kurz hinterher, dann schließe ich eilig auf, damit sie wieder unterm Schirm ist. Luca hat die Finger ineinander verknotet und beißt sich immer wieder auf die Lippe. Ihr Blick huscht unruhig über die Umgebung, als würde sie noch immer nach dem Pickup Ausschau halten. Sie ist deutlich nervöser als auf dem Weg hierher, und dafür hasse ich den Unbekannten. Ich sehe, dass Luca versucht, stark zu sein. Dass sie versucht, mir ihre Unruhe nicht zu zeigen. Auch wenn das überhaupt nicht notwendig ist.

Wir nehmen eine Abkürzung durch den Park und kommen an einer weiteren Hauptstraße wieder raus, die jedoch weniger malerisch gestaltet ist als die, aus der wir kommen. Hier gibt es hauptsächlich Tankstellen, Supermärkte und Büros. Luca nimmt ihre Sightseeing-Kommentare wieder auf, aber ich merke ziemlich deutlich, dass sie mit den Gedanken woanders ist.

Irgendwann deutet sie auf einen Supermarkt namens *Fishermans's Catch*. Wow.

»Siehst du das Tor?«, fragt sie, ohne mich anzusehen. Zwischen zwei Gebäuden – dem Supermarkt und einem schlichten, bei dem ich auf ein einfaches Mehrfamilienhaus oder einen Bürokomplex tippe – befindet sich ein schwarzes Tor, das offen steht. »Da wollten wir letzte Nacht durch. Als ich hier gewohnt habe, gab es das noch nicht. Und ich schätze, es wird nachts abgeschlossen, denn letzte Nacht sind wir nicht durchgekommen.«

Ich beiße die Zähne zusammen. Die Vorstellung, wie Ana und Luca auf der anderen Seite stehen und versuchen … Nope. Ich schiebe den Gedanken energisch beiseite. Das brauche ich jetzt gerade wirklich nicht.

»Okay«, sage ich bemüht ruhig. »Ihr seid von der anderen Seite gekommen? Also geht es da zur Straße?«

»Genau. Da geht es zur Schule.«

Meine Hand, die den Schirm hält, schließt sich fester um den Griff. »Dann los.«

Ich bleibe dicht an Lucas Seite, als wir die Straße überqueren. Jetzt klebt auch mein Blick an den vorbeifahrenden Autos, und bei jedem beschissenen schwarzen Pick-up schlägt mein Herz kurz ein wenig schneller in meiner Brust. Ein Teil von mir würde den Kerl wirklich gerne zu packen kriegen, und zwar vor der Polizei.

Die kleine Straße führt in einen Innenhof, der offensichtlich zur Warenanlieferung genutzt wird. Vor einer offenen Tür zum Lager parkt ein kleiner Laster, und zwei Männer tragen Kartons hinein. Bei Tageslicht wirkt nichts an dieser Umgebung bedrohlich. Aber gestern Abend war es dunkel, und die Frauen waren mit dem Fahrer des Trucks allein. Ich will mir nicht vorstellen, was in Lucas und Anas Kopf vorgegangen ist.

Mein Blick fällt auf die Überwachungskamera an der Wand. Ich greife nach Lucas Hand und bleibe stehen. »Wir sollten nach den Bändern fragen«, sage ich, als sie sich zu mir umdreht.

»Es war dunkel.« Luca klingt alles andere als überzeugt. »Und das Auto stand nicht mitten auf dem Hof. Ich glaube nicht, dass wir da überhaupt etwas drauf erkennen können.«

»Einen Versuch ist es wert.« Ich drücke ihr den Schirm in die Hand und gehe zu einem der Männer hinüber, der gerade im Laster ein paar Kisten nach vorne schiebt. Ich rümpfe unwillkürlich die Nase – je näher ich komme, desto mehr stinkt es nach Fisch. »Hey, Mann«, rufe ich und bleibe zögernd stehen. Als der Typ sich zu mir umdreht, bemerke ich, dass er kaum älter sein kann als ich.

»Was gibt's?«, fragt er misstrauisch.

Ich deute auf die Kamera am angrenzenden Gebäude. »Gehört die zu euch?«

Er folgt meinem Blick. »Ja. Warum?«

Ehrlich gesagt habe ich vorher nicht genau darüber nachgedacht, was genau ich zu ihm sagen will. Also versuche ich es mit der ersten Geschichte, die mir in den Sinn kommt. Ich drehe mich halb zu Luca um, damit der Typ sie sehen kann. Sie hebt ein wenig unschlüssig die Hand und winkt. »Meine Freundin ist hier gestern Nacht von jemandem belästigt worden. Sie konnte sein Gesicht nicht sehen, aber ich hab gehofft, dass auf den Überwachungsbändern was zu sehen ist.«

Der Kerl greift nach einer Kiste, bleibt jedoch stehen und mustert mich einen Moment lang unschlüssig. »Leider ist die

Qualität ziemlich mies, aber ihr könnt meinen Dad trotzdem fragen. Ihm gehört der Laden.«

»Das wäre perfekt«, sage ich vielleicht ein wenig zu begeistert. Er runzelt die Stirn. »Ist er im Geschäft?«

»Nein, er kommt erst gegen Nachmittag. Ab vier Uhr müsste er da sein. Aber die Aufnahmen werden nach vierundzwanzig Stunden gelöscht. Wenn ihr sie sehen wollt, müsst ihr ihn heute fragen.«

Ich sehe Luca an, die den Daumen hebt. »Machen wir. Danke, Mann!«

Er murmelt irgendwas, dann dreht er sich wieder um, um eine weitere Kiste auf seine Arme zu heben. Ich gehe zu Luca zurück, ein vermutlich ziemlich dämliches Grinsen auf dem Gesicht. »Wir können uns die Bänder angucken«, sage ich, weil ich mir nicht sicher bin, ob sie uns hören konnte. »Wenn wir Glück haben, erkennen wir jemanden.«

»Als ob der Kerl sich von so etwas Simplem wie einer Überwachungskamera überführen lässt.«

»Sei nicht so pessimistisch, Grumpy, das passt gar nicht zu dir.« Ich nehme ihr den Schirm wieder ab, und sie zieht mich zu der kleinen Gasse, die Richtung Straße führt. »Aber apropos Kamera, wir sollten uns an die Polizei wenden. Vielleicht können die über die CCTV-Aufnahmen etwas herausfinden.«

»Ana will nicht, dass wir mit der Polizei sprechen«, bemerkt Luca abwesend. Sie beobachtet die Straße, doch nirgendwo ist auch nur ein Auto in Sicht. »Sie hat versucht, die Ermittlungen wieder aufnehmen zu lassen, aber die haben ihr nicht geglaubt.«

»Wen juckt's? Irgendwann glauben sie uns.«

Sie weicht einer großen Pfütze aus, und ich strecke den Arm aus, damit sie im Trockenen bleibt. »Irgendwann nehmen sie uns nicht mehr ernst«, berichtigt sie. »Das ist das Problem.

Wenn sie grundsätzlich nicht bereit sind, die ganze Sache noch einmal zu überdenken, sollten wir warten, bis wir echte Beweise haben. Nicht nur Theorien.«

»Weißt du, wie du klingst?«, frage ich grinsend. »Wie jede Protagonistin aus jedem Horror-Mystery-Drama dieser Welt. Die rufen auch nie die Polizei, sondern ermitteln auf eigene Faust und schnappen den Serienmörder ... mit sechzehn.«

»Tja, ich bin keine sechzehn mehr, und ich habe auch keine heimliche Affäre mit meinem heißen Love Interest, der mich aus den Fängen des Bösewichts befreit und Dinge sagt wie: ›Wer hat dir das angetan?‹«

Mein Mund klappt auf. Ich fühle mich wie eine übertrieben gezeichnete Comicfigur, und höchstwahrscheinlich sehe ich auch so aus. »Das hat mehr wehgetan, als ich es für möglich gehalten hätte.«

Sie zuckt mit den Schultern, gluckst aber. »Wir haben keine heimliche Affäre, Devan.«

»Wir müssen den anderen nichts über uns erzählen«, halte ich immer noch leicht entsetzt dagegen. »Und ich kann dich auch fragen, wer dir irgendetwas angetan hat.«

»Wenn ich dir diese Frage beantworten könnte, hätten wir gar nichts mehr zu ermitteln, richtig?«

Darauf habe ich eine ganze Menge zu sagen, doch in diesem Moment bleibt sie stehen und dreht sich zu einem großen, alten Gebäude um, dass geradezu »Highschool« schreit: amerikanische Flagge auf dem Hof, Messingschild neben dem Eingang, vergitterte Fenster im Erdgeschoss und eine Handvoll Säulen vor der Eingangstür.

»Wir sind da.«

Ich mustere die Fassade. Ich bin mir nicht sicher, was ich erwartet habe, aber das hier sieht wie eine stinknormale Schule aus. Mein Blick wandert über den Infokasten vor den Eingangsstufen, in dem verschiede Aufrufe und Mitteilungen hängen. Ich will mich gerade wieder abwenden, als mir etwas auffällt.

»Warte mal«, murmle ich und drücke Luca den Schirm in die Hand. Langsam gehe ich zu dem Kasten hinüber. Die untere rechte Ecke der Scheibe ist beschädigt – ein faustgroßes Loch prangt darin. Direkt hinter den scharfkantigen Scherben hängt eine kleine Postkarte. Darauf zu sehen ist eindeutig die Schule, in hektischen, unordentlichen Strichen gezeichnet.

Das, was mir das Blut in den Adern gefrieren lässt, sind die Elemente, die links und rechts von der Zeichnung befestigt sind: drei filigran gefaltete Kartonblumen.

74

LUCA

Selbst durch die Jacke erkenne ich die Anspannung in Devans Rücken. Er steht vor dem Schaukasten, dem nicht einmal die Schüler und Schülerinnen Beachtung schenken – zumindest war das während meiner Zeit der Fall. Aber Devan steht regungslos da und starrt die Aushänge an, als wäre dort sein eigener Headshot angepinnt.

»Devan?«

Er reagiert nicht. Entweder er hat mich nicht gehört, oder er ist jetzt an der Reihe, seinen Verstand zu verlieren. Vielleicht ist es eine Mischung aus beidem.

Ich halte den Schirm ein bisschen höher und gehe zu ihm hinüber, damit er nicht im Regen steht. Ich versuche, an ihm vorbeizuspähen, erkenne aber nichts außer der Ankündigung von irgendwelchen Schwimmmeisterschaften und einem Ausflug zum *Lovers Point Marine Reserve*. Nichts davon sollte Devan dermaßen in den Bann ziehen.

»Devan, was ist los?«, frage ich, leiser dieses Mal. Seine Starre und sein Schweigen machen mich nervös. In meinem Nacken beginnt es wieder, zu kribbeln, und die Kälte frisst sich auf einmal durch meine Klamotten intensiv in meine Haut.

Endlich wendet er sich zu mir um. Er ist blasser als zuvor, doch alles in allem sieht er eher wütend aus als verstört. »Komm her.«

»Ich bin hier«, erwidere ich verwirrt.

Ungeduldig greift er nach meiner Hand und zieht mich neben sich. Wieder verstehe ich nicht, was er mir zeigen will, dann deutet er auf ein kleines Loch in der Scheibe. Vandalismus ist kein Spaß und so weiter, aber ich verstehe nicht, was ihn an dieser kleinen Beschädigung so verstören sollte. Dann bemerke ich eine Art Grußkarte am unteren Rand des Kastens und ziehe zischend die Luft ein. Mein Gehirn ist nicht in der Lage, zu registrieren, was genau die Karte zeigt. Alles, was ich sehe, sind die Papierblumen. Drei Stück, zwei in der linken, eine in der rechten Ecke. Sie bestehen aus dünner saphirblauer Pappe. Die Blätter der größten Blume schmiegen sich umeinander und umranden ein paar silberne Pailletten, die zusammengenommen ebenfalls wie eine Blume aussehen.

Sie sind hübsch, doch an sich nichts Besonderes. Mit Ausnahme der Tatsache, dass ich diese Art von Blumen kenne.

»Die Blumen aus dem *Ortiz*«, flüstere ich. Ich reiße mich von dem Anblick los und begegne Devans Blick. »Was soll das?«

»Ich habe keine beschissene Ahnung.«

»Kann das ein Zufall sein?« Die Worte klingen sogar in meinen Ohren falsch. Exakt diese Art von Blumen gab es im *Ortiz* – als große Kunstwerke an den Wänden. Devan und ich haben uns damals darüber lustig gemacht, weil sie überhaupt nicht zu der restlichen Deko und dem gesamten Stil des Resorts gepasst haben. Eine Erinnerung kratzt an meinem Unterbewusstsein, während Devan sich mit der Hand durch die Haare fährt und sich auf dem kleinen Schulhof umsieht.

»Diese Blumen«, sage ich, als die Erinnerung es schafft, an die Oberfläche zu dringen. Ich drücke Devans Hand, die noch immer in meiner liegt. »Eine davon lag in meinem Zimmer. Im Chalet, meine ich.«

Devan dreht sich zu mir um. »Wann?«

»Keine Ahnung«, erwidere ich und versuche verzweifelt, mich an Details zu erinnern. »Irgendwann zu Beginn, glaube ich. Sie hat auf meinen Handtüchern gelegen. Ich fand das komisch, aber ich bin davon ausgegangen, dass das eine Art Gruß vom Housekeeping war oder so was.«

Er flucht so derb, dass meine Mom vermutlich in Ohnmacht gefallen wäre. »Nein, ich hatte keine davon in meinem Zimmer. Verdammt, Luca, das ist übel.«

»Ich weiß«, murmle ich.

»Die Scheibe wurde eingeschlagen.« Er holt tief Luft. »Wie steht die Chance, dass das ein Zufall ist?«

Wieder mustere ich die Blumen auf der Karte. »Sind Origamiblumen gerade im Trend?«, frage ich skeptisch. »Oder sind das so Standard-Faltmuster?«

»Selbst wenn! Warum sollte sie jemand auf deine Handtücher legen – speziell auf *deine*, wenn sie keine Bedeutung haben?«

Langsam schüttle ich den Kopf. Das hier wird immer absurder. »Du hast Jacob danach gefragt, oder?«, hake ich nachdenklich nach. »Damals bei der Tour durchs Resort. Du hast mich in die Pfanne gehauen, weil du zu Jacob gesagt hast, ich würde mich nicht trauen, nach den Blumen zu fragen.«

»Hast recht.« Mein Blick klebt immer noch an der Karte, aber ich bin mir sicher, Belustigung in seiner Stimme zu hören. Ich sehe mich zu Devan um, und jap, er grinst schadenfroh bei der Erinnerung. Es ist mir wirklich ein Rätsel, wie Devan es schafft, in jeder erdenklichen Situation seinen Humor zu bewahren. Keine Ahnung, ob das ein Fluch oder ein Segen ist.

»Was hat Jacob darauf geantwortet?«, hake ich nach.

Devan zuckt mit den Schultern. »Weiß ich nicht mehr.«

Mein Gehirn ist ganz einfach überfordert mit der Gesamtsituation. Ein Teil von mir weigert sich, wegen dieser simplen Papierblume, die von jedem beliebigen Schüler gefaltet worden sein könnte, ein Drama zu veranstalten. Aber da ist auch diese Stimme, die sich seit Colorado in meinem Unterbewusstsein eingenistet hat und die ich einfach nicht loswerde. Die Stimme, die mich ermahnt, nicht mehr an Zufälle zu glauben und jedes verdammte Detail ernst zu nehmen.

»Wann wollte Jacob hier sein?«, frage ich Devan, während ich den Schirm zuklappe. Wir sind ohnehin klatschnass, und keiner von uns achtet mehr darauf, darunter zu bleiben.

»Keine Ahnung«, antwortet Devan frustriert. »Ich rufe ihn an.«

»Okay. Ich sage den anderen Bescheid.«

Devan nickt beinahe geschäftsmäßig, dann wendet er sich ab und beginnt, auf seinem Handy rumzutippen. Ich ziehe mein eigenes hervor und wähle Anas Nummer. Sie nimmt nach dem zweiten Klingeln ab. Als ich sie bitte, zur Schule zu kommen, ist sie hörbar irritiert, willigt dann jedoch ein. Ich habe keine Lust, ihr die ganze Sache am Telefon zu erklären, und bin erleichtert, dass sie nicht auf ein ausführliches Gespräch besteht. Sie verspricht, Leander mitzubringen, und legt dann auf. Ein ungutes Gefühl breitet sich in meinem Magen aus, doch ich versuche, es zu ignorieren. Aktuell stehen so viele ungesagte Dinge zwischen uns, dass es mir wahnsinnig schwerfällt, uns alle als Team zu betrachten. Aber das müssen wir jetzt sein.

Wir können uns nicht mehr auf uns alleine verlassen. Dafür ist diese ganze Sache zu verwirrend, zu undurchsichtig. Wir brauchen die Schwarmintelligenz.

Als Devan aufgelegt hat, dreht er sich sofort zu mir um. »Jacob ist vor ein paar Minuten gelandet. Ich schicke ihm meinen Standort.«

»Gut.« Ich atme geräuschvoll aus. »Hoffentlich machen wir uns nicht lächerlich.«

»Die Schule hat geschlossen, oder?«, fragt er, während er das alte Gebäude mustert. Es sieht verlassen aus, auf dem Parkplatz steht kein einziges Auto. Ich bin mir nicht sicher, ob es hier an Sonntagen einen Sicherheitsdienst gibt, aber selbst wenn, könnte der uns vermutlich nicht weiterhelfen.

»Ich weiß nicht mal, ob die Karte schon da hing, als ich hier noch zur Schule gegangen bin«, sage ich geistesabwesend. Ich durchwühle meine Erinnerungen, dieser Kasten taucht darin allerdings schlicht und ergreifend nicht auf. »Wenn der große, böse Unbekannte die erst kürzlich hier hingehängt hat, könnte er das dann auch erst gestern Nacht oder heute Morgen gemacht haben. Er wusste ja nicht, dass Ana und ich herkommen.«

»Vielleicht wollte er euch oder uns auch von Anfang an nach Belville locken? Wie ist Ana darauf gekommen, ausgerechnet hier nach Hinweisen zu suchen?«

Seufzend gehe ich zu einem der Blumenkübel hinüber und setze mich auf den Rand. Der Stein ist zwar nass, aber meine Hose ist es ebenfalls. Ich hebe die Hand und fahre mir damit über die Stirn, um die Regentropfen wegzuwischen, die trotz der Kapuze mein Gesicht benetzen.

»Ich glaube, sie hat das einfach geschlussfolgert«, erwidere ich müde. »Weil Christine, Paul und ich hier zur Schule gegangen sind und das die einzige Verbindung zwischen uns allen ist. Ach, und Leanders Eltern haben hier irgendwo ein Geschäft.«

Devan macht nicht den Eindruck, als würde diese Information ihn irgendwie weiterbringen, aber das habe ich auch nicht erwartet. Ich schaue mich um und mustere die Autos, die am Straßenrand parken. Kein schwarzer Pick-up. Wenn ich ganz brutal ehrlich zu mir selbst bin, wünsche ich mir fast, dass wieder etwas passiert. Dass jemand versucht, uns zu überfahren oder was auch immer. Irgendetwas, das uns weiterbringt. Wir treten auf der Stelle, und solange der Typ sich nicht aus der Deckung wagt, befürchte ich, dass das auch so bleiben wird.

»Wo bist du mit deinen Gedanken?«, fragt Devan, als er zu mir herüberkommt und sich neben mich setzt. Die Schultern seiner Jacke sind vom Regen dunkel verfärbt, und auch sein Gesicht ist nass, was ihm allerdings nicht viel auszumachen scheint. Sein Oberschenkel berührt meinen zwar nicht, trotzdem spüre ich die Wärme, die von ihm ausgeht.

Ich mustere ihn von der Seite. »Wünschst du dir manchmal, du hättest diese Einladung zum Bewerbungsgespräch nicht angenommen?«

Er überlegt ein paar Sekunden, dann grinst er und stößt mit seiner Schulter leicht gegen meine. »Ist das *fishing for compliments?*«, fragt er und lacht, als ich das Gesicht verziehe. »Komm schon, du willst doch nur hören, dass ich dich sonst nie kennengelernt hätte und es deswegen nicht bereuen kann.«

»Vergiss es einfach«, sage ich, spüre aber gleichzeitig, dass mein Gesicht heiß wird. »Du bist wirklich nicht in der Lage, ein sachliches Gespräch zu führen.«

»Wer sagt, dass es nicht tatsächlich so ist?«, fragt er mit hochgezogenen Augenbrauen. »Vielleicht bereue ich es nicht, weil ich dich dann nicht kennengelernt hätte. Richtig kennengelernt, meine ich.«

»Das wäre zu kitschig. Selbst für dich.«

»Gefühle sind nicht rational«, bemerkt er. »Und das meine ich absolut ernst. Natürlich wäre es mir lieber, wenn Paul nicht gestorben wäre und so weiter, aber da ich inzwischen davon ausgehe, dass wir alle nicht zufällig auf diesem Berg gelandet sind, denke ich nicht, dass wir eine Wahl hatten.«

»Wie meinst du das?«

Er seufzt. »Ich weiß, dass ich gesagt habe, Anas Theorien seien verrückt. Aber nach allem, was passiert ist … vielleicht hat dieser Typ tatsächlich irgendeine persönliche Vendetta gegen uns laufen. Hätten wir damals abgesagt, hätte er sicher auf irgendeinem anderen Weg Kontakt zu uns aufgenommen.« Er nimmt wieder meine Hand und umschließt sie mit seiner. Die Geste ist beinahe beiläufig, trotzdem spüre ich mein Herz einen Zahn zulegen. Es ist ein bisschen seltsam, dass schlichtes Händchenhalten mich immer noch aus der Bahn wirft nach allem, was Devan und ich bereits getan haben. »Und wenn dieser Typ uns schon auf dem Kieker hat, dann finde ich es tatsächlich einen schönen Nebeneffekt, dass ich dich dabei kennenlernen durfte.«

»Vielleicht leidest du unter Münchhausen-Stellvertreter-Syndrom«, bemerke ich trocken.

»Du wirfst heute mit ganz schön vielen Diagnosen um dich, Dr. Murphy.«

»Ich meine das ernst.« Ich ziehe seine Hand auf meinen Schoß. »Und nein, ich fische nicht nach Komplimenten. Aber ich frage mich schon, warum du so an dieser Sache zwischen uns festhältst«, sage ich und drücke seine Finger. »Ich weiß, wieso ich das tue. Aber manchmal habe ich das Gefühl, dass das alles ein bisschen einseitig ist.«

Er schweigt so lange, dass ich mir Sorgen mache. Ich habe den Blick auf unsere ineinander verschränkten Hände gesenkt und traue mich nicht, zu ihm aufzuschauen. »Luca«, sagt er schließlich. »Guck mich mal an.«

»Was?«

»Ich weiß, dass du nicht auf Komplimente aus bist, aber da musst du jetzt durch, okay?« Er hält mich mit seinem Blick fest. Auch wenn ich gerne wegsehen würde, ich kann es nicht. »Du bist lustig, du bist wahnsinnig stark, du bist mutig und freundlich. Du hast so unendlich viele Eigenschaften, wegen derer man sich in dich verlieben kann. Und ich finde es seltsam, dass du das nicht erkennst.«

Ich presse die Lippen zusammen. »Wir kennen uns kaum.«

»Das ist mir egal.« Als ich die Augen verdrehe, grinst er. »Ich hatte nicht vor, mich in dich zu verlieben, wirklich nicht. Ich hatte nicht einmal vor, dich zu mögen. Aber … wie schon gesagt, Gefühle sind nicht rational.«

Mir ist ein wenig schwindelig. Er hat das Wort gesagt. Nicht die magischen drei, aber doch schon ziemlich nahe dran. Eine kleine Stimme in meinem Kopf wiederholt immer und immer wieder die gleichen Argumente: dass wir uns kaum kennen, dass wir kaum Zeit miteinander verbracht haben, dass wir erst ein Date hatten … doch ich bringe sie zum Schweigen.

»Ich will in deiner Nähe sein«, redet Devan weiter. Seine Stimme ist leise, aber eindringlich. Die Worte streicheln über meine Haut wie eine Feder und hinterlassen eine Gänsehaut. »Alles andere ist nicht wichtig, oder?«

Ich mustere sein Gesicht, seine Augen, die Wassertropfen auf seiner Haut. Ich erinnere mich an die Version von Devan, die mich damals auf dieser Party angegraben hat. Aber das hier kann unmöglich der gleiche Mensch sein.

Als ich nicht antworte, schlingt Devan einen Arm um mich und zieht mich an sich. Mein Kopf sinkt wie von selbst gegen seine Schulter, und einen Moment lang konzentriere ich mich einfach auf seinen beruhigenden, gleichmäßigen Atem.

»Ich will auch in deiner Nähe sein«, sage ich schließlich. Als er lacht, lächle ich. »Es fühlt sich … keine Ahnung, ruhiger an, wenn ich bei dir bin.«

»Das freut mich, zu hören.«

Ich schließe einen Moment lang die Augen. Gut möglich, dass der Regen nachgelassen hat oder dass meine Haut inzwischen einfach nur so kalt ist, dass ich ihn nicht mehr spüre. Meine Mom würde sagen, dass wir uns gerade eine ziemlich fette Lungenentzündung holen, aber auch das ist mir im Moment egal. Ich brauche die Pause, mein Verstand braucht diese Pause. Und mit Devans Atem und seinem Arm, der mich festhält, schaffe ich es tatsächlich das erste Mal seit zwei Tagen, ein paar Minuten lang abzuschalten.

Die Ruhe ist in dem Moment vorbei, als Ana und Leander um die Ecke kommen. Ana ruft meinen Namen, und ich zwinge mich, die Augen zu öffnen und mich aufzurichten. Die beschissene letzte Nacht hängt mir noch immer in den Knochen, und ich bin mir ziemlich sicher, dass ich eingeschlafen wäre, hätten Ana und Leander noch länger gebraucht.

Devan lässt mich nicht los, auch nicht, als er die Schultern strafft und sich gerade hinsetzt.

»Am Telefon klang es dringend«, sagt Ana, sobald sie in Hörweite ist und nicht mehr schreien muss. Sie hält deutlichen Abstand zu Leander, was meine Hoffnung sinken lässt, dass die beiden sich in der Zwischenzeit zusammengerauft haben. »Geht es euch gut?«

»Alles okay«, sagt Devan.

Ana mustert uns verwirrt. »Ihr seht nicht halb so panisch aus, wie ich mir das vorgestellt habe.«

Ich wäre wirklich gerne noch sitzen geblieben, aber die Realität kracht auf mich ein wie ein abstürzendes Flugzeug. Widerstrebend winde ich mich aus Devans Umarmung und stehe auf.

»Guckt mal.« Ich warte, bis die beiden zu mir gekommen sind, und mache dann ein paar Schritte auf den Schaukasten zu. Mit der Hand deute ich auf die Karte. »Fällt euch was auf?«

Für den Bruchteil einer Sekunde befürchte ich, dass die beiden nicht verstehen, was an diesen Blumen so spannend sein soll. Dass ihnen die Blumen im *Ortiz* nie aufgefallen sind oder dass sie den Zusammenhang einfach nicht erkennen. Doch dann flucht Leander, beugt sich hinunter und fährt mit dem Finger über das Glas vor der Karte.

»Die waren überall im Resort.«

»Genau«, sagt Devan. »Wie stehen die Chancen, dass wir das hier zufällig finden?«

»Das ist 'ne Papierblume«, bemerkt Ana mit einem fragenden Unterton. »Ich will euch nicht in die Parade fahren, aber ich habe etwas anderes erwartet.«

Ich räuspere mich. »Ich habe eine davon in meinem Chalet gefunden, irgendwann am ersten Tag. Sie lag auf meinen Handtüchern.«

»Ich auch«, knurrt Leander. Überrascht sehe ich ihn an, doch sein Blick ist immer noch fest auf die Karte gerichtet. »Zweimal. Einmal auf meinem Bett, das zweite Mal lag eine einfach auf dem Fußboden rum. Ich hab gedacht, die wären Deko oder so.«

»Ich auch«, sage ich aufgeregt. »Ich dachte, das Housekeeping hätte sie dort hingelegt.«

»Ihr hattet beide so eine im Chalet?«, hakt Ana sichtlich verwirrt nach. »Die gehören sicher nicht zur normalen Ausstattung.«

Devan wirft ihr einen kurzen Blick zu. Ich sehe, dass er sich um eine neutrale Miene bemüht. »Woher weißt du das?«

Sie sieht ihn nicht an, sondern starrt weiter auf den Schaukasten. »Weil ich dort gearbeitet habe. Wir hatten mehrere Meetings vor der Neueröffnung, in denen die Corporate Identity und so ein Kram besprochen wurde. Solche Extras wären erwähnt worden, ziemlich sicher. Wir haben bestimmt zwanzig

Minuten alleine über die Auswahl der Goodies für die Kissen gesprochen. Die hätte das Housekeeping verteilt, keine random Papierblumen.«

Anas Aussage überrascht mich nicht, trotzdem läuft mir ein kalter Schauer den Rücken hinunter. Gut möglich, dass ein sehr naiver Teil von mir immer noch gehofft hat, für diese Sache gäbe es eine logische Erklärung.

»Steht da irgendwo, wer die Karte gezeichnet hat?«, frage ich Leander. »Oder eine Firma, ein Logo … irgendwas?«

Er schüttelt den Kopf. »Kann nichts erkennen. Aber es sieht selbst gemalt aus, finde ich.«

»Falls unser Mr X die Karte durch das Loch da angebracht hat, hatte er sicher Handschuhe an«, bemerkt Ana stirnrunzelnd. »Andernfalls sollten wir nach jemandem mit zerschnittenen Fingern Ausschau halten.«

»Oder Mrs X«, korrigiere ich reflexartig.

»Wie bekommen wir die da raus?«, überlegt Leander laut. »Hat einer von euch Handschuhe dabei?«

»Vor morgen ist sicher niemand hier, der uns den aufmachen kann.« Ana dreht sich zu mir um. »Denkst du, wir können irgendjemanden anrufen? Einen Hausmeister oder so?«

»Keine Ahnung.« Unzufrieden schiebe ich die Hände in die Jackentaschen. »Und selbst wenn – was sollen wir dem erzählen?«

»Ihr macht das alles zu kompliziert«, sagt Devan und geht an mir vorbei zum Schaukasten. Als Ana zurückweicht, wirft er einen prüfenden Blick über die Schulter.

»Was hast du …«, beginne ich, doch meine Worte werden von einem lauten Klirren übertönt, als Devan ausholt und den Ellbogen mit voller Kraft in die Glasscheibe rammt, um das ursprüngliche Loch zu vergrößern.

»So geht's auch«, kommentiert Leander grinsend.

Ana springt zurück, als wolle sie einer Explosion auszuweichen. »Ich dachte, wir wollen unauffällig bleiben!«, zischt sie.

Hastig sehe ich mich um, doch niemand außer uns treibt sich hier herum. Der Kiosk, vor dem gestern der Pick-up stand, hat noch nicht geöffnet. Sollte in der Schule allerdings ein Sicherheitsmensch unterwegs sein, hat er den Knall ganz sicher gehört.

Devan, der absolut nicht auf uns achtet, greift vorsichtig durch das scharfkantige Loch und reißt die Karte von der Heftzwecke, mit der sie befestigt war. Er dreht sie um, starrt einen Moment auf die Rückseite und schaut mich dann an.

»Hast du 'ne Ahnung, wer Osman Yamar ist?«

75

LUCA

Der Klang des Namens fühlt sich an wie ein Schlag in die Magengrube. Ich bin mir nicht sicher, was ich erwartet habe. Keine Beschriftung vielleicht oder einen Namen, den ich nicht kenne. Aber das hier … das reißt mir den Boden unter den Füßen weg.

Devan bemerkt die Veränderung in meinem Gesicht. Sein Blick wird ernst, und er macht ein paar Schritte auf mich zu, die Hand ausgestreckt, als wolle er mich auffangen. »Was ist los?«

»Osman«, wiederholt Ana, bevor ich auch nur ein Wort herausbekomme. »Das ist der Typ aus dem Jahrbuch, oder nicht?«

»Wovon redest du?«, fragt Leander.

Sie greift in ihre Tasche und holt ihr Handy heraus. Während sie darauf herumtippt, wirft sie mir einen kurzen prüfenden Blick zu. »Wir haben einen Osman in den alten Jahrbüchern gefunden. Er war Lucas Sandkastenfreund.«

»Luca.«

Ich erwidere Devans Blick, öffne den Mund, schließe ihn dann aber wieder. Ich denke an die Szene gestern in der Bibliothek, als Ana nach Osmans Geschichte gefragt und nicht einmal versucht hat, ihr Misstrauen zu verbergen.

»Das kann nicht sein«, sage ich schließlich und zwinge mich aus meiner Starre. Ich überwinde die letzten Schritte zwischen

Devan und mir und reiße ihm die Karte aus der Hand. Auf der Rückseite steht sein Name in einer Handschrift, von der ich mir einbilde, dass ich sie wiedererkenne. Ist das überhaupt möglich? Es ist Jahre her, dass ich mit Osman befreundet war. »Das ergibt überhaupt keinen Sinn.«

»Warum nicht?«, fragt Devan ruhig. Ich kann keine einzige Emotion in seiner Stimme heraushören, auch sein Gesicht ist glatt, maskenhaft. Aber damit kann ich mich jetzt nicht beschäftigen.

Ich wedle mit der Karte, als wäre sie die Antwort auf sämtliche Fragen dieser Welt. »Weil er mein Freund war. Wir haben den Kontakt verloren, aber wir hatten keinen Streit oder irgendetwas in der Art. Und ich weiß nicht einmal, ob er überhaupt wusste, wer Christine und Paul sind. Glaubt mir, das ist unlogisch.«

Ana schaut kurz von ihrem Handy auf, um mir einen sehr skeptischen Blick zuzuwerfen, den ich ignoriere.

»Nein, ist es nicht«, murmelt Leander. Devan dreht sich zu ihm um, und auch ich sehe ihn an. Aus seinem Gewicht ist ein Großteil der Farbe gewichen, und seine Lippen sind zu einer harten Linie zusammengepresst.

»Was meinst du damit?«, frage ich barsch.

»Ich kenne Osman Yamar«, sagt er langsam. Er reibt sich über den Hals und flucht. »Ich habe mit ihm zusammengearbeitet vor … keine Ahnung, fünf oder sechs Jahren.«

»Wie bitte?«

Er zuckt mit den Schultern. »Er hat in dem Laden meiner Eltern gejobbt. In Fremont. Ich kenne den Typen.«

Ana schnalzt mit der Zunge. »Du kennst ihn, Luca kennt ihn, und ziemlich sicher kannten Christine und Paul ihn auch.« Sie dreht sich zu mir um und fixiert mich mit ihrem Blick. »Wie hoch ist die Wahrscheinlichkeit, dass *das* ein Zufall ist,

Luca? Dass der Typ, der offensichtlich leidenschaftlich gerne diese speziellen Blumen bastelt, vier von euch persönlich kennt?«

»Gib ihr einen Moment, Ana«, meint Devan, ohne sie anzusehen. Sein Blick ist immer noch auf mich gerichtet, doch inzwischen liegt echte Besorgnis darin. Er schaut kurz auf meine Hand, und erst jetzt bemerke ich, dass die Karte, die ich immer noch festhalte, leicht bebt. Nein, falsch. Ich bin es, die bebt. »Hey«, sagt er. Er greift nach meinen Schultern und zieht mich an sich. Ich sträube mich kurz, dann gebe ich auf und lasse mich an seine Brust sinken. Ich spüre seine große Hand auf meinem Hinterkopf, als würde er versuchen, mich von der Welt da draußen abzuschirmen.

Aber es funktioniert nicht. Ich mache mich los.

»Das kann nicht sein«, sage ich und bin selbst überrascht, dass meine Stimme beinahe fest klingt. »Mag ja sein, dass du ihn kennst, Leander, aber ich war mit ihm befreundet. Er ist nicht der Typ für solche Aktionen.«

»Er *war* nicht der Typ dafür«, korrigiert Ana sanft. »Aber wie lange ist es her, dass du ihn das letzte Mal gesehen hast, Luca? Menschen verändern sich.«

»Selbst wenn«, halte ich dagegen. »Warum sollte er das tun? Er ist Devan und Jacob noch nie begegnet. Ich habe ihm nichts getan, und wenn Leander ihn nicht während der Arbeit im Vorbeigehen Arschtritte verpasst hat, bin ich mir fast sicher, dass er ebenfalls keinen Grund hätte, Leander *töten zu wollen*. Darum geht es hier nämlich, Ana. Nicht um irgendwelche geleakten Informationen. Wer auch immer hinter dieser ganzen Sache steckt, ist in der Quintessenz nämlich kein Onlinetroll, sondern ein *Mörder*.«

Ich atme schwer und gebe mir keine Mühe, es zu verstecken. Ja, es ist ein Schock, Osmans Namen auf dieser Karte zu lesen, und ich bin nicht so naiv, zu denken, dass das einfach nur ein merkwürdiger Zufall ist. Mir kommt das auch komisch vor. Aber zu schlussfolgern, dass Osman unser großer Unbekannter ist, ist einfach bescheuert.

»Ich stimme Luca zu«, sagt Devan, der noch immer dicht neben mir steht. Überrascht sehe ich ihn an, doch sein Blick ist auf Ana gerichtet. »Nicht, weil ich denke, dass der Typ es nicht gewesen sein kann. Sondern weil ich unserem Unbekannten nicht zutraue, so nachlässig zu sein.«

Triumphierend zeige ich auf Devan. »Ganz genau. Glaubt ihr ernsthaft, dass er so einen eindeutigen Hinweis übersehen hätte?«

»Ich denke, die Karte wurde hier platziert«, führt Devan meine Argumentation fort. Seine Stimme ist ruhiger als meine, weniger emotional. Hoffentlich wirkt er damit für die anderen überzeugender. »Ich kann mir nicht vorstellen, dass sie seit Jahren hier hängt. Und es wäre absolut unvorsichtig, würde er hier eine Karte mit seinem Namen drauf hängen lassen.«

Erwartungsvoll sehe ich Ana an, dann Leander. Ich weiß, dass Devans Argumentation bei ihnen gewirkt hat – sie sehen nicht mehr annähernd so überzeugt aus wie noch vor ein paar Sekunden.

»Aber was soll dann das …«

Leanders Worte gehen in einem Hupen unter, als ein roter Sportwagen neben uns am Straßenrand hält. Mein Herz stolpert schmerzhaft in meiner Brust, und ich greife unwillkürlich nach Devans Hand. Dann wird das Fahrerfenster heruntergelassen, und Jacob steckt seinen Kopf heraus. »Warum zur Hölle steht ihr alle im Regen rum?«

Erleichterung durchflutet mich so heftig, dass ich unwillkürlich grinsen muss. »Bist du mit dem Auto hergefahren?«

»Nein.« Er erwidert mein Grinsen. »Ist ’n Mietwagen. Ich hatte die Wahl zwischen dem hier und einem Minivan.«

»Geschmackvoll«, sagt Leander trocken. »Damit wirst du sicher überhaupt nicht auffallen.«

Jacob zwinkert ihm zu, dann sieht er sich um. »Soll ich euch mitnehmen oder mir einen Parkplatz suchen?«

Ein wenig überfordert lasse ich den Blick schweifen. Im Grunde gibt es hier nichts mehr zu sehen, abgesehen von der zertrümmerten Scheibe des Aushangkastens. Trotzdem kommt es mir irgendwie seltsam vor, wieder zu gehen, bevor wir uns weiter umgesehen haben. Vielleicht will Devan ja noch in die Schule einbrechen.

Ana nimmt mir die Entscheidung ab, indem sie Jacob anweist, sich einen Parkplatz zu suchen und dann zu uns zu kommen. Als er außer Sicht ist, gehe ich neben dem Schaukasten in die Hocke, um ein paar der größeren Scherben aufzusammeln. Nicht einmal eine Sekunde später ist Devan bei mir und schiebt meine Hand beiseite.

»Ich mach das schon«, murmelt er so leise, dass die anderen uns wahrscheinlich nicht hören können.

Ich verdrehe die Augen. »Du übertreibst es mit deinem Beschützerinstinkt ein bisschen.«

»Das nennt sich Ritterlichkeit, Luca.« Er grinst, als ich ihn genervt ansehe. »Ich hab die kaputt gemacht, also lass sie mich auch einsammeln. Außerdem zitterst du.«

Er hat recht. Mir ist nicht aufgefallen, dass meine Hände noch immer beben. »Das ist eher die Kälte, glaube ich. Oder das Koffein auf leeren Magen. Mir geht’s gut.«

»Keinem von uns geht es gut.«

Mit Zeigefinger und Daumen nehme ich eine der größeren Scherben und lege sie auf den Regenschirm, der vergessen neben uns auf dem Boden liegt. Ich habe keine Ahnung, wann ich ihn fallen gelassen habe. »Kennst du Osman?«, frage ich Devan nach ein paar Sekunden, in denen wir schweigend Scherben aufsammeln.

Er schüttelt den Kopf. »Nein, ich habe den Namen noch nie gehört. Aber dass Leander ihn kennt, ist ein seltsamer Zufall.« Er wirft den anderen einen kurzen Blick zu. Ana tippt auf ihrem Handy herum, während Leander neben ihr steht und die Umgebung im Auge behält. Etwas an seiner Haltung, an der Art und Weise, wie er die Schultern strafft, erinnert mich an Devan. Daran, wie er neben mir steht, wie er mich von der Welt abschirmt, ohne mich zu berühren.

»Ich glaube, ihm liegt noch was an Ana«, sage ich leise und wechsle damit abrupt das Thema. »Hat er dir gesagt, was das Problem zwischen ihnen ist?«

»Nein.« Auch wenn ich Devan nicht ansehe, höre ich das Schmunzeln in seiner Stimme. »Er hat mir leider nicht sein Herz ausgeschüttet.«

Ich werfe ihm einen genervten Blick zu. »Tu nicht so, als würden Männer untereinander nicht über ihre Gefühle sprechen, du Ignorant.«

»Dass wir uns über solche Themen nicht unterhalten haben, hat nichts damit zu tun, dass wir beide Männer sind, Luca«, erinnert er mich trocken.

Wieder mustere ich erst Ana, dann Leander. Sie schauen einander nicht einmal an. Trotzdem, ich habe das Gefühl, dass es zwischen ihnen eine Verbindung gibt. Dieses Gefühl hatte ich schon in Colorado, und als ich die beiden vor unserer Abreise am Flughafen gesehen habe, haben sie einander an den Händen gehalten.

»Vielleicht hat Leander eine Abfuhr bekommen«, rät Devan. »Wobei Ana auch wütend wirkt, und dazu hätte sie dann ja keinen Grund.«

Es sind keine Scherben mehr übrig, nur noch die ganzen kleinen Splitter, die ich sicher nicht mit den Händen aufsammle. Ich reibe mit meinen Handflächen über meinen nassen Parka. »Glaubst du, dass es etwas mit dem hier zu tun hat?« Als Devan mich verständnislos ansieht, zucke ich mit den Schultern. »Vielleicht hatte Leander keinen Bock auf Anas Recherchen, oder sie hat etwas rausgefunden, das ihm nicht gefällt.«

»Seinen wunden Punkt? Sein Kryptonit?«

»Ich meine das Ernst«, sage ich energisch, senke aber hastig wieder die Stimme. Am Ende der Straße biegt Jacob um die Ecke – in langem schwarzen Mantel und mit schwarzem Regenschirm. In Sachen Stilbewusstsein ist er uns anderen definitiv voraus. »Jeder von uns hat eine Schwachstelle, die der Typ ausnutzt, oder nicht? Wir kennen Jacobs, Christines und Pauls. Aber nicht Leanders. Vielleicht hat Ana etwas herausgefunden.«

Devan richtet sich auf und streckt dann die Hand aus, um mich hochzuziehen. Als ich neben ihm stehe, beugt er sich zu mir, damit ich ihn verstehen kann. »Wenn es eine Person unter uns gibt, über deren Schwachstelle ich gerne etwas wüsste, dann ist es Ana.«

Am liebsten würde ich nachfragen, doch inzwischen ist Jacob in Hörweite und bombardiert uns mit Fragen: noch einmal, was wir hier draußen machen, warum wir in Belville sind, warum wir vor einer Highschool herumstehen, was los ist und so weiter. Ana bringt ihn kurz und knapp auf den neusten Stand, während Leander zwischendurch Details einwirft, die sie vergisst. Ich beobachte währenddessen Jacobs Gesicht, das eine ganze Menge an Emotionen durchläuft. Er sieht geschockt aus, das trifft es vermutlich am besten. Eine Mischung aus Schock, Verwirrung und Unglaube.

»Das … ich …« Er bricht ab und sieht erst mich, dann Devan an. »Was habt ihr in den letzten Tagen denn gemacht?«

»Viel«, antworte ich und lächle kurz, als er schnaubt.

»Woher wusste der Unbekannte, dass ihr hier seid?«, fragt er und stellt im Grunde genau die Fragen, die wir ihm nicht beantworten können. »Woher wusste er, dass ihr nach Belville fahrt oder wo deine Mitbewohnerin ist, als er ihr das Handy geklaut hat?«

Ich will ihm gerade antworten, dass ich selbst keine Ahnung habe, als Leander mir zuvorkommt.

»Ich denke, wir sollten unsere Handys loswerden«, sagt er und nickt in Richtung von Anas Handy. »Wir alle.«

»Was?«, ruft Ana, bevor sie ihr Telefon mit beiden Händen umschließt. Als befürchte sie, dass Leander vorspringt und es ihr entreißt. »Warum?«

»Weil das Sinn ergibt«, wirft Devan mit einem müden Unterton in der Stimme ein. »Das ist die einzige Erklärung, warum der Typ so viel über uns weiß. Er muss unsere Nachrichten mitlesen oder unsere Verläufe einsehen können. Wenn er sich in unsere Handys eingehackt hat, dann weiß er eine ganze Menge.«

»Genau.« Leander sieht uns der Reihe nach an. »Es wäre unbedacht, solch ein Risiko einzugehen.«

Darüber habe ich selbst bereits nachgedacht, doch ehrlich gesagt kenne ich mich mit diesen Dingen zu wenig aus, um einschätzen zu können, wie realistisch so ein Szenario wäre. Mir ist bewusst, dass es Spionage-Apps und all so ein Zeug gibt, was relativ leicht zu bekommen ist, aber einen vollständigen Zugriff auf fremde Smartphones bieten die meines Wissens nicht.

»Muss man das Handy dafür nicht selbst einrichten?«, frage ich in der Hoffnung, keine allzu dumme Frage zu stellen. »Ich meine, könnte er sich aus der Entfernung in unsere Handys gehackt haben?«

»Selbst wenn nicht, waren wir alle zusammen im *Ortiz*. Da hatte er sicher mehr als eine Gelegenheit, sich unsere Handys in einem unbeobachteten Moment auszuleihen.«

Mein Telefon scheint auf einmal ein Loch in meine Jackentasche zu brennen. Am liebsten würde ich es direkt herausziehen und es unter den nächsten Bus werfen, doch ich bin realistisch – ohne mein Handy bin ich aufgeschmissen.

Ana scheint einen ähnlichen Gedankengang zu verfolgen, denn sie schnappt empört nach Luft. »Das ist ja 'ne niedliche Idee und alles, aber mein Leben ist in meinem Handy.«

»Wir besorgen uns neue«, sagt Jacob zähneknirschend. »Leander hat recht. Das Risiko ist zu groß.«

»Wobei«, bemerke ich vorsichtig, »jetzt sind wir doch alle zusammen, abgesehen von Christine. Wir tauschen keine Informationen mehr aus. Theoretisch gibt es von unseren Handys nichts Interessantes mehr zu holen, wenn wir aufpassen.«

Leander zuckt mit den Schultern. »Ich kann euch zu nichts zwingen, aber neue Handys wären ein relativ unkomplizierter Weg, eine Überwachung auf dem Weg auszuschließen. Ich könnte eure Telefone absichern, das habe ich mit meinem eigenen gemacht. Das würde allerdings Tage dauern.«

»Dein Handy ist sicher?«, hakt Devan nach. Seine Miene ist glatt, als gäbe er sich Mühe, sämtliche Emotionen hinter einer Maske zu verbergen. Ich frage mich, wieso.

»So sicher, wie es eben sein kann. Ich kenne mich mit diesem Kram aus.«

Nicht gerade überzeugt sehe ich von ihm zu Devan, zu Jacob und zu Ana. Dann ziehe ich seufzend mein Handy aus der Hosentasche, schicke ein paar wichtige Kontakte an Leanders Nummer und schalte das Handy aus. »Meins ist aus. Ich lasse es im Hotel, aber ich schmeiße es nicht weg. Der Typ weiß vermutlich sowieso, wo wir untergekommen sind, also wird ihm der Standort nicht weiterhelfen.«

Devan sieht mich ein paar Sekunden lang zweifelnd an, dann seufzt er und schaltet sein eigenes Telefon aus, genau wie Jacob. Nur Ana hält ihres noch immer in der Hand.

»Vergesst es«, sagt sie und schüttelt den Kopf. »Das ist überzogen. Was, wenn wir Hilfe holen oder irgendetwas recherchieren müssen? Wir leben im einundzwanzigsten Jahrhundert, Leute! Ich hätte nicht einmal Bargeld für ein Münztelefon.«

»Leander hat sein Handy ja noch«, erinnert Jacob sie ein bisschen naiv. Er bemerkt die Spannung zwischen den beiden offensichtlich nicht.

Ana schnaubt. »Sicher. Wenn es euch recht ist, verlasse ich mich lieber nicht auf eine einzelne Person.«

Ich öffne den Mund, um etwas zu sagen, lasse es dann aber. Es geht mich nichts an, trotzdem würde ich sie am liebsten bitten, diese Fehde mit Leander zumindest vorübergehend beiseitezupacken. Auf Dauer wird das anstrengend.

»Wie auch immer«, sagt Leander schließlich. »Was ist mit Christine? Wir müssen ihr Bescheid sagen. Ich kann mir nicht vorstellen, dass sie kommt, aber wir sollten ihr immerhin die Chance geben.«

Ana, die froh über den Themenwechsel zu sein scheint, nickt und wendet sich ab. »Mach ich. Ich schreibe ihr, falls ich sie nicht erreiche«, sagt sie, während sie sich ein paar Schritte von uns entfernt.

Es entsteht eine seltsame Pause, in der der Rest von uns einander ansieht. Schließlich hebe ich die Hand, mit der ich noch immer die Karte festhalte. Ich halte sie an der äußersten Ecke zwischen zwei Fingern, als befürchte ich, mich an den filigranen Blumen zu verbrennen. »Was machen wir hiermit?«

Devan überlegt einen Moment, dann sieht er sich seufzend um. »Wir sollten uns umschauen. Wenn die Karte wirklich hier platziert wurde, müssen wir sichergehen, dass wir keine weiteren Hinweise übersehen.«

Ich folge seinem Blick. Ich bin jahrelang fast jeden Tag in diese Schule gegangen, trotzdem fühlt sich hier nichts vertraut an. Als hätte nicht ich hier gelebt, sondern eine andere Person, auf deren Leben ich von außen schaue. Vielleicht liegt es daran, dass ich nicht mehr derselbe Mensch bin wie damals, oder daran, dass ich diesen Ort inzwischen mit negativen Dingen verbinde. Erst der Pick-up gestern Abend, jetzt die Karte. Diese Dinge haben meine Erinnerungen an Picknicks auf dem Schulhof, Freunde und jugendliche Sorglosigkeit ausradiert, bis nichts mehr davon übrig war als schmutzige Bleistiftreste auf zerknittertem Papier.

»Okay«, seufze ich. Vorsichtig schiebe ich die Karte in meine Jackentasche. »Teilen wir uns auf?«

»Ja, lass uns einzeln gehen«, meint Jacob und grinst ein bisschen zu wild. »Lasst uns den gruseligen Spuren irgendeines Unbekannten folgen, richtig gute Idee.«

Leander, der Jacobs Einwand offensichtlich einfach ignoriert, zeigt auf ihn. »Wir gehen zusammen. Devan und Luca, ihr geht rechtsrum, wir links.«

»Was ist mit Ana?«, frage ich ihn, bevor ich mich davon abhalten kann. Nicht, weil ich bei dieser Frage wirklich seine Hilfe brauche, sondern weil mich seine Antwort interessiert.

Er zögert kurz, dann macht er eine abwehrende Handbewegung. »Wir bleiben in Sichtweite. Sie kann zu uns kommen, wenn sie fertig ist.«

Er sorgt sich um sie. Ganz sicher. Doch ich erwidere nichts, sondern lasse mich stattdessen von Devan mitziehen, der nach meiner Hand gegriffen hat.

76

ONE OF SIX

Ich blicke hinunter auf meine Schuhe, die beinahe komplett in einem nassen Haufen Laub vergraben sind. Ich schiebe das Zeug ein wenig zur Seite und hoffe, dass es aussieht, als würde ich nach etwas suchen.

Das hier ist eine so unfassbar geistlose Idee, dass ich beinahe beeindruckt bin. Hin und wieder vermittelt diese Gruppe mir den Eindruck, als würde sie versuchen, mir zu beweisen, welch einen Schaden die Evolution an der menschlichen Rasse verursacht hat. Wie wenig Überlebensinstinkt im Verstand mancher Individuen geblieben ist, wie leicht es einem möglichen Fressfeind fallen würde, sie auszulöschen.

Sie hätten sämtliche Spuren zerstört, wäre ich so dumm gewesen, welche zu hinterlassen. Den Tatort zu verunreinigen – selbst wenn es sich lediglich um eine auf den ersten Blick belanglose Banalität wie den Schaukasten einer Highschool handelt – ist ein weiterer Fehler auf der nicht enden wollenden Liste ihrer Unzulänglichkeiten. Niemand hat Anstoß daran genommen, die Scheibe zu zerstören. Wie dumm und unbeschreiblich anmaßend von ihnen. Immerhin habe ich mir solche Mühe gegeben, das Eingriffsloch so klein und scharfkantig zu halten, dass einer von ihnen sich beim Befreien der bedeutungsschweren Postkarte die sensible Haut aufreißt und das sterbende Gras darunter blutrot färbt.

Bei der anschließenden Suche nach dem bösen Unbekannten haben wir uns natürlich voneinander getrennt. Selbstverständlich ist jeder von uns irgendwann allein weitergelaufen – weit genug zumindest, dass eine gut platzierte Kugel den Schulhof mit purpurnen Akzenten und rosa Gewebefetzen aus Großhirn, Zwischenhirn, Hypophyse, Thalamus und Hypothalamus dekorieren würde, ohne dass die Tat zweifelsfrei mir zugeordnet werden könnte.

Ich beobachte die anderen und stelle mir dabei vor, wie sie zusammenzucken würden. Wie lange ihre nutzlosen Gehirne wohl brauchen würden, um zu verstehen, dass ein Schuss ihre Welt ein weiteres Mal in tausend Stücke zerschlagen hat. Sie würden herumrennen in einer unordentlichen, aber wunderschönen Choreografie, ihre Schreie würden dieses Kaff in Schutt und Asche legen.

Und ich würde mitmachen. Meinen Zorn auf die Welt und das Leben herausbrüllen, sie alle übertönen. Ich wäre ein Teil dieses Ökosystems, und keiner von ihnen wüsste, dass ich der Parasit bin, der ihnen langsam, aber verlässlich das Leben aussaugt. Bis nichts mehr von ihnen übrig ist als eine leere Hülle, ein Wirt, der nicht länger benötigt wird.

Mein Blick wandert über die verwitterte Steinfassade, den ungepflegten Rasen, die verwesenden Leichname der Blumenbeete, die vor ein paar Monaten so hoffnungsvoll gepflanzt wurden. Wie kann irgendjemand denken, dass in solch einer Umgebung Leben evolvieren kann? Junge Menschen sind wie eine weiße Leinwand, die bemalt werden will. Und die Auswahl der Farben besteht hier sicher nur aus Grau- und Beigetönen.

Als jemand meinen Namen ruft, schaue ich auf, bevor ich die Hand hebe. Dann trete ich gegen den Blätterhaufen, doch anstatt sich in alle Richtungen zu verteilen, kippt er nur traurig zur Seite. Ich lache leise, dann kehre ich zurück zu meinem kleinen

Experiment. Schon bald werden sie den Auslöser für all das kennenlernen. Schon bald wird ihre kleine heile Welt erneut in ihren Grundfesten erschüttert. Und ich werde in der ersten Reihe sitzen und dabei zusehen, wie die Erkenntnis in ihren kleinen, ahnungslosen Gesichtern zu dämmern beginnt.

77

LUCA

Ich bin nicht wirklich überrascht, dass wir bei der Schule nichts Spannendes mehr gefunden haben. Selbst wenn der Täter die Karte mit Absicht in dem Schaukasten platziert und gehofft hat, dass wir sie finden, ist das hier keine verdammte Schatzsuche. Er ist mit Sicherheit nicht herumgelaufen und hat irgendwelche Hinweise auf seine Identität gestreut.

Nach einer Stunde haben wir aufgegeben und sind zurück zum Motel gefahren. Jacob hat weitere Zimmer organisiert, weil wir nicht alle in dem von Ana und mir übernachten können und gemeinsam stillschweigend beschlossen haben, ein paar Tage in Belville zu bleiben. Wir haben nicht darüber gesprochen, wir haben keinen Plan aufgestellt. Aber die Karte und der Zwischenfall mit dem Pick-up haben eines eindeutig klargemacht: Wir sind auf der richtigen Spur.

Zumindest hoffe ich das. Ich habe mit niemandem darüber gesprochen, doch ich frage mich heimlich, ob wir vielleicht schon wieder genau das tun, was der Täter will. Möglicherweise streut er einfach wahllos falsche Hinweise, um uns beschäftigt zu halten. Um uns von dem abzulenken, was er wirklich tut.

Aber darüber will ich gar nicht so genau nachdenken.

Ich komme aus dem Bad und finde die anderen in unserem Zimmer versammelt. Nur Christine fehlt, die Ana noch immer nicht erreicht hat.

»Was geht hier ab?«, frage ich und unterdrücke ein Gähnen. Inzwischen ist es Nachmittag, es fühlt sich jedoch an wie zehn Uhr abends.

Ana wirft mir einen genervten Blick zu und rollt übertrieben mit den Augen. »Die streiten sich über die Zimmeraufteilung«, faucht sie. »Das hier ist die reinste Klassenfahrt.«

»Nicht *wir* streiten uns über die Zimmeraufteilung«, präzisiert Jacob grinsend, »nur Devan tut das.«

Mir ist klar, wovon er spricht, noch bevor einer der anderen die Sache weiter erklären kann. Ungläubig sehe ich Devan an, obwohl ich gleichzeitig spüre, wie mein Gesicht warm wird. »Ist das dein Ernst?«

»Was?«, fragt er. Sein Ton ist sachlich, aber ich sehe, dass seine Mundwinkel zucken. »Ich entschuldige mich doch nicht dafür, dass ich mir ein Zimmer mit dir teilen will.«

»Warum haben wir keine Einzelzimmer?«, fragt Leander.

»Weil wir keinen Gold scheißenden Esel haben«, erwidert Ana gereizt.

Ich sehe noch immer Devan an, der mir zuzwinkert. Dann wende ich mich an Ana. »Ich schlafe bei Devan«, sage ich entschuldigend. »Du kannst das Zimmer alleine haben, okay?«

Sie mustert mich ein paar Sekunden, dann grinst sie. »Verliebte Pärchen sind anstrengend«, sagt sie und zwinkert mir verschwörerisch zu. »Dann verzieht euch jetzt bitte aus *meinem* Zimmer. Und vergesst nicht, dass die Wände hier verdammt dünn sind, okay?«

Ein wenig verlegen sammle ich meine Sachen zusammen – wie habe ich es nur geschafft, sie in so kurzer Zeit überall in dem kleinen Raum zu verteilen – und drücke sie nach und nach Devan in die Arme, der bereits seine eigene Tasche geschultert hat. Auf seinem Gesicht liegt ein halbes Grinsen, auch wenn er nichts sagt, sondern mich nur beobachtet. Jacob und Leander verabschieden sich, und wir einigen uns darauf, dass wir uns in zwei Stunden wieder treffen, um die Lage zu besprechen. Nachdem ich meinen Kram zusammengesucht habe, wende ich mich Ana zu, die im Schneidersitz auf dem Bett hockt, ihr Handy erneut in der Hand.

»Du bist nicht sauer, dass ich ausziehe, oder?«, frage ich vorsichtig.

Sie grinst mich breit an und wedelt mit der Hand Richtung Tür. »Bin ich nicht, du hast sowieso geschnarcht.« Einen Moment lang mustert sie mich von oben bis unten, dann drückt sie kurz meinen Arm. »Alles okay bei dir?«

»Nein«, erwidere ich und schneide eine Grimasse, als sie die Stirn runzelt. »Es wird wieder okay sein, wenn das hier vorbei ist. Und bei dir?«

»Gleichfalls.« Ana zwinkert mir zu.

»Gut. Sag Bescheid, wenn was ist.«

»Wir sind im Zimmer nebenan«, wirft Devan ein, anschließend öffnet er die Tür und hält sie mir auf. Ich werfe Ana einen letzten Blick zu, dann folge ich ihm hinaus auf den überdachten Altan. Der Regen hat zwar vollständig aufgehört, aber die Welt ist immer noch nass und grau. Vor dem Hotel stehen ein paar traurige Yucca-Palmen, die wahrscheinlich irgendwann einmal einen Sichtschutz zwischen den Zimmern und der Straße darstellen sollten. Heute sehen sie allerdings aus, als wären sie kurz davor, zu sterben. Die Rasenfläche darunter hat sich vom Sommer offensichtlich noch nicht erholt und ist eher verbrannt braun als grün. Alles hier wirkt trostlos.

Das neue Zimmer ist identisch mit dem alten – die gleichen zwei Betten, die zu einem Doppelbett zusammengeschoben wurden, der kleine Schreibtisch, der Fernseher an der Wand, das gleiche kleine Bad mit der Duschbadewanne. Devan schließt die Tür hinter mir, wirft seine Reisetasche auf den

Schreibtischstuhl und lässt sich dann mit dem Gesicht voran auf das Bett fallen. Er landet mit einem dumpfen Rumsen und stöhnt, als ich lache.

»Ich bin so fertig«, sagt er, wobei seine Stimme gedämpft ist und eher wie ein Nuscheln klingt. »Ich will zwölf Stunden am Stück schlafen.«

Ich stelle meine Sachen ebenfalls ab und verschränke dann die Arme vor der Brust, während ich Devan mustere. Wie er auf diesem Bett liegt, wirkt er gigantisch. Er füllt beinahe komplett die beiden Matratzen aus, seine Schuhe ragen ein gutes Stück über das Bettgestell hinaus. Wie von selbst beschwört mein Gehirn andere Bilder von Devan herauf – mit nacktem Oberkörper, wie er sich über mich beugt und auf mich herablächelt. Wie er meinen Namen keucht, sich über mir bewegt, wie seine Hand sich in mein Kopfkissen krallt.

Hastig schüttle ich den Kopf, als könnte ich damit die Gedanken verjagen. Nicht, dass ich mich nicht gerne an diese Nacht erinnere, aber jetzt ist ganz sicher der falsche Zeitpunkt dafür.

»Wir müssen herausfinden, was Osman mit den Blumen zu tun hat«, erinnere ich ihn zögernd. Ein Teil von mir will sich einfach nur neben ihn legen und schlafen … oder andere Dinge tun.

Er hebt den Kopf und grinst mich an, dann dreht er sich zu mir und stützt sich auf den Ellbogen, um mich besser sehen zu können. »Wir haben keine Handys. Wir können also nicht viel tun.«

»Jacob wollte welche besorgen, oder nicht?«, halte ich schmunzelnd dagegen. »Ich wette, er ist super engagiert. Ich gebe ihm eine halbe Stunde, bis er mit neuen Handys vor der Tür steht.«

»Eine halbe Stunde reicht mir«, sagt er. Devans Stimme

klingt plötzlich viel tiefer als vorher und rau wie Schmirgelpapier. Sie streicht über meine nackten Arme und hinterlässt eine Gänsehaut. Verdammt.

»Reiß dich zusammen, Sandoval«, sage ich streng. Ich habe mich eigentlich um einen ersten Tonfall bemüht, aber richtig gelungen ist das nicht. Vielleicht sollte ich nachgeben und mir eine halbe Stunde wunderbare, sorglose Zerstreuung mit Devan gönnen.

Ich gehe auf ihn zu und lasse mich neben ihn auf die Matratze fallen, wobei meine Schulter, mein Arm und mein Bein auf ihm landen, weil neben ihm kaum Platz ist. Devan lacht keuchend und stöhnt, als wäre ein Wrestler mit vollem Schwung auf ihm gelandet.

»Wir werden keinen Sex haben«, stelle ich grinsend klar, als er den Kopf dreht und mich ansieht. In seinen Augen liegt ein Funkeln. Ich ziehe die Augenbrauen hoch. »Ich meine es ernst, Devan. Wir haben keine Zeit dafür, und ich habe keine Lust, dass einer von den anderen uns dabei erwischt.«

»Warum nicht?« Er wackelt mit den Augenbrauen. »Ich wette, wir sehen toll beim Sex aus.«

Ich hebe den Arm und lasse ihn auf seinen Rücken fallen. Wieder stöhnt er. »Denk an was anderes. An die Socken deiner Grandma oder so.«

Er verzieht das Gesicht. »Entweder wir haben Sex, oder du musst mit mir reden. Sonst schlafe ich ein.«

»Du kannst mir gerne ein paar von deinen unnützen Fakten erzählen«, erwidere ich, wobei meine letzten Worte in einem herzhaften Gähnen untergehen. »Solange wir nicht über Osman und den ganzen anderen Kram reden, ist mir alles recht.«

Ein paar Sekunden lang ist er still und überlegt, dann hellt sein Gesicht sich auf. »Weißt du, dass jeder Mensch ein für sich akzeptables Leichen-Wasser-Verhältnis hat?«

Ich sehe ihn an. Eine Sekunde, zwei. »Wie bitte?«

Er zuckt ein wenig umständlich mit den Schultern. »Würdest du in einem Pool schwimmen, in dem eine Leiche rumtreibt? Oder auf dem Grund liegt?«

»Nein?«

»Siehst du? Im Meer würdest du aber schwimmen, und im Meer liegen mehr Wasserleichen, als du es dir vorstellen kannst. Oder in Seen. Das ist für dich offensichtlich in Ordnung.«

Ich starre ihn ungläubig an. »Womit beschäftigst du dich in deiner Freizeit, Devan?«

»Dokus«, erwidert er trocken. »Willst du stattdessen vielleicht über Foltermethoden sprechen?«

»Eigentlich nicht.«

»Wo man am besten einen Menschen begräbt?«

»Ja, das interessiert mich«, sage ich trocken. »Wenn du so weitermachst, kann ich das noch gebrauchen.«

Sein Grinsen wird breiter. »Okay, also, begrabe niemals jemanden an einem Ort ohne Pflanzen.«

»Warum nicht?«

»Hervorragende Frage.« Er befreit seinen Arm und tätschelt mir kurz den Kopf. »Wenn der Körper sich zersetzt, wird Stickstoff freigesetzt, und der würde Pflanzen und Gras direkt auf dem Grab wachsen lassen. Ist 'n bisschen auffällig.«

»Gut zu wissen.«

»Wenn du allergisch auf Schokolade bist, verträgst du wahrscheinlich auch keine Kakerlaken.«

»Was?«

»Würdest du eine menschliche Gebärmutter auf den Boden fallen lassen, würde sie wie ein Flummi wieder zurückspringen.«

»Devan!«, kreische ich lachend und rolle mich ein Stück von

ihm weg. Weit komme ich allerdings nicht, weil das Bett dort zu Ende ist. Devan streckt einen Arm aus, schlingt ihn mir um die Taille und zieht mich wieder an sich. Das Lachen erstickt abrupt in meiner Kehle, als Devan mein Gesicht in die Hände nimmt und mich ansieht. Ein, vielleicht zwei Herzschläge lang schauen wir einander in die Augen, dann befreie ich mich aus seinem Griff und küsse ihn. Ihm entfährt ein leises Seufzen, und meine Lippen an seinen verziehen sich unwillkürlich zu einem Lächeln. Ich schlinge ihm einen Arm um den Hals, ziehe mich näher zu ihm heran, während sein Griff um meine Taille fester wird. Wie auf Kommando fängt mein Körper an, zu kribbeln. Hitze breitet sich in mir aus – in meiner Brust, in meinen Armen. Ich bin gefährlich nahe dran, sämtliche Argumente über Bord zu werfen und mich in Devan und seiner Berührung zu verlieren.

Aber nur fast.

Widerstrebend mache ich mich los und schaue Devan an. Sein Gesicht ist gerötet, das Funkeln in seinen Augen ist so intensiv, dass mein Mund trocken wird.

»Nein«, sage ich lächelnd und hauche ihm einen winzigen Kuss auf den Mund. »Wir sollten uns ausruhen.«

»Ausruhen wird überbewertet«, meint er lächelnd. Er vergräbt sein Gesicht in meiner Halsbeuge und atmet tief aus. Ich erschaudere, als sein Atem auf meine überhitzte Haut trifft. »Weißt du, was mir am meisten Sorgen macht?«

»Hm?«

»Dass dich die Sache mit der Gebärmutter und den Kakerlaken anscheinend in Fahrt gebracht hat.«

Lachend pikse ich ihm in die Seite, was ihn aber nicht wirklich zu stören scheint. Er rührt sich keinen Zentimeter. »Du hast mich in Fahrt gebracht, *trotz* deiner ekligen Geschichten.«

Seine Lippen berühren die empfindliche Stelle zwischen

meiner Schulter und meinem Hals. Ich balle die Hand an seinem Rücken zur Faust. Devan stellt meine Selbstbeherrschung wirklich auf eine harte Probe.

»Wenn das hier vorbei ist«, murmelt er, immer noch mit den Lippen an meinem Hals, »dann machen wir so einen kitschigen Pärchenurlaub. Wir verbringen einfach 'ne Woche irgendwo im Bett.«

Allein bei der Vorstellung merken meine Hormone auf. »Das klingt nach rausgeschmissenem Geld«, sage ich trocken. »Wenn wir sowieso im Bett bleiben, müssen wir uns kein Hotel leisten.«

Sein Mund wandert zu meinem Schlüsselbein. Er schiebt den Stoff meines Shirts beiseite, um auch dort ein paar Küsse zu platzieren. »Doch. Wir brauchen ein *schönes* Bett und vor allem ein *großes* Bett.«

»Und Zimmerservice, damit wir nicht verhungern.«

»Jetzt hast du es verstanden.« Ich spüre, dass er grinst. »Und einen Whirlpool.«

Seine Hand an meinem Rücken wandert tiefer, hält aber nur Millimeter vor meinem Hintern inne. Ich ziehe scharf die Luft ein. »Ach ja?«

»Mhm«, murmelt er. »Ich will nicht, dass dir langweilig wird. Immerhin muss ich mich noch beweisen, und das habe ich im Bett schon getan.« Er zieht mich näher an sich, und ich spüre seine Erektion, die sich an meine Hüfte drückt. Ich presse die Lippen zusammen, um nicht zu stöhnen.

»Und auf dem Küchentresen«, erinnere ich ihn atemlos.

»Stimmt. Stell dir mal vor, was wir im Whirlpool alles anstellen könnten.«

Ich lache heiser. »Lieber nicht.«

Er knurrt irgendetwas, doch ich kann die Worte nicht verstehen. Stattdessen schließe ich die Augen und lege den Kopf in den Nacken. Falls ich noch etwas sagen wollte, habe ich es vergessen. Ich konzentriere mich einfach auf das Fühlen, auf den Moment, und versuche, die Welt um mich herum auszublenden.

»Devan?«, flüstere ich nach ein paar Minuten, in denen nichts anderes zu hören ist als unser Atem und mein eigener wild hämmernder Herzschlag.

»Luca?«

»Warum hast du aufgehört, mir Spitznamen zu geben?« Ich hatte nicht vor, diese Frage zu stellen. Es ist, als hätte mein Unterbewusstsein kurz die Führung übernommen.

Devan lacht leise und schaut auf, um mir ins Gesicht sehen zu können. »Was?«

»Die Spitznamen werden weniger«, erkläre ich. Ich spüre, dass ich rot werde, habe jedoch die Hoffnung, dass Devan das bei meiner ohnehin schon überhitzten Haut nicht bemerkt. »Ich will nur wissen, ob das einen Grund hat.«

Wieder lacht er. Sein ganzer Körper bebt so sehr, dass ich unwillkürlich mit einstimme. »Ich dachte, du findest das blöd.«

»Finde ich auch.« Ich versuche, die Schultern hochzuziehen, aber ich bin so mit Devans Körper verknotet, dass es mir nicht richtig gelingt. »Trotzdem will ich nicht, dass du damit aufhörst.«

»Okay, Pinkiepie.« Er beugt sie zu mir herunter und küsst mich kurz auf die Nasenspitze. »Aber beschwer dich hinterher nicht.«

Ich gluckse, dann seufze ich. Mein Blick fällt auf die Uhr über dem Schreibtisch. Wir liegen seit beinahe vierzig Minuten hier herum. In etwas über einer Stunde sollen wir uns mit den anderen treffen und wieder den Geheimnissen nachjagen, denen ich am liebsten für immer den Rücken kehren würde.

»Was denkst du, was wir machen sollen?«, unterbricht Devan meine Gedanken. Er hält mich noch immer fest, doch seine Stimme klingt jetzt weniger rauchig.

»Du meinst, wegen Osman?«

»Wegen allem. Ich kapiere schon, warum wir hierbleiben sollten, aber ich habe keine Ahnung, was wir hier genau machen. Wir können nicht die ganze Zeit rumlaufen und nach irgendwelchen Hinweisen suchen. Das funktioniert im echten Leben nicht.«

Nachdenklich schaue ich ihn an. »Meine Antwort darauf willst du nicht hören.«

»Dann halt die Klappe.«

Ich lache so laut auf, dass ich mir die Hand auf den Mund schlage. Devan grinst, wird dann aber wieder ernst. »Sag es mir.«

Immer noch glucksend mache ich mich von ihm los und rücke ein paar Zentimeter ab. Er guckt ein bisschen unzufrieden, sagt jedoch nichts. »Ich glaube auch nicht, dass wir mit diesem Im-Dunkeln-Herumstochern weiterkommen. Ich glaube, dass wir herausfinden müssen, warum ausgerechnet wir ausgesucht wurden. Es muss irgendeine Verbindung zwischen uns geben. Ob das jetzt mit Osman zusammenhängt oder nicht, ist völlig egal.«

»Und?«, fragt er, als ich ihn herausfordernd ansehe.

»Und ich denke, dass wir keine Geheimnisse voreinander haben dürfen. Zumindest nicht solche, die uns bei dieser Sache hinderlich sind.« Devan seufzt und sämtliche Belustigung verschwindet aus seinem Gesicht. Auf seiner Stirn erscheint eine Falte. Am liebsten würde ich die Hand heben und sie ihm von der Stirn wischen. »Wenn du mir versprichst, dass diese Sache mit deiner Familie nichts mit dem hier zu tun haben könnte, dann werde ich dich nie wieder danach fragen, okay? Ich will nur sichergehen, dass wir nichts übersehen.«

»Ich verspreche es dir«, sagt er beinahe feierlich. Er hebt eine Hand und legt sie mir an die Wange. »Ich habe keine Leichen im Keller, Luca, das schwöre ich. Aber die Angelegenheiten meiner Eltern sind nicht meine eigenen. Und bei allem, was hier gerade abgeht, will ich nicht riskieren, dass sie in Schwierigkeiten geraten.«

Ich beuge mich vor und küsse ihn. Kurz nur, beinahe unschuldig. »Okay«, sage ich schlicht und lächle, als er die Augenbrauen hochzieht. »Solange du keinen unehelichen Bruder namens Osman hast, ist das okay für mich.«

»Das wäre zu einfach.« Er lehnt sich wieder zurück und stützt sein Gesicht in seine Hand. »Du und Osman ward in der Elementary School befreundet?«

»Ja, und dann in der Junior High. Wir haben seit Jahren keinen Kontakt mehr, aber ich glaube ehrlich nicht, dass er etwas mit dem hier zu tun hat. Ich wüsste nicht, warum.«

»Es ist trotzdem seltsam, dass auch Leander ihn kennt.«

»Ja.« Wieder fällt mein Blick auf die Uhr. »Wir müssen ihn selbst fragen, denke ich.«

78

DEVAN

Osman Yamar zu finden, ist nicht sonderlich schwierig. Nachdem wir uns alle in Anas Zimmer versammelt haben, braucht Leander kaum zehn Minuten, um seine Social-Media-Profile, seine Handynummer und seine Adresse zu finden. Das Prinzip des gläsernen Menschen ist in diesem Fall wirklich praktisch.

»Er wohnt in Sand City«, wägt Luca nachdenklich ab. »Das ist nicht weit von hier. Noch vor Fremont.«

»Dann ist er in der Nähe geblieben«, bemerkt Leander. »Ich habe vorhin mit meiner Mom telefoniert, aber sie konnte sich kaum noch an ihn erinnern. Er hat nur bis zum Abschluss bei meinen Eltern gearbeitet.«

Luca nickt langsam. »Er war intelligent. Ich frage mich, ob er studiert hat und danach zurückgekommen ist.«

Leander sitzt an dem kleinen Schreibtisch, Luca und Ana stehen hinter ihm, Jacob sitzt auf dem Bett, und ich lehne an der Wand, die an unser Zimmer angrenzt. Wir sind eine seltsame Gruppe. Ich beobachte die anderen, und auch wenn wir alle voll und ganz bei der Sache sind, könnten unsere Gesichtsausdrücke kaum unterschiedlicher sein. Leander wirkt so ernst, als hätte er noch nie in seinem Leben gelächelt, Luca sieht nachdenklich aus, Ana wütend und Jacob mehr neugierig als wirklich besorgt. Ich kenne ihn gut genug, um zu wissen, dass er seine wahren Gefühle hinter höflicher Distanz verbirgt.

Ana tippt wieder einmal auf ihrem Handy herum, bevor sie es Luca reicht. Als sie sie fragend ansieht, verdreht Ana die Augen. »Ruf ihn an.«

»Warum ich?«

»Weil du ihn kennst. Persönlich, meine ich«, erklärt Ana langsam. »Es ist am sinnvollsten, wenn du dich bei ihm meldest.«

Kopfschüttelnd hebt Luca die Hände. »Erstens hasse ich Telefonieren. Zweitens weiß er vermutlich nicht einmal, wer ich bin, und unser Gespräch würde eher auf Small Talk hinauslaufen, weil er mich fragen würde, wie es mir geht und was ich so gemacht habe, bla, bla, bla. Und drittens ... was soll ich denn sagen? Dass ein Mörder hinter uns her ist und wir uns nicht ganz sicher sind, ob er etwas damit zu tun hat?«

»Frag ihn, woher sein Faible für Origami-Blumen kommt«, schlage ich vor und ernte einen bösen Blick von Luca.

»Sag ihm, dass du übers Wochenende Belville besuchst und die Karte gefunden hast«, sagt Jacob vom Bett aus. »Dann wird er dir schon sagen, ob er überrascht ist oder ob die vielleicht seit der Schulzeit da hängt, oder was auch immer.«

Luca wirft ihm einen derart skeptischen Blick zu, dass ich grinsen muss. »Ja, das ist natürlich ein völlig normales Verhalten«, spottet sie. »Genau das hätte ich getan, wäre ich hier wirklich nur zu Besuch. Ihn im Web gestalkt, seine Telefonnummer herausgesucht und ihn angerufen.«

»Halte es ganz simpel«, sagt Leander in freundlichem Ton. »Ruf ihn an und frag ihn, ob er sich auf 'nen Kaffee treffen will. Gleiche Geschichte – du bist zu Besuch hier und hast an ihn gedacht. Dann wirkt es nicht so aus heiterem Himmel, wenn du die Unterhaltung auf die Karte lenkst.«

»Warum rufst *du* ihn nicht an?«, fragt sie, beinahe herausfordernd.

»Weil das unsinnig ist, Luca.«

Ich würde wirklich gern Partei für sie ergreifen, aber leider hat Leander recht. »Hör mal«, sage ich an Luca gewandt und versuche, die anderen um uns herum auszublenden. »Frag ihn einfach, ob er einen Kaffee trinken möchte. Ob er das komisch findet oder nicht, kann dir doch erst mal egal sein. Wenn du dich mit ihm triffst, komme ich mit.«

Ana dreht sich so abrupt zu mir um, dass ich mir einen Moment Sorgen um ihren Nacken mache. »Warum du?«

»Weil es verdammt seltsam aussehen würde, wenn Luca sich mit ihm verabredet und wir alle da auftauchen. Vielleicht sollten wir ihm die ganze Sache schonend beibringen. Vor allem, weil Luca sich sicher ist, dass er nicht der Täter, sondern irgendein Mittel zum Zweck ist.«

»Luca ist sich sicher«, erinnert sie mich angespannt. »Ich nicht. Wenn ihr mich fragt, hat der Typ Dreck am Stecken.«

»Noch ein Grund mehr, warum ich sie begleite.« Mein Ton wird eine Spur forscher, aber das ist mir egal. Selbst wenn dieser Osman nicht der Unbekannte ist, werde ich Luca sicher nicht allein dorthin schicken. Keiner von uns sollte in dieser Zeit alleine unterwegs sein, ganz zu schweigen davon, sich mit Männern zu treffen, deren Namen im Zusammenhang mit diesen merkwürdigen Ereignissen aufgetaucht sind.

»Okay«, sagt Luca und setzt damit der Unterhaltung ein Ende. Sie nimmt Anas Handy und schaut auf das Display. »Das wird so unangenehm.«

Ich löse mich von meiner Position an der Wand und stelle mich neben sie. Sie sieht kurz zu mir auf, dann drückt sie seufzend auf den grünen Hörer.

»Lautsprecher«, zischt Leander, der sich zu Luca umgedreht hat. Sie tippt das Lautsprechersymbol an, und wir alle warten mit angehaltenem Atem darauf, dass Osman Yamar rangeht.

Es dauert gefühlte Stunden, bis das leise Klicken in der Leitung zu hören ist.

»Hallo?«

Die Stimme, die aus dem Lautsprecher dringt, ist dunkel und schwer, als würde sie zu einem deutlich älteren Mann gehören.

Wieder sieht Luca mich an. »Ja, hi. Spreche ich mit Osman?«

»Ja. Wer ist da?«

»Mein Name ist Luca«, antwortet sie zögernd. Selbst wenn ich sie nicht so gut kennen würde, würde ich die Nervosität in ihrer Stimme bemerken. »Luca Murphy, wir sind zusammen zur Schule gegangen.«

Kurze Pause. Ich merke, dass ich unwillkürlich den Atem anhalte und auf das Telefon starre, als könnte ich diesen Osman sehen, wenn ich mich nur genug anstrenge.

»Wahnsinn«, sagt die Stimme plötzlich. Vielleicht bilde ich es mir nur ein, doch seine Stimme klingt auf einmal deutlich freundlicher. »Aus der Belville, richtig?«

»Hi!« Luca kneift die Augen zusammen. »Ja, aus Belville. Ich war mir nicht sicher, ob du dich an mich erinnerst.«

»Natürlich tue ich das! Wie geht's dir?«

»Gut, gut, danke dir. Hör mal, ich hab 'ne Frage.«

Es raschelt in der Leitung, aber ich kann das Geräusch nicht richtig identifizieren. »Schieß los.«

Sie richtet sich auf und strafft die Schultern. »Ich bin übers Wochenende in Belville und habe mich gefragt, ob du Lust hast, dich auf einen Kaffee zu treffen.« Auf einmal werden ihre Augen groß, und sie schaut mich beinahe panisch an. »Also, falls du noch hier wohnst, meine ich.«

Ana murmelt irgendetwas, das ich nicht verstehen kann, und ich werfe ihr einen warnenden Blick zu.

»Heute?«, hakt Osman nach, hörbar irritiert.

»Ja, falls es bei dir passt. Ich weiß, es ist ein bisschen spontan, aber vielleicht wäre es lustig.«

Er überlegt. Er überlegt so lange, dass ich beginne, unruhig zu werden. Ich schaue zu Luca, die das Handy so fest umklammert, dass ihre Fingerspitzen weiß werden. Sie kaut auf ihrer Lippe herum. Ich würde ihr gerne die Hand auf die Schulter legen oder irgendetwas tun, habe jedoch die Befürchtung, dass sie das eher ablenken würde.

Irgendwann räuspert Osman sich. »Ich bin ein bisschen überrascht, Luca«, sagt er langsam, als würde er über jedes Wort sorgsam nachdenken. »Wie kommst du auf einmal darauf, dich bei mir zu melden? Und woher hast du meine Nummer?«

Fuck. Das sind genau die Fragen, auf die Luca ziemlich sicher keine Antwort hat.

»Alte Erinnerungen«, antwortet sie überraschend prompt. »Ich war gestern bei der Highschool und habe unsere Jahrbücher angeguckt. Wenn du nicht möchtest, ist das voll okay, aber wie gesagt, ich habe heute Zeit, und ich dachte, es könnte vielleicht lustig werden.«

»Versteh mich nicht falsch, ich freue mich, dass du dich meldest. Es ist nur … na ja, es ist eben lange her.«

»Genau deswegen«, sagt Luca leichthin. Ich bin wirklich beeindruckt. »Hättest du Lust, nach Belville zu kommen? Ich habe kein Auto hier.«

Wieder eine Pause, dann lacht Osman leise. »Was soll's. Okay, ich kann in einer Stunde da sein. Was hältst du vom *Marshall's?*«

Lucas angespannter Gesichtsausdruck verwandelt sich in ein Lächeln. »Klingt gut.«

Die beiden verabschieden sich, und Luca legt so schnell auf, dass sie Osman am anderen Ende ziemlich sicher das Wort abschneidet. Sie legt das Handy vor sich auf den Schreibtisch, als hätte sie sich verbrannt, und reißt dann die Arme in die Höhe. »Boom, Baby!«

»Das war gut«, bemerkt Leander grinsend. Er klingt ebenfalls überrascht, aber vor allem zufrieden. »Echt souverän.«

»Denkst du, er hat was gemerkt?«, fragt Luca, nachdem sie sich zu mir umgedreht hat.

Ich schüttle grinsend den Kopf. »Er war von deinem Charme geblendet, 007.«

Sie verdreht die Augen, atmet einmal tief durch und stemmt dann die Hände in die Hüften. »Okay. Wir haben eine Stunde … 'ne Dreiviertelstunde, bevor wir losmüssen. Was ist der Plan?«

Während die anderen anfangen, Vorschläge und Gesprächsstrategien in den Raum zu werfen, beobachte ich Luca. Ihre Wangen sind gerötet, und in ihren Augen funkelt ein Tatendrang, den ich schon eine Weile nicht mehr bei ihr bemerkt habe. Entweder sie ist wirklich sehr stolz auf sich selbst, oder aber sie freut sich mehr auf dieses Treffen, als sie zugeben will. Bei dem Gedanken regen sich eine ganze Menge verschiedener Gefühle in meiner Brust, die ich lieber nicht so genau analysieren möchte.

Nach etwa zwanzig Minuten haben vor allem Jacob, Leander und Ana eine grobe Strategie entwickelt, die verdammt simpel ist: Osman über die Karte auszufragen, ohne ihm die ganze Geschichte zu erzählen. Wir haben darüber diskutiert, ob wir ihm ganz einfach reinen Wein einschenken sollen – das wäre vor allem für Luca einfacher, und wir würden sichergehen, dass Osman mit allen Informationen rausrückt, die für uns hilfreich sein könnten. Doch wir haben uns dagegen entschieden. Besser gesagt: Alle außer Luca haben sich dagegen entschieden. Was in erster Linie daran liegt, dass niemand von uns diesem Typen wirklich traut. Luca hat recht damit, dass es für den Täter wenig Sinn hätte, seinen eigenen Namen ins Spiel zu bringen. Vor allem, weil keiner von uns diesen Osman vorher auch nur eine Sekunde lang unter Verdacht hatte. Tatsache ist aber leider, dass dieser Typ einer eigenen Logik, einem eigenen undurchschaubaren Plan zu folgen scheint. Und ich will lieber nichts riskieren, nur weil wir irgendwelche Annahmen anstellen oder Menschen vertrauen, die wir eigentlich nicht kennen.

Außerdem wird entschieden, dass Leander und Jacob in der Nähe bleiben, nur für alle Fälle. Das gefällt vor allem Ana nicht, aber da sie die einzige andere Person mit einem Handy ist, wird sie im Hotelzimmer warten und notfalls Hilfe rufen, sollte die Sache tatsächlich aus dem Ruder laufen.

»Was erwartet ihr eigentlich?«, fragt Luca, nachdem Leander den Plan zusammengefasst hat. Sie hat die Arme vor der Brust verschränkt und funkelt in erster Linie Leander wütend an. »Dass er mitten im Café 'ne Knarre zieht und uns alle als Geiseln nimmt?«

»Zum Beispiel«, antwortet Leander ruhig. »Manchmal habe ich das Gefühl, du vergisst, zu was dieser Typ in der Lage ist. Er hat ein ganzes verdammtes Hotel lahmgelegt, um uns als Geiseln zu halten.«

Sie öffnet den Mund, schließt ihn dann aber wieder und entscheidet sich für ein abfälliges Schnauben. Ich bin selbst ein bisschen überrascht darüber, wie vehement sie diesen Osman verteidigt. So sehr, dass ich manchmal das Gefühl habe, sie fühlt sich von unseren Spekulationen persönlich angegriffen. Ihre Reaktion ist übertrieben, wenn man bedenkt, wie lange die beiden angeblich schon keinen Kontakt mehr haben.

Aber damit beschäftige ich mich später.

»Wir müssen los«, sage ich mit einem Blick auf die Uhr. »Ich muss mich umziehen, und wir sollten vorher da sein, wenn Jacob und Leander sich noch in Position bringen müssen.«

»Vielleicht überlegen wir uns Codenamen«, wirft Luca ein. Der Sarkasmus trieft aus jeder Silbe.

Wir ignorieren sie. Nach diesem Treffen ist die Diskussion über Osman hoffentlich vorbei, weil er sich entweder als verdächtig oder als unschuldig herausgestellt haben wird. Wobei ich mir nicht einmal sicher bin, worauf ich hoffen soll – darauf, dass er uns eine einfache Erklärung für die Karte und die Blumen liefert, oder darauf, dass er sich in irgendeiner Art und Weise verdächtig macht. Denn Tatsache ist, dass wir keinerlei Spuren mehr haben, sollten die Blumen eine Sackgasse darstellen. Dann können wir unsere Sachen packen, nach Hause fahren und darauf warten, dass irgendetwas passiert.

Ana nimmt Luca zum Abschied in den Arm und drückt sie einen Moment länger als gewöhnlich an sich. Dann wünscht sie uns viel Glück, und Luca und ich gehen eine Tür weiter in unser Zimmer, um uns umzuziehen. Wir haben beide nicht sonderlich viel Auswahl, aber letztendlich finden wir immerhin etwas, das ein wenig vertrauenswürdiger aussieht als eine Jogginghose und nicht mit nassem Matsch gesprenkelt ist.

»Du bleibst in meiner Nähe«, beschwöre ich sie, als wir das Zimmer wieder verlassen.

Sie dreht sich zu mir um, ein seltsames Lächeln auf den Lippen, und stellt sich dann auf die Zehenspitzen, um mich zu küssen. Am liebsten würde ich sie einfach nicht mehr loslassen, doch viel zu schnell entzieht sie sich mir und geht zu Leander und Jacob hinüber, die am Treppenaustritt auf uns warten. Ich greife nach ihrer Hand, nachdem ich die Tür hinter uns abgeschlossen habe.

Schweigend gehen wir die Treppe hinunter und über den nassen Asphalt Richtung Innenstadt. Ich spüre die letzte Nacht in den Knochen – die kleine Pause mit Luca im Bett hat nicht wirklich dazu beigetragen, meine Energiereserven wieder aufzuladen. Mir ist klar, dass ich mich aus dieser Aktion hätte rausziehen und mit Ana die Rollen tauschen können. Aber ich habe wirklich das Bedürfnis, in Lucas Nähe zu bleiben. Sie mag diesem Osman vertrauen, ich jedoch nicht.

»Wie war es, hier aufzuwachsen?«, fragt Jacob, der sich unablässig umsieht. Das tue ich auch, allerdings scheint er weniger nach potenziellen Angreifern Ausschau zu halten und sich stattdessen ehrlich interessiert die Gegend anzuschauen.

»Was meinst du?«, fragt Luca.

»Im Sommer ist es hier doch bestimmt richtig schön.« Jacob deutet auf eine Reihe Palmen, die zwischen den Fahrstreifen der Straße wachsen. »So idyllisch.«

Sie lacht. »Ja, das stimmt. Ich glaube, als Tourist ist es hier schöner. Als Kind war es toll und so weiter, aber später wollte ich irgendwohin, wo ein bisschen mehr los ist.«

»So ging es mir mit Fremont«, wirft Leander ein, jedoch ohne einen von uns anzusehen. Auch er lässt den Blick unentwegt über die Umgebung schweifen. »Ich war froh, als ich fürs Studium weggezogen bin.«

Jacob, der ein wenig vor Leander herläuft, dreht sich zu ihm um. »Dein Vater war Polizist, oder?«

»Ich dachte, deine Eltern haben einen Baumarkt?«, fragt Luca verwirrt.

Leander schweigt eine Minute, dann nickt er. »Mein Dad war zwanzig Jahre bei der Polizei, dann hat er aufgehört, und sie haben den Baumarkt eröffnet. Mit einer Familie ist das Leben als Cop ein wenig risikoreicher.«

»Oh«, macht Luca und wirft ihm einen mitfühlenden Blick zu. »Das verstehe ich. Also bist du in Fremont geboren und hast dort gelebt, bis du aufs College gegangen bist?«

»Sie erstellt im Kopf deinen Lebenslauf«, werfe ich ein und lache, als Luca mir einen bösen Blick zuwirft.

Er grinst. »Wir haben in San José gewohnt, besser gesagt in einem Vorort. Als mein Dad gekündigt hat, sind wir nach Fremont gezogen, weil die Immobilien da günstiger waren. San José konnte damals kein Schwein bezahlen.«

»Ich bin nie in Fremont gewesen«, sagt Luca nachdenklich. »Ich will wissen, wie es Osman dahin verschlagen hat. Ich meine, versteh mich nicht falsch, aber der Baumarkt deiner Eltern war wahrscheinlich wie jeder andere, oder? Nebenjobs findet man doch wie Sand am Meer.«

Leander zuckt nur mit den Schultern, und Jacob beginnt wieder, über die Umgebung zu reden. Offenbar hat er sich im Flieger über dieses Kaff informiert, und den Rest des Weges textet er uns darüber zu, wie schade es ist, dass wir bei solch einem miesen Wetter hier sind, weil die Whale-Watching-Touren nur bei gutem Wetter stattfinden.

Unwillkürlich muss ich an unsere Tage im *Ortiz* denken und daran, wie genervt ich teilweise von Jacobs Art gewesen bin. Wie sehr ich mir gewünscht habe, dass irgendjemand ihn von seinem Stock im Arsch befreien möge. Jetzt allerdings bin ich ein bisschen dankbar für seine Gabe, in jeder Situation eine lockere Unterhaltung anzufangen. Vielleicht ist das seine Dienstleister-Natur, vielleicht auch einfach seine Persönlichkeit. Aber das hier ist deutlich leichter, als Pläne zu schmieden oder Theorien hin und her zu wälzen. Ich spüre, dass ich mich ein wenig entspanne. Auch wenn ich mir sicher bin, dass dieses Gefühl nicht lange anhalten wird.

Wir erreichen die Innenstadt, gehen an dem kleinen Coffeeshop vorbei, bei dem wir heute Morgen den Kaffee gekauft haben, und an der Statue. Natürlich erzählt Luca Jacob die gleiche Geschichte über den Klopapier-Vorfall, und ich muss zugeben, dass Jacob mit deutlich mehr Begeisterung reagiert als ich vor ein paar Stunden. Ich schaue Luca an und merke, dass auch sie nicht mehr ganz so nervös aussieht wie noch im Hotel. Vielleicht sollten wir Jacob einfach in der Nähe behalten – er wirkt wie ein Blitzableiter für negative Emotionen.

Vor einem kleinen Eckcafé bleibe Luca stehen. Es ist ein bisschen größer als der Coffeeshop und deutlich gemütlicher, auch wenn die Tische und Stühle auf der Terrasse verschnürt und mit durchsichtigen Planen abgedeckt sind. Die Stadt befindet sich im Winterschlaf, trotzdem kann ich mir vorstellen, wie hübsch sie während der Sommer- und Touristenmonate aussehen muss.

»Wie sollen wir es machen?«, fragt Jacob, als wir unter dem kleinen Vordach stehen bleiben. Er checkt seine Armbanduhr. »Wir haben noch 'ne Viertelstunde. Sollen wir uns an einen Nachbartisch setzen oder weiter weg?«

»Wie gut könnt ihr euch unauffällig benehmen?« Luca mustert vor allem Jacob mit hochgezogenen Augenbrauen. »Wenn ihr uns die ganze Zeit anstarrt, ist das sicher nicht hilfreich.«

»Spielt das eigentlich eine Rolle?«, werfe ich nachdenklich ein. »Ich meine, wenn der Typ Dreck am Stecken hat, dann kennt er Leander und Jacob, und dann ist es egal, ob die beiden am anderen Ende des Raums oder auf unserem Schoß sitzen.«

Luca seufzt als Antwort, und Leander macht eine wedelnde Handbewegung zur Tür. »Wir setzen uns einfach ein paar Tische weiter. Falls ihr Hilfe braucht, werden wir das schon merken.« Er wendet sich ab und hält uns die Tür auf.

»Sollen wir uns Zeitungen mit Gucklöchern organisieren?«, fragt Jacob, während wir im Entenmarsch das Café betreten.

»Ich hätte Ana mitnehmen sollen«, murmelt Leander, als ich an ihm vorbeigehe. Ich huste, um mein Lachen zu kaschieren.

Luca ignoriert uns und redet mit einer Kellnerin, die uns zwei Tische zuweist. Falls sie sich Gedanken darüber macht, dass wir vier offensichtlich zusammen hergekommen sind, aber ausdrücklich nach getrennten Tischen verlangen, lässt sie sich das nicht ansehen. Luca und ich bestellen beide einen Kaffee, dann sitzen wir schweigend nebeneinander und schauen uns unruhig um. Jedes Mal, wenn die kleine Glocke über dem Eingang klingelt, fahre ich ein wenig zusammen.

Nach circa zehn Minuten richtet Luca sich abrupt auf und schaut einem Typen entgegen, der durch die Tür kommt und sich suchend umsieht.

Osman Yamar hat das Spielfeld betreten.

79

LUCA

Ich erkenne ihn sofort. Der Mann, der da durch die Tür kommt und sich suchend umsieht, ähnelt dem pickligen, schlaksigen Teenager aus meiner Erinnerung kaum noch, trotzdem weiß ich, dass es Osman ist. Er ist groß, er ist breit und bärtig, aber das Gesicht ist immer noch dasselbe. Als er in unsere Richtung schaut, bemerke ich den Moment, in dem er mich ebenfalls erkennt. Seine gerunzelte Stirn glättet sich, und er grinst, während er unseren Tisch ansteuert.

»Das ist er«, murmle ich Devan zu und stehe auf. Er antwortet irgendwas, doch ich kann kein Wort verstehen.

»Mensch, Luca«, sagt Osman, sobald er in Hörweite ist. Er umarmt mich, lässt mich aber ziemlich schnell wieder los und mustert mich von oben bis unten. Seine Stimme ist deutlich tiefer, als ich sie in Erinnerung hatte, aber die Art und Weise, wie er die Wörter ausspricht und ein kleines bisschen in die Länge zieht, hat sich nicht verändert. »Du hast dich kein Stück verändert.«

»Ich hoffe, dass du lügst«, erwidere ich lachend, dann trete ich einen Schritt zurück und deute auf Devan. »Das ist Devan, er ist …«

»Ihr Freund«, unterbricht er mich beinahe und streckt die Hand aus, die Osman kurz schüttelt. Devan und ich haben nicht darüber gesprochen, als was wir uns Osman gegenüber ausgeben, und auch wenn ich mich ein bisschen darüber ärgere, dass er mir über den Mund gefahren ist, gefällt es mir, dass er sich als mein Freund bezeichnet.

»Entschuldige, ich habe dich am Telefon gar nicht vorgewarnt«, sage ich, als ich Osmans Stirnrunzeln bemerke. »Ist es okay, dass Devan dabei ist? Ich wollte ihn nicht im Hotelzimmer sitzen lassen.«

»Wie einen Hund«, ergänzt Devan. Er klingt freundlich, aber ich kenne seine Stimme und bemerke den leicht angespannten Tonfall.

Osman winkt ab, bevor er nach einer Stuhllehne greift und sich zu uns setzt. »Kein Problem. Aber hätte ich das gewusst, hätte ich meinen Verlobten mitgebracht.«

Ein Lächeln breitet sich auf meinem Gesicht aus. »Deinen Verlobten? Herzlichen Glückwunsch! Natürlich hättest du ihn mitbringen können!«

Er macht eine abwehrende Handbewegung. »Patrick mag keine Menschen. Er ist ganz froh, die Wohnung für sich alleine zu haben, denke ich.«

»Seit wann seid ihr verlobt?«, frage ich und sehe kurz auf, um der Kellnerin zu danken, die einen doppelten Espresso vor mir abstellt.

Osman bestellt einen Eistee und sieht mich dann seufzend an. »Ein paar Wochen. Seit wann seid ihr zusammen?«

Ein wenig überfordert werfe ich Devan, der vollkommen entspannt wirkt, einen Blick zu. Entweder, er hat sich vorher schon Gedanken über unsere Backstory gemacht, oder aber er ist deutlich besser im Improvisieren als ich.

»Erst seit zwei Monaten«, antwortet er glatt. »Wir sind noch in der Phase, in der wir uns gegenseitig für perfekt halten.«

Ich funkele ihn an, doch er bemerkt es überhaupt nicht.

»Also«, sagt Osman und sieht mich neugierig an. »Wie komme ich zu der Ehre?«

Angestrengt versuche ich, das entspannte Lächeln aufrechtzuerhalten. Allerdings wünschte ich mir wirklich, wir wären noch eine Weile beim unverfänglichen Small Talk geblieben. »Wie gesagt, ich musste einfach an dich denken. Ich war schon ewig nicht mehr in Belville.«

Er mustert mich, dann Devan und wieder mich. Er wirkt nach wie vor freundlich, aber da liegt noch etwas anderes in seinem Blick. Etwas, das ich nicht so richtig deuten kann. »Worum geht es, Luca?«

»Ist es so abwegig, dass ich einfach nur wissen wollte, wie es dir geht?«, frage ich in dem verzweifelten Versuch, mir meine Nervosität nicht anmerken zu lassen.

Osman nimmt einen Schluck Eistee und verschränkt dann die Arme vor der Brust, während er sich in seinem Stuhl zurücklehnt. »Ich meine das jetzt wirklich nicht böse, Luca, und ich freue mich ehrlich, dich zu sehen. Aber dein plötzlicher Anruf hat mich überrascht. Dass du dich heute mit mir treffen willst, nachdem wir ... wie lange? Sechs Jahre keinen Kontakt mehr hatten?«

Ich winde mich innerlich, dann gebe ich seufzend auf. Mein Blick huscht kurz zu Devan, der mich warnend ansieht, doch ich ignoriere ihn. Auf mein Bauchgefühl konnte ich mich bislang immer ganz gut verlassen, also werde ich auch jetzt darauf hören. Ich schiebe meine Hand in meine Jackentasche und ziehe die Karte heraus. Sie sieht ein bisschen mitgenommen aus, vor allem die Blumen. Ohne Osman aus den Augen zu lassen, lege ich sie zwischen uns auf den Tisch.

»Ich weiß, dass das komisch klingt. Aber kannst du mir sagen, ob du die gemacht hast?«

Er starrt die Karte an, dann mich, als hätte ich den Verstand verloren – und ich kann ihm echt keinen Vorwurf deswegen machen. »Du meldest dich nach all den Jahren bei mir, zitierst mich nach Belville, um mich zu fragen, ob ich eine Postkarte gebastelt habe?«

Das Blut schießt mir ins Gesicht. »Ja. Ehrlich, ich weiß, wie das auf dich wirken mag. Aber es ist wirklich wichtig.«

Seufzend greift Osman nach der Karte. Er dreht sie herum, wirkt jedoch nicht überrascht, dass sein Name auf der Rückseite steht. »Ja, die habe ich gemacht. Für eine Spendenaktion, keine Ahnung, wann das war. Und jetzt sag mir, warum du das fragst.«

»Einen Moment noch«, mischt Devan sich ein. Er lehnt sich vor. »Weißt du, ob die Karte in dem Schaukasten vor der Highschool hing? In den letzten Jahren?«

»Sicher nicht. Jedenfalls nicht, dass ich wüsste.«

Ich presse die Lippen zusammen. Nicht die Antwort, die ich hören wollte. Denn das bedeutet, dass die Schule sich willkürlich überlegt hat, diese Karte auszuhängen oder aber – und das ist deutlich wahrscheinlicher –, dass der Täter sie dort platziert hat. Und dass wir keine Ahnung haben, warum.

»Was ist?«, fragt Osman, dem mein Gesichtsausdruck anscheinend nicht entgangen ist. »Was ist hier los, Luca?«

Devan fängt meinen Blick auf und schüttelt kaum merklich den Kopf. Ich verstehe, warum er nicht will, dass ich Osman reinen Wein einschenke. Ich verstehe, warum er ihm nicht vertraut. Aber ich habe ganz ehrlich keine Ahnung, wie ich aus dieser Nummer wieder rauskomme, ohne dass Osman mich für absolut merkwürdig hält, weil ich seine selbst gebastelten Postkarten sammele.

Ich trinke einen Schluck Espresso, in der absurden Hoffnung, mir ein wenig Zeit zu verschaffen.

»Luca hat einen Stalker.«

Hustend halte ich mir die Hand vor den Mund, als ich mich am Kaffee verschlucke. Ich drehe mich zu Devan, dessen Gesicht so ungerührt ist, als hätte er gerade einen Kommentar über das Wetter gemacht. Er erwidert meinen Blick nicht, sondern beobachtet Osman.

Dieser wendet sich mir zu – sein Gesichtsausdruck spiegelt eine Mischung aus Überraschung und Schock. »Wie bitte?«

Devan nickt langsam. »Irgendein Arschloch stellt ihr seit ein paar Wochen nach. Er hat ihr Blumen geschickt, die genauso aussehen wie die auf der Karte.« Er tippt mit dem Zeigefinger gegen den dünnen Karton. »Als wir die hier bei eurer alten Schule gesehen haben, waren wir natürlich … überrascht.«

Osman zieht die Augenbrauen so weit hoch, dass sie beinahe unter seinen Haaren verschwinden. »Und ihr denkt, ich bin der Stalker?«

»Nein«, sage ich so laut, dass ein paar Leute am Nachbartisch sich zu uns umdrehen. Ich hätte es nicht für möglich gehalten, doch mein Gesicht wird noch heißer. Wahrscheinlich leuchte ich inzwischen wie eine verdammte Ampel. »Nein, das denken wir nicht. Wir haben uns nur gefragt, warum der Typ die gleichen Blumen schickt wie auf deiner Karte. Mehr nicht.« Ich werfe Devan einen Blick zu, aber er macht nicht den Eindruck, als wolle er mir hier irgendwie helfen. Vielen Dank auch.

Osman richtet sich ein wenig auf und stützt die Ellbogen auf den Tisch, während er die Stirn runzelt. »Okay, also lass mich das mal auf den Punkt bringen. Du wirst von irgendeinem Typen gestalkt, der dir Papierblumen schickt – die übrigens supereinfach zu machen sind und die ich *nicht* selber erfunden habe oder so was. Dann findest du 'ne alte Karte von mir, die ich in der Schule gemacht habe, und denkst … was genau? Dass ich dir sagen kann, wer der Stalker ist? Weil wir beide Blumen gebastelt haben?«

»Osman …«

»Nein, lass mich ausreden«, unterbricht er mich. Seine Stimme ist noch immer ruhig. Er bleibt freundlich, trotzdem gewinnt der Ton in seiner Stimme an Schärfe. »Wenn du gefaltete Gottesanbeterinnen bekommen hättest oder irgendetwas anderes Spezifisches, okay. Aber ist dir klar, dass mit Sicherheit mindestens zehn Leute aus dem Jahrgang diese Karten basteln mussten? Es wurden Hunderte davon verkauft, wahrscheinlich noch mal genauso viele verschenkt. Wie kommst du darauf, mich nach all den Jahren anzurufen und zu erwarten, dass ich dir helfe?«

»Dein Name steht auf der Karte«, sagt Devan leise. »Niemand hier beschuldigt dich, am allerwenigsten Luca. Aber kannst du uns vorwerfen, dass wir auf Nummer sicher gehen wollen? Es waren exakt die gleichen Blumen, bis hin zu diesen komischen Strasssteinen in der Mitte.«

»Pailletten«, verbessere ich automatisch.

»Was auch immer.«

»Doch«, erwidert Osman ungerührt. »Doch, das werfe ich euch vor. Weil es für diese beschissenen Blumen eine Bastelanleitung gab! Ich bin nicht der Einzige, der die machen musste.«

Ich ringe die Hände. »Das wussten wir aber nicht.«

Osman schnaubt und nimmt noch einen Schluck von seinem Eistee, auf mich macht es jedoch den Eindruck, als wolle er seinen Händen einfach nur etwas zu tun geben. »Ist auch egal. Ich weiß nicht, wie ich euch helfen soll.«

»Das ist doch auch in Ordnung«, sage ich, ohne den flehenden Unterton aus meiner Stimme ganz verbannen zu können. »Ich wollte dich nicht beschuldigen, Osman, wirklich nicht.«

»Es klingt aber so, Luca.« Er legt den Kopf schief, dann seufzt er. »Ich will dich hier nicht anpampen oder so, und wie gesagt, ich freue mich, dass wir uns sehen. Aber du hast mich vor deinem Umzug jahrelang ignoriert. Wir waren keine Freunde mehr. Du musst verstehen, weshalb mir eure ›Befragung‹ reichlich merkwürdig vorkommt.«

Ich fühle mich wie vor den Kopf gestoßen. Ich blinzle kurz, dann schüttle ich den Kopf. »Natürlich waren wir Freunde.«

Er lacht freudlos. »Wie kommst du darauf?«

»Wir haben in der Elementary jeden verdammten Tag miteinander verbracht! Meine Mutter hat zu Hause ein Foto von uns beiden bei der Einschulung hängen.«

»Da waren wir Kinder, Luca«, sagt er eindringlich. Sein Blick ist ungläubig, als würde er ernsthaft darüber nachdenken, ob ich ihn verarsche. »Aber du hast den Kontakt zu mir abgebrochen, als du cool wurdest und ich nicht. Was in Ordnung ist. Mein Gott, ich mache dir daraus keinen Vorwurf. Aber es ist ein bisschen lächerlich, dass wir hier sitzen und so tun, als wären wir auf einem verdammten Klassentreffen.«

Okay, so allmählich glaube ich, dass er derjenige ist, der mich verarscht. Wie können wir beide uns nur so vollkommen verschieden an unsere Schulzeit erinnern? Unwillkürlich sehe ich mich nach Leander und Jacob um, die ein paar Tische weiter sitzen und uns beobachten. Osman sitzt mit dem Rücken zu ihnen, sodass die beiden sich keinerlei Mühe geben, sich unauffällig zu verhalten.

»Ich weiß nicht, wovon du sprichst«, sage ich ehrlich verwirrt. »Wir haben uns einfach auseinandergelebt. Ich habe dich nicht ignoriert, weil du zu uncool für mich warst. Das ist Blödsinn.«

»Das hier hat keinen Sinn.« Osman greift in seine Hosentasche, um sein Portemonnaie herauszuziehen. »Es tut mir leid, ich wollte mich nicht mit dir streiten. Es ist alles gut, und es tut mir leid, dass du offensichtlich Probleme mit einem Stalker hast, aber das hat nichts mit mir zu tun, Luca.«

»Nein, warte!«, rufe ich und strecke die Hand aus, als wolle ich ihn festhalten. Wenn er geht, macht das die einzige Spur zunichte, die wir haben.

»Sie hat recht«, sagt Devan, der sich offensichtlich entschieden hat, sich doch wieder am Gespräch zu beteiligen. »Das hier ist wichtig, Mann.«

»Nicht für mich«, macht Osman klar, hält jedoch inne. »Wie gesagt, das alles tut mir echt leid. Aber ich kann euch nicht helfen.« Er sieht mich an. »Als du angerufen hast, dachte ich, du wolltest dich entschuldigen oder so. Dass wir einen Strich unter die ganze Sache setzen können.«

Völlig überfordert sehe ich Devan an. Ich habe wirklich, ehrlich keine Ahnung, wovon Osman spricht.

Devan erwidert meinen Blick, dann wendet er sich an Osman. »Wart ihr zusammen? Du und Luca?«

Empört sehe ich ihn an. Weil er *mir* diese Frage stellen sollte, nicht Osman.

»Nein«, gibt Osman zu, sieht dann aber auf seine ineinander verschränkten Hände. »Auch wenn ich zugeben muss, dass das nicht meine Entscheidung war.«

»Wie bitte?« Ich lache, doch es ist ein freudloser, trockener Laut. »Was soll das denn schon wieder bedeuten?«

»Dass ich verliebt in dich war«, meinte er geradeheraus. »Und du wusstest das. Ich habe dich zu drei Bällen eingeladen, Luca, und du hast mir dreimal einen Korb gegeben.«

Ich fühle mich, als wäre ich im falschen Film. Ja, ich erinnere mich daran, dass Osman mich eingeladen hat, und auch daran, dass ich Nein gesagt habe. Das lag jedoch daran, dass wir einen Deal hatten, miteinander zu gehen, sollten wir kein anderes Date für den Abend haben. Osman ist schwul, seit ich denken kann. Es war nie diese Art von Date, wir haben uns nie auf romantischer Ebene füreinander interessiert. Dass er es so darstellt, als wäre ich eine gefühllose Herzensbrecherin, macht mich wahnsinnig.

»Du hast recht«, sage ich matt und schlinge die Arme um meinen Oberkörper. »Vielleicht hat das hier wirklich nicht so viel Sinn.«

Er sieht mich wieder an, fixiert mich mit seinem Blick. Ich habe das Gefühl, als würde er versuchen, einfach in mich hineinzuschauen und meine Gedanken aus meinem Kopf zu pflücken. »Okay, dann habe ich nur eine Frage«, sagt er und verschränkt die Hände unterm Kinn. »Wann kommen wir zu dem Punkt, an dem du mir erklärst, warum du mit Devan Sandoval an einem Tisch sitzt und Leander Cole uns von da hinten beobachtet?«

80

LUCA

Seine Worte erreichen mich, ihre Bedeutung allerdings nicht. Es ist, als würde sie sich durch dickflüssigen Nebel in mein Bewusstsein kämpfen oder als würde mein Verstand sich ganz einfach weigern, zu verstehen.

Devan hat damit offensichtlich weniger Probleme. Er springt so schnell auf, dass sein Stuhl nach hinten kippt und mit einem lauten Krachen auf den Fliesen landet. Kaum eine Sekunde später sind Leander und Jacob da, ragen über mir auf wie bedrohliche Schatten.

Doch mein Blick klebt an Osman. Dem Osman, mit dem ich früher *Der Boden ist Lava* auf dem Schulhof gespielt habe oder der mich bei Tests hat abschreiben lassen. Doch alles, was mir vorhin noch vertraut vorkam, als er das Café betreten hat, ist verschwunden. Stattdessen ist seine Miene jetzt kalt und abweisend.

»Was ist los?«, knurrt Leander. Wäre die ganze Situation nicht so ernst, würde ich lachen. Es ist beinahe lustig, wie aggressiv er und Jacob reagieren, obwohl sie keine Ahnung haben, was abgeht.

»Woher kennst du meinen Nachnamen?«, fragt Devan, ohne auf Leanders Frage zu achten.

Osman wirkt nicht so, als ließe er sich von dieser geballten Ladung Testosteron beeindrucken. Sein Blick ruht noch immer auf mir, brennt auf meiner Haut. »Ich weiß, was euch vor ein paar Wochen passiert ist. Aber ich bin dafür nicht verantwortlich.«

Mir wird kalt. Die Hitze, die sich während unseres Gesprächs in mir angestaut hat, weicht abrupt einer allumfassenden Kälte. Ich unterdrücke ein Schaudern. »Das macht im Moment einen anderen Eindruck«, flüstere ich, weil ich befürchte, dass meine Stimme nicht standhält. »Woher weißt du davon, Osman?«

»Weil ich die Artikel über euch gelesen habe.«

Die Antwort ist zu einfach. Auch wenn ein Teil von mir immer noch an seiner Unschuld festhalten will, weiß ich, dass der Zufall zu groß wäre. »Das glaube ich dir nicht.«

»Das habe ich auch nicht erwartet«, antwortet er, ohne mit der Wimper zu zucken. Er legt die Arme auf den Tisch und beugt sich vor, in meine Richtung.

»Komm nicht in ihre Nähe«, sagt Devan leise.

Osman verdreht die Augen. »Das hier ist lächerlich, Luca. Ich habe weder Paul getötet, noch war ich in der Zeit auch nur in der Nähe von Colorado. Ich kann das beweisen. Und dann können deine Gorillas sich vielleicht ein bisschen entspannen, und wir können uns in Ruhe unterhalten.«

Ich bin völlig überfordert. Ich sehe Devan an, dessen Blick an Osman klebt, genau wie der von Jacob und Leander. Unwillkürlich frage ich mich, ob die beiden inzwischen erschließen konnten, was hier los ist, oder ob sie einfach nur Devans Energie matchen.

»Hey«, ertönt eine weibliche Stimme von der Seite, zwei Sekunden, bevor die eben noch so freundliche Bedienung an unseren Tisch tritt. Wütend sieht sie zwischen den Jungs hin und her. »Was ist hier los?«

»Nichts«, sage ich eilig und zwinge mir ein Lächeln aufs Gesicht. »Entschuldigung, wir fallen nicht noch einmal auf.«

Sie mustert uns der Reihe nach, dann nickt sie. »Ich bin kurz davor, euch rauszuschmeißen. Benehmt euch, oder geht vor die Tür.«

Keiner der drei reagiert. Ich greife nach Devans Arm und ziehe ihn energisch zu mir. »Kommt schon, Leute! Ich dachte, wir sind unauffällig.«

Langsam, lächerlich langsam, wendet Devan sich ab, stellt seinen Stuhl wieder hin und setzt sich. Er rutscht näher an mich heran, bis sein Bein meines berührt. Leander nimmt ebenfalls Platz, und Jacob zieht sich einen Stuhl vom Nachbartisch heran.

Osman ist jetzt mehr oder weniger umzingelt, falls ihm seine Position zwischen Leander und Devan unangenehm ist, merkt man es ihm allerdings nicht an.

»Fertig?«, fragt er nach ein paar Sekunden wirklich unangenehmer Stille. Er richtet sich ein bisschen auf und tastet nach seiner Hosentasche, was Devan sofort wieder nervös macht. »Das ist nur mein Handy«, meint Osman, dem Devans Blick offensichtlich aufgefallen ist, und verdreht die Augen, hebt dann aber die Hände, als würde Devan eine Waffe auf ihn richten. »Fein, ihr könnt es auch selbst rausholen. Vordere Hosentasche, rechts. Aber denk dran, ich bin glücklich verlobt.«

Devan spart sich einen Kommentar und zieht das Handy heraus, bevor er es vor Osman auf den Tisch legt. Der greift danach und tippt darauf herum, bevor er es mir gibt.

Ich zögere, doch dann nehme ich das Telefon. Im ersten Moment habe ich keine Ahnung, was er mir da zeigt, dann verstehe ich. »Er war auf einer Hochzeit auf Hawaii«, sage ich, ohne aufzuschauen. Ich halte das Handy so, dass Leander und Jacob es sehen können. »Das ist nicht sein Profil, und es wurden ein Haufen anderer Leute getaggt. Es gibt Kommentare und Likes … das sieht echt aus.«

»Natürlich ist das echt.« Osman greift über den Tisch und nimmt mir das Handy wieder ab. »Das ist meine Schwester Sinem. Erinnerst du dich noch an sie?«

Früher habe ich Sinem hin und wieder gesehen, ja. Aber auf den Bildern habe ich sie nicht erkannt, und da ich mir inzwischen kaum noch sicher bin, ob ich Osman je wirklich gekannt habe, denke ich über seine Schwester gar nicht erst nach.

»Ich glaube gar nichts. Das ist ein beschissener Post, der könnte auf so viele unterschiedliche Arten gefälscht sein, dass ich sie gar nicht alle aufzählen kann. Aber gehen wir mal kurz davon aus, dass wir dir glauben«, sagt Devan leise, beinahe drohend, »das erklärt immer noch nicht, woher du meinen Namen kennst und nichts gesagt hast, als du Leander bemerkt hast.«

Osman verschränkt die Arme vor der Brust, dann wendet er sich wieder an mich. »Ich will mich nicht mit dir streiten«, sagt er und grinst bitter, als ich ungläubig die Augenbrauen hochziehe. »Mag sein, dass die Sache zwischen uns für dich damals kein großes Ding war, aber du hast mir … du hast mir das Herz gebrochen. Ich hatte was für dich übrig, aber darüber wäre ich hinweggekommen. Doch als du dich immer mehr von mir zurückgezogen und dir eine neue Clique gesucht hast, bin ich allein übrig geblieben. Im wahrsten Sinne des Wortes, Luca. Ich hatte keine Freunde mehr, ich hatte niemanden mehr. Und du hast niemals zurückgeschaut und mich gefragt, ob es mir gut geht. Ob ich jemanden brauche. Ich war … es war eine schlimme Zeit.«

Obwohl ich seine Worte höre, weigere ich mich, sie an mich herankommen zu lassen. Diese Version der Wirklichkeit ist mir neu, ich habe sie völlig anders empfunden. In meiner Realität haben wir einfach schleichend den Kontakt verloren. Kein böses Blut, keiner hat den anderen hängen gelassen, keiner war wütend oder verletzt. Ich bin mir sicher, dass Osman andere Freunde hatte als mich. Ich bin mir sicher, dass mir ihre Namen einfallen, wenn ich nur lange genug darüber nachdenke. Dass ich mich an ihre Gesichter erinnern kann … doch es klappt nicht. Kein Name taucht in meinen Erinnerungen auf, kein Gesicht, kein Mensch.

»Hör auf, sie vollzusülzen«, unterbricht Devan meine Gedanken. Er knurrt nicht mehr, trotzdem klingt seine Stimme alles andere als versöhnlich. »Weil, ganz ehrlich, es ist mir im Moment scheißegal, ob sie dir dein Herz rausgerissen hat und darauf herumgetrampelt ist. Wir haben größere Probleme. Überspringen wir also diese ganze sentimentale Flashback-Session, bitte. Das ist vorbei, und da du inzwischen glücklich verlobt bist, gehe ich davon aus, dass du es überwunden hast. Diese Sache hier bedroht *in diesem Moment* unser Leben! Also sag mir, woher du meinen Namen kennst.«

Seufzend löst Osman den Blick von mir und richtet ihn auf Devan. »Okay, Großer. Mein Name ist Osman Peyton Yamar. Meine E-Mailadresse lautet opy202@hotmail.com. Klingelt irgendetwas davon bei dir?«

Verständnislos sieht Devan mich an, doch ich zucke nur mit den Schultern. »Ich habe wirklich keine Ahnung, was du mir damit sagen willst.«

Osman verdreht die Augen. »Eigentlich habe ich auch nicht erwartet, dass du dich an mich erinnerst.«

»Wir haben uns noch nie in meinem Leben gesehen, Mann.«

»Stimmt.« Er lässt den Nacken knacken und reibt sich dann mit der Hand über die Stirn. »Ich will nicht kleinlich klingen, und ganz ehrlich, ich habe mit diesem ganzen Scheiß abgeschlossen. Aber ihr habt mich herzitiert, denkt dran.«

»Erklär es uns«, sagt Jacob wütend. Er hat bisher nichts gesagt, als ich ihn jetzt ansehe, bemerke ich jedoch, dass sein Gesicht dunkler ist als zuvor. Er hat die Augenbrauen zusammengezogen und die Lippen aufeinandergepresst. Seine sorglose, naive Fassade scheint zu bröckeln.

Osman wirft ihm einen flüchtigen Blick zu, dann wendet er sich wieder an Devan. »Wir haben 2019 zusammengearbeitet. Ich war Teil des Streamerteams für das Alpha Funding von *Druin Wars*.«

Devan antwortet nicht sofort. Ich sehe ihn irritiert an. »Was ist das?«

»Ein Spiel«, antwortet Leander an seiner Stelle. Er sieht mich nicht an, sein Blick ist auf Osman gerichtet. »Alpha Funding ist ein Finanzierungsmodell für Gaming-Hersteller. Manche veröffentlichen eine noch nicht voll entwickelte Version eines Spiels, um Einnahmen vor dem offiziellen Release zu generieren. Und meistens erhalten Gamer oder Streamer eine kostenlose Version, um Werbung durch *Let's Plays* und so weiterzumachen.«

»Hundert Punkte«, kommentiert Osman die Erklärung trocken. »Sandoval war unser glorreicher Teamleader. Er hat die Zugangscodes verwaltet und den Streamingplan und den ganzen Kram. Ich war eines seiner kleinen speichelleckenden Schäfchen.«

»Hör auf mit dem Scheiß«, fährt Devan ihn an. »Ich erinnere mich an das Spiel. Ich erinnere mich nicht an deinen Namen.«

Osman verengt die Augen, als er sich Devan zuwendet. »Du hast dich einen Scheiß um die kleineren Streamer geschert. Ich habe dir vierundfünfzig Mails geschrieben und dich gebeten, mich in deinem Stream zu erwähnen. Vierundfünfzig Mal. Du hast nicht ein beschissenes Mal reagiert, und ich habe nach zwei Wochen die Berechtigung für den Code verloren, weil meine Streams nicht genügend Zuschauer hatten.«

Devan zuckt gleichgültig mit den Achseln. »Nicht mein Problem. Ich war nicht dafür zuständig, die Streamer auszusuchen, nur dafür, die Codes zuzuteilen. Wenn deine Reichweite nicht gepasst hat, dann ist das dein Ding, nicht meins.«

»Mag sein.« Jetzt zittert Osmans Stimme kaum merklich. »Aber du hast in einer Multiplayer-Runde über mich geredet. Ihr hattet achttausend Zuschauer im Livestream, und alle haben gehört, wie ihr Arschlöcher euch über mich lustig gemacht habt, weil ich im ersten Level zweimal hintereinander gekillt wurde. Danach sind meine Subs runtergegangen, mein Ranking, alles. Die Entwickler von *DruinWars* waren die Ersten, die mir eine beschissene Chance gegeben haben, und danach hat es euretwegen keiner mehr getan.«

Ein trockenes Lachen kommt aus Devans Richtung. Als ich mich zu ihm umdrehe, schüttelt er ungläubig den Kopf. »Darum geht es hier? Ist das dein Ernst?«

»Ja, Sandoval. Darum geht es hier.«

»Dieses beschissene Spiel war nicht mal gut«, sagt Devan fassungslos. »Die Vollversion wurde nicht mal releast, weil die Vorbestellerzahlen so grottig waren.«

»Darum geht es nicht, du Arschloch.«

Leander lehnt sich vor. »Schön halblang machen. Beruhigt euch beide.«

Ich sehe, dass Osman tief durchatmet. Mir ist klar, dass er die Kontrolle zu behalten versucht, doch ich sehe auch, dass seine coole Fassade mehr und mehr Risse bekommt.

Ich glaube nicht daran, dass Osman uns mit einer geladenen Waffe über den Berg verfolgt hat, und auch nicht, dass er Paul getötet hat. Aber ich bemerke, dass Devan und die anderen nicht davon überzeugt sind. Ich erkenne die Wut in ihrem Blick, und ich weiß, dass sie an Pauls lebloses Gesicht denken. Sie halten Osman für den Täter, zumindest für einen Mitwisser. Daran ändert auch das Bild von der Hochzeit nichts. Denn eine Tatsache hat sich durch Osmans Erzählung eindeutig in den Mittelpunkt gedrängt: Er und Devan kennen sich, und damit haben wir eine weitere Verbindung – von Osman zu mir, zu Christine und Paul, zu Leander und jetzt auch zu Devan. Unwillkürlich fällt mein Blick auf Jacob.

»Kennst du Jacob?«, frage ich Osman, verzweifelt um einen versöhnlicheren Ton bemüht.

Er folgt meinem Blick und schüttelt dann den Kopf. »Nein, nur aus den Zeitungen.«

»Das ergibt keinen Sinn«, sage ich leise. Jacob stand auch auf der Liste, seine Kontoaktivitäten wurden geleakt. Entweder ich übersehe etwas sehr Offensichtliches, oder ... oder Osman lügt.

»Ich kann euch sagen, was ich denke.« Osman verschränkt die Finger, krallt sie beinahe ineinander. Er verliert auch noch den Rest seiner Souveränität, und auf einmal wirkt er nur noch halb so cool wie am Anfang des Gesprächs. »Ich denke, dass euch diese Sachen meinetwegen passiert sind.« Als ich nach Luft schnappe, sieht er mich an. »Indirekt! Ich habe nichts damit zu tun, und das ist die Wahrheit. Ich war auf Hawaii, als ihr in Colorado wart, und ich habe erst davon erfahren, als die Sache durch die Presse ging.«

»Komm zum Punkt, Himmel Herrgott«, flucht Jacob, zum zweiten Mal. »Hör auf, um den heißen Brei herumzureden. Deine Erzählfähigkeiten in allen Ehren, aber ich kann auf das Narrativ jetzt echt verzichten!«

»Ist gut«, sagt Osman und hebt die Hände. Seine Finger sind beinahe weiß. »Das ist 'ne lange Geschichte, und die fällt mir verdammt schwer, okay? Also haltet die Füße still, ja?«

»Ich kann nichts versprechen«, brummt Devan. Er zieht die Arme vom Tisch und lehnt sich in seinem Stuhl zurück, dann spüre ich seine Hand auf meinem Oberschenkel. Ich greife danach. Keine Ahnung, ob das eine beschützende oder eine besitzergreifende Geste sein soll oder ob er mir einfach nur Beistand leisten soll. So oder so bin ich dankbar dafür, mich an ihm festhalten zu können.

Osman sieht Devan kurz an, mit einem Blick, der alles andere als freundlich ist, dann blickt er hoch zur Decke. »In Ordnung, also. Ich war in der Schule nicht gerade das glücklichste Kind der Welt, okay? Mit Sicherheit auch nicht das unglücklichste, doch ich hatte Probleme. Luca hat mich für eine Weile sozial mit durchgezogen, das ist mir klar. Als wir keinen Kontakt mehr hatten, ging die ganze Sache ein bisschen den Bach runter, und nachdem du weggezogen warst, Luca, wurde es noch schlimmer. Ich war der sozial ungeschickte Spargeltarzan aus der ersten Reihe, der nie auf Partys eingeladen wurde und dessen Onkel Mathe unterrichtet hat. Das Übliche eben. Das erste und einzige Mal, als ich auf eine Party eingeladen wurde, habe ich mich vor Nervosität volllaufen lassen, bin in den Pool gefallen und habe reingepisst. Das war im Haus von Paul Barnes' Eltern – möge er in Frieden ruhen. Es versteht sich von selbst, dass er und Christine dafür gesorgt haben, dass ich diesen Abend nicht vergesse.« Er wirft mir ein bitteres Lächeln zu. »An dem Abend habe ich dich angerufen, Luca. Nachdem ich den Flur meiner Mom vollgekotzt und mein Bruder ein Foto von mir auf Facebook geteilt hatte. Ich hab dich mehrfach angerufen, aber du hast weder geantwortet noch mir geschrieben.«

Mein Herz zieht sich so schmerzhaft zusammen, dass meine Hand sich um Devans krallt. Ich kann mich nicht an diesen Anruf erinnern. Aber es ist nicht unmöglich. Nach meinem Umzug war ich mies drauf, weil ich es meinen Eltern übel genommen habe, mich aus meiner Schule gerissen und von meinen Freunden getrennt zu haben. Ich war eine Teenagerin – für mich war das der Untergang der Welt. Gut möglich, dass ich Osmans Anrufe ignoriert habe … weil Osman kein Teil meines Lebens mehr war.

»Wie auch immer. Ich habe mich zurückgezogen und bin durch die Abschlussprüfungen gerasselt. Was bedeutet, dass ich natürlich kein Stipendium bekommen habe, und meine Eltern konnten sich die Studiengebühren nicht leisten. Ich war zu dem Zeitpunkt voll in der Gamingszene drin und habe angefangen, damit ein bisschen Geld zu machen. Bis Devan dafür gesorgt hat, dass ich rausgekickt wurde.«

Devan neben mir öffnet den Mund, doch ich schlage ihm leicht mit unseren ineinander verschlungenen Händen aufs Bein. Als er mich ansieht, schüttle ich den Kopf.

Osman runzelt die Stirn. »Oh, das habe ich vergessen.« Er sieht Leander an. »Ich habe bei euch im Laden gearbeitet, erinnerst du dich daran? Ganze zwei Monate, dann hast du deinem Dad gesagt, ich hätte was mitgehen lassen, und ich wurde gefeuert. Das war der Tropfen, der das Fass zum Überlaufen gebracht hat, und meine Mom hat mich rausgeschmissen.«

»Das ist gelogen«, antwortet Leander ruhig. »Ich habe nichts dergleichen zu meinen Eltern gesagt.«

»Mach dich nicht lächerlich, indem du das abstreitest«, faucht Osman. »Dein Vater hat mir gesagt, er hätte es von einem vertrauensvollen Mitarbeiter, und du warst der Einzige außer mir, der dort gearbeitet hat.«

Leanders Lachen klingt gleichzeitig wütend und belustigt. »Nein, das stimmt nicht, Mann. Wir hatten immer zwei, manchmal drei Mitarbeiter. Da bist du auf dem Holzweg.«

Osman starrt Leander an, und ich bin mir fast sicher, so etwas wie Zweifel in seinem Blick erkennen zu können. Dann schiebt sich wieder eine gleichgültige Maske über sein Gesicht und sperrt jegliche Emotionen aus. »Spielt auch keine Rolle.

Euer Freund hier will, dass ich zum Punkt komme, also: Ich bin zu Hause rausgeflogen und bei einem Kumpel untergekommen. Da sind ein paar Sachen passiert, auf die ich nicht näher eingehen will und … ich habe den Halt verloren. So richtig. Ich hatte Suizidgedanken und bin auf der Straße gelandet. Die Polizei hat mich aufgesammelt und zurück nach Hause gebracht. Eine Richterin hat mir therapeutische Betreuung aufgebrummt.«

»Keine dumme Idee«, murmelt Devan.

»Hier in der Nähe gibt es eine Stiftung der *YMCA*, das ist 'ne Jugendgruppe. Ich hatte Einzelgespräche, doch es gab auch Gruppentreffen, die online stattgefunden haben. Wir durften nicht unsere Klarnamen verwenden und auch keine Fotos zeigen oder sonst irgendwelche Informationen teilen, durch die man auf unsere Identität hätte schließen können. Wir sollten uns sicher fühlen und miteinander reden, und die Tante von der Stiftung war der Meinung, es wäre einfacher, mit völlig Fremden zu sprechen.« Er seufzt und schließt die Hände um sein Glas. »Bei diesen Treffen habe ich Six kennengelernt.«

Als Osman den Namen ausspricht, horche ich auf. Gleichzeitig spüre ich wieder die Kälte, die sich als fester Knoten zwischen meinen Eingeweiden zusammenballt. »Six?«, wiederhole ich heiser.

»So hat er oder sie sich genannt«, meint Osman achselzuckend. »Wir alle hatten Spitznamen, meiner war One.«

»Warum?«, fragt Devan.

»Weil wir eine Liste schreiben mussten«, antwortet Osman knapp. Auf einmal klingt er kleinlauter, beinahe schuldbewusst. »In der ersten Einzeltherapie musste jeder von uns eine Liste schreiben mit den Gründen, warum wir den Tod dem Leben vorziehen. Damit waren Lebensumstände oder Situationen gemeint. So etwas wie Schulden, Mobbing, die Scheidung der

Eltern … keine Ahnung. Als ich die Liste anfertigen sollte, habe ich Namen aufgeschrieben. Die Namen der Leute, die meiner Meinung nach schuld daran waren, dass es mir so ging, wie es mir eben ging.«

Ich öffne den Mund, schließe ihn jedoch wieder, als mir klar wird, dass kein Wort meinen Mund verlassen wird. Ich kann nicht sprechen. Es schnürt mir die Kehle zu.

Leander ist derjenige, der das Schweigen bricht.

»Die *List of Six.*«

81

LUCA

Mir wird abwechselnd heiß und kalt, während mein Blickfeld zusammenschrumpft, als würde ich aus weiter Ferne auf die Szene schauen. Ich fühle mich, als hätte mir jemand eine Ohrfeige verpasst.

Die *List of Six*. Osman war derjenige, der unsere Namen fein säuberlich untereinandergeschrieben und damit für einen von uns das Todesurteil gefällt hat. Osman ist der Grund, dass Paul auf diesem Berg gestorben ist, dass seine Eltern von jetzt an zu seinem Geburtstag ein Grab besuchen werden, statt Geschenke zu verpacken und Kerzen auf einem Kuchen auszupusten.

»Moment«, sagt Devan, der sich offensichtlich deutlich schneller von dem Schock erholt hat als ich oder die anderen. »Du sagst, du kennst Jacob nicht. Wer war der sechste auf der Liste?«

Osman beißt die Zähne zusammen, seine Kiefermuskeln arbeiten. »Der Typ, bei dem ich untergekommen bin, nachdem meine Mutter mich vor die Tür gesetzt hat.«

Verwirrt sehe ich zu Jacob, der leichenblass geworden ist. Er schüttelt den Kopf. »Ich war das nicht«, sagt er erstickt. »Ich habe den Typen noch nie im Leben gesehen!«

»Er hat recht«, bestätigt Osman. »Der Kerl hieß Jared Nieham.«

»Was ist mit ihm?«

»Er ist tot«, sagt Osman knapp. »Überdosis, zwei Monate, nachdem ich bei ihm ausgezogen bin.«

Ich muss schlucken, in der verzweifelten Hoffnung, den widerlichen Geschmack in meinem Mund loszuwerden. Ich habe das Gefühl, jeden Moment kotzen zu müssen.

»Okay, ganz langsam.« Devan nimmt die Hand von meinem Oberschenkel und legt sie flach auf den Tisch. Sofort fehlen mir die Wärme und Sicherheit, die seine Berührung mir gegeben hat. »Vergessen wir Jacob mal kurz. Du sagst, du hast diese Liste geschrieben. Warum zur beschissenen Hölle sollen wir dir glauben, dass du Paul nicht umgebracht hast? Und jetzt komm mir nicht wieder mit der verfickten Hochzeit.«

»Weil ich es nicht war«, braust Osman auf. »Ihr müsst mir zuhören! Ich habe mich in dieser Onlinegruppe mit jemandem angefreundet. Mit Six. Wir hatten 'ne Connection, weil wir beide dieses ganze Programm bescheuert fanden und der Meinung waren, wir bräuchten nichts von alledem. Er oder sie hatte eine Liste, ich hatte eine Liste. Wir haben uns gegenseitig die Spitznamen gegeben, weil … ach, fuck. Das klingt scheiße, egal, wie ich es sage.«

»Spuck's aus.«

Osman holt tief Luft. »Irgendwann hat Six mich mal gefragt, wen ich von meiner Liste am ehesten töten wollen würde. Bei mir war es der erste Mensch auf der Liste, bei ihm der sechste. Wobei seine Liste so gute dreißig Namen lang war. Er war sehr … wütend.«

»Welcher Name stand bei dir auf Platz eins?« Ich kann nicht verhindern, dass die Worte meinen Mund verlassen. Am liebsten würde ich mir die Hand vor den Mund schlagen, doch es ist zu spät. Ich will die Antwort nicht hören.

»Spielt keine Rolle«, weicht er aus. Er sieht mich nicht direkt an, und wieder umschließen seine Hände das Glas so fest, dass seine Finger blutleer werden.

Devan ballt die Hand auf dem Tisch zur Faust. »Du hast keine Ahnung, was du damit ausgelöst hast.«

»Genau. Er wusste nicht, was Six daraus macht«, sage ich und werfe Devan einen strengen Blick zu, auch wenn mein Mund sich seltsam taub anfühlt. Osman muss es nicht aussprechen – ich weiß, dass mein Name an erster Stelle stand. Und Devan weiß es auch. Aber das spielt im Moment keine Rolle. »So habt ihr eure Spitznamen bekommen, Punkt abgehakt. Weiter.«

Osman trinkt einen Schluck und leert damit sein Glas, dann hält er sich wieder daran fest. Als er gerade weitersprechen will, tritt die Bedienung an unseren Tisch und fragt uns, ob wir noch etwas bestellen wollen. Leander, Jacob und ich schütteln den Kopf, Devan starrt immer noch Osman an, der in sein leeres Glas schaut. Er wartet ein paar Sekunden, bis die Kellnerin außer Hörweite ist, dann schaut er auf.

»Wir sind Freunde geworden«, erzählt er weiter, mit inzwischen tonloser Stimme. Er klingt wie ein Schüler, der eine auswendig gelernte Präsentation vorträgt – und nicht besonders gut darin ist. »Wir haben uns beide davon abgehalten, irgendwelche Fortschritte zu machen, das ist mir heute klar. Aber damals hielten wir uns einfach für zu cool und zu abgeklärt für den Scheiß. Immerhin waren die anderen an unserer Situation schuld, warum sollten wir also an *uns* arbeiten?«

Er seufzt. »Wir haben uns nie persönlich gesehen und nie unsere echten Namen verraten. Ich weiß nicht mal, ob ich mit einem Mädchen oder einem Jungen geschrieben habe. Wir haben auch keine Handynummern ausgetauscht, sondern nur über diesen Server der Stiftung geschrieben. Die meiste Zeit haben wir darüber gesprochen, dass wir … na ja, dass wir uns an den Leuten auf unseren Listen rächen wollen. Wir haben angefangen, auch über andere Themen zu sprechen, zum Beispiel darüber, dass ich bi bin und nicht wusste, ob ich es meiner Mom sagen soll. Irgendwann wollte Six sich treffen und wurde immer hartnäckiger, aber ich habe nie etwas dazu gesagt. Wahrscheinlich, weil ich Angst hatte, dass ich nicht so bin wie in seinen oder ihren Vorstellungen.

Na ja, irgendwann haben die von der Stiftung unsere Chats gefunden. Ich weiß nicht, ob sie vorher nie kontrolliert haben, was wir da miteinander reden, oder ob sie das grundsätzlich nicht machen und einen Tipp bekommen haben. Ich weiß es wirklich nicht. So oder so haben sie unseren Kontakt von da an unterbunden. Wir hatten keine Möglichkeit mehr, uns privat zu schreiben, weil wir ja nicht wussten, wer der andere ist. Ein paar Monate lang war Funkstille, und ich habe tatsächlich angefangen, an mir zu arbeiten. Wirklich, meine ich. Ich habe eine Therapie gemacht und so weiter und mein Leben in den Griff gekriegt, habe meinen Verlobten kennengelernt. Und auch verstanden, dass mein Hass auf euch … übertrieben ist. Halleluja.«

Devan presst die Lippen zusammen. »Ihr wart erwachsen. Euch hätte klar sein sollen, dass so eine Nummer kein dummer Scherz mehr ist.«

Osman zieht eine Augenbraue hoch. »Ich bin mir sicher, dass du mit neunzehn schon ein wahnsinnig reifer, vernünftiger Mensch warst, aber bitte sieh es uns anderen nach.«

Devan öffnet den Mund, aber Jacob unterbricht ihn, bevor er einen Kommentar abgeben kann.

»Halt die Klappe, Devan«, sagt er, ohne den Blick von Osman zu wenden.

»Erzähl weiter«, sage ich leise.

Mit der flachen Hand reibt Osman sich über die Stirn. »Vor circa sechs Monaten hat Six sich gemeldet. Keine Ahnung, wie derjenige an meine Nummer gekommen ist, aber plötzlich hatte ich 'ne Nachricht von Six, in der die Person mir erzählt, dass er oder sie mich endlich gefunden hat … offensichtlich. Die Nachricht klang aufgeregt, als wäre das eine super Sache. Aber ich wollte keinen Kontakt mehr. Diese Freundschaft damals war so toxisch, und ich war mittlerweile an so einem guten Punkt in meinem Leben, dass ich nicht riskieren wollte, wegen diesem Menschen wieder zehn Schritte zurück zu machen.«

»Ich rate jetzt einfach mal ins Blaue hinein und sage, dass er es nicht gut aufgenommen hat«, bemerkt Leander.

»Nein«, antwortet Osman. »Ich habe versucht, es vernünftig zu erklären, aber Six meinte, ich sei nur verblendet und auf diesen Scheiß von der Stiftung hereingefallen. Und dass er oder sie mir zeigen werde, was wahre Loyalität ist. Dann habe ich die Nummer blockiert.«

»Wahre Loyalität«, wiederhole ich leise. Ich sehe Devan an, dann wieder Osman. »Du denkst, dass er oder sie deine Liste abarbeitet, um dich … zu beeindrucken?«

»Das habe ich zu dem Zeitpunkt noch nicht gedacht. Das wäre doch zu krass.« Er zuckt hilflos mit den Schultern. »Aber dann habe ich die Artikel über euch gelesen, und natürlich musste ich daran denken. Wie stehen die Chancen, dass ihr alle am selben Ort zusammentrefft? Ich habe nicht direkt an Six gedacht, aber *natürlich* bin ich stutzig geworden.«

Leander seufzt. Er klingt erschöpft. »Hat es einen bestimmten Grund, warum du nicht zur Polizei gegangen bist?«

»Weil ich feige war.« Er gibt das derart offen zu, dass ich fast ein bisschen beeindruckt bin. Devan schnaubt neben mir, verkneift sich jedoch einen Kommentar. Genauso wie ich. Wer weiß, was passiert wäre, wenn Osman eine Aussage gemacht hätte. Vielleicht wäre der Typ dann bereits gefasst worden, vielleicht hätten die Cops ihre Vorwürfe gegen Matthew Ismar aber auch einfach so zurechtgebogen, dass Osmans Beschreibung auf ihn passt. Immerhin hat Osman keine Ahnung, wie dieser ominöse Six aussieht oder wie er heißt. Er könnte wirklich jeder sein.

Leander lehnt sich in seinem Stuhl zurück und schüttelt müde den Kopf. »Ich steige wirklich nicht mehr durch. Warum ist Jacobs Name auf dieser Liste gelandet?«

»Keinen blassen Schimmer«, sagt Osman. »Vielleicht, um eine falsche Fährte zu legen und den Fokus auf dieses Hotel zu lenken. Wurde nicht ein Mitarbeiter von denen verhaftet?«

»Du willst mir also erzählen, dass meine Bankaktivitäten geleakt wurden und ich seit Wochen nicht mehr alleine in einem Raum sein kann, ohne eine Panikattacke zu bekommen, weil deine gestörte, namenlose Freundin mich als Ablenkung benutzt hat?«

Überrascht sehe ich Jacob an. Diese Informationen sind zumindest mir neu. Bis jetzt hatte ich den Eindruck, dass Jacob die Sache von uns allen am besten weggesteckt hat, weil er in dieser Nacht nicht dabei gewesen war.

»Ich weiß es nicht«, stellt Osman langsam klar, wobei er jedes Wort deutlich betont. »Vielleicht hat Six auch einfach einen Fehler gemacht. Ich habe Jareds Namen auf meiner Liste nie direkt genannt, weil er zu dem Zeitpunkt schon tot war. Vielleicht hat sie auch einfach nur falsch recherchiert und ist irgendwie bei dir gelandet. Ich habe keine Ahnung, was ich ihr damals alles erzählt habe, ob ich überhaupt erwähnt habe, dass Jared gestorben ist. Ich habe keinen Zugriff mehr auf die Chats.«

»Moment mal«, wirft Devan ein. »Was denn nun, er oder sie?«

»Ich weiß es echt nicht« Osman hebt hilflos die Hände. »Manchmal denke ich, dass es ein Kerl war, weil die Freundschaft sich eher wie eine unter Jungs angefühlt hat. Aber manchmal hat er so blumig formuliert und … ich weiß auch nicht. Ich habe mich auch gefragt, ob Six sich in mich verliebt hat und … vielleicht den Korb nicht gut weggesteckt hat. Ich kann nicht ausschließen, dass es eine Frau ist.«

»Und du hast keine Ahnung, wer dieser Six ist? Keinen Anhaltspunkt? Hatte die Nummer, von der aus er dir geschrieben hat, ein Profilbild?«

»Er hat mich inzwischen blockiert, denke ich zumindest. Oder er hat 'ne neue Nummer. Vor sechs Monaten hatte er ein Bild von Iron Maiden.«

Frustriert atme ich aus. Wir sind so verdammt nahe dran. Und trotzdem habe ich das Gefühl, in jede Richtung vor eine beschissene Betonwand zu rennen.

»Wir brauchen diese Chatverläufe«, sagt Leander sachlich. »Wir könnten es über seine IP-Adresse versuchen, oder vielleicht hat er irgendwann mal etwas geschrieben, das ihn verrät.«

»Viel Glück dabei«, schnaubt Osman. »Die Chats sind vertraulich. Ihr könnt nicht einfach in eine Therapiepraxis spazieren und Einsicht in vertrauliche Dokumente fordern.«

»Wo ist diese Praxis?«

»Die Stiftung ist im ehemaligen Konferenzzentrum beim *Lovers Point*«, sagt Osman und sieht mich an. Ich nicke als Zeichen, dass ich weiß, wo das ist. »Das Gebäude ist jetzt ein Museum, hat jedoch ein paar Büroeinheiten. Aber wie gesagt, da habt ihr keine Chance.«

»Das einzuschätzen, überlass ruhig uns«, sagt Devan.

»Was ich immer noch nicht verstehe«, sage ich, ohne auf Devans Kommentar einzugehen. »Warum tut er das? Was erhofft er sich davon?«

Ich spüre Devans Blick von der Seite. Als ich mich zu ihm umdrehe, greift er wieder nach meiner Hand. »Bitte versuch, keinen Sinn in den Handlungen eines irrationalen Mörders zu finden, Luca. Im Ernst.«

»Hör auf damit. Das ist eine berechtigte Frage! Überleg mal, was er alles auf sich genommen hat und wie strategisch er das geplant haben muss! Das macht man nicht einfach so.«

»Six hatte Probleme«, bemerkt Osman kleinlaut. »Die hatten wir beide, aber er war … ich weiß nicht, aggressiver. Beinahe extremistisch. Er war wahnsinnig unsicher und wollte mich total für sich einnehmen. Er hat versucht, mich von meiner Familie abzukapseln, von den wenigen Kontakten, die ich noch hatte. Vielleicht ist er der Meinung, wenn er diesen beschissenen Plan für mich durchzieht, dass ich dann … keine Ahnung.«

»Dass du dich dann wieder an ihn bindest?«, schlage ich vor und verziehe das Gesicht. »Klingt, als würde er dich heiraten wollen.«

Osman zuckt mit den Schultern. »Wir haben nie über seine sexuelle Orientierung gesprochen, aber unsere Gespräche gingen nie in eine bestimmte Richtung. Für mich war er nicht einmal ein Freund, wenn ich jetzt darüber nachdenke. Eher ein emotionaler Blitzableiter.«

»Das hat er offensichtlich anders gesehen«, bemerkt Jacob fassungslos.

Keiner von uns hat etwas hinzuzufügen, und in der Pause, die entsteht, kann ich die Rädchen in den Köpfen beinahe rattern hören. Hier sind sie – all die Antworten, nach denen wir in den vergangenen Wochen bewusst oder unbewusst gesucht haben. Wir alle haben den Grund, warum wir auf dieser verdammten Liste stehen, vor den Latz geknallt bekommen.

Ich sehe Osman an, der den Blick wieder gesenkt hat und in sein Glas schaut, als würde er versuchen, einen Ausweg darin zu finden. Er ist ein anderer Mensch als in meiner Erinnerung. Es kommt mir vor, als hätten Osmans Geschichte, seine

Worte, meine Erinnerungen ausradiert. Als wäre nichts mehr davon übrig, weil er sie mit seiner eigenen bitteren Version unserer Vergangenheit überschrieben hat. Ich glaube nicht, dass Osman lügt. Ich glaube, dass er die Dinge genauso empfunden hat, wie er sie beschrieben hat. Hier und da möglicherweise ein bisschen überspitzt, um sein Verhalten zu rechtfertigen, doch im Grunde wahr. Und wenn das stimmt, dann war ich ein verblendetes, ignorantes, egoistisches Miststück. Dann habe ich meinen Freund im Stich gelassen und weggesehen, als er mich am meisten gebraucht hat.

Das ist eine Wahrheit, die nicht leicht zu verdauen ist.

»Ich gehe jetzt«, sagt er irgendwann und reißt uns damit aus unseren Gedanken. »Mein Zukünftiger war dagegen, dass ich mich mit dir treffe, Luca. Aber ich denke, es war besser so.«

»Ich bin mir nicht sicher, ob ich mich bei dir bedanken soll oder nicht.«

Er lächelt traurig. »Schon okay. Vielleicht sehen wir uns irgendwann.«

Das wage ich zu bezweifeln. Von unserer Freundschaft ist nichts mehr übrig, und so, wie die Dinge jetzt stehen, erinnern wir einander lediglich noch an Schmerz und Wut. Keiner der anderen sagt ein Wort, als Osman aufsteht, einen Schein aus seinem Portemonnaie holt und ihn auf den Tisch legt. Er sieht einmal etwas überfordert in die Runde, dann klopft er auf die Pressspanplatte und wendet sich ab.

Ich stehe auf. Devan neben mir schaut mich an und verengt die Augen zu Schlitzen. »Rühr dich ja nicht vom Fleck. Der Typ ist es nicht wert. Ich traue ihm immer noch nicht.«

»Ach, halt die Klappe, Devan«, fauche ich und schiebe meinen Stuhl beiseite. Als Devan Anstalten macht, ebenfalls aufzustehen, sehe ich ihn warnend an. »Bleib sitzen. Ich brauche keinen Wachhund.«

»Und ob du einen brauchst«, murmelt er, folgt mir aber zu meiner Überraschung tatsächlich nicht.

Mit einem letzten langen Blick auf ihn umrunde ich den Tisch und laufe Osman hinterher. Ich hole ihn ein, bevor er die Tür öffnen kann. »Warte mal kurz«, sage ich, als er sich zu mir umdreht.

»Ich denke nicht, dass wir das tun sollten, Luca«, erwidert er mit einem schiefen Lächeln. »Du bist mir nichts schuldig, echt nicht.«

»Doch.« Ich räuspere mich, weil es sich anfühlt, als hätte ich einen verdammt großen Kloß im Hals. »Ich bin dir eine größere Entschuldigung schuldig, als ich jetzt hier reinquetschen kann. Aber ich will, dass du weißt, dass mir nichts von alledem bewusst war, Os. Ich weiß, das macht es nicht wirklich besser, aber … aber ich habe dir nicht absichtlich wehgetan. Ich schätze, ich war einfach …«

Als mir die Worte fehlen, hilft er nach. »Mit dir selbst beschäftigt.«

Ein wenig hilflos hebe ich die Arme. »Ja.«

»Das waren wir alle.« Auf einmal beugt er sich vor und zieht mich in eine schnelle, unangenehme Umarmung. »Mach's gut. Und … ja, viel Glück, denke ich.«

Hinter mir höre ich Schritte. Ich weiß, dass es Devan ist, auch ohne mich umzudrehen.

»Osman«, sage ich.

»Hm?«

»Sagst du bei der Polizei aus, wenn wir ihn haben?«, frage ich. »Falls sie uns nicht glauben, wirst du uns helfen?«

Er sieht mich einen Moment an, so lange, dass ich mir schon sicher bin, dass er sich umdrehen und das Café wortlos verlassen wird. Er nickt abgehackt und öffnet die Tür. »Ich habe wohl keine Wahl.«

Und dann ist er verschwunden. Wie ein frühes Kapitel eines Buches, das man erneut aufschlägt, um noch einmal in Erinnerungen zu schwelgen, bevor man es mit einem Ruck zuklappt, um in die Realität zurückzukehren. Nur dass diese Realität kalt und voller dunkler Zukunftsperspektiven ist.

82

LUCA

Der Weg zurück zum Hotel verläuft größtenteils schweigend. Ich habe das Gefühl, dass keiner von uns genug Energie für ein Gespräch hat. Devan läuft dicht neben mir, immer wieder spüre ich seinen Blick von der Seite. Ich habe das Gefühl, dass er irgendetwas sagen möchte, doch ich weiche ihm aus, um ihm keine Gelegenheit zu geben. Ich will es nicht hören, weil meine Gedanken immer wieder in dieselbe Richtung wandern und ich mich schlicht und ergreifend weigere, ihnen Beachtung zu schenken. Darüber mache ich mir Gedanken, wenn ich alleine bin. Wenn niemand mich beobachtet und auf eine Reaktion wartet. Wenn ich Zeit für mich habe, um meinen Nerven zu erlauben, zusammenzubrechen.

»Wir hätten das anders angehen sollen«, sagt Leander irgendwann. Er spricht so leise, dass ich mir nicht einmal sicher bin, ob er mit uns spricht oder mit sich selbst. »Wären wir … keine Ahnung, verständnisvoller gewesen, würde er uns vielleicht bereitwilliger helfen.«

»Wir haben seine Nummer«, erinnere ich ihn, für den Fall, dass er tatsächlich eine Antwort erwartet.

»Du glaubst doch nicht, dass er sich noch einmal mit uns trifft«, schnaubt Jacob. Seine unbeschwerte, fröhliche Art ist verschwunden. Dieser Jacob gleicht überhaupt nicht mehr dem, der mich auf dem Hinweg mit Fragen gelöchert hat.

Dieser Six hat wirklich eine Gabe, den Menschen ihren Optimismus zu rauben. Er ist wie radioaktive Strahlung, die man nicht sieht, während sie sich in Haut, Eingeweide und Zellen frisst und einen nach und nach von innen verzehrt. Eine wirklich dunkle Seite an mir wünscht sich, dass wir diesen Typen vor der Polizei erwischen.

Auf der Höhe des Coffeeshops fängt es wieder an, zu regnen, aber wenn es den anderen geht wie mir, dann spüren sie die Tropfen, die auf unserer Haut und unseren Haaren zerplatzen, kaum.

Beim Motel angekommen steuern wir alle wortlos Anas Zimmer an. Ich lasse mich ein bisschen zurückfallen und drehe mich suchend nach Devan um, der irgendwann auf den letzten Metern von meiner Seite verschwunden ist. Als Leander sich zu mir umsieht, mache ich eine auffordernde Handbewegung. Ich bin nicht gerade scharf darauf, unser Gespräch mit Osman für Ana noch einmal aufzuwärmen und dadurch das noch immer in mir tobende Gefühlschaos noch weiter anzuheizen, also lasse ich Leander und Jacob gerne den Vortritt.

Devan steht am Fuß der Treppe im Regen und raucht. Ich habe ihn seit unserem Abflug aus Colorado nicht mehr mit einer Zigarette gesehen, spare mir aber einen Kommentar. Wenn es einen Zeitpunkt für schlechte Angewohnheiten gibt, dann ist es wohl dieser.

»Geht es dir gut?«, frage ich, als ich neben ihn trete und mich mit dem Rücken gegen das Geländer lehne. Ich mustere sein Gesicht. Er wirkt müde. So unfassbar müde.

Er lächelt halbherzig. »Dir?«

Ich zucke mit den Schultern und sehe mich seufzend um. »Ich bin mir nicht sicher, ob es noch viel Sinn hat, hierzubleiben. In Belville, meine ich.«

»Warum?«

»Ich kann mir nicht vorstellen, dass er hier wohnt. Hältst du das für möglich?«

Devan nimmt einen Zug von seiner Zigarette und bläst den Rauch langsam wieder aus. »Wenn die beiden sich über diese Stiftung kennengelernt haben, wäre es möglich, oder?«

»Oder diese Onlinetreffen finden landesweit statt, und wir suchen nach der Nadel im Heuhaufen.«

Er nickt langsam. »Weißt du, was ich mich frage?«

»Warum der Typ uns nicht auf irgendeine Tropeninsel locken konnte statt hierher?«

Sein Grinsen wirkt ein wenig angestrengt, aber immerhin. »Warum hat dieser Six uns den Hinweis mit der Karte gegeben? Ohne die wären wir nie auf Osman gekommen und hätten nie mit ihm gesprochen. Alle Anhaltspunkte, die wir zu diesem Typen haben, hat er uns quasi selbst zugespielt.«

»Darüber habe ich auch schon nachgedacht«, gebe ich zu und vergrabe die Hände in den Jackentaschen. »Willst du meine Theorie hören?«

»Ich will alles hören, was du zu sagen hast, Zuckerschnute.«

Ich verdrehe die Augen. »Ich denke, er *wollte*, dass wir wissen, warum er das alles tut.«

»Hä?«

»Na ja, es geht ihm doch darum, uns zu bestrafen, oder?« Unwillkürlich verziehe ich das Gesicht, weil die Worte so dramatisch klingen. »Wir sollen büßen für das, was wir Osman angeblich angetan haben. Es muss doch frustrierend für ihn gewesen sein, dass wir gar nicht wussten, wofür wir bestraft werden.«

Devan überlegt einen Moment, dann drückt er seine Kippe am Geländer aus und wirft sie in einen kleinen Mülleimer. Er mustert mich einen Moment lang. »Das klingt schlüssig.«

»Der überraschte Ton ist wirklich schmeichelhaft.«

»Trotzdem«, sagt er, kommt zu mir herüber und lehnt sich gegen mich. »Diese ganze Geschichte hat einen Haufen Lücken, wenn du mich fragst.«

Ich sehe ihn von der Seite an. »Zum Beispiel?«

»Zum Beispiel, warum Paul tot ist.« Ich hebe die Augenbrauen, und er fährt sich mit der Hand durch die Haare. »Wenn ich das alles richtig verstanden habe, waren Christine und Paul einfach nur gewöhnliche Highschool-Bullys, oder nicht? Es ist nicht cool, was er gemacht hat, aber im Vergleich zu unseren ganzen anderen angeblichen Vergehen ist das beinahe harmlos. Warum war Paul derjenige, der tiefgefroren im Schnee lag, nicht wir?«

»Devan«, zische ich und sehe mich hastig um, als befürchte ich, dass die Moralpolizei hinter der nächsten Ecke steht und uns belauscht. »Sei nicht so taktlos.«

»Sorry. Aber verstehst du, was ich meine? Ich wette, Osman hätte sich jemand anderen für die größtmögliche Strafe ausgesucht.«

Ich senke den Blick und versuche, den Kloß zu ignorieren, der sich sofort wieder in meinem Hals bildet. »Mich, zum Beispiel.«

»Luca …«

»Nein«, unterbreche ich ihn und atme tief die kalte Luft ein. »Schon gut. Wir wissen beide, dass Osman mich meinte.«

Er schweigt ein paar Sekunden, dann erscheinen seine Schuhe in meinem Blickfeld. Im nächsten Moment liegen seine Hände sanft auf meinen Schultern, und er zieht mich an sich. Für den Bruchteil einer Sekunde versteife ich mich, dann gebe ich auf. Ich lege den Kopf an seine Brust und lausche ein paar Sekunden lang seinem Herzschlag.

»Hey!«, ruft eine Stimme über uns. Ich sehe nicht hinauf,

erkenne jedoch Jacobs Stimme. »Kommt rein, wenn ihr so weit seid. Krisensitzung.«

Ein, zwei Herzschläge lang rühre ich mich keinen Millimeter, dann will ich mich losmachen, doch Devans Griff verstärkt sich nur noch. »Der hat mir gar nichts zu sagen«, murmelt er in mein Haar.

Lächelnd drücke ich gegen seine Brust, aber ich habe keine Chance. »Komm schon. Das ist wichtig.«

»Das hier auch«, sagt er, dann lässt er mich los, wenn auch nur ein Stück. Mit ernster Miene mustert er mein Gesicht. »Wenn es dir zu viel wird, können wir ins Zimmer gehen. Die überleben ein paar Stunden ohne uns.«

Das Angebot ist so verdammt verlockend. Ich würde so gerne mit Devan ins Zimmer gehen, mich in seine Arme schmiegen und einfach ein paar Stunden lang den Kopf ausschalten. Schlafen.

Trotzdem schüttle ich den Kopf, winde mich aus seiner Umarmung und nicke die Treppe hinauf. »Wie du schon gesagt hast: Wenn das alles hier vorbei ist, bleiben wir 'ne Woche im Bett, okay?«

Er sieht wahnsinnig unzufrieden aus. Absolut möglich, dass es Devan bei seinem großzügigen Angebot weniger um mich ging, sondern darum, selbst eine Pause zu kriegen. Dennoch gibt er nach, drückt meine Hand und folgt mir dann die Metalltreppe hinauf.

Die Stimmung im Zimmer ist genau so, wie ich sie mir vorgestellt habe. Obwohl Ana eigentlich Telefondienst hatte, bin ich mir ziemlich sicher, dass sie geschlafen hat – ihre Haare sind unordentlicher als sonst, ihre Klamotten verknittert und ihre Augen gerötet, was von den dunklen Ringen darunter nur noch mehr betont wird. Alles in allem sieht sie aber in erster Linie geschockt aus. Sie sitzt im Schneidersitz auf dem Bett und starrt mich an, als ich gefolgt von Devan durch die Tür trete. Leander steht mit verschränkten Armen an den Schreibtisch gelehnt, und Jacob sitzt auf dem Schreibtischstuhl, die Hände ein wenig verkrampft im Schoß gefaltet.

»Auf jeder Beerdigung ist die Laune besser als hier drin«, sagt Devan, nachdem er sich umgesehen hat. Er schließt die Tür hinter sich und zieht mich neben sich aufs Bett, bevor er Ana ansieht. »Und? Was hältst du von unserem neuen Freund?«

»Das ist alles so unglaublich«, sagt sie und schüttelt langsam den Kopf. »Ich hatte ja echt viele Theorien, aber das hier … ich weiß nicht mal, was ich dazu sagen soll.«

»Was waren deine Theorien?«, frage ich ernsthaft neugierig.

»Menschenhandel, Geldwäsche, die Mafia … nichts davon hat wirklich Sinn ergeben und tut es immer noch nicht, aber ganz ehrlich? Jetzt finde ich es beinahe schlüssiger.«

Ich verziehe das Gesicht. Auch mich hat Osmans Geschichte verstört, doch ein durchgeknallter Onlinetroll auf Rachemission ist mir dann doch lieber als Menschenhändler.

»Irgendeine Idee, was wir mit den neuen Informationen anstellen sollen?«, frage ich und blicke in die Runde. »Das ist ja alles gut zu wissen und so weiter, aber ich habe immer noch keine Ahnung, wie uns das weiterhelfen soll, Six zu finden?«

»Six?«, wiederholt Leander verächtlich. »Geben wir ihm jetzt auch 'nen Kosenamen?«

»Ist es dir lieber, wenn wir ihn weiter ›den Unbekannten‹ oder ›den Typen‹ nennen?«

Er zieht die Schultern hoch, belässt es jedoch dabei. Zum Glück. Mit dieser Gruppe könnte man echt Tage damit verbringen, über Kleinigkeiten zu diskutieren.

»Ich denke immer noch, dass wir an diese Chatverläufe rankommen müssen«, sagt Devan und bringt das Gespräch damit wieder zurück auf Kurs. »Wenn wir irgendwo an Informationen über diesen Typen herankommen können, dann dort.«

Jacob legt den Kopf schief. »Wenn die überhaupt noch existieren. Glaubt ihr echt, dass die private Chats zwischen den Patienten speichern?«

»Einen Versuch ist es wert, oder nicht?«, fragt Ana nachdenklich. »Devan hat recht, einen anderen Anhaltspunkt haben wir einfach nicht.«

»Wir kommen da nicht ran«, macht er frustriert weiter. »Wie Osman schon gesagt hat – wir können da nicht einfach reingehen und verlangen, dass sie uns die Chats zeigen. Die werden uns rausschmeißen oder im schlimmsten Fall die Cops rufen.«

Unzufrieden erwidert Ana Jacobs Blick, dann sieht sie mich und Devan an. »Wie heißt diese Stiftung? Ich google die mal.«

»*YMCA*«, antworte ich und verdrehe die Augen, als Ana grinst. »Ist 'ne Abkürzung. Das ist irgendeine katholische Knabenvereinigung oder so. Der Taxifahrer hat uns davon erzählt.«

Die letzten Worte scheint sie nicht einmal mehr mitzubekommen, stattdessen entsperrt sie ihr Handy und beginnt, zu tippen. In unserem kleinen Ermittlerteam ist sie eindeutig zuständig für Recherchen.

»Hat eigentlich inzwischen irgendjemand Christine erreicht?«, fragt Devan neben mir. »Ich find's komisch, dass sie nicht dabei ist.«

»Sie hat mir geantwortet«, sagt Ana, ohne von ihrem Telefon aufzusehen. »Sie hat kein Interesse, an unseren Nachforschungen beteiligt zu sein. Sie hat es unfreundlicher formuliert, aber das war die Kernaussage.«

»Hast du ihr gesagt, dass wir Beweise haben?«, hake ich ungläubig nach.

»Jep. Hat ihre Meinung aber nicht geändert.«

»Vielleicht sollten wir ...«

»Lass sie«, unterbreche ich Devan leise. »Sie hat mehr verloren als wir, oder nicht? Ich könnte mir vorstellen, dass sie um einiges mehr an dieser Sache zu knabbern hat. Wir rufen sie noch mal an, wenn … wenn das alles vorbei ist.«

Ein leises Lächeln umspielt Devans Mund. »Ich glaube nicht, dass du dann Zeit hast, mit irgendjemandem zu telefonieren, Süße«, flüstert er so leise, dass nur ich ihn hören kann. Trotzdem gibt Ana neben uns einen leisen Würgelaut von sich, den wir einfach ignorieren. Mir ist klar, dass Devan und ich uns ein bisschen unpassend verhalten. Dass wir weitaus wichtigere und schwerwiegendere Probleme haben als das Planen eines Sex-Urlaubs. Doch es hilft meinen Gedanken, nicht durchzudrehen. Die Aussicht auf ein wenig Normalität lenkt ein kleines bisschen davon ab, dass die Welt um uns herum gerade in Flammen steht.

»Hab was!«, ruft Ana nach ein paar Minuten und streckt einen Arm in die Luft, als würde sie sich melden. »Ich hab hier vielleicht 'ne Möglichkeit gefunden, an die Akten zu kommen.«

Ich schaue auf. »Im Ernst?«

»Vielleicht. Morgen gibt es eine Abendveranstaltung in dem Museum. Der Wissenschaftstrakt wird vergrößert, irgendwelche Sponsoren schneiden Bänder durch, so etwas eben. Das hat nicht direkt etwas mit der Stiftung zu tun, aber die Räume sind im selben Gebäude, und an dem Abend sind erstens ein Haufen Leute dort unterwegs, und zweitens wird niemand auf die Büros achten, wenn alle damit beschäftigt sind, sich selbst zu feiern.«

»Was …«, beginnt Jacob, bricht dann aber ab und sieht erst Ana, dann mich entsetzt an. »Du willst da einbrechen?«

Ana hebt den Kopf und erwidert seinen Blick. »Tief durchatmen, Jacob.«

»Ich atme, wann ich will«, faucht er zurück. »Ich breche doch nicht in irgendwelche Büros ein, Ana.«

»Warum nicht?«

»Weil das illegal ist!«

»Sich in fremde Accounts zu hacken, private Informationen zu teilen, Handys zu klauen und Menschen umzubringen, ist auch illegal, Jake. Bitte ordne mal deine Prioritäten.«

»Seid ihr etwa ihrer Meinung?«, fragt er und schaut uns der Reihe nach an.

Ich winde mich ein bisschen. »Na ja …«

»Nein«, stößt er hervor und steht auf. »Macht, was ihr wollt, aber da bin ich raus. Ich zerstöre doch nicht meine gesamte Zukunft oder das, was von ihr übrig ist, nur um nach irgendwelchen vertraulichen Akten zu suchen, von denen wir nicht einmal wissen, ob sie überhaupt existieren!«

»Jacob, bitte«, beginne ich, doch er hört mir überhaupt nicht zu. Stattdessen hebt er die Hände, dreht sich um und stürmt hinaus. Ich zucke zusammen, als die Tür mit einem lauten Knall hinter ihm ins Schloss fällt.

»Wow«, sagt Devan leise. »So viel Temperament auf einmal.«

»Ich rede gleich mit ihm. Der kriegt sich schon wieder ein«, sagt Ana, den Blick immer noch auf die geschlossene Tür gerichtet. Dann schaut sie in die Runde. »Was ist mit euch? Seid ihr dabei? Wenn wir das schaffen wollen, dann zusammen.«

Am liebsten würde ich es wie Jacob machen und einfach rausgehen. Ich will sie nicht hängen lassen, aber ich bin eigentlich nicht der Typ für Einbrüche und Aktendiebstahl. Leider habe ich keinen Alternativplan. Und als ich in die ratlosen Gesichter von Leander und Devan schaue, weiß ich, dass es ihnen genauso geht.

83

LUCA

Ich spüre den Abdruck jedes einzelnen Fingers – kleiner Finger, Ringfinger, Mittelfinger, Zeigefinger und Daumen. Obwohl zwischen seiner und meiner Haut mehrere Lagen dicken Stoffs liegen, merke ich, wie seine Berührung meine Haut verbrennt. Sie beginnt, Blasen zu schlagen, und sich Hautschicht für Hautschicht abzuschälen, bis der Knochen frei liegt. Meine schweren Boots versinken immer tiefer im Schnee, die Kälte und die Nässe fressen sich durch meine Hose und lecken an meinen Unterschenkeln. Ich reiße an meinem Arm, versuche, meinen Griff zu entwinden, aber keine Chance. Er ist größer als ich, stärker, schneller und raffinierter. Er ist mir immer einen Schritt voraus, und das wissen wir beide.

Wie immer hebe ich den Blick und starre in tote, kalte Augen unter einer Skimaske, aus denen erst sämtliches Leben und dann sämtliche Farbe gewichen ist.

Meine blutleeren, kalten Lippen öffnen sich, und ich schreie.

Nach Luft schnappend reiße ich die Augen auf. Ich atme so schnell und heftig, dass mir bereits nach wenigen Sekunden schwindelig wird. Ich hebe die Hand und presse sie mir auf die Brust, als könnte ich mein wild rasendes Herz damit irgendwie beruhigen.

»Luca.«

Obwohl die Stimme sanft und leise klingt, schrecke ich zusammen und weiche unwillkürlich davor zurück. Ich ziehe die Beine an und kneife die Augen zusammen, um in der Dunkelheit etwas erkennen zu können.

»Alles okay«, flüstert Devan, der neben mir sitzt. Er streckt eine Hand aus, lässt sie jedoch zwischen uns in der Luft schweben, als wäre er sich nicht sicher, ob er mich berühren soll oder nicht. »Ich bin's. Du bist bei mir, du bist in Sicherheit. Alles in Ordnung.«

In Gedanken wiederhole ich seine Worte. Immer und immer wieder, als wären sie ein Mantra. Ich bin im Hotel in Belville, ich liege neben Devan im Bett. Es war ein Albtraum. Und zwar einer, den ich schon viel zu oft geträumt habe. Man sollte meinen, dass man sich an solch immer wiederkehrende Dinge irgendwann gewöhnt oder dass die Handlung einen irgendwann langweilt, doch die Szenen verfehlen nie ihre Wirkung.

»Entschuldige«, flüstere ich. Meine Stimme klingt atemlos und dünn, aber immerhin bricht sie nicht. »Ich wollte dich nicht wecken.«

Devan zögert eine Sekunde. Er sieht mich an, das erkenne ich trotz der Dunkelheit. Dann berühren seine Finger sanft meinen Oberarm, und der Unterschied zwischen der Berührung in meinem Traum und Devans ist so allumfassend, dass mir beinahe Tränen in die Augen steigen.

»Kann ich dich in den Arm nehmen?«, fragt Devan. Er flüstert noch immer, obwohl wir alleine im Zimmer sind und Ana uns nebenan sicher nicht hören kann.

Statt einer Antwort rutsche ich wieder an ihn heran. Wie auf Kommando öffnet er die Arme, und ich drücke mich an ihn, bevor er mich umfasst. Zitternd hole ich Luft, sein schützender Griff um mich wird fester. Ich kneife die Augen zusammen, während ich versuche, sämtliche Gedanken in meinem Kopf zum Schweigen zu bringen. Manchmal kehren die Bilder des Traums zurück, selbst wenn ich wach bin, manchmal verschwinden sie in dem Moment, in dem ich die Augen öffne. Jetzt kommen sie nicht wieder, und ich bin mir beinahe sicher, dass es daran liegt, dass Devan sie fernhält. Als würde seine Umarmung eine unsichtbare Barriere bilden, an der die Ängste und die Schrecken der Nacht schlicht und ergreifend nicht vorbeikommen.

Devan rutscht ein wenig zurück und lehnt sich mit dem Rücken gegen das Kopfteil. Mich zieht er einfach mit, ohne mich auch nur für den Bruchteil einer Sekunde loszulassen. Dann dreht er den Kopf und legt seine Wange an meinen Kopf. »Ist es besser?«

Ich nicke. »Es sind nur Träume. Es geht mir gut.«

»Lügnerin.«

Meine Lippen verziehen sich zu einem Lächeln, als ich das Schmunzeln in seiner Stimme höre. Er versucht, mich abzulenken, und ich bin ihm unendlich dankbar dafür. »Danke«, murmle ich, als er schweigt.

Er bewegt sich unter mir. »Wofür?«

»Hierfür. Meistens schlafe ich nach solchen Träumen nicht noch mal ein, aber … es hilft. Dass du da bist, meine ich.«

Ein paar Sekunden lang schweigt er, dann zieht er mich ein Stück fester an sich heran. »Willst du darüber reden, was du geträumt hast?«

Schnell schüttle ich den Kopf. Mein Herzschlag beruhigt sich wieder, und die Schatten in den Zimmerecken verwandeln sich nicht in Monster, trotzdem will ich nicht darüber sprechen. »Nein. Erzähl du lieber irgendwas.«

Wieder antwortet Devan nicht sofort. Ich habe mit einer schlagfertigen Reaktion gerechnet, mit einem Witz oder einer neuen sinnlosen Information über ein Thema, das keine Menschenseele interessiert. Doch er schweigt so lange, dass ich mich schon frage, ob er wieder eingeschlafen ist.

»Ich vertraue dir, Luca«, sagt er schließlich in die Stille hinein.

»Ich weiß«, antworte ich langsam. »Und ich vertraue dir.«

»Gut.« Seine Brust, an der mein Gesicht liegt, hebt sich unter seinem tiefen Atemzug. »Mein Vater ist illegal in den USA.«

Ich brauche ein paar Sekunden, bis seine Worte in mein Bewusstsein vordringen. Ich würde mich gerne aufrichten und sein Gesicht ansehen, aber ich wage es nicht, mich zu rühren. Was auch immer Devan dazu bewogen hat, sich mir zu öffnen, ich will nicht riskieren, den Moment zu zerstören.

Vorsichtig schiebe ich meine Hand unter sein Shirt und lasse sie auf seinem nackten Bauch liegen. Seine Haut ist warm und weich und wirkt irgendwie beruhigend. Ich hoffe, dass ich auf ihn wenigstens ansatzweise die gleiche Wirkung habe wie er auf mich.

»Und der Täter hat es herausgefunden.« Es ist keine Frage, sondern eine Feststellung.

»Ja«, antwortet er leise. Das Wort hängt in der Luft, schwebt über uns. »Ich weiß nicht, wie er an die Informationen herangekommen ist, und eigentlich spielt es auch keine Rolle. Er hat versucht, belastendes Material zu posten, auf meinem Instagram-Kanal. Mein Vater hätte abgeschoben werden können, und meine Mom wäre mit Sicherheit in Schwierigkeiten geraten.«

»Devan«, flüstere ich, drehe den Kopf und vergrabe mein Gesicht an seiner Brust. »Es tut mir leid.«

»Bis dahin waren wir uns sicher, dass die Identität meines Dads wasserdicht ist. Das dieses Schwein solche Informationen über meinen Vater hat, ist ... ich kann es nicht beschreiben. Ich würde ihm am liebsten den Kopf abreißen.«

»Ich würde dir dabei helfen.«

Sein Atem trifft auf meine Haare, als er leise lacht. »Das ist großzügig von dir.«

Ich lächle kurz, werde dann aber wieder ernst. »Du hast den Post gelöscht, bevor er online gehen konnte, richtig? Deswegen warst du so lange in deinem Chalet in dieser Nacht.«

»Genau.« Er löst die Hand von meinem Oberarm. Mit den Fingern zieht er langsame Kreise auf meiner Haut. »Ich werde es Ana nicht erzählen und auch sonst keinem. Das ist etwas anderes als moralisch fragwürdige Kontoauszüge oder Fotos von Seitensprüngen. Wenn etwas davon durchsickert, zerstört es das Leben meines Vaters, und das werde ich nicht zulassen.«

Ich bin mir nicht ganz sicher, meine jedoch, einen flehenden Unterton in seiner Stimme zu hören. Für den Bruchteil einer Sekunde wage ich es nicht, mich zu rühren. Dann mache ich mich vorsichtig aus seiner Umarmung los und richte mich auf. Die Bilder, die der Traum aus meinem Unterbewusstsein heraufbeschworen hat, sind verschwunden. Alles, was in diesem Moment zählt, ist Devan.

Die Matratze knarzt unter mir, als ich Devans Gesicht in meine Hände nehme. Sein Blick ist eindringlich, als würde er versuchen, meine Gedanken zu lesen. »Du kannst mir vertrauen«, beschwöre ich ihn flüsternd. »Ich werde nichts tun, was dich oder deine Eltern in Gefahr bringt.«

»Ich weiß.« Devan beugt sich vor und küsst mich. Und in diesem Kuss liegen so viele Gefühle, so viele unausgesprochene Worte, dass es mir beinahe den Atem raubt. Ohne meine Lippen von seinen zu lösen, setze ich mich auf seinen Schoß. Er schlingt die Arme um mich und zieht mich an sich, bis kaum noch ein Millimeter zwischen uns ist. Ich will ihm so nahe sein wie möglich, will genauso für ihn da sein, wie er es für mich gewesen ist. Will seine Gedanken, seine Ängste und Zweifel zum Schweigen bringen. Für immer.

Als wir in dieser Nacht miteinander schlafen, ist es anders als zuvor. Wir sehen einander in die Augen, bewegen uns irgendwie bedachter als sonst. Als würden wir jeden Moment, jede noch so kleine Berührung so intensiv wie möglich wahrnehmen wollen. Wir lieben uns. Und das macht einen verdammten Unterschied.

84

DEVAN

Montag, 06. November 2023

Als ich am nächsten Morgen die Augen aufschlage, ist es bereits hell. Hell genug, um anzunehmen, dass wir verdammt viel Schlaf nachgeholt haben. Nachdem wir uns gestern für diesen absurden Plan mit dem Einbruch entschieden haben, haben wir uns eine Pizza bestellt und sind dann schlafen gegangen. Ich hätte die Situation, dass Luca und ich uns ein Zimmer und ein Bett teilen, wirklich gerne genutzt, aber dazu war ich schlicht und ergreifend nicht mehr in der Lage. Ich bin mir verdammt sicher, dass ich seit Jahren nicht mehr so tief gepennt habe wie in der vergangenen Nacht.

Bis Lucas Albtraum uns geweckt hat. Und ich ihr unter dem Mantel der Dunkelheit von meinem Dad erzählt habe. Ich würde gerne behaupten, dass das die ganze Zeit über mein Plan gewesen ist und dass ich ihr von vornherein die Wahrheit sagen wollte. Aber das stimmt nicht. Ich habe es spontan entschieden, doch selbst jetzt bei Tageslicht bereue ich es nicht. Wenn das nötig war, um Luca zu beweisen, dass ich ihr vertraue, dann war es das allemal wert.

Was danach passiert ist … auch das kann ich sicher nicht bereuen. Der Sex war langsam, intensiv und … liebevoll. Vielleicht der beste, den ich in meinem Leben bislang hatte.

Ich strecke den Arm aus, und meine Hand landet auf Lucas nacktem Rücken. Sie regt sich nicht, gibt keinen Laut von sich. Gegen die Helligkeit anblinzelnd drehe ich mich um und sehe sie an. Ihr Gesicht ist entspannt, ihr Mund leicht geöffnet. Ohne den sorgenvollen Ausdruck auf ihrem Gesicht sieht Luca aus wie ein anderer Mensch.

Vorsichtig hebe ich die Hand und fahre mit meinem Finger ihre Züge nach, ohne sie zu berühren. Meine Fingerkuppe schwebt Millimeter über ihrer Haut.

»Hör auf damit, du Creep«, murmelt sie, dann öffnet sie ein Auge.

Ich grinse. »Guten Morgen, Prinzessin.«

»Ich wette, es ist schon Mittag. Und ich will trotzdem nicht aufstehen.«

»Dann lass es.« Ich ziehe meine Hand zurück. Ich würde sie wirklich gern küssen, aber ich befürchte, dass ich Mundgeruch habe, also lasse ich das besser. »Ich kann Kaffee und Frühstück organisieren. Du kannst noch liegen bleiben, wenn du willst.«

Stöhnend wälzt sie sich auf den Rücken. Die Tatsache, dass ihr die Bettdecke bis zur Taille heruntergerutscht ist und sie kein Shirt trägt, versüßt mir den Morgen ziemlich effektiv. »Ich muss wach werden«, sagt sie mit vom Schlaf rauer Stimme und gähnt. »Ich wette, der Tag heute wird nicht weniger anstrengend als gestern.«

»Ein Grund mehr, noch liegen zu bleiben. Immerhin bin ich ein kleines bisschen mit schuld daran, dass dir ein paar Stunden Schlaf fehlen.« Mit dem Finger fahre ich über ihr nacktes Schlüsselbein, zwischen ihren Brüsten hindurch und hinunter zu ihrem Bauch. Sie erschaudert. »Außerdem bin ich mir sicher, dass unsere Mission nicht vor Nachmittag startet. Wir haben also noch Zeit.«

Luca dreht den Kopf, um mich ansehen zu können. »Ich hatte ganz kurz vergessen, dass wir heute unsere Karriere als Kleinkriminelle starten.« Ihr Blick klärt sich kaum merklich, als hätte ihr Verstand in diesem Moment den Dienst wieder aufgenommen. »Devan. Wegen gestern …«

»Wir reden nicht darüber, okay? Bis das hier vorbei ist, tun wir so, als hätte dieses Gespräch niemals stattgefunden.« Lächelnd beuge ich mich vor und küsse sie kurz auf die Stirn. »Schlaf, geh duschen, guck fern. Mach, was du willst, ich hole Kaffee.«

Sie mustert mich noch einen Moment lang, dann lächelt sie leise, murmelt irgendetwas Unverständliches und dreht sich auf den Bauch, um ihr Kissen zu umarmen. Ich bin mir hundertprozentig sicher, dass sie bereits wieder schläft, als ich aus dem Bett steige. Und ich bin ihr unendlich dankbar dafür, dass sie meinem kleinen Verschwiegenheitspakt ohne ein Wort zugestimmt hat.

Ich nehme eine viel zu lange Dusche, in der irrationalen Hoffnung, meine Lebensgeister irgendwie zu erwecken. Aber so richtig funktioniert es nicht. Jedes Mal, wenn ich die Augen schließe, wenn ich auch nur blinzle, habe ich das Gefühl, sofort wieder einzuschlafen. Zurück im Zimmer ziehe ich mir leise frische Klamotten an, schlüpfe in meine Jacke und verlasse dann das Zimmer.

Draußen regnet es nicht – immerhin –, doch es ist immer noch verdammt kalt und ungemütlich. Einen Moment lang überlege ich, mir ein Taxi oder ein Uber zu rufen. Dann fällt mir ein, dass ich kein Handy mehr habe. Großartig. Eigentlich wollte ich meinen Dad noch einmal anrufen, um ihn daran zu erinnern, die Passwörter zu ändern. Das wird dann wohl auch noch ein paar Tage warten müssen.

Ich drehe mich Richtung Treppe, bleibe jedoch stolpernd stehen, als mir eine dunkle Gestalt in den Weg tritt.

»Heilige Scheiße«, keuche ich und presse mir die Hand auf die Brust. »Jacob, du hast mich zu Tode erschreckt.«

»Ich habe gewunken«, antwortet er pikiert und macht demonstrativ einen Schritt zur Seite. »Außerdem stehst du vor meiner Tür herum, nicht umgekehrt.«

Mein Herz schlägt mindestens doppelt so schnell. Ich bin eindeutig schreckhafter als gewöhnlich, wofür man mir wahrscheinlich keinen Vorwurf machen kann. »Warum bist du schon wach?«

»Kaffee«, sagt er tonlos und gähnt. »Leander schnarcht wie ein Bär. Vor einer Stunde habe ich aufgegeben.«

Unwillkürlich muss ich grinsen. »Du bist nicht so der Typ für Pyjamapartys, oder?«

»Ich habe gerne meine Privatsphäre«, bestätigt er knapp. »Und Leander ist … so ungeniert.«

»Das will ich lieber nicht so genau wissen.« Ich sehe mich kurz um und deute dann Richtung Innenstadt. »Ich will Kaffee und was zu essen holen. Willst du mit, oder soll ich dir was mitbringen?«

Er folgt meinem Blick. Jetzt liegt sein Gesicht nicht mehr im Schatten, und ich erkenne die dunklen Ringe unter seinen Augen. Vielleicht sollten wir bei der Gelegenheit auch einen guten Concealer besorgen, um die Zeichen des Stresses in unseren Gesichtern zu verdecken. Sonst kommen wir heute Abend vermutlich nicht einmal an der Einlasskontrolle vorbei.

»Ich komme mit«, sagt er schließlich, während er den Reißverschluss seiner Jacke bis unters Kinn zieht. »Aber wir laufen. Der Mietwagen parkt in der Garage, und da bleibt er auch.«

»Warum so ein Auto wählen, wenn du es nicht benutzt?«

»Weil ich hier niemandem traue«, sagt er unheilvoll und sieht sich erneut um. »Und ich kann mir nicht leisten, dass der

Verleih die Kaution einbehält, weil jemand die Reifen zerstochen oder den Lack zerkratzt hat.«

Ich gehe voran, drehe mich aber im Gehen zu Jacob um. »Was hältst du eigentlich von Osmans Theorie?«, frage ich ihn. »Dass du nur eine falsche Spur warst.«

Er zuckt mit den Schultern und beschleunigt seine Schritte, um aufzuholen. »Habe ich gestern Abend auch drüber nachgedacht. Aber irgendwie ist es egal, oder nicht? Wenn dieser Six-Typ mich auf dem Kieker hat, spielt es keine Rolle, warum das so ist.«

»Vielleicht schon. Wenn du als Ablenkung für das *Ortiz* und die Cops fungieren solltest, würde er dich nun in Ruhe lassen, denke ich. Ich meine, wir wissen jetzt, warum er das alles macht. Du dürftest für ihn nicht mehr von Interesse sein.«

Sein Mund verzieht sich zu einem bitteren Lächeln. »Das Risiko gehe ich lieber nicht ein. Ich weiß, dass sich das bescheuert anhört, aber bei euch fühle ich mich irgendwie … sicherer. Sorry, falls das schmalzig klingt.«

»Das klingt nicht schmalzig«, versichere ich ihm, ohne zu zögern. »Ich weiß genau, was du meinst.«

»Ist doch seltsam, findest du nicht? Vor zwei Monaten haben wir uns überhaupt nicht gekannt.«

Ich lache trocken und vergrabe die Hände in den Jackentaschen. Unwillkürlich muss ich an Luca denken, wie sie halbnackt und mit entspanntem Gesicht in meinem Bett liegt. »Ich wette, wir haben uns das Jahresende alle anders vorgestellt.«

»Ja.« Er kickt gegen einen kleinen Stein vor uns auf dem Weg, verfehlt ihn aber um gute zehn Zentimeter. »Mein Onkel hat mich gefeuert. Ich bin raus aus dem *Ortiz* und allem.«

»Oh.« Ich werfe ihm einen vorsichtigen Seitenblick zu. Während unserer Calls in den letzten Wochen hat er ein paarmal erwähnt, dass die Beziehung zu seinem Onkel gerade etwas schwierig sei. Das klang allerdings nie endgültig. »Aber war es nicht das, was du wolltest?« Wenn ich mich recht erinnere, hat Jacob mehr als einmal erwähnt, dass er nicht unter dem Scheffel seines Onkels stehen, sondern sein eigenes Ding machen will. Dass er uns während des Assessment-Centers betreut hat, habe ich mehr als Gefallen empfunden.

»Schon. Aber es war nett, diese Absicherung durch das Familienunternehmen zu haben.« Er seufzt und sieht hinauf zu den dunklen Wolken, die sich drohend über uns auftürmen. »Und irgendwie stört es mich, dass er mich für den Vorfall verantwortlich macht. Das hat er nie gesagt, doch die Tatsache, dass er mich aus den Firmengeschäften raushaben will, spricht für sich.«

Darauf sage ich lieber nichts. Ich kenne Jacobs Onkel nicht, ich kenne seine Familie nicht und habe im Endeffekt keine Ahnung, wie das Verhältnis zwischen Jacob und Ortiz senior ist. Aber Six hat Kontoaktivitäten von Jacob veröffentlicht, in denen er Gelder der Firma veruntreut. Meines Erachtens besteht zumindest die Möglichkeit, dass Jacobs Onkel ihn nicht wegen der Ereignisse im *Ortiz*, sondern wegen seiner Geldgeschäfte aus dem Familienunternehmen kicken will.

»Was denkst du, wie dieser Six das hingekriegt hat?«, frage ich ihn stattdessen. »Dass wir alle zu dem Bewerbungsgespräch eingeladen wurden. Und warum hat er sich das *Ortiz* ausgesucht?«

»Du hast ja keine Ahnung, wie oft ich mir diese Frage gestellt habe«, gibt er wütend zu. »Wenn wir davon ausgehen, dass der Kerl alle unsere Handys und was weiß ich wie viele Passwörter geknackt hat, war die Organisation für ihn wahrscheinlich ein Kinderspiel.«

»Er hat das Bewerbungsverfahren manipuliert«, führe ich seinen Gedanken weiter.

»Davon gehe ich aus.«

»Und das würde auch erklären, warum ich eingeladen wurde, ohne mich beworben zu haben.«

»Das ist alles so verrückt«, seufzt Jacob. Er lässt sich kurz zurückfallen, um eine Mutter mit jeweils einem Kind an jeder Hand vorbeigehen zu lassen, dann ist er wieder an meiner Seite. »Aber warum er sich ausgerechnet das *Ortiz* ausgesucht hat, weiß ich nicht.«

Ich denke ein paar Sekunden darüber nach. »Hältst du es für möglich, dass dieser Matthew tatsächlich geholfen hat?«

»Dass er ein Komplize war?«, hakt Jacob skeptisch nach.

»Oder bezahlt wurde.« Ich zucke mit den Schultern. »Wenn wir mal kurz davon ausgehen, dass Six und Ismar sich kannten … keine Ahnung, dass sie alte Freunde waren, miteinander verwandt, was auch immer. Also, dass Six über Matthew Ismar vom *Ortiz* wusste, vielleicht schon einmal dort war und deswegen die Umgebung kannte. Würde es dann nicht Sinn ergeben, dass er den Haustechniker für diese ganzen Handlangerarbeiten bezahlt hat? Die Sache mit dem Strom und so weiter. Ich meine das nicht böse, aber das *Ortiz* ist 'ne verdammt gute Kulisse für so einen Horrorfilm-Scheiß. *Falls* Six vorher schon einmal dort war, verstehe ich, warum er sich das Hotel als Setting ausgesucht hat.«

Jacob schüttelt langsam den Kopf. »Ich kann mir das einfach nicht vorstellen.« Er wirft mir einen entschuldigenden Blick zu. »Deine Theorie ergibt so viel Sinn wie jede andere, die ich bislang gehört oder mir selbst ausgedacht habe. Vielleicht liegt es einfach daran, dass diese ganze Aktion so weit außerhalb meiner Vorstellungskraft liegt, dass ich nichts davon für wahrscheinlich halte.«

»Guter Punkt.«

»Wenn der Mann wirklich einen persönlichen Groll gegen

uns oder von mir aus auch nur gegen euch gehegt hat, warum …« Er bricht ab und verzieht das Gesicht. »Vergiss es. Das klingt furchtbar.«

Ich lache leise. »Nichts, was du sagen kannst, könnte mich schockieren, Jacob. Hau raus.«

»Warum hat er nicht einfach eure Hütten in Brand gesteckt?«, fragt er leise. »Oder das Seil des Lifts gekappt. Oder … ich weiß auch nicht. Das Hauptgebäude in die Luft gesprengt. Verstehst du, was ich meine?«

»Ich denke schon. Warum hat er es nicht kurz und schmerzlos gemacht.«

»Genau!« Er sieht ein bisschen erleichtert aus. Wahrscheinlich, weil ich nicht halb so schockiert über seine Fragen bin, wie er befürchtet hat. »Ich meine, Paul beweist doch, dass er vor Mord offensichtlich nicht zurückschreckt. Warum hat er bei uns dann nicht das Gleiche gemacht?«

Ich wünschte, ich hätte eine Antwort auf seine Frage. Auf alle Fragen, die seit Wochen in regelmäßigen Abständen in unseren Köpfen aufploppen. Aber ein ungutes Gefühl in meiner Magengegend sagt mir, dass ein paar von ihnen niemals beantwortet werden.

Wir bestellen fünf große Kaffee und einen Haufen Bagel und Donuts, bevor wir uns wieder auf den Rückweg machen. Auf dem Weg reden wir über Football und Jacobs irritierende Besessenheit von Sportschuhen, dir mir vorher noch nie aufgefallen ist. Keiner von uns beiden spricht es aus, doch ich bin mir sicher, dass wir das Thema Six bewusst meiden. Eine kleine Atempause, bevor wir uns wieder in diesem Motelzimmer einschließen und Pläne schmieden, die möglicherweise von vornherein zum Scheitern verurteilt sind. Außerdem erzählt er mir, dass er sich tatsächlich um neue Handys für uns gekümmert hat – zwar nur Wegwerfhandys, mit denen man kaum mehr machen kann als telefonieren und SMS schicken, aber immerhin – und dass sie heute irgendwann mit FedEx ins Motel geliefert werden.

Ich verabschiede mich von Jacob, drücke ihm die Kaffeebecher für Leander und Ana in die Hand und gehe dann zurück in mein Zimmer.

Als ich die Tür hinter mir schließe, entdecke ich Luca, die tatsächlich wach und auf den Beinen ist. Sie fährt zusammen und dreht sich zu mir um, die Augen weit aufgerissen.

»Ich hätte nackt sein können«, ruft sie wütend. »Warum klopfst du nicht an?«

»Du hättest nackt sein können«, erwidere ich grinsend und halte als Zeichen des Friedens einen Kaffeebecher hoch. Sofort wird ihr Ausdruck ein bisschen weicher, und sie nimmt ihn mir ab. Ich schaue an ihr vorbei. Sie stand vor ihrer geöffneten Reisetasche, als ich reinkam. Sie trägt wieder die Jogginghose und einen Hoodie, sieht allerdings alles andere als zufrieden aus. »Was hast du gemacht?«

»Nach Klamotten gesucht«, antwortet sie mürrisch und nimmt einen Schluck Kaffee. Er ist vermutlich inzwischen fast kalt, aber das scheint sie nicht zu stören. Sie zeigt auf das Chaos, das aus ihrer Tasche herausquillt. »Als ich gepackt habe, bin ich nicht davon ausgegangen, dass wir mehr als eine Nacht hierbleiben. Plus: Ich habe nicht damit gerechnet, dass wir auf eine Party gehen! Alle meine Sachen sind entweder dreckig oder stinkig, und ich musste meine Unterwäsche im Waschbecken waschen.«

»Apropos«, sage ich, während ich mich auf das Bett setze, »wie hast du das eigentlich mit der Uni geregelt? Und Riley?«

»Ich habe sie gestern angerufen«, erklärt Luca. Als ich fragend die Augenbrauen hochziehe, deutet sie mit der Hand zu der Wand, hinter der Leanders und Jacobs Zimmer liegt. »Ich habe ein paar Nummern an Leanders Handy geschickt, bevor ich meins ausgemacht habe. Und 'ne Kommilitonin angerufen und gesagt, dass es einen Notfall bei meinen Eltern gibt.«

»Schlau.«

»Ich weiß.« Seufzend stemmt sie die freie Hand in die Taille. »Das hilft mir allerdings nicht bei meinem Klamottenproblem weiter.«

Grinsend rutsche ich auf dem Bett zurück, bis mein Rücken das Kopfteil berührt. »Zeig mal, was du hast.«

Sie mustert mich einen Moment, dann stellt sie den Becher auf den Schreibtisch und greift in ihre Tasche. Mit teilnahmslosem Gesicht hält sie eine Jeans hoch, deren Hosenbeine mit braunen Flecken gesprenkelt sind. »Die hatte ich während unserer krassen Verfolgungsjagd an. Und falls du jetzt vorschlägst, den Schlamm im Waschbecken auszuwaschen – sie stinkt. Nach Dingen, über die ich lieber nicht genauer nachdenken will.«

»Okay, die ist raus«, gebe ich leicht amüsiert zu. »Weiter.«

Die nächste Hose, die sie hochhält, ist eine dunkelbraune Cordhose mit aufgenähten Taschen. Die wäre an sich ganz schick, aber auf dem rechten Oberschenkel hebt sich deutlich ein dunkler Fleck ab.

»Das ist Kaffee«, erklärt sie, ohne dass ich nachfragen muss. »Von gestern.«

Ich mache eine wegwerfende Handbewegung. »Weiter.«

»Was, *weiter?*«, fragt sie frustriert, bevor sie die Hose im hohen Bogen zurück in die Tasche wirft. »Denkst du, ich hätte für einen Zweitagestrip mehr als zwei Hosen eingepackt? Ich habe nur noch die hier.« Demonstrativ zeigt sie auf ihre graue Jogginghose, und selbst wenn Stoffhosen inzwischen absolut alltagstauglich sind, stimme ich ihr zu, dass das für heute Abend nicht das Richtige ist.

»Das ist schlecht.« Ich blase die Backen auf uns lasse geräuschvoll die Luft aus. »Ich habe eine Jeans und ein Sweatshirt, das sollte reichen, oder?«

»Du bist ein Mann«, stellt sie beinahe wütend fest. »Warum kümmert sich bei euch kaum einer drum, was ihr anzieht? Ihr könntet das gleiche Outfit bei einem Footballspiel und einem Galadinner tragen, und niemanden würde es interessieren.«

Wahrscheinlich ist es besser, ihr nicht zu sagen, dass sie ein wenig übertreibt. »Du könntest dir einfach was Neues holen«, sage ich und werfe einen Blick auf die Uhr. »Ein paar Stunden haben wir sicher noch.«

»Wir sind in Belville«, erinnert sie mich. »Hier kaufen Suburban Moms ihre marineblauen Blusen.«

Grinsend rutsche ich zum Rand des Bettes, gehe zu ihr hinüber und fasse sie an der Taille. »Du wirst großartig aussehen in einer marineblauen Bluse, Luca«, sage ich leise. Sie lehnt sich ein wenig in meine Richtung. »Es ist nur für einen Abend, und wir müssen hier niemanden beeindrucken. Wir müssen nur vertrauenswürdig aussehen. Und es gibt nichts Vertrauenswürdigeres als 'ne Suburban Mom.«

»Wie auch immer«, sagt sie, verdreht die Augen und macht sich los. »Dann lass uns jetzt über das Problem reden, dass dieses beschissene Shampoo meine Haare verknotet und ich weder einen Föhn, ein Glätteisen noch einen Lockenstab dabeihabe.«

Ich stöhne und lasse mich wieder aufs Bett fallen. »Entspann dich, Luca«, rufe ich ihr hinterher, als sie im Badezimmer verschwindet. »Niemanden wird es interessieren, wie deine Haare aussehen.«

Schnaubend steckt sie den Kopf durch die Tür. »Ich bin hier aufgewachsen. Wenn das eine Abendveranstaltung ist, *wird* es die Leute interessieren, glaub mir. In Kleinstädten wird *jedes* gesellschaftliche Ereignis behandelt wie die Oscar-Verleihung.

Wenn wir Pech haben und da heute Abend nur Einheimische aufkreuzen, haben wir sowieso keine Chance, weil wir auffallen werden wie bunte Hunde.«

Ich halte die Klappe, weil ich den Eindruck habe, dass Luca sich jetzt einfach in diese Sache reinsteigern will.

»Hast du draußen mit Jacob geredet?«, fragt sie, als ich nicht antworte. Sie ist wieder im Badezimmer, hat jedoch die Tür nicht geschlossen, sodass ich sie hören kann. »Ich dachte, ich hätte ihn gehört.«

»Jap«, rufe ich und schließe die Augen. »Er ist mit mir Kaffeeholen gegangen.«

»Hat er was zu heute Abend gesagt?«

»Ich habe nicht danach gefragt.«

Luca antwortet etwas, das ich nicht verstehen kann. Denn ihre Worte gehen in einem ohrenbetäubenden Klopfen an der Tür unter. Ruckartig reiße ich die Augen wieder auf.

»Wer ist das?«, fragt Luca und schließt die Badezimmertür, bis nur noch ein winziger Spalt offen ist. Ich höre die Panik in ihrer Stimme.

Ich springe vom Bett und renne zur Tür, die noch immer unter den Schlägen erbebt. Mein Herz hämmert wild in meiner Brust, und ich sehe mich hastig im Zimmer um. Verdammte Scheiße. Ich konnte keine Waffen mit in den Flieger nehmen, aber ich hatte mir fest vorgenommen, mir ein Springmesser zu besorgen, sobald ich angekommen bin. Warum habe ich nicht mehr daran gedacht?

Mit angehaltenem Atem strecke ich die Hand nach dem Knauf aus. Ein Axtmörder würde wahrscheinlich nicht klopfen.

Als ich die Tür aufreiße, weiche ich unwillkürlich einen Schritt zurück, und sämtliche Anspannung fällt mit einem Schwall von mir ab.

Die Ballkönigin ist eingetroffen.

85

LUCA

Hastig ziehe ich mir die Hose wieder an. Ich war auf halbem Weg in die Dusche, doch als ich Christines schrille Stimme höre, stelle ich das Wasser wieder aus und gehe zurück ins Zimmer. Als Erstes entdecke ich Devan, der mit gestrafften Schultern in der Tür steht. Er verdeckt Christine, aber sie ist nicht zu überhören.

»Osman fucking Yamar?«, donnert sie. Falls es vorher eine Begrüßung zwischen ihr und Devan gegeben hat, habe ich die offenbar nicht mitbekommen.

»Hi«, sagt Devan und beantwortet damit meine unausgesprochene Frage. »Schön, dich zu sehen. Wie geht es dir? Komm doch bitte rein.«

Ich mache einen Schritt um ihn herum und sehe gerade noch, wie Christine angewidert das Gesicht verzieht. »Hör auf mit dem Scheiß, Sandoval.« Als sie mich entdeckt, drängt sie sich an ihm vorbei ins Zimmer. »Kann mir einer von euch erklären, warum die Polizei von Eagle Creek noch nichts davon weiß, dass ihr Pauls Mörder gefunden habt? Was für ein beschissenes kleines Selbstmordkommando zieht ihr hier eigentlich auf?«

»Mach mal halblang«, sage ich und hebe die Hände, als wolle ich einen Bus anhalten. Was eine ziemlich passende Beschreibung für Christines Charakter ist, wenn ich ehrlich sein soll. »Was machst du hier, Christine? Ana hat gesagt, du willst nicht herkommen.«

Sie schnaubt verächtlich. »Was daran liegt, dass unsere gute Ana mir lediglich gesagt hat, dass ihr irgendwelchen Spuren folgt und Beweise dafür habt, dass Ismar nicht alleine gehandelt hat. Ich fliege doch nicht durchs ganze Land, nur weil ihr Clowns irgendwelchen Hirngespinsten nachlauft.«

»Ach, Chrissy«, seufzt Devan, der die Tür offen stehen lässt und sich hinter mich aufs Bett setzt. »Ich hab dich vermisst.«

Wir ignorieren ihn beide. »Okay«, sage ich langsam, »aber du bist hier. Was hat deine Meinung geändert?«

»Jacob«, faucht sie. »Ich habe ihn angerufen, weil ich wissen wollte, wann die dämliche Abfindungszahlung seines Onkels kommt. Und da offensichtlich sonst keiner von euch so etwas wie Anstand besitzt, hat er mir erzählt, dass Osman Yamar auf einem kleinen Rachefeldzug ist.«

Verwirrt schüttle ich den Kopf. Ich komme nicht mehr mit. »Du hast da was falsch verstanden.«

»Ach ja? Dann habe ich also falsch verstanden, dass Yamar Paul wegen eines beschissenen Beliebtheitswettbewerbs auf der Highschool getötet hat.«

»Ja«, sage ich schlicht, dann seufze ich. »Hör mal, das ist eine echt lange Geschichte. Vielleicht hättest du Jacob besser zuhören sollen oder …«

»Ich hab zugehört!«, donnert sie und sieht sich suchend um. »Wo ist er? Ich will mit ihm reden.«

»Tu dir keinen Zwang an«, sagt Devan vom Bett aus und deutet zur Tür. Erst jetzt bemerke ich Leander, Jacob und Ana, die hinter Christine in der Tür stehen. Bei dem Lärm, den Christine hier veranstaltet, kein Wunder.

»Ach guck«, äfft Christine, als sie meinem Blick folgt, »die Teletubbies sind eingetroffen.«

»Du hast mir wirklich gefehlt, Christine«, sagt Ana, als sie Jacob und Leander beiseiteschiebt und ebenfalls ins Zimmer kommt, das immer kleiner zu werden scheint.

Devan lacht. »Das Gleiche habe ich auch gesagt.«

Ich sehe Jacob an, der hinter sich die Tür schließt. »Ich wusste nicht, dass du noch mal mit Christine gesprochen hast.«

»Sie hat mich angerufen«, verteidigt er sich, obwohl ich ihm keinen Vorwurf gemacht habe. »Ich hatte keine Ahnung, dass sie sich direkt auf den Weg macht.«

Seufzend lasse ich mich auf die Bettkante sinken und vergrabe das Gesicht in den Händen, während Leander Christine auf den neusten Stand bringt. Er macht das verdammt gut, denn er klingt eher, als würde er ein Märchen erzählen und nichts, was uns wirklich passiert ist. Zu meiner Überraschung hält Christine die meiste Zeit über tatsächlich die Klappe und hört zu.

Als Leander geendet hat, schweigt sie ein paar Sekunden. »Ihr wollt mir also sagen, dass Paul gestorben ist, weil er sich über irgendeinen Nerd in der Highschool lustig gemacht hat?«

Ich schlucke die Antwort hinunter, die mir auf der Zunge liegt – dass sie nicht so abfällig über Osman sprechen soll und dass Menschen wie sie und Paul ein Grund dafür sind, dass die Schulzeit für so viele Menschen die Hölle ist. Doch es geht hier gerade nicht um mich, sondern um Paul. Ich sehe Devan an, der die Lippen zusammengekniffen hat, und bin mir ziemlich sicher, dass ihm ähnliche Gedanken durch den Kopf gehen wie mir.

»Paul ist gestorben, weil irgendjemand wirren Rachefantasien nachjagt«, antwortet Ana schließlich. Ich bin überrascht, wie sanft ihr Ton ist. Normalerweise liegen Christine und sie sich ständig in den Haaren, und ich hätte Unterstützung eher aus Jacobs Richtung erwartet. »Ich glaube ehrlich nicht, dass dieser Osman daran Schuld trägt. Er konnte nicht wissen, was dieser Six aus den Chats machen würde.«

Christine atmet zitternd ein. Mein Herz zieht sich zusammen, als ihre wütende Fassade vor unseren Augen bröckelt. Ihre Augen füllen sich mit Tränen, und als sie überlaufen, wischt sie sie wütend mit dem Ärmel ihrer Jacke weg. »Ist auch egal«, sagt sie und strafft die Schultern. »Warum habt ihr nicht die Polizei informiert? Ich habe mit denen telefoniert, aber die behaupten, an der Anklage hätte sich nichts geändert und dass sie immer noch auf einen Prozesstermin warten.«

»Ich habe mit der Polizei telefoniert«, sagt Ana wieder. »Die haben mir nicht geglaubt, als ich ihnen gesagt habe, dass ich Zweifel habe. Und ehrlich gesagt hatte ich auch den Eindruck, dass sie mir nicht glauben wollen.«

»Aber die Situation hat sich geändert, oder?«, werfe ich vorsichtig ein. »Wir haben inzwischen mehr Anhaltspunkte. Keine Ahnung, ob Osmans Aussage juristisch als Beweis durchgeht, aber es wäre immerhin ein Grund, die Ermittlungen neu aufzurollen, meint ihr nicht?«

»Ja, vielleicht.« Leander sieht mich nachdenklich an. »Warten wir heute Abend ab. Falls wir die Chatverläufe organisieren können, haben wir einen besseren Stand.«

»Falls wir die Chatverläufe organisieren können, werden sie ganz sicher nicht vor Gericht zugelassen«, sagt Devan mit einem wütenden Lachen. »Die sind dann geklaut.«

»Aber sie könnten sie sich auf legalem Weg holen«, gibt Ana zu bedenken.

»Moment«, unterbricht Christine uns. »Ihr wollt die Chatverläufe *klauen?*«

Hoppla. Offenbar hat Leander diesen Punkt in seinem Statusupdate ausgelassen. Ich winde mich ein bisschen. »Sie werden sie uns wohl nicht einfach geben.«

»Heute Abend findet da eine Veranstaltung statt«, erklärt Ana. »Es werden ein Haufen Leute da sein, und wenn ich das richtig recherchiert habe, sind die Büros dieser Stiftung auf derselben Etage. Wir müssen also nur reinkommen und uns irgendwie unauffällig zu den Büros vorarbeiten. Da wird so viel los sein, dass niemand uns bemerken wird.«

Leise Zweifel melden sich in meinem Unterbewusstsein, doch ich schiebe sie beiseite. Die Alternative zu diesem Plan wäre es, nach Hause zu fahren. Zurück nach Portland in mein Wohnheimzimmer, in dem ich wieder an die Wand starren und darauf warten würde, dass erneut etwas passiert. Und dieses Mal wäre es schlimmer als in den Wochen, bevor Ana und Devan aufgetaucht sind und diesen ganzen Stein zum zweiten Mal ins Rollen gebracht haben. Seit Colorado habe ich mit Albträumen und den Folgen dieser Nacht zu kämpfen, *obwohl* ich keinerlei Zweifel daran hatte, dass der Verantwortliche hinter Schloss und Riegel sitzt. Jetzt würde ich in dem Wissen nach Hause fahren, dass derjenige noch immer da draußen ist. Und dass mein Name vermutlich ganz oben auf seiner Liste steht.

Ich versuche, mich an das Bild der echten Liste zu erinnern, die die Polizei damals oben bei den Chalets gefunden hat. Die Liste, die uns allen erst bewusst gemacht hat, dass wir keine zufälligen Opfer waren. Ich weiß nicht mehr, an welcher Stelle mein Name stand. Ich sehe die Handschrift vor mir, das schmutzige, verknitterte Papier, doch ich schaffe es nicht mehr, mir die Namen vorzustellen.

Christine und die anderen unterhalten sich weiter, aber ich habe das Gefühl, ihnen nicht mehr zuhören zu können. Wir wälzen immer und immer wieder dieselben Fragen und suchen Antworten, die wir einfach nicht haben. Ich rutsche ein wenig zurück und schmiege mich an Devan, der am Kopfteil lehnt und den anderen mit gleichgültiger Miene lauscht.

»Ich gehe duschen«, flüstere ich. »Meinst du, du schaffst es, die anderen rauszuschmeißen, bis ich fertig bin?«

Er sieht mich an, und sein Blick wird weich. Kurz hebt er die Hand und streichelt mir mit den Fingerknöcheln über die Schläfe. »Sollte ich hinkriegen. Ich schmeiß sie alle raus.«

Ich lächle ihm kurz zu, dann verschwinde ich im Bad und schließe hinter mir ab. Die anderen haben überhaupt keine Notiz von mir genommen. Seufzend gehe ich zum Waschbecken hinüber und putze mir die Zähne, um den Geschmack von kaltem Kaffee loszuwerden, dann schäle ich mich aus meinen Klamotten, stelle das Wasser an und steige in die Badewanne. Ich schließe die Augen, als der heiße Strahl mich trifft. Meine Haut beginnt, zu brennen, aber das ist mir egal, weil sich meine Muskeln gleichzeitig mehr und mehr entspannen und die Gedanken in meinem Kopf endlich aufhören, Achterbahn zu fahren. Noch immer kann ich das gedämpfte Gemurmel der anderen hören und wünschte, ich hätte mein Handy, um Musik anzumachen. Einfach sämtliche Geräusche zu übertönen.

Die Welt für einen kurzen Moment auszuschließen.

Ich weiß nicht, wie, aber Devan hat es offensichtlich tatsächlich geschafft, die anderen loszuwerden, denn als ich zwanzig Minuten später aus dem Bad komme, sitzt nur noch er auf dem Bett. Ich bin mir nicht einmal sicher, ob er sich bewegt hat, denn er befindet sich immer noch an exakt derselben Stelle.

Und macht ein seltsames Gesicht, als er mir entgegenschaut.

»Was ist?«, frage ich misstrauisch. Ich presse mir das Handtuch gegen die Brust und gehe zur Heizung, um meinen mehr oder weniger frisch gewaschenen Slip zu betasten. Zum Glück ist er trocken.

»Das wird dir nicht gefallen, allerdings habe ich dein Problem gelöst.«

Ich sehe ihn abwartend an. Als er nicht weiterredet, ziehe ich die Augenbrauen hoch. »Ja?«

Er schneidet eine Grimasse. »Christine leiht dir Klamotten«, sagt er so schnell, als wolle er die Worte einfach nur eilig loswerden.

»Was?«, lache ich, werde dann wieder ernst, als mir klar wird, dass er keinen Witz gemacht hat. »Devan!«

»Du wolltest keine marineblaue Bluse«, verteidigt Devan sich. Er gibt sich wirklich Mühe, schuldbewusst auszusehen, doch ich bemerke das Zucken um seine Mundwinkel. »Und Christine hat ihren halben Kleiderschrank mitgebracht. Das ist die einfachste Lösung.«

»Devan«, sage ich, wirklich angestrengt um einen sachlichen Tonfall bemüht. »Hast du vielleicht ein Problem mit den Augen?«

»Nein.«

»Wunderbar. Hast du dir Christine mal angeschaut? Heute oder in Eagle Creek, völlig egal.«

Er wackelt mit den Augenbrauen. »Ich habe nur Augen für dich, *mon chérie*.«

»Okay, dann erkläre ich es dir, ja? Christine ist ungefähr einen halben Meter größer als ich, und ich bin mir sicher, dass sie diesen Größenunterschied einzig und allein mit ihren Beinen erreicht. Das ist Punkt Nummer eins. Punkt Nummer zwei ist, dass meine BHs mindestens ein, wenn nicht zwei Körbchengrößen größer sind als ihre. Ich will mich darüber nicht beschweren, aber wie dir vielleicht aufgefallen ist, trägt Christine gerne enge Klamotten. Du bist doch ein schlauer Junge, Devan. Du wirst das Problem schon erkennen.«

Sein verkniffener Gesichtsausdruck verwandelt sich in ein Grinsen. »Mimimi«, macht er und rutscht auf mich zu. »Ich habe so perfekte Brüste und bin so klein und hilflos.«

»Halt die Klappe«, rufe ich, muss aber lachen. Ich weiche aus, als er nach meinem Handtuch greift, und presse es fester gegen mich. »Du hast einfach keine Ahnung von Mode, Devan.«

»Ich bin ein Macher«, korrigiert er mich übertrieben stolz. »Ich habe das Klamottenproblem gelöst, und du bist mir insgeheim wahnsinnig dankbar.«

»Ich halte dich insgeheim für einen Vollpfosten«, stelle ich klar, während ich weiter zurückweiche. »Ich ziehe mich jetzt an. Mach mal was Sinnvolles.«

Demonstrativ verschränkt er die Arme hinter dem Kopf. »Ich habe etwas zum Anziehen für heute Abend.«

»Arsch.«

»Ana und Christine warten in Anas Zimmer auf dich.«

Ich drehe mich um und winke ihm über meinen Kopf hinweg zu, bevor ich den Rückzug ins Bad antrete. Angewidert verziehe ich das Gesicht, als ich in den Slip steige und die Jogginghose wieder anziehe. Immerhin ist das Tanktop sauber, wenn auch deutlich zu wenig Stoff für das Wetter da draußen. Als ich zurück ins Zimmer gehe, hält Devan mir wortlos einen von seinen Hoodies entgegen, den ich kommentarlos überziehe. Das aufgeregte Kribbeln in meinem Magen kann ich allerdings nicht ignorieren. Es mag dämlich und kindisch sein, aber den Hoodie seines Freundes zu tragen, hat etwas Aufregendes. Natürlich würde ich das Devan gegenüber selbst unter Folter nicht zugeben.

Auch wenn ich diesen ganzen Plan immer noch für Schwachsinn halte, verabschiede ich mich von Devan und gehe hinüber zu Anas Zimmer. Aus so vielen unterschiedlichen Gründen will ich mir nicht die Blöße geben, Christines Klamotten zu tragen. Weil Christine und ich uns nie sonderlich gut verstanden haben, zum Beispiel, und mein Ego nicht in ihrer Schuld stehen will. Oder weil ich wirklich der Meinung bin, dass ich in ihren Sachen aussehen werde wie ein kleines Kind nach einer moralisch fraglichen Brust-OP.

Zögernd hebe ich die Hand und klopfe an Anas Zimmertür. Ich höre keine Stimmen von drinnen. Ob Christine und Ana sich überhaupt miteinander unterhalten? Es fällt mir wahnsinnig schwer, mir die beiden vorzustellen, wie sie nebeneinander auf dem Bett sitzen und sich gegenseitig über ihr Leben auf den neusten Stand bringen.

»Hi«, sagt Ana, als sie die Tür öffnet. Sie grinst breit. »Wer hätte gedacht, dass wir uns noch gegenseitig die Haare kämmen und einander Outfits für eine Party raussuchen?«

»Auf diese Erfahrung hätte ich auch verzichten können«, murre ich und schiebe mich an ihr vorbei. Christine sitzt tatsächlich auf dem Bett, vollkommen vertieft in ihr Handy. Offensichtlich hat sich noch niemand getraut, ihr die Sache mit den gehackten Telefonen zu sagen. Und ich werde mich definitiv nicht freiwillig melden.

Ana schließt die Tür hinter mir und schnipst dann ein paarmal in Christines Richtung. »Luca ist hier.«

Sie schaut kurz auf. »Hi«, sagt sie abwesend. »Fünf Minuten, dann bin ich bereit.«

Irritiert sehe ich Ana an, die nur die Augen verdreht und mit den Schultern zuckt. Christine ist mir manchmal wirklich ein Rätsel. Von dem Gefühlsausbruch vorhin in meinem Zimmer ist nichts mehr zu erkennen. Jetzt gerade wirkt sie wie die Version ihrer selbst, die ich im *Ortiz* kennengelernt habe. Die, die wir zu sehen bekommen haben, wenn Jacob nicht in der Nähe und sie nicht damit beschäftigt war, ihn beeindrucken zu wollen.

»Hast du zufällig irgendwas für meine Haare?«, frage ich Ana, die gerade durch die Fernsehsender zappt. Ich nehme eine halbtrockene Strähne in die Hand und halte sie hoch. Wahrscheinlich bleibt sie einfach stehen, wenn ich sie loslasse. »Das Shampoo hier kannst du vergessen.«

»Hast du nichts eigenes mitgenommen?«

»Doch«, antworte ich trocken. »Ich hatte einfach nur Bock drauf, dass meine Haare aussehen wie ungekochte Glasnudeln.«

Sie wirft die Fernbedienung aufs Bett und geht ins Bad. Ich höre sie herumkramen, dann kommt sie mit einer Flasche Haaröl zurück, die sie mir in die Hand drückt. Sie dreht sich zu Christine um. »Wir haben noch eineinhalb Stunden. Komm in die Puschen, sonst plündere ich deinen Koffer alleine.«

Wieder sieht Christine auf, jedoch nur kurz. »Ihr müsst euch sowieso die Haare machen. Fangt damit an.«

Ich bin mir nicht ganz sicher, ob das gerade eine Beleidigung war, aber sie hat recht. Wieder sehe ich Ana an. »Ich habe eine BB Cream dabei und 'ne Feuchtigkeitscreme. Das war's.«

»Ich habe Concealer und Mascara.«

»Cool.« Schwungvoll drehe ich mich um und sehe Christine an.

»Meine Fresse«, sagt sie genervt, lässt das Handy ruckartig sinken und sieht uns beide der Reihe nach an. »Soll ich euch noch die Nägel lackieren? Euch die Brust geben?«

Ana betrachtet nachdenklich ihre Fingernägel. »Ehrlich gesagt könnte ich wirklich eine Maniküre …«

»Klappe jetzt«, fährt Christine dazwischen und wirft das Handy neben sich auf die Matratze, dann steht sie auf. Sie geht zu ihrem wirklich großen Koffer, der geöffnet auf einer kleinen Ablage steht, und greift zielstrebig hinein. Als sie sich wieder zu uns umdreht, hält sie eine Kulturtasche in der Hand, die beinahe so groß ist wie mein Handgepäck. Sie bemerkt meinen

Blick und verdreht die Augen. »Guck mich nicht so an. Ich war auf dem Weg nach Hause, als ich mit Jacob telefoniert habe. Ich habe nicht für *diesen* Anlass hier gepackt, aber ihr solltet mir dankbar sein.«

Ich sage nichts dazu, in erster Linie, weil ich wirklich ihre Hilfe brauche. Ana wirft mir einen bedeutungsvollen Blick zu, dann nimmt sie Christine die Tasche aus der Hand und geht voran ins Bad. Sie stellt die Tasche auf den Waschtisch, öffnet sie und kramt vorsichtig darin herum. Ehrlich gesagt bin ich überrascht, dass Christine uns ihr Make-up überlasst. So viel Schwesterlichkeit hätte ich ihr überhaupt nicht zugetraut.

Im Schlafzimmer höre ich wieder das Zappen durch die Programme, dann bleibt sie offenbar bei irgendeinem Sportsender hängen, weil ich das Brüllen der Kommentatoren erkenne. Ich tippe auf Hockey.

»Erst Haare oder erst Make-up?«, fragt Ana, als sie schwungvoll ein Reise-Glätteisen aus der Tasche zieht. Sie mustert mich kurz im Spiegel. »Ich würde deine eigentlich nur glätten und hochstecken. Locken dauern jetzt ein bisschen zu lange, denke ich.«

»Ist okay.« Ich werfe einen Blick auf ihren Pixie Cut. »Beach Waves würden dir sicher gut stehen.«

Sie streckt mir die Zunge raus, dann stellt sie sich hinter mich, steckt das Glätteisen ein und wartet darauf, dass es heiß wird. Zu meiner Enttäuschung hat Christine keinen Hitzeschutz dabei, also verabschiede ich mich im Stillen schon einmal von meinen Haaren.

»Vielleicht sind wir total overdressed«, sage ich nach ein paar Minuten. »Was, wenn das nur eine Jeans-und-T-Shirt-Angelegenheit ist und wir uns lächerlich machen?«

»Ist es nicht«, versichert sie mir, während sie eine Haarpartie abteilt und mit einer Klammer oben auf meinem Kopf feststeckt. »Ich habe die Einladung gesehen. Und der Eintritt kostet dreißig Dollar.«

Ich schürze die Lippen. Dreißig Dollar ist in Portland kaum der Rede wert, hier in Belville allerdings eine Upperclass-Veranstaltung.

86

LUCA

Nachdem meine Haare zu Anas Zufriedenheit geglättet und hochgesteckt sind, macht sie sich an ihre eigene Frisur und ich mich an mein Make-up. Ich will nicht übertreiben, aber gleichzeitig sichergehen, dass ich nicht aus der Masse hervorsteche, also entscheide ich mich für braune Smokey Eyes mit Cut Crease, die ich ein bisschen verblende, damit sie nicht zu harsch aussieht. Irgendwann kommt Christine dazu, um sich selbst fertig zu machen, und Ana und ich rutschen ein Stück zur Seite, damit wir alle vor dem verhältnismäßig kleinen Badezimmerspiegel Platz haben.

»Das hier hat wirklich was von 'ner Pyjamaparty«, sage ich ein wenig undeutlich, weil ich gerade die Mascara auftrage und dabei immer den Mund halb aufreiße.

Christine schnaubt. »Da fehlen die Snacks und die heißen Typen.«

»Luca hat einen heißen Typen«, bemerkt Ana und grinst, als ich sie durch den Spiegel hinweg ansehe. »Was?«

»Devan?«, fragt Christine skeptisch.

Ich werfe ihr einen unschuldigen Blick zu. »Nein, Jacob. Hat er dir nicht gesagt, dass zwischen uns jetzt was läuft?«

»Ich kann mir nicht vorstellen, dass bei Jacob überhaupt je etwas läuft.«

»Er sieht gut aus«, erwidere ich nachdenklich. »Und er

ist intelligent und manchmal sogar witzig. Wenn er sich ein bisschen locker machen würde, wäre er bestimmt ’ne gute Wahl.«

Christine sieht mich kurz an. »Lass das nicht Devan hören. Er sieht dich an, als würde er dein Bein rammeln wollen.«

Ana verzieht das Gesicht. »Immer wenn ich denke, dass du ein annähernd normales Gespräch führen kannst, sagst du so was!«

»Okay, okay.« Christine verdreht die Augen. »Er sieht dich an, als würde er eine Kugel für dich abfangen wollen.«

Ich drehe mich zu ihr um, die Mascara noch immer in der Hand. »Irgendwie kommt mir der Vergleich bekannt vor.«

»Kann schon sein, aber ich finde, er passt hervorragend.«

»Beobachtet er dich im Schlaf?«, fragt Ana mit ernster Miene. »Glitzert er in der Sonne?«

»Leider nicht«, seufze ich und greife nach dem Setting-Spray. »Mein sechzehnjähriges Ich hätte wirklich gerne einen Edward gehabt.«

»Ich war ja mehr Team Jacob«, sagt Christine grinsend.

Ana legt die Hand auf die Brust. »Das spricht wirklich für deinen Männergeschmack.«

Ich lache, doch dann bemerke ich Christines Gesichtsausdruck. Der Anflug von Heiterkeit verschwindet so schlagartig aus ihrem Gesicht, als hätte ihn jemand weggewischt. Einen Moment lang habe ich keine Ahnung, was gerade passiert ist. Dann fällt der Groschen.

»Oh nein«, sage ich erschrocken. »Entschuldige, Christine, wir haben nicht nachgedacht. Wir wollten nicht …«

Sie hebt die Hand, um mich zu unterbrechen. »Schon gut«, sagt sie und greift an mir vorbei zu dem kleinen Spender, in dem Papiertücher stecken. Damit betupft sie sich die Haut unter den Augen, auch wenn ich keine Tränen erkennen kann.

»Wirklich, ich will nicht, dass ihr mich … vorsichtig behandelt. Das tun alle anderen schon, und es ist anstrengend.«

Ana hat anscheinend ein bisschen länger gebraucht, um die Situation zu verstehen. Sie schlägt sich die Hand vor den Mund. »Es tut mir so leid. Ich habe nicht an Paul gedacht.«

Christine lächelt angestrengt. »Ich habe gerade gesagt, dass es okay ist. Macht euch fertig und kommt dann raus, ich muss noch kurz was am Handy erledigen.«

Als sie sich umdreht, fliegen ihre Locken, dann ist sie verschwunden.

»Scheiße«, murmle ich und lege das Spray zurück in die Tasche. Ich wechsle einen Blick mit Ana. »Das war so unsensibel.«

»Ganz ehrlich?«, flüstert sie leise. »Ich habe es wirklich vergessen. Dass die beiden verlobt waren, meine ich. Manchmal … ich weiß nicht. Manchmal vergesse ich, dass die beiden vor Colorado ein Leben zusammen hatten. Dass sein Tod für sie etwas anderes war als für uns. Hätte ich noch unsensibler sein können?«

Ich sehe an Anas Spiegelbild vorbei durch den Spalt in der Tür ins Schlafzimmer. Christine ist nicht zu sehen, wahrscheinlich sitzt sie auf dem Bett. »Ich habe das Gefühl, keiner von uns hatte wirklich Zeit, die Sache zu verstehen. Oder zu trauern, selbst wenn wir ihn kaum kannten. Es ging so schnell, wir mussten fliehen und so weiter. Keine Ahnung, wie Christine damit klarkommt.«

Ana dreht den Wasserhahn auf und wäscht sich die Hände. »Warst du bei der Beerdigung?«

Ich schüttle den Kopf. »Jacob hat mir geschrieben, dass sie im kleinen Kreis stattfindet, und irgendwie kam mir das unpassend vor.«

»Jacob war da«, murmelt Ana. »Sein Onkel auch.«

»Im Ernst?«, frage ich überrascht. »Warum?«

Sie zuckt mit den Schultern. »Jacob wahrscheinlich, weil er Jacob ist und sich Vorwürfe macht. Bei seinem Onkel tippe ich mal ganz mutig auf Schadensbegrenzung.«

»Christine hat vorhin gesagt, dass sie auf eine Abfindungssumme warten«, überlege ich laut. »Vielleicht haben die einen Deal gemacht.«

»Würde mich nicht wundern. Ich kenne den Senior nicht, aber nach allem, was wir mitbekommen haben, wirkt er wie ein richtiges Arschloch.«

Wohl war. Ich habe keine Blumen oder eine Entschuldigungskarte erwartet, dass er sich nie persönlich bei mir oder einem anderen von uns gemeldet hat, sagt jedoch schon verdammt viel über ihn aus. Ein paar Tage nach meiner Rückreise nach Portland habe ich Post von seinem Anwalt bekommen, in der Gründe aufgezählt wurden, warum eine Klage aussichtslos sei. Mein Dad wollte natürlich trotzdem klagen, aber ich habe mich dagegen entschieden. Hauptsächlich, weil ich zu der Zeit kaum in der Verfassung war, morgens aus dem Bett zu steigen.

»Leute, legt mal einen Zahn zu!«, ruft Christine aus dem Schlafzimmer. Statt des leichten Zitterns schwingt nun der vertraut gereizte Unterton in ihrer Stimme mit. Offenbar hat sie sich wieder im Griff. Ich werfe Ana einen Blick zu, dann schaue ich noch ein letztes Mal in den Spiegel, bevor ich Ana aus dem Bad folge.

Auf dem Bett liegen mehrere Outfits ausgebreitet, und Christine steht mit ineinander verschränkten Armen daneben. Sie erinnert mich an eine Mom, die die Outfits ihrer Kinder für den ersten Schultag nach den Sommerferien rausgesucht hat.

»Also«, beginnt sie, noch bevor Ana oder ich etwas sagen können. Sie streckt den Arm aus und macht eine Geste, die die obere Reihe der Kleidung einbezieht. »Ana, das sind deine Sachen. Du bist kaum kleiner als ich, aber ich bin schlanker, deswegen habe ich Sachen rausgesucht, die nicht hauteng sitzen. Luca«, sie sieht mich an und macht eine weitere Geste, »das hier ist dein Kram. Du bist kleiner, und Gott war bei der Verteilung der Brüste offensichtlich freundlicher zu dir als zu mir. Also habe ich Kleider rausgesucht. Die lassen mehr Spielraum bei der Größe der Oberweite, und wenn sie bei dir länger sind als bei mir, fällt das keinem auf.«

»Spielraum?«, wiederhole ich und hebe eine Augenbraue. Dann mustere ich die drei Kleider, die vor mir liegen. »Christine, wofür hast du gepackt, dass du so viele Klamotten dabeihast?«

Sie presst die Lippen aufeinander. »Ich war eine Weile bei Pauls Familie. Und ich wollte auf alles vorbereitet sein.«

Wow. Wenn das hier so weitergeht, bin ich bis zum Aufbruch nicht nur in Fettnäpfchen getreten, sondern gleich in eine ganze Fritteuse.

»Ich nehme das da«, sagt Ana, die sich offensichtlich dazu entschieden hat, die unangenehme Stimmung ganz einfach zu ignorieren. Sie deutet auf eine beige-braun karierte Marlenehose. Darüber liegt eine schwarze Bluse mit Rollkragen. »Ist es okay, wenn ich das anprobiere?«

Christine macht eine auffordernde Handbewegung. »Klar. Was ist mit dir, Luca?«

Ich mustere die drei Kleider. Sie sehen alle wirklich schön aus, und ich bin auch relativ optimistisch, dass sie mir passen werden. Das eine ist dunkelrot und hat einen ziemlich gewagten Ausschnitt, also sortiere ich das gedanklich aus. Insgeheim frage ich mich, für welchen möglichen Anlass Christine das überhaupt eingepackt hat. Dann deute ich auf ein tannengrünes Kleid mit V-Ausschnitt und Dreiviertelärmeln. Es wirkt braver als die anderen, konservativer. Passend für einen Abend in einem Museum. Ich lege es mir über den Arm und verschwinde im Bad, um mich umzuziehen. Ich wünschte, ich hätte Spanx eingepackt, aber das ist jetzt nicht zu ändern. Auch nicht, dass ich keine Strumpfhose dabeihabe und Christine deutlich größere Füße hat als ich. Was bedeutet, dass ich meine Boots dazu werde anziehen müssen. Das zerstört den Look mit Sicherheit ein wenig, könnte aber auch als Modestatement durchgehen.

Als ich das Bad wieder verlasse, ist Ana bereits umgezogen und sieht ziemlich fantastisch aus. Durch ihre kurzen Haare und den hochgeschlossenen Ausschnitt wirkt ihr Hals lang und elegant. Sie sieht aus wie ein Model.

»Was sagen wir dazu?«, frage ich, während ich die Badezimmertür schließe, um mich in dem Ganzkörperspiegel anzusehen. Meine Haare sehen wirklich hübsch aus, das Kleid sitzt einigermaßen vernünftig, auch wenn es obenrum tatsächlich ein wenig weiter geschnitten sein könnte.

»Sehr hübsch«, sagt Christine überraschend freundlich und kommt zu mir herüber. »Zieh den Rock nicht so weit runter, das sieht seltsam aus. Und atme nicht zu tief ein.«

»Ich atme einfach gar nicht, okay?«

»Sei nicht so dramatisch«, sagt sie abwesend, während sie über meine Ärmel streicht und ein paar unsichtbare Falten glättet. Dann mustert sie mein Spiegelbild. »Du siehst gut aus. Mit Heels wäre es natürlich besser, aber ich denke, es funktioniert.«

Ich nicke langsam, während ich mich vor dem Spiegel drehe. Am Hintern sitzt es tatsächlich locker. »Ich denke auch.«

»Solange dir keiner allzu intensiv auf die Brüste starrt, sollte niemandem auffallen, dass es nicht deins ist«, bemerkt Ana grinsend.

»Das wird Devan wohl zu verhindern wissen«, meint Christine leichthin. Mein Gesicht wird heiß, und ich spare mir eine Antwort. Es ist seltsam, Ana und Christine über Devan reden zu hören. Sie sprechen über ihn, als wäre er mein fester Freund. Und auch wenn wir aus dem Alter raus sind, in dem man offiziell miteinander geht und seinem Beziehungsstatus einen Stempel aufdrückt, bin ich mir sicher, dass Devan und ich, wenn die Aufregung vorbei ist, als Erstes miteinander sprechen sollten. Dass es irgendeine Art Zeichen geben muss, bevor man sich als fester Freund und feste Freundin bezeichnet. Vielleicht bin ich aber auch einfach altmodisch.

Ob Devan denkt, dass wir ein Paar sind? Die Vorstellung löst einen ganzen Schwall Gefühle in meinem Inneren aus, sowohl positive als auch negative. Ich will nicht mehr das Negative in allem sehen und an uns beiden zweifeln. Ich will mich nicht länger fragen, ob ich ihm eine Last sein oder seine Geduld überstrapazieren könnte. Hätte ich diese Gedanken weiterhin zugelassen, würden wir noch immer nicht miteinander sprechen, und ich würde ihn weiterhin ignorieren. Ich versuche, ihm zu vertrauen, uns zu vertrauen. Doch wir haben das, was zwischen uns ist, nie in der echten Welt auf die Probe gestellt. Unsere Gefühle füreinander haben sich in einer Extremsituation entwickelt, und in der sind wir noch immer. Vielleicht schafft es kein blutdürstiger Mörder, uns auseinanderzubringen, der Alltag aber schon?

Andererseits … wer weiß schon, welchen Hürden eine Beziehung gewachsen ist, wenn man frisch zusammenkommt? Immerhin können Devan und ich behaupten, dass wir die wirklich großen Steine meistern können.

»Wir müssen los«, sagt Ana und unterbricht damit meine Gedanken. »Luca, zieh deine Schuhe an. Wir treffen uns bei den Jungs im Zimmer.«

Ein wirklich unangenehmes Gefühl breitet sich in meinem Magen aus. Als würde plötzlich ein Gewicht darin liegen. Bis jetzt habe ich es irgendwie geschafft, den Abend aus meinen Gedanken zu verdrängen und nicht allzu viel über das nachzudenken, was wir vorhaben. Aber jetzt geht das nicht mehr. Und die Nervosität trifft mich wie der Schlag eines verdammten Preisboxers.

Während ich meine Schuhe anziehe, beobachte ich Christine und Ana, die sich darüber unterhalten, ob wir alle in Jacobs Mietwagen passen oder ob es in Belville so etwas wie Uber gibt – berechtigte Frage. Sie wirken beinahe sorglos, als würden sie sich keinerlei Gedanken über diesen Abend machen. So einen Moment hat es damals auch gegeben, im *Ortiz*. Wir waren genauso sorglos.

Ich hoffe sehr, dass wir dieses Mal vollzählig aus dieser Sache herauskommen werden.

Als wir aus der Tür treten, erschaudere ich und schlinge die Arme um meinen Oberkörper. Selbst mit Strumpfhose wäre dieses Outfit für November absolut suboptimal, und die Jacke, die ich dabeihabe, schützt mehr vor Regen als vor Kälte. Vor mir wippt Christines Pferdeschwanz, während sie vorangeht und, ohne zu klopfen, Leanders und Jacobs Zimmer betritt. Von allen hier ist sie mir das größte Rätsel. Manchmal wirkt sie kalt wie ein Eiswürfel, und es hat definitiv Zeiten gegeben, in denen ich mich gefragt habe, ob sie Paul überhaupt wirklich geliebt hat. In den letzten Stunden jedoch war sie beinahe freundlich, und ihr war deutlich anzusehen, wie sehr sie insgeheim leidet. Ich empfinde Mitgefühl für sie, doch dann fällt mir wieder ein, was sie und Paul Osman angetan haben, und auf einmal habe ich Schwierigkeiten damit, sie zu bemitleiden.

Auf der anderen Seite stand auch ich auf Osmans Liste, ganz oben auf Platz eins. Und Leander, der, wenn man seiner

Aussage Glauben schenkt, absolut unschuldig war. Und Jacob, der allem Anschein nach nur auf dieser Liste gelandet ist, um einen möglicherweise unschuldigen Mann für seine Taten ins Gefängnis wandern zu lassen.

Jacob sitzt an dem kleinen Schreibtisch an seinem Laptop, als wir hineinkommen. Leander ist nirgends zu sehen, doch ich höre das Rauschen der Dusche aus dem kleinen Bad.

»Mach die Pornos aus, Jake«, sagt Ana, klopft ihm im Vorbeigehen kurz auf die Schulter und setzt sich dann vorsichtig aufs Bett. Der Art und Weise nach zu urteilen, wie sie sich bewegt, sitzt die Hose am Bauch wohl doch ein bisschen eng.

»Ich habe mir die Spielergebnisse angesehen«, meint Jacob leise, aber ich bemerke, dass sein Gesicht eine dunklere Farbe angenommen hat. »Seid ihr fertig?«

Ich mache eine demonstrative Geste, die mein gesamtes Outfit, dann Ana und Christine einschließt. »Ich hatte gehofft, dass man das sieht, ohne nachfragen zu müssen.«

Jacob dreht sich auf dem Stuhl um und mustert uns übertrieben lange, eine nach der anderen. »Ihr seht fantastisch aus, Ladys.«

»Vielen Dank, gleichfalls«, erwidere ich grinsend und werfe einen Blick auf die Uhr. Ich würde mich gerne hinsetzen, habe aber Angst, dass ich mein Kleid zerknittere. Also lehne ich mich einfach gegen die Wand. »Wie ist der Plan?«

»Die Veranstaltung fängt um sechs Uhr an. Ich würde vorschlagen, wir machen uns um kurz vor sechs auf den Weg, dann haben wir eine höfliche Verspätung und sind nicht die Ersten. Um keine unnötige Aufmerksamkeit auf uns zu lenken.«

»Klingt gut.«

Christine räuspert sich. »Gehen wir alle?«

»Ja, Jacob.« Ana wendet sich demonstrativ Jacob zu. »Gehen wir alle?«

Er zuckt mit den Schultern. »Gruppenzwang ist eine ganz gefährliche Sache, Leute.«

Ana grinst zufrieden. »So ist's brav. Ich gehe davon aus, dass du mitkommen willst, Christine?«

»Ja.« Sie beißt die Zähne zusammen. »Wenn wir dort Informationen finden, dann will ich dabei sein.«

Ihre Stimme klingt hart und entschlossen. Gut möglich, dass wir Christine unrecht getan haben in den letzten Wochen. Wir sind ganz einfach davon ausgegangen, dass sie ihrem alten Charakter treu bleibt und durch die Late-Night-Shows tingelt, um im Rampenlicht zu stehen. Dass sie den Mord an ihrem Verlobten als Sprungbrett benutzt. Vielleicht lagen wir falsch. In dieser Nacht im *Ortiz* ist sie hinter uns hergestolpert und hat sich quasi nonstop beschwert. Jetzt wirkt sie … kampfbereit. Möglicherweise ist sie tougher, als ich es ihr zugetraut habe.

Die Tür öffnet sich, und Devan kommt herein. Ich sehe sofort zu ihm, und mein Blick bleibt quasi an ihm kleben. Er sieht … gut aus. Er trägt eine dunkle Jeans und ein Shirt mit Knopfleiste am Kragen. Das ist eigentlich gar nicht sein Stil, doch es lässt ihn irgendwie seriös erscheinen. Auf seinem Gesicht liegt dieses halbe Grinsen, dem ich schon vor Wochen verfallen bin, und seine Augen finden sofort meine, als hätte er nach ihnen gesucht. Als er mich sieht, öffnet er den Mund, schließt ihn dann aber wieder, als würden ihm die passenden Worte fehlen.

»Hi«, sage ich, auf einmal verlegen. Vielleicht, weil ich die Blicke der anderen spüre oder weil ich mir einbilde, dass sich in Devans Blick ein fast hungriger Ausdruck geschlichen hat.

»Hi«, antwortet er und grinst. Er kommt zu mir rüber und beugt sich herab, bis seine Lippen mein Ohr berühren. »Du siehst wunderschön aus, Baby.«

Ich werde rot. Hundertprozentig. Mein Gesicht wird heiß, und ein vermutlich sehr dümmlich aussehendes Lächeln stiehlt sich auf meine Lippen. »Du auch«, flüstere ich und zupfe an seinem dunkelgrünen Shirt. »Wir sind im Partnerlook.«

»Gut. Vielleicht macht es das leichter, den Typen auf dieser Party klarzumachen, dass du zu mir gehörst.«

Ich ziehe die Augenbrauen hoch. »Wir haben eine Mission, Devan. Ich werde kaum Zeit haben, mit heißen, reichen Sponsoren zu flirten.«

»Noch besser.«

»Wir können euch hören«, sagt Ana und schürzt die Lippen, als ich aufsehe. »Im Ernst, Leute, dieser Raum ist winzig, und keiner von uns hat ein Wort gesagt. Selbst wenn ihr flüstert, können wir das verstehen.«

Devan, der nicht im Mindesten beeindruckt oder peinlich berührt wirkt, schlingt einen Arm um meine Taille. »Du bist doch nur neidisch.«

»Auf dich, ja«, stellt sie klar. »Luca ist eindeutig die Heißere von euch beiden.«

»Ganz deiner Meinung.«

»Ooookay«, unterbreche ich diese wirklich unangenehme Unterhaltung, in dem Moment, als Leander aus dem Bad kommt. Eine Dampfwolke folgt ihm, was seinen Auftritt ziemlich spektakulär macht. Seine Haare sind zwar noch nass, aber er ist vollständig angezogen, in einem ähnlichen Stil wie Devan – dunkle Hose, schlichtes, dunkles Shirt.

Jacob, der als Einziger der Männer ein Sakko trägt, dreht sich auf seinem Stuhl um, damit er uns besser ansehen kann. »Ich habe mir Gedanken über diese ganze Aktion heute Abend gemacht.«

»Oh, oh«, murmelt Ana.

»Wir brauchen eine Geschichte«, fährt er fort, ohne Ana auch nur eines Blickes zu würdigen. »Ich verstehe ja, dass wir improvisieren müssen, weil wir nicht wissen, was uns da drin erwartet und so weiter. Aber wir müssen besser vorbereitet sein. Diese Augen-zu-und-durch-Nummer ist einfach zu naiv.«

»Du meinst, wir brauchen eine Tarnidentität?«, hake ich nach, weil mir einfach kein besseres Wort einfällt.

Er nickt ernst. »Ja. Wir müssen wissen, was wir den Leuten erzählen, wenn sie uns irgendetwas fragen. Und wir brauchen einen Notfallplan, falls …«

Als er abbricht, richtet sich Devan ein Stück auf, und sein Griff um meine Taille wird eine Spur fester. »Falls was schiefgeht«, beendet er den Satz mit dunkler Stimme.

87

ONE OF SIX

Meine Finger protestieren schmerzend, und ich löse unauffällig die Faust, die ich auf meinem Schoß geballt habe. Keiner schenkt mir Beachtung, keiner sieht mich auch nur an. Es ist, als würde sich die Wirklichkeit dieser Menschen in jeder Sekunde ihres Lebens nur um die eine Sache drehen: sich selbst. Sie alle sind der Mittelpunkt ihres Universums, die Entstehung allen Lebens, Götter und Schöpfer ihrer eigenen Welt. Hin und wieder blitzt ein kurzes Bedürfnis nach menschlicher Gesellschaft auf, dann fragen sie, wie es einem geht, wie das Leben läuft, welche Sorte Milch man in seinem Kaffee bevorzugt. Aber dieses Bedürfnis erlischt meist noch vor dem Erhalt einer Antwort. Wie ein Komet, der für den Bruchteil einer Sekunde am pechschwarzen Himmel auftaucht und wieder verschwindet, bevor man den ungewöhnlichen Anblick mit jemandem teilen kann.

So sind die Menschen. Das ist ihre Natur. Friedrich Nietzsche hat irgendwann einmal behauptet, der Mensch als Konstrukt existiere ausschließlich als Einzelgänger. Das sei seine Natur. Eine Gemeinschaft oder zumindest die Illusion derer entwickle sich einzig und allein aus gesellschaftlichen Zwängen und Erwartungen – wie ein Diamant, der durch bloßen, erbarmungslosen Druck entsteht. Wissenschaftler und Menschen, die ihre eigene Intelligenz hauptberuflich überschätzen, haben diese Theorie widerlegt. Der Mensch sei im Gegenteil ein äußerst soziales

Wesen und orientiere sich an den Bedürfnissen anderer anstatt an seinen eigenen.

Bullshit.

Eines Tages wird ein Mensch dieses Thema in eine Online-Suchmaschine eintippen und auf einen Artikel klicken, in dem mein Name erwähnt wird. Er wird die Buchstaben lesen, aus denen sich Worte bilden, dann Sätze, und dann wird er mein Vermächtnis in sich aufsaugen wie ein Schwamm Blut. Ich bin wie die Dian Fossey der menschlichen Natur – ich habe mich unter diese Beispiele der gesellschaftlichen Widerwärtigkeit gemischt, bin unerkannt geblieben. Ich habe eine Feldstudie betrieben. Und ich kann nicht behaupten, dass mich meine Ergebnisse überraschen.

Keiner von ihnen sitzt in diesem Taxi, um etwas zu bewirken. Keiner von ihnen strebt in erster Linie danach, Pauls Richter zu entlarven und dem armen toten Jungen damit Gerechtigkeit zu verschaffen. Nein, sie alle sind hier, um ihre eigene Haut zu retten – auf unterschiedliche Art und Weise. Leander wird mich zur Strecke bringen, sobald er bekommen hat, was er will. Er weiß von mir, er weiß, wer sich hinter der Maske verbirgt. Aber er hält dicht, um seine Haut zu retten und diese lächerliche Vorstellung von Liebe, der er so viel Bedeutung beimisst. In dieser Menschenkonstellation spielt er den Verfechter von Ehrlichkeit und Moral, aber in Wahrheit schaut er dabei zu, wie sie alle einem Gespenst hinterherjagen, während er die Wahrheit kennt. So viel böse Energie hätte ich ihm überhaupt nicht zugetraut.

Dennoch ... sie alle zittern immer noch allein bei der Vorstellung, mir auch nur zu nahe zu kommen. Die Angst strömt ihnen aus jeder Pore und füllt den Innenraum des Wagens mit einem beinahe unerträglichen Gestank.

Ich sollte dieses Auto ganz einfach in die Luft jagen. Ich bin kein Freund von Bomben oder Explosionen. Derlei ist stupide und unelegant und für Personen mit übermäßigem Ego und Geltungsdrang gedacht. Dennoch muss ich zugeben, dass mich der Gedanke reizt. Eine Sekunde, ein Wimpernschlag, eine Kontraktion des Herzens, und alles wäre vorbei.

Meine Aufgabe wäre erfüllt, mein Dienst getan.

Möglicherweise hätte ich es genauso gemacht, doch meine Mittel sind in der aktuellen Situation leider begrenzt. Ich muss auf Plan C ausweichen, die Dinge haben sich geändert. Grundlegend. Osman hat mich verraten, auf die verheerendste Weise. Er hat unsere Verbindung beschmutzt und bloßgestellt, mich in den Abgrund gestoßen und ist dann auf meine Finger getreten, als ich versucht habe, mich zu retten.

Ich könnte aufgeben. Ich habe darüber nachgedacht. Aber es ist nicht vorbei. Wie kann ich, der sich seit Wochen als Wolf unter machtlosen Schafen versteckt, erwarten, dass Osman während dieses Gesprächs im Café die Wahrheit sagt? Ich habe ihm in die Augen geschaut – die Augen, die ich mir so oft versucht habe vorzustellen – und den gleichen Schmerz darin gesehen, der seine Worte in all den Nachrichten umhüllt hat, die wir miteinander geteilt haben. Er leidet noch immer unter den Dingen, die diese Menschen ihm angetan habe. Und sie müssen noch immer dafür bezahlen.

Schlichte Menschen wissen zeitweise nicht, was gut für sie ist. Das ist eine Floskel, eine überstrapazierte Aneinanderreihung von Worten, die im Laufe der Zeit beinahe ihre Bedeutung verloren haben. Aber in diesem speziellen Fall treffen sie zu.

Ich war derjenige, der Osman damals geholfen hat. Ich habe ihm einen Sinn gegeben, etwas, worauf er hinarbeiten konnte – die Liste, die Bestrafung derer, die sein Leben in dieses Loch gestürzt haben, aus dem er sich ohne mich vermutlich niemals hätte befreien können. Sollte er gerade tatsächlich Glück empfinden, dann habe ich dazu beigetragen.

Er wird das erkennen. Wenn das hier vorbei ist, wird er sehen, was ich für ihn getan habe.

Die Partie dieses Spiels neigt sich dem Ende zu. Die Bauern sind geschlagen, das Pferd wurde abgeschlachtet und enthauptet. Höchste Zeit, die Königin zu eliminieren.

88

LUCA

Als wir vor dem ehemaligen Konferenzzentrum halten, lehne ich mich ein bisschen zur Seite, um aus dem Autofenster an dem Gebäude hinaufschauen zu können. In meiner Erinnerung war dieses Ding ein schmuckloser grauer Betonklotz. Doch offenbar wurde die Anlage in den letzten Jahren renoviert und aufgehübscht, denn jetzt kann es sich wirklich sehen lassen.

Zwischen der Straße und dem Gehweg, der zu dem großen Vorplatz führt, wachsen hohe Palmen, die heute allerdings ein bisschen fehl am Platz wirken, weil das Wetter eher an Weltuntergang als an Urlaubsparadies erinnert. An der Fassade entlang wurden Flutlichter in den Boden eingelassen, die den Beton in weiches orangenes Licht tauchen. Über dem Haupteingang hängt ein riesiges Banner, das die Eröffnung der neuen Ausstellung verkündet: *Tempolimit? Eine Geschichte über Geschwindigkeit.*

»Klingt … spannend«, kommentiert Devan neben mir, der meinem Blick gefolgt ist. »Hätten die nicht irgendetwas über Piraten oder versunkene Schätze zeigen können?«

»Piraten?«, wiederhole ich lachend, als ich mich zu ihm umdrehe. »Wie alt bist du? Sechs?«

Er rümpft die Nase. »Piraten haben keine Altersgrenze, Luca. Piraten sind immer cool.«

Das Taxi hält am Straßenrand, und Jacob beugt sich nach vorn, um den Fahrer zu bezahlen. Ich werfe einen Blick in den Rückspiegel und bemerke das zweite Taxi mit Leander, Ana und Christine, das direkt hinter unserem hält.

Devan öffnet die Tür und bietet mir seine Hand an, um mir beim Aussteigen zu helfen. Sofort pfeift mir der kalte Wind entgegen und lässt mich erzittern. Das Museum befindet sich nahe der Küste, wo es gefühlt noch einmal zehn Grad kälter ist. Devan legt einen Arm um meine Schultern und zieht mich Richtung Haupteingang. »Komm, bringen wir dich aus dem Wind raus.«

Jacob holt zu uns auf und geht zu meiner anderen Seite, während ich angestrengt versuche, die anderen zu ignorieren. Unsere Geschichte ist ziemlich einfach: Jacob, Devan und ich sind zusammen hier, weil ich aus der Gegend komme, Devan mein Freund ist und Jacob ein Bekannter, der sich für Technik und alles interessiert, was hier heute Abend ausgestellt wird. Leander, Ana und Christine sind Studierende aus Seaside, die für ein Projekt recherchieren. Wir haben uns dazu entschieden, nicht als Sechsergruppe aufzuschlagen, weil das vielleicht tatsächlich Fragen aufwerfen könnte. Ein Dreiergespann ist deutlich unauffälliger.

Der kleine Vorplatz ist hübsch dekoriert. Die steinernen Blumentöpfe sind bunt bepflanzt, was ziemlich sicher extra für diesen Anlass gemacht wurde, weil die Blumen bei dem Wetter und den Temperaturen kaum länger als ein paar Tage überleben können. Überall stehen kleine Tafeln, auf denen Fakten über die neue Ausstellung und den Aufbau aufgezählt werden, und Flaggen anderer Ausstellungen flankieren den Weg bis zum Eingang. Es sind kaum Leute hier draußen, was vermutlich am Wetter liegt. Ich mustere die einzelnen Besucher, die schnell und mit eingezogenen Köpfen durch die Türen des

Haupteingangs eilen. Ein paar der Frauen tragen bodenlange Kleider, einige sind moderner und tragen Hosenanzüge oder sogar Jeans. Ich bin mit Sicherheit nicht perfekt angezogen, aber ich bemerke erleichtert, dass keiner von uns aus der Masse herausstechen wird.

Nervosität überkommt mich so plötzlich, als würde ich gegen eine Wand laufen. Eigentlich ist meine Rolle ziemlich unspektakulär – ich soll herumlaufen, unschuldig aussehen und Wache halten, während Jacob, Devan und Ana nach den Chatverläufen oder irgendwelchen Akten suchen, die uns weiterhelfen könnten. Christine hat protestiert, dann jedoch nachgegeben, nachdem wir sie davon überzeugen konnten, dass sie in Sachen Small Talk und Networking definitiv besser zu gebrauchen ist als ich und Leander. Möglicherweise werden heute Abend auch Angestellte der Stiftung oder Mitarbeitende des Programms anwesend sein, an dem Osman und Six teilgenommen haben. Es macht also Sinn, dass ein paar von uns sich unter die Leute mischen.

Trotzdem. Aus irgendeinem Grund befürchte ich, dass man uns unser Vorhaben vom Gesicht ablesen kann und der erste Sicherheitsmensch, an dem wir vorbeikommen, sofort die Polizei informiert.

Devan, der meine Anspannung spürt, drückt meinen Arm. »Einfach lächeln«, raunt er mir zu, als wir auf den Eingang zugehen. »So, wie du aussiehst, wird sich niemand darüber Gedanken machen, ob du etwas im Schilde führst.«

Ich verziehe das Gesicht. »Diese Aussage kann man auf verschiedene Weisen auslegen, Devan.«

»Du weißt, wie ich das gemeint habe.« Er senkt die Stimme noch ein bisschen mehr. »Versprich mir, dass du auf dich aufpasst.«

»Ich verspreche dir, dass ich mich nicht an einer Olive verschlucken oder über das Ego von irgendeinem Investor stolpern werde.«

Devan lacht leise, dann glättet sich seine Miene. »Ich meine es ernst, okay? Wir haben keine Ahnung, ob Six weiß, dass wir heute Abend hier sind.«

Sein Kommentar versetzt mir einen Stich, trotzdem zwinge ich meine Gesichtsmuskeln zu einem möglichst entspannten Lächeln. Wir haben den Eingang hinter uns gelassen, ohne dass uns jemand aufgehalten, zu Boden getackelt oder erschossen hat. Das ist immerhin ein Sieg. Ich unterdrücke den Drang, mich zu den anderen umzusehen, und nicke einem Türsteher zu, der mit ausdruckslosem Blick und verschränkten Händen hinter der Tür steht und die Besucher mustert.

»Hast du die Karten?«, frage ich Jacob leise. Er nickt, doch auch er wirkt angespannt. Für jemanden, der sich gerne an die Regeln hält, ist das hier wahrscheinlich die reinste Hölle. Umso mehr weiß ich es zu schätzen, dass Jacob dabei ist. Es hätte wahrscheinlich keinen Unterschied gemacht, ob er im Hotel geblieben wäre oder nicht. Trotzdem sagt dieses Zugeständnis eine ganze Menge über ihn aus.

Wir betreten eine Empfangshalle, die mir einen Moment lang den Atem verschlägt. Nach der relativ schmucklosen Fassade habe ich mit einem zweckmäßigen Eingangsbereich gerechnet oder etwas, das an eine billige Lobby von Messe- oder Tagungshotels erinnert. Aber damit liege ich verdammt falsch. Der Raum erstreckt sich über mehrere Stockwerke nach oben, wo er in einem Glasdach endet. Es ist eine Art Galerie, von der aus sich zu allen Seiten balkonartige Brüstungen erstrecken, die vermutlich zu unterschiedlichen Ausstellungen oder Büros führen. Von einem Stahlbalken hängt ein gigantischer moderner Kronleuchter, der zwar wenig Licht spendet, dafür jedoch in sämtlichen Farben des Regenbogens leuchtet. Darüber ist eine Pride-Flag angebracht. Ich kneife die Augen zusammen und lege den Kopf in den Nacken, um sie besser erkennen zu können. Von hier unten sieht es so aus, als bestünden die einzelnen Farben aus Glaskolben, sicher bin ich mir allerdings nicht.

Zwischen uns, der Bar und den Stehtischen, die überall aufgebaut wurden, befindet sich eine halbhohe Glaswand und ein paar Drehkreuze, neben denen Mitarbeitende in adretten schwarzen Hosenanzügen positioniert sind. Die Einlasskontrolle.

»Hier«, sagt Jacob und reicht mir eine Karte, die er vorhin im Hotel ausgedruckt hat. Darauf steht mein Name, und ich verziehe unwillkürlich das Gesicht. Ich bin mir nicht sicher, ob es eine gute Idee war, unsere Klarnamen zu verwenden, aber das ist jetzt nicht mehr zu ändern.

Ich gehe voran und halte der Dame neben dem Drehkreuz meine Karte hin. Sie schaut kurz darauf, dann gibt sie sie mir zurück und lächelt freundlich. »Herzlich willkommen. Ihre Karte gilt nur für einen einmaligen Einlass. Falls Sie die Ausstellung verlassen, werden Sie leider nicht wieder hineingelassen. Falls Sie zwischendurch frische Luft schnappen wollen, steht Ihnen unser botanischer Hof zur Verfügung.« Mit der Hand deutet sie in dessen Richtung, doch ich folge ihrem Blick nicht, sondern lächle nur unbestimmt. »Die Garderobe finden Sie, wenn Sie rechts an unserer Bar vorbeigehen. Sie können bequem den Schildern folgen. Genießen Sie den Abend, Miss Murphy.«

»Danke«, sage ich mit überraschend fester Stimme und gehe durch das Drehkreuz, das leise klickt. Dann ziehe ich meine Jacke aus, weil sie nicht zu dem Rest meines Outfits passt, und warte auf Devan und Jacob, die sich beide die gleiche Anweisung anhören müssen wie ich. Als sie endlich wieder an meiner Seite stehen, sehe ich mich unschlüssig um.

Hier drin ist es deutlich voller als auf dem Hof. Überall stehen Leute in kleinen Grüppchen oder zu zweit herum, lachen und unterhalten sich mit Sekt- oder Champagnergläsern in den Händen. Anscheinend ist die Ausstellung, um die es hier geht, noch nicht eröffnet. Links von dem ganzen Trubel führt ein Gang tiefer ins Gebäude, doch der Durchgang ist mit einem samtroten Band abgesperrt. Vermutlich ist es das, worauf alle warten.

Ich schiebe meine Hand in die Tasche des Kleides und taste nach dem Handy, das wir von Jacob bekommen haben und das mich brutal ins Jahr zweitausend katapultiert hat – dieses Handy hat Tasten. Leander hat eine Umleitung eingerichtet, sodass Anrufe und Nachrichten von unseren alten Handys zu den neuen weitergeleitet werden. Da neunundneunzig Prozent meiner Kommunikation allerdings aus WhatsApp-Nachrichten besteht und dieses Handy nicht internetfähig ist, bringt mir das nicht viel.

Unwillkürlich mustere ich die Gesichter der Gäste, aber keines davon kommt mir irgendwie bekannt vor. Ich habe einen großen Teil meines Lebens in diesem Ort verbracht, und auch wenn meine Eltern und ich nie wirklich übermäßig in die Gemeinschaft der Stadt eingegliedert waren, besteht durchaus die Chance, dass ich auf jemanden treffe, den ich kenne. Doch ich hoffe ganz einfach, dass Belvilles Bewohner nicht die größten Kunstfanatiker sind.

»Was jetzt?«, fragt Devan, der sich ebenfalls umsieht. »Soll ich schon mal ausschwärmen, oder warten wir auf die offizielle Eröffnung?«

»Wo sind die Büros der Stiftung?«, frage ich. »Sobald der Trakt geöffnet ist, verteilen sich die Leute bestimmt mehr, und vielleicht fällt ihr dann auf.«

»Hier ist die Bar«, antwortet er grinsend. »Ich denke, da wird die ganze Nacht etwas los sein.«

Die ganze Nacht. Um ehrlich zu sein, würde ich die ganze Aktion gerne hinter mich bringen und so schnell wie möglich die Biege machen. Sobald Devan, Jacob und Ana verschwunden sind, können Christine, Leander und ich uns unterhalten und einfach so tun, als hätten wir uns getroffen und würden Small Talk austauschen, wie Besucher solcher Veranstaltungen das eben so tun.

Vielleicht war es ein Fehler, mich in die Observationseinheit zu packen. So nervös, wie ich jetzt schon bin, sieht mir in spätestens zwanzig Minuten vermutlich jeder an, dass ich keine normale Besucherin bin.

»Ich schaue mich mal um«, sagt Jacob und schließt einen Knopf an seinem Jackett. »Ich bringe in Erfahrung, wie wir zu den Büros kommen, in Ordnung? Danach hole ich dich und sage irgendwie Ana Bescheid.«

Ich drehe mich zu ihm um und lächle ihn an. »Pass auf dich auf.«

»Ihr auch.«

Dann wendet er sich ab und verschwindet zwischen den anderen Gästen in der Menge. Ich sehe ihm noch einen Moment nach, bevor ich Devans Blick suche. »Das hier ist wahnsinnig.«

»Schon ein bisschen«, gibt er zu, legt mir eine Hand auf den Rücken und führt mich Richtung Bar. »Aber tausendmal besser als im *Ortiz*.«

Ich beiße mir auf die Unterlippe. »Findest du?«

»Ja. Hier haben wir die Kontrolle. Wir werden nicht gejagt, wir *reagieren* nicht nur. Wir haben einen Plan, und wenn du mich fragst, fühlt sich das verdammt viel besser an als diese Nacht bei den Chalets.«

Da hat er nicht ganz unrecht. Außerdem hilft es der Gesamtsituation vielleicht noch, dass wir in einer hell erleuchteten, mit Menschen gefüllten Museumshalle sind statt auf einem dunklen, eingeschneiten Berg ohne Strom und Verbindung zur Außenwelt.

»Versuch, dich ein bisschen zu entspannen«, sagt Devan, als ich nicht antworte. »Du wirst sehen, es wird alles reibungslos über die Bühne gehen.«

Das wage ich ehrlich zu bezweifeln. Bis jetzt hat nichts, absolut nichts, was wir unternommen haben, problemlos geklappt, warum sollte es hierbei also anders sein? Trotzdem lächle ich und bestelle ein kleines Bier, als die Bedienung uns nach unseren Getränkewünschen fragt. Devan wirft mir einen belustigten Blick zu, doch ich zucke nur mit den Schultern. Ich mag weder Sekt noch Champagner, und das Bier wird hier in fancy Gläsern ausgeschenkt, also bin ich optimistisch, dass es stilgerecht ist. Ich habe nicht vor, mich zu betrinken, aber ein paar Schlucke für die Nerven können sicher nicht schaden.

Während wir auf unsere Getränke warten, sehe ich mich um. Meine Aufmerksamkeit bleibt an Ana hängen, die sich ein paar Meter weiter mit einem älteren Mann in voller Anzugmontur unterhält. Ana sieht hinreißend aus, und in dem Moment, in dem ich sie bemerke, öffnen sich ihre roten Lippen zu einem so natürlichen und charmanten Lachen, dass mir beinahe die Kinnlade runterklappt.

»Ana hat 'ne komplette zweite Persönlichkeit«, sage ich zu Devan, der jetzt ebenfalls in ihre Richtung guckt. »Nicht mal zu uns war sie so nett, als wir noch Gäste im *Ortiz* waren.«

Devan lacht. »Wahrscheinlich, weil sie von uns nichts wollte.«

»Die könnte einem Kamel 'ne Bräunungscreme verkaufen«, sage ich fassungslos. Jetzt hebt Ana die Hand und berührt damit kurz den Oberarm des Mannes, der auf einmal deutlich zufriedener lächelt. »Wir hätten sie das Networking übernehmen lassen sollen. Ich bin da 'ne totale Verschwendung.«

»Du bist auch charmant, Honigbiene.« Devan dreht sich kurz zur Bar um und drückt mir dann einen Kelch Bier in die Hand. Im wahrsten Sinne des Wortes, es ist wirklich ein Kelch aus irgendeinem schicken Kristallglas. »Du bist nur nicht ganz so …«

»Überzeugend?«, helfe ich nach.

»Aufdringlich, wollte ich sagen. Nicht so aufdringlich.«

Ich nehme einen Schluck von meinem Bier und verziehe das Gesicht, weil es so bitter ist. Trotzdem allemal besser als Champagner. »Wo sind Christine und Leander?«

»Christine ist da drüben.« Er deutet unauffällig auf eine Schautafel neben den Einlasskontrollen. Christine steht mit dem Rücken zu uns und liest sich allem Anschein nach die Infotexte durch. »Leander sehe ich nicht.«

»Was macht sie da?«, frage ich nachdenklich. Mein Blick wandert zu der Wand hinter der Schautafel. Dort gehen ein paar Türen ab, die alle geschlossen sind und unscheinbar aussehen. Neben jeder Tür hängt ein Messingschild, deren Aufschriften ich allerdings aus der Ferne nicht lesen kann. »Spioniert sie die Türen aus?«

»Sieht so aus, oder?«

»Ich bin beeindruckt«, gebe ich widerstrebend zu. »Wir sind nutzlos, Devan. Wir sind die Einzigen, die hier einfach rumstehen. Angenommen, Ana hat nicht einfach nur Spaß, sondern sieht irgendeinen Nutzen in der Unterhaltung mit Grandpa.«

»Wir observieren«, stellt Devan klar.

Ich verdrehe die Augen, auch wenn ich mir sicher bin, dass er es nicht bemerkt. Ich schaue von Christine zu Ana und versuche gleichzeitig, nach Leander Ausschau zu halten, den ich jedoch nirgendwo entdecken kann. Vielleicht hat er sich genau wie Jacob auf den Weg gemacht, die Büros der Stiftung zu finden.

Devan zieht mich zu einem freien Stehtisch, und eine Weile nippen wir einfach nur an unserem Bier und behalten die Umgebung im Auge. Dabei unterhalten wir uns die ganze Zeit, um zumindest den Eindruck zu erwecken, dass wir eine gute Zeit haben. Es dauert nicht lange, bis ich die Überwachungskameras entdecke. Ich finde allein fünf in der Empfangshalle, bin mir jedoch sicher, dass es noch mehr gibt. Aber das ist keine Überraschung. Immerhin befinden wir uns in einem Museum, wir haben also damit gerechnet, gefilmt zu werden. Die Chance ist relativ groß, dass es auch in den Fluren und vielleicht sogar in den Stiftungsräumen Kameras gibt, doch auch dieses Risiko gehen wir ein. Sollten wir die Informationen finden, die wir suchen, ist es eine Anzeige wegen Einbruchs und selbst wegen Diebstahls wert.

Als auf einmal Unruhe in der Halle aufkommt, straffe ich automatisch die Schultern. In dem Eingang zu dem abgehenden Korridor wird ein Strahler eingeschaltet, und die vor sich hin plätschernde Pianomusik im Hintergrund verstummt, bevor ein unangenehmes Quietschen aus den Lautsprechern dringt.

»Verzeihen Sie«, sagt eine weibliche Stimme. Ich stelle mich auf die Zehenspitzen und entdecke ein paar Leute, die in Abendkleidung vor dem roten Samtband stehen. Die Gäste haben sich bereits um sie versammelt, sodass ich die Frau mit dem Mikrofon nicht sehen kann. »So, können Sie mich jetzt hören? Wunderbar! Herzlich willkommen zur Eröffnung unserer diesjährigen Weihnachtsausstellung *Tempolimit – eine Geschichte über Geschwindigkeit*, die von Mr und Mrs Eleasar gestiftet wurde, die heute Abend stellvertretend für die *YMCA*-Stiftung unseren Dank entgegennehmen werden. Einen großen Applaus bitte, meine Damen und Herren.«

Während weiter vorne und um uns herum Applaus lauter wird, lehne ich mich zu Devan hinüber. »Hast du gehört?«

»Ja«, flüstert er. »Das ist perfekt. Wenn sich die Stiftung hier feiern lässt, ist bestimmt keiner in den Büros.«

»Hoffentlich.«

Die Frau mit dem Mikro fährt damit fort, allen möglichen Leuten zu danken und zu verkünden, dass es nicht nur eine neue Ausstellung, sondern auch die Sanierung und Einweihung eines neuen Museumstraktes zu feiern gibt. Ich höre kaum hin, nur genug, um die Reaktionen der anderen Leute um mich herum nachzuahmen. Ich klatsche, wenn es die anderen tun, lache, sage »Ah« und »Oh« und hoffe einfach, irgendwie reinzupassen. Währenddessen schaue ich mich um. Christine ist nicht mehr auf ihrer Position vor der Schautafel, sondern wahrscheinlich irgendwo in der Menge, wo ich sie nicht finde. Ana steht mit einer Sektflöte in der Hand am Rand, macht jedoch absolut überzeugend den Eindruck, als hinge sie an den Lippen der Rednerin.

Nach ein paar Minuten bemerke ich Jacob, der weiter hinten an einem ansonsten leeren Stehtisch steht und offensichtlich versucht, meinen Blick aufzufangen.

»Devan«, flüstere ich und stoße ihn leicht mit dem Ellbogen an. Als er sich zu mir umdreht, deute ich unauffällig auf Jacob. »Ich glaube, es geht los.«

»Wo ist Ana?«

Ich zeige mit meinem Glas auf sie. »Ich weiß nicht, wo Christine und Leander sind.«

»Sobald die Frau aufhört, zu reden, suchst du sie, okay? Und dann bleibt ihr zusammen. Wenn das nicht funktioniert, bleibst du in Leanders Nähe. Verstanden?«

Mein Nicken wirkt ein wenig abgehackt. Mein Herz stolpert ein paarmal in meiner Brust, als ich Devan ins Gesicht sehe. Auf einmal fällt es mir wahnsinnig schwer, meinen freundlichen, unbeteiligten Gesichtsausdruck aufrechtzuerhalten. »Bleib in meiner Nähe, Sandoval.«

Einer seiner Mundwinkel hebt sich. »Immer.« Dann nimmt er mein Gesicht in seine großen Hände und küsst mich. Es ist kein langer, intensiver, inniger Kuss. Doch er reicht, um mir den Atem zu rauben und mich den Bruchteil einer Sekunde lang vergessen zu lassen, wo wir sind und was wir vorhaben.

Doch dann weicht er zurück, und der Moment ist vorbei. Er drückt meine Hand noch einmal, raunt mir ein leises »Pass auf dich auf« zu und verschwindet in der Menge hinter ihm.

Atemlos bleibe ich zurück und starre einen Augenblick lang auf die Stelle, wo er gerade noch gestanden hat. Dann reiße ich mich zusammen und wende mich wieder in die Richtung, in der die Frau vor dem roten Band steht.

Wird schon alles gut gehen.

89

DEVAN

Im Vorbeigehen berühre ich Ana am Arm, dann gehe ich auf Jacob zu, der den letzten Stehtisch besetzt. Ich höre Anas Schritte hinter mir und weiß, dass sie verstanden hat.

Schon von Weitem bemerke ich den Ausdruck auf Jacobs Gesicht. Seine Haut ist aschfahl, seine Hände ineinander gekrallt. Er sieht aus, als würde er jeden Moment auf den blank polierten Marmor kotzen.

»Was ist los?«, frage ich, sobald ich in Hörweite bin.

»Ich pack das nicht, Devan«, sagt er leise. Seine Stimme klingt brüchig. »Ohne Scheiß. Ich bin auf dem Rückweg einem Sicherheitsmann begegnet, und ich hatte wirklich, ganz ehrlich Angst, mich auf seine Hose zu übergeben. Ich bin der Falsche dafür.«

»Aber du siehst so vertrauenswürdig aus«, zischt Ana, ohne dass ihr Grinsen auch nur einen Millimeter verrutscht. Es ist fast gruselig, wie sehr sie sich im Griff hat. »Wir brauchen dich als Anstandswauwau, Jacob. Wenn wir dich dabeihaben, sieht es aus, als wärst du ein Mitarbeiter oder so.«

»Ich bin einfach nicht der Typ dafür.« Er schnappt nach Luft und atmet dann einmal tief durch, doch das scheint nicht viel zu bringen. »Ich hätte im Hotel bleiben sollen. *Ich* wollte nicht mitkommen, also ist das hier eure Schuld.«

»Beruhig dich«, rede ich auf ihn ein und lege ihm eine Hand

auf die Schulter. Ich würde mich gerne vergewissern, dass uns niemand zusieht, aber Leute, die ständig über ihre Schulter schauen, wirken nur noch verdächtiger. »Bleib hier, okay? Hast du Leander gesehen? Ihr könnt tauschen, dann kannst du hier mit Christine und Luca Wache schieben.«

Er schüttelt den Kopf. »Ich habe ihn vorhin bei den Toiletten gesehen, da geht es auch zu dem Flur mit den Büros.« Er deutet über die Schulter und gibt mir eine knappe Wegbeschreibung. »Sah aus, als würde er ebenfalls rumschnüffeln.«

»Dann sammeln wir ihn unterwegs ein.« Ana wendet sich bereits ab, doch ich zögere noch einen Moment und greife dann nach Jacobs Unterarm. »Tust du mir einen Gefallen?«

Jacob nickt, auch wenn er bereits das Schlimmste zu befürchten scheint. »Klar.«

»Pass auf Luca auf, okay?« Ich schaue in ihre Richtung, und Jacob folgt meinem Blick. »Sie ist die Erste auf der Liste. Ich … es geht mir einfach besser, wenn jemand bei ihr ist. Wäre das okay?«

Aus irgendeinem Grund scheint Jacob das ein wenig zu beruhigen. Vielleicht ist es die Tatsache, dass er jetzt eine verhältnismäßig ungefährliche Aufgabe hat. »Natürlich. Ich behalte sie und Christine im Auge. Seid vorsichtig.«

Ich nicke knapp, drücke noch einmal seinen Arm und stelle dann mein Glas ab, bevor ich Ana folge. Sie wartet ein paar Meter entfernt von mir und strahlt mir so euphorisch entgegen, als wären wir alte Freunde, die sich seit Jahren das erste Mal wiedersehen.

»Hör auf, so verkniffen zu gucken«, murmelt sie, sobald ich in Hörweite bin. »Du stinkst zehn Meilen gegen den Wind nach Ärger.«

»Ist ja gut.«

Sie prostet mir zu. »Hol dir noch was zu trinken. Wenn uns

jemand erwischt, sagen wir, wir haben die Toiletten gesucht. Niemand bricht mit einem Glas in der Hand irgendwo ein.«

Ich werfe ihr einen skeptischen Blick zu. »Wenn ich es nicht besser wüsste, würde ich sagen, du machst das nicht zum ersten Mal.«

Ana lacht schallend und herzlich und wahnsinnig übertrieben. Dann wedelt sie mit der Hand Richtung Bar, und ich bestelle mir brav ein Glas Wein. Vielleicht zerdenken wir diese ganze Aktion ein bisschen zu sehr, aber Wein wirkt stilvoller als Bier.

»Hier lang.« Ich biete Ana meinen Arm an, und sie hakt sich unter. »Jacob meint, er hätte Leander bei den Toiletten gesehen. Wir müssen dran vorbei und dann hinten durch die Glastüren.«

Sie nickt. »Glaubst du, die Büros sind abgeschlossen?«

»Sicher«, schnaube ich. »Hoffen wir einfach, sie sind nicht alarmgesichert.«

»Glaube ich nicht.« Zwei Frauen in Abendkleidern kommen uns entgegen und grüßen im Vorbeigehen. Ana prostet ihnen zu. »Der Haupteingang hat sicher 'ne Alarmanlage oder Bewegungsmelder. Aber ich kann mir nicht vorstellen, dass jede einzelne Tür gesichert ist.«

Als wir bei den Toiletten ankommen, mache ich mich kurz von Ana los, um in den Kabinen nachzuschauen, doch Leander ist nirgendwo zu entdecken. Wenn wir Pech haben, ist er genau in die falsche Richtung den Flur hinuntergelaufen und sucht noch immer nach den Büros. Ich hole mein prähistorisches Handy heraus und schicke ihm eine SMS mit der Wegbeschreibung und einer knappen Anweisung, zu uns zu kommen. Dann gehe ich zurück zu Ana.

»Das Gebäude ist alt«, überlegt Ana laut und sieht sich um. »Das könnte uns helfen.«

Sie hat recht. Je weiter wir den Flur hinuntergehen, desto schäbiger werden die Räume. Offensichtlich wird das Gebäude Stück für Stück renoviert, und bislang hat man sich auf die Bereiche konzentriert, die für die Öffentlichkeit zugänglich sind. Hier ist nichts von dem Glamour und der Modernität zu erkennen, die der Eingangsbereich und sicher auch der neue Museumstrakt ausstrahlen. Die Wände sind grau und schmutzig, auf dem Boden hinter der Milchglastür wurde roter Teppich verlegt. Die Türen, die in regelmäßigen Abständen links und rechts abgehen, sind ebenfalls grau und haben gewöhnliche Türschlösser, was ziemlich praktisch ist. Wären sie mit elektronischen Schlössern versehen, hätten wir keine Chance gehabt. Neben jeder Tür ist ein kleines, ebenfalls rotes Schild angebracht, das die jeweilige Funktion ausweist – Museumsleitung, die Namen mehrerer Kuratorinnen, IT, Management, Kaffeeküche. Das hier könnte der Flur jedes x-beliebigen Büros sein, was uns gewaltig in die Karten spielt.

Während wir weitergehen, verstummen die Geräusche der Party hinter uns, bis irgendwann nur noch unsere gedämpften Schritte auf dem Teppichboden zu hören sind. Das einzige Licht kommt von den Notausgangsschildern und durch ein Fenster am Ende des Flurs. Ich überlege, ob wir auf Leander warten sollen, gehe aber trotzdem weiter. Zeit ist einer der wichtigsten Faktoren dieser ganzen Sache. Das Beste wäre, wenn wir hineinkommen, die Unterlagen finden und dann abhauen können. Hier herumzustehen, wo wir eindeutig nicht sein sollten, können wir uns nicht leisten. Für den Fall, dass es einen Sicherheitsdienst gibt, der nachts Patrouille läuft, müssen wir so schnell wie möglich aus dem Flur verschwinden.

Wir gelangen an eine Art T-Kreuzung, und ich deute auf einen kleinen Wegweiser an der Wand. »Nach rechts«, flüstere ich. Ana wirft noch einen Blick über die Schulter, dann zieht sie mich weiter. Der nächste Flur sieht aus wie der vorherige, trotzdem schlägt mein Herz auf einmal schneller in meiner Brust. Hier sind wir richtig. Die Schilder an der Tür weisen auf verschiedene Bereiche und Mitarbeitende der *YMCA*-Stiftung hin.

»Wonach suchen wir?«, fragt Ana leise, ohne mich anzusehen.

»Nach einem Archiv oder notfalls der Leitung der Stiftung. Irgendwas, das danach klingt, dass dort Akten aufbewahrt werden.«

Sie antwortet nicht, sondern huscht weiter von Tür zu Tür, von Schild zu Schild.

»Devan«, zischt sie nach ein paar Minuten. Als ich mich umdrehe, steht sie neben einer Tür mit Milchglasfenster. »Hier steht *Dokumentation*.«

Ich gehe zu ihr hinüber und versuche, durch das kleine Fenster zu schauen, aber keine Chance. »Ist einen Versuch wert«, sage ich leise. »Da hinten sind nur Büros von Menschen ohne Fachbereich.«

»Okay.« Sie atmet einmal tief durch, dann drückt sie mir ihr Glas in die Hand und öffnet ihre Handtasche. Sie kramt kurz darin herum, bevor sie zwei schwarze Haarklammern herauszieht.

»Das ist nicht dein Ernst«, sage ich matt. Als sie uns im Vorfeld gesagt hat, dass sie die Tür werde öffnen können, habe ich eher ein Dietrichset erwartet als eine verdammte Haarklammer. »Das ist doch kein Film, Ana!«

Sie wirft mir einen genervten Blick zu. »Entschuldige bitte, dass ich nicht besser auf einen beschissenen Einbruch vorbereitet bin. Ich habe mir einen ganzen Haufen Tutorials angeguckt.«

»Du hast das noch nie gemacht?«

»Doch, einmal. Im Motel vorhin.«

»Und?«

Ihr Schulterzucken ist lässig. »Hat funktioniert. Und jetzt halt die Klappe, ich muss mich konzentrieren.«

Mir liegen so verdammt viele Worte auf der Zunge, doch ich schlucke sie alle herunter. Ana kniet sich hin und beginnt, an dem Schloss herumzufummeln, ich drehe mich um und behalte den Flur im Auge.

»Also«, murmelt sie so leise, dass ich mir nicht einmal sicher bin, ob sie mit mir spricht. »Eine Nadel als Spanner, eine als Abtaster. Mit dem Spanner halten, mit dem Abtaster die Bolzen in die richtige Position drücken, wenn …«

Es klickt leise, und eine der Nadeln fällt herunter. Ana flucht.

»Beeil dich«, zische ich. Ich hole mein Handy aus der Hosentasche, aber Leander hat nicht auf meine Nachricht reagiert. Wenn es je einen unpassenden Zeitpunkt gegeben hat, unangekündigt von einer Party zu verschwinden, dann ist es dieser hier.

Das Licht, das hinter uns durchs Fenster dringt, verändert sich, und ich schnelle herum. Mein Herz stolpert und rast dann weiter, doch niemand außer uns ist hier. Wahrscheinlich ist nur ein Auto auf der Straße vorbeigefahren oder etwas in der Art.

»Devan!«

Ich sehe wieder zu Ana, die sich aufrichtet und dermaßen zufrieden mit sich aussieht, dass ich lachen muss.

»Ich bin ein verdammtes Genie«, sagt sie leise und macht einen Schritt zur Seite, damit ich den Spalt in der Tür sehen kann. Sie ist tatsächlich offen.

»Du *bist* ein verdammtes Genie.« Ich halte ihr die Hand hin, und sie klatscht ab, bevor sie die Tür weiter öffnet und hineingeht. Ich sehe mich ein letztes Mal um, dann folge ich ihr und atme einmal tief durch.

Der Raum ist dunkel und schmucklos – ein großer, mit Akten beladener Schreibtisch an der einen Wand, ein offenes Regal mitten im Raum und an den anderen Wänden beschriftete Aktenschränke. An der Decke hängt eine Neonlampe, aber wegen des Milchglasfensters in der Tür traue ich mich nicht, das Licht einzuschalten. Man würde es vom Flur aus bemerken, vielleicht sogar von der Straße. Und dann wüsste jeder, dass wir hier drin sind.

Ich gehe zu den Fenstern, doch davor befindet sich eine Art Garten oder Park mit dichten Büschen. Um diese Uhrzeit treibt sich wahrscheinlich niemand da draußen herum. »Keine Taschenlampe«, sage ich zu Ana, als mir einfällt, dass sie tatsächlich noch ein Smartphone besitzt. Sie nickt nur, bevor sie zu den Aktenschränken an der hintersten Wand hinübergeht und beginnt, die Beschriftungen zu lesen. Ich tue dasselbe.

Auf den Schildern stehen nur Jahreszahlen, keine Bezeichnungen oder Inhalte. Probeweise ziehe ich eine der Schubladen hinaus und bemerke ein Registersystem, das alphabetisch geordnet ist. Als ich eines der Register hinausziehe, steht ein Name darauf.

»Bingo«, flüstere ich und wende mich an Ana. »Wir brauchen das Jahr und dann Osmans Namen. Vielleicht finden wir einen Verweis auf Six.«

»In welchem Jahr war das?«

»Er hat gesagt, dass er nach seinem Abschluss in dem Programm war, oder?«

»Woher soll ich das wissen?«, faucht sie. »Ich war nicht dabei.«

»Stimmt, 'tschuldige.« Ich versuche, mir das Gespräch mit Osman in Erinnerung zu rufen, jedes einzelne Detail. Nach seinem Abschluss ist er abgestürzt, zu Hause rausgeflogen und hat dann bei diesem Freund gepennt, der später an einer Überdosis gestorben ist. Daraufhin wurde er in das Programm gesteckt. »Wann hat Luca ihren Abschluss gemacht?«

»2019, aber nicht in Belville.«

»Spielt keine Rolle«, murmle ich. »Wenn sie und Osman in einem Jahrgang waren, muss er 2019 abgegangen sein. Im Sommer war er mit der Schule fertig. Keine Ahnung, wann er hier aufgenommen wurde. Ich würde sagen, wir suchen nach 2019, 2020 und 2021.«

Ana schweigt einen Moment, dann schnaubt sie. »Alleine für 2020 stehen hier vier Schränke.«

»Er heißt Yamar mit Nachnamen«, erinnere ich sie abwesend. »Es gibt vermutlich nicht viele mit Y im Nachnamen, geh einfach alle durch. Ich fange mit 2019 an.«

Sie antwortet nicht, zieht aber ruckartig eine der langen Schubladen auf und beginnt, die Register durchzugehen. »Das ist alles durcheinander«, sagt sie nach einer Weile. »Wer auch immer dieses Archiv verwaltet, ist beschissen darin.«

»Vielleicht kannst du dich bewerben, wenn wir hiermit durchkommen.«

»Halt die Klappe, Sandoval.«

Ich schließe die Schublade, die ich gerade durchgeguckt habe, und öffne die nächste. Sie enthält nur zwei Buchstaben, also mache ich sie direkt wieder zu. Mein Blick fällt auf die Schubladenreihe neben mir, und ich stutze. »Hast du bei dir die Akten für 2021?«

»Hm?«

»2021«, wiederhole ich. »Sind die bei dir?«

Ana, die sich gerade über eine geöffnete Akte gebeugt hat, schaut auf und lehnt sich dann vor, um die Beschriftungen der Schubladen neben ihr lesen zu können. Dann schüttelt sie den Kopf. »Nein. Hier sind 2018, 2017, 2016 und so weiter. Die Reihe geht bis 1993.«

Ich gehe zu dem offenen Regal in der Mitte des Raums, das jedoch mit Leitfäden und Fachmaterial gefüllt ist, nicht mit Patientenakten. »Scheiße«, fluche ich leise. »Die haben sich digitalisiert. Die Akten hören bei 2020 auf, glaube ich.«

»Wir durchsuchen die beiden anderen Jahre, und wenn wir nichts finden, machen wir uns über 2021 Gedanken, okay? Eins nach dem anderen, sonst drehe ich durch.«

Ohne eine Antwort gehe ich zurück zu der Schublade und durchsuche die Register. Trotzdem kann ich das mulmige Gefühl nicht unterdrücken, das in mir ausstrahlt wie ein tödlicher Tumor. Ohne Antworten werde ich hier nicht rausgehen. Denn wenn die Sonne wieder aufgeht, wird ein weiterer Tag anbrechen, an dem Luca ganz oben auf der Liste irgendeines Durchgeknallten steht, den wir nicht einmal erkennen würden, wenn er an der Straße an uns vorbeigeht. Das hier muss ein Ende haben. Und ich werde dafür sorgen, verdammt noch mal.

90

LUCA

Ich trinke den letzten Schluck von meinem Bier und versuche, zumindest so auszusehen, als würde ich der Rednerin zuhören. Gerade spricht sie über die Baumaßnahmen und die Spendenaktion, die die *YMCA*-Stiftung im Sommer organisiert hat. Das ist mit Sicherheit eine große Sache, doch die Kapazitäten meines Verstandes reichen gerade einfach nicht aus, um mich darauf zu konzentrieren.

»Luca?«, sagt eine weibliche Stimme neben mir. »Luca Murphy.«

Ich drehe mich um und blicke einer Frau mittleren Alters entgegen, die mir nicht annähernd bekannt vorkommt. Ich lächle unbestimmt. »Hallo. Ja, die bin ich.«

»Svetlana Favreau«, sagt sie und sieht mich so auffordernd an, dass ich mich Hilfe suchend umgucke. Offensichtlich erwartet sie, dass ich sie erkenne. Tue ich aber nicht. »Ich habe vor ein paar Jahren mit deiner Mutter zusammengearbeitet … Oh weh, wann war das noch? Es ist beinahe acht Jahre her, glaube ich.«

Am liebsten würde ich die Augen verdrehen. Meine Eltern haben mit wahnsinnig vielen Menschen zusammengearbeitet, wie soll ich mich da an jeden einzelnen erinnern? Es wundert mich, dass sie mich erkennt. »Oh, hallo. Wie geht es Ihnen?«

»Ganz wunderbar«, sagt sie so fröhlich, als wären wir alte Freundinnen. »Ich habe mich vor zwei Wochen gerade noch mit deiner Mutter getroffen und Bilder von dir gesehen. Was für ein lustiger Zufall, dich hier zu treffen!«

Mein Lächeln verrutscht etwas. Sollte diese Frau regen Kontakt zu meiner Mom pflegen, wird sie ihr sicher von diesem Zusammentreffen erzählen. Meine Mutter hat keine Ahnung, dass ich in Belville bin. Und auch wenn ich dafür bestimmt eine Ausrede finde, hätte ich mir diese Unterhaltung gerne erspart.

»Ja, das ist wirklich ein Zufall. Ich bin mit Freunden hier, die sich für die Ausstellung interessieren«, antworte ich so freundlich und natürlich wie möglich. »Ich hoffe, Sie genießen den Abend.«

Das klingt selbst in meinen Ohren seltsam, doch sie lächelt weiterhin freundlich. »Wie wunderbar. Mein Mann Gaspard müsste hier auch irgendwo sein, vielleicht erinnerst du dich an ihn.«

Lady, ich erinnere mich weder an Sie noch an Ihren Namen und mit Sicherheit auch nicht an Ihren Ehemann. Ich schaue mich ein bisschen hilflos um und entdecke Christine zwei Stehtische weiter. Als sie meinen Blick auffängt, reiße ich auffordernd die Augen auf.

»Es wäre mit Sicherheit nett, ihn wiederzusehen, aber bitte entschuldigen Sie mich kurz, ich habe gerade eine Freundin entdeckt«, sage ich und mache vorsichtig einen Schritt zurück. »Mit Sicherheit sehen wir uns heute Abend noch.«

»Das wäre schön. Grüßen Sie Marlene von mir.«

Ich nicke nur lächelnd, dann drehe ich mich um und mache mich so schnell, wie ich es unauffällig schaffe, vom Acker. Auf halbem Weg fängt Christine mich ab. Sie begrüßt mich lächelnd und streckt mir ihre Hand entgegen.

»Sie sieht rüber zu uns«, murmelt sie, wobei sich ihre Lippen auf magische Weise kaum bewegen. »Tu so, als wärst du höflich.«

»Wann seid ihr alle eigentlich zu Experten in Sachen Tarnidentität geworden?«, frage ich frustriert und denke an Anas Performance.

Nachdem sie meine Hand losgelassen hat, streicht sie sich die Haare über die Schulter zurück. »Du scheinst vergessen zu haben, was ich beruflich mache.«

Das habe ich tatsächlich. Der Abend, an dem sie in dem Restaurant mit ihren Followerzahlen und ihrer Reichweite angegeben hat, scheint Ewigkeiten zurückzuliegen. In einem anderen Leben.

»Wer war das?«, fragt Christine und schaut über meine Schulter. »Hat ausgesehen, als würdet ihr euch kennen.«

»Sie kennt mich«, sage ich und lache leise. »Sie hat mit meiner Mutter zusammengearbeitet, aber ich habe keine Ahnung, wer das ist.«

Ihre Augen verengen sich kaum merklich. »Sicher, dass sie mit deiner Mutter zusammengearbeitet hat?«

Ich brauche einen Moment, um den Hintergrund ihrer Frage zu verstehen, dann schüttle ich den Kopf. »Diese Frau ist bestimmt nicht Six, Christine. Entspann dich.«

Als sie mich wieder ansieht, runzelt sie mitleidig die Stirn. »Denk nach, Luca. Dieser Six könnte jeder sein. Ein alter Sack mit Bierbauch in irgendeinem Gamerkeller oder irgendeine frustrierte Ehefrau, die ein bisschen Spaß haben wollte. Sei keine Oma. Das ist das Internet.«

»Das ist mir klar«, erwidere ich genervt, weil Christine ihre zickige Seite wohl doch nicht abgelegt hat. »Aber das war nicht einfach irgendein Chatroom, in dem Six und Osman geschrieben haben. Das war über eine Jugendgruppe und wurde von

Therapeuten betreut. Ich denke, wir können zumindest davon ausgehen, dass Six in unserem Alter ist.«

»Ich bin mir bei gar nichts allzu sicher«, sagt sie und reckt das Kinn. »Und das solltest du auch nicht sein.«

Auch wieder wahr.

Bevor ich darauf etwas antworten kann, berührt mich jemand am Arm. In der Erwartung, dass diese Svetlana eine zweite Runde Small Talk starten will, drehe ich mich um, doch es ist Jacob, der neben mir steht.

Stirnrunzelnd schaue ich an ihm vorbei, Devan ist allerdings nirgends zu sehen. »Was ist los?«, frage ich, plötzlich nervös.

»Nichts passiert«, versichert er mir hastig. »Ich … ich habe gekniffen.«

Christine seufzt. »Ich würde so gerne behaupten, dass mich das überrascht.«

»Ihr habt mich überredet«, verteidigt er sich wütend. »Darf ich euch daran erinnern, dass ich im Hotel bleiben wollte? Ich werde mich sicher nicht dafür entschuldigen, dass ich bei der Aussicht, irgendwo einzubrechen und vertrauliche Dokumente zu stehlen, nicht tiefenentspannt bin!«

»Sei nicht so dramatisch.«

»Das hier ist kein Film«, zischt er. »Wenn wir erwischt werden, wird uns niemand auf die Schulter klopfen, selbst wenn wir etwas juristisch Relevantes finden. Niemand wird mit dieser *Der-Zweck-heiligt-die-Mittel*-Logik auffahren, wenn die Polizei hier aufkreuzt. Diese Sache wird richtige, ernste Konsequenzen haben. Wie könnt ihr dabei alle so entspannt sein?«

Ich lasse die Schultern kreisen. »Ich bin nicht entspannt«, sage ich und lächle verlegen, als die beiden mich ansehen. »Mir geht die Muffe. Aber wir haben keine andere Wahl.«

»Doch«, murrt er. »Wir hätten alles, was wir haben, der Polizei übergeben sollen. Ich kenne Deputy Chief Hadad ein bisschen. Ich bin mir sicher, dass er uns zumindest zugehört hätte.«

»Hätte, hätte, Fahrradkette«, flüstert Christine, und ich muss unwillkürlich lachen. »Es ist jetzt nicht mehr zu ändern, Jacob. Okay? Wenn du also nicht vorhast, uns zu verpfeifen, reiß dich zusammen und tu einfach so, als wäre die Welt vollkommen in Ordnung.«

Er sieht sie beinahe beleidigt an. »Natürlich verpfeife ich euch nicht. Leander ist mit Devan und Ana unterwegs. Ich soll bei euch bleiben.«

Um uns herum brandet Applaus auf. Ich schaue gerade rechtzeitig hinüber zu der kleinen Versammlung, um das rote Band zu Boden segeln zu sehen. Die Leute klatschen und jubeln, dann drängeln sich alle Richtung Ausstellung.

»Wir können hier nicht stehen bleiben«, sage ich nervös. »Es wird auffallen, wenn wir nicht mitgehen. Warum sollten wir uns Tickets kaufen, wenn wir uns die Ausstellung gar nicht erst angucken?«

»Wir sollen Wache halten«, erinnert Jacob mich. »Das geht schlecht, wenn wir in einem komplett anderen Teil des Gebäudes sind.«

Ratlos hebe ich die Arme. Christine sieht sich um, dann hakt sie sich bei Jacob unter. »Wir gehen an die Bar.«

»Warum …«

»Kommt mit«, zischt sie. »Und seht aus, als hättet ihr Spaß, verdammt noch mal.«

Mein Gehirn hat vergessen, wie man Spaß hat, da bin ich mir ziemlich sicher. Ich zwinge mich, zu lächeln, doch es fühlt sich falsch an. Wie eine Grimasse.

»Zwei Moscow Mule, bitte«, sagt Christine fröhlich zu dem Barkeeper und zeigt dann auf Jacob. »Und ein Bier.«

Ich lache wahnsinnig unnatürlich. »Ich bekomme allmählich das Gefühl, du willst mich abfüllen.«

Sie wackelt mit den Augenbrauen. »Vielleicht will ich das ja.« Sie dreht sich wieder zu dem Barkeeper um. »Wissen Sie was? Machen Sie aus dem Bier ein alkoholfreies, in Ordnung? Irgendjemand muss uns später nach Hause fahren.« Als der Typ nickt, beugt sie sich verschwörerisch über den Tresen. »Falls jemand fragt, wir warten nur hier, bis sich die Menge da drin ein bisschen verteilt. Irgendwo hier läuft unser Kunstprofessor rum, und er will, dass wir die Eindrücke aufsaugen. Wie ein Schwamm, verstehen Sie? Das bringt Extrapunkte, und vielleicht schaffe ich es dann doch noch, den Kurs zu bestehen. Aber lassen Sie uns nicht auffliegen, versprochen?«

Lallt Christine etwa? Als wir uns gerade eben mit ihr unterhalten haben, wirkte sie völlig klar. Jetzt ist sie so überzeugend beschwipst, dass ich ihr die Geschichte mit dem Professor glatt selbst abkaufe. Ich bin entweder von Genies oder Wahnsinnigen umgeben.

Der Barkeeper wirkt zwar ein bisschen überfordert, aber ich schätze, er ist nicht unbedingt neu in diesem Job, denn er lacht gestellt, zwinkert Christine zu und macht sich dann wieder daran, unsere Getränke zuzubereiten. Christine dreht sich zu uns um und grinst, offensichtlich ziemlich stolz auf sich selbst.

Jacob seufzt. »Das alles bringt überhaupt nichts, wenn der Sicherheitsdienst misstrauisch wird, das ist euch doch klar, oder?«

Ich zucke mit den Schultern. »Wir sollten die Sache mit der betrunkenen Christine durchziehen, finde ich. Das ist ein gutes Alibi. Wir sind einfach nur fürsorgliche Kunststudierende, die sich um ihre Freundin kümmern. Das geht durch.«

»Wohoo«, macht Christine und streckt die Faust in die Luft.

Ich ziehe den Kopf ein. »Nicht ganz so überzeugend«, murmle ich. »Sonst werden wir nicht rausgeschmissen, weil wir einen auf *Ocean's Six* machen, dafür aber, weil du betrunken bist.«

»*Ocean's Six*«, wiederholt sie glucksend. »Du kannst ja richtig lustig sein, Luca.«

»Du wärst überrascht.«

Jacob verdreht die Augen und greift nach seinem Bier, das der Kellner inzwischen auf der Theke abgestellt hat. Er nimmt einen Schluck, zuckt dann jedoch zusammen. Er zieht sein Handy aus der Tasche und starrt kurz stirnrunzelnd darauf, bevor er uns ansieht. »Leander ist immer noch nicht aufgetaucht. Devan meint, wir sollen nach ihm gucken gehen.«

»Er ist nicht bei Devan und Ana?«, frage ich verunsichert.

»Devan hat nur geschrieben, wir sollen mal nach ihm gucken«, meint er. »Aber dieser Bunker ist verdammt groß. Vielleicht sucht er immer noch nach den Büros.«

Christine lehnt sich vor, um auf Jacobs Handy zu schauen, doch er steckt es bereits wieder weg. »Hat er gesagt, ob er und Ana etwas gefunden haben?«

»Nein«, sagt Jacob langsam. »Er hat gesagt, dass wir nach Leander sehen sollen.«

»Sei nicht so gereizt.« Sie wedelt mit der Hand. »Ich bleibe hier und halte die Stellung an der Bar. Wenn einer von euch auf Leander stößt, bringt ihn mit, klar? Er soll nicht versuchen, die anderen zu finden und wieder verschüttgehen.«

Ich bin mir ganz ehrlich nicht sicher, ob Christine wieder die Schnapsnase spielt oder ob sie vielleicht tatsächlich schon das ein oder andere Glas intus hat.

Jacob sieht mich fragend an. »Gehen wir zusammen? Oder soll ich alleine?«

Schon als er die Worte ausspricht, bin ich mir sicher, dass er eine Spur blasser wird. »Ich komme mit«, sage ich. »Wir suchen ihn und kommen dann wieder her. Okay?«

»Passt auf euch auf«, sagt Christine leise, auf einmal wieder ernst.

Ich nicke. »Du auch. Ruf an, wenn was ist.«

Sie salutiert, dann greife ich nach Jacobs Arm und ziehe ihn mit. Diese Aktion hier sollte ganz einfach werden: Drei halten Wache, drei holen die Akten. Mein Bauchgefühl hat mir gesagt, dass es so einfach nicht werden würde. Und mein Bauchgefühl hatte recht. Mal wieder.

Im Vorbeigehen lächle ich ein paar Leuten zu, die offenbar ebenfalls versuchen, dem Pulk zu entkommen, der Richtung neue Ausstellung drängt. Sie alle wirken entspannt, unterhalten sich, legen den Kopf in den Nacken, um die wirklich imposante Glasdecke anzuschauen. Ein wenig wünschte ich mir, eine von ihnen zu sein. Unfassbar, wie sorglos mir mein Leben vor Colorado auf einmal erscheint. Hier und jetzt würde ich sofort mit dem normalen Abgabe- und Prüfungsstress tauschen, von dem ich vorher dachte, er wäre meine ganz persönliche Hölle.

»Wo sollen wir suchen?«, fragt Jacob, sichtlich überfordert. Er legt eine Hand auf meine und sieht sich um. Von außen wirkt es wahrscheinlich einfach so, als würde er nach den Toiletten Ausschau halten. »Zu den Toiletten und den Büros geht es da lang, da sind Ana und Devan.« Er deutet auf einen weiteren Korridor, der im Gegensatz zu dem Gang Richtung Büros schwach beleuchtet ist. »Da war ich nicht. Keine Ahnung, wohin der führt.«

Ich nicke nach rechts. »Dann da lang. Wenn Leander in Devans und Anas Nähe wäre, hätten sie sich wahrscheinlich gefunden.«

Jacob zuckt mit den Schultern und biegt dann nach rechts ab. Ich halte unwillkürlich die Luft an, als wir an den Drehkreuzen und damit an den Angestellten der Einlasskontrolle vorbeigehen. Der Gang, den wir gerade ansteuern, ist zwar beleuchtet, sieht jedoch eigentlich nicht so aus, als wäre er für das normale Publikum bestimmt. Das Museum und einige Firmen teilen sich dieses Gebäude, aber allem Anschein nach erstreckt sich der öffentliche Ausstellungsbereich über die linke Seite des Geländes. Der Korridor, an dessen Ende die Büros der Stiftung liegen, führt immerhin in dieselbe Richtung wie die Toiletten. Niemand macht sich Gedanken darüber, wenn man dort hingeht.

Tatsächlich hält uns niemand auf. Ich atme erleichtert auf.

Über dem Durchgang ist ein schlichtes Glasschild angebracht, auf dem »Archiv« steht. Ich deute darauf. »Ist das nicht genau das, wonach wir gesucht haben?«

Jacob schüttelt den Kopf. »Ich denke, das gehört zum Museum. Wahrscheinlich für Studierende und so.«

Stimmt. Das hier sind nicht die Büros der Stiftung, es ist eindeutig Teil des Museumsbereichs. Das Licht ist gedimmt, und alles in allem wirkt dieser Teil deutlich weniger repräsentativ als die Lobby und der Zugang zur Ausstellung. An den Wänden hängen Schaukästen und gerahmte Urkunden, bei denen ich keine Ahnung habe, worum es geht. Die Türen sind verschlossen, und kein Licht dringt darunter hindurch. Falls Leander sich also nicht entschieden hat, gerade heute sein Geschichtswissen im Museumsarchiv aufzufrischen, ist er vermutlich nicht dadrin.

»Ich glaube nicht, dass wir hier richtig sind«, sage ich und mache mich von Jacob los. Niemand ist hier, der uns beobachten könnte. »Das hier hat nichts mit der *YMCA* zu tun. Leander ist sicher nicht hier.«

Er deutet auf eine Abzweigung am Ende des Flurs. »Lass uns da hinten gucken, dann gehen wir zurück.«

»Hat er dir geschrieben?«, frage ich und checke mein eigenes Handy, doch darauf sind weder Nachrichten noch Anrufe eingegangen.

»Nein.« Jacob legt mir eine Hand auf die Schulter. »Es ist alles gut, mit Sicherheit. Er hat sich wahrscheinlich einfach nur verlaufen, oder vielleicht hat er was gefunden, was er sich ansehen will. Wäre er erwischt worden, hätten wir das garantiert mitbekommen.«

Beklommen sehe ich mich um. Der Flur ist leer, abgesehen von uns. An dem einen Ende sind das Licht der Empfangshalle zu erkennen und leise Musik und Stimmengewirr zu hören. Trotzdem fühlt es sich so an, als wären wir von den anderen abgeschnitten.

»Meinst du, Six ist hier?«, frage ich ihn leise. Niemand kann uns hören, trotzdem kommt meine eigene Stimme mir zu laut vor. »Heute Abend?«

Er erschaudert sichtlich. »Darüber will ich eigentlich nicht nachdenken. Aber wirklich glauben tue ich es nicht, nein.«

Ich wende mich zum Gehen und hake mich wieder bei Jacob unter. Nicht, um den Schein zu wahren. Eher, um mich an irgendjemandem festzuhalten.

»Warum nicht?«

»Das würde ihm nichts bringen, oder?« Jacob gibt sich offensichtlich alle Mühe, überzeugt zu klingen. So richtig gelingen will es ihm allerdings nicht. »Hier sind so viele Leute, dass er uns nichts tun kann, und er kann ja nicht wissen, was wir vorhaben. Selbst wenn er Anas Handy immer noch angezapft hat, hat er nur mitbekommen, dass wir auf eine Museumseröffnung gehen. Er hat keine Ahnung, dass wir hier herumschleichen und … na ja, eigentlich perfekte Ziele abgeben.«

»Jacob!«

»Ich meine doch nur, dass er hier wenig unternehmen kann, ohne Aufmerksamkeit zu erregen.«

Ich ziehe die Schultern schützend hoch. »Vielleicht will er uns auch gar nichts tun. Vielleicht beobachtet er uns nur.«

»Dafür hätte er sich eine Karte kaufen müssen. Seinen Namen angeben, seine Bankverbindung und so weiter. Das wäre ein bisschen auffällig, denkst du nicht?«

»Keine Ahnung«, antworte ich seufzend. »Ist ja nicht so, als würde ich verstehen, was dieser Typ so macht.«

Jacob lächelt, doch es wirkt hohl und angestrengt. Wir erreichen das Ende des Flurs und stehen in einer Sackgasse, von der lediglich zwei Türen abgehen.

»Wir gehen zurück«, sage ich frustriert.

»Warte mal.« Jacob lässt mich los und macht einen Schritt auf die Tür zu. Er deutet auf das kleine Schild. »Das ist ein Büro vom Sicherheitsdienst.«

»Und?«

»Wollen wir nachsehen?«, fragt er unschlüssig. »Vielleicht gibt es Überwachungsmonitore oder so, auf denen wir Leander finden.«

Zweifelnd sehe ich mich um, zucke dann aber mit den Schultern. Besser, als weiter ziellos herumzulaufen. »Da ist bestimmt abgeschlossen«, bemerke ich. »Ana hat sich Videos angeguckt, aber ich habe keine Haarnadel …«

»Ist offen!«, ruft Jacob, bevor er hastig die Stimme senkt und mich triumphierend ansieht. »Wir haben verdammtes Glück, Luca.«

Der kurze Anflug von Optimismus verfliegt sofort wieder, als Jacob die Tür öffnet und ich an ihm vorbeigehe und den Raum dahinter betrete. Keine Wand mit Überwachsungsbildschirmen, das hier ist eher eine Art Pausenraum. An der einen Wand steht eine Pritsche samt sorgsam gefalteter Fleecedecke, an der anderen ein Schreibtisch, ein Kühlschrank und eine leere Kleiderstange. Die Mitte des Raumes dominieren ein quadratischer Tisch und zwei Stühle. Kein Leander, was mich nicht sonderlich überrascht.

Ich drehe mich zu Jacob um, der ebenfalls verdammt enttäuscht aussieht, als das Handy in meiner Tasche vibriert.

Jacob flucht leise und sieht sich um. Über dem Schreibtisch hängt ein Regalbrett mit Aktenordnern. »Komm mal her«, murmelt er, ohne mich anzusehen. Er liest mit schräg gelegtem Kopf die Beschriftungen der Ordner. »Ich glaube, hier ist etwas.«

Ich stelle mich neben ihm, erkenne aber nicht, was er meint. »Ich sehe nichts.«

»Hier.« Er hebt die Hand und deutet auf einen Ordner, der mit *Rote Liste – Young Men's Christian Association* beschriftet ist. »Das ist die Stiftung der *YMCA*. 'ne Rote Liste könnte Hausverbot und so etwas bedeuten. Wenn dieser Six so einen Scheiß in seinen Chats geschrieben und andere angestachelt hat, vielleicht ist er dann aus dem Programm geflogen. Vielleicht finden wir hier was.«

»Ich glaube nicht, dass er aus dem Programm geflogen ist«, sage ich zweifelnd. »Dieses Programm war doch für Jugendliche mit Problemen. Müsste er dann nicht eher mehr Unterstützung bekommen als weniger?«

Jacob streckt sich und zieht den Ordner heraus, dann geht er zum Tisch hinüber und klappt ihn auf. Ich hole mein Handy heraus und checke die ungelesene Nachricht. Ich hoffe, sie ist von Devan oder Leander, doch die Nummer, von der die SMS kommt, wird mir nur als *Weitergeleitet von* angezeigt, danach die Handynummer meines alten Telefons. Ich öffne sie ein wenig umständlich, weil ich die Bedienung ohne Touchscreen einfach nicht gewohnt bin. Die Absendernummer sagt mir nichts, da ich auf diesem Handy lediglich die Nummern von uns sechs eingespeichert habe, wundert mich das allerdings nicht.

Es ist der Inhalt der Nachricht, die mir das Blut in den Adern gefrieren lässt. Die Wörter verschwimmen vor meinen Augen. Ich sehe auf und begegne Jacobs schockiertem Gesicht.

Langsam, ganz langsam, tippt sein Finger auf eine der Seiten des Ordners.

»Leander«, flüstert er mit rauer, belegter Stimme. »Es ist Leander.«

91

DEVAN

Frustriert klappe ich die Akte zu und schiebe sie von mir, dann vergrabe ich das Gesicht in den Händen und stoße eine Art Grunzen aus, das meine Wut und den Zustand meiner Nerven ganz gut zusammenfasst. Das hier ist so verdammt entmutigend.

»Konzentrier dich«, sagt Ana streng und legt einen weiteren Stapel Register vor mir ab. Wir haben uns an den Tisch gesetzt und eine verdammte Akte nach der anderen durchgesehen. Nichts. Kein Osman, kein Name, der uns irgendwie bekannt vorkommt. »Das sind die letzten, die infrage kommen.«

»Wenn dieser Scheiß hier vorbei ist«, sage ich, wobei ich mich inzwischen anhöre wie eine gesprungene Schallplatte, die immer und immer wieder das Gleiche wiederholt, »reiche ich irgendwo Beschwerde ein. Deren Aktenführung ist beschissen.«

Sie zuckt nur mit den Schultern und beugt sich über ihren Stapel. Nach zwei oder drei Schubladen haben wir festgestellt, dass die alphabetische Sortierung für den Müll ist. Alles ist durcheinander, und selbst wenn ich mich sehr anstrenge, kann ich kein System darin erkennen. Wir müssen also jedes einzelne Register durchgehen, um Osman zu finden.

»Wir sollten diesen Laden einstampfen«, knurre ich und ziehe die nächste Akte zu mir heran. »Die sind ja offensichtlich sowieso richtig scheiße in ihrem Job.«

»Wie meinst du das?«, fragt Ana, ohne aufzusehen.

Ich ziehe die Augenbrauen hoch. »Six. Bei dem haben sie ziemlich versagt, findest du nicht?«

»Bei Yamar nicht. Nach dem, was ihr erzählt habt, scheint er sein Leben doch auf die Reihe gekriegt haben.«

»Eine Fifty-fifty-Quote ist trotzdem Mist.«

Ana seufzt und schaut mich an. »Noch mal: Konzentrier dich. Geh kurz Luca knuddeln oder so, wenn das hilft.«

Sie grinst, als ich ihr den Mittelfinger zeige, auch wenn die Idee eigentlich nicht schlecht ist. Viel zu oft wandern meine Gedanken zu Luca. Ich weiß, dass es ihr gut geht. In der Lobby ist sie wahrscheinlich so sicher, wie sie im Moment nur sein kann – umringt von Menschen, Sicherheitskameras und Security-Mitarbeitenden. In der Öffentlichkeit kann ihr verhältnismäßig wenig passieren, außerdem sind Jacob und Christine bei ihr. Und inzwischen vermutlich auch Leander.

Dennoch. Jedes Mal, wenn Luca nicht in meiner Nähe ist, spüre ich die Nervosität in meiner Brust aufsteigen. Osman hat es nicht ausgesprochen, doch mir ist klar, dass sie ganz oben auf seiner Liste stand. Sie wurde nie erpresst, zumindest nicht, dass ich wüsste. Wir haben nicht darüber geredet, aber ich bin mir sicher, dass sie die Einzige von uns allen war. Leanders Profile wurden gehackt, Christines Seitensprung wurde auf Instagram geteilt, die Geheimnisse meiner Eltern wurden nur deswegen nicht gepostet, weil ich es im letzten Moment verhindern konnte. Die Strafakte von Pauls Vater, Jacobs Kontoaktivitäten. Nur Luca stand augenscheinlich nie im Visier des Täters, zumindest nie aus der Ferne. Stattdessen war er in ihrem Chalet, hat ihr Blumen hinterlassen und das Handy ihrer Mitbewohnerin gestohlen.

Er ist ihr nahe gekommen, statt auf Abstand Informationen über sie zu leaken. Mit Luca hatte er andere Pläne. Und ich will mir lieber nicht vorstellen, wie diese genau ausgesehen haben.

»Hey«, sagt Ana und schnippt mit den Fingern vor meinem Gesicht herum. »Das war ein Scherz! Wehe, du haust ab, um Murphy zu besteigen.«

Ich verdrehe die Augen und versuche, mich wieder auf die Aufgabe vor uns zu konzentrieren. »Du bist wirklich anstrengend, Anastasia, weißt du das?«

»Das höre ich nicht zum ersten Mal.«

Genervt blättere ich die Akte eines Jungen durch, dessen Namen ich nicht kenne und der nur ein paar Wochen Teil des Programms war. Er könnte Six sein. Es wäre möglich. Aber das träfe auf jeden zweiten Namen in diesen Registerkarten zu. Es könnte jeder sein. Einschließlich einem von uns.

Einer von uns. Die Worte hängen unheilvoll wie schwerer Nebel zwischen uns in der Luft. Ich frage mich, warum keiner von uns diesen Verdacht jemals laut ausgesprochen hat. Als würden wir uns an den Worten verbrennen, sobald sie über unsere Lippen kommen. Ich bin mir sicher, dass jeder einzelne diesen Gedanken bereits hatte. Dass wir alle einander in unbemerkten Momenten beobachten und uns fragen, ob sich auf diesem Berg eines unserer Gesichter unter der Skimaske versteckt hat.

»Tja«, seufze ich leise und deute auf die Akte, die vor ihr auf dem Tisch liegt. »Ich glaube ehrlich gesagt nicht, dass wir hier weiterkommen.«

»Am Ende war es doch der Hausmeister«, murmelt sie und beugt sich über die Dokumente, um sie im Halbdunkeln besser lesen zu können. »Oder der Gärtner. Oder Jacobs durchgeknallter Onkel. Christine! Das wäre ein Plottwist.«

Ich lache leise, auch wenn die Situation alles andere als lustig ist. »Vielleicht war es Paul, und jetzt sucht sein Geist uns heim.«

»Dafür kommst du in die Hölle, Sandoval.«

Ich zucke mit den Achseln und überfliege die Akte einer Siebzehnjährigen, die das Bootshaus ihrer Eltern abgefackelt hat. Normalerweise beinhalten die Akten keine Fotos der Patienten, aber dieser hier ist ein Mugshot beigefügt. Ich habe das Mädchen noch nie in meinem Leben gesehen, also lege ich die Zettel zurück in das Register und greife nach dem nächsten. Doch da ist nichts mehr.

»Wir sind durch«, sage ich genervt. »Dann muss Osman später Patient gewesen sein, und seine Akte ist nicht hier.«

»Ich habe noch zwei«, murmelt Ana und wirft in beide einen kurzen Blick. »Kein Osman.«

»Fuck«, fluche ich, richte mich auf und hebe die Arme über den Kopf. Ich drehe mich langsam im Kreis und mustere den Raum. Kein Laptop, kein PC oder irgendetwas, das wir nach digitalen Verzeichnissen durchsuchen könnten. »Scheiße, Scheiße, Scheiße!«

Ana legt die beiden Akten auf meinen Haufen und stopft sie zurück in die Schublade, aus der wir sie geholt haben. Es ist immerhin nicht so, als würde hier irgendjemand Wert auf Ordnung legen. »Was machen wir jetzt?«, fragt sie. Wut und Verzweiflung bringen ihre Stimme zum Zittern.

»Keine Ahnung.« Ich atme zischend aus. »Nach 'nem Büro suchen. Von der Direktorin oder einer Therapeutin oder so was. Wir brauchen einen Computer.«

»Und du könntest dich da reinhacken?«, fragt sie skeptisch. »Wir brauchen bestimmt eine Sicherheitsfreigabe oder was auch immer.«

»Das hier ist nicht das Pentagon.« Ich deute auf die verschlossene Tür. »Wir sind mit einer Haarnadel reingekommen. Ich kann mir nicht vorstellen, dass sie ihre Daten mit mehr als 'nem normalen Passwort sichern. Leander kriegt das hin. Ich gehe sicher nicht mit leeren Händen nach Hause.«

Ana zieht ihr Handy aus der Hosentasche, tippt ein paarmal darauf herum und hält es sich dann ans Ohr. Als sie meinen fragenden Blick bemerkt, sagt sie: »Ich rufe Leander an. Er soll seinen Hintern hierherbewegen.«

Ich warte. Und warte. Irgendwann flucht Ana und legt auf. »Geht nicht ran.«

»Was macht der denn?«, frage ich genervt. »Wenn er nach den Büros gesucht hat, hätte er uns entweder längst finden oder zu den anderen zurückgehen müssen. Versuch es bei Jacob.«

Wieder warten wir, und ich halte den Atem an, während ich dem leisen, gedämpften Freizeichen lausche. »Nichts.«

»Toll, wie gut wir organisiert sind«, knurre ich und hole mein eigenes Handy heraus. Ich brauche ein paar Sekunden, um es zu entsperren und die Nachricht zu bemerken, die darauf eingegangen ist. Gott, ich hasse dieses Ding. Nach ein paar Versuchen schaffe ich es, sie zu öffnen. Sie ist von Luca, einer der wenigen Nummern, die ich eingespeichert habe. Doch sie enthält keinen Text, nur eine Art Anhang. Sie hat eine SMS weitergeleitet.

»Ana«, sage ich genervt und warte, bis sie neben mir steht, bevor ich das Handy so drehe, dass sie den Bildschirm sehen kann. »Wie öffne ich das?«

Sie nimmt mir das Handy aus der Hand und drückt auf den Tasten herum.

Ich bemerke den Moment, in dem sie die Nachricht öffnet. Ihre Finger erstarren über den Tasten, ihr Gesicht, das von dem schwachen Licht des Bildschirms grünlich angeleuchtet wird, verliert sämtliche Farbe. Ihre Augen weiten sich, dann richtet sie den Blick auf mich.

»Was?«, frage ich leise. Meine Stimme klingt nicht nach mir.

Statt einer Antwort gibt sie mir das Handy zurück. Mein Herz stolpert in meiner Brust, meine Handflächen sind nass.

Ich sehe hinunter und lese die Worte, die auf dem Display stehen.

Six' echter Name ist Jacob Timothy Gullingham. Habe die Nummer zurückverfolgt. Ist der Typ noch bei euch? Melde dich.

Ein paar Sekunden lang stehe ich einfach da und starre die Wörter an, als würden sie sich vor meinen Augen neu arrangieren. Einen anderen Sinn ergeben. Einen, den ich verstehen kann. Ich fühle mich, als würde ich aus meinem Körper hinauskatapultiert werden, während mein Herz so brutal in meiner Brust hämmert, dass ich mir sicher bin, dass man es von außen sehen könnte.

»Devan!«

Ich schrecke auf. Ana steht dicht vor mir, das Gesicht zu einer panischen Grimasse verzogen.

»Jacob«, flüstere ich, ohne Emotionen in der Stimme.

»Devan«, sagt sie noch einmal, eindringlich. Sie greift nach meinen Oberarmen. »Devan, wo ist Jacob?«

»Er sollte ...« Meine Stimme versagt, als der Rest des Satzes in mein Bewusstsein sickert. »Er sollte auf Luca aufpassen.«

Ich sehe in ihrem Gesicht, dass sie begreift. Sie wirbelt herum und greift nach ihrer Handtasche. Ich kralle meine Hand um das Handy, dann reiße ich die Tür auf und renne hinaus. Noch nie in meinem beschissenen Leben bin ich schneller gerannt.

LUCA

Ich spüre, wie mir das Blut aus dem Gesicht weicht. Meine Finger, mit denen ich das Handy umklammere, beginnen, zu kribbeln. Meine Füße piksen, als würden sie einschlafen. Die Nachricht ist kurz und eindeutig. Jacob. Der echte Name von Six ist Jacob T. Gullingham. Ich erkenne die Nummer nicht, von der diese Nachricht geschickt wurde, doch der einzige Mensch, dessen Nummer ich nicht eingespeichert habe und der mit dieser Sache etwas zu tun hat, ist Osman.

Ich unterdrücke ein Schluchzen. Jacob sieht mich nach wie vor an. Der liebe, unsichere, freundliche Jacob, der noch immer auf die Akte vor sich deutet und irgendetwas darüber sagt, dass Leander der Unbekannte ist.

Aber ich weiß, dass es gelogen ist. Ich weiß nicht warum, doch mein verdammtes Bauchgefühl weiß, dass er lügt.

»Luca.«

Ich versuche, mich zusammenzureißen. Diese SMS ging an mich, an niemand anderen. Ich habe sie Devan geschickt, Jacobs Handy hat jedoch keinen Ton von sich gegeben. Er weiß nicht, was ich weiß. Und das muss ich ausnutzen.

Ich muss aus diesem Raum raus, zurück zu den anderen, bevor … bevor die Dinge aus dem Ruder laufen.

»Was ist?«, frage ich und räuspere mich, weil meine Stimme irgendwie falsch klingt. Ich lasse das Handy zurück in meine Tasche gleiten. Als ich bemerke, dass meine Hände zittern, verschränke ich die Arme vor der Brust. Ich mache einen Schritt auf Jacob zu, halte dann aber inne.

»Es ist Leander«, wiederholt Jacob. Er hat die Stirn gerunzelt, allerdings nicht misstrauisch. Eher besorgt.

Angestrengt folge ich seinem Blick zu dem Papier auf dem Tisch. Alles in mir sträubt sich dagegen, den Blick auch nur eine Sekunde von Jacob abzuwenden, doch ich spiele mit. Die Gedanken in meinem Kopf fahren Achterbahn, trotzdem ist mir klar, dass ich den Schein waren muss, solange es geht.

In dem geöffneten Ordner liegt eine Art Steckbrief. Leanders Gesicht starrt mir von einem Foto entgegen. Eine jüngere Version von Leander, die ich nicht kenne, es muss ein altes Foto sein. Daneben stehen Daten, eine Patientennummer, Adresse, Telefonnummer und so weiter. Mein Gehirn ist nicht in der Lage, die Informationen zu verarbeiten. Die Buchstaben, Zahlen und Worte tauschen vor meinen Augen ihre Plätze, verlieren ihren Sinn und verschwimmen ins Unkenntliche.

Ich fahre mit dem Finger über das Foto und verschiebe dabei unauffällig die Seite, die nicht eingeheftet ist. Dahinter befinden sind andere Dokumente, die nichts mit Patienten oder Programmteilnehmern zu tun haben. Ich kann nicht alles erkennen, bin mir aber sicher, dass es sich bei der Datei darunter um einen Brief handelt. Es sieht aus, als würde dieser Steckbrief nicht hierhergehören. Als wäre er dazugelegt worden.

»Ich kann es nicht glauben«, sage ich, weil es sich irgendwie richtig anhört. Es ist nicht gelogen, nur nicht so gemeint, wie es sich für Jacob hoffentlich anhört.

»Ich auch nicht.« Er macht einen Schritt auf mich zu, und ich weiche kaum merklich zurück. Verdammt. Ich muss mich zusammenreißen.

»Was ist los, Luca?«, fragt er und klingt dabei ehrlich besorgt.

Mir wird schlecht, doch ich schüttle den Kopf. »Ich bin nur … ich weiß nicht, was ich sagen soll. Leander?«

»So sieht es aus, oder?«

»Aber …«, stottere ich, verzweifelt auf der Suche nach etwas, was ich dazu sagen kann. Ich muss hier raus. Sofort. Irgendwohin, wo Menschen sind. Wo man mich hören kann. »Leander ist weg. Meinst du, er ist abgehauen?«

»Vielleicht hat er sich aus dem Staub gemacht.«

Nein. Leander ist nicht der Täter, und er ist sicher nicht einfach abgehauen. Unwillkürlich huscht mein Blick zu Jacob, und mein Magen sackt abrupt ab. Galle steigt in meinem Hals auf. Jacob versucht, Leander die Sache in die Schuhe zu schieben. Und Leander ist verschwunden. Was bedeutet, das …

»Wir müssen die anderen finden«, sage ich erstickt und weiche einen weiteren Schritt zurück. »Falls Leander noch hier ist und sie findet … wir müssen sie warnen. Und die Polizei rufen!«

Ich greife in die Tasche und ziehe mein Handy heraus, doch Jacob macht einen weiteren Schritt und steht jetzt direkt vor mir. Als er eine Hand auf meinen Arm legt, zucke ich unwillkürlich zusammen.

»Luca«, sagt er noch einmal. Seine Stimme ist tiefer. Weniger … unsicher.

»Hm?«

»Was stand in der Nachricht, die du gerade gelesen hast?«, fragt er ruhig, beinahe unbeteiligt.

»Dass Devan noch nicht wieder aufgetaucht ist«, lüge ich glatt. Ich bin beinahe beeindruckt von mir selbst.

Er mustert mich ein paar Sekunden. »Darf ich mal sehen?«

Fast hätte ich gewürgt. »Warum?«

»Einfach so. Ich will sehen, was abgeht.«

Meine rechte Hand zuckt. Keine Ahnung, ob mein Körper gerade ein Eigenleben entwickelt und ihm gehorchen oder sich gegen ihn wehren will. »Lass uns gehen, Jacob. Wenn Leander wirklich hier herumläuft und …«

Jacob unterbricht mich mit einem Seufzen und wendet sich ab. Er macht ein paar Schritte, bis er genau zwischen mir und der geschlossenen Tür steht. »Verdammt, Luca.«

Ich balle die Hände zu Fäusten. »Was ist?«

Als er mich wieder ansieht, hat sich etwas verändert. Es ist Jacob, aber auch wieder nicht. Seine Augen sind anders. Sein Blick ist anders. Darin liegt keine Wärme, keine Besorgnis. Stattdessen hat sich etwas Fremdes hineingeschlichen. Etwas, das mir das Blut in den Adern gefrieren und mein Herz heftig gegen meine Rippen schlagen lässt.

Eiskalte, abschätzige Wut.

»So hätte es nicht laufen müssen, weißt du?«, sagt er langsam, deutlich. Als befürchte er, dass ich ihn nicht verstehe. »Aber ihr alle tut nie, was ihr tun *sollt*.«

»Jacob …«

»Halt die Klappe!«, schreit er derart laut, dass ich zusammenzucke. Ich schnappe nach Luft und weiche so weit zurück, bis mein Rücken gegen das Regal hinter mir stößt.

Das hier kann nicht wirklich passieren. Es ist ein Albtraum. Einer von denen, in denen sich die Skimaske des Täters in die Gesichter der anderen verwandelt. Gleich werde ich aufwachen, im Chalet, in meinem Wohnheim, im Motelbett neben Devan … das hier *kann* nicht die Realität sein!

Aber es fühlt sich so verdammt echt an. Die Angst, die sich durch meinen Körper frisst, die stickige Luft dieses Raums, die meine Lunge füllt. Jacobs Blick, der über meine Haut streift wie eisige, tote Finger.

Jacob stößt ein trockenes Lachen aus. »Weißt du, dass Osman überraschend positiv über dich gesprochen hat? Ja, er hat dich gehasst und wollte dich tot sehen, doch ich hatte immer den Eindruck, er rede von zwei verschiedenen Personen, weißt du? Die Luca, *bevor* sie eine Schlampe wurde, und die

Luca *danach*. Aber er hat immer betont, dass du recht intelligent bist. Das kann ich nicht bestätigen, wenn ich ehrlich bin.«

»Warum?«, flüstere ich. Ich bin mir nicht einmal sicher, ob überhaupt ein Laut meine Lippen verlässt. Ich räuspere mich, versuche, so viel Kraft in meine Stimme zu legen wie möglich. »Warum, Jacob? Du warst dabei, als wir Osman getroffen haben.«

»Ja, das war ich«, spuckt er mir entgegen. »Ich habe die Lügen gehört, die er euch erzählt hat. Willst du wissen, warum er so getan hat, als wäre alles gut? Um nicht verhaftet zu werden. Um keine Schwierigkeiten zu bekommen wegen Anstiftung. Es war alles ein Spiel.«

Ich schüttle den Kopf. »Nein, Jacob. Er ist darüber hinweg. Es geht ihm besser.«

»Bullshit.«

»Er hat mir die Nachricht geschickt!«, sage ich verzweifelt. »Er hat mir gesagt, dass du es bist, Jacob. Er hat versucht, mir zu helfen.«

Er kräuselt die Lippen. »Du bist so gut im Lügen, dass ich dir das fast abkaufe, Luca. Aber ich kenne dich. Ich habe euch kennengelernt, euch alle. Ihr habt die ganze Zeit so getan, als wärt ihr die Opfer, und euch gegenseitig bemitleidet. Als hättet ihr nie in eurem Leben jemand anderem Leid angetan. Ihr wart so erbärmlich. Ihr alle habt Osman zerstört. So lange zugestochen, bis er beinahe seinen Wunden erlegen ist – über Jahre. Und weißt du, wer da war, als er am Boden lag? Wer ihm wieder einen Sinn und eine Perspektive gegeben hat? Genau, ich war das! Und tief in seinem Herzen weiß Osman das. Hätte diese Therapeutin es nicht verhindert, würde er jetzt an meiner Seite stehen und wir würden zusammen dabei zusehen, wie ihr zugrunde geht! Er kann gerade nicht zu mir stehen, aber wenn ich das hier für ihn tue, werden wir wieder … sind wir wieder ein Team!«

»Ich zeige es dir. Dass die Nachricht von ihm kommt« Ich schiebe die zitternde Hand in meine Tasche, komme jedoch nicht weit.

Jacob macht einen großen Schritt auf mich zu. Aus seiner Tasche zieht er einen einzelnen weißen Handschuh und streift ihn sich über, während er mich anstarrt. Übelkeit wallt in mir auf. Ohne mich aus den Augen zu lassen, greift er mit der behandschuhten Hand hinter seinem Rücken unter das Sakko und zieht eine Pistole hervor.

»Jacob«, wimmere ich und lasse die Hand wieder sinken. Ich starre ihn an, versuche, mich auf sein Gesicht zu fokussieren und nicht auf die Waffe. »Bitte. Wir sind … Freunde.«

»Freunde«, äfft er verächtlich. »Wir waren Verbündete, wenn's hoch kommt. Du hast sofort die Beine für Sandoval breit gemacht, aber auch er hat Geheimnisse vor dir, oder nicht? Oder hat er dir inzwischen erzählt, dass sein Vater illegal in den USA ist und in Kolumbien wegen Schleuserei gesucht wird? Hat Leander dir erzählt, dass sein Vater Cop war und im Dienst einen Fünfzehnjährigen erschossen hat? Hat Ana dir erzählt, dass sie für mich gearbeitet hat?«

Ich öffne den Mund, doch ich weiß nicht, was ich sagen soll. Im Moment interessiert es mich herzlich wenig, dass Devans Eltern illegale Einwanderer sind oder was Leanders Vater getan oder nicht getan hat. Aber Ana …

Jacob entgeht meine Reaktion nicht. Er grinst höhnisch. »Sie hat Pauls Schneemobil umgeparkt, über das du dir so viele Gedanken gemacht hast, weißt du noch? Sie hat die Fußabdrücke vor deinem Chalet hinterlassen, um dir Angst zu machen. Das war Ana. Zugegeben, sie wusste nicht, für wen sie arbeitet und was mit Paul passieren würde, aber ich denke, dieses Detail hätte euch interessiert, oder nicht? Hat deine *Freundin* dir davon erzählt?«

»Du lügst.«

Er beugt sich ein Stück zu mir vor. »Was hätte ich jetzt noch für einen Grund, zu lügen, Luca? Was glaubst du denn, warum Ana so besessen davon war, euch zu helfen? Ermittlungen anzustellen, dich nach Belville zu schleifen, heute Abend an vorderster Front zu ermitteln? Sie hat ein schlechtes Gewissen. Weil sie weder euch noch der Polizei etwas erzählt hat. Dass sie für ein paar lausige Hundert Dollar einem Mörder assistiert hat, wiegt wohl schwerer als die Tatsache, dass sie keine Ahnung hat, was sie da tut. Was denkst du?«

Langsam schüttle ich den Kopf, doch mein Widerstand bröckelt. Ana hat im *Ortiz* gearbeitet. Wenn sie für Geld Anweisungen bekommen und erst später begriffen hat, wie weit der unbekannte Auftraggeber zu gehen bereit war ... würde ich ihr zutrauen, es geheim zu halten? Nein. Aber hätte ich Jacob verdächtigt, hinter alldem zu stecken? Auch nicht.

»Leander«, sage ich leise, »er wusste, was Ana getan hat, oder? Deswegen haben die beiden nicht mehr miteinander gesprochen.«

»Oh ja«, antwortet Jacob. Sein Grinsen wird breiter. Er wirkt wie ein Kind, das kurz davor ist, ein brisantes Geheimnis zu verraten. Ich unterdrücke ein Schaudern. »Er wusste es, hat es irgendwann im Resort herausgefunden. Er hat versucht, ihren Arsch zu retten und dafür zu sorgen, dass ihr dreckiges Geheimnis nicht ans Licht kommt. Wahrscheinlich wäre sie sonst für Beihilfe dran gewesen. Er ist dafür ein verdammt großes Risiko eingegangen. Er liebt sie wohl doch. Aber darüber musst du dir nicht mehr den Kopf zerbrechen, Luca Murphy.«

Völlig überfordert zwinge ich mich dazu, meine Gedanken zu ordnen. Es sind zu viele Informationen, zu viel Chaos. Mein

Blick huscht zu der immer noch verschlossenen Tür hinter Jacob. So gerne ich auch die ganze Geschichte hören will, ich muss hier raus. Und zwar sofort. Selbst wenn Devan meine Nachricht gelesen hat, habe ich keine Ahnung, wie lange sie brauchen werden, um mich zu finden. Dieser Bunker ist verdammt groß, und Jacob hat sich wirklich alle Mühe gegeben, mich so weit wie möglich von den anderen zu entfernen. Keiner weiß, in welche Richtung wir gegangen sind. Ich weiß nicht, ob Christine uns hinterhergeschaut hat oder ob sie zu beschäftigt damit war, unser Alibi beim Barkeeper zu untermauern.

Ich überlege, ob ich schreien soll, doch es kommt mir hoffnungslos vor. In der Empfangslobby wird Musik gespielt, und wir sind ein ganzes Stück von den anderen weg. Ich will Jacob nicht dazu zwingen, etwas zu unternehmen. Nicht, solange die Waffe noch immer so lässig in seiner Hand liegt.

Jacob folgt meinem Blick und hebt die Waffe. Er richtet sie nicht auf mich, trotzdem halte ich unwillkürlich den Atem an. »Ich habe überlegt, ob ich dich einfach von hinten erschießen soll.«

Tränen steigen mir in die Augen, gleichzeitig werde ich wütend. »Warum tust du das, Jacob?«

»Weil ich Osman daran erinnern muss, wer sein wahrer Freund ist! Diese Arschlöcher von der Stiftung haben ihn verdreht und ihm eingeredet, dass ich ihm nicht guttue. Sie haben ihm nichts als beschissene Lügen erzählt«, zischt er.

»Du kommst damit nicht durch«, rede ich auf ihn ein. Ich bemühe mich um einen versöhnlichen Tonfall, ohne Erfolg. Stattdessen klingt meine Stimme hart. »Wenn du einfach abhaust, werden die Leute wissen, dass du es bist. Es gibt keinen Ausweg.«

Er seufzt. »Wie gesagt: Du bist nicht halb so intelligent, wie Osman es beschrieben hat. Ich *werde* damit durchkommen.

Der gute Leander wird dafür sorgen und freundlicherweise mein Sündenbock sein.«

Ich habe nicht die Energie, nachzuhaken. Vielleicht will ich auch nicht wissen, was genau er damit meint. Es spielt keine Rolle. Ich muss einen Ausweg aus dieser Situation finden, sonst wird mein Name unter Pauls auf der Liste der Opfer dieses Mörders landen. Er wird mich erschießen, und Devan wird mich finden und … nein. Nichts davon werde ich zulassen.

»Der Schuss wird die Leute hierherlocken«, versuche ich es mit einer neuen Richtung. »Das wird man selbst in der Empfangslobby hören.«

»Das lass mal meine Sorge sein.«

Mein Mund wird trocken. Er will mich umbringen. Es ist keine leere Drohung – Jacob hat tatsächlich vor, mich zu töten und damit diese bescheuerte Liste von Osman abzuarbeiten. Denkt er wirklich, dass Osman uns angelogen hat? Dass seine ganze Story darüber, dass er ein neues Leben angefangen hat, eine Erfindung war, um sich vor einer Anklage zu schützen? Ich weiß es nicht. Und vielleicht sollte ich mir auch keine Mühe geben, in einen derart verschwurbelten Verstand wie Jacobs hineinzuschauen, geschweige denn, ihn zu verstehen.

»Was ist mit Matthew Ismar?«, frage ich in der Hoffnung, Jacob abzulenken. Devan muss meine Nachricht lesen. Er muss sie lesen und mich finden. Ich muss Zeit schinden. »Wie hast du es geschafft, dass die Beweise auf seinem Handy gefunden wurden?«

Jacob lacht trocken. »Nach allem, was ich getan habe, ist *das* deine Frage? Ich habe die Welt für euch neu geformt, Luca. Ich habe euch aneinander zweifeln lassen und war euer Freund, ohne dass ihr auch nur einen misstrauischen Gedanken in meine Richtung verschwendet habt. Ich habe deiner Mitbewohnerin ihr Handy gestohlen, ich war in deinem Wohnheim, stand vor der Kabine, während du geduscht hast. Ich war in euren Accounts wie ein Geist, und ich habe Paul getötet, ohne eine einzige Spur zu hinterlassen. Und du fragst dich, wie ich es geschafft habe, Ismars Handy mit Beweismaterial zu bespielen?«

Es scheint sich in seine Wut reinzusteigern, während er redet. Die Waffe in seiner Hand reflektiert das schwache Licht der Deckenlampe, während er damit gestikuliert. Ich versuche, nicht darauf zu achten, aber so richtig gelingt es mir nicht. Jacobs Finger liegt nicht am Abzug, trotzdem bin ich mir sicher, dass er schneller wäre, wenn ich versuchen würde, sie ihm abzunehmen.

Ich brauche verdammt noch mal Zeit.

DEVAN

Das gedämpfte Poltern meiner Schuhe auf dem dreckigen Teppich ist das Einzige, was an meine Ohren dringt. Es übertönt alles andere – ich höre weder meinen Herzschlag noch meinen eigenen Atem. Nichts ist wichtig, außer meinen Schritten, die mich näher zu Luca bringen. Hoffentlich.

Ich bleibe abrupt stehen und drehe an dem nächsten Türknauf, doch auch diese Tür gibt nicht nach. Sie alle sind verschlossen und die Räume dahinter leer.

»Ana!«, brülle ich und schaue zurück. Sie rennt auf mich zu, schüttelt jedoch den Kopf. »Fuck!«

Wir haben keine Ahnung, wo Luca ist. Wir haben keine

Ahnung, wo Jacob, Leander und Christine sind. Ich renne weiter, bis die Glastür in Sicht kommt, dahinter die Toiletten und die Empfangslobby. Der Flur geht weiter, tiefer hinein ins Gebäude.

»Wohin?«, belle ich Ana entgegen.

Sie ist außer Atem, lässt sich aber nichts anmerken. »Lobby«, keucht sie. »Wir gucken, ob sie dort ist. Dann machen wir weiter.«

Es passt mir gar nicht, zurück in die Lobby zu gehen. Weil ich mir ziemlich sicher bin, dass Jacob nicht dort herumstehen und auf uns warten wird. Luca nimmt meine Anrufe nicht entgegen, sie reagiert nicht auf Nachrichten, genau wie Jacob. Da stimmt etwas nicht.

Wieder verschwimmt meine Sicht und wird von rotem Nebel getrübt. Die Wut und die Angst um Luca explodieren in meinem Bauch und hinterlassen nichts als verbrannte Asche. Ich habe keine Zeit, darüber nachzudenken, dass Jacob Six ist. Ich habe keine Zeit, darüber nachzudenken, was das bedeutet. Ich *muss* Luca finden, bevor dieses Arschloch auch nur in ihre Richtung atmen kann.

Trotzdem biege ich nach links ab und muss mich dazu zwingen, meine Schritte zu verlangsamen. Ich werfe einen Blick über die Schulter und sehe Ana an. »Ich suche Luca, du den Rest. Sagt dem Sicherheitsdienst Bescheid. Ist mir egal, ob die uns wegen Einbruch festnageln!«

Sie nickt und rennt an mir vorbei, als ich stolpernd zum Stehen komme und die Menge absuche. Ich erkenne kein bekanntes Gesicht. Keine Luca, kein Jacob. Die Lobby ist nicht mehr annähernd so voll wie zu Beginn der Veranstaltung, doch ich finde die beiden nicht. Ich vergrabe die Hände in den Haaren und stoße einen wütenden, verzweifelten Laut aus. Ich muss etwas unternehmen!

»Devan!«

Ich wirbele herum und entdecke Christine, die auf mich zurennt. »Wo ist Luca?«

»Mit Jacob weg!« Sie bleibt neben mir stehen, Angst und Verunsicherung glänzen in ihren Augen. »Ana hat's mir gesagt. Sie informiert die Security, du und ich suchen!«

»Wir teilen uns nicht auf«, kommentiere ich knapp. »Weißt du, wo die beiden hingegangen sind?«

Sie streckt den Arm aus und deutet auf einen Korridor hinter den Schautafeln, die sie sich vorhin noch angeguckt hat. Aus den Augenwinkeln sehe ich Ana, die wild auf eine Mitarbeiterin bei der Eingangskontrolle einredet. Ich lasse sie links liegen. Ich habe weder die Geduld noch die Zeit, mich mit denen auseinanderzusetzen.

»Komm schon!«, zischt Christine und packt meine Hand. Ich renne wieder los, hinein in den schlecht beleuchteten Korridor. Erneut stehe ich vor verschlossenen Türen. Meine Hand ist schweißnass, als ich sie um den Knauf lege und drehe, aber nichts geschieht.

Nein, nein, nein. *Nein!*

Ich muss sie finden, das hier darf nicht passieren. Ich hätte bei ihr bleiben, sie nicht allein lassen sollen. Mir war klar, dass sie in Gefahr ist, und ich hätte Jacob nicht vertrauen dürfen. Ich hätte niemandem vertrauen dürfen, außer mir selbst!

Wenn Luca etwas zustößt … Ich kann nicht darüber nachdenken.

»Devan«, zischt Christine. Ich drehe mich zu ihr um und bemerke sie ein paar Türen weiter. Sie steht vor einem Raum, das Gesicht so blass wie ein verdammter Geist. »Die ist offen.«

Ich kann nicht antworten. Das Herz schlägt mir inzwischen bis in die Kehle und schnürt mir die Luft ab. Ich renne zu ihr hinüber und stoße die Tür auf, ohne nachzudenken. Meine

Hand ballt sich unwillkürlich zur Faust, während ich ins Zimmer stürme. Und stolpernd zum Stehen komme.

Der Raum ist leer. Dunkel. Meine Augen brauchen ein paar Sekunden, um sich an das fehlende Licht zu gewöhnen, doch dann bemerke ich eine schattenartige Gestalt, die in der hinteren rechten Ecke des Zimmers auf dem Boden liegt. Sie rührt sich keinen Millimeter.

»Nein«, keuche ich und stürze zu ihr. Ich höre Christine hinter mir schreien, doch darauf kann ich mich nicht konzentrieren. Noch immer rührt die Gestalt sich nicht, auch nicht, als ich mich neben ihr auf den Boden fallen lasse. »Nein, Luca. Bitte nicht.«

Aber es ist nicht Luca. Das bemerke ich in dem Moment, in dem ich mich vorbeuge und nach der Schulter greife. Meine Hände berühren den weichen Stoff eines Sweatshirts, der sich über erschlaffte Muskeln spannt. Dieser Arm ist zu breit für Luca. Die ganze Gestalt ist zu groß.

»Christine«, presse ich mit erstickter Stimme hervor. »Mach das Licht an.«

Sofort klickt es ein paarmal von der Decke, dann springt flackernd die Neonröhre an.

Ich weiche zurück. Christine schreit erneut. Meine Sicht verschwimmt, nur um sich sofort wieder scharf zu stellen.

Vor mir liegt Leander. Er liegt halb auf der Seite, halb auf dem Rücken, die Beine seltsam verdreht. Ein Arm liegt auf seinem Bauch, der anderen hinter ihm, wo ich ihn nicht sehen kann. Das Schlimmste jedoch, das, was sich für immer in meine Netzhaut einbrennt, ist sein Gesicht. Es ist blass und leblos, mit weit aufgerissenen Augen, die ins Leere starren. Ein einzelnes purpurrotes Rinnsal zieht sich über seine Haut. Blut, das aus einer lächerlich unscheinbaren Schusswunde auf seiner Stirn gesickert ist.

Ich schnappe nach Luft und stolpere zurück. Unter Leanders Kopf erkenne ich noch mehr Blut, das von einer Wunde stammt, die ich nicht sehen kann.

Meine Beine zittern, und ich fühle mich, als müsste ich mich jeden Moment übergeben. Doch ich reiße mich zusammen, zwinge mich, aufzustehen und zurück zur Tür zu gehen. Leander ist tot, das ist unverkennbar. Aber Luca ist es nicht.

»Was machst du?«, fragt Christine mit leiser, brüchiger Stimme.

»Ich muss sie finden«, antworte ich. Neben ihr bleibe ich kurz stehen, um ihr in die Augen zu blicken. »Bleib hier, wenn du willst, oder geh zurück. Aber ich muss sie finden.«

Ein, vielleicht zwei Sekunden lang sieht Christine mich an, und ich erkenne all die Emotionen in ihrem Blick, die auch in mir toben. Dann verhärtet sich ihr Gesichtsausdruck. »Ich bin hinter dir.«

Ich nicke und stürme in den Flur. Bevor ich zur nächsten Tür renne, ramme ich meinen Ellbogen in die kleine Glasscheibe des Feuermelders und löse den Alarm aus.

LUCA

»Warum hast du Paul getötet?«, frage ich, weil mir schlicht und ergreifend nichts Besseres einfällt. Er soll weiterreden, das ist meine einzige Chance, etwas Zeit herauszuschlagen. Ich bin nicht wirklich scharf auf einen Einblick in seine verdrehten, düsteren Gedanken, aber wenn mir das ein paar Minuten mehr verschafft, dann höre ich gerne zu.

Als er den Kopf in den Nacken legt und seufzt, mache ich hastig einen Schritt nach rechts, auf die Tür zu.

»Ich will dich nicht anlügen«, sagt er leise und sieht mich dann beinahe mitleidig an. »Es ist nicht nett, eine Sterbende zu belügen.«

Ich beiße die Zähne zusammen, sage jedoch nichts. Allmählich verwandelt sich meine Panik in Zorn. Ich habe es satt, dass er mit mir spielt. Ich habe es satt, dass er sich für eine Art Gott hält und sich einbildet, er habe das Recht, über Leben und Tod zu entscheiden. »Komm zur Sache, Jacob.«

Langsam hebt er eine Augenbraue. »Okay. Ist mir recht, wenn wir das hier schnell hinter uns bringen. Pauls Tod war … ein tragischer Unfall.«

Ich schnaube wütend. »Hör auf mit dem Scheiß.«

»Nein, wirklich«, sagt er und nickt langsam. »Eigentlich hatte ich vor, Devan umzubringen. Er war in deiner Hütte, und als ich diese vermummte Gestalt zufällig auf dem Gelände getroffen habe, war ich wirklich davon überzeugt, Devan zu töten. Vielleicht war ich ein bisschen betrunken, aber das kannst du mir wirklich nicht vorwerfen.«

Galle steigt in mir auf. Unwillkürlich beschwört mein Unterbewusstsein das Bild von Pauls Leiche vor meinem inneren Auge herauf, doch dieses Mal ist es Devans Gesicht, das mir entgegenblickt. Mir bleibt die Luft weg. »Du Schwein.«

Er zuckt nur mit den Schultern. Sein Mund öffnet sich, bevor er etwas sagen kann, gellt jedoch ein ohrenbetäubendes Geräusch durch den Raum. Ich zucke heftig zusammen, und automatisch schnellen meine Hände zu meinen Ohren.

Der Feueralarm.

»Verfickte Scheiße!«, schreit Jacob und dreht sich im Kreis, als wäre er auf der Suche nach dem Ausschalter. »Was soll das?«

Hektisch sehe ich mich um. Er ist abgelenkt, das ist meine Chance.

Ich springe vor und versuche, an ihm vorbei zur Tür zu gelangen, während der Lärm um mich herum weiter auf meine Trommelfelle drückt. Als Jacob sich zu mir umdreht, reiße ich die Hand hoch und ziele auf sein Gesicht, aber er ist schneller. Mit dem freien Arm wehrt er meinen Schlag ab und rammt mir gleichzeitig die Waffe in die Seite. Ich krümme mich, während sich der Schmerz explosionsartig in meiner Taille ausbreitet. Doch ich halte mich aufrecht. Ich darf nicht zusammenbrechen. Nicht zulassen, dass er mich überwältigt.

Der Alarm ist so laut und schrill, dass mein eigenes Stöhnen in ihm untergeht, als Jacob erneut ausholt und dieses Mal meine Schläfe trifft. Reflexartig greife ich nach seinem Handgelenk und drehe es herum. Ich sehe, dass sein Mund sich öffnet. Er sagt etwas, das ich jedoch nicht verstehen kann, dann lösen sich seine Finger von der Waffe. Wieder trifft mich etwas, dieses Mal in der Magengegend, doch ich achte nicht darauf. Wir greifen im selben Moment nach der Pistole.

Aber ich bin zu langsam. Eine Sekunde, den Bruchteil einer Sekunde.

Stolpernd weiche ich zurück, als Jacob die Waffe hebt und auf mich zielt.

Die Zeit steht still. Die Geräusche um mich herum verstummen, selbst mein Herz scheint zu erstarren. Ich blicke in Jacobs vor Wut verzerrtes Gesicht, dann drückt er ab.

Ich springe beiseite ... nicht schnell genug. Irgendwo in meinem Körper explodiert der Schmerz, aber ich kann nicht sagen, wo ich getroffen wurde. Alles, was ich registriere, ist, dass die Welt zur Seite kippt. Die Welt in diesem kleinen Raum, in dem Jacob auf mich schießt und alles in mir danach schreit, zu fliehen. Ich bemerke erst, dass ich falle, als ich hart auf dem

Boden aufkomme. Die Luft wird aus meiner Lunge gepresst, mein Kopf knallt auf den Fußboden, und im selben Moment tauchen überall vor meinen Augen weiße Lichtpunkte auf.

Verzweifelt schnappe ich nach Luft. Ich spüre, dass mein Bewusstsein schwindet, doch ich kämpfe dagegen an. Ich darf nicht einschlafen. Alles in mir zieht mich Richtung Dunkelheit, aber wenn ich nachgebe, bin ich tot.

Jacob taucht über mir auf. Wieder starre ich in den Lauf einer Waffe. Ich will die Augen schließen, aber ich tue es nicht. Ich halte sie offen und starre ihn an.

Dann passieren mehrere Dinge auf einmal. Über den Lärm der Alarmanlage hinweg höre ich ein Krachen, und kaum eine Sekunde später rammt ein Schatten gegen Jacob. Ich blinzle und atme tief ein, fülle meine Lungen mit frischer Luft. Jacob ist aus meinem Sichtfeld verschwunden. Mühsam hebe ich den Kopf.

»Luca!«

Meine Sicht verschwimmt, und Panik überkommt mich. Tränen. Das sind Tränen, die mich nichts sehen lassen. Ich will den Arm heben und sie wegwischen, aber allein bei dem Versuch protestiert mein Körper mit Schmerzen, wie ich sie noch nie zuvor gespürt habe. Ich stöhne.

»Luca. Du bist okay. Sieh mich an.«

Das ist Devan. Seine Stimme hätte ich überall erkannt, selbst über den beschissenen Alarm hinweg. Wobei … Moment. Der Lärm ist weg. Er ist verschwunden, ohne dass ich es mitbekommen habe. Ich kann mein donnerndes Herz hören, meinen eigenen Atem. Und Devan.

»Sieh mich an«, beschwört er mich. Er klingt wütend, auch wenn ich nicht genau weiß, warum. Ach ja. Jacob. Jacob war hier.

»Er hat auf mich geschossen«, sage ich und zwinge mich

dazu, die Augen zu öffnen. Devans Gesicht taucht vor mir auf. Seine Züge sind seltsam verzerrt. »Jacob«, zische ich eindringlich. Mein Mund und meine Lippen sind trocken, und ich fahre mir mit der Zunge darüber. »Jacob ist Six, Devan.«

»Ich weiß«, keucht er. Seine Hand berührt meine Stirn. »Luca, wo bist du verletzt?«

»Am Arm«, sage ich. Als ich tief Luft hole, zucke ich vor Schmerz zusammen. »Glaube ich.«

Panik blitzt in seinen Augen auf, als er mich mustert. »Es geht dir gut. Atme, einfach atmen, okay?«

Ich lache leise, verziehe aber sofort das Gesicht. »Klar.«

Er schiebt die Hand unter meinen Kopf, dann beugt er sich vor und drückt seine Lippen auf meine Stirn. »Ich liebe dich, Luca. So … sehr.«

Irgendwas passiert mit meinem Herzen, was sicher nichts mit dem Schuss oder Jacob zu tun hat. Das sind die magischen drei Worte. Ich hätte sie gerne in einer anderen Situation gehört, aber ich werde mich bestimmt nicht beschweren.

»Ich dich auch, Devan«, sage ich leise und atme noch einmal tief ein. Es tut immer noch weh, trotzdem wird meine Sicht allmählich klarer. Mein Kopf schmerzt, weil ich damit ziemlich hart aufgeschlagen bin, doch aktuell fühlt es sich nicht nach Sterben an. »Wo ist er, Devan?«, frage ich eindringlich. »Jacob. Er hat eine Waffe.«

»Weggerannt«, antwortet er knapp. »Mach dir keine Gedanken darüber. Er kann nur durch die Lobby fliehen, und der Sicherheitsdienst ist unterwegs. Er kommt nicht weit. Du bist in Sicherheit.«

»Leander … Er hat etwas über Leander gesagt.«

»Pst«, macht er leise und streichelt mir wieder über die Stirn. »Ich meine es ernst, Luca. Du sollst einfach nur atmen, okay? Mehr will ich gerade nicht von dir.«

Ich nicke langsam, dann schließe ich die Augen. Ich bin so verdammt müde. Die Energie und das Adrenalin sickern aus meinem Körper wie dickflüssiges Blut.

»Luca.«

»Ich bin wach.«

Mein Gesicht ist nass, glaube ich. Dann höre ich wieder Geräusche. Einen Knall. Menschen rufen. Wieder der Feueralarm?

»Devan …«

»Alles ist gut.« Er lächelt mich an, und erneut berührt seine Hand mein Gesicht. »Atmen, mehr nicht.«

Es vergehen Minuten, vielleicht Stunden. Es könnten auch Wochen sein, ich würde den Unterschied nicht erkennen. Dann betreten Menschen den Raum. Menschen in orangenen Jacken, die laute Anweisungen austauschen. Rettungssanitäter.

Devan bewegt sich, und ich hebe die Hand, die nicht wehtut, um nach seinem Arm zu greifen. »Danke.«

Einen Moment lang treffen sich unsere Blicke. In seinem liegt so viel Gefühl, dass es mir ein zweites Mal den Atem raubt. Er beugt sich über mich und streicht mit seinen Lippen über mein Ohr. »Danke, dass du noch am Leben bist, Luca.«

92

DEVAN

Mein Herz will sich nicht beruhigen. Ich sehe, wie die Sanitäter Luca untersuchen, wie sie ihren Arm anheben und vorsichtig die Schusswunde versorgen. Ich spüre die Wut in mir aufkochen, höre aber gleichzeitig, wie sie von einem glatten Durchschuss reden. Nichts Lebensbedrohliches, eine verhältnismäßig unkomplizierte Sache. Sie wird es schaffen. Sie ist nicht in akuter Gefahr.

Luca geht es gut. Sie atmet, und sie wird überleben.

Trotzdem schaffe ich es nicht, die Panik, die sich in meinem Körper eingenistet hat, niederzukämpfen. Eine Sekunde später, und es wäre zu spät gewesen. Wäre ich gestolpert oder hätte länger bei Leander gesessen, wäre ich zu spät gekommen.

Ich unterdrücke ein Würgen.

»Hey«, sagt Christine leise und stellt sich neben mich. Nachdem die Sanitäter mich rausgeschickt haben, habe ich mich draußen im Flur an die Wand gelehnt. Ich sehe Luca und kann die Männer reden hören. Ich habe Luca nicht angelogen – ich werde mich keinen Meter von ihr wegbewegen.

»Hey«, antworte ich, ohne Christine anzusehen. »Leander?«

Sie schluchzt leise. »Sie konnten nichts mehr tun. Neben ihm lag ein Abschiedsbrief. Ich durfte ihn nicht anfassen, aber ich habe ein bisschen was gesehen. Anscheinend hat Jacob versucht, es ihm in die Schuhe zu schieben. Ana weiß es, sie sitzt im Rettungswagen und bekommt Beruhigungsmittel.«

Ich nicke langsam. Mit dem Schmerz, den der Gedanke an Leander auslöst, muss ich mich später beschäftigen. Ich zwinge mich, den nächsten Namen auszusprechen. Zwinge mich, ihn über die Lippen zu bringen. »Jacob.«

Christine schweigt einen Moment. »Hat versucht, sich zu erschießen. Aber der eine Sicherheitstyp hat ihm vorher ins Bein geschossen. Er wurde festgenommen und weggetragen.«

»Er hat versucht, sich zu erschießen?«, frage ich ungläubig.

»Als sie ihn in die Enge getrieben haben. Ich glaube nicht, dass es geplant war. Eher, dass er verhindern wollte, bis ans Ende seines erbärmlichen Lebens in einer Gefängniszelle zu verrecken. Vielleicht dachte er, durch seine eigene Hand zu sterben wäre noch ein letzter Machtbeweis, anstatt in Handschellen abgeführt zu werden.«

Mir fällt keine Antwort ein. Ein Teil von mir bedauert beinahe, dass Jacob sein Vorhaben nicht in die Tat umsetzen konnte. Die Welt wäre garantiert ein besserer Ort, wenn es ihn nicht mehr gäbe. Ein Teil von mir wünscht Jacob allein dafür den Tod, dass er Luca wehgetan hat. Dass er … sie töten wollte.

Doch ein anderer ist erleichtert. Der Tod wäre ein leichter Ausweg, eine einfache Lösung hierfür. Ich hoffe, ich wünsche mir, dass Jacob Gullingham in irgendeinem schäbigen Gefängnis verrottet.

»Sie wird es schaffen«, sagt Christine eindringlich. Ich spüre ihre Hand auf meiner Schulter, aber ich reagiere nicht. Und in diesem Moment habe ich auch nicht das Gefühl, dass es notwendig ist. »Sie ist so stark. Sie wird das hier überstehen und du auch. Wir alle.«

Leander. Paul. Ihre Namen geistern durch mein Bewusstsein wie unerwünschte Echos.

Wie konnten wir uns derart täuschen lassen? Hätten wir Jacobs Scharade von Anfang an durchschaut, hätte keiner sterben müssen. Dann wäre ich nicht fast zu spät gekommen.

»Wir müssen uns bei Osman entschuldigen«, murmele ich, vergrabe das Gesicht in den Händen und reibe mir über die Augen. »Ich habe mich ihm gegenüber wie das letzte Arschloch verhalten.«

»Stimmt.« Christines Stimme klingt emotionslos. Ich hatte meine Probleme mit ihr, wir alle, aber immerhin weiß man bei ihr immer, woran man ist. Christine lügt nicht, um ihrem Gegenüber ein besseres Gefühl zu geben, und das finde ich irgendwie erfrischend. »Aber er hat sich auch verdammt verdächtig verhalten, oder nicht? Du hattest Angst um Luca und dich selbst und uns alle … er wird es dir verzeihen, denke ich.«

Ich hebe den Kopf und blinzle gegen das Brennen in meinen Augen an. »Ohne Osmans Nachricht … wir hätten nicht gewusst, dass wir nach Luca suchen müssen. Wir wären zu spät gekommen, und Luca …«

Christine legt ihre Hand auf meine Schulter, als ich abbreche. »Hör auf, darüber nachzudenken. Sie lebt, und das ist die Hauptsache. Du kannst dich morgen bei Osman bedanken.«

In dem Raum, in dem Luca liegt, wird es unruhig. Ich richte mich auf. Sie heben Luca auf die Trage. Ich sehe, dass sie die Lippen zusammenpresst, und balle die Hände zu Fäusten. Sie hat Schmerzen. Jacob ist daran schuld, und am liebsten würde ich diesem verdammten Streifenwagen hinterherfahren und ihm persönlich dafür eine Kugel ins Hirn jagen.

Ich sehe mich kurz zu Christine um, als die Sanitäter mit Luca auf der Trage in den Flur kommen. »Ich fahre mit«, sage ich.

Sie macht eine auffordernde Handbewegung. »Mach dir keine Gedanken. Ich bleibe hier und warte auf die Polizei.«

»Luca«, sage ich leise und greife nach ihrer gesunden Hand. Sie erwidert meinen Druck, was mich ein winziges bisschen erleichtert. »Ich bin hier.«

»Kommst du mit?«, fragt sie leise, beinahe verlegen. Sie wirkt ein wenig klarer als noch vor ein paar Minuten.

Als Antwort zwinge ich mich zu einem Grinsen. Wir gehen durch den schmalen Korridor, der jetzt nicht mehr so verlassen ist wie vorhin. Überall sind Leute – Sanitäter, Cops, Sicherheitspersonal. Als wir an dem Raum vorbeikommen, in dem Leander erschossen wurde, streiche ich Luca eine Haarsträhne aus der Stirn, damit sie mich ansieht. Sie wird von Leander erfahren, von allem. Aber nicht jetzt.

Wir kommen in die Lobby, die nun nichts mehr von der glamourösen Atmosphäre versprüht. Sämtliche Lichter sind eingeschaltet und tauchen die gesamte Umgebung in kaltes Blau, die Musik ist verstummt. Auch hier rennen Cops herum und bewachen eine Absperrung, hinter der sich mit ängstlichen und verwirrten Gesichtern die Besucher der Eröffnung scharen.

Vorne auf dem Vorplatz stehen mehrere Rettungswagen und Polizeiautos. Als wir uns einem der Wagen nähern, drücke ich Lucas Hand und beuge mich zu ihr hinunter, während ich versuche, Schritt zu halten. »Ich bleibe in deiner Nähe, Luca. Versprochen.«

93

LUCA

Sonntag, 24. Dezember 2024
Ein Jahr später, Christmas Eve

Unter dem Tisch greift Devan nach meiner Hand und verflicht meine Finger mit seinen. Das hat er den ganzen Abend immer wieder getan. Er berührt mich, beiläufig oder ganz bewusst, fängt meinen Blick auf, flüstert mir leise zu, dass er mich liebt. Er hat all diese Dinge, denen ich früher so viel Bedeutung beigemessen habe, zu einer Selbstverständlichkeit gemacht. Trotzdem schafft er es jedes Mal, mein Herz ein wenig schneller schlagen zu lassen, und ich bin mir ziemlich sicher, dass sich daran niemals etwas ändern wird.

»Ich kann nicht glauben, dass du das gesagt hast«, meint Ana und nimmt einen viel zu großen Schluck Rotwein. Sie hustet und verteilt dunkle Flecken auf der ehemals blütenweißen Tischdecke.

Christine wirft ihre Stoffserviette nach Ana und flucht. »Dich kann man echt nicht einladen! Rotwein geht so schlecht wieder raus.«

»Reg dich ab, Prinzesschen.« Trotzdem nimmt Ana die Serviette und tupft damit die Tischdecke ab, macht es aber nur noch schlimmer. »Du hast doch sicher Personal, das deine Wäsche wäscht.«

»Wofür haltet ihr mich eigentlich?«

Ich hebe die Augenbrauen und wende hastig den Blick ab, als Christine uns einen nach dem anderen ansieht. Zusätzlich zu den fünfzigtausend Dollar, die uns allen als Resultat unserer Sammelklage zugeschrieben wurden, hat Christine einen Teil der Abfindung in Gesamthöhe von zwei Millionen Dollar bekommen, die an Pauls Familie gezahlt wurde. Keiner von uns weiß, wie viel sie genau erhalten hat, aber wenn ich mich in dieser Wohnung so umsehe, kann es nicht wenig gewesen sein. Ganz davon abgesehen, dass Christines Followerzahlen nach alledem, was im letzten Jahr passiert ist, und dem Buch, das sie veröffentlicht hat, explosionsartig in die Höhe geschossen sind.

»Zurück zum Thema«, sagt Devan und lehnt sich mit seinem freien Arm auf den Tisch. Er sieht Christine an. »Du hast im *landesweiten Fernsehen* gesagt, dass du Paul fremdgegangen bist? Warum?«

Sie zuckt lässig mit den Schultern, doch für den Bruchteil einer Sekunde erkenne ich den Schmerz in ihren Augen, der jedes Mal aufblitzt, wenn jemand Pauls Namen erwähnt. »Die Leute wollten es wissen. Ich kann meine Geschichte nicht erzählen, wenn ich nicht die Wahrheit sage.«

Ich schnaube. »Das hast du ein Jahr lang gemacht. Wie lange ist dein Buch jetzt draußen? Fünf Monate? Und darin hast du mit keinem einzigen Wort die Fotos erwähnt, die Six veröffentlicht hat.«

»Das, was man nicht sagt, ist manchmal schlimmer als die Wahrheit.« Ihre Worte klingen wie auswendig gelernt. »Mein Publisher meinte, es habe etwas Geheimnisvolles, aber letzte Woche gab es eine Diskussion auf *Reddit*, in der spekuliert wurde, ob es mein großes Geheimnis war, dass ich von Paul schwanger war. Irgendein Vollpfosten von der *Times* hat behauptet, ich sei im Zeugenschutzprogramm gewesen und Six habe gedroht, meine wahre Identität auffliegen zu lassen. Er war immerhin kreativ.«

Ich verdrehe die Augen und nehme selbst einen Schluck Wein. Allmählich steigt er mir zu Kopf, und eigentlich will ich verhindern, morgen einen Kater zu haben. Devan und ich wollen ziemlich früh los, um seine Eltern zu besuchen. Dort bleiben wir dann zwei Tage, bevor wir uns auf den Weg zu meinen machen.

Mein Blick fällt auf Ashton, der neben Ana sitzt und ihre Hand hält. Die beiden sind erst seit ein paar Monaten zusammen, doch ich habe den Eindruck, dass sie gut zueinander passen. Ab und zu sieht er ein bisschen verstört aus, aber das kann ich ihm nicht verdenken. Er weiß vermutlich, was uns passiert ist – durch Anas Erzählungen und all die Geschichten, die eine Weile die Schlagzeilen bestimmt haben. Vielleicht hat er sogar Christines Buch gelesen. Es muss seltsam auf Außenstehende wirken, uns so entspannt über all das sprechen zu hören. Doch die wissen auch nicht, wie lange wir gebraucht haben, um an diesen Punkt zu kommen. Wie lange wir das Thema Jacob, Six, Colorado und jetzt auch Belville gemieden haben. Die Liste mit Themen, die wir nicht ansprechen durften, wurde länger und länger, und selbst wenn wir uns zu viert getroffen haben, war die Stimmung schwierig und unangenehm. Bis Ana irgendwann im Sommer der Kragen geplatzt ist und sie uns dazu gezwungen hat, darüber zu sprechen.

Ab da wurde es leichter. Wir waren keine Opfer in einer Art Selbsthilfegruppe, sondern Freunde, die durch unfassbare Umstände miteinander verbunden sind. Es hilft, über Paul und Leander zu sprechen. Es hilft, sie als Menschen in Erinnerung zu behalten und sie nicht ständig ausschließlich damit zu assoziieren, wie sie gestorben sind. Zumindest hat meine Therapeutin es so formuliert, und ich fand das ziemlich passend.

Wir alle haben uns stillschweigend darauf geeinigt, Jacobs Namen nicht auszusprechen. Er ist Six. Ich glaube, es liegt daran, dass wir alle Probleme damit haben, den Täter mit Jacob in Verbindung zu bringen. Mit unserem Jacob. Wir alle wissen, was er getan hat. Es gibt einen Haufen Beweise inklusive seines Geständnisses. Matthew Ismar wurde entlastet, freigesprochen und entschädigt. Jacob wurde angeklagt, es gab einen Prozess, eine Verurteilung. Ana und Christine saßen im Gerichtssaal, als Jacob abgeführt wurde. Rational gesehen wissen wir alle, dass er es war, der uns durch diese Hölle geschickt hat.

Emotional wird es vielleicht noch eine Weile dauern, bis wir es begriffen haben. Es fällt mir unfassbar schwer, mir vorzustellen, dass Jacob mit mir Witze gerissen und mir zur Seite gestanden hat, während er gleichzeitig still meine Ermordung geplant hat. Und es zerreißt mir gleichzeitig das Herz.

Das Einzige, was noch immer ein Geheimnis ist, ist Anas Rolle in Six' Plan. Ich habe Devan davon erzählt, doch bis heute weiß Christine nichts davon, dass Ana Jacob am Anfang geholfen hat. Ich habe unendlich lange darüber nachgedacht, es ihr zu erzählen, habe Stunden damit verbracht, mit Devan darüber zu diskutieren. Aber es ist nicht mein Geheimnis. Und ich bin mir sicher, dass Ana sich irgendwann selbst dazu entscheiden wird, reinen Tisch zu machen.

Vielleicht ist es gar nicht so schlecht, wenn bis dahin noch ein bisschen Zeit vergeht. Wir alle hatten für eine Weile genug Dramen, Intrigen und Misstrauen in unserem Leben.

»Hat diese Bude eigentlich ein Echo?«, fragt Ana und reißt mich damit aus meinen düsteren Grübeleien. Sie sieht hinauf zur Decke. »Oder eine eigene Postleitzahl? Müssen die anderen Leute im Haus dir Steuern zahlen?«

Christine seufzt. »Du tust so, als hätte ich Schloss Neuschwanstein gekauft.«

»Du lebst mitten in New York City«, sagt sie so langsam, als würde Christine sie sonst nicht verstehen. »Aus deinem Schlafzimmerfenster kann ich den Central Park sehen. Den *Central Park*, Christine! Und dir gehört diese Wohnung. Ich wette, Schloss Neuschwanstein kostet weniger.«

»Du bist leicht zu beeindrucken«, sagt Christine und zuckt mit den Schultern. Manchmal bin ich mir immer noch nicht ganz sicher, ob sie und Ana sich mögen und diese Neckereien einfach nur eine freundschaftliche Sache sind, oder ob sie sich wirklich anzicken. Das ist bei den beiden allgemein schwer zu sagen, weil neunzig Prozent ihrer Unterhaltungen aus Sarkasmus oder schneidenden Bemerkungen bestehen.

Nachdem wir uns eine Weile über Anas neuen Job unterhalten haben und Devan und ich uns gemeinsam über Devans Apartment in Portland beschwert haben – seine Heizung fällt immer wieder aus, und seine Vermieterin weigert sich, den Schaden zu beheben –, lehnt Devan sich zu mir herüber und drückt meine Finger.

»Es ist genau zwölf Uhr und zwei Minuten«, murmelt er. Seine Lippen berühren kurz mein Ohr, und ich erschaudere unwillkürlich. »Komm mit.«

Ich springe beinahe von meinem Stuhl und ernte dafür irritierte Blicke von den anderen. »Es ist nach Mitternacht«, sage ich, wobei ich spüre, dass mir das Blut ins Gesicht schießt. »In Mexiko werden die Geschenke um Mitternacht an Heiligabend ausgepackt.«

Ana lacht. »Ich erwarte jetzt mindestens, dass er dir einen Ring schenkt«, sagt sie. »Du siehst aus wie ein kleines Kind.«

»Falls er ihr einen Ring schenkt, hast du die Überraschung verdorben«, bemerkt Ashton.

Devan schnaubt, und ich winke hastig ab. Devan macht mir keinen Antrag. Wir haben nicht darüber gesprochen, aber wir sind erst seit einem knappen Jahr richtig zusammen. Und zu jung. Über Dinge wie das Heiraten und meine Zukunft mache ich mir frühestens dann Gedanken, wenn ich damit fertig bin, meine Vergangenheit zu verarbeiten.

Ich winke den anderen kurz über meinen Kopf hinweg, als Devan meine Hand nimmt und mich ins Wohnzimmer zieht.

»Wenn ihr auf meiner Couch vögelt, müsst ihr sie bezahlen!«, ruft Christine uns hinterher.

Wir ignorieren sie. Ein aufgeregtes Kribbeln breitet sich in meinem Körper aus. In dem Moment, in dem Christine uns für Heiligabend zum Essen eingeladen hat, wusste ich, was ich Devan schenken will. Unser erstes gemeinsames Weihnachten haben wir mit unseren Eltern gefeiert und uns nur eine Kleinigkeit geschenkt – es kam uns falsch vor, so kurz nach Leanders Tod zu feiern und so zu tun, als wäre das alles nicht passiert. Außerdem konnte ich mich kaum bewegen oder etwas essen, das nicht vorher püriert worden war.

Heute ist das anders. Heute sind wir glücklicher. Und haben kein schlechtes Gewissen mehr, weil wir dankbar dafür sind, überlebt zu haben.

Das Wohnzimmer ist wahnsinnig schön dekoriert – überall hängen Lichterketten und synthetische Tannenzweige, in einer Ecke steht ein unechter Kamin mit künstlicher Flamme und davor eine echte, mit Christbaumkugeln behängte Tanne. Darunter liegen ein paar Geschenke, die allerdings zum größten Teil einfach nur verpackte Kartons sind und lediglich dekorativen Zwecken dienen.

Ich lasse Devan los und gehe an ihm vorbei, um nach einem der Geschenke zu greifen. Grinsend drehe ich mich wieder zu ihm um. »Ich warte seit Wochen darauf, dir das zu geben!«, sage ich schnell. Meine Stimme überschlägt sich vor Aufregung.

Langsam hebt Devan eine Augenbraue. »Eigentlich wollte

ich dir mein Geschenk geben. Du stiehlst mir hier ein bisschen die Show.«

Ungeduldig winke ich ab. »Mach es auf.«

Er wirft mir einen langen Blick zu, bei dem mir direkt wieder warm wird. Diese Wirkung hat er auf mich, hatte er schon immer. Er schafft es, meine Welt mit einem einzigen Blick zum Stillstand zu bringen und dass sie sich gleichzeitig doppelt so schnell weiterdreht.

Ich ziehe ihn auf die Couch und lege ihm das Päckchen auf den Schoß. Beim Auspacken reißt er das Papier herunter. Dann sitzt er einfach nur da und starrt den Karton an.

So lange, dass ich ein bisschen nervös werde. »Findest du es blöd?«

»*Beyblade*«, sagt er leise und dreht den in sämtlichen grellen Farben leuchtenden Karton in den Händen. »Du hast mir eine Kreisel-Arena gekauft!«

»Um dein inneres Kind zu heilen«, sage ich nervös und spiele damit auf unser Gespräch bei unserem offiziellen ersten Date an. Nach dem Kino haben wir Cocktails getrunken und uns über Weihnachtsgeschenke unterhalten, die wir nie bekommen haben. Auf einmal befürchte ich, dass er sich vielleicht überhaupt nicht mehr daran erinnert. Dass er den Bezug nicht sieht und denkt, ich hätte ihm einfach so ein bescheuertes Kinderspielzeug gekauft.

Devan legt den Karton beiseite, dreht sich zu mir um und nimmt mein Gesicht in seine Hände. Dann küsst er mich. Seine Lippen auf meinen sind weich, aber fest, und in seinen Bewegungen liegt so viel Gefühl, dass ich befürchte, auf Christines scheißteurer Designercouch dahinzuschmelzen. Dann löst er sich abrupt von mir und steht auf.

»Rühr dich nicht vom Fleck«, murmelt er und durchquert den Raum. Vor einer kleinen Kommode bleibt er stehen, öffnet sie und holt ein Geschenk heraus. Auf meinem Gesicht breitet sich ein Lächeln aus, als er damit auf mich zukommt. Er stellt es neben mich auf die Couch, nicht auf meinen Schoß.

»Pack aus«, sagt er. Seine Mundwinkel zucken, und er starrt mich an, als würde er auf etwas warten.

Vorsichtig löse ich das Klebeband an einer Ecke, dann mache ich es wie er und reiße das rot-weiß gestreifte Geschenkpapier mit einem Ruck ab. Der Karton, der zum Vorschein kommt, sieht irgendwie industriell aus. Schwarz-weiß mit einer Bezeichnung drauf, die klingt wie das Bauteil eines Roboters. Ich habe keine Ahnung, was es ist.

»Ähm … danke.«

»Dreh es um, Luca«, sagt Devan.

Ich drehe den Karton und stoße ein leises Quietschen aus, als ich das Bild bemerke, das auf die andere Seite gedruckt ist.

»Ein Tumbler!«, rufe ich und springe auf, um Devan zu umarmen. Unwillkürlich füllen sich meine Augen mit Tränen. Nicht, weil ich mir nichts sehnlicher in meinem Leben gewünscht habe als ein verdammtes Gerät zum Steinepolieren, sondern weil er daran gedacht hat. Weil wir daran gedacht haben. Weil dieser verhältnismäßig belanglose Abend, an dem wir über unsere Kindheitswünsche gesprochen haben, nicht von den Ereignissen überschattet wurde, die danach passiert sind.

Ich ziehe ihn zu mir herunter und küsse ihn. »Ich liebe dich«, sage ich leise, meine Lippen nur Millimeter von seinen entfernt.

Sein Lächeln verschlägt mir ein bisschen den Atem, wie jedes Mal. Die Sorgen sind daraus verschwunden, die Angst vor der Zukunft, die unbeantworteten Fragen.

Alles ist gut.

ENDE

Danksagung

Ich kann es kaum glauben, dass wieder eine Reihe beendet ist und ich mich wieder von den Figuren verabschieden muss – Luca und Devan haben mich eine ganze Menge Nerven gekostet aber sie sind mir auch unglaublich ans Herz gewachsen. Und ein Teil von mir würde definitiv gerne noch eine Weile in Eagle Creek und Belville bleiben … auf der Couch, mit einem verlässlichen Türschloss und einem guten Sicherheitssystem.

Aber bevor ich mich gedanklich in die nächsten Projekte, die nächste Welt, die nächste Geschichte stürze, verdient diese hier als erstes einen würdigen Abschluss. Es gibt wie immer wahnsinnig viele Menschen, die in der einen oder anderen Art und Weise an der Entstehung von ONE OF SIX beteiligt waren und die nicht nur ein »Danke«, sondern auch Blumen, Umarmungen und Rückenmassagen verdient haben.

Als allererstes, wie immer: Danke, Sabrina. Meine wundervolle, geduldige und wahnsinnig talentierte Lektorin vom LYX-Verlag. Ich befürchte, dass ich und dieses Buch dich ein paar Jahre haben altern lassen, deswegen bin ich mir nicht ganz sicher, ob ich mich bedanken oder lieber entschuldigen sollte. Ich bin so dankbar, dass ich mit dir zusammenarbeiten darf. Du darfst dir niemals einen anderen Job suchen – ich wüsste nicht, wie ich damit klarkommen könnte. Danke für alles!

Natürlich gibt es noch so viel mehr Menschen aus dem LYX-Team, die eine eigene Dankesrede verdient haben, aber da wir hier platztechnisch ein bisschen begrenzt sind, fasse ich das einmal zusammen: Danke liebe Steffi, liebe Andrea, liebe

Jana, liebe Jess und all den anderen. Und natürlich ein riesiges Dankeschön an Hannah Jarosch und Larissa Bendl für das Polieren dieser beiden Manuskripte.

Gesa und Kristina von meiner wundervollen Agentur Langenbuch & Weiß: Was soll ich noch sagen? Ihr seid toll. Ihr seid die perfekte Mischung aus liebevoller Strenge, Begeisterungsfähigkeit und knallharter Frauen-Power. Ich habe euch so viel zu verdanken, dass ich es unmöglich alles hier aufzählen kann.

Natürlich muss ich meiner Familie danken. Meinen Kindern und meinem Mann. Vor allem den Kindern, die keinerlei Interesse an meiner Arbeit zeigen, damit ich auf dem Teppich bleibe und keinen Höhenflug bekomme. Das weiß ich zu schätzen ... wirklich.

Mona, Yvy, Lena, Anna, Kara und all meine großartigen, wunderschönen und unfassbar talentierten Autorinnen-Kolleginnen, die diesen Beruf weniger furchteinflößend und einsam machen. Ihr seid wunderbar!

Und da das Beste bekanntlich zum Schluss kommt, danke ich am Ende noch dir. Für folgende Dinge:

Erstens, dass du diese Danksagung tatsächlich bis zum Ende gelesen hast. Jedes Mal, wenn ich eine schreibe, frage ich mich, ob sich überhaupt jemand die Zeit genommen hat. Zweitens, weil du dieses Buch gelesen hast und ich davon ausgehe, dass du auch Band 1 gelesen hast ... alles andere wäre seltsam. Ich hoffe, dir hat Lucas und Devans Geschichte gefallen und wir sehen und bald wieder in Miami!

Und Drittens, weil du da bist. Jeder einzelne von euch ist wichtig und du bist perfekt, so wie du bist.

Danke euch allen für alles.

Bis bald,

eure Kim